海盗往事

荆永绰◎著

世界知识出版社

图书在版编目(CIP)数据

海盗往事 / 荆永绰著.—北京：世界知识出版社，2015.10

ISBN 978-7-5012-5058-5

I.①海… II.①荆… III.①长篇小说-中国-当代 IV.①I247.5

中国版本图书馆CIP数据核字（2015）第253436号

全程策划 唐人易和
责任编辑 张永椿
责任出版 王勇刚
封面设计 百丰艺术

书　　名 海盗往事

作　　者 荆永绰

出版发行 世界知识出版社
地址邮编 北京市东城区干面胡同 51 号（100010）
电　　话 010-65265923（发行） 010-85119023（邮购）
网　　址 www.ishizhi.cn
经　　销 新华书店
印　　刷 北京市天宇万达印刷有限公司
开本印张 710×1000 毫米 1/16 30 印张
字　　数 500 千字
版次印次 2016 年 4 月第一版 2016 年 4 月第一次印刷
标准书号 ISBN 978-7-5012-5058-5
定　　价 49.00 元

目录

目录

引　言

明朝嘉靖三十二年，葡萄牙人以商船触礁海险之名，向当时地方政府请准，在澳门这一小岛栖息修补。万历十一年，明朝政府正式准予葡人居住澳门，开启了中西商务交流。清初三朝，宇内渐安，广州被划为海外夷商的贸易专区。而欧洲正在酝酿工业革命，资本勃起，产业大兴，夷商来华者渐火。康熙朝颁定公行十三规，雍正朝署派广州海关专管，乾隆朝制定公行运营科条，夷籍、商检等国门体制渐趋完备。到了乾嘉交替之际，广州湾已经是万商云集，其商业规模日渐壮阔，创造就业拉动经济与赋税收入之于国计民生地位愈显重要。

广州是珠江三角洲的枢纽，珠江下游自佛山水道以降，经过拾翠洲，又称沙面。接着是荔湾，广州府城，黄埔，然后是虎门，由穿鼻水道出海。道光年间爆发第一次鸦片战争，双方大臣在莲花城密谈，拟订《穿鼻草约》。中方代表是全权钦差大臣琦善，英方代表是海军上将，驻华全权代表查尔斯·艾略特(Charles Elliot)。当时官文书把他的名字翻为义律。

广州湾呈钟形，虎门海口是钟柄，钟柄底下有一片水域称之为伶仃洋，左侧西岸的钟底是珠海，珠海旁边的水域称之为鸡颈洋，底下隔着横琴海峡相望，有个芝麻点大的小岛，是为澳门。右侧东岸的钟底是九龙，底下隔着九龙湾相望，有个绿豆点大的小岛，是为香港。

香港和澳门这两粒绿豆芝麻加起来，后来曾经熏得中国人头晕脑胀，掀开近代史中惨痛屈辱殖民的一页，掀开经济发展花团锦簇商贸的一页，更掀开了中西文明撞击美丑俱存的一页。在乾隆年间，澳门已是一个繁华的小岛，因为按当时的夷贸律例，夷籍水手只有在开港贸易季节里可以登岸广州，其他时间只能待在澳门。各夷国领事也只能待在澳门办公，至于当时的香港，只是个蕞尔小岛。艾略特公布《穿鼻草约》后被撤职调回英国，因为英国政府认为他未能坚持全面开放中英贸易的最大利益，遭到时任大英帝国外交大臣帕默史东严词批评。帕默史东认为，以割让香港这一破岛为满足是一大败笔，他批评香港是个鸟不生蛋的蠢地方，连一间规矩的房屋都没有。

本书试图描绘那个时代的广州湾，当后人道听途说，听任传播肆虐，以为腐败的满清只有贪官污吏之际，其实，每个专制王朝都逃不脱兴起与衰落的因循。其间还是有士大夫立于庙堂之上，殚精竭虑地擘划当时国防之策，还是有能人异士处江湖之远，各逞风流与豪强。当时的香港并无人烟定居，只是渔民避风之地，唯一固定出现在岛上的只有海盗，最大的几股海盗曾经叱咤南海，他们就是：六旗帮！

第1章
红旗帮轻取朝廷水师

当年努尔哈赤龙兴，而后满人入关，征战四方，耗费经年岁月，才把疆域稳定下来。然而除了康熙平台动用降将施琅统领水师之外，这花花江山全是靠鞍马鏖兵打得天下，所以建政之后，水师并未成为独立兵种，沿海各省水师归各省总督军务衙门节制。而海疆的划分也颇为粗放，从海参崴往北的水域经年冰寒，神人共弃，海参崴往南到朝鲜东岸的元山，以土门色钦的出海口为中心，则是大清朝的海疆禁地。因为，就如同黄河流域滋润了中原古文明一样，土门色钦是满族的母亲河。土门意为“万众”，色钦意为源流，土门色钦在满语之中的意思是“万水之源”，所指就是今日的图们江。

大清的版图横过朝鲜边界，从丹东到葫芦岛属最精锐的辽东水师防卫区，明朝降将与少数懂得海战的满族将领集中在此，镇守老祖宗的海域。从这里一直到山东的青岛以北，陆地东面海域乃是传统所谓的北海，往南一直到闽北的闽侯是东海，再往西南延伸，则是南海。

大清嘉庆十二年五月十一日，也就是公历1807年6月22日，这一年是丁卯年，时当仲夏，午末未初，中午的骄阳在海面曝晒正炽。这时，东海的海象还算平稳，海面出现一支庞大的舰队，正在往南疾驶，值更官范振声走到船桥前仰首报告：

“禀告督帅，我军方才已通过北麂列岛，是否在前方的南麂岛海面暂停？再过去就是福建地界了。”

“继续前进，经过宁德海面立刻放飞鸽传令，通报闽侯，就说一切顺利，按预定计划进行。我军将于明早抵达平潭海面，准备与福建水师会歼红旗帮。”

浙江水师提督徐廷雄胸有成竹，向值更官吩咐完毕之后，他继续站在船桥上，踌躇满志地环视四周，海面上浩浩荡荡行驶着浙江水师主力八十余艘战舰，还有二十艘小哨船在周围游弋。此番远征乃是奉旨联兵，与福建水师提督王柯密议，联合截击今年开始北犯的广东海盗。近年随着海外夷人东来，贸易大兴，海盗也随之猖獗，尤其是发源于新安一带的六旗海盗，其中最大一股是以郑一夫妇为首的红旗帮。据说帮里藏有前明天地会的余孽，原本仅止活跃于广州湾，可是近年来大肆扩张，西至安南、暹罗①，东面开始进犯福建浙江，专挑外贸夷船和官船下手。

今年初，红旗帮循迹跟踪北上，竟然在舟山外海掳了一艘前往东瀛的葡萄牙武装商船，打死三十几名夷人水手。不仅葡萄牙领事透过行商向广东巡抚抗议，朝廷也深以为忧，担心海盗与倭匪联成一气，这才有了两广浙闽四省水师的联合行动。

徐廷雄是本籍福建晋江的水师世家，熟知海战兵事，其先祖曾随施琅平定前明郑成功，之后大清海疆平静了百余年，东北面的倭寇和南洋一带的水匪难成气候，他这浙江水师也就难大有用武之地。不过，近年来西夷东渡，朝廷明令，仅限广州口岸通商，广州湾的海面也随之开始暗涛渐兴。

两年前，闽浙总督李长庚剿灭了为患多年的闽台水匪蔡牵，自己却也不幸在海战中殉职。这两年虽然曾经有些浙江海盗和倭人勾结，藏匿于小岛之上，但是徐廷雄指挥下属逐岛清剿，逼得这些散股海匪居无定所，四处流窜。抓捕散匪其实就是干些水面巡捕的小活，此次浙江和福建两省水师会剿北犯的红旗帮，终于有机会打场大仗，扬名立万了。

知己知彼，百战不殆，根据自己属下打探和王柯告之，这红旗帮主要盘踞珠江口，乃是六旗帮中势力最大的一支。老大名叫郑一，这些年扩张得很快，已有战船五百多艘，海匪四万余人。不过，因为红旗帮并不欺凌本国商渔，以打劫夷船为主，而海夷仅限于广州通商，所以红旗帮以往并不北犯。今年几次现身，与葡萄牙船最大的那一仗也不过来了近二十艘船。

徐廷雄心想，海盗所用的大船应是劫来用以载运赃物的商船，战斗主力应该都是些快速的小炮船。所以闽浙两省为此番进剿订下了战术，福建水师主力隐匿于泉州附近待命，等匪船北上过了泉州，然后全部兵力尽出，追蹑其后，断其退路。浙江水师主力藏匿于平潭岛和南日岛之间，扼住台湾海峡北口，派出所有哨舰和小炮船机动巡逻，发现盗踪之后且战且走，诱敌接近南日附近

① 今之越南和泰国。

的海域，然后两大主力尽出，围歼红旗帮北上的船队。接着南下往西，会师广东，挑掉红旗帮在大屿山的老窝。

范振声是负责航海的都司，自去命下属传令，而参将麦廷章主管作战，早在舰队通过浙南的台州外海时，他就通令各舰，船首和两舷观察哨都加派兵力，改为双哨，密切监视海情。近年来六旗帮打劫沿海商船，其中这红旗帮更是胆大包天，竟然敢主动找落单或小股的官船下手。浙江水师练兵多年，各级军官摩拳擦掌，想那红旗帮多年来聚敛有加，随行货船想必藏宝甚多，只要能在台湾海峡咬住他们的尾巴，这升官加发财可是十拿十稳，手到擒来。

麦廷章仰首望着桅杆，一名水兵正举着单筒千里镜，往前方做半圆形扫描。这支千里镜还是四年前李长庚派人到广州向荷兰商人买的，当时就一口气买了十六支。徐督上任之后整顿军备，筹款又买了二十八支，供有经验的官佐侦查时使用。这艘大号的海沧舰可是浙江水师的旗舰，足有二百七十吨，头尾七十尺，两组主帆，两舷各备五门二千二百斤火炮。舰队中还有两艘同型舰，分别由副督史惟勇和总兵尚宪中指挥，加上六艘两舷各备四门火炮的大福船，其他舰只也备有大小不等的火炮。至于南边合围的福建水师，兵力应也大致相当，以如此阵仗玩官兵捉强盗，即使红旗帮倾巢而出，只怕到时候台湾海峡都要被海盗的鲜血染红了。

舰队扬帆疾驶，一路上每逢见到一两只小型渔船，前锋必定会招旗通报徐廷雄所在的旗舰，如有靠得近的则鸣炮示警，或是由哨船前往驱离。这些偶而出现在舰队附近的小船颇令人心烦，计划中原是要求福建水师禁止从宁德到泉州的民船出海，以求保密。可是此时正逢渔季，各地县治禁海的力度不一，哪里是禁绝得了的？这些小船机伶刁钻，老远见了官船就跑，虽然担心是海盗的耳目，可是追之不及，也只能徒呼负负。如此直至酉时将尽，天色已暗，旗舰才摇灯下令，落半帆减速前行。夜间行船，虽然各舰都挂有航行灯，仍是有一定的风险。如此到了次日凌晨丑时，部队终于停在平潭岛外的海面，等到天色渐亮，才移进平潭与大陆之间的海坛峡湾，隐蔽休息。

谁知如此一连过了八天，不仅台湾海峡北口风平浪静，躲在泉州的福建水师也飞鸽来报，连海盗的毛都没见着一根。只苦了水师官兵，窝在船上忍受海面骄阳的曝晒，而且一天比一天热，每天都得等到近亥时才能凉快下来，酣然入梦。徐廷雄也只能命官佐约束手下军士，如此又过了五天，海面上机动巡猎的哨船仍然找不到海盗的踪迹，徐廷雄只好与副督分乘舢舨赴各舰，登船巡视慰勉官兵。这时已有少数官佐称病，要求登岸诊治。

连续十几天的万里无云，今天却明显要变天了，上午徐廷雄巡视第一艘大福船的时候，旗舰上的风动仪还只是小小抖动，可等到晌午时分，渐厚的云层已漫遮天际，两位正副提督大人只好停止巡视中小战船，各自返回座舰。待得徐廷雄回到船上，豆大的雨点已瓢泼而下，外海风浪渐大，乌云蔽天，巡哨的小船也纷纷返回，酷热一扫而空，湾内的战船下帆落锚，倒是全歇下了。

大雨下了整夜，麦廷章朦胧醒转，听得舱外雨声，于是起身打算询问值更军士时辰。待他走上舰桥，却见暗夜中一个人影伫立梯口，揉眼一看，正是提督大人。

“廷章，我也是刚起来，你说说看，这帮海匪现在何处？”

“督帅大人，末将揣想，或许他们风闻进剿，龟缩在老巢里也未可知。”

“不大可能，广东那边的消息，这帮悍匪连夷人的远洋炮舰都敢动。所谓的匪，就是无视王命，胆大包天。不过，红旗帮以打劫西夷商船为主，以往少来浙海，是因为这里没多少肥货，可是随着夷人逐渐北上，这往后的日子可难说了。”

“大人，您见过那些红眉毛绿眼睛的夷人吗？”

麦廷章跟随徐督多年，情同父子，值此雨夜寂寥，自是聊将起来，徐廷雄闻言不禁微笑说道：

“什么红眉毛绿眼睛！廷章，你尽是听信市井传言。其实，我也没见过西夷，以往咱们大清海疆碰到的一些蕃人，不外乎是朝鲜、东瀛、安南、暹罗，长相和中土的差不多。这些西夷来自万里之外，或许长得像是元朝时来大都的色目人吧。咱们的目标不是夷商，是海盗，这帮悍匪一日不除，咱们东南沿海就一日不得安宁。”

“大人，这场雨看来得下好几天，您说这帮匪类会不会胆上生毛，趁着视界不明，主动跑来生事？”

“我方才也在忖想此事。按兵家常理是不可能，我们在内湾避风雨，他们如果跨海来袭可得冒不少风险，而且彼此都看不清。不过，匪之为匪，就是不可以常理度之。所以我想，等天亮了你调度一下，雨云散去之前还是调些哨船，平常的二十里固然是有些困难，至少得恢复咱们外围的十里警戒圈。”

“是，末将正有此意。”

两人站在舱门避雨，又聊了一会，因为云遮雨蔽，虽然将入寅时，天色也只是初现一抹灰蓝。两人进舱正在更衣，却忽然听得传来连声炮响，徐廷雄顾不得束结停当就冲上甲板。几名瞭望哨揉眼举着千里镜四顾，深郁的黑蓝海面之中却是难见敌踪。这时麦廷章也已来到甲板，立刻命鸣锣示警本舰备战，同时举灯通知各舰。

黎明前的黑蓝海面难见匪船身影，但是此时已可见其炮口火光，只听得炮声连绵，竟不知来了多少匪船。徐廷雄惊疑之中急令备战，速派哨船前出，确认海匪位置与兵力。

原来，这个年代的前膛火炮准确度有一定限制，乃是以面对面打击为主。而小哨船不备火炮，仅有少量弓弩火铳，然而轻巧灵活，在海面上如同一快速移动的小点，是以海战时一般不会成为炮击目标，顶多在靠近时用大量弓矢火枪灭之。这时已过了一刻钟，东方显现微白，徐廷雄斟酌着眼前态势，海湾南北两口皆闻炮声，足见这批广东海匪的凶悍，不但不惧官军，反而主动发起拂晓攻击，想必是趁雨夜来到外海。

然而，堵住南北所有出口不留生门，难道是想尽灭浙江水师？这帮没知识的土匪，不谙兵法。就算是红旗帮倾巢而出，福建水师王柯的部队也会衔尾追击，到时候浙江水师来个反包围，海盗现在这种不留生门的打法可是兵家大忌。除非拥有绝对优势兵力，否则必遭反噬。

陌生的红旗帮此前是只闻其名未见其船，虽然看来这帮海匪战法怪异，没准是群二百五的蠢货。不过，徐廷雄深知自己身为主帅，职责重大，一个判断失误即可令浙江水师尽丧于此。可是，海盗主动决战太不合理，水师南下截击是出于防止海盗与倭匪勾结，连成一气。这批广东仔只要放弃少数北上的夷船，完全没有必要掏出全部家当，远来闽浙拼老本嘛。因此，虽然目前敌情不明，但是可以判断，红旗帮应该只是派出部分主力，试图阻断浙江水师南下。如果水师拼死冲出湾口，当然可能牺牲少部分舰艇，但是，只要能在外海展开，当可与海盗一决雌雄。这时候，已有两艘舰艇中弹起火，照亮了邻近水面。

徐廷雄不愧是老谋深算，在他下达突围决战命令之前，先命一艘哨船在龙田和瑟江港之间登岸，急召岸防援兵。如此一旦战情失利，舰队可靠泊岸边，不仅借岸防助力守护，而且步军可源源不绝地登船，海盗自不可能再跳帮夺舰。当提督大人开始下达将令时，第一艘奉命侦查的哨船什长登舰向麦廷章回报。

“麦将军，北面匪船前锋已突进海坛峡湾北口，目前位置在屿头和苏澳之间，大队正在进入展开。”

“有多少船只？”

“回禀将军，依卑职目测，已进入湾口的有二十多艘，后面的看不清，总共兵力应该不下六十艘。其中有艘巨舰，尖首大帆，三根大桅，帆片无数，样式甚奇。麦将军，这艘大舰单舷就有十二个炮门，估计占好阵位就要开炮了。”

海沧舰每舷五炮，大福船每舷四门一千八百斤大炮，都是水师的主力大舰，其他中小战船各备每舷二三门一千至一千五百斤炮不等。这名什长说匪船竟然备有每舷十二门大炮，那得是像山一样大的船，岂不是痴人说梦？麦廷章和舰上其他官佐闻言正自惊疑不定，身后传来徐廷雄的暴喝：

“阵前乱语扰惑军心，给我绑起来，押下去。”

总算这名什长禀报清楚，尤其对那艘怪船说得详细，徐廷雄留了一个心眼。否则，敌前谎报，扰乱军心，当场就该砍了。这时水师舰队已得令开始列阵，副督史惟勇率一部准备向南冲出海坛岛，徐廷雄率另一部准备向北冲出苏澳和屿头。两部打算在平潭东面的海坛湾会合，与海盗进行决战。只要福建水师按计划尾随而上，这将会是一场难得的突围与反包围激战。

当浙江水师分南北两向布阵时，红旗帮在北面进攻的船队六十余艘已全部驶入海坛峡口。徐廷雄站在舰桥上，命座舰向前二里，来到前军阵中，在雨中举起千里镜观察。这时天色渐明，提督大人揉了揉眼睛再看一眼，简直不敢相信。那名哨军什长说得没错，雨雾朦胧之中在苏澳方向出现一艘奇形巨舰。虽然太远看不清桅杆，但是明摆着三组主桅大帆，雨雾中看不清楚，每组最少四片，如为五片就是十五片帆，舰身修长，全不似海沧舰或大福船一般方头方脑的臃肿。这种怪船一看就是快速船只，绝非中土所造，海盗又是从何处取得这种庞然大物？此舰头尾足有一百四五十尺，十五片主帆已收其六，如同一只恶龙，正在往西南方向前进。

此时湾口桅杆如林，徐廷雄再传将令，南北两部减帆改桨，暂停突围出湾，水师所有大船集火攻击巨舰，其他中小战船前出迎敌小船。因为他从千里镜中看得清楚，这种十五片巨帆组成的修长巨舰还挂有一堆调整辅助的副帆，一旦到了开阔海域，恐将更易于发挥火力和机动，如果南方海口也有巨舰埋伏，突围将是死路一条。徐廷雄命再派小艇登岸传令，必须立刻召集营兵相援，多带弓矢火铳，同时命水师依托西岸进行炮战。东面的平潭岛上只有官差而无驻军，一旦战事失利，水师舰船只有靠向西面大陆地块的瑟江港，因为瑟江港是这一带唯一备有少量岸炮的地方。只要能撑住待援，海盗的炮弹打完了总得走吧！

知己知彼，百战不殆，既然是官兵捉强盗，强盗想要生存就必须把这条规律执行得更彻底。红旗帮一哥站在舰桥上注视战局，他很快就发现浙江水师准备依托西岸在湾内决战的意图，一哥命令，立刻将号令传给指挥南面作战的一嫂。当面这批官军反应蛮快，发现红旗帮的战力远超过预期，立刻按兵法作出调整。想法还真不错，可惜，浙江水师指挥官不知道这艘西洋战舰真实的威力。而红旗帮与广东水师缠斗多年，却很清楚大清省级水师的兵力与战法。

一哥这条超级座舰是一年半以前在安南海面掳获的英吉利海盗船，轻型驱逐舰肯特号。洋人可闹不清大清和安南、暹罗海盗的不同，反正长相都差不多，虽然也曾经怀疑是横霸南海的六旗帮所为，可是一哥将船藏到东面的离岛，用来发展所谓闽浙业务，英吉利人也就一直找不着这条船的下落。大英帝国东印度舰队①配属的常规驱逐舰拥有两舷各十六门，合计三十二门的十八磅铜炮，而这艘轻型驱逐舰虽然配的只有二十四门炮，可射程和威力都远超过海沧舰。浙江水师现在是两难，如果靠岸，一哥的大舰只要在清军射程之外开炮打靶就行了。如果浙江水师前冲，那当然互有死伤，可是岸上兵力的依托将成为空谈，一哥一嫂的百来艘战船还不得把官军给全灭了。

这时一嫂指挥的另外一半海盗也已经冲过程安和北坑之间的海面，开始向副督史惟勇率领的南线兵力展开攻击。一哥疼惜老婆，只要求一嫂堵住浙江水师南逃之路，由他自己在北面强攻，而一嫂的座舰也是较为宽敞舒适但是火力较弱的翡冷翠之星号武装商船。这艘船其实比肯特号还大，不过只在两舷各配六门火炮，后舱是用来装载抢来的赃物和补给。当然啦，六门重炮也够他史惟勇好好喝一壶的了。更何况，一嫂可不会把头功让给帮主，她手握长剑站在舰桥上，命令众儿郎直冲敌阵。其实海盗就是海上猎人，熟悉在海上围堵猎物歼而食之的战术，十几艘中型炮船在南口堵截漏网之鱼，翡冷翠之星号率领五十艘战船，竟是直往史惟勇军中杀将而去。

一嫂长得不可谓不年轻貌美，不过一哥心疼她可不只是因为她长得美，也不仅是因为一嫂出得厅堂进得闺房好上床，更是因为一嫂不但上了账房把整个红旗帮内务管得井井有条，而且，上了战场还是一员猛将。原来，这一哥一嫂乃是广东新安的胥家人氏，胥家四姓郑、石、马、徐在前明就是横行广东的

① 那个时代的正式称法应为大英帝国皇家海军远东舰队。

海贼，包括民族英雄郑成功的老爸——郑芝龙。早在八年前，有位胥家枭雄莫官扶襄助安南的西山朝，与南朝的旧阮政权作战。莫官扶不但在海战中重创阮军，还挺顺便的在两广海面大干海盗副业。嘉庆六年，西山朝封之为东海王，东海王莫官扶手下有四大总兵，其中的郑七就是郑一堂哥。

郑一是他这一房的老大，所以人称郑一，秉性沉稳多谋。康熙平定台湾之后，郑成功旧部和天地会成员与胥家贼合流，才逐渐发展成为横行南海的六旗帮。其中红旗帮在一哥和一嫂领导之下最为兴旺，一嫂还认了天地会中人作师父，习得不少功夫。本来一哥对此次北上出击并没有太大兴趣，而是天地会厦门总舵的一班高手分析献策，说服了一嫂，才有今日之战。

但是，浙江水师近年来在徐廷雄领导下精训勤练，又多有与东海浙匪倭寇实战的经验，岂是好相与的？这种海湾包围战不留生门的打法，是逼着水师拼命，想当然将会是两败俱伤。只见那史惟勇所乘海沧舰上令旗翻飞，水师战船纷纷上前占位，发炮迎击。

浙江水师战备训练的铁连环是由提督徐廷雄、副督史惟勇、总兵尚宪中、参将麦廷章四人组成，此时两人一组，分头指挥南北两线作战，官军和强盗的小船纷纷上前，缠斗在一起。水师的九艘所谓大战船桨帆并用，试图抢进，水师弓箭手和火铳兵列满船舷。麦廷章手下的旗手不断发出指令，只见北线小船奋不顾身缠住海盗的小船，掩护几艘大福船和海沧舰向前，打算冲到射程之内围攻肯特号。

一嫂指挥南线海盗，战法和徐廷雄完全相反，仗着她的翡冷翠之星号比肯特号更大，硕大的船身稳稳向敌阵压过去，两舷也满是海盗的弓手和铳手，所到之处全力消灭水师小船上的官兵，尽量使得海盗的小炮船可以腾出手来。翡冷翠之星专门消灭水师小船，小炮船围攻水师的大福船和海沧舰。因为，红旗帮的小炮船和水师不同，一嫂设计得船小炮大，几艘小船灵活机动的围攻，只有我打得着你而你却难以打得着我。整个海湾矢弹横飞，炮声隆隆。

当小船之间的弓枪互射到后来形成接触战时，古典的跳帮肉搏最为惨烈，这场湾中捉鳖的海战从早晨寅时一直干到午后未时，逐渐可判战局胜败。浙江水师被击沉三十四艘战船，损失了大约三分之一兵力，包括五艘所谓的大舰。红旗帮也有十八艘小船化为波臣。问题是，出现在海湾内的海盗船达一百二十余艘，而官军总兵力是九十余艘船，将近四比三的对比现在变成近于二比一。海盗的巨舰完好无损，水师却只剩下三艘大福船和徐廷雄的指挥舰。副督史惟勇和总兵尚宪中战死，海盗已经南北合流，形成对水师的内线包围。

在真正面临覆灭的关头，浙江水师官兵这才领会到，匪船炮火威力与射程远超过官军。原来大清水师的建军思路沿袭前明，以小船为主。备炮五百斤以下的称为轻炮，其上一直到两千斤称为大炮，超过两千斤以上的极少。而红旗帮装备的火炮却是小于两千斤者极少，因此一经接仗优劣立见。虽然水师英勇奋战，却只能在近战中击沉红旗帮那十八艘小船。

一颗染血的小铁弹滚落甲板，那是麦廷章从提督徐廷雄身上挖出来的，徐廷雄的右肩出现一个血窟窿。老式火铳既无封闭装药又没有膛线，远距离的动能杀伤力和穿透力都有限，水师官佐身上又穿了护心甲，即便如此，徐廷雄身上也已经挨了四发铳弹。麦廷章七手八脚地包扎，而他自己身上挨的铁弹更多，军士草草包扎的伤口还在淌血。

"传我命令，水师所有船只往西撤退，小船先撤，大船殿后阻敌，在龙田和瑟江之间抢滩。廷章，我命令你，率领所有官兵从陆路撤回宁波。"

"督帅，不战了么？"

"不战了，你要把今日之战详报总督衙门，海盗巨舰大炮威猛若此，可能是从西夷处所劫。如此说来，夷患竟是比海盗可怕百倍，如不速谋对策，我大清海疆永无宁日。官印在我舱案头，你速去取，立刻撤退。"

"督帅不可，我浙江水师可无麦廷章，不可一日无督帅。由我殿后，请督帅尽速登岸。"

"荒唐，我浙江水师训练有成，船没了可以再造，有经验的官兵没了可难再起。我今年五十有三，你呢？才二十九。廷章，主帅弃逃还有何面目存于天地之间？我意已决，你可速去。"

两人在舰桥上的争执浪费了宝贵的时间，麦廷章终于咬牙领命，令旗手发出撤退信号，自己冲进船舱，取了大印关防下船而去。

这时水师舰队的阵面已被越压越紧，红旗帮胜券在握，肯特号和翡冷翠之星号不再过分进逼，而是运用火力优势，采取吊射方式，不断轰击水师纵深部位的战船。直到眼见水师小船纷纷向岸边靠近，仅剩的一艘海沧舰却开始前出，一嫂立刻下令，翡冷翠之星号也开始前移。

水师小船后撤，一艘大福船和海沧指挥舰升起满帆，全桨前冲，立刻成了众矢之的。徐廷雄索性下令弃炮不用，扭舵直直冲向翡冷翠之星号。这个命令完全正确，如果海舱舰用炮就必须横面敌军，如此以寡敌众，必定被红旗帮打成碎片。而垂直以船首前冲，则是立刻将自己的受弹面降为五分之一。

可惜，正确的战术作为在压倒性敌军面前却未必产生盼望的结果。那艘拼死并行的大福船船舯连中两弹，爆炸的火光中竟是逐渐沉没。海沧舰前桅中弹，首帆歪斜下坠，速度登时慢了下来。红旗帮阵中冲出一只小艇，竟是飞桨奔来。

徐廷雄焦急地命炮手下舱助桨，加速前进，命舵手全神待命，舰首瞄准翡冷翠之星号右侧，准备贴近时大扭舵撞击匪船船舯，与翡冷翠之星号同归于尽。忽然，两艘水师小船去而复返，冲到海沧舰左右前方。徐廷雄举起千里镜凝神望去，左首那艘快船上指挥的正是麦廷章。徐廷雄心中一痛，只能虎目含泪，摇头叹息。

原来麦廷章难舍袍泽之情，竟是将官印交给了都司范振声，自己征集两船死士，赶上来掩护徐廷雄，展开最后的突击。眼看着两艘小船与迎面而来的匪艇越来越近，忽然一发炮弹掠过，无巧不巧正好命中麦廷章这艘小船的帆柱，碎片纷飞之中麦廷章只觉脸上一阵剧疼，当场摔倒，眼前发黑竟是晕了过去。

多发近着炮弹引起的巨浪将海沧舰掀得上漂下荡，左摇右晃，炮声终于停了，原来此时距离翡冷翠之星号已经不足三百米。但是那艘匪艇也已冲到船边，只见四条人影先后跃起，踩着帆柱一蹬，竟是施展轻功登上了海沧舰。徐廷雄心中一紧，拔出配刀招呼甲板上的四十余名水兵，立刻上前毙敌。没想到第一个抢上舰来的竟是一名妙龄少妇，正是一嫂亲临。一嫂一上来就仗剑杀了两名军士，跟着上舰的三人更是厉害，手起刀落，所向披靡。一眨眼的功夫倒下十几名水兵，剩下的水兵纷纷退回舰桥。

徐廷雄打量着眼前四匪，除了女匪还有一名持刀青年，一名瘦得如同麻秸一般的壮年男子，和一名提剑书生。瞧那登舰时的身手，显然都是传说里的武林中人。眼见功亏一匮，有死无生，却听那名书生不疾不徐地说道：

“贵军已尽全力，眼下胜负既定，多造杀孽无益，不弃刀言和更待何时？”

徐廷雄深吸了一口气，凝望着书生朗声说道：

“我徐某不才，兵败东海，有愧君恩。唯我大清虽有败战无能之徒，不可有屈膝事敌之将。你等祸乱我中华海疆，荼毒生灵，天下自有公论，今日就请将徐某项上人头取去吧。”

“败军之将哪来这么多啰哩八唆的，当老娘不敢杀你吗？”

一嫂骂毕正欲上前，却被那名书生摇手止住。

“眼前这位可是提督徐廷雄大人？”

“徐某正是。”

“徐督乃海疆名将，我等久仰，不过徐督方才之言在下可不敢苟同。红旗帮立寨以来从不妄杀，只劫夷船夷货以济贫，何来祸乱海疆荼毒生灵之说？满清鞑子入关百六十年，率兽食人残民以逞，是可谓荼毒生灵。自古汉贼不两立，徐督以大将之材屈身事虏，恐有违春秋之义吧？”

徐廷雄闻言睁大双眼，重新打量眼前的书生。只见此人眉清目秀，倒还沾着飘逸之气，徐廷雄索性拄刀于地问道：

“阁下谈吐不俗，奈何杀官作乱，与匪为伍，敢问您是？”

书生握剑一抱拳说道：

“在下闽南陈氏草名道芗，天地会漳州本舵宇宙坛主正是。”

“虽是徐某自分今日必死，天地会逆反此等机密大事竟然如此坦然相告，阁下当是英雄人物。徐某有一事相劝。方才所言春秋之义谬矣，自古以来改朝换代迭有更替，遗臣思念故主虽是可悯，但贵会恩主乃是延平郡王，而今郑氏早已归降百年，尔等天地会仍然聚众作反，一是昧于天下大运逆势者亡，二是有愧延平郡王君臣之义。再论满汉之分，所谓汉贼不两立的事虏，徐某请教，这九州天下一统始于何朝？莫非先秦是也。阁下断言先秦是我纯正中原汉民吗？”

一嫂和那两名拎刀汉子听着这两人讲论，都是莫名其妙不知所云，陈道芗心中却是一凛。徐廷雄接着说道：

“自古秦人多氏羯，想那大唐李渊虽是汉人，亦不免鲜卑血脉。再说阁下源出闽南，而红旗帮来自广东，所谓闽粤蛮瘴之地，自西周时期以降岂不是皆为百夷？试问今之华夏一统者何也？语言文字儒门教化而已。满人入关至今，早已改习汉书汉语，是为天下大一统矣。天地会所言汉贼不两立，实为权与利之相争，不知阁下以为然否？”

陈道芗闻言沉吟不语，那名青壮汉子却是不耐烦地喝道：

“死到临头哪来这么多废话？竟然敢诋毁我天地会，你今日降是不降？”

这时红旗帮已有多艘战船靠帮，控制住海沧舰的桨手舵工，甲板上除了些警戒的帮众，只剩下这几位文辩之中的首脑人物。指挥舰被俘，偌大的浙江水师竟是灭了。徐廷雄举目环顾，怆然问道：

“敢问这位好汉是？”

沉吟中的陈道芗这才惊觉，忙应声道：

“啊，这位是我天地会漳州本舵香主刘丽川，他旁边那位是地黄坛主李咸池。徐提督，这位一嫂是红旗帮压寨的大姐头，大伙不妨亲近亲近。”

“徐某还有一事请教。”

陈道芗忙拱手说道：

“将军但说无妨，在下定坦然相告。”

“敢问红旗帮那艘巨舰从何而来？徐某自认今日大败，虽是无能，但该舰是为主凶。老夫纵情海上三十载，从未闻见此舰，想非中土所造，莫非来自夷国？”

陈道芗却是不知此舰详情，正自思索之间，旁边的一嫂已经笑了起来。

“你说的可是我那艘大船？那不是船，那是七千担茶叶。”

“什么？徐某不明白。”

“嗐，咱们先劫了条丹麦商船，再劫一条西班牙商船，上面一共有七千多担茶叶。那些所谓的熙春茶其实就是些烂茶渣子，中国人是不大爱喝的，如果运上岸根本卖不出像样价钱。咱们把茶叶卖给一个什么硬肚东东公司的傻冒，换回来这条船。这可是他们最新的武装商船，你明白了吗？”

包括博学的陈道芗在内，没人知道一嫂说的硬肚东东公司到底是什么东东。原来她说的是英吉利国营东印度公司，不仅垄断专卖，而且说是公司，却配赋了军团级的兵力，地位与总督相当。

“徐某说的不是这一艘，我说的是北面那一艘，跑得最快备炮最大最多的那一艘。”

“说你这厮话痨吧倒也有几分见识，没错，那艘船是咱们红旗帮的镇海之宝，从咱们夷国同行手中抢来的。那个国家叫作英吉利，，这些年不少船来广东贸易，竟然连他们的海盗也跑来凑热闹，跟咱们抢生意。结果咱们乘他们在广西和安南之间靠岸，上去宰光了那帮混蛋弄来的。”

“你说夷国的海盗竟然装备这种船？那他们水师的战船岂不更大？如果大举来犯中土，我等何以御之？”

徐廷雄皱起了眉头，其实一嫂只说对一半，因为一嫂并不知道，轻型驱逐舰乃是节约经费的产物。这种舰的吨位和火力都低于常规驱逐舰，用来执行护航或中轻强度的任务。即便如此，六百多吨的肯特号已经是海沧舰的三倍大。这艘轻型驱逐舰原属法兰西的拿破轮舰队，特拉法加大海战时，舰队司令维尔纳夫没能好好拿住破轮，兵败被俘。之后英军懒得用肯特号这种非制式战船，高价卖给了海盗。这没什么好奇怪的，欧洲诸国海洋争霸，除了投入正规军以外，还有武装商船和海盗搅和进来，沆瀣一气。凡是与海军互通声气情报，乃至于助战和帮忙补给戒护的海盗船，由政府发给私掠默许状[①]，准予劫掠他国船只。肯特号随着英吉利在亚洲的势力扩张而至，没想到法兰西海军还没来得及报仇，英吉利海盗却遭了中国同行的狼吻。

“唉呀，徐大将军，那些夷国远在万里之外，何必多虑？你只要肯投降，我们红旗帮绝不会亏待你。陈坛主，那句文诌诌的话怎么说来的，李咸虾子？”

“一嫂，是礼贤下士。”

“对，对，礼贤下士。只要你肯加入红旗帮，我们一哥拨给你指挥的船绝对比浙江水师还要多。”

徐廷雄惨然一笑，却是不看向少妇，转向陈道芗说道：

“兵败被俘，由我不得，投归敌营，却不容我徐某为今之李少卿[②]，事匪更不可能。在此一事相劝，天地会纵横两百年，却是一年不如一年。听闻贵会在南方开始欺凌霸市，包娼包赌包大烟，与下九流帮会何异？所谓残民以逞荼毒生灵者，其不远矣。阁下气宇不凡，宁为戒乎！”

陈道芗闻得此言，正自低头沉吟，眼角忽见余光一闪，忙抬头张望，大呼：且慢！却已是不及。只见船桥飙起一蓬飞血，正是徐廷雄趁众人不备，大刀横举，推刀自刎，竟是割首而亡。

浙江水师残余的官兵由范振声率领，登岸后仓惶北返。眼见红旗帮势大，被唤来临时协防的陆地营兵只能偃旗息鼓，眼睁睁看着海盗将水师留下的二十一艘堪用战船掳掠而去。

一哥乘舢舨登上翡冷翠之星号，红旗帮重新整队，浩浩荡荡南归。当天晚上路过泉州外海，另一股战船加入队伍。原来，福建水师的舰队趴在晋江港枕戈待命，这晋江港乃是泉州门户，口袋形的天然良港，原以为万无一失。可是王柯这位提督大人是官老爷当惯了，只想到剿匪，没想到有一天会被匪剿。这口袋形的港湾只消把袋口一封，岂不就是瓮中捉鳖吗？一哥那才真叫做知己之彼，大军未到，先发四十几艘炮船的炮口已经对准了湾口。还好晋江是福建水师的母港，大炮岸防严密，海盗不敢过分逼近。饶是如此，唯一的出口被封，王柯大人也只能是行不得也哥哥，闷声憋在港里了。

① Letters of Marque，始于中世纪的海战副产品，美国于2001年的“9·11”事件后再度引用。

② 汉将李陵，字少卿。武帝天汉年间，名将李广利征匈奴，李陵率五千骑前锋出陇右，遭十一万敌兵围攻，李广利按兵不援，陵部辗转奋战，歼敌万余，矢尽粮绝而降。

翡冷翠之星号静静划过黝暗的海面，夜凉如水，船长的豪华官舱开着舷窗，尽扫白昼的燥热。一哥大马金刀坐在这间装潢雅致的舱间主位上，众人意兴昂扬，都说这场胜仗打下来，尽灭大清朝精锐的浙江水师，从广西钦州到长江口的海面迟早将会全部成为六旗帮天下。陈道芗却是有点意兴阑珊，想那徐廷雄一代名将，临败推刀自刎以全名节也还罢了，但是临终之前对夷国的担忧和对天地会的评述，却是缠绕心头挥之不去。这时舱门忽地被打开了，一名头目和帮众押来六名水师被俘官佐，扔在地板上。

经过对俘虏官兵的交叉拷问，海盗早已清楚这六名军官的姓名职司，那名头目喝道：

“见到一哥还不跪下？方才问你们的话好好对当家的交待，你们降是不降？”

三名军官跪了下去，另两名在钢刀压颈之下也只好磨磨蹭蹭地跪了，还有一名军官满身血迹，右眼一个窟窿，竟是被打瞎了，只能半卧半坐在地上。一哥朗声说道：

“我知道，你们浙江水师不比其他几省的那些饭桶，你们能打仗。可惜碰到我们红旗帮，我们更能打硬仗，你们输了不丢人。我！就是六旗帮里最大的红旗帮老大，一哥。现在正是用人之际，只要你们肯归顺于我，以后就是自家兄弟，有福同享，有难同当。如果不肯归降，我也懒得用刀，就自己跳海吧。”

一名把总挣开钢刀站了起来大声说道：

“我黄家世代报效朝廷，你等海匪杀害命官，杀我手足兄弟，我若降于你，还有何面目以见家乡父老？大当家的你言而有信，就请给我让一条阴间道吧。”

黄姓把总铮然巍立，那名头目把军官名单递给一嫂，一嫂庄容柔声说道：

“你叫黄尔撰？好一条汉子，当真不降？”

黄尔撰把头一偏，竟对一嫂来了个相应不理。一嫂叹了口气，对押解的头目微一点头，转首说道：

“敬你是条汉子，可战阵之中，一哥话已出口，不杀无以立威。好吧，请自便。”

黄尔撰径直昂首走出舱门来到船舷，却是双手被缚难以攀越栏杆，他对旁边的海匪低喝一声：

“休得碰我！”

陈道芗张嘴，正欲叫人解开绑绳唤回，那黄尔撰却低俯上身伸出栏杆，双脚一蹬翻身落海而去。眼见一嫂处事明快，转眼之间黄尔撰葬身大海，一名军官嗫嚅着说道：

“非是我不愿降，我一家老小就住在宁波水师大营附近，却又如何是好？”

一哥闻言哈哈大笑，站起来走到那名军官身旁，竟是伸手将那名军官扶了起来，一手搭在军官肩头说道：

“今后你我就是自家兄弟，兄弟的家人就是我的家人，你放心，我等此番回到广东，两个月之内没有人知道你归降之事。两个月之后你的家人已经全部被接到寨里，少一根毛我一哥拔给你，少一条命你拿我一哥的头颅做抵。”

眼见一哥豪气干云，另三名军官登时也全都降了。一哥回座，大为欢喜，这时躺在地上那名受伤军官忽然动了一下，轻声说道：

“扶我站起来。”

两名军官忙将伤者搀了起来，神态却是颇为恭敬。伤者勉强站稳，一只血污独眼望着四名投降的军官，忽然使尽全力一呸，喷得他身旁的军官满脸血星。

“贪生怕死之徒，寡廉鲜耻，莫为此甚。老子没力气投海，你们过来再挖我这只眼睛，投海喂鲨，千刀万剐，随便。快快将我杀了，让我追上督帅英灵，省得在此受辱，太太恶心。”

一哥刚皱起眉头，一嫂已经开言说道：

“麦廷章，你就是麦廷章将军。咱们战前早已打听清楚，浙江水师铁连环四把手，徐廷雄、史惟勇、尚宪中、麦廷章。满以为今日一战可为一哥搜罗几位大将之材，没想到刀枪无眼，竟然只留下麦将军一人。将军今日痛失良友，咱们完全理解你的心情。一哥，不如让麦将军暂且休息疗伤，其他的事改日再议如何？”

麦廷章听得心中一惊，悍匪能做到如此知己知彼，官军却只是道听途说，焉得不败？这时一哥朗声笑道：

“应当如此，应当如此，来人哪！领这几位新弟兄下去更衣休息，等回寨再做盛大欢迎。给麦将军用最好的药，派专人伺候，不得让麦将军受半点委屈。”

待得帮众将一干军官领出舱房，陈道芗这才说道：

“看来这麦廷章倒也是位人物。眼下夷商夷船越来越多，鞑子又搞四省水师联军围攻，海上风云变幻，不知一哥做何打算？”

“说得是啊，陈坛主，这几年来海上的事越来越复杂，外人看咱们六旗帮是好生兴旺，其实中间的难处只有咱们自己知道。”

“哦，此话怎讲？”

“先说咱们自己吧，咱们定的帮规是不欺弱小，可如此一来咱们的活路就只能靠打劫夷船。陈坛主，咱们也是为了养家活口，并不想没事就刀枪见红。问题是这夷船越来越多，越来越大，而且现在三条船倒有两条是武装商船，就像这翡冷翠之星号一般。咱们一不小心就得赔了夫人又折兵，船毁人亡。”

“既然是商船，何必要浪费载重，搞这么多火炮和人手？”

“说得是啊，我们也问过俘虏的夷人水手，据他们说，夷国远来中土竟逾万里，沿途不时有海盗。咱们这六旗帮在他们眼里可还只能算是小号的。”

“什么？小号的，以六旗帮的声势，不至于吧？”

“是啊，所以接下来就得说说外面的事了。这些武装商船在远海航行时往往抱团，结伴同行，到了两广地界才各走各路，分道扬镳。因为那些西洋海盗的大舰往往比咱们的肯特号还要大。.”

旁边那位刘丽川嗤的一笑说道：

“那些蕃鬼扯蛋吹牛吧？一哥，您这条肯特号在兄弟看来，已经是天下第一了。”

“不，兄弟见识过夷人水师，就是那个叫什么英吉利的，那船大得可怕。咱们这船两边各十二门炮，够厉害了吧？人家那巨舰单边单层就十八门炮，可人家船肚子里是两层炮。刘香主你想想，单舷两层就三十六门炮，一条船装了七十二门炮，简直就是把大炮楼搬到水里头了。而且人家那个炮还来得更大，填的火药更多。”

不可思议，一哥的话令刘丽川等人面面相觑，露出怀疑的神色。一嫂接着说道：

“夷商的武装商船一得防海盗，二得防撞上敌对夷国的水师，咱们头疼的也一样。你说这武装商船来个三两条吧咱们还不担心，一旦碰上夷国水师，就咱们这几百号小船，不够人家当点心的。”

陈道芗闻言蹙眉不语，一旁的李咸池却笑了起来。

“嫂子就爱说笑，夷国水师吃饱了撑的，跑上万里地到咱们中土来干啥呀？”

“我也不知道他们来干啥，不过，还真不是玩笑。去年咱们在黄埔见过法兰西水师，一共四条大船，最小的一条也比肯特号大半头，单舷排了十六门炮。今年英吉利一家伙来了七条，就停在澳门，咱们老窝对面。”

陈道芗站起来在舱中踱了几步说道：

“可惜了，今日那提督徐廷雄所言非虚，可惜了。”

“可惜啥呀？”

“你们想想，他远在浙江，此前未曾见识西夷水师。今天见了肯特号，自己性命不保，却还在担心夷国入侵。唉！”

“所以你们刘总舵主当初捎信时说得对啊，自古官贼不两立，如果不是四省水师想要砸咱们的饭碗，咱们何必先发制人，北上拼命呢？如果这麦廷章能有那徐廷雄一半的本事，帮咱们造船练兵，这珠江口广州湾以西就肥得吃不完了。咱们以后不但不会离乡背井北上找活计，说不定哪一天还得和水师联手，抗击夷兵呢！”

那四名投降军官已换上红旗帮的服色，满心输诚，只等着回到本寨后开香堂拜祖师爷入帮。麦廷章被关押在下舱，一哥一嫂轮番探望。麦廷章喝酒吃肉，吃罢了却是骂不绝口，只求速死。如此过了两天，终于在月中抵达广州湾外海附近，不时有一二十条不等的小队发出旗语后脱离本队，分散往附近的小港湾藏匿。陈道芗站在翡冷翠之星号的舷边眺望，只见一百七十余条船的船队秩序井然，心中也是暗自佩服。

第2章
会数学的洋和尚

船队过了新安接近香港，小船已快速前出，前往红旗帮的垛窑大屿山。待得过了芝麻湾和贝澳湾，本队的八十余艘战船准备进入塘福庙湾驻泊，这时忽然远处海面隐隐传来炮声，一哥一嫂和几名头目纷纷上了舰桥，一哥骂道：

“到自家门口就以为天下太平了吗？忘战必危，为什么没有人来报？这些望风的猴子是怎么回事？”

其实训练有素的船队已经展开机动，从行军纵队变阵为作战方队，方才准备在贝澳湾分泊的分队也掉头追了上来。令旗纷飞之中，一艘哨船已经靠帮翡冷翠之星号。头目攀上舰来禀报：

“大当家的，两艘夷船自己打起来了，小的跑大的追，大的比咱肯特号还大一些，从东湾一路追出来，待会就到桂山了。”

陈道芗听得有点摸不着头绪，一哥却是大巴掌一拍说道：

“荒唐，这些蕃人搞什么名堂？打架打到咱们家里来了。上去瞧瞧。”

这时肯特号带头，船队冲往澳门与三角山之间的海面，翡冷翠之星号和另一半船队堵在三角山和石龙山之间，跟上来的贝澳湾分队分布在龙山和大屿山本岛之间，广州湾的湾口登时被红旗帮给封住了。一哥举起千里镜，已可看见远处夷船的身影，饶是红旗帮纵横南海多年，此时一哥也是啧啧称奇。前方逃的小船身形修长优雅，速度飞快，是一种这两年才出现在这附近的夷人怪船，可是为了避开追兵炮火，它走的是之字形。

原来，当时炮船的火力分布两舷而不是首尾，小船弯曲着走，使得追兵的炮火有三分之二时间是处于死角，可是如此一来双方的速度差距就拉平了。眼看着一追一逃逐渐靠近，一哥正琢磨着，如果不闻不问放这两条夷船到外海去，拼个你死我活也不关自己的事。可是，张三李四跑到自家门口来打架，简直没把红旗帮这个作主人的放在眼里。

正在这时，只见小船上爆出了火光，一枚炮弹终于击中船尾。受伤的小船似乎舵机失灵，歪歪斜斜地驶向石龙山和大屿山之间。这时距离更近，千里镜中已可见小船上的人影，正在操帆试图控制方向，可是这么一来速度就更慢了。说是小船其实也有一百三四十吨，比红旗帮的中战船还大一些。一哥见大船仍不依不饶地开炮追上来，一时豪兴大发，下令放过小船，拦住大船。当下令旗招展，肯特号带领的西线船队向东北前移，翡冷翠之星号移向正北，准备拦截。这时小船被落在附近海面的炮弹掀得上下颠簸，首帆又被一枚炮弹擦伤，眼看着已无法逃脱，竟是勉强对准石龙山旁的荷包湾冲了过去。

翡冷翠之星号放过小船，旗令指挥三艘战船跟进荷包湾，然后红旗帮的八十艘战船将那艘夷舰围了起来。肯特号和翡冷翠之星号分别鸣炮示警，那艘夷舰倒也识时务，赶紧落下半帆把速度降了下来。眼见红旗帮的兄弟个个兴奋得摩拳擦掌，一哥却是目不转睛地盯着比肯特号还大半头的夷舰，十六个炮门与肯特号森然相对，翡冷翠之星号和其他炮船的炮口又对准了夷舰。

陈道芗心中忖想，莫非好事成双，一哥打算劫船？先灭了浙江水师，跟着再换上一条更大更猛的旗舰！他忍不住向一嫂借过千里镜来一窥究竟，此时双方距离只有一里，镜中可见这艘大船和肯特号类似的构型，有前中后三根大桅。和中土船只一桅一大帆不同的是，每桅挂上六面帆，分别操控，旁边还有一些副帆，看来如此操控更为复杂，可也更为机动灵活。夷舰的船尾还刻了些奇形怪状的符号，应该是夷文，那蚯蚓一般弯弯曲曲的形状大约是“DIANNA”。这时夷人水手正在甲板上奔忙，只见放下一艘小艇，载着数人摇白旗驶来。于是红旗帮的战船指引小艇，径奔翡冷翠之星号。

一嫂回头吩咐，唤来一名识得夷语的头目黄崇祥。只见两名穿着红色制服的夷人攀上舰来，这两名夷人显然并非普通士兵，竟然晓得些规矩，先摘下脑袋瓜上奇形怪状的三角帽，向舰桥上众人行了个礼，又单独向唯一的女士一嫂行礼，然后才叽哩呱啦地说了起来。几句话说完，众人固然是莫名其妙，那临时通译黄崇祥却也是抓耳挠腮不知所以。黄崇祥上前一步，对那夷人也是叽哩呱啦地来上一段，陈道芗听着和夷人腔音不尽相同，心想土人多方言，这下如何是好？没想到那夷人眼睛一瞪，换了个腔音，当场和黄崇祥对起话来。众人如释重负，这时那艘逃命的夷人快船已经钻进荷包湾，外面有红旗帮的三艘战船围守，于是大家好整以暇地讲论开来。

原来黄崇祥曾经处理岸上销赃事宜，当时西夷多以法兰西语和拉丁语从事异国沟通，黄先生和洋行打交道学了些法兰西语。眼前这两位自称来自大英帝国东印度舰队分遣队，是那艘黛安娜号驱逐舰的枪炮副长劳伦斯中尉和助理航海官阿瑟少尉。被追击的那艘小快船是亚美利加国的托巴兹号(Topaz)[①]。这亚美利加是大英帝国的奴属国，天生的不老实，黛安娜号奉命拦截所有该国商船，检查是否藏有高薪拐骗的他国水手。然而这艘托巴兹号据报实为一海盗船，又拒绝拦检，所以才开炮追击，恳请伟大的六旗帮赐予必要协助云云。

劳伦斯中尉是彬彬有礼，听的众人是百般惊奇，原来这个什么大英帝国来头不小，学大清皇帝一样竟然也有奴属国。也不知黄崇祥先生到底译通了几成，眼见一哥正在沉思，陈道芗对一嫂小声说道：

“这条黛安娜号看起来可是相当不错，你们不会是动了心思吧？”

一哥闻言抬头说道：

“这可不敢，眼下是在咱们自家门口，陈坛主，没听人家方才说的？这条船只是他们分舰队中的一艘，这么大的动静附近渔船早瞧见了。纸包不住火，到时候那个大英帝国的水师整个开过来跟咱们决战，就算是咱们或许不怕他，可是两败俱伤，到时候广东水师赶来检便宜打闷棍，划不着啊。”

陈道芗正自佩服一哥心思敏捷，一嫂也小声说道：

“一口吃不成胖子，一哥八成是盘算着想如何留下那艘小的，那种小船可是当今世上跑得最快的。”

“崇祥，你说给这两个夷官听，他们的意思红旗帮明白了，不过，既然他们跑到红旗帮家里打架，咱们做主人的不能只听一面之词，叫他俩随咱们登岛，听听小船上的人怎么说吧。”

一哥处置合情合理，两名夷人军官也无话可说，只好随着众人下船登岛。海面上包括黛安娜号的所有战船移至近海，落帆下锚，只有一些小船在外围巡弋，以防广东水师蠢动。如此一来，被红旗帮四百门船炮对着，配了三十二门炮的黛安娜号可就真的是像福建水师的提督王大人前日一般，行不得也哥哥了。

那石龙山本是红旗帮大屿山总寨外围的哨戒基地，一行人在荷包湾登陆，经过托巴兹号时一打量，船上只有帮里的兄弟看守，已不见夷人。劳伦斯中尉和一哥分头寻思待会如何周旋，一到分寨，却见寨门外的沙地上有三具白布覆盖的尸首，一哥当场皱起了眉头。

---

① 托巴兹号事件：该船于1805年8月被黛安娜号自广州掳劫到加尔各答。当时的美国政府无力保护，停泊广州的十一艘美籍武装商船只得自行抱团，与英军对抗。

待得众人进寨，只见地上坐着躺着九个夷人，旁边站着擎刀看守的兄弟，其中躺着的四人身上带血，也不知是死是活。看那些坐着的夷人打扮都是水手，只有一人穿着长袍戴着布帽，未知何许人也。见到劳伦斯和阿瑟进来，那坐着的五人除了长袍客以外，竟自用夷语和两名军官对骂起来。

“通通闭嘴！”一哥大喝一声，四柄钢刀架上了坐在地上夷人的脖子，这才稍稍安静下来，劳伦斯中尉却还在嘟嘟囔囔。一哥说道：

“叫那个老人死捞人死什么的中尉闭嘴，他的意思刚才已经说清楚了，现在该轮到地上这几个说说。”

黄崇祥对着地上几个人开始叽哩咕噜，唉呀，坏了，这几个亚美利加什么的水手瞠目结舌，忽然安静下来。那名中年长袍客这才站了起来，开始和黄崇祥放对。原来这些水手都是干粗活的，哪里能懂什么法兰西语？唯一懂得的船长偏偏又已经被黛安娜号的大炮轰死了，眼下正躺在寨门外的沙地上。这位长袍客倒是精通拉丁、发烂稀、饿了死等等诸般夷语，乃是轮蹲宣教会派来大清的传教士，大名萝卜抹泥寻。

原来是位洋和尚，就像中国和尚蒲团打坐一样，洋和尚得轮流蹲着传教，所谓轮蹲宣教会是也。没错，这萝卜是得抹开泥巴才寻得着，爹妈能取出这种好名字，想必是那个亚美利加奴属国的农民出身，众人恍然大悟，当场就对洋和尚起了两分好感。而且，萝卜先生竟然怪腔怪调地开始说起汉语，至少听起来像是汉语。原来，洋和尚挺有恒心，硬是在广州学了两年。可是，萝卜接着说道，本洋和尚竟然是大英帝国的子民。既然如此，又怎么会坐在奴属国的船上逃跑呢？载着和尚的船应该和夷人海盗关系不大吧？除非是妖僧。萝卜先生好一阵所谓的广东汉语说下来，简直把大家搞得云里雾里。

这大英帝国就是广州行商所说的英吉利，英吉利闹教派之争，有国教、天主教、新教三大派，新教势力最弱，被另两派挤压得喘不过气来，纷纷移民美洲。亚美利加虽然曾经是大英帝国的奴属国，可是不但被教派压迫，被征重税，还不让直接和大清做生意。所以在二十几年前大枪大炮地恶干了一场，现在亚美利加已经是个完全独立的主权国家，简称花旗国或美国。英吉利战舰在珠江口外海拦截检查其他国家船只，此乃非法行为，亚美利加不予承认。

听到这里，有枪炮和死尸为证，一哥斜眼打量着劳伦斯中尉。陈道芗则是想起藏教的红黄黑之争，看来这教派相斗是华夷皆然，忍不住问道：

“虽说如此，可你既然是英吉利人，为什么会坐在亚美利加船上，还帮他们说话呢？”

萝卜举手在自己胸前划了个十字，庄容说道：

“亚美利加和英吉利同文同种，因为教派之争才分裂成两个国家。我是神的仆人，不帮任何一边说话，我的工作是传达神旨和福音，普渡天下苍生。在神的眼中，大清的子民，大英的子民，亚美利加人，印地安人，黑人，都是一样的，都是迷途的羔羊。”

原来萝卜先生真是位清苦的洋和尚，不是妖僧。力量薄弱的新教伦敦宣教会派他东来传教，却缺乏经费，而东印度公司的英吉利商船又只为天主教传教士提供免费舱位食宿。亚美利加立国未久，以新教徒为主，虽然阮囊羞涩，却慷慨解囊，相助萝卜东来①。大清政府禁止夷人在澳门以外传教，萝卜在广州两年，隐密传教行医，却是难以展开，倒是学了一口广东汉语。此番又搭乘亚美利加国的免费便船，打算前往马六甲，联系翻译中文拜朴经和开办慈善医院事宜。

洋和尚一心向道的辛苦娓婉道来，听得众人满腔铁血化柔情，简直恨不得立马放下屠刀，出家修行。一哥琢磨了一下，向萝卜说道：

“请你向他们说清楚，眼前托巴兹号既毁，是不是海盗船已无关紧要。至于打死人的赔偿问题，自有那个亚美利加和英吉利的行商之间办交涉，与我们红旗帮无关。事情到此为止，请那条黛安娜号该回哪就回哪吧。”

劳伦斯中尉一听之下却摇头不依，除了洋和尚以外，大英帝国皇家海军必须带走其他水手，施以审讯，说是什么拎尸裁判权。一哥不听萝卜先生的半吊子汉语还好，一听之下当场一茶盅飞到劳伦斯面前。

“给了鼻子就想上脸的东西，都说了你们是非法拦劫，什么拎尸裁判权？也不睁大你的狗眼看清楚，这里是什么地方？打死人没要你偿命就算好的了，竟然还想拎走尸体去审判死人？真是邪魔歪道，比咱们衙门里的狗官还变态。告诉你，大清皇帝说了不算，你他娘的说了更不算，在这南海我们六旗帮就是裁判权。”

陈道芗听着劳伦斯之言觉得不太地道，却又不知毛病出在哪里，于是走到洋和尚身旁低声相询。原来，英吉利人可没邪乎到拎尸审死人的地步。可是，

---

① 马礼逊是那个时代东来最重要的传教士，港澳地区遗迹甚多，当时东印度公司拒绝为新教传教士提供免费舱位食宿，几经奔走后由美国浸礼会支助来华，是以马礼逊后来在中国的传教事业与美国联系多于英国。

在场诸君只有这位泥里找萝卜的和尚知道何谓领事裁判权，所谓领事裁判权是指英吉利在华官方代表有权审理在华犯罪的英籍嫌犯。可是一来大清从未承认这种荒唐的法权，二来亚美利加已经独立了，托巴兹号上的水手并非英籍，只能说是两国在第三地的纠纷。萝卜来华日久，揣摩着一哥和这红旗帮都是些刀头舔血快意恩仇的好汉，肯定没什么文化，也就不再长篇解释，更懒得揭穿劳伦斯中尉偷换概念的障眼法了。

陈道芗听了萝卜的说明，才知这夷人的政教法理果然不同，只是这夷舰来势汹汹，竟然用兵万里之外，莫非多事之秋将临神州？他心怀感慨地随着众人走出分寨，眼望着密布海湾的红旗帮战船。红旗帮众里有近一成是天地会的兄弟，如果继续反清复明，鲜血终将染红这片大海，心想这前明断祀百多年，朱家子孙难觅，那徐廷雄自刎前的言语竟是再度浮上心头。

这时劳伦斯中尉和阿瑟少尉已经登上小艇，灰溜溜地返回黛安娜号复命。一哥等人重回托巴兹号勘查，只见船桥破碎血迹斑斑，舵轮已经被炮弹打飞了。一嫂叫来几个头目，和一哥一起爬上爬下，指指点点。他们仔细丈量尺寸，满面疑云，刘丽川、陈道芗和李咸池看得莫明所以。原来中国战船的长宽比难得超过四比一，船形胖敦厚实，就像个漂在海上的木盒子。眼前的这艘托巴兹号竟然几乎达到七比一，而且横截面不像中国的倒梯型，而是尖头向下的箭簇型。那几名头目都是负责修造战船的，个个啧啧称奇。夷船如此修长尖底，在湖泊河道里混个一年半载或许还凑和，这海浪的力量巨大，按理说船造成这德性下海走不了多久，就该被风浪打折埋葬了。

一哥看得是心痒难搔，摸着船身琢磨不已，一嫂则是在炮位趴上趴下，看完火门看炮口。萝卜说道：

“亚美利加北部有五个大湖，沿圣劳伦斯河出海，湖边全是古木老林。其中有一种橡木，材质坚密特别适合造船，当初移民的新教徒又多是讨海人，擅长造船。这种船有个名称，叫做飞剪号[①]。在海面飞掠的剪刀，你说能不快吗？”

一听洋和尚竟然知道这船的一二三，一哥大喜过望，嗖的一家伙蹦到跟前，对蕃僧的称呼也改得大为恭敬：

“请大师教教我们，怎么可能造出这种船型？这力道应该是吃不住啊！”

---

① 自清教徒移民北美即开展造船业，英帝国派驻总督还率先提倡，十七世纪已造四百吨大船，到了当时的十九世纪初已极度成熟，飞剪号这种突出的船型沿用至今，成为运动类船只，可见其快速。

“承力的秘诀在于它纵梁和横桁框的搭配，部分承力，部分卸力。高速的秘诀在于构型和帆装。你看，它的底部船首还竖着凸出一块立板，就是用来分浪卸力，我可以画几张图教你。不过，这是种和你们完全不同的思路和工艺，我只知道大概结构，却没有真正的制造经验。而且，我目前在大清国也没看过这种木料，所以未必能行。”

慈眉善目的萝卜当场从蕃僧秃驴变成了大师，一哥搓着手欣喜不已，这时一嫂领着管分火器的头目从炮位走了过来。

“大师，你们用的炮炮管又细又长，炮身几乎找不到砂眼，材质紧密，这是什么道理？”

大师移步往炮位走去，众人立刻跟了过去。萝卜大师只看了一眼就说道：

“这是目前中小战船最流行的十八磅炮，咱们夷国大炮是按炮弹重量分类，说重量就分得出威力。你们大清是按炮身重量分类，未免有点不准确。”

“哇塞，十八磅的炮弹还是小炮，那大炮得有多大？”

“我们战列舰和巡洋舰炮一般是二十四磅，听说有人试装二十五磅新炮，陆地重炮台最大有六十磅的。一磅比九两多一点，就算是一斤吧。”

一颗炮弹六十斤重，那得是多大的炮？众人闻言咋舌不已。人不可貌相，看来这肥眼钩鼻的洋和尚不但知道造船一二三，或许还知道造炮四五六。一嫂美目凝注，苦苦追问大师道：

“那夷炮的做工甚细，却又是什么道理？”

萝卜大师轻咳一声说道：

“造船之术跟你们说说倒是没问题，我们可不可以不要谈大炮？大炮是杀人的工具，大清人不是有句话说，上天有好生之德吗？”

陈道芗也轻咳一声说道：

“大师说得很对，不过，人间显然不是天堂一般的太平美好，人无害虎心，虎有伤人意，如果只有老虎有炮而我们没有，老虎就更加肆无忌惮，我们只能舍身喂虎了。而且据在下所知，大明朝天启年间就已经有了这种红夷大炮，到了清朝因为夷字犯满州鞑子的忌讳，改称红衣大炮。这冶炼淬火退火的讲究我们也很有经验，还有，您的同行将近两百年前就在中国铸炮了，所以在下认为，咱们切磋一下铸炮之术倒是无妨。”

陈道芗在海盗窝里毫无顾忌地口称前朝大明年号，又说什么满州鞑子，不由得跟大清官员打过交道的大萝卜一楞。这在大清不是犯忌杀头的事吗？听这位年轻人谈吐不俗又颇有学识，他一面打量一面问道：

“我的同行？你说的是哪一位？”

“大明先皇熹宗在位时有位汤若望东来，不知大师知否？他可是为皇上铸炮，灭了不少鞑子。”

“啊！摇汉挨弹杀儿缝被儿(Johann Adam Schall von Bell)[①]。我知道，不过他只能算是我的半个同行，你们弄混了，他是天主教耶稣会的，我是更正教浸信宗的，不一样，大不一样。”

“你们的教派之争我们可弄不清楚，不都是抱着同一本佛经吗？”

“不是佛经，我们不拜偶像，我们用的是神圣的拜朴经。”

“神圣的拜朴经！他和他的徒弟南怀仁既帮大明造炮，又帮满州鞑子造炮，可的确是远近亲疏不分，博爱得很。萝卜大师，请问您，是不是只要我们肯信教，肯读你们的拜朴经，你们就可以帮忙造炮呢？”

没想到年轻书生的言词如此犀利，三两下就把圣洁的传教事业形容成交易一般的势利，萝卜当场被挤兑得一时吭不出声，沉默了一会才说道：

“缝被儿是日耳曼人，事奉主是很虔诚的，老朽之年被你们的康熙皇帝虐待而死。你说的南怀仁我也听说过，他叫作费迪南佛碑（Ferdinand Verbiest），是比利时出生的日耳曼人。传教士造炮杀人，行医救人，传授天文历法，地理数学，都是为了和中土人士交流。得到你们的信任以后，我们才能传达上帝的福音。”

“或许是吧，不过，在下以为，杀人者并非刀剑枪炮，而是人心。但有心者，口水笔墨皆可杀人，无心者即便唾沫斧钺加身，亦不言战。大师以为然否？”

萝卜长叹了一声说道：

“你说得很对，如此说来，我竟是犯了伪善之过。也罢，我们来说炮吧。其实我一说你们可能就要失望了。”

洋和尚走近两步指着炮身说道：

“你们看这炮的结构式样和你们的炮有何不同？”

众人伸长了脑袋左瞧右看，实在看不出什么名堂。一嫂领头说道：

“我们帮里的火器军械是由我负责的，我看设计没什么不同。这炮和我们的三千斤重炮分量差不多，可是炮管比较长，如果照您说的用十八斤炮弹，那

---

① 汤若望是德籍神父，曾帮明清两朝铸炮，全名可译为约翰·亚当·萨尔·冯·贝尔。

也比我们的大一些。”

“没错，这就是不同，可是你们不知道为什么，是不是？”

“是的，几次交战下来，夷炮是打得比较远，威力比较大。我们有一条夷船肯特号，和水师接仗就占了不少便宜。”

“根本原因在于材料，在于你们的冶炼术。发射炮弹时的爆药威力很大，所以炮身装药的部分最粗厚。口细尾粗对吧？可是这粗厚也有程度差别，你们不觉得夷炮尾段不像你们的炮那么粗肥笨重吗？”

一嫂和那名军工头目一点就通，连连点头，其他众人摸摸敲敲，当场也觉得洋和尚言之有理。

“那么，炮管是不是也稍微薄一点？”

“所以啊，料用得薄了不是容易炸膛，伤了自己人吗？”

“在我老家有个地方叫作伯明翰，日耳曼有两个地方叫做鲁尔和萨尔，这些地方都出产一种特别的粘煤。把这种粘煤先闷烧一次，有点像大清人闷木炭，然后拿来炼钢。粘炭在高温下变成液体，和铁水混合会吸附杂质，可以大幅提高纯度。这种材料拿来铸炮，对爆炸的承受力远好于你们用普通煤炭炼的铁水，所以可以做得更薄更长。炮管越长，炮弹在炮管里运动的行程就越大，射击精度就更高。而长炮管中炮弹加速更好，所浪费的爆炸空气压力更少，所以射程就更远。说了半天，如果大清国没有这种粘煤，你们可就得失望了。”

当和尚侃侃而谈的时候陈道芗却是苦苦思索，这时忽然插进来说道：

“如此说来是材料差别，铸造工艺却是相同。”

“是的，铸造只要经验和细心就可以。不过，现在的大炮因为顶上有火门开孔，可以排出蜡渣，所以正好适用于这种铸造方法。可是以后要么有更新更好的铸造法问世，要么就是将会有更新设计的大炮出现。科学的发展是没有止境的，我们新教又称为更正教，就是要更正以往人类对教廷自卑盲目的崇拜。只要不断努力自强，人力将可胜天。”

“其实这种铸造方法中土已经用了两千多年，看来夷人只是精益求精，发扬光大了。”

“两千多年？不大可能吧！你们怎么发明得出来？据我所知，意大利人用这种方法制造精细珠宝，也不过才三四百年而已。”

原来当时在中国眼中的夷人固然是奇技淫巧之末，夷人之视天朝亦不过是固步自封，怎么可能比欧洲早两千年发明这种技术呢？听得这种不经意的轻视，陈道芗不觉掀了掀眉毛。

“大师，好像火药罗盘和印刷术都是从中土流入夷国的噢？你可知道中国在两千多年前是周朝？”

“这个，我只听过朝代，并不知道当时的文明活动。”

“当时一些精美的青铜件，包括钟、尊、鼎、彝，就是用这种方法铸造的。我读过器物考，这种方法叫作失蜡法或是脱蜡法。其实在三千年前的商朝就有，可是现在缺乏实物，只留下文字记载了。”

“脱蜡法，嗯，空腔注腊，这倒是没错的。可惜没有时间，我是想多研究一些你们的历史，如果有机会的话还请你指点我。”

此时天色渐晚，一哥下令众人乘船回大屿山，大萝卜拉了拉陈道芗的衣袖。

“蜜斯脱陈！”

“嘎！萝卜大师，你是叫我吗？”

“是的，可不可以帮我一个忙？”

“什么忙？”

“我到广州不过两年，又要传教又要行医看病还得管理会务，所以只学了些汉语，还没来得及学汉文，我想请你帮我起一个文雅好听的大清名字。”

“噢，您觉得萝卜先生不好听？”

“是这样的，萝卜是我的名不是姓。夷人姓名和中土不同，得倒过来念，我姓抹泥寻，名萝卜。”

萝卜先生口口声声自称夷人，显然还未得汉文精要，不知夷字实为轻视之语。想着人间种种争议，多起自无尤，陈道芗方才不忿的心念登时就平静下来了。

“嗯，原来先出生的不是萝卜，是抹泥寻先生。抹开泥来寻找萝卜，倒过来也是说得通的。”

“蜜斯脱陈您开玩笑了，我万里迢迢来传教，总是希望上能和大清士大夫打交道，下能惠及黎民。我知道您是个有学问的人，所以想请您为我取个文雅的大清名字，老是拿泥里拔萝卜当名字太不方便了。”

这些人正在陆续从托巴兹号下来，听了洋和尚的话都大笑起来。陈道芗见这位萝卜说得诚恳，反倒不好意思笑了。他寻思了一会，说道：

“夷人的名字的确太长，你这抹泥寻萝卜五个音还算是好的，你方才说那汤若望的原名叫作摇汉挨弹杀儿缝被儿，谁能记得住啊？中国人的名字连名带姓，大多是二到四个单音字，其中大多数是三个字。这样吧，咱们走大流，给你取个三个字的。抹泥寻，这切音相近的姓名嘛，梅、门、马、毛、莫。既然取名，得配合你的工作，您看马礼逊这名字如何？抹泥寻，马礼逊，意思就是说，姓马的传教士，路遥知马力，任重道远，有礼而谦逊。”

在大屿山的总寨之中，红旗帮派出郎中为那四名亚美利加水手治伤。其中一名水手伤势过重，当晚就死了，另外三人渐渐稳定下来。红旗帮开香堂收了那四名投降军官，从小头目干起。当晚大开庆功宴席，马礼逊喜孜孜地满寨瞎逛，不分头目还是喽啰，见人就一把抓住。

“吗你好，你吗好，我是马礼逊，路遥知马力的马，有礼而谦逊。”

第二天一早，刘丽川等三人就来到郑一夫妇的住处，共商大计。原来这红旗帮里天地会的兄弟占了近一成，约有三千余人，而且领有职司的大小头目就占了四百多人，可是一直没有正式的组织。因为红旗帮是这几年由郑一领导后才快速壮大的，会中兄弟快速增长也只是这几年的事。郑一倒无所谓，因为他本人并未入会，天地会极力笼络，当然也是为了在反清阵营加入海上的力量。刘丽川朗声说道：

“一哥，总舵主的意思呢，这些年红旗帮好生兴旺，咱们天地会也跟着沾光，是不是在您的领导下把天地会的兄弟组织一下？”

“刘香主，你从漳州本舵过来，当然知道厦门总舵的盘算。这回如果不是你家总舵主和几位堂主长老的提醒，咱们可干不了浙江水师，这些年天地会帮了咱们不少忙，兄弟是知道的。不过我自己并没有入会，你说说看想怎么办，我能作的一定照办。”

天地会总舵安在厦门岛，设有归化礼堂和洪顺刑堂，以及军师护法两大长老。除了警卫司役以外并没有一般会众，是最顶层的管理机构，闽厦地区的兄弟归漳州本舵管辖。虽然天地会发源于郑成功驻节台湾之后，至今台湾仍是第一大舵，可论起现在的重要性来，却又不及漳州本舵了。刘丽川接着说道：

“一哥您太客气了，总舵主是想把天地会在这里的会务固定下来。”

那一嫂心思细密，她知道陈道芗足智多谋，乃是天地会的小诸葛，于是问道：

“哦，怎么个固定法？陈坛主你有什么主意？”

“这个，此乃会中大事，按理说，会内兄弟在这里人数众多，由陆地节制的确不便，应该有一个独立的组织。问题是称坛嫌小，再立分舵吧附近毕竟又已经有一个广州分舵。”

这时那刘丽川却忽然又把话接了过去：

“一哥，一嫂，我父亲的意思是成立大屿山分舵。如果您身为帮主不便再入会的话，可不可以请一嫂偏劳一下，暂时代理香主。等那一天红旗帮一统六旗了，咱们再订正式名位如何？”

陈道芗和李咸池闻言都是吃了一惊，陈道芗正在寻思，李咸池已经嚷了起来：

“刘香主，新立分舵可是大事，得由各分舵香主，各堂堂主和护法军师一起开会才能定。这事我们出发前并不知道啊！”

刘丽川淡淡地看了陈李二人一眼，不动声色地说道：

“上个月我不是过海去了厦门一趟？台湾舵的谷香主，广州舵的公孙香主，还有杭州桂林几位香主都来了，大护法和几位堂主也都在。上海那个青浦分舵太小，自是来不了啦。”

陈道芗忽然抬头向一嫂说道：

“既然总舵主已经定了，那还得请一嫂成全，多费心照拂我会兄弟，我天地会上下俱感。今后红旗帮在海面辛苦，这东南沿海陆地上的事天地会甘效犬马之劳。”

郑一抬眼瞥向妻子，人家如此客气，话都说到这个份上了，又只是暂时代理，当下只好允了，可一嫂心细如发，却是瞧出了门道。原来，红旗帮中有这么多天地会的人马，一嫂早就上了心，这一留意当然也就知道了天地会不少内情。刘丽川方才的话再明白不过了，你陈李二人只是坛主，级别不够，不明白会中机密大事，我刘某人才是全权钦差。话中之意明白人一听便知，只有那李咸池麻秸秆子一根肠才听不懂。倒是这陈道芗深谋远虑又能沉得住气，在红旗帮面前不卑不亢，顾全大局。虽然年纪差不多，却不像那个刘丽川张牙舞爪少年得志得轻狂。

一嫂深深看了陈道芗一眼，陈道芗心中盘算的却是另一件事，总舵主培植亲儿子刘丽川接位其实无可厚非，可刚才刘丽川传达的却似乎还有另外一层意思。待得红旗帮一统六旗再定正式香主！莫非总舵主既笼络红旗帮又希望另外五旗能制衡红旗帮？虽然红旗帮是六旗之中最大的，可是那黄、蓝、白、绿、黑五旗也都不是善类，尤多凶残悍匪。红旗帮想要一统六旗，仅是不欺凌弱小百姓这一条就挡住了别旗的财路，这得在南海掀起多少腥风血雨？

原来天地会现任总舵主刘莒莒乃是刘丽川之父，刘家是前明延平郡王郑成功手下大将刘国轩的后人，而陈道芗的六世祖就是天地会的创会总舵主陈近南。陈家先人为了破除反清结社世袭大位的陋规，特意将总舵主之位传给刘莒茝的爷爷，没想到从此却在刘家手中世袭下来。虽然陈道芗读书习武，淡于名利，可刘丽川却未必放得下防人之心。

天地会三人当天下午就请一嫂召集天地会兄弟，开起分舵成立大会，接着几天分头和那四百个头目谈话。陈道芗很想和那三个受伤的亚美利加水手交谈，打探夷国水师来华的原因，却苦于语言不通。正好这一天马礼逊来到医舍，可是他一进来就抓着针灸郎中，非要再看一遍演示不可。那名郎中苦着脸对陈道芗说道：

“陈大侠，这两天他已经看好多回了，他对经脉之学一窍不通，看一百遍也整不明白。至于他说的那些五脏六腑血管神经什么的，咱们有的知道有的也听不懂。他昨天居然想挖出那几个死了的夷人，剖开来跟咱们演示，这不是对死者大不敬吗？如果不是您介绍的，还真得当他是妖僧呢。”

陈道芗一听要挖出死人来开膛破肚，也着实吓了一跳，正在这时，医舍外间一个躺着的伤员大声说道：

“你们是在说马礼逊吗？他可是个有学问的人，咱们工坊里几个月琢磨不透的，前天他半柱香的时间就算出来了。咱们放料一试，嘿！果然能成，这不，我一高兴，就躺到这里来了。”

说这话的人是一个造船作坊头目，虽然红旗帮不敢尝试飞剪号那种近于七比一的修长船型，但是为了生存发展，模仿肯特号搞个六比一的缩小样船却已经试了两回。可是不知如何拿捏结构材料比例，两次出海试航都砸了锅，其中一次船只解体，差点出人命。据这个师傅说，前天马礼逊跑去作坊串门，看了图纸拿起纸笔乱涂一阵，瞪着木架上的半成品念了几句咒语，然后再乱涂一阵，叫师傅们按他算出来的数据裁料，居然成了。现在小船已经下水，至于这位师傅嘛，一时高兴从船台上摔了下来，所以躺在这里。

“蜜司脱陈，我们夷人研究数学有两大类，一类叫做鸡熬米炊，与图形的关联较多；另一类叫作痾鸡不拉[①]，与数字的关联较多，两者结合，可以解决很多像造船这一类工程图形和计算的问题，可比你们凭经验摸索准确多了。”

“数学就数学吧，干吗跟鸡较上劲了？”

① Geometry，鸡熬米炊指的是几何；algebra，痾鸡不拉指的是代数。

第3章
蓝旗帮望风而逃

当大雨前几天光临平潭岛的时候，广州湾却是骄阳肆虐，另一支舰队也拖拖拉拉地解缆启碇，驶离黄埔母港，出珠江口一路向西而行。孙全谋的胆子和谋略都不能和徐廷雄相比，说好听是老成持重，其实就是谨小慎微。从行军布阵就完全可以看出来，百来艘战船形成一个紧密的舰队，过了阳江往湛江西行。

此次四省水师会剿六旗帮，由浙闽水师负责共抗北上的红旗帮，而广东水师巡逻和决战目标是定在雷州府。另外还协同了广西水师，将绕雷州半岛东穿琼州海峡，合歼六旗帮中排名第三、作风最凶悍杀官不手软的蓝旗帮。现在广东水师提督老孙的座舰被严严实实裹在舰队正当中，这也还罢了，可是整个舰队紧贴着岸边西行，这哪里是海上战斗巡逻准备接敌的架势？简直就是大花脸游街。

其实孙全谋是哑巴吃黄莲，有苦说不出，虽然早在乾隆五十三年就出任过台湾水师协领，可管的是军政钱粮，并不是军令作战。好不容易才调回广东内地，后来前任水师提督钱梦虎被红旗帮的郑一和白旗帮的梁宝联手打了闷棍，损兵折将被罢了官，才把他老孙给顶了上来。广东内地流域多匪，水师在内河和绿营配合，这两年倒也打了几场小胜仗，抓捕招安了几个小毛贼。总督那彦成慰赏有加，还当他老孙是南海一蛟龙。可现在真的出海去和六旗帮主力作战，他老孙其实只是半只旱鸭子，这不是自找倒霉吗？

不过，怯战和白痴可是两回事，孙提督不但不是白痴，而且很清楚自己的斤两，也很清楚自己手中的保命符。第一符是：左翼阵总兵林国良，不但勇武过人而且足智多谋，又是三代水师世家。眼前海上行军是安全第一，等部队到了湛江，展开作战就由国良安排，本提督大人的座舰躲在后面就行了。第二道符是海门营游击许廷桂，行伍出身的拼命三郎，乾隆年间赴台湾剿匪，曾独斩二十余匪的首级。最好是林国良挥军直入，旗开得胜，万一形势不好，由许廷桂断后，本督溜之大吉。

广东水师的船队即将经过茂名，离湛江还有九十余里，林国良下令，左右营和前营开始部分展开，加强警戒。而在海面的另外一边，麦家三兄弟的老二麦有金和三弟麦有芝正站在船头，望着丫洋州上的瞭望哨。他们所率领的蓝旗帮两天以前从雷州出发，来到这里埋伏已经一天多了，所有战船从外海分散航渡，以避人耳目，到丫洋州这才集结备战。

麦家老大麦有贵此次并未同行，麦有贵的任务是分兵一半坐镇水寨，另外还借了安南汉官郑七的四十几艘战船，准备合力在琼州海峡堵截广西水师。郑七原是西山朝都督莫官扶手下的总兵，后来兵败于南面的阮氏被俘，投降之后更受重用。而这麦氏三兄弟原是雷州府海康县乌石村的渔民，十三年前的乾隆朝即将吹灯之时，乌石村人被官府豪门欺压得走投无路，三兄弟带头扯旗造反，当时扯的就是乌石村特产蓝布旗。

十几年下来，蓝旗帮成了琼州海峡一带势力最大的海盗，聚船二百，帮众上万。因为发源于乌石村，江湖中人按排行称麦有贵为乌石大，麦有金乌石二，麦有芝乌石三。乌石大年长沉稳，乌石二有勇有谋，乌石三机伶滑溜，乌石二成了帮主。原来红旗帮在广州的密探早已得到四省联军的消息，郑一立刻飞鸽通报雷州，才有今日埋伏之举。

当左前方丫洋州的轮廓出现在千里镜中时，澄海协的参将关天培下旗令抽调四艘战船赶上前来，与自己率领的四艘前锋舰共同展开，准备往丫洋州方向搜索前进。因为，如果从茂名到湛江和雷州门户的东海岛之间海域爆发战斗，前面这个丫洋州就是最佳伏击地点。想必林国良也是有所警觉，才会下达部分展开的命令吧。

关天培今年才三十一岁，按年秩算，这个老家江苏淮安的青年军官顶多也只能干到都司。可是关守备前年从浙江转调广东时，引进了大清朝当时最新火力最猛的霆船，立下大功。这才由总督那彦成向兵部保荐，连升两品成了参将。这霆船后来发展成为蚊炮船，是原闽浙提督李长庚借鉴了夷船和闽台大海盗蔡牵，开发出来的一种轻量型快船。舍弃了传统两舷各一排的小炮，不足七十吨的船身竟然在首尾装了两门三千二百斤重炮，战时只能以船首或船尾对准目标，用其中一门重炮轰击。哪怕是海沧舰这种大战船，挨上一炮也是保定重伤或是直接沉没，挨上两炮绝对玩完。关天培是广东水师中运用霆船的专家，林国良推举担任此次出征的前锋。

丫洋州的瞭望哨看见远海黑点，隔了十几分钟之后，从千里镜中确认了是水师的八艘战船，乌石二立刻下令大炮装药，升帆备战。这时关天培的霆船离丫洋州还有十二里，林国良的海沧舰离关天培四里，他身后三里才是提督大人的指挥舰。

关天培双手持镜，目不转睛地扫描着丫洋州，直到距离缩短到十五里时，终于发现了沙洲背面露出几点冒头的桅杆。虽然还不能立刻确认，但是他下达了扭舵、大炮装药、向本队报警的命令。

正是因为他了解霆船远程火力与机动的特性，才会下达这样的命令。广东水师的航向是由东往西，澄海协前锋的八艘霆船备战，等待本队的同时改为→西南→西北→西南的锯齿方向机动。如此可以使大炮一直处于有效射角的同时，仍然保持较高航速，等待本队汇齐。这种前膛大炮装填费时，约三四分钟可得一发，先发制人者胜。

乌石二指挥蓝旗帮的舰队涌出丫洋州，以南北轴向布阵，如此可以发挥三百门船炮的火力，痛宰以纵队前行的官军，等水师也调整为南北轴向时，应该已经被灭了两成以上的兵力，剩下的事就比较好办了。

当蓝旗帮的舰队有一半出了丫洋州来到南面时，东方远处海面传来闷闷的陆续八声炮响。乌石二闻声一愣，心想，这粤督孙全谋是个脓包，不会直接鸣炮下令撤退吧？如果水师不接敌就直接掉头逃跑，那可太没劲了，顶多拣几条跑得慢的破船而已。念头还没转完，八枚炮弹已经挟着咻咻之声大驾光临。其中一枚不偏不倚地击中了他南面百余米的一艘小战船，火光迸射之中，那艘船竟然被打成碎片。乌石二这一惊非同小可，蓝旗帮最大的几门二千四百斤炮射程也只有四里，目前水师前锋距离不止五里，而且只是几条小船，这长程重炮却是从何而来？

乌石二苦心计划这次伏击，准备狠狠打击广东水师，因为在汪洋大海中打传统海战，如果贴近混战，很难持续发挥火力射角，往往从早晨打到傍晚还是闹得两败俱伤，分不出决定性的胜负，各自收兵。而布阵伏击则是以己之长击敌之短，必可大获全胜。乌石二焦急地等待舰队完成布阵，又挨了几轮炮击，已经被毁了两艘战船。这时，千里镜中逐渐出现水师主力模糊的身影。

明明离湛江还有近百里，前军却传来巨炮雷鸣，什长上报已现敌踪。孙全谋大吃一惊，连忙询问敌人兵力。过了一会，又报来林国良总兵的旗语。

“前方丫洋州发现匪迹，蓝旗帮大小战船百余艘，我军准备接敌。”

“百余艘敌船，那岂不是和我们一样多？如果还有伏兵如何是好？咱们是不是该撤？”

过了一会，旗语又报回来了。

“督帅宽心，蓝旗帮乃硬拼派，当面海域并无其他伏兵。请准后营拱卫督帅，容末将率各营前出歼敌，正在布阵中。”

既说是请准，又说已经在布阵中，这不是先斩后奏，吃老子豆腐吗？孙全谋心中既怕且怒，不过，脓包之人的生存之道，就是充分认识与运用自己手中的保命符，孙全谋对林国良的能力还是有信心的。所以，提督大人暂时收声，手握刀把强自镇定，挺胸凸肚地在舰桥上来回梭巡，心中却是七上八下，忐忑不已。

林国良下令，许廷桂率海门营三十二艘战船前出，与关天培的前锋担任机动打击。其他各营改航南北轴向，准备迎战蓝旗帮的攻击。

乌石二从千里镜中观望，见水师舰船停下来布阵，竟然也正在改成南北轴向，即知战机已失。蓝旗帮可不只是称霸广东西面的海域，近年来转战广西北部湾和安南、暹罗，船团对战经验丰富，深知取胜只有两大秘诀。一是绝对优势兵力以大欺小，二是出其不意伏击。眼下敌我形成两条射距之外的南北平行纵线，只能干瞪眼的谁也打不着谁，谁先改成东西横线向前，谁就先挨炮弹。虽然硬冲向前打近战也许可以分出胜负，但是违背了海盗见弱则噬遇强则遁的基本生存法则，何况还有那八门莫名其妙的远程大炮仍在轰击。又损失一条战船，眼看着将近未时，乌石二一咬牙，下达了前队变后队，掩护撤退的命令。

提督大人高兴地哼着小调，在回航途中就迫不及待下令，命各指挥官乘小船来指挥舰开会。

“此次出征我全军上下将士用命，对蓝旗帮施以沉重的打击，旗开得胜。林总兵，一上岸你我就联名禀告总督那大人。那大人必定和巡抚孙大人联名上奏，向朝廷报捷，皇上的旌赏是少不了的。”

孙全谋口中所说的，正是广东巡抚孙玉庭大人和两广总督那彦成大人，综领广东文武的两位上宪。林国良以下的官佐你看我我看你，关天培忍不住一抱拳说道：

“禀告督帅，我军击毁海盗小船三艘，蓝旗帮见战机已失，卷旗而逃。”

“仅是你的前锋就击沉三艘匪船，我知道，一定另有嘉赏。本督坐镇中军，林总兵指挥接敌，但闻炮声隆隆不绝于耳，大约整个时辰左右，当可灭敌大小战船最少二十艘。虽然日正当中看不清楚，但是海盗已受重创，所以才会落荒而逃。”

林国良侧转身瞪了关天培一眼，关参将这才收声。林国良转身说道：“督帅明断，此役果然如此，我军毫发未伤，实乃督帅英明所致。”

马礼逊在大屿山六天待下来，已经成了无人不识的自来熟，三名亚美利加水手也已可下床行走。一哥安排众人同行，吩咐准备小船队趁夜登岸。马礼逊打算上岸向夷官说明托巴兹号事件，刘丽川圆满达成任务，命李咸池随行，迫不及待要赶回厦门表功，命陈道芗一人前往广州分舵交联。刘丽川还再三嘱咐，得把事情办好再回来。一哥一嫂只说上岸见些朋友，连随行的帮众都不知道一哥要见的是哪一路神仙。原来，一哥早就开始部署六旗合盟的方案，胥家四姓沾亲带故，那红、黄、白、黑四旗之间多少说得上话。一哥此行正是约了另外两大帮：台山出身的绿旗帮主吴尚青，以及远从雷州出身的蓝旗帮主乌石二。

这一趟活虽然枯燥无聊，陈道芗还是打算规规矩矩地把差事办好。出门前总舵主在召见他们三人时还曾特别交代陈道芗，三人之中就你学问最好，也通数算，这关系天地会永续生存的经营管理，你去最合适。陈道芗耸了耸肩，回想总舵主当初的交代，这实在是打杂的活，派一组财务大柜去亦无不可。可刘莒莨说了，大柜没有威望，你不但是坛主，还是创会军师的后人，舍你其谁？

刘莒莨口中的军师可不是当前会中仅次于大护法的智囊第三把手，而是指创会总舵主，郑成功的军师陈近南。他命陈道芗赴广州分舵调研，是研究财务收入。想这天地会创立于百多年前明清鼎替之际，是个反清复明义勇军与江湖帮会结合的组织。郑克塽投降大清之后，天地会失去了最大的财务支持，初期还有前明遗老与念旧大户捐输，可经过康雍乾三朝的天下大治，哪还有人捐银子搞什么反清复明？这些年来反清复明的影子越来越淡，江湖帮会的味道越来越浓，正像那位提督徐廷雄死前所言，欺行霸市，包娼包赌。陈道芗虽有耳闻，却也只能洁身自好，装聋作哑。

天地会在漳厦和台湾地区扎根最深，举凡海陆运输、码头货栈、大小施工的行当被垄断了一半以上，甚至连官衙修堤造府，天地会都嘻皮笑脸地接工程、赚银子。广州却不一样，当地江湖成分复杂得多，主要以地方同乡会和同姓宗亲会为两大主流，再有就是一些字号大的武馆，天地会这帮外路好汉在当地生意的份额自然也就少了。可是自从老香主因病引退之后，在新任香主的领导下生意蒸蒸日上，三年来快速成长，今年竟然超过了台湾和漳州，成为天地会第一财政来源。刘莒莒特命陈道芗好好研究，弄份详细的说明给其他分舵学习参考。这位现任香主大名公孙楚，江湖上人称笑面阎罗。

四只小船在黑灯瞎火之中出航，两船前出左右侦查，一哥居中，另一船殿后。因为一哥要往西会见吴尚青和乌石二，当然不会走广州湾东岸绕个大弯子，小船横渡整个广州湾外海，准备绕到澳门西面草堂湾，从小渔村旁边的野地登陆。当夜竟是无星无月，大海一片漆黑。好在外海辽阔，一般商船不可能夜航，即使偶有赶路的也会在首尾挂上避撞灯。

红旗帮艺高人胆大，竟是不挂灯，只凭罗盘航渡。如此过了一个半时辰，眼看着航程将毕，已可见远处澳门灯火。忽然砰的一声，整个小船剧烈震动，众人猝不及防，各自摔了个踉跄。一哥大骂声中，借岸上灯火的光影一看，船首右侧竟是撞上了一条小舢舨。两名水手点上了灯掩住灯火，凭两道小光柱跃过舢舨，呼喝声中提着一个人影回到小船。

“大当家的，这条舢舨被洗了，船上只有一具尸首和这个后生。”

洗了的意思就是被打劫了，可这么一条小破舢舨，顶多在沿岸打点渔，海盗根本不可能看在眼里，怎么会被洗了呢？一哥命举灯照亮了后生的脸，光影摇曳之中只见他年不过十六七，一双大眼黑白分明，挺俊俏的小伙子却是表情呆滞犹有泪痕。一哥问道：

“小伙子你是何人？怎么深更半夜的漂在海上？”

小伙子睁双大眼瞪着一哥，却仍是不言不语，旁边的头目喝道：

“咱们好心救你起来，当家的问你还不赶紧回话？”

小伙子好像没听到一般仍是两眼空洞洞的，一嫂走到他面前柔声说道：

“小兄弟你遇到什么事了？船上的尸体是你什么人？这位是红旗帮的一哥，你但说无妨。”

听得如此温言软语，小伙子身躯微微一颤，终于抬头看了一嫂的娇容一眼，又望向一哥。

“你们是红旗帮？”

“是啊，你怕不怕？”

“我不怕，我现在什么都不怕。你们真的是红旗帮就请给我一把大刀，我要去找杀害我爹的狗官报仇。我还不了你们的刀，下辈子再报答你们。”

一哥等人听这三言两语，约莫猜到了几分，应该是碰上水师沿岸的巡检船，可闹出人命来却又是稀罕。沿岸的小船都知道规矩，每个月送上月例孝敬，大家相安无事，怎么会搞到这步田地？一哥温和地说道：

“小兄弟，这大半夜的你上哪找仇人去？到了明天就算你找到人家衙门，又如何找到正主？”

“你别管我，你借不借刀？不借就让我走，我照样拼命去。”

一哥瞧这后生机灵中透着股倔劲，心中当场就喜欢了。

“小兄弟，看你年轻力弱，怎能斗得过官兵？好汉报仇，三年不晚。我们红旗帮的名声你应该听过，专门抑强扶弱，和官军作对。你愿不愿意加入红旗帮？等练好了功夫，三年之后，大伙儿帮你报仇。”

“你教我功夫？帮我报仇？”

听得这番言语，小伙子的心思终于活了，脸上也有了表情。

“是啊，我们红旗帮就喜欢打抱不平，像你这种有冤难平的兄弟，咱们帮里多得去了。你叫什么名字？事情经过跟你一嫂说说，以后就由她来带你。”

小伙子名叫张保，舢舨上死了的是他父亲张义，江门人氏。珠江三角洲有几条支流蜿蜒出海，多年来过度捕捞，渔源早已枯竭。张母早亡，父子俩一条破舢舨相依为命。昨日驾船走崖门水道冒险出海，可是一叶小舟也只敢在沿岸捕捞，却犯了当地渔民之忌，怂恿水师巡检前来搜查。张义交不出罚银又不肯缴船，一阵推搡，竟是闹出了人命。简单的故事，悲剧却在这无情人间反复上演，一嫂将张保搂过来，拍着自己软玉温香的胸脯，保证尽心教小兄弟功夫，长大之后报仇。

前方哨船打出安全接头的灯号，另几条小船这才陆续登岸。经过张保撞船这一折腾，已是丑时光景，还好岸上接应的帮众早已备好车马，刘丽川和李咸池借了两匹快马，径自向东北绕过广州湾，奔闽南而去。陈道芗和马礼逊同行，乘车北上广州。张保随红旗帮西行会盟，另外一辆大车送夷人水手去澳门，四拨人马各自别过，分道扬镳。

武汉可是大清治下有名的四大火炉，在这入伏天更是烤得人心焦气躁，托津[①]拿着手上的公文，心里呼溜溜地盘算着。公文是明发的上谕，按理说，自己以吏部左侍郎之尊加蒙天恩，入值军机处行走，这道公文又是明发，应该是可以拆阅的。封套上九个大字简单写着“字寄直隶总督吴槐江”，既无亲收，也

① 富察托津，字知亭，满州镶黄旗。嘉庆十一年在吏部左侍郎任上纠弹百龄，后曾任理藩院尚书，相当于今之外交部长，累升至正白旗满州都统和左都御史。

无密启。托津既热衷名利可又是四代官场老手，这会儿瞪着眼前的公文发呆。

此次来鄂办差，按察官箴，当然是由自己这个吏部左侍郎主查。可是托津心里清楚，按鞫的对象湖广总督百龄不但是位二品大员，而且此人在湖南和广东按察使任上著有政绩，颇得皇上喜爱，否则皇上也不会指派吴熊光大人同行按察了。这中间的关节其实很明白，他富察托津这个侍郎是主司，可是正二品大员吴大人是押阵。因为这次弹劾百龄的主力是广东总督那彦成，两位方面大员狗咬狗一嘴毛，皇上也拿这些官场斗争没办法，才会请出吴大人这块神牌。

吴熊光大人字槐江，他那直隶总督是拱卫京畿，天下第一督。虽然自己是前军机大臣阿桂治新疆时的旧部，与吴熊光同门出身，私交甚笃，吴大人看了公文以后第一时间就会告之上意。但是，止不住心痒难熬啊。

托津其实很清楚，这百龄是个直官，升任湖广总督之前，在广东巡抚任上罢贪官戮盗匪，得罪了总督那彦成。这位那总督和被百龄罢斥的县官王轼上下交相攻，上层弹劾百龄截留公文，下层说百龄非刑杀疑。用句时髦话说，就是上不守纪律，下藐视人权。其实，这种等人调走了再方便从后面捅刀子的手段是官场老套了。不过，既然事出有因，将按察结果和吴大人联名上奏一月有余，这军机处的廷寄当然说的应该就是此事。可是，那些行走军机的老头是不是老糊涂了？虽然吴大人官阶高，可这明发公文也应该是明发给我这个正管啊。

“托津大人，哟，上谕到啦！”

托津还正在盘算着，吴熊光大人走进官厅来，随手一伸，轻轻松松取走了托津手上的公文。托津目不转睛地盯着吴大人读公文的脸色，吴熊光看了半晌，叹口气，竟是将军机转达的谕旨塞给了托津。托津展开一看，密密麻麻的还真写了不少，过了好一会，他看罢之后却也是愣出不得声。

真是天道好还报应不爽，看来背后捅刀子的事还真得少干。怪不得是发给吴大人而不是发给自己，谕旨中根本一字没提百龄之事，前半段说的全是那彦成，后半段说的竟然全是吴大人。

原来近年两广海寇为患愈演愈烈，那彦成怯懦昏庸任用无能，竟说是兵力不足，改剿为抚。抚也还罢了，抚的全是小股毛贼；毛贼也还罢了，竟然先颁赏银五千，继授千总官职；授职也还罢了，其实授的是更高阶的守备官职，代价就是又把那五千银大部变回自己私人口袋。龙颜震怒之下直接解送进京，即将流戍伊犁。下半段更妙，槐江大人素秉忠敏，国之柱石，皇上乃至臣工皆多倚重。两广夷务日火，海匪尤烈，处置不慎天下殆矣，圣命吴大人着即调任广东总督。

“恭喜吴大人，吴大人圣眷之隆当朝无人可比啊。”

“知亭老弟，你这是挖苦我，广东那位子现在是好坐的吗？那是陷阱火坑，谁敢坐啊？过去几年有哪一任总督能落得个好下场？那彦成大人流戍伊犁，或许还有回朝之日，那位子弄不好是要让人掉脑袋的。是哪个混蛋跟我有仇？我一把老骨头了怎么还能干这个差呢？你们吏部在皇上跟前也得说句公道话嘛。”

治百龄的谕旨跟着没两天就来了，倒的确是一份发给托津，一份发给百龄。张百龄擅权任事不守律例，着降级改任福建汀漳龙道，以观后效。

第4章
海上买路钱

陈道芗坐在驴板车上一摇二晃地来到拾翠洲路口，口子上有几名衙差，检查过往的夷人。一看那拾翠洲的模样陈道芗就后悔了，前天和马礼逊分手时干吗答应来此见面？这拾翠洲又叫作沙面，是广州府划给夷人营商理货暂居之地。果然是化外蛮夷，满地泥泞，蚊蝇乱飞不说，这大暑伏天的又热又潮更令人难受。旁边就是珠江支流汇成的白鹅潭，可别说是白鹅了，灰鸭子也没半只。江面上停满了华夷货船和内河驳船，路上是苦力货工小贩板车扛夫不绝于途。眼看着人来人往，陈道芗干脆下车打发了车钱，踩着烂泥走进拾翠洲。他卷起舌头问路，闹了整盏茶时间才找到马礼逊的住处。只见一排木造通栈中的一间，门口挂着一个木牌，上面歪七扭八的狗爬字写着汉文，下面还缀着蚯蚓一样的符咒“其昌洋行，Perkins & Co.”。

出来应门的是个夷人小娃娃蛋子，看起来约莫十六七岁，和前天一哥一嫂在海上救起来的张保差不多年纪。金发碧眼，脸上洒芝麻似的长着些雀斑，冲着陈道芗就是叽哩咕噜一串夷语。陈道芗瞪着眼前这张娃娃脸一愣，听得是张口结舌欲哭无泪，只好用官话慢慢说道：

“我找马礼逊先生，听得懂吗？马礼逊，萝卜抹泥寻？”

一听是寻找萝卜的，小伙子立马就懂了，一面请陈道芗进屋一面扯开嗓子回头用夷语喊道：

“萝卜，萝卜，有人来拔你了。”

没想到和外面的泥泞世界相比，这个小栈房里却收拾得非常干净，马礼逊踩着木梯从楼上跑下来，双手握着陈道芗的右手一阵热情猛摇。中国人拱手或作揖为礼，俩大男人怎好如此肉贴肉地套近乎？陈道芗一阵愕然挣出手来。

“蜜司脱陈，能在这儿见到你真是太好了。”

“等等，马礼逊，你老喊我迷死脱陈到底是什么意思？我知道这是夷语，该不会是让我脱衫表示热情吧？”

“是英吉利的敬语，陈先生的意思。”

“啊，所以我应该喊你迷死他妈，是吗？”

陈道芗边说边打量着栈房，一楼只有简单的三张木桌，还有就是货架，货架上零星摆放的可能只是样品，楼梯上应该就是马礼逊的宿处，不觉对这洋和尚的清苦自持又是一番感慨。他在门口就闻到一股异香，此时进得屋内香味更为浓烈，四下打量时问道：

“这是什么味道？”

“啊！这是檀香，广州有各国夷商，可目前只有亚美利加有这种货，很受大清王公贵族和女士喜爱。让哭醒经理跟你讲吧。”

陈道芗抬头望向楼梯，屋里哪还有第四个人在？于是问道：

“你们取名字还真够玄的，哭醒？人在哪啊？”

马礼逊把那个小娃娃蛋子往前一推。

“啊，我忘了介绍了，就是他，强拔金丝哭醒(John Perkins Cushing)，其昌洋行在大清的经理。”

“迷死他妈，你又来了，抹泥寻萝卜是说得通，这硬是要拔了金丝然后哭着醒也可以说道。可你是在中国，你不能老让中国人记这一大串叽哩咕噜的，记不住啊。”

“所以啊，你不是来了吗？麻烦你帮他也取个有礼而谦逊的大清名字吧。”

唉！原来是又上洋当了，陈道芗瞪马礼逊一眼。看着眼前小伙子的一脸无辜，好吧，幸且相信你就是经理。这哭醒多难听，谈起生意不是触霉头吗？既然是商人，就取姓顾盛吧，很多人盛大的来光顾，连名带姓，就叫顾盛强。多好！

“老马，你约我跑到这鬼地方来不会就是为了取名吧？”

“当然不是，其实有一多半是顾盛强想找你。你知道我是英吉利公民，他是亚美利加人，虽然神的子民一视同仁，不过有时还是不大方便。让他来说，我当你们的翻译就好了。”

这夷人小子恐怕毛都还没长全，漂洋过海来到中土，竟然又当经理又约本大侠讲事，这世界真是变了。陈道芗看着眼前一老一小两夷人，只好没脾气地坐了下来。没想到，顾盛强小小年纪，却是头脑清晰，一开口就是条理分明。

原来，马礼逊一回到广州就把托巴兹号事件向英美领事分头报告了，按理说事情本质单纯，就是误击造成死伤，可背景却太过复杂。英吉利眼看自己从前的殖民地竟然也来到大清，平起平坐抢生意，心中的嫉妒和憎恶简直就是那个什么的什么。而亚美利加更不承认英吉利海军在他国水域拦检的权力。可事实上从阿拉伯一路到安南都有海盗出没，现在大清南海的海盗兴起，更使得事情复杂化。

顾盛强年纪虽轻，看得却远，当他听闻马礼逊深入海盗巢穴，而且还打算普渡众生化匪为信徒时，立刻就有了主意。他开始向陈道芗讲述自己的国家，广东人称亚美利加为花旗国，这花旗国和英吉利签署巴黎和议后正式独立，到现在才二十三年。不仅英吉利不甘心地虎视眈眈，而且花旗国土地不小，人口却不多，工业生产力还在婴儿阶段，除了粮食自主以外，很多民生必需品都仰赖进口。可是国家又穷，希望伟大的大清朝能够慈悲为怀，大施善心，大开方便之门。

“等等，你刚才说的这些和我陈大侠有什么关系？你不过一介商贾，还是个年未及冠的小小商贾，和你又能有什么关系？”

“国家兴亡，是每个国民的责任。花旗国是重商的国家，我们花旗国弱小，今年是来华最多的一年，在广州的商人也不过十一二人，完全不能和英吉利相比。进一步海阔天空，退一步即无死所，请您听我细细道来。”

顾盛强是人小胆气壮，他接着说的花旗国故事令迷死脱陈低徊不已，提出来的要求却又令陈大侠惊愕不止。且说这花旗国目前人口只有五百万，前年在广州总共只有七个花旗商人，竟然运回国棉布一百四十万匹，高级的丝绸还没算在内。换句话说，每不到四个花旗人每年就得进口一匹大清棉布。花旗人能否避寒与遮屁股维持文明礼仪于不坠，就取决于能否买到足够的大清棉布了。第二大宗进口的是茶叶，花旗国长不出这种神奇的植物，必须仰赖大清供应，每年消耗竟超过千万斤。其他是香料、纸张、瓷器、桐油和一些大清工艺的神奇产品。所以，如果两国之间贸易中断，花旗国的生存和发展都将面临危机。

英吉利的阻挠其实只是第二大问题，第一大根本问题是，花旗国目前是个农业国家，农产品也只是自给自足，能出口的一些份额只能就近输往欧罗巴洲，何况大清并不缺农产品。花旗国的工业又难以和欧洲竞争，当然也就没什么其他拿得出手的东西卖给大清。所以，穷得叮当响的花旗国用什么来买大清的货品？

“我们花旗国没银子没货品，我们只有冒险犯难的开拓精神。和英吉利的国营公司不一样，为了求生存求发展，我们的商人必须拿自己性命来拼。我们的商船从波士顿和纽约启航，船上的货舱里没有商品，只是装满了粮食和燃料，几箱硬凑出来的西班牙银币，还有一点不值钱的破铜烂铁。我们往南沿岸航行两个月，经过炎热赤道无风带，那里永远是酷晒骄阳。如果能够幸运活得下来，继续往南两个月，来到美洲最南端，接近酷寒的南极，那里永远是冰浪滔天。如果还能够幸运活得下来，就绕过合恩岬来到南美洲的西岸，开始往北两个月，回到赤道无风带。”

顾盛强脸色平静地接着说道：

“这时候我们离开家已经半年了，如果还没有碰到瘟疫、飓风、败血病或是土人杀害，那么我们继续往北两个月，来到北美洲的西岸。我们经历这八个月以上的航行，是为了寻找你们大清人愿意接受的货品。我们用船上的破铜烂铁和各地土人交换，因为他们没有铁器。一个铁颈圈五分美金，两个颈圈可以换三担人参。一个铁戒指一分美金，可以换一张海獭皮。铁链最值钱，八毛钱的铁链可以换五担海参，或是五担玳瑁，或是换二十副鲨鱼翅。

“我们把货物运来广州销售，价格大多是由英吉利东印度公司当时的供货量来决定。今年人参一斤一元四角美金，海獭皮一张十二元美金，玳瑁鱼翅论个卖。这些货物都是百倍的利润，是不是发财暴富的买卖？可是，我们拿不到现钱，广州没有美金，美金在这里是废纸，没有任何国家接受。我们只能通过东印度公司，扣掉百分之七点五的手续费，然后领一张一年以后才能拿到钱的银票，这张银票叫作伦敦期票[①]。

“八个月之后，我们的船将会到达哥伦比亚河口，我们花旗国把这一大片地方叫作西北海岸[②]，是花旗国未来的希望。我们在这里整理货物，可是这两年英吉利人、法兰西人、西班牙人和俄罗斯人都来了。尤其是英吉利人，他们想报花旗国当年独立的一箭之仇，我相信几年之内那里还会爆发战争。如果我们检查货物觉得备齐了，我们就开始一路向西。航行两个月来到大清，来到你们皇帝指定的唯一通商口岸广州，办理进关手续，开始销售我们的货物。别忘

① Bills on London，类似于国内的远期承兑汇票，1814年美英战争结束，签署《根特条约》之后才开始逐渐流行，取代了西班牙银币作为中外交易工具的地位。

② 西北海岸在美国开拓史中有明确定义，以今日美国西岸的奥勒岗州哥伦比亚河口一带为代表，代表美国国运中所谓明显的意义(manifest destiny)。意思是说：美国虽发轫于大西洋两岸之间的移民，但是终将成为太平洋上的国家。十八世纪时巴拿马运河未开，北美大陆有山川阻隔与印地安人占据，前往西北海岸探险需从北美东岸绕行整个南美洲前往西岸，西岸开拓与早年中美毛皮贸易有着不可分的关系。

了我们得等一年，然后才能从英吉利银行拿到销售的货款，这时候仅有的几箱西班牙银币就用上了。两个月以后，完成销售和结账，买齐我们需要的便宜货品，我们终于可以回国了。我们得走西线经过非洲，再经过两次赤道，绕过另一处冰浪滔天的好望角，横渡大西洋，最快三个月以后回到纽约。”

顾盛强娓娓道来，神态平静。陈道芗喝完奉客的热茶，小奶娃讲的这些赤道和冰浪之角什么的真不知道是些什么地方，他以为已经听完了一年多的海上之旅。

“前年纽约开出一条联合号商船，永远到不了大清，他们出航的季节晚了，在南美洲没能收到足够的海獭皮。往西到英吉利占领的一个斐济岛碰运气，从船长到水手，被当地土人杀得精光。我乘的船叫作卡罗琳号，去年出发时有十七个水手。帆缆手彼得是我的同村发小，经过合恩角时被大浪掀到海里。他腰间绑有安全绳，不到十分钟就被拉上来。可是，他已经僵成一条冰冻人棍。船上最主要的食物是封在木桶里的咸猪肉，不知道出了什么问题，有四个年纪大的水手先后得了败血症，在痛苦的呼喊中死去。等船到广州，我下了船，我留下来。我不走了，我够了，我没有足够的勇气，再去经历这种一年半一趟的死亡之旅。”

陈道芗不无感慨地望着眼前这位娃娃蛋子，平静的面容掩不住心里悲伤和恐惧的回忆，无怪乎年纪轻轻的顾盛强宁可独居中国，也不愿再面对惊涛骇浪的怒海。马礼逊翻译得口干舌燥，抓起茶杯一仰，转头向顾而尽盛强说道：

“说你们亚美利加人粗鲁不文你还不服气，这种绿茶在英吉利是工人和苦力喝的，正经人只喝红茶。”

“我觉得绿茶挺好，我们亚美利加人穷，只喝得起这种茶，你明知道红茶得要两倍的价。”

马礼逊朝顾盛强吐舌做了个鬼脸，转向陈道芗说道：

“和小朋友开开玩笑，他没跟你说，你知道你刚才问的檀香是哪来的？”

陈道芗摇了摇头，好奇地等待马礼逊接着说。

“卡罗琳号从哥伦比亚河口开往广州，在太平洋中经过一个岛群，是英吉利的库克船长在二十八年前发现的，我们叫作三文治群岛，当地土话叫作夏威夷。那里的土人很友善，反正钱这种东西在那里也没用，一起喝半瓶酒一起数星星，就成了好朋友。顾盛强他们找土人帮忙砍了些树，补充船上的燃料。没想到船停在广州，烧饭的时候引来一大帮华商，嘿！不花钱的几百斤木头竟然在这里论两论钱地卖[1]。”

“花旗国的情况我算是有点明白了，可我还是不明白，我能帮你什么忙？”

“刚才我已经说明了，花旗国不能不和大清做生意。最大的问题是我们很穷，没有能力全部用货币来购买这些维系生存必须的商品。所以我们必须努力冒险开拓，这个部分天底下没有人能帮忙，我们只能用自己的生命和鲜血来解决。第二个问题是我们始终被英吉利人，就是马礼逊这种人卡住脖子，商船被他们骚扰甚至抢劫，价格受他们操纵，我们难以得到足够的西班牙银币做资本，资金融通又被他们控制。第三个问题就是近年兴起的大清海盗，对所有夷国商船是来者不拒，大小通吃。”

“所以呢？”

“英吉利海军战舰在贵国海域横行霸道，你们大清的皇帝管都不管，任凭我们自生自灭。我听马礼逊说，你来自于一个反政府武装，力量非常强大。可不可以帮帮我们？我不是要求你们和英吉利开战，你们没有这种义务也未必有这种能力，可是你们的力量应该大到足以使那些英吉利人愿意和你们谈谈。如果你们肯帮忙出头，加上其他被欺负的夷国和海盗，联合谈判力量大。至于第三个问题，我也是听马礼逊说的，你的组织和广东最大的海盗六旗帮关系很密切，可不可以帮花旗国和六旗帮沟通。第一当然是别抢花旗国的商船，我们都是拼了全部的家当冒险来华，只要挨一回抢，船上所有的人就只能跳海了。第二是进一步在大清的海域给予花旗国商船特别保护，就像这次托巴兹号事件一样。我们甚至可以商量，按年按船付给六旗帮保护的费用。第三是作为回报，我们愿意按成本的价格，为六旗帮代购代运当今世上各种最先进的军火武器。”

陈道芗眯起双眼，打量着眼前这一老一少俩夷人。

“本大侠还真是看走眼了，不简单啊，这些都是你一个人想出来的？可你这么年轻的一个商人，凭什么代表花旗国朝廷拿主意呢？”

马礼逊忙解释道：

“所以一开始我就说，我只负责翻译，虽然我是神的仆人，可我总不能当卖国贼，打英吉利的闷棍嘛。”

顾盛强跟着说道：

“虽然是我想出来的主意，可是我刚才说了，在广州做生意的花旗人连我

---

① 最早的中美檀香贸易记录是1792年的3月10日，到了1830年因砍伐殆尽而自然终止。

在内，总共也只有十一个，其中有三位老板回国或是去了南洋。在这儿的几个大户我都谈过了，他们完全赞同，只怕您或是六旗帮不愿意合作。我和我们国家派在广州的领事官也谈过了，他想和您见面。”

“据我所知，夷国使臣都必须待在澳门，所有事情得由行商转达大清官吏。澳门离这里可有一段路啊，你们花旗国在这也派有官员？是几品官？”

“没品！迷死脱陈，花旗国的穷是体现在各方面的，我国并没有预算派专任官员驻华，我们的领事官是由商人免费兼任①。”

“免费！没有俸银？”

“是的，也没有随员，没有秘书，没有办公费，全部自己掏腰包，是个荣誉职。事实上目前花旗人没有一个懂得汉文汉语，可是也没有译员，我们在这里做生意靠的是大清买办，或者请马礼逊帮忙。逼不得已的时候又只能找英吉利人，让他们抽头。”

“既然如此，我怎么和这位夷官见面呢？”

“他名叫爱德华·卡林顿，就在这条街面上，当然还是请马礼逊翻译了。”

“我得先说清楚，如果真像你说的那样，我也只能帮你传达信息，我个人不能代表天地会或是六旗帮答应你任何事情。”

外头街面上的杂声越来越大，有的仿佛就在门口，既有广东话、潮州腔、客家调的呼来喊去，也有葡腔英语的争吵，跟着传来乒哩乓啷好像是摔锅砸碗的声音。马礼逊推窗一看，泥泞路上挤满了华夷人等，还有一些跨刀的差役，好像是扣住了四辆拉货的板车。陈道芗和顾盛强干脆开门站到屋檐下观望，只见那些车把式一个个抱头蹲在明晃晃的钢刀之下。

“他们在吵什么？”

马礼逊听了一会，关门关窗，把两人拉回桌边坐下。

“广州海关查一艘葡萄牙船，现场搜到走私鸦片，现在要扣货扣船封舱罚款。葡萄牙人不干，说是英吉利人在暗中使坏告小状，你们大清官吏收了他们的大红包，不理葡萄牙人的小红包。所以要求一视同仁，也查英吉利船。”

“封舱是什么意思？”

“啊，那是广州口岸夷船交易的海关规矩，一旦封舱最少一个月不能验货完税进行交易，船扣在这里，船员勒令只能停留在澳门。夷商不怕罚款，最怕

① 美国迟至1843年才派出职业外交官Caleb Cushing为有给职的第一任驻华专员，此Cushing与顾盛强并非同一人。

封舱，那损失就大了。”

“你们这里鸦片很多吗？”

顾盛强连连摇头说道：

“以前几个国家的夷商都做，这几年几乎全部被东印度公司垄断了。他们从印度和孟加拉大量进口，价格低廉，其他国家根本无法竞争。你看那车上不过二百箱左右，英吉利大船一船就挟带上千箱。”

“花旗国也走私鸦片？”

“我们？我们来了才几年，哪敢不守规矩？每一个夷商一踏上广州土地就会收到行商转来官衙的谕示，列了各种规矩。其中有一条，大清从雍正朝开始，一直是禁烟的。而且，这种缺德事做了上不了天堂，我们是不做的。”

第5章
中英双语词典

吴熊光坐在灯下苦思琢磨着，京城那帮混蛋整老夫，跟皇上推荐让我来接烂摊子，眼前这个烫手山芋竟是收不起也扔不掉。他也是曾任职广东按察使的老人了，自知利害轻重关系，十天前接了调差的上谕，当即修书命家仆快马返回直隶。因为海路不靖，信中吩咐夫人尽快收拾，举家乘船沿运河南下杭州，然后走陆路赴广东安顿，直隶总督的交接事宜自有该管官员办理。他自己却是连家都来不及回，轻车简从地打武汉直接来到广州赴任。

那彦成丢官，遣戍伊犁一事的来龙去脉他已经基本摸清楚了。虽说这位那大人面对广东匪患是抚多于剿，或有夸大虚功，还污了点银子。但是，和珅一党前几年已经被清理干净，眼前当朝并没有什么大整肃，这惩治实在是有点过重。吴熊光宦途多年，倒有一半是在京城度过，焉能不知官场险恶。正是因为如此，他才不敢怠慢，一路兼程，今日晌午进城。当初纠弹那大人的不是别人，正是他的新同僚，广东另一位上宪，巡抚孙玉庭大人。这中间的章程如果不弄清楚，广东总督的乌纱帽是谁来了都戴不稳的。

原来，这吴熊光当官走的是大学士阿桂的门庭，从初为官担任内阁中书开始，就是阿桂的幕属。阿桂大人那可是当时章佳氏乃至于整个八旗的第一勇将，平天山南路，安台湾，定大小金川，授武英殿大学士兼领军机处内大臣，成为紫光阁首勋，当朝第一重臣。虽然后来和珅崛起，独揽朝纲，可是几十年的官场血腥，阿桂这一派总能安然度过。

孙玉庭的为官之路完全不同，一无军功二无黍米增产之劳，靠的就是文官一张嘴，因为，他是太傅朱珪的得意门生。这朱珪的官并不是很大，最高只做到安徽巡抚，可这巡抚不一般。朱老先生是乾嘉两朝清流一派的掌门人，因为老先生无欲无求，道貌岸然，所以连和珅都动不了他，也没什么必要动他。中国的老话说，不怕贪官只怕酷吏，从古至今贪官多得去了，习惯了也没啥好怕，有才的贪官照样造福人群。可酷吏不同，唾沫星子就可以杀人。

朱老先生早年丧妻，四十余年鳏居不曾再娶，可当朝首辅出门都得躲着朱老师。万一坐在轿子里多瞟路边美女两眼，被朱先生发现了立刻就会被批成淫棍，被满朝清流的口水淹死。偏偏历代皇上都深怕史家非议，不但不敢动清流还屡有褒奖。这巡抚孙玉庭大人可是清流功练得炉火纯青，堂堂方面大员，听说是居家清俭，粗茶淡饭，布衣布履的一个妖精，简直就是活脱脱的当代田文镜。朱珪何许人？当今圣上还在东宫时的老师，换句话说，孙大人就是皇上的师弟。朱老师前几年找孔老夫子下棋去了，正因如此，巡抚师弟一旦上了纠弹贪庸的折子，这皇上师兄能不念及故人吗？

满州龙兴，重武轻文，正因如此，得天下之后擦脂抹粉，体制上有时反而是装模做样的重文轻武。所以，明天早上他应该主动过访文官之首的巡府衙门，拜访这大清南疆第一清官。吴熊光提醒自己，家人还有一个多月才能到此，可这广州城里的灯红酒绿、歌声曼影是沾都别沾，想都别想。当初皇上考虑广东总督的人选，必然是从曾任职广东都指挥使或是按察使的官员中简派有能力资望者，才可能比较了解广东，所以吏部整出了这个惨剧。台面上干广东总督这差使的两大难题一是靖海氛，二是治夷务，可还有个台面下的第一前提，搞定孙玉庭。

陈道芗现在是非常后悔，后悔非常，为什么要认识马礼逊？为什么要帮他取名字？为什么要答应他来拾翠洲？让他自己摸着泥巴拔萝卜不就得了！莫非夷人传教士都是这么粘人，像坨麦芽糖一样沾上了甩都甩不掉？简直是笑里藏刀的魔鬼，居然还敢自称有礼而谦逊？

天地会和红旗帮合作，那叫作反清复明，你们花旗国朝廷和六旗帮搞在一起算什么？简直是夷匪勾结，沆瀣一气。名字帮你取了，还买一送一加了个顾盛强，也答应帮你们勾结了，马礼逊居然还厚起脸皮，说什么陈公子您是慈悲心肠的读书人，可否合作编一本简单的双语字典，以便华夷交流？陈道芗一开始还真没听懂，等弄明白了马大厚皮竟然是想合作，编一本华夷双语辞海辞源之类的大书，当场就抹下脸来。

“老马，你知不知道什么叫作马不知脸长，猴子不知屁股红？什么叫做打蛇随棍上，蹬鼻子上脸？”

“不知道哇，没听过，我妈给我生了张圆脸，不长啊！是大清成语吗？太好了，我们通通编到字典里。谢谢，你真是个大好人，主会保佑你。”

马礼逊讨价还价，这可是功德无量的慈善，如果我们不干，还有谁肯干？老油条再三保证，开始的时候只要一千个常用字就好，很快的。你比唐伯虎还有才，比他还帅，咱们三大才子一起来，两三天就好。

望着马礼逊那张假装诚恳的肥脸，陈道芗叹了口气说道：

“你知道我住的客栈，让我先干些本来该干的事，过几天再说。”

陈道芗快步疾行，好不容易逃离拾翠洲，沿着珠江江岸前行，打算前往天地会广州分舵，不一会经过华林寺外。这华林寺可是广州四大古刹之一，始建于梁朝，已有一千三百年历史，陈道芗慕名已久，当下信步走进寺院。

此时溽暑难当，寺中只有三两香客，他走过前殿来到中院，院中古木参天，还有一个小荷花池。陈道芗站在古木荫影之下，但觉荷香扑面，沉浸在这炎夏之中一丝怡人的清凉。待他跨进中殿随礼完毕，正欲前往后殿，瞥见门旁小桌上的纸笔墨砚，知客僧却不知何处，凝目一望，一迭整齐的毛边纸上是一笔隽逸清朗的字迹：“风荷风弄影”。

整个中殿空荡荡的了无一人，陈道芗一时手痒，提笔沾墨，在那行字旁边也写了五个字。他正要放下毛笔，却从后院传来脚步声，抬头一望，竟是一名年轻貌美的朴素女子，怔望着他手中的毛笔。陈道芗放下毛笔，心中暗想：好清秀的女子，再抬头却觉得脸上一热。这时又走进来一名中年布衣妇人，那名妇女见了陈道芗也是一怔，轻声对那名年轻女子说道：

“瞧你，映儿，又弄出事来了吧。”

陈道芗不知此二人是何路道，讪讪地轻咳一声，侧身穿过殿门，自往后院去了。

年轻女子见陈道芗离去，这才快步走到小桌前，拿起那张毛边纸凝目一看，却不由得竟是痴了。那纸上左右对仗，两手笔迹写的是：

“风荷风弄影，梦回梦未央”。

“映儿，女人家出门在外一定要多检点，你瞧你弄出事来，让你爹知道又得教训你。这字让陌生男子碰过，要不得了，咱们赶紧回家吧。”

年轻女子这才回过神来，对着墨迹轻轻吹了两口气，她边折纸入袖边轻声说道：

“可我写的字也不能留这，带回去再扔吧。”

她挽着妇人离去，心中却在默想：

“风荷风弄影，梦回梦未央！此人知道了我的名字，这却又如何是好？”

陈道芗完全不知，原来这母女俩正是广东巡抚孙玉庭的夫人和独生女，孙荷映。孙清流果然律己甚严，二品诰命夫人和掌上明珠竟是未带丫环，一身简朴的布衣素裙。想那明清之际，书香官宦之家的礼教甚严，身为清流祭酒的孙玉庭更是走火入魔。自打荷映年幼，孙夫人就开始传授女规女戒，平常时日真是大门不出二门不迈，目不斜视、循规蹈矩。不过，正是因为孙玉庭官声苛酷，母女俩避开人流，每月初七前来华林寺上香祈福却是不可免的。偏生荷映自小就显得有几分多愁善感的才情，孙玉庭膝下无子只此一女，虽说女子无才便是德，可在移情之下仍授以诗书，成就了今日的孙荷映。

孙夫人母女每来华林寺，在后殿上完香之后总会去找那独居后院的无心老和尚开解。才女整月未来华林寺，今日知客僧却说无心和尚身有微恙，闭门谢客。待得来到中院，溽暑之中只见中院的荷花掩映，一时自怜，在中殿留下一挥而就风荷风弄影的签名，然后陪母亲前往后殿。哪知短短一个来回，墨渖未干的少女情怀却落入陌生书生眼中，还留下了梦回梦未央的酬答。

陈道芗走出华林寺，由南门入城，按刘丽川所言找到了易牙居，便自登楼找副座头坐下。这饭馆看来和一般无异，时当未末申初，还没到饭点，店内只有三两桌喝茶的客人。陈道芗快手将桌上的小茶碗摆弄开来，在上面压了两节尖对尖相顶的筷子。这时小二过来上茶，见了桌上的杯筷，立刻恭敬地低声说道：

“客官您请稍坐，管事的马上就来。”

过了没多大一会，小二就引一位长袍中年人登上楼来。中年人客气地作揖让客，这才坐了下来，口中寒暄之际，手指却沾茶在桌面上涂抹，陈道芗也是依样行之。中年人望着窗外，淡淡说道：

“如此酷暑，幸得青竹二三，今日贵客到访，正是门临青竹邀君子。”

陈道芗拱手回道：.

“好说好说，数年未见老友，如是隆冬偶遇，莫非窗有红梅见故人。”

当下两人站起身来，竟是一前一后下楼，小二也不结茶钱，恭送二人离去。

原来这易牙居正是天地会广州分舵经营的生意之一，陈道芗摆出同门信号，小二自是立刻通知管事的出来相迎。两人在桌上的涂抹表明了，陈道芗是友舵五节竹的坛主，那名中年人则是本地三节竹的头目罗瑞斌。早年台湾的前明郑氏归降大清，天地会原有切口暗语自为大清所悉，所谓青竹红梅等等，当为后来新订的联络暗语。

罗瑞斌领着陈道芗在广州城的小巷之间穿梭，竟是走了小半个时辰，才来到一片宅居颇密的民房。陈道芗细观方位，其实此地就在易牙居北面不远，如此谨慎防患，自是甚佳，当下也不以为忤。这时巷口一个鱼蛋摊见罗瑞斌走近，忽然敲着响板喊了起来：

“自家鱼蛋五文钱一串，买八送一啦，不好吃的自家鱼蛋五文钱一串，买八送一啦！”

当时的物价鱼蛋顶多两文钱一串，这不好吃的竟然要卖五文钱，陈道芗自然明白，这是会中报门的喊法。自家鱼蛋表示来的是本会中人，罗瑞斌是三节竹，买八送一表示来的是五节竹一人。如果喊买十一，那就是三加八，表示来了八节竹的堂主护法或是军师，如果喊买十二，那就是九节竹的总舵主亲临。当下也不打话，跟着罗瑞斌来到巷内一处民家宅院。

本舵的坛主过访，漳州当然早有通报，陈道芗见到公孙香主和座下的天玄地黄宇宙洪荒四大坛主。几年前在漳州见过公孙楚一回，那还是自已父亲过世的丧仪，六省七舵的人都来了。当时的公孙楚还是坛主，那种场合也无法跟各路吊客多有接触，印象早已模糊。今日看来，或许是当上了香主之后养护得更好，所以这笑面阎罗就更是名实相符了。三十许的年纪，皮肤水润细致吹弹欲破，简直如同娇妇，更和江湖好汉沾不上边。圆滑的脸盘上眯着一双细眼，也许是因为眯得太细了，偶而迸射出来的精光特别有神。

公孙楚虽然只是一直保持微笑，并无江湖草莽那种大开大阖的夸张习气，可言谈之间倒显得殷勤有礼，细致周到，奉茶寒暄介绍四大坛主，然后开始简单说明广州分舵的经营。本来天地会的分舵四坛应是各拥兄弟，按地面分片管理，也就是各自为战。可公孙楚接位之后锐意改革，竟是做了大的调整，三坛不按地界而是按生意类别，分司经营与保护各类档口。而水龙王韩宝胜的洪荒坛成为分舵唯一专职的机动部队，也就是比拳头动刀枪的武力。

陈道芗越听越奇，这已经和什么反清复明的帮会扯不上半毛钱关系，完全是在借武力保护做生意了。就像马礼逊说的那个什么东印度公司，唯一的不同只是私有和国营之别。公孙楚接着说道：

“为了适应形势快速发展的需要，我们前年把分舵大柜改组扩大了，加入考研功能，对外还是称大柜，对内称为管理处，由香主直接指挥。”

说到这里，公孙楚才向陈道芗介绍大柜首座张务本，年近五十，规规矩矩无声无息地敬陪末座，一个看来老实巴交的人。本来大柜核银立帐，无非就是账房，所以不像四坛都是有职司有武功之人，顶多待得久了学两手三脚猫的猴拳。可是现在广州分舵的大柜职能扩大，地位自然不同，舵内称为总师。

“看来在公孙香主领导下广州分舵是风生水起，有声有色啊。总舵主再三夸奖，要我好好研究，给其他各舵参考。”

“哪里哪里，总舵主过奖了。这样吧，我就安排张总师和你对接，陈坛主上大柜研究，自可知我广州分舵的经营。”

“公孙香主，方才罗兄弟带我在城里转晕了，此间到拾翠洲其实应该不算太远吧？”

“你说的是沙面那个蕃鬼佬的地方？不太远，用走的不到两盏茶也就是了。”

只有广东话才称夷人为蕃鬼佬，看来公孙楚是在广东地面上待得够久了。这两年大柜的业务增加，账目繁浩，已经迁到分舵旁边一条巷子另赁一处院落。陈道芗很客气地和张务本相约，第二天上午在大柜碰面。

广洲分舵这几年依然维持着几大行业，一是饭馆客栈澡堂，总共有四十几处。二是水陆码头的车船加上劳务，还有就是几处投靠的妓院和赌馆。这些都是帮会的传统行业，另外，分舵成立了房舍土建的施工队伍，这几年生意相当不错。陈道芗看到大屋内整墙的账本，头都晕了，第二天他就决定，和张务本商量，以后他每天上午过来。不过，这些经年累月各个档口的流水账不必看，咱们把时间花在统计分析上，整理出分舵经营的模式，至于账本显示的数据，只是说明模式的辅助资料而已。

说马礼逊是笑里藏刀的魔鬼，还真是有点片面之词，对老马不够公平。因为，陈道芗实在是有点自己犯贱，反正在广州没有别的朋友，这粤语对他而言又是佶屈聱牙难以为听，也不等马礼逊来找，隔了没三五天的一个午后，就自投罗网，又出现在拾翠洲。

马礼逊还真是个死心眼，这些日子里他是反复推敲，列出来了近两千个英文单字。虽然不免有些新教圣经用字，不过大多都是生活中常用的字汇，你我他、鸡鸭鹅、红黄绿、跑跳碰，丑陋的美丽与暴烈的温柔之类。密密麻麻的蚯蚓字写了好几十近百张纸，陈道芗虽然看不懂这些东东，可是也不得不佩服老马的毅力。

“因为我不识汉文，所以得麻烦你，我告诉你每个英文字的意思，请你把汉文写在后面。你知道这种字典有多好用吗？夷人用这本字典，就可以用汉文表达意思。如果我们把英汉顺序倒过来，那大清人就可以用英文表达了。”

马礼逊的两年广东汉语毕竟只是勉强，往往词不达意。他说每一个英文单字，两人都得叽哩咕噜地讨论几句，陈道芗才写下自觉最恰当的汉文。马礼逊只是不会写，却大致听得懂汉语，陈道芗边讨论边写，还没写几个字就产生问题了。

“鼓淋，green；耶漏，yellow；绿就是绿，黄就是黄，为什么一定要写绿的，黄的？难道说我在路上看到一只黄狗，一定要说成我在路上看到一只黄的狗？你妹妹是美女，一定要说成你妹妹是美的女？老马，你不懂汉文，这简直是荒的唐。”

“我是不懂汉文，不过，我们英文单字分成八大词类，这是最基本的文法。你我他是主词，鸡鸭鹅是名词，跑跳碰是动词，红黄绿是形容词。这样吧，我尽量说明英文的原意，请你斟酌，用汉文的陈述方式来表达。”

搞了一个下午，两个多时辰才写了五十几个字，因为马礼逊还得在中文旁加注拼音。说什么三两天？这两千个字搞下来不得一个月以上？陈道芗放下毛笔伸个懒腰，问老马道：

“好香啊，是什么东东？”

“工作太辛苦了，开工大吉，今天请你品尝一下亚美利加风味的夷餐。”

顾盛强请两人收好桌上的文具纸张，然后送上来餐具，一盆什锦蔬菜，一碟法兰西醋汁，一盘面包。老马分好餐具，拿了些菜到自己盘中，淋上醋汁，举起叉子大快朵颐，陈道芗却是看得傻了。眼看着不太像是能忽然变出筷子，也只好勉为其难左右开弓，照葫芦划瓢。顾盛强接着端出三盘主菜，自己也坐了下来。老马笑嘻嘻地说道：

“你想喝酒吗？这里没有白酒，喂死鸡倒是有几瓶，不过一般吃饭时我们喝葡萄酒。”

兴许是真饿了，闻着挺香，陈道芗望着面前盘中那一坨肉不像肉鱼、不像鱼绝不是青菜粘乎乎的东西，心不在焉地摇了摇头。这亚美利加风味没筷子怎么下口啊？

“这是顾盛强拿手的海鲜芝士焗鸭胸，如果不是你来了我还吃不到哪！美味得不得了，保证你这辈子没吃过。”

认识老马一个月，这还是有生以来头一遭吃夷餐，可中国人待客只会谦虚地说，菜是如何如何的简陋，请客人如何如何的宽容，哪有像老马这样自吹自赞的？陈道芗终于体会到了，这华夷风俗就和那所谓的英汉字典一样，一刀两面，各有洞天。当他指出来，在餐桌上居然亮刀子割肉吃饭，只能是牧民不拘礼节的搞法时，顾盛强说，大清人拿两根签子拨东搞西的，才真是不可思议。

这餐桌上吃鸭胸的三个人当时并不知道，正是从这迭简单的英汉单字对照表开始，在工作中学习，顾盛强的其昌洋行逐渐成为中美贸易最大商号，甚至决定美国驻华外交官的人选。陈道芗一步一步从帮会坛主蜕变成为横跨中外的儒侠，马礼逊后来成为一名通晓中国江湖传奇而虔诚向道的汉学家。

如此上午搞经营分析，下午练双语神功，一晃过了二十几天。陈道芗比对三年来各档口的营业额和上交收益，大致归纳出来广州分舵的经营效益，饭馆客栈澡堂和水陆码头的收入差不多，合计贡献了总收益的五成上下。妓院和赌馆都是挂靠，单收定额保护费，只占收益的不到一成，另外四成收益来自营建施工。如此看来，这别家分舵并不突出的施工队占了收益最大头。从账本上看，这施工对象无所不包，民宅承建，佛道寺庙修葺，最大宗是衙门里发出来的各种工程，从海堤到修路到炮台，什么都有，原来现在天地会是笑嘻嘻地大赚官家银子。

陈道芗心想，这倒是也行啊，打不成你就吸你的银子，也算是另一种方式的反清复明吧。不由得心中感慨，天下之大，想这帮会生存之道，行业垄断与包娼包赌也是不得已而为之，那浙督徐廷雄以此相责，未免过于求全。何况听张务本所言，这广州城内外帮派众多，水陆码头和娼赌真正大户是合字头的本地帮和天宝山结社，天地会在这些行业里只能算是个中号。全会上下几十万人的衣食给养，这广州分舵不容易啊。接下来要做的，是开始撰写报告底稿，此时的陈道芗暗自忖想着，上交之前，或许跟张务本和公孙楚再参详一下也未尝不可。

六月初七，摞起来两百张大纸的马礼逊大字典终于大功告成。老马还想再加字，陈道芗却是万万不从，好歹先用着，要扩编也得等初期使用的效果出来再说。或许要改变格式改变体例呢？马礼逊说，他在每一对英汉字旁加注的拼音叫作万国音标，这两千个字下来，陈道芗竟是不知不觉间已经运用纯熟，可以自己加注了。

经过这一个月地狱式语言训练营的锻炼，他现在完全清楚这马礼逊和顾盛强的厨艺，其实就是李魁三板斧，乏善可陈。鸡鸭鱼牛轮流上，一块大死肉水煮熟了浇汁完事。到后来实在是吃腻了，味同嚼柴简直吃得人痛不欲生。私下问顾盛强，你们总是给本大侠吃些鸡胸鸭胸的，那鸡翅膀和鸭大腿上哪去啦？

小顾先生说谎时居然还知道脸红：

“那些不好的部位怎么能给贵客吃呢？一般动物的四肢手脚是给工人吃的，我和老马留着晚上自己吃。”

活的部位留着自己吃？陈道芗是到何时才知小伙子并未说谎已不可考，反正他当时听了这话颇不乐意。看这俩家伙难得改善伙食，正逢今日书已编成脱离苦海，见天色向晚，于是迷死脱陈兴致大发，拉着两人进城打牙祭去也。

这天地会广州分舵旗下的饭馆有易牙居、羊城小馆和庖丁小集三个档次三大联号。三人步行来到华林寺附近的一家羊城小馆，既是和夷人同餐，陈道芗也不亮自己天地会的身份，径自点菜。一个发菜三丝羹，一个油淋清蒸笋壳鱼，一个腐乳羊仔骨，一个卤味拼盘，一个白玉虾球，一个白灼芥兰，一个腊味排骨煲仔饭。看到连头带尾架全骨的整条鱼和一粒粒骨多肉少的玩意，终于轮到这俩夷人发呆了。不过，没呆多久，浓郁的香味笼照之下，那四只白人手臂忽然不约而同地向菜盘发起进攻。可怜顾盛强还在抽条长个儿的年纪，整天不是小菜市里整些东西瞎凑合就是挤到码头上买工人餐，半年多来哪曾有机会领略中华饮食之美？等到他撑得不行舔舌抹嘴地发问，这才搞清楚所谓的卤味拼盘包括牛舌猪肠牛胃，大惊之下狂喊上帝。这不是野人豺狼才会吃的玩意嘛？马礼逊抹嘴舔舌地说道：

“甭管是什么，反正已经吃到肚子里了。迷死他陈，我觉得很奇怪，如此美味的餐馆，为什么客人不多啊？”

这有什么好奇怪的，广州是饮食天堂，吃家挑剔得很，此事原属正常。陈道芗环目四顾，此时正当饭点，堂上疏疏落落坐着约有不到四成客人。他耸肩回头说道：

“这也没什么，中国人舌尖上的功夫登峰造极，可比你们有学问多了。”

陈道芗边说着边再打量周遭一眼，话将将说完却觉得不对了。老马这个旁观者可是一语惊醒梦中人，根据这些天作的记录，广州分舵每月向厦门总舵输银六七千两，摊分下来这餐馆怎么也得每月净盈余百八十两以上。可看这熊样能维持不贴本就差不多了，哪来的百八十两盈余？老马不知天地会的会中之事，陈道芗也不动声色，心下却暗中盘算，是不是得花几天时间走访所有的档口？

第6章
天地会批发鸦片

出了羊城小馆，天色已晚，陈道芗与二人拱手作别，顾盛强小子竟然也学着拱起手来。当下陈道芗安步当车走回城内，不过一盏茶的时间又来到华林寺外。只见山门已闭，渺无人迹，他绕行寺院东侧，走到院墙将尽时却忽然停下步伐。

不会听错，仲夏夜的虫鸣之中他所听到的，是衣袂破空之音。陈道芗忙隐身树后，只见两道黑影跃入僧院。如此夜深人静，逾墙而入，非奸即盗，陈道芗当下起了侠义之心，追到墙根一看，树下有松动的新土。他心中大是犯疑，于是劈下树枝掘土，没几下就发觉有异，拨开土来一看，赫然是两具尸首，一老一小，是两个和尚，触手犹温，显是新死未久。陈道芗大惊之下不再犹豫，一捋袍脚纵身跃上墙头。

此处乃是后院，黑压压的只有北边院墙有些动静，几个人影似乎正在搬运箱子。这北院墙下一般都是些柴米厨浣之地，此刻只一间小屋内有微弱灯光。陈道芗沿着东墙悄声往北走去，来到北墙的屋顶上俯身一看，北墙院门之外还有些杂物小房，墙上的后门大开，门外停着十六辆马拉大车。十几名大汉正在从院墙里外的屋中将箱子搬上大车，那间亮灯的小屋隐隐传来女子啜泣之声。只闻一人说道：

“田帮主，这雏长得是甜美，可你也不能急在这时啊。得赶快把货弄走，你杀了秃驴，如果被人发现就麻烦了。你把这对母女带走，玩完扔了还是带回山上压寨都随你。”

“廖兄弟，我的毛病你还不知道？就好这一口，小娘们长得如此可人哪里还等得了？爽快完了一刀了事，还压个屁寨。要不你在旁边瞅着？”

听到这里陈道芗再也忍耐不住，起身一纵跃下墙头，踹开屋门喝道：

“无耻淫贼还不住手！”

小灯之下站着两名男子，一瘦一壮都是钢刀在手，地上还蜷伏着两个人影。那名壮汉冷不妨吓了一跳，抬眼上下打量着眼前赤手空拳的书生。

“好大胆的家伙竟然敢坏我好事，你是何人？”

“行走江湖，色戒当头，你等匪类太也无耻，识相的快滚，饶你一条狗命。”

那名大汉哈哈笑了起来说道：

“小子，你也不怕风大闪了舌头，知道咱们是哪条道上的？说出来吓死你。”

“哦，那倒要请教，如何能吓死在下？”

“老子是天地会的，天地会广州分舵，怎么样？”

陈道芗闻言一呆，随即回过神来，那瘦子方才明明称你田帮主，竟然想借天地会吓人，真神面前胡吹大气。

“放屁，天地会反清复明，个个都是锄强扶弱顶天立地的好汉，哪里有你这等匪类？说，你到底何人？”

就在这时忽然传来一声女子轻呼，陈道芗抬眼望去，不觉一愣。只见地上那名女子呆望着自己，四目交投之下，去月今日在此寺中惊鸿一瞥，正是那位风荷风弄影，梦回梦未央。

那名没吭气的瘦子领头走出小屋，陈道芗和那名壮汉也跟到院中。这时那十几名大汉听到动静，纷纷围了上来。瘦子终于开腔说道：

“田帮主，尽快料理了这厮咱们得走。”

姓田的壮汉阴阴一笑，竟是不讲规矩直截一刀劈了过来。好在陈道芗身处险境早有提防，侧滑步避开的同时身上忽地射出一条白练，矫绕不绝，直奔壮汉咽喉而去。

自陈近南当年被康熙派遣的死间风际中暗算之后，台湾郑氏归降大清。陈家后人转徙避祸，陈门武艺竟是大部分失传，只留下最重要的内功心法。所以陈氏后人俱以内力见长，外功兵器却是平平。陈道芗之父眼见天地会逐渐沉沦，将学会心法的陈道芗送到雁荡山学艺。亏得陈道芗天资聪颖，又深知所负重担，十年潜心磨一剑，一手雁荡回风拂柳剑已达八成功力。这回风拂柳剑法路走轻盈，以柔克刚，兼之陈道芗以书生面目行走江湖，携带长兵器多有不便。方才他滑步之时翻手按下簧扣，铮然一声龙吟，从腰际掣出一把软剑，剑尖伸吐之际竟是如闪电一般快速，是以众人眼中如见一匹白练。

这位田帮主一刀劈空，立刻回刀再举，可才举了一半那白练已到眼前。荒乱之下忙侧身低头，却是如何能回避得了？白练如影随形，剑花闪映之际一点星芒仍指着咽喉而来。田帮主再也无法闪避，啊也一声，竟然丢刀一屁股坐倒在地，左颊暖烘烘的伸手一摸，左耳已被削去。

“今日饶你狗命，还不快滚？”

“果然是英雄出少年，不过，这位少侠可还得问问大伙儿答不答应？”

那名瘦子缓步走到场中，口中接着说道：

“田帮主，点子扎手，还不叫大家一起上？这批货出了漏子唯你是问。”

田帮主挣扎着站起身来，呼喝帮匪将陈道芗围在中间。陈道芗心中大怒，满以为一剑立威，匪徒当即知难而退，没想到竟然如此不知好歹。到底是什么货值得如此拼命？

眼见十几把大刀砍来，陈道芗挺剑点出。这瘦子的刀路比所谓帮主精熟得多，虽然不如陈道芗的剑法迅捷，可是借着众帮匪的掩护，却也不时挥刀逼得陈道芗回剑格挡。即便如此，只见血花飞溅，三十几招过后已有九名帮匪倒地。瘦子见势不妙，又挥刀砍来，却半路一缩手，陈道芗见他左肩微沉即知不好，凝神之下只见他一回身已是三点银光打来。陈道芗既有准备，当即吸气腾身跃起，竟如大雁一般在空中一个转折，径射瘦子而去。这一招正是回风拂柳剑十三式中的精华，第十一式雁翔九天。只闻惨呼闷哼不绝，一枚回龙梭打中一名帮匪，倒地挣两下就没了声息，显是身中毒镖不活了。田帮主和另七名帮匪纷纷受伤倒地，那名瘦子内关中剑，大刀落在地上，右腕鲜血淋漓。

陈道芗剑指瘦子眉心，低声问道：

“说，你们究竟何人？车上装的是什么东西？”

“我们是天地会。”

“放屁，天地会哪有什么帮主？哪有你们这种不成材的货色？”

“我，我真的是天地会。”

“放屁。”

“是，是放屁。他们是和合兴在罗溪营的帮派，那是帮主田亚猛，负责帮天地会运送鸦片。”

“放屁。”

“真的，他们真的是和合兴的，他们是本地帮派，广东地界的山林水寨都吃得开，由他们送鸦片去漳州。”

“放屁。运去漳州给谁？”

“不知道，我们会里自有人安排收货，每批发货之前都有专人先送来符凭勘合，按勘合收货。”

“满嘴狗屁，你凭什么证明你是天地会的？”

瘦子听到这话一愣，缓声说道：

“请容我站起来。”

瘦子站起身来盯着陈道芗说道：

“听阁下口气，与敝会应是友非敌。”

“是又如何，不是又如何？”

瘦子深吸一口气，提刀走向倒在地上的和合兴帮匪，手起刀落一刀一个，地上躺着受伤地十六名帮匪和那名帮主田亚猛，顷刻之间竟是全被结果了性命。他不动声色地走回陈道芗面前，居然拱手说道：

“我会兄弟行走在外，皆为隐密行事，偶尔误会冲撞也是有的，唯独不可让这些外人走狗得知。在下向来谨守会规，方才田帮主欲犯淫戒，在下也曾极力拦阻。”

陈道芗脑海中一片混乱，却实在难以说服自己相信。盯着眼前瘦子缓缓说道：

“一场误会，造此杀孽，岂不闻门临青竹邀君子？”

“事非有因，纯属无意，竟是窗有红梅见故人。在下广州分舵大柜四节竹司事头目廖正乙，敢问尊上是？”

听到回报的切口无误，陈道芗差点没摔倒，他心中再无怀疑，力持镇静地故作悠闲，边将软剑收折于腰际边缓缓说道：

“我乃漳州本舵奉总舵主派命巡查使，五节竹宇宙坛主陈道芗。”

“是，早闻贵使来粤巡查，今日相见，无限荣幸。”

“我在大柜待了一个月，怎么没见过你？”

“禀告尊上，经营鸦片事属绝密，不仅四坛不知，大柜也只有极少专组中人得以参与，专组由公孙香主直接指挥。”

“烟馆的利头岂不更大？可我们在广州地面并无烟馆档口。”

“会规禁止贩毒，如果经营档口那就是零售生意，得调集大批人力，应付地面上的衙门和其他帮会，根本就瞒不住。专组只做批发，向外省供应，而且只负责发货，运输全部外包给本地帮会。福建是咱们的地盘，供货最多。”

“漳州那里交货给谁？”

“这个属下真的不知，全按符凭勘合交货。”

陈道芗叹了口气说道：

"没想到，一场误会倒差点坏了你们的大事。屋里那两个女眷又是怎么回事？"

"因为拾翠洲码头离这里近，他们就用这和尚庙后院里外中转分货。反正分了就走，和尚也弄不清箱子里是些什么东西，给几钱银子了事。那个田亚猛命里犯贱，每回进城一见到漂亮女人就像是失心疯似的，非得弄到手不可。没想到今天傍晚，田亚猛一进寺就见到那位姑娘，坐在荷花池旁发呆。他那老毛病当场就发作了，这不，拉扯的时候还饶进去两和尚。"

"原来如此，你手腕的伤不碍事吧？现在这些货和尸体怎么办？"

"谢尊上关怀，现已过戌时，属下一人无法处理，得立刻进城叫专组过来。"

陈道芗伸手轻拍廖正乙肩膀，口中说道：

"唉，也只好辛苦你了。"

陈道芗口中说着右手已将搭上廖正乙肩膀，却忽地一沉，翻手并指点上膻中。廖正乙难以相信地瞪大了眼睛，哼也哼不出声即倒地气绝而亡。

陈道芗这一记柔指提足了十二成内力，虽是将廖正乙立毙于指下，可自己也是一头冷汗，心乱如麻。贩鸦片固然是帮规所禁，但自己手刃兄弟，如不辩说分明也是无可饶恕的死罪。兹事体大，看来会内有高层带头作反，如果此事走漏，不但自己死无葬身之地，天地会恐怕也将万劫不复。他一人站在满院尸体当中呆了半晌，这才返回屋内。

孙荷映母女俩正睁大了眼睛望着门口，陈道芗进屋连忙蹲下来给母女二人松绑。他先解开母女俩的脚绳，然后将孙荷映的身子扶转，解开她绑在背后的双手。陈道芗解完之后跟着去解孙母的手绳，孙荷映连忙挣扎着站起，冷不防整个人摔到陈道芗身上。惊呼声中陈道芗这才想起，此二人恐怕已被缚过久，绑得又紧，再不推拿活血必会留下残疾。他一时无暇多想，伸手便为孙荷映的双脚按捏起来。捏了几下只听得一声轻得不能再轻的嘤咛，抬头一看，姑娘的脸蛋已是羞得满脸通红直到颈根。陈道芗心头一震，连忙缩手低下头来问道：

"没想到又在这华林寺相见，你好些了吗？"

孙荷映低声说道：

"多谢公子，好多了，请让我自己来吧。"

陈道芗心头狂跳不已，低头站起身来，竟不敢再看孙荷映一眼，口中说道：

"如此我就在门外等候。"

陈道芗低头退出屋外，只觉脸上发烧，不觉纳闷，自己今晚是怎么了？上个月曾经匆匆见过这位姑娘一眼，却不知是谁家闺女。转念一想，连忙出了院门卸下一辆大车，这才转回院中，只听得母女俩似是在屋中轻言低语。又过了一会，方才互相扶持着走出屋门，见到陈道芗便低身福了下去。那孙夫人说道：

“今夜承蒙公子搭救，否则后果不堪设想，唯有一死而已。敢问公子仙乡何处，尊姓大名？”

陈道芗慌忙还礼说道：

“夫人切莫如此多礼，路见不平，挺身相助本是应有之义，何足挂齿。此处已有凶杀，万万不可久留，还是尽速离开此地，再做道理。”

“救命之恩，岂敢轻薄不记。还望公子见告，莫令我母女俩难以做人。”

听这妇人之意，如不相告竟是不肯走了，陈道芗好生为难，只得硬着头皮说道：

“在下闽南漳州人氏，小姓陈。请速行。”

没想到妇人站在那儿却是丝毫没有挪步之意，继续问道：

“公子谈吐不俗文武双全，还没请教大名，可有功名？”

陈道芗此刻真是心急如焚，觉得这妇人不分轻重缓急，实在是轴得可以。月黑风高夜，杀人放火时，却在死人堆中问什么捞什子功名。当下想也不想地随口说道：

“我陈门家训，有清一朝不得出仕为官。我们可得快走了。”

孙夫人闻言眉头一蹙，不再言语，寻思之间自往院门外走去。

陈道芗将十五辆大车聚拢一处，赶走马匹，请孙家母女上了那辆空车。然后一把火扔到那十五辆大车八百箱鸦片上，竟自赶车离去。这板车本是拉货之用，母女俩坐在大板上一路颠簸，由得陈道芗在前面驾车。孙荷映低着头一声不发，三人竟是一路无语。车子到了巡抚衙门旁边两条巷子停下，孙夫人这才说道：

“敢问公子现居何处，明日拙夫也好踵门致谢。”

“在下不敢，临危救急是我侠义本份，何足挂齿？然而今夜多有死伤，以武犯禁，王法不容，小可本是武林中人，当即远走他乡，不如就此别过。”

孙夫人沉吟了一会，抬头说道：

“既然如此，公子光明磊落义薄云天，我等无法勉强。返家当即立漳州陈氏恩公牌位，晨昏祝祷，健怡安康。”

孙夫人拉着荷映又向陈道芗一拜，陈道芗连忙还礼。待得抬起头来，母女俩却已转身往巷内走去。陈道芗长吁了一口气，转身欲行，耳际却响起一声轻唤，深夜之中听来格外清晰。

“公子！”

孙荷映走得两步，银牙一咬，忽然驻足转身说道：

“公子大恩大德，此生难忘，还盼能有相报之时。”

闻得这一声回眸轻唤，陈道芗如遭雷殛，僵立当场，只觉得热血上涌，全身发烫，竟不知自己说了些什么。

“不敢，在下就此告辞。”

只听到孙夫人一声低斥：

“映儿，不得无礼。”

陈道芗担心板车留在此处泄了行迹，驾车直奔北城，把车留在北城根的一处客栈后院车场，这才施展提纵之术，奔回自己在南城所住的悦兴客栈。是夜辗转难眠，未曾想天地会内竟有如此不可告人的隐秘，孙荷映羞红的倩影更是不时浮现脑际。

辗转难眠的当然还有孙家小姐。孙氏母女今日上香本就晚了，孙荷映情怀难解，睹景思人，芳心可可，独坐池边风荷风弄影。偏巧和合兴船到接货，致遭此劫。劫耶？缘耶？情愁百转处子之心，竟夜无眠到天明。

第7章
红旗帮一统六旗

陈道芗一大早就赶到拾翠洲，拍开旗昌洋行的板门。马和尚正在做早课，而缺觉的年轻人顾盛强还在楼上呼呼大睡。

“老马，我有要事相商。”

“什么事？”

“上个月顾盛强说的，和天地会六旗帮联络合作之事。”

马礼逊眯起双眼打量着陈道芗。

“我以为你不大愿意，我只想着编字典，此事也就没有再提。你怎么改变主意了？”

“实不相瞒，天地会中出了大乱子，被我无意中获悉。现在我的处境很危险，如果还待在广州，身处嫌疑之地，随时会被发现，得找个地方暂时躲一躲，想好针对之计。如果合作之事能成，红旗帮大屿山就是最安全的地方。”

“你遇到什么麻烦？”

“中国的江湖之事复杂得很，你就别问了。千万别给你惹上杀身之祸。”

“如果怕魔鬼的话如何还能侍奉上帝？你不告诉我一些因由，却叫我如何帮你？”

老马说得也有道理，陈道芗只好简单说明，略过昨晚的僧院屠杀，单说意外发现天地会高层隐藏有一股秘密势力，正在做鸦片的大生意。如果此时离开广东就断了线，难以追查，留在此间却又难以掩护自己，与刀尖火坑无异。

“啊，上帝保佑，毒枭是最心狠手辣而隐秘的匪徒，全世界都是这个道理。迷死脱陈，看来你这一回是真踩到牛大便了。”

原来那位领事官爱德华·卡林顿是美孚洋行的大班，当管事的罗瑞斌看到马礼逊、顾盛强和卡林顿三个老少夷人端坐在易牙居时，实在是摸不着头脑，莫名其妙，这个亚美利加什么的夷国怎么忽然跟天地会扯上关系？又哪有资格见公孙香主？何况昨晚会里好像出了点事情，大柜上一位少见的头目廖正乙被人料理在华林寺里，洪荒坛的外勤都出动了，香主正忙着哪。陈坛主好话说尽，说这夷国使臣如此谦恭有礼，咱们身为天朝第一大帮会，不见好像有点礼亏啊。保证只用一盏茶的时间，礼到即可。

公孙楚的笑容暂时失去了以往的神采，显得有点心不在焉，当他终于听明白了卡林顿的来意时，立刻将皮球以四两拨千斤的独门武功抛到陈道芗身上。

“我们天地会是本土社团，对夷务并不清楚。至少你们曾经是那个英吉利什么的藩国，以我之见大家还是以和为贵。你说的联合谈判当然是好事，省得在咱们家门口打架。这样吧，你们先联络其他夷国和行商，如果都答应了我们也是乐观其成的。不过你说的六旗帮找我没用，只能找陈坛主大力成全。这六旗帮最近单独设了一个天地会分舵，和我们广州是平起平坐的同级单位，我可没资格命令他们。事情就是陈坛主办的，你们找陈坛主就对了。”

解铃还需系铃人，在公孙楚几句安慰劝说之下，陈道芗装出一副勉为其难的样子，接下重担。这走访六旗帮分布两广的海上巢穴可是旷时费日，还得合纵连横当说客，再快也得两三个月以上。陈道芗当场修书一封，说明必须在广东再待一段时间，禀告漳州本舵，请公孙香主代发。

将近未时，距离石龙山只有一里，不出半个时辰就可以到大屿山，前方已经出现了红旗帮迎客的小艇。吴尚青下令落帆，准备操桨进港。他这次派遣了十七条战船，从台山出发时先分散出海，各自行动以掩人耳目，等过了草堂湾这才集结整队，越过广州湾外海，浩荡而来。所有船只都洗刷得干干净净，绿旗招展光鲜亮丽。

郑一正式邀请，六大帮主齐聚大屿山议事。吴尚青故意晚到半日，倒不只是为了摆架子，而是为了让其他五帮先彼此吵吵，省得自己费心思揭大家的底牌。六帮之中只有自己的绿旗帮和乌石二的蓝旗帮不是四姓出身，不过，这并不表示自己和乌石二有什么特殊的交情，反倒是郑一这两年极力拉拢乌石二。他冷眼旁观，很清楚郑一的盘算，就是为了扩大地盘，跨过琼州海峡，进入广大的北部湾。然后延伸到安南和暹罗，在那些广袤的海域打劫夷船。到时候不论是大清水师还是夷军，都鞭长莫及。而红旗帮所能提出来的利益交换，应该就是在广州这唯一口岸的销赃，以及夷商和广东水师的情报信息。

这六旗帮主之中，蓝旗乌石二最勇悍，而且爱兵。白旗梁宝最为滑溜，黑旗郭婆带最是狂野变态，黄旗林阿发碌碌之辈。红旗的郑一自认是有勇有谋，可比起他吴尚青来，毕竟是还差上一截。郑一想要一统六帮当大帮主，那是休想，除非，设个副帮主或总提调的位子让给绿旗帮。

绿旗帮收帆操桨，准备进港，却被迎宾船拦住了。港小拥挤，贵客太多，为贵帮留下八个船位，另外九条船麻烦跟着我等移泊到旁边的贝澳湾吧。狗眼看人低的家伙，招来吴尚青一顿臭骂，可等到他的头船伸进港池一看，肯特号和翡冷翠之星号两艘巨舰艳压群芳，满港停泊着各帮座舰和红旗帮本队总共两百多艘战船。红黄蓝白黑彩旗飘飘挤得水泄不通，还真是没位子了。只能分遣疏散船只掉头，搞了一阵子，好不容易等他进了聚义厅，一进门就愣在当场。

大厅里闹哄哄的吵成一片，两百多号人有骂架的，有劝架的，还有在旁边看热闹的，只差没演全武行，哪有他吴诸葛细细道来说明事理的份？一边是变态郭婆带和脓包林阿发，另一边是梁宝和一嫂。乌石二在劝架，一个少年跪在厅中，郑一脸色铁青地坐在主位不吭气.

原来吴尚青所料非差，昨晚五旗人马汇聚，今早还不见绿旗帮踪影，也就先行开议。不过，郑一的提议相对简单，并不是一统六旗帮，而是针对四省会剿和夷兵东来，提倡成立六旗攻守同盟。通报信息，互相声援，每旗轮值一年信息综理的主席。郑一的思路既避开了统一号令和盟主之争，又不影响各家原有地盘，无人异议。可是郑一跟着又提到海上生意的自律，不劫弱小商渔。郭婆带率先反对，林阿发跟着响应，梁宝站在郑一这一边，乌石二暂时未定。后来郑一为了避免同盟破局，率先让了一步，只求别旗勿在红白旗地界违规，这才皆大欢喜。五旗议定的事，就等他绿旗前来认可划押，然后大伙开始抽签轮值，没想到中午吃饭却吃出了毛病。

同盟既定，中午就在聚义厅大开酒宴，五大帮主自是坐了首席。谁知道也许是舟船劳顿或是什么其他的原因，酒过三巡，那黑旗郭婆带竟是醉了。眼睛直勾勾地看着一嫂，开始失控地风言风语，说什么从今以后和郑一就是兄弟，有福同享，有难同当，这老婆也在同享同当之列。如果有一天他郭婆带先死了，郭婆带的老婆就是郑一的老婆。如果有一天郑一先死了，一嫂就是他郭婆带的老婆。

开始时几大帮主只当郭婆带酒后失态，要知道那一嫂不仅是个美人胚，而且醉眼看去更有一股撩人的少妇风情。帮主们自持身份，只能口水往肚里吞，那郭婆带却是变态的狂野性起， 越说越是不堪，说到后来竟然伸出爪子要牵一嫂。那一嫂南海英雌岂是好欺之人，忍无可忍站起来就是一碗酒泼了过去，可还没来得及张嘴开骂，却是回手一把，提溜住一个小鬼的衣领。那小毛头指着郭婆带，嘴里不干不净地骂了起来。

想这五大帮主都是闯过刀山下过火海，跺地生雷的领袖人物，满厅好汉也都是经过大风大浪的英雄。可听那小毛头骂到后来，俱都面有愧色，觉得自己多年海盗生涯全活到狗肚子里去了。平常骂的那些问候老母、生疮流脓、干翻祖宗十九代等等，跟这小孩骂的比之起来，简直就是论语道德经。

那郭婆带本名郭学显，自小就是孤儿，由婆婆一手带大，是以自卑得狂野变态。可小毛头张保幼时丧母，新近丧父，要比起变态来更是锐不可当。他斜双大眼瞪着郭婆带，你赌钱撞到尼姑，嫖娼嫖到人妖，抢银抢到冥纸，得了大花柳，拉屎疼得淹死茅坑里。千万蛆虫来相陪，吃你肉，啃你骨，吸你髓，浇到你家菜园里。世世子孙来作伙，割了卵蛋送进宫里没人要，踢出来当龟公没人理，只能躲到桥洞底下卖玻璃。真是哪儿晦气就往哪儿说。这捞偏门的和走黑道的最迷信晦气，听得在场诸人是花容失色自叹弗如，郭婆带反而醉晕晕的嬉皮笑脸照单全收，可黑旗帮众哪容得帮主受辱，当场掀桌吵了起来。

虽然郭婆带酒后失态，可小张保以下犯上目无尊卑也是不该。好不容易达成的会盟，小不忍则乱大谋，是以郑一罚张保跪在众人面前，自己铁青张脸等着众人酒醒罢吵。

吴尚青听看热闹的帮众一说完，即知自己今日伟大精细的图谋是打水漂了，不禁心中暗骂郭婆带混蛋。天底下只有郭婆带和自己知道黑绿两帮暗盟之事，如果今日登高一呼，黑旗和跟着黑旗跑的黄旗一定起而响应。乌石二举棋未定，只有梁宝跟着郑一走，别说副盟主了，这盟主之位也是有希望的。现在却成了什么？还好今天上午的同盟之议并无硬性约定，也只能骑驴看唱本，徐徐图之了。

陈道芗和马礼逊并非六旗帮中人，自是不能与会。中午和红旗帮的几个头目在后堂吃饭，后来听得张保在前厅所骂之言，也不禁好笑。马礼逊频频追问，桥洞底下光线不好，为什么要在那里卖玻璃？是瑕疵品吗？龟公是乌龟的公公还是公乌龟？好些怪字都没听过，是不是应该收入新版字典里？

好不容易喧哗之声渐歇，想是人已散去，陈道芗和马礼逊这才走出后堂，听得一嫂斥道：

“是谁教你这么恶毒的粗口？得罪了人你的小命还要不要？没大没小的东西。”

堂上只有些喽啰在收拾残局，一哥一嫂坐在主桌喝斥还跪在地上的张保。

“大哥，那人对大嫂无礼，我看没人骂回去，那就是丢了红旗帮的脸。我不行，我不能答应，谁对大哥大嫂无礼我就跟谁拼命。”

一哥板起脸来骂道：

“就你是英雄，红旗帮是该轮到你当家做主了是不是？”

“大哥，如果你不罚我我早就被他们打扁了。我知道你是为我好，谢谢大哥。”

陈道芗在旁边听得是摇头微笑，天底下怎会有这么倔强又机伶的小子？明明闯了祸，可甜言蜜语之中就没一句认错。郑一英雄一世，偏就吃这一套，拿这小鬼没脾气，长吁了一口气说道：

“起来吧，跟你大嫂到后面再吃口饭去。”

张保站起身来，一边揉膝盖一边冲陈道芗和马礼逊扮了个鬼脸，马礼逊也扮了回去，却正好被一嫂瞧见。她伸手把张保招到身边，左手搂着，右手一指点着他的额头。

“保仔，你要好好练功，好好念书。你大哥大嫂没这个机会，你有，以后那些粗口不可以说了。你要学你陈大哥，将来做个真正有学问的人，有本领的人，做大事的人。”

郑一提出的不劫弱小只是保守说法，他自己的作法是不但不劫弱小，而且时加照拂。这并不仅是什么仁心善意，还有出于保障安全的深谋远虑。在珠江口外这个半封闭的漏斗海湾大肆劫船销赃，绝非长久之计。随着夷人大举东来，朝廷迟早必然加强治理。海盗之势再强，也不可能同时对抗大清和夷兵两股国家势力。红旗帮的帮规不欺百姓，其实就是兔子不但不吃窝边草，而且要与窝边草交好，使得窝边草能够发展成为自己老窝周围的保护带。

第二天一早，郑一带着张保去找郭婆带赔礼道歉，酒醒了的郭婆带自是不好说什么。各帮重回聚义厅，办理同盟划押事宜。等到要抽签轮值主席时，乌石二有意见了，蓝旗帮僻处最西隅，这担任信息发布传递的时效不济，遇有情况恐怕会误了大事，可否请红旗帮代理？此话一出另几位帮主纷有同感，这轮年值班的主席和盟主可是大大不同，一无号令之权二得尽报警之责，明摆的是个吃力不讨好的活，消耗人力财力。结果一轮皮球踢下来，只有吴尚青存了个心眼站出来，由红旗帮和绿旗帮按每任两年轮值。

会盟即将完毕，却又来了一段插曲，一哥向大家引见天地会的同道陈道芗，以及一位功参造化的西夷神僧马礼逊。人家是来谈生意的，弱小的花旗国恳请伟大的六旗帮，在大清海域给予保护。虽然国小家贫，但是愿意按年支付保护费，只盼能打些折扣。花旗船愿代购代运西夷军火，作为报答。

“化外蛮夷的语言和生活习惯都和中土不同，现在又出现了夷人水师。难得有这个花旗国有意投靠咱们，在下以为，这可是个知己知彼的天赐良机。”

干海盗的当然知道信息流通的重要，不过，与陈大侠卖的膏药比起来，各大帮主还看重了这个小夷国带来的好彩头。六旗会盟，夷国投靠，还带来了批发生意，按年交保护费，也就是买路钱，这不就是批发么？大家都方便，打个对折也是可以。

当天下午各帮纷纷告别离去，细心的陈道芗特别注意一嫂，他发现一嫂并没有和一哥一起送客，而中午时分却有八艘中型战船悄然出海，向正南而去。陈道芗断定一嫂就在这八艘船上，而他自己此行的主要目的，就得靠这位新立的天地会大屿山分舵代理香主配合，所以只能耐心等待。

一嫂果然失踪了五天，马礼逊除了溜达串门，就是抖开文房四宝，磨着陈道芗讨论正式字典的体例格式。咦！咱们先前编的那册华夷对照千字文怎样啦？没人看是吧？又琢磨着改头换面重新包装是吧？这一问马礼逊可是喜气洋洋大为得意，顾盛强现在每天得花近三个时辰抄录左边的英文，卡林顿派两个中国大柜过来接着抄右边的中文，手抄本供不应求哪。而且一炮而红之后其他夷国的商人也来索要，没有法华版没关系，没有德华版也没关系，咱们有英法字典和英德字典，对照着看也行啊。可见天下诸夷仰慕天家教化，您陈公子能不继续勉为其难，解夷国苍生于浑噩之中吗？

第六天一早，码头就响起了警钟，正在练功的陈道芗过来一看，什么都没有，各司喽啰该干啥的就在干啥，井然有序，倒是有三艘夹板小快船开出港去。眼见小船出港后往东南一路驶去，陈道芗心头一动，留在港边驻足观望。谁知这一等等了近一个时辰，仍无丝毫头绪。陈道芗自负聪明，此时却是讶然不解，什么都看不到也什么都听不到，茫茫大海，方才敲钟是根据什么信息？这时才有几个人稍稍有点动静，也不过就是塔上的瞭望哨和岸边的一个海盗头目举起了千里镜。陈道芗举手搭棚，顺着他们的方向往南看去，愣看了一会仍是没见着半根鸟毛。陈道芗没趣地转身往山寨走去，真不知这些海盗在闹什么玄虚。

才走了没几步，警钟又响了，陈道芗再不打话，转身跃到头目旁边，一伸手接过头目手中的千里镜，照着头目手指的方向看过去。仍然什么都没有，这不是要人吗？

这头目名叫丁四喜，正是专管船只进出港靠泊的领事头目。另外还有一个头目在码头指手划脚，是专管装卸货的领事头目王进兴。丁四喜耐心地说，从你站的地方往南看，港外是不是有块红白相间的木头在漂啊漂？找到了，好，那是航道浮标。手拿稳了慢慢往上抬，看到天空和海面交界了？这是天际线，手不要动，眼睛仔细左右扫看，有没有看见什么东西？

明知道这个头目不可能骗自己，陈道芗懊恼地放下千里镜揉揉眼睛，歪头看看头目。丁四喜无奈地耸耸肩，您陈大侠就不是个讨海人嘛！

算了，放弃前再比划一下，陈道芗又举起千里镜。等等！天际线上好像出现一个很小的小点，一动不动。那是个小岛吗？你们红旗帮的秘密基地？

"您终于看见了，因为看起来不动，所以您会忽略。您眼中的小点在战斗中可是生与死的差别，那是一艘船的桅杆，因为还有一段距离，又是直对着我们驶来，所以你们陆地上的人乍看之下以为是个不动的点。"

原来如此，敲钟的方式是有学问的，哨点方才敲的不是战斗警钟，而是报进出港作业进度的作息钟。那艘对象船进港还得有两个时辰，还不如回去跟马礼逊编他四五十个字。这时码头上却已逐渐开始忙碌，推来整板车的粗绳，一帮伙计推来一个巨大的铁架子，足有两层楼高，底下带轮子，中间架着一副绞盘，架顶还有滑轮。两名喽啰将绳头锁上绞盘，另几个喽啰牵送绳索爬上铁架，穿过滑轮。陈道芗终于明白了，肯定来的是条货船，而且带来了重货。看完热闹已过了小半个时辰，他又向头目借过千里镜一看。

陈道芗这一看可就如同脚上钉钉，再也不肯回寨写字了。此时千里镜中仍看不清船身，可方才的一点杆头已放大成好几根桅杆，上面挂了整组整组的大帆。不是一艘，远处是两艘好像翡冷翠之星号一样的巨大夷舰。莫非上次托巴兹号事件之后英吉利人回来讨说法来了？陈道芗着实有点心虚，可打量周遭海盗，却只是等待中有一丝兴奋，毫无准备作战的征兆。也只好放下千里镜，耐心跟着等待。过了两柱香的时间，才终于看见了全貌。这两艘巨舰满帆破浪而来，八艘红旗帮的战船必须桨帆并用才跟得上，三艘出迎的夹板快船已近港口。直到这时陈道芗才有心思琢磨，一嫂大老远迎来的会是什么货物？

其中一艘夷舰比翡冷翠之星号还大一点，也是一条武装商船，进港靠泊就花了一个时辰。另一艘是和肯特号类似的战船，舷边数来有十五个炮门，却仍是挂着半帆不肯进港，和几艘红旗帮的战船在港外警戒。此时已是中午，张保从先进港的小战船蹦下来，跑到巨舰旁等待。原来一嫂有心栽培，在这次战备等级不高的任务中让张保学习指挥自己的战舰。一嫂第一个出现在船头，左手牵着张保、右手拉着大胡子船长奔向陈道芗。喽啰们自去忙着系缆准备卸货，一嫂笑面如花，冲着陈道芗喊道：

“陈坛主，马和尚呢？咱们吃饭，吃完饭一起看我买回来的宝贝。”

那艘武装商船名叫巴塞隆那信使号，属于西班牙最大的塞万提斯海盗帮，大胡子船长就是该帮在亚洲的大经略。港外警戒的那艘驱逐舰是马内基子爵号，属西班牙海军。餐桌上马礼逊自顾和船长用拉丁话交谈，陈道芗正在剥美味的沙虾。牙？为什么会有夷国以牙为名？西班想必就是马礼逊说的形容词，西班的牙，葡萄的牙，是亲戚吗？陈道芗在不知不觉中，编字典已经被马礼逊的八大词类绕进去了。可是陈道芗接着问道，这巴塞隆那信使号是西班的牙的海盗，马内基子爵号是西班的牙的水师，这世界不会竟然颠覆到如此地步，官贼一家亲吧？

一句话触动有心人，一哥干了一大碗酒说道：

“道芗兄弟，你说我红旗帮早就通告，绝不打劫本国商渔，而且还时常保护周济。为何朝廷却视我为眼中钉，屡屡进剿？你看人家西班的牙，水师和海盗一起来做伙，一致对外，多亲哪，多么让人羡嫉。”

陈道芗也是今日才见官贼一家亲，竟是不知如何作答，沉默了一会才勉强说道：

“也许是因为咱们冒犯了鞑子所谓的天威吧。”

那边马礼逊插过来说道：

“这很奇怪吗？在我们那里这才是正常的。只有劫掠本国商船的海盗才会被官府取缔，劫掠他国商船的海盗却加以鼓励。因为欧洲有很多夷国，彼此开仗，争夺地盘。你们没听过私掠默许状？私掠默许状是官府发给备案海盗船的公文，准许该船在外海劫掠不友好国家的船只，充实本国的财富，那个亚美利加也照学不误。你们听过一个地方叫作织布螺陀吗？眼下西班牙又在和英吉利开仗，抢夺那块宝地。海军厮杀，两国的海盗和武装商船也加入对干，当然就是官贼一家亲了。我很久没有回去，所以和大胡子船长请教一下战情。”

马礼逊之言让众家海盗听得又羡慕又不知所以，干这行当还有先备案的？官家特许海盗？岂不是太美了？马和尚的汉语偶而还是会打结，螺陀？陀螺？听来是为了个织布的陀螺竟然刀兵相见，这些夷国有时候真是傻得可以。至于交战双方的子民竟然在中国海盗窝把酒言欢，那只能说是，夷国文化别有一番风情。

上午在码头搭的铁架子挂索和巴塞隆那信使号甲板上的吊杆相连，开始卸载货物。红旗帮投入巨资，向西班牙买了十门三十磅巨炮，无风射程近八里。三十六门新式二十五磅炮，五十门十八磅炮，另外还有无数的弹药。一个多月前一嫂还在向马礼逊请教夷人的十八磅和二十四磅炮，今天就已经引进了中等战船承受极限的二十五磅炮。看来，红旗帮的积极成长中少不了一嫂的与时俱进。陈道芗忍不住问道：

"这个西班的牙竟然这么近，六天就来回一趟。那他们如果打过来岂不是很容易？"

一嫂笑道：

"不是的，是西班牙的一个奴属国叫作吕宋，离这里也得有七八天航程，中间还有两段小岛暗礁[①]，海路并不好走。我们有渔民引路，却是一清二楚。今天这活是早就约定好了，双方在半道会合，我们为他们护航导引，赶在台风季来临前交货。"

一门炮就有好几千斤，九十六门炮足足得卸两天。晚饭过后，陈道芗回到房间，和马礼逊聊起白天所见种种。

"啊，因为地球是圆的，海面就是地球表面，当然有一定的弯曲度。所以你的视线会被球面遮挡，远海只能看到高处的桅杆。"

"你在说什么东东？什么地球？"

"地球包括我们人类生存的这陆地和海洋，它其实是一个球体。"

"等等，老马，你是说，我们站在一个球上？"

"是啊，你看天空的星星，每颗星都是和地球一样的球体。"

"神经病，你是不是有毛病？你给我站在一个球上试试？"

"你认为人不能站在球上？那我们试试，你找个球来。"

陈道芗还真不信这邪，洋和尚虽然不时有些奇言异语，可今晚实在是太扯蛋了。非得让他学着知羞耻不诳语不可，却是夜深人静上哪找球去？

马礼逊笑眯眯地坐在桌前，一只茶盅倒扣桌面。陈道芗气嘟嘟走进来，两

---

① 正是今日闹得沸沸扬扬的南沙群岛。

手拎着的，是厨房里拎来的俩炒锅，倒扣在地上。

“哪，球来了，不会滚的半球，让你占点便宜。你站上去半柱香试试，如果真是球，你一眨眼就得下来。”

马礼逊掀开茶盅，小心翼翼地拨出一只蚂蚁放在锅上，他指着爬来爬去的蚂蚁说道：

“你瞧，这不是站得挺好？”

“你这是胡混，蚂蚁这么小当然站得住。”

“是啊，蚂蚁这么小，和这天地之间相比，人很大吗？”

其实陈道芗话才出口就想通了，至少他以为他想通了。可接着马礼逊花了两天的时间，才基本说清楚地球和宇宙的关系。

三十磅炮的重量七千斤，是二十五磅炮的两倍。一嫂命令，将肯特号和翡冷翠之星号所有的十八磅炮都换成新式二十五磅重炮。如此一来，一嫂手中就有八十六门十八磅炮，用来升级另外挑选的十几艘坚固中型战船。五门三十磅炮入库，另外五门安在一哥事先选好的二级炮位，防守大屿山总寨。所谓二级炮位就是辅炮位，主炮位仍是两年前安装的五千斤重炮。这种炮的火力虽然比三十磅炮差了一截，但是运用纯熟，最主要的原因之一是，大清水师根本没有可与五千斤匹敌的舰炮；原因之二是，马礼逊当日之言一嫂牢记在心。一旦有机会，主炮位将会安上四十磅，甚至是六十磅的岸防巨炮。

现在翡冷翠之星号成为射程最远单炮威力最大的船，肯特号成为速度最快火力最猛的船，而红旗帮成为目前大清海域威力最大的舰队。不仅大清水师对此一无所知，其他五帮即使后来听说了也并不清楚详情。一嫂这个骚娘们没事就爱捣鼓些枪啊炮的，同行们早就见怪不怪了。

第8章
秘密组织

舰艇安装新火炮之后得轮流出海训练和试射，那可是至少两三个月的功夫。可陈道芗不能等两三个月，巴塞隆那信使号离开后第五天，新炮还在陆续安装之中，他就匹马单枪秘访一嫂。

“我一个小女子虽然不敢说自己有多爱国，不过，鸦片这东西祸害太烈，我和一哥老家几个村子里多少人被害得家破人亡！天地会不碰鸦片，我们红旗帮也是见了就烧，卖这玩意有伤阴德，天理难容。”

“可是我发现天地会里有人偷偷干。”

“什么？在广州？那你还不动员人马，抓一个杀一个？跑到我这儿干嘛来？这种人不能留。”

“是啊，能杀我还躲到你这儿干嘛来？”

一嫂的七窍玲珑心一点就透，当场就领会了这其中的险恶局面。她指了指屋顶，陈道芗点了点头。

“我明白了，那你现在想要我怎么做？”

一嫂和洋和尚不同，洋和尚不可能认同杀人，不可能试图用刀枪和鲜血改变这个世界。可陈道芗相信自己不会看错，他所认识的一嫂是个血性女子，而且杀人无数，海盗的特质永远不会改变。要取得一嫂全力合作就必须以诚相待，于是从僧院屠杀开始，将他所知道的天地会鸦片专组一五一十说出来。一嫂听罢，阖起那双水汪汪的明眸仔细沉思，半晌才开口说道：

“嗯，当机立断，不断自乱。你那一指一点都没错，关键时刻的权衡立见分晓。去他的帮规戒律！陈兄弟，如果有一天为这件事开刑堂，贩卖鸦片触犯帮规在先，已非我会兄弟。祸害天下者，天下人人得而诛之，你也有得话说。怎么样？那位姑娘比我美多了吧？”

这女人说话怎么还带大拐弯的？把陈道芗闹得措手不及。

“什么？”

“什么都说了就只有这一点没交待清楚，在我面前你就别藏了。那位荷什么风啊影的姑娘，你不就是冲冠一怒为红颜吗？”

“一嫂您说笑了，论容貌哪能跟您比？那两次都是巧遇。”

“一次是巧遇，两次是有心。你说人家上完香不回家，独坐池畔在想啥呀？不是为了想那个梦回梦未央的薄幸书生也不会遭此劫，不遭此劫又如何续此缘？说说看，是哪家的千金小姐？”

“这个我真没好意思问，只知是住在城里。这薄幸二字可不敢当啊，一嫂。”

“我呸，你这人是真蠢还是假道学？照你说的，人家可和咱这种大脚婆娘不一样，是有家教的小姐，腼着脸三番两次暗示你，你对得起人家吗？”

“一嫂，当时我是想通姓名来的，可是转念一想，咱们行走江湖，过的日子里尽是些飘泊不定刀光剑影，怎能拖累人家好姑娘呢？”

“哦，说到底还是对人家也有意思。行，那就看缘份了。你说总舵主是不是幕后的老大？”

什么！陈道芗刚浸入荷风之中，这女人说话一大弯又拐了回来，搅得薄幸书生一阵愕然。

“要说刘总舵主也在专组之中，依我看不大可能。你没见过此人，可刘陈两家是六代世交，我倒是清楚的。刘莒莒乃是名门之后，年轻时又是个出名的美男子，个性却是畏葸，守成都很勉强。他现在满脑子想的只是安全退隐，设法传位给儿子，就别说借他三个胆子去干鸦片了。我想顶多就是个知情，要说是主使实无可能。”

广州分舵绝大多数兄弟并不知道鸦片生意，相信福建那边更是如此。整个运作不进入天地会的商业网络，极其隐秘。目前只知有一个专组，牵头接洽，货源来自外夷，运输全部外包，销售全部外放。厉害啊！陈道芗只能确定两人涉入，一是直接指挥的笑面阎罗公孙楚，另外就是那个貌不惊人的大柜总师张务本。很简单，对福建那边只管发货不管收账，对其他各省的销售收入是以分舵大柜的名义汇回厦门。怪不得餐馆生意清淡，分舵居然还会营利，原来每个月有这么多银子的假账必须得轧平，张务本不可能不知情。陈道芗面临的问题是，广州分舵的兄弟应该都是干净的，偏偏站在明处。专组是个极小的组织，却躲在暗处，不但可以指挥明处的兄弟到处乱撞，而且伤人的暗箭不知会在何时，从何处飞来。

陈道芗计划的第一步就是化明为暗，专组目前并未怀疑陈道芗，来到大屿山之后专组自也无法得知他的所作所为。第二步就是反过来调查专组，化暗为明，如此主动被动之势自然易位。

“陈兄弟，不是我一嫂吹牛，红旗帮在广州的各路衙门和车船店脚牙之间藏有多少兄弟，你知道吗？”

“不知道，想必很多，机密之事，不必告我。我只问你，在天地会广州分舵里有没有红旗帮的兄弟？”

“这倒没有。在其他帮派里暗插可是大忌，一旦被发现了不但人头落地，而且多会引起火拼。”

原来粤中自元明两朝即已多匪患，到了大清更是四处漫延。而且帮派结社错综复杂，这广州是水陆人马对接之地，水陆两匪通常是各有生发互不侵犯，而在生意上还进行合作。红旗帮在码头旁的商号货栈表面上卖些煤炭、矿石之类小路货，和陆路帮派的茶叶、布匹、猪鬃、棉花、桐油这些大路货井水不犯河水。其实海匪劫来的都是大路货，怎能不和陆匪合作销赃？红旗帮在陆匪开的大铺插得有人，而陆匪在红旗帮的铺子里也有插人，彼此铺里管事的都知晓，时髦话叫作联络官，这可和想在天地会里插暗桩的性质完全不同。

“这就麻烦了，如果不能从内部摸查，如何知彼？如何能得知专组的底细？”

“你想插人进广州分舵？”

“嗯，插进大柜，必须是个不可能引起任何怀疑的人。”

“不可能引起任何怀疑的人！怎么插？”

“红旗帮和台湾有联络吗？”

“台湾？那个鸟不生蛋狗不拉屎的破岛是你们创会造反之地，前几年是大盗蔡牵的地盘。咱们难得船走北道时避避风，或是上点粮水，倒没什么买卖。”

“眼生就好办。台湾安平分舵的谷香主欠我一点小人情，咱们挑好人选，悄悄从台湾绕个弯，推荐回广州分舵。就说是台湾大柜的广东师傅想回老家，友舵之间帮忙，好歹得安排个差使。大柜用人不要求武功，又不能调升各坛职司，不会抢占老人位子，广州十有九成也会安排给大柜。”

“好阴险啊，好狠毒啊，原来你的妙计早想好了，就是来问我借兵的。可是人命关天，这小人情靠得住吗？”

安平分舵的香主名叫谷正明，家里原是台湾商人，少时随亲赴江浙经商，遇到倭匪，结果成了流浪长江口的孤儿。成了小乞儿的谷正明随着丐帮叫花子沿长江而上，才二十岁就学了一身兼具各家之长的杂门功夫，没几年又当上湖北屠龙帮的三档头。可是他看不惯帮里一些奸淫掳掠的行当，后来撞上杀孕夜盗紫河车的二当家，谷正明一时不忿，手刃了二当家又叛出屠龙帮。他也没躲，仗着手中一口五十五斤的奇门乌金锏，还有一面虎头盾，竟是打遍长江中游无敌手。屠龙帮邀集六大连寨助拳寻仇，被他杀得干干净净，却毁在白帝城黑水寨主女儿的手里。

黑水寨远处上游，并不在被灭了的六大连寨之中，眼见谷正明杀近三峡，打又打不过，于是，那位不识武功的女子令人完全无法怀疑地出现在谷正明眼前。几番巧遇后相约江边小聚茶叙，可怜痴心男子终于中计毒发，被扔进水里。当时陈道芗艺成下山，游历江湖，碰巧救起了垂死的谷正明。人是救起来了，可中毒已深，留下颜面麻痹的残疾。年已三十的谷正明比陈道芗大了近十岁，心灰意冷之余，随陈道芗回到福建，带艺投入天地会。当时考校功夫，总舵和漳州本舵竟是无人能敌，这才当上了安平分舵的香主。

板砖太岁是谷正明入会以后才有的外号，因为他的五官本来就平，中毒之后面无表情，愈发显得扁脸，乍看起来如同刚被驴车轧过一般。陈道芗施恩不欲人知，自是不对人言。而太岁小半辈子全部生活在欺骗侮慢之中，生性亦正亦邪，沉默寡言，天下之大，竟无人知道他和陈道芗有这份过命的交情。陈道芗吁了口气，如果不是因为有人利用天地会私贩鸦片，兹事体大，关系太多人命，必须争取一嫂和大屿山分舵乃至红旗帮的支持。他今晚也是断断不会说出当年这段往事的。

女人竟然谨慎到连传令的喽啰都不用，第二天一嫂是亲自来找的陈道芗。可是陈道芗看着跟在她身边的张保，不禁皱起了眉头。安插暗间这种事决不能让他人知道，哪怕是毛头孩子也不行。三人来到大屿山西侧的礁岬，远眺石龙山。

“一嫂，您带保仔来干嘛？”

“咦！这孤男寡女的总得避嫌，插蜡烛你不懂啊？”

“别开玩笑了，咱们得办正事。”

“谁跟你开玩笑了，你不是说，得找一个不可能引起任何怀疑的人吗？”

一个不可能引起任何怀疑的人？陈道芗歪过头来重新打量张保。

“保仔，你今年多大了？”

“刚满十七虚十八。陈大哥，我嫂子昨晚都跟我交代清楚了，鸦片坑人，这差使我干，保证给你干利索了。”

小毛孩，本地人氏，无亲无故，不怎么会武功。陈道芗一拍额头，果然是一个不可能引起任何怀疑的人，真难为一嫂了。

“保仔，一嫂都教你一些什么功夫了？”

“教我呼吸打坐，还有二十四式散手，正在练哪。”

陈道芗转身对一嫂说道：

“此子甚是机敏，我想在去台湾的路上传他一些心法，不知你同不同意？”

陈氏内功心法享誉武林，可难得有人窥其堂奥，一嫂听了是既高兴又担心，拉着张保的手说道：

“保仔，我教你的呼吸打坐比起陈大哥的内功那是天差地远，陈大哥的功夫一般人别说是学了，根本看都看不到。你一定要好好练，以后一辈子受用无穷。我教你的散手只是让你强身健体打基础，真碰到高手放对可不顶用。你千万不能跟人破脸打架，外面的江湖凶险，会丢小命的。入了天地会得万事小心，只要你能够成功，等你下次回来就是真正的男人了。记得我的话，嫂子等你回来。”

一晃眼大半个月过去，陈道芗神出鬼没地又出现在大屿山，马礼逊垮着张脸瞪着他。

“你一声招呼不打，玩失踪莫名其妙的就不见了半个多月，把我一个人甩在大屿山无聊看海。哼，如果不是大家姐说你们天地会有秘密任务，我真要回广州官府报案了。你说吧，该怎么收拾你？”

“不是，老马,真的是紧急情况，所谓秘密就是不能跟任何人说起。”

“哈，你说抱歉的方式真特别。没关系，我接受，前提是你得接受一点小小的惩罚。”

“惩罚？”

“其实也不是惩罚，我正在编另外一本小册子，教大清教友英文。可是有些小地方我不知道如何用汉文表达。”

这老花招又来了，上次说什么三两天编一册千字文，结果整了一个多月。这回说的所谓有些小地方，不知又是个多大的陷阱。

半个月前，一嫂派出亲信的杂货商船，陈道芗带着张保趁夜出航，四天后在安平商港上岸，将张保托付给谷正明。张保得在台南实习半个月，熟悉天地会分舵大柜的作业，然后再由谷正明转介回广州。陈道芗交代妥当，和谷正明一场叙旧，原船返回大屿山。

当陈道芗带着保仔潜赴台湾之时，老油条还真没有无聊到看海的地步，他忙得很，忙着收徒弟。大屿山账房的两个喽啰竟然对拜朴经发生了兴趣，这俩小伙子虽然也是天地会的兄弟，可还没轮着出海打劫。这一跟着马礼逊拜耶稣，也勉强算是放下屠刀，立地成佛了。宿愿得偿，那马礼逊可是欢天喜地，当场就抓着俩徒弟，从双语千字文的基础开始教起。

洋油条哪能斗得过中国烧饼，一嫂暗自好笑。俩小伙一个叫做宋振岐，另一个叫作周仁，是大屿山众喽啰之中少数进过塾堂念书的支薪书办。别说是杀人，连鸡都没杀过，既然不算是拿过屠刀的海盗，能不能成佛也就难说了。其实是，红旗帮志在外洋，一嫂深谋远虑，先为大屿山培养俩正牌的同文翻译。

原来马礼逊想编的另外一本小册子叫作“英吉利文法概要”，真的只打算写几十页，可是老马不识汉文，所以由他来说所谓的广东汉语，陈道芗理顺了之后写下来。这还差不多，不就是听写嘛！这点小忙还是可以帮的。不过只能是用下午的时间，因为，陈道芗必须在张保混入广州大柜之前建立好配合的工作网。专组对专组，必须有一小组人马来对付公孙楚的鸦片专组。小组成员由一嫂遴选，一嫂担任指挥，陈道芗是实际的提调。这个从天地会到红旗帮都无人知其存在的秘密小组被称为“指南针”。

第9章
最大的英国商船

“孙大人，军机处来文你应该是前天就收到了，准备做何处置？”

“回制台大人，卑职已着令各司，加紧备战。水师上下一心，务必肃清匪患，上报君恩。”

“孙大人，跟我讲这些套话没有用，你应该知道，上一任那位那大人现在正在伊犁戍边哪。皇上命我来办这个差事，我不妨对你明说，是有交待的。我给你半年时间，如果没有成效的话，你孙大人就算是还能保得住脑袋，也得被送到伊犁，发配给披甲人为奴。你听明白了吗？”

广东水师提督孙全谋在顶头上司吴熊光面前只能唯唯诺诺。四省联军出师不利，浙江水师几乎全军尽墨。而广东水师上报了所谓的战功，不但没看到褒奖，反而来了封限期肃匪的机密公文。新上任的总督吴大人又是咄咄逼人，那彦成的下场摆在面前，叫他老孙如何不惊？

吴熊光在三天之内收到一份明发谕旨，还有一份兵部捷报处转来的军机廷寄。谕旨内容相对简单，褒扬浙江水师提督徐廷雄奋勇杀贼，浙江水师歼匪船五十余艘，沉其大船无数，重创六旗帮。徐廷雄壮烈殉国，满朝伤恸，追封扬威将军，享祀正一品，谥忠愍，全是些遮丑的把戏。另拨浙江水师银七万两，复建水师在战役中损失的战船。七万两？浙江水师想恢复一半元气得要每年十七万两，连拨四年以上的时间。

廷寄内容对广东军政一把手而言，看来也是老生常谈。可是从那彦成往上数，贬官的贬官，发配的发配，文中所说竟成了士大夫的噩梦，老生常谈化为宦途不可承受之轻。这份廷寄也发给了巡抚衙门，内容总结就是两条，一是限期剿匪；二是所需兵马钱粮由督抚二衙会商后上奏，优先办理。

看来皇上对清流孙玉庭和能吏吴熊光的黄金搭档还是寄予厚望的，只要能办成差使，银子不成问题。吴熊光看着桌上的廷寄，心中苦笑，巡抚衙门那头犟驴也姓孙，不扯后腿就算是烧了高香，哪能指望他和衷共济？

孙全谋一路愁眉苦脸地回到水师衙门，路上琢磨着能想什么理由调到别省，比如说湖广。内河水师最大的好处就是抓不着匪可以往陆上推，这广东水师真他娘不是人干的。或者，干脆找个理由辞官，这些年在沿海刮的油水多不多少不少，也够几辈子花销的了。孙全谋摘下官帽，哀声叹气地走进后花厅，前脚才一迈进去，还等在里面的总兵林国良就呼地一家伙站了起来。

“怎么还没走啊？国良。”

“提督大人，您还没答应我哪。”

“唉呀，我现在哪还有什么心思招兵买马？眼看着大祸临头，没准哪一天就得脑袋搬家。”

“什么大祸临头？”

“军机处发来了廷寄，这一回浙江水师大败，龙颜震怒。皇上表面上旌赏阵亡的徐廷雄，骨子里要拿咱们广东水师开刀。”

“开刀！这话从何说起？”

“哪，我刚从总督府回来，吴大人说了，限期半年剿匪，必须见真章，否则最轻也得发配伊犁。”

“兵马钱粮有着落吗？”

“叫我等拟个章程出来上报。这就不是钱粮的事，是掉脑袋的事。我不想干了，国良，帮我想想招。只要能让我辞官回老家，我向皇上保举，这广东水师提督十有九成就是你的了。”

“不是，督帅，其实就怕朝廷不重视，只要全力以赴，剿匪这是好事。”

“好什么事？这六旗帮哪一帮都比咱们船多炮大胳膊粗，怎么打？”

“要说这六旗都比咱们大那也未必，据卑职所知，也就那红黑两旗比较有规模。上回那个排第三的蓝旗帮不是见了督帅就落荒而逃吗？”

“说的也是。可咱们是吃粮拿饷，干份差事而已，不像海盗在外面做世界，咱们犯得着跟他们玩命吗？”

“这个您放心，玩命的事有我，督帅您只管调度兵马钱粮，坐镇中军等待捷报即可。”

“你这么有把握？”

“督帅，我坐这等您老半天了，方才您出门前那事还没议完哪。”

“招兵买马！噢，就那麦廷章的事？”

“是啊，督帅，此人绝对可用。”

“国良，此人乃败兵之将，又曾经被俘。你应该知道旗人对被俘归来军官的处置，不赐死最少也得削籍。”

“那都是前几朝的事了，而且我们水师都是汉军，不是满蒙旗兵。一开仗落水的不分敌我，换俘也是常有。”

“可他被俘了近两个月忽然自己跑回来，浙江水师的将领跑到广东来投靠，难道不无可疑？”

“督帅请听我说，第一，此人姓麦，我问过了，麦廷章本来就是广东人。第二，他是被红旗帮俘了之后带回广东。第三，他那个浙江水师已经被打烂，没啥好回的了。第四，此人血性极强，立誓要为徐廷雄报仇。第五，此人和海盗接过硬仗，又在海盗窝里待了一个多月，比广东水师任何人都了解海盗，咱们是求之不得。第六，那郑一和他老婆一肚皮坏水，蛇蝎心肠。他被放回来是红旗帮的毒计，要么简单的借刀杀人，搅乱军心；要么兴风作浪，搅得咱们鸡犬不宁。卑职以为，咱们将计就计，重用麦廷章。”

“嘿，照你如此说来咱们还捡到个宝？你别忘了他已经残废了。”

“咱们用的是他的脑，不是他那只右眼。督帅，澄海协的关天培愿为麦廷章作保人。”

“这话是你说的，我可没逼你。回头你叫关天培立状划押过来，那人原是参将吧？暂时降两级任用，人就留在澄海协。[①]”

夷语就是夷语，哪能比得上经过五千年锤炼的中文，缤纷繁复，众美俱陈。就拿这冠词来说吧，一枚戒指，一粒宝石，一页情书，一抹晚霞，一艘巨舰，一叶扁舟，一对冤家，一壶浊酒。哪像这夷文就只分个定冠词和不定冠词，还列为一大词类咧。动词名词汉夷皆同，主词受词当然也没问题，形容词和副词的分别也能理解，陈道芗只花了十天时间就帮马礼逊整理好六大词类的说明。可这冠词和介词却把他给搞晕了，听来听去实在分不明白其中的差别。马礼逊说道：

“没关系，咱们跳过这一节，过几天再回头整理。”

“什么过几天，这不是齐活了吗？”

“哪里？还差一点点。词类得运用在句型之中，如果不懂句型，狗刚才在

---

① 正史里的麦廷章在鸦片战争中壮烈成仁于虎门炮台，时任广东水师副督。

我腿上咬了一口，就会变成狗将要被我在腿上吃饭了。”

“狗将要被我在腿上吃饭了？到底是已经咬了没有？是人咬狗还是狗咬人？”

“就是说嘛，所以，句型第一得分清时间式，到底是已经咬了正在咬还是将要咬？第二要分清楚宾主关系，到底是谁咬了谁。”

这所谓剩下的一点点，会不会又是马和尚布下的另一个陷阱？陈道芗正在琢磨着，却被一哥差遣的喽啰请过去见客说话。

一嫂前天又带队出海了，一是做买卖搞创收，二是试炮练兵。一哥拉着陈道芗来到大屿山东北角，天气好的时候，从这里用千里镜可以看见香港岛。两人走到小山上，看见李三朱那个干瘦汉子一人伫立等候。方才潮成祥六号货船进港，每月三趟的定期船班这次送来四千斤木炭和诸般柴米油盐。老头交待完卸货结账的事宜，就一人跑来这里等候。

李三朱是凤来商号的掌柜，而凤来商号开在拾翠洲码头外面的横街上，就在那些陆路大帮派开的布庄茶叶铺旁边不远，正是红旗帮在广州的联络站之一。作为指南针小组的成员，李三朱带来了台湾客到达广州的消息。

另外还有一条消息是带给整个六旗帮的，广东水师内部有些不寻常举动，以总兵林国良为首的一帮军官召集了大帐幕僚，正在调查兵力船只火炮的缺口，还领着几个主簿和推官，研究扩编两个水师标营和建造新舰的预算。看来浙江水师被打垮之后，朝廷可能打算加紧在广东海面用兵。

其实这个局面早在意料之中，红旗帮近三个月前北上单挑浙江水师，当时就和天地会的陈坛主推演过了。团结力量大，所以才会有六旗攻守同盟。现自皇帝老儿拨银子扩军，红旗帮是第一任轮值主席，是否应该请各位兄弟回报各家帮主，咱们六旗帮也得拨点银子，施展对策？

李三朱通报了信息就自行下山，登上卸货完毕的潮成祥六号返回广州，独留郑一和陈道芗在山顶上商议。原来郑一早有意一统六旗帮，只因明知山头林立，所以才分成几步走，先倡议同盟。李三朱带来水师扩军的消息，郑一不但不忧，反而喜上眉梢，当成天赐良机。按他的构想是，红旗帮自掏腰包，将总寨扩张到香港岛，作为全功能的基地小王国。另外建议六帮合资，在雷州湾东海岛东面的硇洲岛建立战术基地。依托雷州的蓝旗帮进行补给，如此东西呼应，即可控制整个南海沿岸的水域。六旗帮船多兵众，武备犀利，根本不必把水师放在眼里。陈道芗听完郑一构想的宏图伟业，却是苦恼地摇了摇头。

“怎么？道芗兄弟，你觉得其他五帮不肯出钱？至少梁宝和乌石二我是有把握的。”

“钱倒是小事。”

陈道芗背手眺望着香港岛的剪影，回身对郑一说道：

“大到一统天下的王朝，小到个人功业的起伏，都有一个发展壮大、盛极而衰的过程，谁都逃脱不了。红旗帮纵横南海，威胁的不是小民，而是伤害了夷商的利益。水师和红旗对抗，无非应卯敲钟而已。满州鞑子向来重陆轻海，咱们闹得动静大了也顶多是下禁海令，断咱们补给，盐米茶布这些大货改走陆运。可这次水师竟然开始扩军，就表示政治态度有变了。”

“变什么？官兵强盗本来就是死对头嘛！”

“不是，以前肃匪只是按死对头的套路办差，那是衙门办事。今天会不动声色地准备扩军，就表示有人认为咱们威胁到了政权，威胁到紫禁城里那把龙椅。动用的不只是衙门，主要是军队，你听说过林爽文吗？”

“林爽文，好像是当年在台湾举事的好汉？”

“是我们天地会台湾分舵近三十年前的香主，那时候你我都还没出生，福建移往台湾的百姓发生漳泉械斗，杀人无数，官府所谓肃匪也只是应付而已。等林爽文一举起天地会的大旗，却立刻调集海陆三路大军镇压。双方兵力拉锯对峙，清廷竟然说是剿逆不力，斩了当时福建的水师提督黄仕简和陆路提督任承恩[①]。乾隆老儿派自己的儿子福康安到台湾平叛，广东浙江增兵两万。后来林爽文被押到北京，当街凌迟，副手庄大田被乱刀分尸。这一回我估计，那些夷国被你们劫怕了，跑到北京去告洋状，肯定说的就是六旗帮坐大，海陆勾结，动摇国本。你想想，粤中多匪，又剿又抚的一直未能肃清。可前些年白莲教青莲会和天理教起事，朝廷却立刻就动了重兵。今天只要把咱们和那些陆匪一挂钩，说你郑一想称王造反，你红旗帮要面对的就不仅是什么扩编的广东水师，而是嘉庆老儿动员的倾国之力。我建议你还是往西南两面发展，还我海盗本色，如此不至于逼着皇帝老头跟你拼命。这东面是大洋，北面的香港是邻接陆地，你再怎么连营结寨，也不过是登上了起伏兴衰的顶点，到后来也是以香港一点对抗举国之力。”

郑一当场难以反驳陈道芗的忠告，可满腔的伟业雄心哪能轻松打发得了？

---

① 两人于乾隆五十一年因作战不力坐斩监候，次年乱平，被赦出狱。

两人下得山来，李三朱已经离去，陈道芗自去找马礼逊，完成那据说只剩一点点活儿的英吉利文法概要，同时耐心等待张保传来进一步的信息。

几天之后，尽量运用清晰流利的文笔，陈道芗终于写完了马礼逊解说的主动句型和被动句型。一册英汉对照千字文加上这本文法概要编下来，马礼逊已经认得最少三百个常用汉字。只是一拿起软软的毛笔来就搞得黑脸黑手，狼狈不堪。陈道芗捧腹之余，却不知马氏神功已侵入体内，那近两千个英文单字和复杂的文法已融入脑海。这时，窗外又响起了码头的钟声。

一嫂这一趟出海打猎才七天就回来了，丁四喜和王进兴又在忙上忙下，因为，一嫂带回来的猎物太大了。可码头的气氛和上次巴塞隆那信使号进港不大相同。那一回进来了最新最有力的装备，喽啰们显示的是兴奋和笃定，这一次洋溢的兴奋却掺杂着不确定的怀疑，甚至似乎还有一些无名的恐惧。这次是搞来了什么东东？连一哥都来到港边。陈道芗凑在人群中观望，老远就看到众星拱月的一艘巨无霸，装了新炮的翡冷翠之星号在它旁边看起来都像是小鸟依人。

“特大肥羊啊，头尾有两百多尺，你看那吃水，得带多少货？”

“这大家伙肯定超过三千吨，这辈子第一次看到这么大的船。”

陈道芗知道红旗帮的规矩，销赃所得的两成用来发奖金，是以大家兴奋的窃窃私语，却又不无紧张地对这艘大船指指点点。这艘船两舷没有炮门，显然是条无武装的远洋货船，莫非帮众是因此而不爽？可一哥却盯着船尾，脸色捉摸不定。马礼逊扯了扯陈道芗的袍袖说道：

“这下子红旗帮可捅了马蜂窝了。”

“怎么啦？这不是发财了吗？”

“你知道这是谁的船？这是我们大英帝国东印度公司的主力大货船。”

“那又怎的？何以见得是英吉利船？”

“船尾挂着英吉利国旗，第二根桅杆上挂着东印度公司旗。”

国旗？陈道芗这才知道一哥所望者何物，原来船尾挂着绘有鲜红米字的大旗，就是大英帝国的旗帜。不禁迷惑起来，大英帝国的皇帝不可能跑这么远坐在船上吧？可如果皇帝没出巡，这帮夷人怎么可以用皇帝的仪仗到处招摇呢？大船的桅杆上还挂了好几面旗，马礼逊又指说了一会，陈道芗才从一堆五花八门的旗子中认出来。那是一幅画了大英帝国东印度公司双狮徽盾的旗帜。

这普天之下莫非王土，自古以来，中国读书人就缺乏明晰的国家概念，当然也就不知国旗为何物，陈道芗想当然者，大概是代表蕃国国王的王旗吧。

“怎么就是马蜂窝了？”

“这种商船是最新最大的，全世界总共不超过六艘，是东印度公司的主力，你想他们能善罢甘休吗？”

大屿山从来没有接过这么大的船，丁四喜指挥喽啰忙了老半天，才将船靠泊妥当。船上押下来了一百四十几名夷人水手，一嫂带着两个夷人下来，一眼看到马礼逊和陈道芗站在一起，连忙招手，大伙走到一哥面前。这一船果然装满了夷货，在回程路上就已清点完毕，一哥识字不多，陈道芗接过货单念道：

“铅块一百八十吨，胡椒四百担，芝麻四百担，肉蔻二百担，燕窝六十担，鱼翅二千八百副，鸦片四千二百箱，西班牙银币四十七箱。一哥，这船上装满了鸦片。”

“把鸦片卸在边上，明早浇些菜油烧了。”

一嫂把两夷人拽到一哥面前。

“这个带帽子的是船长，旁边的胖子好像是货主，让马和尚问问他们吧。”

这时陈道芗才注意到船尾的英文字，虽然此时已识得英文，可这个大花楷字实在是蚯蚓得厉害，一时间竟也看不明白。

“我是奥兰治亲王号的船长邓洛普，你是何人？为什么会和大清海盗在一起？”

“啊，我是浸信会的教士马礼逊，来此传教。”

“哦，原来是国王陛下的叛徒，可怜的迷路者。这里谁是老大？我要跟他说话。”

“邓洛普船长，请你小声一点，你知道这里是什么地方？他们是大清最大的海盗帮，拥兵十万，大炮数千，上次你们的黛安娜号和荷兰的仆街免治号都是栽在他们手上。我劝你还是安分一点，听说他们一兴奋起来是会活剖人心拿来下酒的。”

“什么！可怕的野蛮人，我的上帝啊。”

“是啊，让我们一起祷告，我们的上帝啊。”

船长和马礼逊的对答流入耳中，陈道芗听得暗自好笑。老马这家伙一副道貌岸然的样子，其实是看人下菜碟，故意吓唬这个歧视新教教派的船长，看来这个船长是英国国教派的。这时旁边那个夷人伸出手来递向马礼逊，一面嘻皮笑脸地握手一面说道：

“马神甫你好，我是东印度公司派任的奥兰治亲王号货物经理[1]，吞那个拉屎噗尔(Turner Glasspool)。请问，大清海盗应该不晓得这是东印度公司的财产吧？我们应该跟他们说清楚，尽快归还船货，道歉赔偿，否则后果不堪设想。”

陈道芗听这两个夷人的梦呓如同天马行空，再也忍耐不住，插口说道：

“这位先生，你要吞谁的屎再噗噗不关我们的事。不过，现在你们是俘虏，我建议你们应当先考虑自己的安全，再决定应该说些什么话。”

陈道芗几句话出口，才惊觉自己出口的是英语，三个英吉利人固然是瞪大了眼睛看着他，一哥一嫂听他忽然口念咒语，莫非中邪？自也是大吃一惊，陈道芗自己更是惊疑不定，马氏神功附体，自己竟然不知不觉之间着魔了。马礼逊笑嘻嘻地对身后宋振岐和周仁俩徒弟说道：

“嘿，妙极，看见没有？咱们马氏双语通的第一人出锅啦。你俩得加油。道芗兄弟，此君姓格拉斯普尔，名吞拿。”

“哦，你不会是又要我取名吧？格拉斯普尔！按那本双语千字文说的，Glasspool的中文意思不就是玻璃池吗？”

“对啊，这名字取得太好了，上一回小保仔告诉我的，桥下卖玻璃，玻璃就是屁股。你看他屁股那么大，还真就该叫作玻璃池先生。他们刚才说的话最好修饰一下，得让他俩知道，这对夫妻是大清海盗的大王和王后。”

没想到玻璃池先生真是识时务者为俊杰，忽然收起嘻皮笑脸，满脸诚恳地转身向一哥一嫂躬身行礼，左手在空中挽了个花式，牵起一嫂的右手就往自己嘴边凑。一哥和陈道芗愕然之间还来不及反应，玻璃池已经啧的一声亲了一下一嫂的手背，又恭恭敬敬地将一嫂右手引回去，嘴里还叽哩咕噜了一串。

明知道夷人是在行礼，还是把杀人不眨眼的一嫂闹了个满脸通红，又是好气又是好笑，她连忙把双手缩到背后。陈道芗把脸转向海面，他听是听懂了，可实在难以开口翻出来。一嫂问道：

“马和尚，这死胖子肉麻兮兮的干嘛哪？信不信我捏死他？”

“这是欧洲礼节，他在向心目中高贵的女士行礼。他说没想到东方竟然有如此风情万种仪态万千的女人，说您挥刀登船之际，天地间充满了浪漫的神秘，令他的灵魂不知所以。希望能跟您做朋友，甘愿一生护花。”

---

① 货物经理（Supercargo），当时中西贸易于夷船上所设，负责备货理货销货的商务经理，往往以自带部分货物搭销为酬，船货分管。本书描述Glasspool在中国的传奇经历大多属实，不过并非皇亲国戚，纯粹一商人。

一哥听得醋意大发，再也忍耐不住，大喝一声道：

“都是些什么乱七八糟的，信不信我挥刀之际让他充满了神秘的消失？老马，麻烦你跟这两个家伙说，第一，他们俩现在是肉票，肉票的意思就是我们会通知他们的家人，拿银子赎人。这段时间安分待在岛上，有吃有喝，不准缠着我老婆。第二，船，我们不要，这么大的船连个炮门都没有，跑得又不快，连船带水手咱们卖掉，他们可以优先来买。第三，货咱们就笑纳了。第四，他妈的船这么大，值钱的货却不多，这满船鸦片是谁的？”

一听到鸦片，船长是事不关己冷眼旁观，玻璃池却立刻恢复了精明干练。

“这些鸦片是东印度公司的财产，价值百万，千万不好乱动，乱动的后果不堪设想。”

“不堪设想？你个色胆包天的肥仔，当老子是吃素被吓唬大的？王进兴！”

王进兴正在指挥把卸好的货分类进仓，听到喊声连忙跑了过来。

“一哥！”

“别等明早，现在就把鸦片给我烧了，立刻！”

眼看着滩岸燃起熊熊大火，整个港区弥漫着一股浓郁醉人的甜香味，映照西天渐起的晚霞，玻璃池哭丧着脸嘟囔道：

“这下子我完了，这可是给呵呵星补的货，已经欠人家一个多月了。现在价格又正在上涨，你们这不是要我的老命嘛？”

“等等，玻璃池，你刚才说什么呵呵星？”

“我们的大客户啊，买这船鸦片的是个匿名老客户，付了定洋，指名要我们把货交给广东一家叫做呵呵星的运输公司。他们自己把上一批货弄丢了，补单加上本来的定期货，所以一个客户就搞出这么大一船。现在你们把我的货烧了，缺货则涨，这是市场规律，叫我怎么再补货啊？”

“匿名老客户！你说接货的运输公司是不是叫作和合兴？”

“呵呵星，呵呵生，呵呵强，呵生腥，你们大清人的公司都是呵来呵去的，我哪分得清是呵什么东西？”

对上了，和合兴，和合胜，和合强，合胜兴，全部属合字头的广东最大陆路帮会。陈道芗和一嫂沉默地互望一眼。

第10章
朝廷水师联合英国战舰

稍后晚霞尽赤之时，姗姗来迟的潮成祥六号进港，当夜只能留宿大屿山。李三朱这一趟没来，不过，他交待船老大，给陈道芗捎来一份很咸湿的信息。船老大递过小纸卷时，一脸暧昧地问道：

“陈当家的，这大乌龟是谁？这么犀利？逛窑子一箭双雕搞三匹。一老一小，老婊子去火，搞多了还大叫赔本。美丽的小姑娘像生姜一样鲜猛来劲地叫床，厉害啊！”

陈道芗听得莫名其妙，打开纸卷一看，没上款没署名，只是没头没脑的十九个大字写道：“大亀撸两姨，英姨老婊曰赔啰，美姨吼声姑生姜。”

指南针小组有信，可张保这小子太机伶，陈道芗也是反复看了好几遍才猜出他的意思。大亀撸两姨，这纸条说的不是大乌龟，是天地会的大柜张务本去晤面两个夷人。英吉利老家伙名叫赔啰，亚美利加国小后生名叫顾盛强。看罢短笺，他连忙拉着马礼逊去找一嫂。他奶奶的，姑生姜？姑你妹啦，找你姑生枝姜试试。

陈道芗和马礼逊一在黄埔登岸就叫了辆车直奔拾翠洲，回到其昌洋行，还是只有顾盛强一人。马礼逊关好门，和陈道芗一屁股坐在顾盛强面前。

“这段时间你有没有做对不起上帝的事情？”

“没有啊！你是指什么事？”

“你有没有从事鸦片贸易？”

“这个，有是有，但是跟你想的不一样。”

“有就是有，没有就是没有，什么叫作跟我想的不一样？”

顾盛强走到墙脚堆着的几十个箱子旁边说道：

“全在这,你们打开来看就知道了。”

陈道芗走过去打开一只箱子，这些箱子看起来和东印度公司运来的鸦片箱没什么不同，只是上面漆的文字不似英文，却蚯蚓得更厉害，字体上浮下飘的横来撇去没事还吐些沫点子。据马礼逊说，这玩意叫作阿拉伯文。接着打开内层纸包一看，里面的烟土呈褐色，闻起来腥辣刺鼻，的确和英吉利鸦片不同。陈道芗问道：

“这是什么东西？”

“这也是鸦片，不过和一般市面上的鸦片不一样。英国人运来的生鸦片产自印度和孟加拉，烧制过后给那些瘾君子吸食。这种鸦片来自土耳其的司麦那，当地人叫作阿片或是雅偏[①]。这东西质量不同，性子很猛味道不好，是你们药材行泡制以后入药用的，所以我们只进了一百箱。”

“你是不是认识一个叫作培罗的英吉利人？”

没想到马礼逊这一问竟然令顾盛强大吃一惊，脸色苍白、强作镇静地说道：

“这是极机密的大事，你怎么知道？”

“你问迷死脱陈。”

小青年紧张兮兮地看着陈道芗，陈道芗冷着脸问道：

“这个培罗是什么人？你跟他一起见了鸦片的中国大买家，又是什么人？”

顾盛强再也无法支持，冷汗涔涔地走回桌边，一屁股坐倒椅子上对马礼逊说道：

“我说，我对上帝发过誓绝不对别人说，可你是上帝的使者，对你说应该是可以的。我是做了些不太好的事，可我没有买卖那种鸦片，我们只是帮忙运鸦片，赚点运费。你说的那个培罗我根本得罪不起，也不敢不帮他们运。”

“到底是怎么回事？”

“你说的那个人是爱德华·培罗子爵[②]，大英帝国东印度舰队司令。”

司令是干什么的？参将，总兵？了不起是个提督，英吉利高级军官怎么会跟低贱的商人搞在一起，还大老远跑来搞鸦片？陈道芗是纳闷多于吃惊，马礼逊却已是大惊失色。

“上帝原谅我们吧！道芗，这罪恶的鸦片终归是要酿成大祸的。”

原来早在唐代就有大食商人将鸦片贩来中土，当时称为阿芙蓉，可是并未流行民间，仅用于宫廷。十八世纪以前欧洲诸国偶有从土耳其和埃及运来中国贩卖，亦未形成大规模市场。直到英国东印度公司在南亚大规模种植，其价格

① 司麦那是今日土耳其的Izmir海湾地区，阿片和雅偏都是opium的音译。

② Sir Edward Pellew，爱德华·培罗子爵，1804—1809年任远东舰队司令，1809—1811升任北海舰队司令，1811年升任地中海舰队司令，1821年升任副海军大臣。

和质量才逐渐在中国形成消费群体。到了十九世纪交替之时，已经形成垄断的暴利。亚美利加国小力弱，只能从土耳其的司麦那引入少量劣质生鸦片，价低质差，一般瘾君子并不待见。

其昌洋行引进百余箱土耳其鸦片，却只卖了不到三分之一，当时因为托巴兹号事件，英美双方在广州湾剑拔弩张。东印度舰队派了黛安娜号和卡罗琳号[①]两艘驱逐舰，竟然直闯广州湾，准备拦截驶出珠江口的美船。顾盛强等人找上总领事卡林顿，可是卡林顿也不过就是洋行老板之一，美国政府事实上无能为力。结果顾盛强和卡林顿这些美商纠集了属下十一艘武装的飞剪号快船，准备和英舰拼个鱼死网破。正当愁眉苦脸之际，却有几个神秘的英吉利人找上门来。

原来正当英美舰船在中国海域军事对峙之时，商务却出现另一个危机，广州市面上鸦片大盘莫名其妙地开始缺货。除了陈道芗和那位风荷风弄影的姑娘，这天底下还有谁能知道，一个半月前在华林寺外烧掉了八百箱鸦片？可这英吉利不愧是资本帝国老玩家，一切以现实利益至上，立刻放下刀枪摆出笑脸。那几个找上门来的神秘英吉利人是东印度舰队军官，等到奥兰治亲王号失踪，市面上的鸦片愈形短缺，培罗准将夜访顾盛强。

中国鸦片市场快速成长，超过预期，供货本已不太充裕。而印度这一季的罂粟才刚开始陆续收成，采炼生鸦片还有一个不短的过程，孟加拉偏北，季节更晚。等新的大货用大船运到中国，最快也得两个半月以后。那奥兰治亲王号和四千多箱鸦片失踪之后，供货更是捉襟见肘，库存的近万箱次品必须以最快速度运来垫档。万一因为缺货造成瘾君子戒烟，那东印度公司岂不亏大发了。可是英吉利货船虽然多是千吨以上载量惊人，却其慢如牛，培罗准将的脑筋立刻动到美国飞剪号头上。

东印度公司需要飞剪号和熟练水手的快速服务，而且大清国从雍正朝开始禁烟，虽然塞红包给回扣，陆地衙门睁只眼闭只眼，可广东水师的巡检司却不是个个都能塞红包打通关节。逼得英商走私大船在澳门附近葡萄牙人的地盘卸货，陆路转运，又费银子又花时间。而飞剪号却可以快速直上虎门。眼前最简单的办法就是花银子雇请美商代运，培罗出的运费是从加尔各达到拾翠洲，每吨六十西班牙银币。要知道当时从广州绕过大半个地球，冒生命危险到纽约的运费也不过每吨四十西币，这个价钱顾盛强根本无法拒绝。于是，前些天的仇

① 此卡罗琳号为英国军舰，与顾盛强来华所乘美国商船卡罗琳号是两艘同名船，皆载于史册。

人相见分外眼红，忽然变成把酒言欢，共创荣景。[①]

这个培罗此时还不知道，所谓失踪的鸦片是被奥兰治亲王号拉到大屿山烧掉了，否则岂不是急得要上吊。陈道芗对顾盛强说道：

“现在有几艘飞剪号运鸦片？”

“已经陆续走了六艘，还有七艘正在准备出航，总共十三艘。两艘无武装，其他的都有大炮，从八十吨到一百八十吨不等，有四条是我们其昌洋行的。我知道运鸦片这事不太道德，街角的奥利坊[②]就劝过我，其实我可以放弃。”

“奥利坊是什么地方？”

“奥利坊不是地方，是一个人，和我一样的美商。”

马礼逊连忙解释道：

“我知道这个怪人，他是锡安教派的，人倒是很正直。”

陈道芗此时可顾不上什么奇怪的教派，他盯着顾盛强说道：

“我不要你放弃，正好相反，我要你卖力地给他们干。可是你要提前告诉我交货的时间、地点、收货的接头人，我保证你还可以收到运费。你不能跟任何人讲起这件事，包括所有英吉利人，亚美利加人，大清人和上帝。因为这是你唯一将功赎罪的机会。”

“包括上帝？”

“意思就是管好你的嘴，不想被歹徒灭口的话你连做梦都不准讲。你和培罗见的中国买家是什么人？”

“只有我读过双语千字文，所以是由我当的翻译。那天有一个姓张的老头，俩大汉一个姓公孙，另一个姓黄。那个姓张的付订金给培罗准将，姓黄的负责跟我接货，姓公孙的不知是干嘛的。”

“计划新造的战船包括海舱船三艘，福船和同安船各七艘，巡逻的草撇船和勤务沙船各四艘。船龄超过二十年不堪使用的旧舰报废十一艘，另建霆船十艘。造船费银二十八万六千两。还需拨银三万六千两整修其他旧船。新船的火炮弓铳

① 当时有一位飞剪号船长E. Fanning，后来写了一本回忆录《南海之旅》，第108至113页对十九世纪初英美广州对峙，后来合作鸦片以及培罗准将种种皆有描述。

② D.W.C. Olyphant，锡安教派忠实信徒，拒绝贩卖鸦片，因此当时在广东所开公司（Talbot Olyphant & company）被同行讥为锡安之角或郇山区(Zion’s corner)，取笑其孤芳自赏。

和帆装需银十六万六千两，以上合计四十九万八千两。另包括新募和补实，增加水师官佐与兵勇一千八百三十七员的饷银和训练费用，每年需银三万八千两。详细工料预算由主簿章士佳造册备询，军士花名册由佥事武彰阿造册备询。”

总兵林国良一口气说完广东水师第一期整顿扩编的军事预算概要，他和参将关天培跟在孙全谋后面，站在巡抚衙门官厅的下首，后面跟着主簿章士佳和佥事武彰阿，双手捧着文卷伺候。上首坐着的是总督吴熊光和巡抚孙玉庭。这中间可有一个关节，大清朝初建政时重武轻文以军领政，本来按制省督是比省抚高了半级，这清汤挂面的总督是正二品，巡抚则是从二品。不过，中央派任的督抚往往已挂有职衔，比如天下第一督的直隶总督往往兼有兵部尚书衔，那就成了从一品。偏偏这吴熊光匆忙上任，就是个清汤挂面的总督①。而孙玉庭这位老资格的广东巡抚却是硬碰硬的加了兵部侍郎衔的也是正二品，督抚之间成了一般高双龙抱。虽然吴熊光是广东军令上宪，可这关于索要钱粮的大事，却也只能移樽就教，找军政上宪的巡抚大人商量。

吴熊光看着自己手下三员大将，水师的一二三把手站在那儿躬身聆训。伸手要钱自是人穷志短，想来跟孙清流这种酷吏要钱那是比登天还难，自己虽然贵为总督，心中却也是无可奈何。谁知孙玉庭竟然语气温和地问道：

“一次建造三十五艘战船会不会太多了？人说广东财源丰盈，可是用度和上缴也高，恐怕难以负担啊。能不能少造几艘？”

吴熊光的双眼登时亮了起来，奇哉怪也，按通例上宪应该先是一顿责问，说些如此耗费资财太不体恤朝廷艰难，有负天恩等等。一是打官腔，二是如发生贪渎中饱私囊弊案时也好先撇清关系。哪有身为上官居然还倒过来商量起数量的？吴熊光的念头还没转完，下面那林国良又开口了。

“禀抚台大人，新造大中型战船二十三艘，有一半是更新准备报废的十一艘，实际增加战力有限。自从浙江水师覆败之后，海盗势大，民间传言，那红黄绿蓝白黑六旗已经抱团结盟，我省水师压力陡增。为了节省耗费，不得不翻修其他战船，此已是最低限度的增建。主动出击的主力是靠新建的十艘霆船，霆船火力猛速度快，但是船型太小，在大海之中自我维持之力有限，仰赖大船庇护。我等今日所提，实乃有限经费限制下的最佳方案。”

“你说的霆船我记得，孙大人，是不是就是你上次和蓝旗帮作战建功的那

① 正史中吴熊光在直隶总督任上领的已不只兵部尚书衔，而是加太傅衔的从一品，接任那彦成的两广总督，可见嘉庆朝对肃清海盗确保广东贸易税源的企盼。

种船？”

上官下属都姓孙，缩在一旁不哼声的孙全谋一听这冷不丁地点到自己，慌忙答道：

“禀告抚台大人，正是霆船。”

“好吧，你们把卷宗留在这，我自会命府里核计。行不行，能拨多少银两，等算完了再说。”

孙全谋如释重负，忙命幕僚将文卷留在案头，率领水师官佐行礼辞出官厅。吴熊光可就纳了闷了。

“孙大人？”

“吴大人，这拨银子是我的事，花银子的事你可得负责，每一文钱都得花在刀口上。广东形势你是知道的，否则皇上也不会派您来署理军务。不过，我可有言在先，银子，我可以拨，一两都不克扣。老实跟你说，军机处那里已经密发了上意，必须拨银子整军。可水师整编完成以后半年得见绩效，一年得肃清匪患，如若不然，你我就一起去伊犁，找那彦成那大人叙旧吧。”

孙玉庭的话还没说完，钱粮师爷和内府总管一起跑了进来，一面行礼一面急着说道：

“大人，十三行的掌柜联名来访，伍秉鉴①还带来了英吉利夷国领事和水师提督的外交照会。说东印度公司的船队连番遭劫，恳求面见大人。还说，还说如我大清不能肃清海盗，他们将派军前来，自行清理。”

“荒唐，这蕞尔夷国想造反吗？”

“大人，两艘英吉利大炮船已经开到香山了。”

“什么？叫伍秉鉴进来。”

总管没一会就将伍秉鉴引进官厅，吴熊光不识此人，只见是一名瘦削而精神饱满的中年人。此时已入初秋，此人穿着一席纺绸长袍，一身简洁。仅是右手戴着一枚晶莹玉润的红宝石戒指，似乎是一个颇为含蓄收敛的富商。没想到此人见官竟是不跪，仅向上面躬身作揖行礼说道：

“敦元见过抚台大人，这位想必就是新到任的制台吴大人，伍敦元给二位大人请安。”

---

① 伍秉鉴又名敦元，商界以伍浩官知名，怡和洋行二代创办人。《华尔街日报》2001年评为全世界最富五十人之一，实为全世界有史以来最大的富翁。1834年谦虚地自估身家2600万两银，折合人民币五十亿。不论是按基本利率滚算或按当时的购买力计算，首富当之无愧，曾是东印度公司最大的融资方与债权人。

孙玉庭只是微抬手嗯了一声，吴熊光更是惊疑不定，这孙大人的礼度之严，岭南士林是闻风丧胆，眼前这伍姓商贾见官不跪，究竟是何来头？只听孙玉庭干咳了一声说道：

“敦元，英夷究竟想干什么？竟然把兵船开到香山去了，这不是想造反吗？”

“回大人，夷人未经王化，粗鲁不堪，此事的确办得甚糙。不过这英吉利夷人也有可怜之处，彼等倾家荡产来我天朝谋生，却屡遭海盗打劫，抛船弃货，是唯一死而已。海盗凶残者甚且当场戕害，魂归异域。英吉利兵船护民心切，巡游外海，竟然也遭海盗摧残。不得不再召两舰暂泊香山，以观后效。夷酋恐此举有犯天威，特修书禀告两位大人，恳请允准夷兵自行肃匪，彼等死活成败自与我天朝无涉。”

孙玉庭听得伍秉鉴的陈词，这才舒解双眉说道：

“原来如此，这海盗太过猖狂，夷酋如此倒也情有可原。这样吧，见我是不会见夷酋的，不能坏了规矩。你去跟他们说，兵船不得进入广州湾，以香山为界，不得再往北驶。他们与海盗交兵，死活与我官府无涉。”

所谓君子可以欺之以方，何况这孙玉庭在吴熊光心里不过是个百无一用的苛酷腐儒，偏偏身居省垣要津。而吴熊光毕竟曾领多省军务，却从这个商人的花言巧语中听出了玄机。自古兵凶战危，战船都开到别人家门口了，怎可能还摆出一堆谦恭有礼的说词？这些话恐怕并非出自夷酋之口，而是这位伍大户甘当说客吧？再说就算大清家门里有条疯狗咬了夷人，可既然是在家门里咬的，自有大清律论处，哪轮得到夷兵闯来拎刀耍棍？看来眼前匪患正紧，然而若不及早筹谋，夷患亦未为远矣。

原来这伍秉鉴两代经营夷商，身家巨富，乃皇命特批十三行行商之首，斥巨资捐了个候补河道的三品官衔，是以见了巡抚大人亦是行礼而不跪。只是今日与其他行商从拾翠洲赶来，未着官服，不免略失体统，却是吴熊光初来乍到，有眼不识南天王了。而孙玉庭不见培罗准将，倒是大清定制，凡各等夷官来华只能停驻广东，不得北上进京。所有文书必须由特许行商代转当地官员，这培罗既是化外蕃酋，那自是不能见了。

马礼逊还是在其昌洋行楼上打地铺，陈道芗还是住在悦兴客栈。他收拾停当，接着花了整天时间，安排指南针小组重新梳理整合岸上的人脉，开始监视热点的同时，还得保障讯息传递路线。而后他才直奔天地会广州大柜而去。

第11章
官匪一家

张务本在大柜院落的大屋中坐镇，那些账房书办不时把文卷送到他桌上。一瞧是月余不见的陈坛主归来，他自是起身相迎。

“陈坛主这一趟可是劳苦功高，听公孙香主说，六旗帮结盟啦？”

“是啊，我在给公孙香主的信里面都说了，总算是不辱使命。张大哥，那个红旗帮的一哥还托我带了些礼物来送给众家兄弟，都是些借花献佛的夷物。”

“哦，这怎么好意思，郑帮主太客气了。”

“友舵之间，来往的意思。他送了两担玳瑁，五十斤檀香，五十副鱼翅，一担燕窝。回头得麻烦您派辆大车送我回去，顺便把东西取回来。”

“唉呀，这么多好东西，咱们可是生受人家的重礼了。”

“他们红旗帮这不就是想在陆上多交些朋友，互相帮衬嘛。”

这跑腿送人搬货的差使，当然是派柜上最年轻资浅的去。张务本想都没想就喊道：

“张保，张保仔，小崽子又溜哪去了？”

“没事，不着急，我到分舵公孙香主那儿拜会一下再过来。”

公孙楚的眯眯眼依然没事就发浪放电，一见陈道芗进屋就满脸堆笑迎了上来，互相作揖问好。还没等陈道芗开口客套，公孙胖子就抢着说道：

“陈坛主，这一回海上的六旗帮会盟，可给了咱们陆地上的兄弟很大启发。”

“啊，公孙香主，此话怎讲？”

“有迹象显示，广东总督正在从湖北往广东调兵，水师又在扩军，看来满狗打算在广东用兵。所以我未雨绸缪，来个东施效颦，联合陆路帮派，成立了一个荔湾工商总会，还跟广州府登记备了案。办得好的话就立刻扩大成广州总会。”

“荔湾？”

“哎，荔湾管着广州西南面这一大片地，包括南城和拾翠洲。六旗帮如果有兴趣，可以找人头登记个黄埔工商总会。那里是广州东南面，广东水师的老窝，咱们陆路兄弟是没什么兴趣。后天是咱们荔湾工商总会正式揭牌之日，广邀各路英雄豪杰，到时候你可一定要来。”

“香主您就是荔湾工商总会的会长吧？”

“我？我只是出点小主意，树大招风，咱们天地会不出头。会长是广州三合会的坐馆，铁面狮子黄亦强。”

“黄亦强？”

“他们会里的人称他铁狮大哥，两广江湖上也有人叫他铁尸。你一听这外号就知他的手段了。”

从台湾安平分舵转过来的小帅哥套上大车，载着陈道芗回南城悦兴客栈取礼品，这一路上两人谈了个够。

那个公孙楚平常几乎不来大柜，都是张务本把旬账月账送过去。张保在发大柜员工月例银子的时候，看到名册上廖正乙的名字被杠掉了。随口一问，却招来几句好骂，叫他不要多事。不过，既然廖正乙的名字曾经录在名册上就好办，张保开始摸排那些名字在册而少在柜上走动的兄弟，结果找出十几个人。这些人多是负责巡回各个生意档口的账务人员，每个月总会回大柜几次，张保进进出出的迟早能碰着。另外还有两人上个月的月例是存柜待领，换句话说，这两人一整个月没回来过。一个是四节竹司事头目许宗发，另一个是三节竹带班头目连牯。

柜上有个老书办是新安同乡，几天老大哥叫下来，张保才对此二人打听出一点轮廓。许宗发也是柜上的老人，平常比较少言语，一路跟着张务本。那个连牯吃喝嫖赌样样都沾，是五六年前从地黄坛调过来的。这人会一点武功，否则也当不了地黄坛的带班头目，刚来柜上的时候挺横的，却不知如何后来竟然被许宗发给收服了。

近两个月不见张保，竟又长高了一点，人也似是打磨的成熟了些。此时时辰尚早，车子经过华林寺，陈道芗却是叫停了车，拉着张保进寺溜达。

“陈大哥，你教的心法我每天早晚照做，是觉得身子灵便了些。”

“这内功是铁杵磨成绣花针的功夫，练一辈子是有益一辈子，一嫂教你的二十四式散手怎么样了？”

“早就滚瓜烂熟了，练过内功以后，再练散手时觉得看得清，手脚也利落到位了。”

“嗯，你人在大柜上不适合练兵刃，我再教你一路劈挂拳吧。”

这若论海上拼枪斗炮，此时的张保已能指挥一支小船队，他陈道芗只能算是只瘸猫；可讲起一对一的武功，却是大屿山四万多帮众无人能及。张保大喜，一面喊谢一面就要跪下磕头。陈道芗连忙拦住。

“保仔，论辈份咱们只能兄弟相称，再说我陈门家传也不好正式对外收徒，咱们是友朋切磋，别乱套了。你只需记我一句话，功夫未成，千万别跟人动手。他日功夫有成，行走江湖也得以和为贵，忍让为先。”

这劈挂拳其实是拳掌并用，所以又称劈挂掌，而且招术中留有很多加入兵械的余地，发展潜力颇大。张保身在大柜，练功夫不宜太过张扬，先练这拳掌正是最适合不过。于是陈道芗就在荷花池畔将基本套路教给了张保。这和尚庙中练拳健身再普遍不过，偶有凡夫俗子在此梦想成为大侠，过往僧侣倒也是见怪不怪，视如不见。

如此一个半时辰下来，陈道芗和张保将基本套路从头到尾演示了几遍。张保生性聪颖，在陈道芗的指点下自己又走了几遍，将套路记熟。陈道芗将这路拳法的精要诀窍反复说明，两人已是额现汗渍，坐在荷花池畔休息。陈道芗怔望着池中的荷影，淡淡问道：

“保仔，今天初九？”

“是啊，再六天就是中秋，陈大哥你想家了？”

陈道芗若有所思，今天都已经初九了，如果才是初七那该有多好！说不定就能见着那一道荷影？他叹了口气说道：

“莽莽江湖，多事之秋，哪来得及想家啊。”

“看你发呆的样子，不是想家那就是想一个人了呗？”

“小毛头你啥都不懂，愣充什么大人你？”

“我怎么不懂？你这叫做睹景思人，如果你心里有了一个人，那是听鸟鸟不语，闻花花不香，眼见诸般物事，尽皆化为此人身影。陈大哥你是在想谁来着？”

陈道芗回过神来，听了张保的话不禁好笑，正是少年十五二十时，为赋新诗强说愁。于是笑道：

“唉呀，我们的保仔长大了，识得愁滋味了，是不是心里有人啦？”

张保倏地涨红了脸辩道：

“在说你哪，怎么扯到我身上，我哪能有？”

荔湾工商总会会长黄亦强具名广撒英雄帖，遍邀广州地面的大老板和各路英雄豪杰，今天中午十三行和各大商号的老板几乎到齐。能坐进易牙居两层楼面的都是各级头头，跟班属下就只能坐在外面露天的流水席了。流水席靠大门处还设了两桌素斋，以供方外的武林同道。这时门外鞭炮锣鼓喧天，老天爷颇给面子，再三天就是中秋，晴空朗朗。其实，这些大老板背后撑腰的正是广东各大堂口帮会，连广州府的钱师爷和三班捕快头头鲍起静都便服与会捧场，官匪合伙做生意，和衷共济，共聚一堂。

陈道芗来广东是为了联系六旗帮，理所当然的和李三朱共坐一桌，同席还有另外五旗派在岸上的掌事。只见各路招待穿梭，都是些三合会的头目。人家是今天台面上的主人，躲在幕后的天地会来的人并不是很多，只有两位坛主和几位四节竹的头目，像账房的张保这种小喽啰在广州有数千人，当然就只有窝在家里喝粥吃鱼蛋了。

这时锣鼓声停了下来，黄亦强打扮得一身光鲜，和钱师爷一左一右，率领三合会的一干执事，簇拥着伍秉鉴走到易牙居大门口。李三朱这一桌小号掌柜的席次排得靠门，正好就在门旁边。只见那伍秉鉴倒是气派不凡，中气十足地一开口，易牙居门里门外登时安静下来。这位伍大班说起话来四平八稳，无非是说今天大好日子，众家兄弟捧场，一起合作生意。今后人人有饭吃，有好饭吃，子子孙孙有更好的饭吃等等。一堆广东吉祥话，听得闽南陈道芗头昏眼花之际，忽然场里场外爆起热烈的掌声，原来伍大班的演讲发表完了。

陈道芗揉眼一看，只见黄亦强接过旁边递上一样物事，很客气地交到伍大班手中，伍大班双手捧着往门外天空用力一抛，刹时间锣鼓声又响了起来。李三朱等人眼前一花，忽然一个人影箭一般地射出，伸手捞住那物事半空中一扭腰，竟是一只手搭上易牙居二楼的屋檐。此人将那物事系上檐下伸出来的一根竿子，接着飘然落地，向伍大班躬身行礼，然后又走进屋来站在黄亦强身后。这时众人才醒过来爆出掌声，六个狮队浩浩荡荡地扭身进场，原来方才伍大班抛的是今天聚会舞狮的彩青。

李三朱等人只是眼前一花，陈道芗却是看得清楚，此人站在黄亦强身后早已蓄足了劲，只等伍大班一出手便拔地而起，接过彩青系上高楼。虽是早有准备，可此人纵身之时双膝几乎完全未弯，只稍一顿便腾空扭腰，陈道芗看得暗自心惊。李三朱见陈道芗双眼从那人身上移向自己，会意地点了点头。只见那伍大班又客气了几句，三合会诸人拥着他落座首席，其他执事也纷纷招呼各席宾朋落座。李三朱这才说道：

“方才那人是泼风刀安俊义，陈坛主，刀称泼风那该是何等之快！当然轻功也是好的了。”

“泼风刀安俊义！”

“是啊，他就是三合会的双花红棍，一身武功广州城里城外无人能敌。给黄会长递彩青那人是智多星钟无用，三合会的白纸扇①。”

粤人喜庆宴会多有舞狮助兴，然而帮派之间必有嫌隙，往往于舞狮时产生事端。今天是三合会的好日子，黄亦强顾全大局，三合会自己不出狮，那六个狮队都是其他道贺帮派出的。事先还打好招呼，以和为贵，点到为止，通通有奖，可谓是面面俱到。江湖群豪开怀畅饮，好不热闹，一些自认为有身份的大哥纷纷挤上前来，想跟伍大班敬酒。

广东帮派之间有的是以行业地域或武林宗派划分，但是更多的是以乡党宗亲而分，多年恩怨，岂能是大佬黄亦强三言两语所能化解？虽然三合会安排今日盛会时已尽量分开彼此有怨的帮派，可真正上场耍狮者多是年轻气盛的徒弟，那六个狮队抢青时终于碰撞出了火花。佛山狮和广州本地专营连锁烟馆的合胜兴狮团首先踢咬撕拼起来，在两帮大哥的喝骂之下彼此横眉竖目地勉强退下。可是远从惠州七女湖过来的狮队碰上世仇的潮汕醒狮团，那可就难以善了了。

黄亦强和安俊义忙着在里面招呼伍秉鉴和官府中人，哪里顾得上外边，三合会的几个管事头目上去拉架，却被两个狮队的锣鼓场给拦住了。原来这惠州和潮汕虽然各有地盘，可潮汕由陆路往广州必经惠州，仅是这烟土过境就够一说的了。何况潮州帮与广东帮的历史恩仇真是说不尽道不完，平常日子里彼此能避则避，今天这斗狮却是狭路相逢，避不了了。

两只狮子你冲我咬，是皮也花了尾巴也秃了，当惠州狮的狮头和狮身之间被撕裂时，七女湖队索性把狮子一抛，直接冲了上去。潮汕队也放下狮子，斗狮终于变成了群架。惠州锣鼓阵掀起大鼓，抽出鼓架下的兵刃，眼看就要血溅会场。

就在这时，场上靠门的一桌素斋席上忽然纵起两道白色人影，电也似的射向斗狮场中。流水席上的头目们眼前一花，只见两个白袍人剑指两个狮队，镇住了准备厮杀的两帮小伙子。这时众人才看清楚了，此二人长像相若，当是李

① 红棍是三合会的武装力量，以双花红棍为首。白纸扇是三合会的军师。

生兄弟，面无表情，头上还带着白帽，如不是袖口帽沿绣着明黄徽饰，还真当是哪家服丧的来搅局。可是此二人白帽白袍，似僧似道，一时诸人不知所以。

那两个狮队在众人面前哪肯示弱，登时嘴里不干不净地叫骂起来。两名白袍客彼此对望，眉头一皱手中振剑，只见满场白光缭绕，一阵轻脆的刀剑相击声中，那两队锣鼓阵手中的刀械竟然已被白袍客点落地上。陈道芗本是使剑高手，坐在靠门边看得清楚，那两人使的剑法一气呵成，脚下如行云流水一般快速迈出，点完众人兵刃后又快速回位，确是浸淫多年之功。

这时那泼风刀安俊义才应酬完一轮酒，闻报赶了出来，连声喝住两帮喽啰，开始找两帮大哥分别说话。忽然对面商栈中飘出一道人影，白悠悠的绫带划过半空。众人喝采声中，只见一名绝美中年女子已落在安俊义身旁。她也是身着白袍，纤浓合体，袖口绣着更繁复的明黄徽饰，胸前还挂着明黄丝线串着的扁圆木珠。

陈道芗的位子离安俊义较远，听不清那名女子与安俊义低声交头接耳的话语声，只见两名白袍客向那女子一礼，分立两旁。安俊义又跟那两帮的管事排解了几句，两个狮队悻悻退下。这时那安俊义才向场中一抱拳朗声说道：

“不好意思，这位是在下的堂妹安宛若，向来在北地游历，此番来粤探亲，倒无意间帮忙排解纷争。方才扰了各位的兴致，都是在下招待不周，先请各位喝酒用饭，待会兄弟再来敬酒赔罪。”

当下安俊义携着安宛若走回大厅首席，只见那安宛若容颜姣美如三十许人，神态凝稳却又似四十有多。一身素妆难掩丽质，顾盼之间妙目流波，看那发式，虽已有了年纪，却仍是未嫁之身。那架式宝像庄严，似僧似道似俗，令人捉摸不清。众人举杯之际窃议纷纷，没多久就又乱哄哄的热闹起来。这一热闹可就热闹了好一阵子，陈道芗忽然隐隐感到地面震动，他举目四顾，门里门外乱哄哄的闹成一片，却也无甚异样。正在纳闷之际，只见远处那位双花红棍安俊义推桌而起，越过陈道芗这一桌走到门边。这时逐渐可闻马蹄之声，才有少部分人回头观望。又过了一会，第一批二人二骑冲到街口，李三朱倏地站了起来。

此二人正是凤来商号的伙计，李三朱忙走出门对两人喝道：

“出什么事了这么着急忙慌的？”

这时有几批帮会的人马正在陆续赶到，那两名伙计看了里厅一眼，声音不大不小地说道：

“掌柜的，三角山海面一个半时辰前沉了一艘葡萄牙商船。”

“这八月中秋的又没台风，既不刮风又不起浪，是航道不熟触礁了吧？”

“不是，是被大炮打沉了。”

“什么？是哪一条船？”

那两名伙计压低声音说道：

“是佛朗机火炬号。”

李三朱闻言脸色大变，回身和另外几旗的管事低声商议了几句，大家纷纷起身。李三朱向陈道芗和安俊义等人告了个便，六旗帮人竟是匆匆离去。这时一小队衙役也匆忙奔来，一时乱成一片，黄亦强只好放下酒杯走出来，喝问到底怎么一回事。这么大的广州湾偶而沉条船有什么大不了的，开张的好日子，竟敢搅三合会的局？

佛朗机火炬号可是葡萄牙最大的一艘商船，达一千六百吨，虽然比不上英吉利近三千吨的奥兰治亲王号，可也是当前在全中国海域排前五名的巨舰。上面载满了准备运回欧洲做漆的桐油和猪鬃，没想到今天一大早才离港出海就被海盗截住了。广州湾就在官面的眼皮子底下，一般这种打劫只要交买路钱了事，除非船上的西班牙银币不够，否则海盗通常不会劫货，去搞后面一大堆处理船货和销赃的麻烦事。更没想到的是，海盗只发了一回六响排炮，警告截船。没想到好死不死，其中一炮该不准的时候偏偏神准，竟然正中船后段三分之一的大架桁梁结合处。偏偏佛朗机火炬号这一趟还超载，结果后桅倾倒船身破洞，竟是不到半个时辰就沉没了。死了四十几个葡萄牙水手，澳门总督博纳多法瑞亚(Bernardo Aleixo de Lemos e Faria)已经下令，两艘葡国兵舰直上黄埔，要求大清缉凶赔偿。

直上黄埔？这岂不是打到家门口来了，大家闻言面面相觑，白纸扇钟无用站出来一步问道：

“知不知道是哪一路兄弟干的好事？让他们出来讲数就好了嘛，何必动刀动枪？”

“听说是红旗帮一嫂带头干的。”

一听是那位辣手美娘子，大伙儿莫不点头明白，怪不得，理应如此。这时一队广州府衙差已经下马奔进饭庄，向伍大班和师爷拱手禀道：

“方才总督吴大人已经下令封港封舱，所有华夷船只禁止出入。府兵和绿营都已经出动，我府奉命配合，全城搜捕海盗。”

这些年来广州靠华夷贸易发展成为中国第一大商埠，封港无异于封市，大家这才知道事态严重。伍大班和钱师爷鲍起静等人连忙辞出，赶回家换上官衣，奔赴衙门。黄亦强这才注意到，六旗帮的贺客早已不见人影，其他人议论纷纷，好好的一场荔湾工商总会揭牌大宴，却也就这样不了了之地被搅黄了。

第12章
要人还是要货

“一哥人在哪里？”

“一哥十天前带了大批工匠到香港，说是要建东西两个营盘，把大屿山和香港连成一个大寨。他交待好了以后现在可能已经赶到雷州的硇洲岛了。”

“硇洲岛？”

“是啊，一哥一直打算在那里也建一个水寨，东西呼应。”

陈道芗和李三朱坐在凤来商号里间喝茶，没想到郑一如此心热，完全不考虑发展壮大到顶峰之后随之而来的盛极而衰，自己劝他暴雨不终朝和对朝廷造成威胁的后果，竟是充耳不闻。陈道芗沉默了一会才说道：

“那这条葡萄牙船怎么办？”

“现在生意上的事是一嫂当家。老实说，我们也不知道新炮这么厉害，夷船又居然会这么不经打，这么大的船不小心挨上一炮竟然就沉了。救起来的近百个夷人已经全都放了回去，陈当家的，咱们干的是没本钱买卖，总不能没抢着还跟人家赔礼道歉吧，以后咱们还混不混了？”

陈道芗苦笑了一下，这李三朱说得也是，只能说吓牛用牛刀，没想到不小心一刀砍实了竟然是只鼠。问题是糊里胡涂死了四十几个夷人，人家哪肯善罢罢休？正作没理会处，忽然一个伙计走进来说道：

“陈当家，外面有人找你，是个小夷人。”

陈道芗走出去一看，顾盛强等在门口着急地搓手顿脚，一看到他就跑过来说道：

“嗐，我刚才还跑到客栈找你，原来你就在这，害我兜了一圈。快跟我回去吧，马礼逊急着找你。”

“急着找我他自己又不来？”

“家里还有客人。”

“客人？”

“就是那个英吉利佬，培罗准将。我现在真的不喜欢他，就像一条捧着鲜花的毒蛇一样。”

陈道芗一走进拾翠洲就发现了异样，那条泥泞的街头中间和街尾分站着几个夷人壮汉，其昌洋行门口还站了两个。这些人的粗壮难以想象，就是那种所谓胳膊上跑马拳头上站人的肌肉堆，穿着所谓的中式便服，简直就像是唱大戏的小丑。陈道芗一进门就拂开了迎面而来的一只臂膀，同时刁住另一只手腕反转过来，把一个夷人压在地上，一阵鬼哭狼嚎。原来门里面还站着两个穿着比较整齐的夷人，顾盛强连忙赶上前说道：

“这位就是马礼逊说的陈先生。”

里面和马礼逊坐着的正是培罗准将，他连忙喝退那两名夷人，马礼逊也说道：

“迷死脱陈，这位是大英帝国东印度舰队司令培罗准将。那两个人是他的随扈。”

陈道芗坐到马礼逊对面，跟培罗点了点头算是打了个招呼。培罗那精瘦的脸上展现一抹温和的笑容。

“陈先生，马礼逊说你是大清的侠隐武士，可是很推崇你的。”

那两名军官揉着手臂站在门边，又恢复了面无表情。陈道芗瞄了一眼，转回头说道：

“好说，中国武林和你们夷国水师是两个截然不同的世界，听说你跑了两万多里来到广州，不知和我有什么关系？”

“是这样的，我身为舰队司令，我王乔治三世陛下交付最重要的任务就是，维护我大英帝国远东贸易的畅通。”

“呵呵，你们大军东来，就是为了方便商人赚钱？营商可是三教九流中的次品，这在中国很难说得通啊。”

“是的，大清的社会阶级和敝国的确极不相同。是这样的，大半个月之前，我国最大的一条商船在南海的下川附近被劫持了。这条船叫作奥兰治亲王号。”

陈道芗闻言已约略知道培罗来意，于是说道：

“你们想要赎船还是打算派兵东来，跟海盗大干一场？”

“不不，不能大干一场，小干也不行，为了表示诚意，我已经下令，把停在香山的两艘驱逐舰调回去了。”

“哦，你是想赎船？”

“迷死脱陈，我很好奇，不得不打断你。你的英语说得太好了，语法准确不带土腔。我们全军无人识得汉书汉语，那些行商买办的乱七八糟英语又是词不达意，真是很头疼。你去过我们国家吗？”

“我没去过，我是和马礼逊互练的。”

“原来如此，马礼逊来华不过两年，成绩很好啊。言归正传，其实赎船虽然重要，可不会重要到必须让我亲自跑一趟。按照你们大清法律，我是不可以正式登陆办公的，只能到澳门，或者像今天这样私下前来。迷死脱陈，我知道你认识鼎鼎大名的红旗帮，我想请你帮我确认人质的安全。”

“我？我是见过你们的船员，他们的安全没有问题。不过，你为什么要找我？我属陆上的帮会，和海盗只是朋友而已。”

“呵呵，陈先生，你太客气了。我知道你是天地会的高层，天地会不是一个历史悠久，大清治下最大的反政府组织吗？”

听到这里，陈道芗不禁瞪了马礼逊一眼，低声用汉语斥道：

“就你多嘴，死和尚，你跟这厮说天地会干嘛？这是杀头犯禁的你不知道？”

“你错怪马礼逊了，我们大英帝国要和大清做大生意，当然得了解贵国的国情。我们的情报部门是不断打听，因为知道你们官方对海盗无能为力，所以是我要求马礼逊，介绍反政府组织来帮忙。”

陈道芗瞄了那两名随扈一眼说道：

“即使中国真有够大的反政府组织，这种事情也是不可能公开讨论的。”

培罗闻言抬头，对那两名随扈说道：

“你们两人先到外面去吧，这里只有他一个大清人，不必担心。”

眼看着两名侍卫官出门，培罗这才放低声音，接着说道：

“迷死脱陈，你现在可以放心说，我也可以放心说了。奥兰治亲王号上面有一个很重要的乘客，他妻子是汉诺威王朝的皇室成员，他哥哥是上议院的议员。”

“皇族我懂，上医院的医员不就是郎中吗？有什么了不起的？”

“对不起，迷死脱陈，您后一句我没听懂。您是说什么？如果人质受伤了要看医生，后果可能很严重的。”

“没什么，开个玩笑而已。说了半天，你说的是那位邓洛普船长吗？”

“不是，船上有一位吞那个拉屎噗尔先生。”

“嘎！你是说玻璃池？怪不得，当了肉票还大条不甩地吃一嫂豆腐，原来是有来头的大人物啊。”

“是的，是玻璃池先生，你们给他吃豆腐吗？那很好，我们必须保证他毫发无伤地回来，否则，恐怕就得兵戎相见了。”

“就只为了一个人，不会吧？红旗帮可是曾经把大清水师都给灭了。”

“迷死脱陈，你见过追击马礼逊的那条黛安娜号吧？”

“见过，挺不错的，可是红旗帮也有一条。”

“黛安娜号是我们舰队最小最老的驱逐舰，两条黛安娜号就足以灭掉广东水师。”

“哦，你们有几艘黛安娜号？”

“那种小船我们有六十几艘，我们另外还有巡洋舰，是黛安娜号的两倍大。我们的主力战列舰是黛安娜号的四倍大，一艘就可以直扫北京。”

陈道芗沉默了一会，琢磨着眼前这个洋提督是不是吹牛，然后才问道：

“你有具体的想法吗？”

“我想委托你当大英帝国特使，和海盗谈判。人、船、货都必须要回来，请他们开价钱。”

听到这里陈道芗心里打了个突，狐狸尾巴终于露出来了，怪不得顾盛强不喜欢这条捧着鲜花的毒蛇。他故意皱眉说道：

“培罗将军，你是在跟海盗打交道，什么是海盗？就是在海上干没本钱的买卖。现在你想拿钱把什么都买回去，搞得自己像个大客户谈生意似的。这样人家岂不是很没面子？这样吧，人船货三者以何为先？如果不能三者俱全，总得有个优先顺序吧？听你的意思是以人为先，尤其是那个玻璃池。”

“啊，不是，不是，你得让我想想，我想想。迷死脱陈，你说的也不是没有道理，如果彼此都能让一步，我并不想和海盗开战。因为如果海盗和大清水师对着干，加上你的反政府武装，或许有一天我们反而会成为合作伙伴也未可知。这样吧，能全赎回来最好，如果实在不行，船我可以放弃，再造两条就是了。”

现在市面上鸦片短缺，说到底果然是要人还得要货，可是货已经烧了，陈道芗半真半假地犹豫着。培罗却会错了意，他暧昧地低声说道：

“迷死脱陈，我们不会请你白帮忙的，请你尽力周旋。事成之后你的特使费是赎金的百分之十，全部西班牙鹰洋，到时候你可得分我一点。”

陈道芗眼睛一瞪，看着培罗说道：

“我不是靠拉皮条吃饭。培罗将军，你应该知道，我们天地会有崇高的宗旨，反清复明，是以天下苍生为念的。”

谁知那培罗一听不但不钦佩反而笑了起来。

“我实在是搞不懂你们大清人的想法，做什么都要举一块天地正义正统的大招牌。反清我听得懂，就是反政府嘛，天下到处都有。天下苍生那是你们卖膏药的广告词，也可以理会。可是说什么复明的就莫明其妙了，政权轮替就像泼出去的水，哪里有回马枪一要要回去两百年这么久的？我们英吉利有句老话，叫作受伤的老鹰还比不上一只乌鸦。你说的什么明朝那不是受伤，是已经死绝一百多年了。就算有活着的远亲也是不如平民百姓，正统个屁，还复个屁，反成了就自己当大王得了。有一天你们天地会当了大清的皇帝，我们照样跟你做朋友，做生意。”

培罗的市侩之言一针见血，令陈道芗一阵默然，好一会才低声说道：

“是啊，我们中国也有句老话，拔毛凤凰不如鸡。培罗将军，我不要你那一成的特使皮条费，谈判包在我身上，只有一个条件。”

“什么条件？”

“海盗能够灭了大清浙江水师，逐退黛安娜号，你应该明白他们也是有实力的。两艘葡萄牙兵舰今天开到黄埔耀武扬威，搞得广州封市，人心惶惶，民不聊生。麻烦您也当一回特使，告诉葡萄牙人退兵。否则不必等大清的军队出动，南海六旗帮把珠江口一封，保证他们来得去不得，船毁人亡。”

做梦都想象不到，身为堂堂舰队司令兼印度副总督，竟然得反过来替海盗拉皮条。培罗当场皱起了眉头问道：

“这个，可不可以让我请问一句，迷死脱陈，你为什么要这么做？你能得到什么好处？”

“有大大的好处。培罗将军，以天下苍生为念未必全都是在卖膏药，有的时候它是一种信仰。解天下苍生于倒悬，这就是好处。”

“我想你的要求我可以答应，就算不是为了你的天下苍生，如果葡舰不退兵，你们那个总督就不开港，我们大英帝国的商船就靠不了岸，可说是三败俱伤。”

天地会的坛主和大英帝国东印度舰队司令达成阶段性协议，那帮夷人轰的一家伙迅速撤离。顾盛强吁出一口大气，这小顾可是受过东印度舰队的窝囊气，眼下又赚东印度舰队的银子，心中矛盾自是五味杂陈。培罗今天中午一到拾翠洲就先交待顾盛强，三天后第一批六艘飞剪号将会到港，载来二千五百箱鸦片。得立刻安排，地点就在拾翠洲，岸边交货。

陈道芗陷入了沉思，眼前鸦片现货炙手可热，公孙楚必然得确保交割无误，不会掉以轻心，三合会也必然是重兵押运。这可跟上回的八百箱巧遇不可同日而语，想要逮到公孙楚人赃并获实在是难上加难。正在苦思的时候，忽然又有人推门走了进来，是一个高头大马的夷人。

“顾盛强，你能不能给我一个准信，到底什么时候能有船？”

顾盛强望了陈道芗一眼，支支吾吾地说道：

“第一批应该三四天之内会回来，可是就怕还得跑一趟。”

那人一拍桌子大声说道：

“还要运鸦片？我告诉过你，走私鸦片是出卖你的灵魂。你年纪轻轻的为什么不肯学好，一定要做这种不道德的事？上次我问你，你说是为了打击鸦片商才跟他们做。这都是些什么歪道理？等到圣灵降临人间的时候，你说谎所将遭受的那种惩罚是承担不起的。”

“我没有说谎，不信你问这位蜜司特陈。”

还以为是英吉利人去而复返，没想到此人一进来就痛骂鸦片，听得陈道芗是目瞪口呆。那夷人这才注意到陈道芗。

“你好，我是大卫·奥利坊，我的商号就在斜对面。请问你是？”

“噢，我姓陈，我是他们二位的中国朋友。”

“难得，难得碰上双语通的中国朋友。你有办法打击鸦片贸易？”

虽然早已领教夷人的单刀直入，却并不表示可以坦然接受，尤其是牵涉到黑社会的性命交关。陈道芗淡淡说道：

“只有帮他们运才能搞清楚来龙去脉。鸦片成瘾，不是好东西，我当然反对。”

“不是好东西！迷死脱陈，鸦片是毒品，是罪恶的根源。反对有什么用？大家要站起来，主动打击。”

“哦，奥利坊先生，你准备用什么来主动打击？”

“当然是武力，如果让我看到鸦片，我的义勇团会立刻发起攻击。”

忽然碰到这个插科打诨不知所以的傻大个，愣跟鸦片过不去，陈道芗自是觉得好笑。原来，花旗国的小船为了与英吉利大船竞争揽货，向来是以低运价高航速抢生意。可是现在东印度公司出高价征雇花旗快船抢运鸦片，登时像奥利坊这种常规客户就找不着船了，自是急得跳脚。他又抱怨了一阵子，顾盛强保证七天之内匀两条飞剪给他济急，这才打发走了。眼见方才马礼逊神情古怪，奥利坊前脚一走，陈道芗后脚就问道：

“老马，这位奥利坊是何方神圣？”

旁边顾盛强抢着说道：

“他啊，他是拾翠洲的名人，信教极度虔诚，有点太虔诚了。像你们大清人说的，走火入魔。”

马礼逊这才来得及接口说道：

“什么走火入魔，胡说八道。道芗兄弟，他是属于新教灵恩派的锡安教会，相信圣灵将会降临人间，瞽叟视，聋者听，拯天下之溺。这个教派信仰坚定，信徒人数比较少，和其他教派的互动也少。”

“老马，你这叫作君子不出恶言，我懂了。其实就是怪胎的意思，还吹牛什么义勇团咧！”

“那可不是吹牛，道芗，他们锡安会教规很硬的。这个奥利坊在公司里外传教，他把公司盈余的百分之六十都拿出来分给教友，内部凝聚力非常强悍。他那个郇山角是在大清唯一拥有私人武力的夷人教派，他们在这地面上从来不欺负别人，可也没人敢欺负他。”

陈道芗辞出其昌洋行，在拾翠洲街面上溜达一小圈，看清楚了奥利坊的公司和库房。这才回到风来商号找李三朱，要求指南针小组急发一份飞鸽传书给一嫂。李三朱挤了挤眼睛，里面又有人找你来了。

第13章
白莲教来广东干什么

陈道芗走到里间一看，真是愣住了。坐在桌边举茶悠闲啜饮的，正是三合会双花红棍的堂妹，那位风姿绰约的熟女安宛若。彼此素昧平生，这女人怎么会出现在此间？陈道芗满腹狐疑地上前一拱手正要开口，只闻幽谷莺啼其声沥沥，安宛若已然站起来说道：

“冒昧造访，倒教您见笑了。方才我到贵会分舵没能见到陈坛主，想您跟红旗帮交好，所以来此碰碰运气。”

好厉害的女子，两句话点明了陈道芗在广州的人脉背景，却是所为何来？又如何能得知凤来商号就是红旗帮在广州陆地的联络站？陈道芗心中一凛，连忙让座说道：

“好说，原来安姐也是武林同道。但不知此来何为？”

“你称我安姐？陈坛主，你知道我是什么人吗？”

陈道芗心中打突，此女单刀直入言语犀利，真不知什么来头。当下摇头苦笑说道：

“在下的确不知。昨日安姐的两个伴当好身手，真是技压广东群豪啊。”

安宛若紧盯着陈道芗双眼，清晰顿字地说道：

“那两人是我座下护法圣使，我乃白莲教主属下有余圣女，奉敕令南巡。昨日三合会的会场上人多口杂，家兄未便言明。我教与满虏争战多年，正图兴复。本座此次南巡，特来拜访，望能与南方的反清志士缔交合作，共图大举。”

陈道芗这一惊非同小可。有余圣女他倒是听闻过的，四大圣女出自弥陀净土宗的四净土国，分别是然净、有余、果报、长寂。白莲教源自明教，可是中国历史上最复杂神秘的教派，自南宋茅子元立白莲宗开始，后来揉入道教和外来的摩尼教，近年又引入了佛教弥勒宗。因为吃素又拜洋佛牟尼，所以号称食菜事魔，历朝历代屡禁不止。有清一朝自乾隆晚期开始大举，所到之处官兵追剿，教徒窜扰十六省，兵燹流离，前几年才为额勒登保大致敉平。可是过往白莲教活动范围多在长江以北，今日竟然有头面人物出现在广东，无怪乎陈道芗心惊。

“我堂哥的三合会虽然系出洪门，和贵会关系密切，都称自己是反清复明。可是你我都知道，三合会是地方势力，基本上不出广东。要说反清复明未免有些名不符实，而且那些帮会的档口行当也和我教宗旨不合。贵会倒是颇合我圣教主的心意，这反清大业只有众家合作才有希望，陈坛主您以为呢？”

陈道芗来粤这段时间，已大致认识了三合会在民间的庞大势力，可说是深入邻里乡党。而行业垄断和捞偏门的烟赌毒娼更是成为民间一大毒瘤，连地方官府都被渗透成为保护网，可是反清复明这一类政治企图却成了口号。眼下广州为了扫荡鸦片正是暗涛汹涌，在北地和川鄂被清兵击溃的白莲教余党却忽然出现此间。陈道芗心念百转，一时间竟是默然无语。这安宛若见多识广，却是解人，抿嘴浅笑道：

“我教和贵会地分西北和东南，此前素无瓜葛，倒是本座唐突了。想必陈坛主对我教并不了解吧？”

“在下行走江湖，多少知道白莲教的名号。听闻贵教在川陕甘鄂诸省声势浩大，前些年搅得清军疲于奔命，其他的所知不多。”

“我教先教主姓冉讳天元，嘉庆五年在川西灭总督魁伦所部，杀总兵朱射斗。七年在川鄂交界的郧西斩统领惠伦，协领丰伸布。嘉庆撤了勒保的经略，改派额勒登保统兵。先教主不幸中了这厮的奸计，在江油归天。”

陈道芗听得脑袋一阵发晕，自己素来对怪力乱神的宗教信仰敬而远之，连马礼逊这种牛皮糖都莫可奈何。对白莲教这些所谓的英雄伟业，自己更是既不清楚也没兴趣弄清楚。这位美女大姐究竟所为何来？可老美女当前，又不好拂了人家吹牛的兴致，当下唯唯否否。安宛若却似不觉，继续说道：

“冉教主归天之后，接任教主姓徐讳天德，次年击溃镶黄旗副都统明亮部，在鄂境南漳斩总兵王凯，在远安牛鹿坡斩总兵李绍祖，参将沈庆春。”

陈道芗再也按捺不住，忍不住插嘴说道：

“在下真是孤陋寡闻得紧了，不知贵教竟是如此了得。我天地会自愧弗如，但不知与仙姑此来有何关联？”

“陈坛主何必过谦，岂不闻，青梅煮酒，天下英雄唯使君与操耳！本座提起这些微薄事迹，无非是想攀交。想当年，延平郡王立漳厦，入长江，窥南京，击夷寇，收台湾。天地会一路辅佐，那是何等英雄事业！我教现今这点事迹与贵会当年相比，可真是萤火之光了。我等真心诚意，想和天地会英雄论交，并辔天下。”

原来是与当年的天地会相比，陈道芗心中暗忖，那现在呢？

“哦，敢问仙姑可是有什么具体的想法？”

“我教此前与南方的武林同道素无渊源，不过，本座知道陈坛主系出名门之后，又是天地会的骨干，所以想麻烦陈坛主帮个大忙。等本座回来之后，是否可以引见天地会总舵主刘莒莒？”

“您这是要离开广州？”

当安宛若说起刘莒莒的名字时不但没有用尊称敬语，而且神色微动嘴角一撇，陈道芗一直静观眼前美人，心中暗自诧异。总舵主年轻时行走江湖，没听说跟白莲教有过瓜葛。只见圣女脸上闪过一丝犹豫，这才螓首轻点地说道：

“我还得去扬州访友，回来再请你帮忙行吗？”

“同道切磋，在下自当聊尽绵力。”

好不容易送走了这位所谓的仙姑，陈道芗自行回到分舵，一路上盘算着，江湖人心险恶，自己岂能不知。虽然各个帮派在广州做世界，互通声气，可是自己和三合会的那位双花红棍毫不搭扯，现在却忽然冒出一个自称什么有余圣女的堂妹。虽然不知这位美女心中打着什么算盘，可是白莲教企图与天地会搭线已无疑义。莫非是被清军剿得混不下去了，想在这鸦片斗争的决战前夕到南方来淌浑水，抢地盘？

“映儿一天天地消瘦，老爷，你就忍心这样看着？”

“我能有什么办法？你们搞出这种败坏门风的事，被两名陌生男子触碰过，第一个被第二个杀了，第二个又不知所踪。她还能嫁给别人吗？”

“可是那第二个人又寻不着，这可怎么办呢？”

“哼，寻得着也未必就有资格做我孙玉庭的女婿。照你说的，此人以武犯禁，未必就是善类。你趁早死心，映儿就算是一辈子不嫁，我孙家总算也对得起先圣先贤的教训。”

“那是不是答应映儿，让她到华林寺参禅，静静心？”

“这倒未尝不可，让我想想吧。”

广东巡抚孙玉庭夫妻二人正在巡抚衙门后宅商谈家事，忽然门外传来低沉的连续狗吠声。起先还没在意，可吠声越来越密，孙夫人皱眉喊道：

“梅朵，东果，别叫。贺彪！”

“夫人，我来了。”

闻声赶来的贺彪是抚衙卫军，一路跟随孙玉庭的旧部。他还有一个自告奋勇的职责，就是狗夫。拴在角落的东果和梅朵是孙玉庭由川藏带出来的一对大獒，生性凶猛专一，最认的就是从小喂大的孙夫人。此时犬吠不止，贺彪赶到角落，竟是喝止不住。东果意为大树，是公犬。梅朵在藏语中指的是花，是为母犬。两犬通灵，平常后衙进出人等的气味早已熟悉，并不会如此狂吠，忽尔异常，难道感应了什么危险？孙玉庭正自诧异，只见眼前灯烛一晃，倏暗乍明之际，门内出现一个陌生的人影。

“在下闽南陈某，见过抚台孙大人。”

“来者何人？夜闯抚衙，心中还有王法吗？来……”

孙玉庭的一声来人喝声却硬生生的被孙夫人按了回去。

“陈公子，你可来了。”

在场三人俱是一惊，孙玉庭一听，莫非此人就是两个月前救了映儿的人物！今夜可是为女儿而来？孙夫人更是一阵欢喜，这陈公子总算是有心，女儿的心事有了着落。陈道芗夜探巡抚家宅，却意外见到荷风之母，更是大吃一惊。

“夫人您这是，您怎会在此处？”

“陈公子你不就是来找我们吗？这是我家啊！”

“此处乃巡抚家宅，您是？”

“正是，我姓孙。”

陈道芗只觉得两耳嗡嗡然脑袋发晕，如此说来，那位姑娘就是，岂不就是孙玉庭之女？孙玉庭却是转身问自己的夫人道：

“你说的就是此人？那你先回避一下吧。”

此时东果和梅朵见来人并无异状，从狂吠变成警戒的低狺。待得孙夫人进入内堂，孙玉庭干咳一声回过头来，却是板起脸来，准备教训眼前这个轻浮薄幸之徒。

“你姓甚名谁？何方人氏？可有功名？见了本官为何不跪？暗夜闯衙是为不轨，为何不白昼拜见？”

“方才已经报过，在下闽人陈某，江湖野鹤，帝力于我如浮云，何跪之有？”

“哼，看来本官所料非差，果然是个轻狂之徒。竟然还敢妄想攀我孙家门庭？”

“孙大人，陈某夜探抚衙，乃是有要事相商，可并未曾想攀您这俗官的高枝。事前并不知曾于两月前偶遇令嫒，千万莫要误会。”

“夜入官宅，非奸即盗，你能有何要事？”

“素闻孙大人为官清正，嫉恶如仇，今夜大胆前来，乃是为了江湖宵小在贵治大贩鸦片，特来奉闻。还望大人体恤民瘼，加以处置。”

“你说的什么鸦片？”

“英吉利夷国官商一体，大规模走私鸦片入我广东，难道大人装做不知？”

“本官当然知晓，缉私拿盗自有各府州县分治办理，海上堵截自有水师从事，假以时日烟祸自可消弭。”

“孙大人您这话是说给大清皇帝听的还是敷衍黎民百姓？鸦片烟患年甚一年，天下人人皆知，说什么假以时日自可消弭？”

“大胆，你一介布衣，何德何能在本官面前放肆？”

“但得心正意诚，布衣料理天下大事。若是心怀私念，公卿亦难堪为走卒之仆。孙大人，陈某侦知帮匪将于三日后大举集结鸦片。该等匪徒人多势众，非大军难以弹压，然本地巡营捕快早已为帮匪渗透，今夜冒死前来通报，是希望大人能有果断作为，为天下除害。”

孙玉庭听到这里，总算是确认此人并非为女儿来此，讶异之中竟是夹杂着淡淡的失望。虽然夫人告知，此人在僧院出手相救时曾举火焚毁数百箱鸦片，可是广东军政夷务，经纬万端，又岂能轻信武林中人的片面之言？

“你究竟何人？我大清朝自先皇世宗以降，屡颁明诏禁烟。犯禁大事岂容尔等平民置喙，扰乱政纲？”

“如此说来，大人竟是不信在下之言？”

“口说无凭，如何可信？”

“陈某识得出资的十三行大班伍浩官，识得运毒三合会首脑黄亦强，识得英吉利走私夷酋培罗，识得贩毒天地会逆匪公孙楚。此事千真万确，大人奈何不信？”

孙玉庭闻言大吃一惊，除了天地会的逆匪以外，另三人自己也知其所以。一个是大贾捐官，一个是商会会长，一个是夷兵提督，看来此人所言非虚，这才又仔细思量了一下。

“能说得出这些人物，可见你亦非等闲，可报上名来。”

“孙大人明知我乃武林中人，何必强人所难？我可与大人打赌，证明所言非虚。”

“哦，如何赌法？”

“昨日有一艘葡萄牙夷船被海盗击沉，八个时辰之前两艘葡萄牙战船驶入黄埔示威。总督吴熊光大人下令封港，可有此事？”

“没错，广州府正在缉拿海盗。这与鸦片有何关系？”

“孙大人，夷人船大炮多，水师被堵在黄埔港内无计可施。封港停航却使商民断了生计，何必粉饰太平！我可令夷酋两天之内退兵，大人信否？”

“总督吴大人水陆两镇都莫可奈何，你一介草民竟敢口出狂言，太是可笑。”

“然则如果葡酋退兵，鸦片聚货之事大人可否发兵？”

“如果你真能在两日之内让夷舰退出珠江，本官当即发兵。”

“孙大人，帮匪势众，早已渗透官府下人之中。绿营衙差俱不可信，您有兵可发吗？”

“这个轮不到你担心，本官敢以乌纱一顶对赌。”

“好，君子一言。”

“慢，本官的乌纱岂是你一介布衣好赌的？只能赌你的项上人头。”

“哼，陈某顶天立地，心无所惧，可以。”

孙玉庭凝视着眼前的书生，摇头叹了口气说道：

“有胆有谋，可惜啊。卿本佳人，奈何作贼？陈公子丰神雅属，为何混迹江湖，不思上进，求取功名，报效朝廷？”

陈道芗闻言一愣，随即笑道：

“孙大人所言之朝廷乃私其国，奴其民，以一家一姓之大私为天下之大公。陈某心中的朝廷乃天下社稷众民之所归，我陈门家训，有清一朝不得出仕为官。道不同难相为谋，实是谬承大人错爱了。”

如此狂妄之言想必激起孙玉庭暴怒，陈道芗担心误事，话一出口就后悔了。那孙玉庭果然忽地站起身来，走到陈道芗面前三步，却是平静地说道：

“大哉梨洲先贤之言，十步之内必有芳草，四海之中岂无奇秀，陈公子所言深得我心，至此还不肯以真名相告吗？”

“孙大人，既是萍水相逢，还是留待有缘吧。你我今日立下君子之约，在下当于葡酋退兵后来此请命。”

“陈公子！”

陈公子“飕”的一家伙飞上屋顶，走了。留下巡抚大人独自在屋檐下发愣，过了良久，才命人唤来衙役，准备车轿更衣通报，连夜过访制台吴大人。

孙荷映走出来，委屈地喊了声“爹”。孙大酷儒心头一软，却是说道：“映儿，命中无时莫强求，你没听他说吗？随缘吧！”

孙荷映泫然欲泣，却是再也说不出半个字来。陈道芗临去之言，正是明夷待访录“原君”篇之大义。想那书成之时，正当明清鼎替之际，天下黎民如熟镬中。黄宗羲之言振聋发聩，浸浸然隐闻华夏兴复之雷音。不曾想这孙玉庭竟然也是两百年之后的私淑艾者，只叹陈公子心怀四海，竟是来不及交代，交代那藏诸心中的风荷未央之谊了。

第14章
巡抚大人的计划

陈道芗回到悦兴客栈，自在灯下盘算，按顾盛强说的，英吉利一国对华贸易额就超过所有其他夷国总合，何况三天后鸦片到货。今日得知鸦片交货的时间地点之后，他对孙玉庭的赌约是老神在在，毫不担心。皇帝不急急死太监，自有那个培罗去逼葡人退兵开港。

此番设计掀掉英吉利和三合会的鸦片大盘交易，主要是为了将天地会幕后操盘者揪出来，以会规论处。可是自己却又不宜出面，以免被三合会的头目认出身份，除非是公孙楚露面，那就只有当面摊牌，然后回总舵论理。上次不得不除掉廖正乙，陈道芗实在不愿再见到自家兄弟流血。可是如果到时候混战伤了公孙楚，这线索也就断了，也不知那位公孙香主手底下的功夫如何？想到这里，还有个最头疼的问题，帮匪有了上回八百箱被毁的前车之鉴，这回又是二千五百箱鸦片之巨，得出动多少清兵才能镇得住三合会？可是本地兵勇早就被天地会和三合会渗透了，孙玉庭那个老书呆子又如何能够保密？如何调兵？

第二天上午陈道芗又来到大柜，把张保叫出来叮嘱，就说家有急事，必须在两天之内辞工，然后潜往凤来商号，准备回大屿山。

一哥还在硇洲岛督工，一嫂也不在大屿山，她在旁边的香港本岛。西营盘的寨房即将封顶，正忙着沿北岸安装上百门中小火炮，封锁那条浅窄的九龙湾。到傍晚才接到转来的传书，一看之下，她立刻乘艇返回大屿山。

八月十四中午，陈道芗走出奥利坊公司门口，拾翠洲的泥路上人来人往，开港了。原来今早葡舰忽然无声无息地撤离黄埔，人们皆大欢喜。陈道芗心中好笑，蹭到过了未时，径往巡抚衙门而去。此时天色尚早，他却是既不登门也不备名帖，只身一人绕到东墙直接越入中院。前日东果和梅朵已闻过他的气味，今日并未狂吠，只是陈道芗还在墙外时，二犬已开始警戒地低狺。好像事先安排好了似的，后衙院中只有一名小厮，直接将陈道芗领入后衙官厅。只见孙玉庭和吴熊光两人身着官服坐在厅中，陈道芗虽然此前未见过吴熊光，见他身着正二品补服，自也猜了个大概。既是官服官厅相见，自是应有规矩，陈道芗却是我行我素，上前一揖说道：

“草民见过两位大人。”

吴熊光浓眉一轩便欲发作，却被孙玉庭伸手轻轻按住。

“吴大人，陈少侠乃武林中人，不拘俗世礼法。兹事体大，且由得他吧。”

孙大礼法忽然改性了？吴熊光心中正自啧啧称奇，孙玉庭又开口说道：

“陈公子，前日的赌局我输了，这位是广东总督吴大人。就请你说说烟匪的动静，咱们也好安排擒拿，以正王法。”

当下三人来到案前，陈道芗连说带写，说明拾翠洲码头内外的布局，何处伏兵何处暗哨。只等船只进港卸货，帮匪装车之时一举成擒。

“干吗这么麻烦，我直接出动水师，见船截船，见货兜货，见匪杀匪，了不起直接将船轰沉了岂不更省事？”

“万万不可，制台大人，这有两个原因。广东陆匪横行，鸦片屡禁不绝，反而势头越来越大，是因为利之所趋。唯有抓到幕后的大盘操纵者，才可能抑制歪风。您在进港时把船打沉了，陆匪成百上千一哄而散，到哪抓大盘去？再有，虽然鸦片全部都是由英吉利奸商供应，这些运输船却属一个弱小的花旗夷国。他们曾是英吉利属国，一直被压榨盘剥，因为仰慕王化，冒生命危险前来通风报信，我们才能掌握帮匪行止。这个花旗国素来恭顺，如能保护这些花旗国的船只，日后于我等对付英吉利官商勾结大有帮助。”

“可以，哼，这样更好。本官特地从湖广调来了汉口协的旗营精兵，就是为了剿匪。满州旗兵与粤匪素无瓜葛，彼此不识，明日斩他千颗首级，报效朝廷。”

听得这吴大人打算以鲜血染红自己的顶戴，陈道芗心中微微一沉，也不知这汉口协的旗营到底有多厉害。又听得孙玉庭说道：

“事属机密，不动本地官差兵勇，如此部署甚好，本官这就放心了。陈公子，如能一举灭鸦片，擒匪首，你可是大功一件。我有一个从四川来访的旧部，他是虔诚的佛门弟子，约好了待会去华林寺上香，陈公子左右无事不妨同往。本官一家老小也是笃信菩萨，又无外人，打算一同前往呢！”

家人同往，我怎么就不是外人？听得抚台大人这话中有话，大侠的脸忽地红了。

原来如果心里有了一个人，自然就会把身边诸事都给想左了，还当宇宙万物皆为此人而生，皆为此人而动，皆为此人而寂。可是，陈道芗脸红没多久，就发现似乎不是那么回事。跟孙夫人母女自行进香的轻车简从不同，也和孙大酷儒以往的俭约做派不一样，巡抚大人这一回居然是大张旗鼓的官式出巡。不但出动全套仪仗，还派了大队抚衙亲兵，一路敲锣打鼓地往华林寺而去，那家眷的两顶小轿淹没在后队人海里。

正自纳闷之间，大队人马已经到了华林寺，抚衙亲兵已将寺外围得水泄不通。陈道芗随着孙玉庭迈进山门，一路走进去只见和尚也全都集中在前殿，出得前殿来到中院，却是空无一人，只殿门有两名黑头黑脸的瘦削士兵把守，看那怪异军服却既非旗兵也不是绿营。再步入中殿，只见一名武将迎了上来向巡抚大人行礼，当下孙玉庭转身向陈道芗说道：

“陈公子，这位是我以前在四川任官时的老部下，日松赞布将军。”

听着显非汉名，看这位面盘黝黑的将军并未穿着官服，而是披盔带甲手持兵刃的一身短打战服，陈道芗诧异地停下步来，立刻感到这华林寺中殿不一样的气息。殿里院外肃静异常，连鸟语虫鸣都没有了。他伸手扶了扶腰间软剑，快步闯向后院，却在后殿门口被两柄大戟唰的一家伙给挡了回来。孙玉庭这才摇摇摆摆地和那位将军走过来，两名士兵手中的战戟登时收了回去。陈道芗跟着走进后院一看，登时脊柱发凉寒毛直竖。

偌大的后院和屋檐下黑压压地坐满了一整片手持兵刃全身披挂的士兵，个个都是跟那位将军一样的黑头黑脸，几百名士兵席地而坐，竟然鸦雀无声落针可闻。近千只黑白分明的眼睛盯在陈道芗身上瞬也不瞬，那位日松赞布将军猛的一开口，奇腔怪调的汉语竟是把陈道芗吓了一跳。

“陈公子，你看我们这林芝的藏兵可还当得？”

公孙楚前些日子曾经提到，传闻朝廷正在往广东调兵。今日看来，不只是吴熊光调来了汉口协的旗兵，没想到孙玉庭这位儒生袖中竟然还自行掌握着隐秘兵力。而且怎么也没想到，竟然会是神秘的藏兵。秋日的阳光照在这后院中，竟似是带着一股阴冷，几百人的气息揉在一起，浑厚而绵长。陈道芗悚然一惊，这些藏兵神秘莫测，不仅似乎练过内力，而且聚成一股凝冽的杀气。

“世上无人知晓藏兵的威力，因为千百年来藏兵只守卫自己的家园，西不过山，东不出川。”

孙玉庭淡淡地说完这一句，自顾走回中殿。殿中仍是空无一人，他停步前门，只见前面院中荷花池畔一抹纤细的人影，陈道芗跟在旁侧的脚步登时立住了。孙玉庭怔怔地站了一会，头也不回地说道：

“陈公子，数月前承蒙相救小女，老夫衷心感谢。可女子名节尤重于性命，今日老朽全家在此，陈公子不觉得应该有所交待吗？”

陈道芗心中一片慌乱，荷风倩影浮现眼前，种种喜忧之念纷至沓来，口中讷讷说道：

“令嫒冰清玉质，在下，在下一介草莽，实不敢有任何非分之想。”

孙玉庭猛回过头来盯着陈道芗说道：

“你明明是通学之人，却甘心轻薄于江湖，以武犯禁，终非大道，老实说，并非我所喜。你说不敢有任何非分之想，莫非是嫌弃小女蒲柳之姿？”

“不是，不是，抚台大人，您误会了。令嫒实为天人，然而正如大人所言，在下飘泊江湖，无缘高攀。”

“如果说是因为你身在江湖，倒也还算是有自知之明。然则，昂藏七尺之躯，一身之不治，何以天下为？我女将来是飘泊江湖，或是长伴青灯，俱与明日大事无碍。是恩还是恨？是缘还是怨？今日你自己去做一了断吧。”

没想到在人生关要处，这孙玉庭倒是绝不拖泥带水果决分明。他一语说罢竟自转身，不再搭理陈道芗，拈香礼佛去也。陈道芗只得硬着头皮迈出殿门，走出这一生最艰难的步伐，往荷花池而去。

见陈道芗走到自己面前站定，孙荷映脸色煞白，螓首低垂望着他的鞋尖，身子缓缓福了下去。

“见过恩公。”

陈道芗慌忙还礼，却是哪敢伸手相扶，只能说道：

“姑娘切莫多礼，两个多月未见，别来无恙？何以清瘦如此？”

“公子仗剑天下，叱咤江湖，想必是宵旰忧勤。自仲夏别后，小女子每月来此，未能见到公子。倒是见这荷塘入秋，该当清减两分，正是颜色。”

原来佳人每月初七来此苦候，竟至消瘦若斯，愈显自己薄幸。陈道芗有苦难言，心怀激荡，但觉血脉贲张，晕眩难于自已。挣扎着说道：

“之前未明姑娘竟是抚台大人之女，多有失礼。”

孙荷映扭身望着荷塘，淡淡说道：

“知之如何？不知又能奈何？”

好个聪颖灵慧的陈道芗，此时却是半脑袋无酒自醉半脑袋浆糊，无言以对，也是扭头望着荷塘，两人竟是默默共赏同一幅风景。荷叶掩映之间但见一只雌鸯池中寂寥，好不容易，才寻着那犹借荷梗半遮面的雄鸳。两人默默地看了不知多久，正是轻风拂过秋荷影，干卿底事笑人间？

此时孙荷映心中既怀忧且担惊，又是怨又是嗔，知书达礼的官家闺秀自我轻贱表白至斯，更待何为？

此时陈道芗心中酸甜苦辣翻江倒海，反清复明之子，奈何心仪满虏二品大员之女？此步一旦迈出，前途不知死生。只见眼前的荷池竟化为大海，海中漩涡愈行愈疾，直似吞没大地万物。但教此时一松口即身陷涡流，不知卷往何方。但是如何能不松口？只感到全身每一处关节响动，每一滴鲜血流淌，每一缕内息缭绕，都在催逼着自己松口，难道自己真的不愿松口？

“又得巧遇陈公子，老身见过恩公。”

不知过了多久，一支硬插进来的大蜡烛终于戳破了院中这幅凝滞图景，孙夫人走到两人跟前，正待启口再说，却有那气冲任督二脉，水火煎融会济的陈道芗已满脸通红一揖到底说道：

“晚生见过抚台夫人，晚生闽南漳州人氏，草名道芗。程学道南之道，紫苏之芗。”

“原来是道芗公子，小女无知，倒是搅扰了拙夫与公子操劳国事。”

“岂敢，方才在下已得抚台大人教诲。”

“公子不必过谦，小女荷映，正是这塘中鸳鸯戏水之荷，人面荷花相映。”

孙荷映苍白的脸上终于浮现一抹绯红，她再也支撑不住，呻吟了一声说道：

“请母亲与公子在此说话，小女子厢间备茶。”

秋荷图的图框外面另有一人，还在中殿背着双手站在侧壁下，欣赏壁间那些有情无情是人间的墨客题词。

燕垒空梁画壁寒，诸天花雨散幽关，篆香清梵有无间。

蛱蝶乍従帘影度，樱桃半是鸟衔残，此时相对一忘言。

孙玉庭不得不降尊纡贵，暂时将儒门礼教移出自己坚守一生的心田，下海导演荷塘会。方才陈大寇迟迟不肯就范，江湖中人，竟然也敢在老夫面前装模做样讲礼法？堂堂巡抚大人爱女心切，心中却早已暗自咒念：我日你六十九代至圣先师个大香蕉。

没想到情之一字恁地恼人，图中人“此时相对一忘言”，一忘就忘了个老半天，害得图外的孙玉庭腿都站麻了，一直憋到此时才终于吁出一口大气。

第15章
一网打尽

新造的霆船已有三条下水，可是还在等着安装大炮。虽然原有八艘霆船，可是霆船的三千二百斤重炮最近射程也得百米以上，反而难以在来往船只稠密的河道中开炮。却是船身宽浅的草撇船炮小，较适于封锁拦截。关天培率领的八艘草撇船撤了所有旗帜，遮住炮门挂上渔网，昨晚一开港就已移到拾翠洲西面埋伏。麦廷章率领另外八艘在黄埔待命，只等六艘飞剪号一过，就东西合围封锁珠江，断了三合会的水上逃生之路。

刚刚进入卯时，戴维·芬宁的缅因飞剪号第一艘驶进拾翠洲。水手正在靠岸系缆，芬宁船长已经看见发航时被告知的货主，怡和洋行买办梁盛强和他带来的翻译，旁边还站着两个瘦削的中国男子。芬宁当然不会认得三合会的白纸扇，智多星钟无用，以及天地会广州分舵的带班头目连牯。

这么早码头上就已经热闹非凡，等待装货的大车排了好几十近百辆，一路排到街面。芬宁跳下浮桥，把手中的舱单交给梁盛强。缅因飞剪号载来了四百多箱鸦片，这时月光号也已进港，准备靠泊。

码头上仅是等着卸鸦片的三合会工人就有一百余人，后面围着的是好几百名持械帮众，一路站到街面。钟无用眼看第三艘奇萨匹克之星号正在进港，而第二艘月光号刚交过舱单开始卸货，缅因飞剪号的货物已经卸了一半，估计最少还得三四个时辰才能把六条船卸完。这才拉着连牯，到街面入口处的关卡喝茶等待。

货物经理菲利浦先生好整以暇地坐在粹顿飞剪号的甲板上等待，他这是第五艘船，和第六艘东方皇后号一起靠在黄埔东面的岸边。原来两艘葡萄牙兵舰昨日上午撤走之后，直到近中午总督衙门才下令开港，港里挤得满满的大船都还来不及办理交接启航。飞剪号进拾翠洲，是三条小船挤着共享一个泊位，出一条进一条。缅因飞剪号现在刚卸完货驶出拾翠洲，让第四条伍德森林号进港，再快也得一个多时辰以后才轮到自己。他这一趟得等到六艘船全部卸完，然后跟一位老客户结账收尾款。菲利浦可是东印度公司的业务老手，不比那位玻璃池差多少。最好玻璃池永远不要回来，消失在南海的某个坑咖角落里，自己就可以扶正当业务一把手了。

关天培捧着千里镜干着急，这只千里镜可是总兵林国良死缠着孙全谋，半年前跟丹麦人买来的宝贝，总共只买了八只，生怕给摔坏了。镜中可以看见缅因飞剪号晃出拾翠洲的港池，怎么办？提督大人下的命令很简单，夷人小快船准进不准出。简单归简单，可是不准沉船伤人，只能截船。当时孙全谋并没有想到港池拥挤，只能轮流卸货。现在人家卸完货的空船出来了，截是不截？如何截法？关天培是林国良以下经验最老到的水师军官，可老到是老于海战兵法，不是这些缉私兜货的差使，这是衙门捕快捉拿盗匪的平民活，太不专业了。关参将并不知道，缅因飞剪号只是要让出泊位给第四艘快船靠泊卸货。眼看飞剪号船尾都已经过了堤口浮标，只好命旗语下令，派遣一条草撇船上前拦截。

可是关天培的草撇船在西，缅因飞剪号在东，虽然目前行驶缓慢，可是一旦驶入中流航道张起全帆，水师的慢船就只有干瞪眼追之莫及了。指挥这艘草撇船的把总下令升起水师旗和大清黄龙旗①，炮兵对准缅因飞剪号船首前一百五十米发炮警告。

独眼将军麦廷章窝在黄埔港里，他倒不是那么着急，粹顿飞剪号和东方皇后号就停在港边不远的河岸，落帆下锚。他的任务更简单，等这两艘快船全部进入拾翠洲之后再出来封锁东面，等着岸上的旗兵营封货拿人。

钟无用和连牯坐在拾翠洲关卡旁边的棚子底下喝茶，忽然听到两响炮声，连牯惊疑不定地放下茶杯。

“钟兄，怎么回事？”

“你怕什么，我们龙头大哥吩咐过了，今天绝对不准出事。”

“那刚才这炮声是？”

钟无用举起手中的白纸扇一招，叫来最近的一个三合会头目。

“码头上警醒点，问一下刚才那两声炮响是怎么回事？”

钟无用嘴中说着，却忽然从北面传来隐隐雷音。他张目四顾，连牯却注意

---

① 以前中国自认为普天之下莫非王土，并没有国家和国旗的概念，鸦片战争后才开始议制国旗。1862年制定三角黄龙旗，又与国际规制不合，1881年改为长方形黄龙旗，成为晚清的国旗，本书提前五十年为大清水师插旗。

到桌上的茶杯开始轻微抖动。钟无用大喝一声：

“戒备，放绿烟！”

码头和街面上的三合会帮众动作好快，立刻在码头和关卡处结成两个方阵。守卡的广州府衙役领班刚才还坐着跟钟无用喝茶，现在也人模人样地扶起腰刀，带领衙役站到关卡处的路中间。只见街面上空爆出三朵绿色的流星焰火，这时隐隐雷动越来越近，已化为霹雳暴雨般的马蹄声。连牯吓得面无人色，颤声问道：

“这是何方人马？如何是好？”

“还真有人头壳装屎了敢动咱们的脑筋？连兄弟，你怕什么？我们三合会仅仅广州就有两万多弟兄，打手上万，拿下整个府城也就是一半天的事。加上惠州肇庆和佛山的弟兄，拿下两广称王都可以。兄弟倒要看看，是哪路不开眼的在三合会面前犯傻？”

第一彪军马出现在大路上，卷起的尘土中传来漫天喊杀声。连牯再也按捺不住，站起身来后退。钟无用也站起身来面向来路，他身后是三合会的二百名长矛手，和三百五十名刀手。

前队第一批六十名铁甲军骑着蒙古大马，一路冲到关卡前三十米，终于停了下来。后面跟着的步军和铁甲军涌上来，没多大一会就把拾翠洲的出口和两旁江岸全堵住了。双方列阵对峙，军中出来一名把总，骑在马上高声说道：

“前面三合会的帮匪听好了，尔等干犯皇命，走私贩卖鸦片，罪该当斩。奉总督大人谕，首犯从严，胁从者不究。速速放下兵器，交出匪首，船货罚没，其他人等造册饬回。”

钟无用冷眼察看前方的兵马，回头低声嘱咐一名头目：“放红烟黄烟。”然后才慢悠悠地上前，望着军阵中高举的几面大旗。旗上写的不是个“武”字就是个“汉”字，眼前的兵马看来眼生而剽悍，绝对不是广东绿营，竟似有千人之众。钟无用现在一点也不着急，他现在只有五百余人的武力和不到两百个工人，需要的是时间。

眼看着街面上空连续爆出黄红两色的六枚流星焰火，钟无用缓缓说道：

“这位军爷请了，我等都是广州殷实商户，看您并非本地驻军，其间必有误会。请问各位是来自武汉吗？”

那名军官狂笑道：

“瞎了你的狗眼，下三滥的汉人南蛮，以为‘武’跟‘汉’俩字兜在一起就是武汉了吗？真是土匪，认得几个字就通天啦？告诉你，我等乃正蓝旗副都统，武精阿大人麾下的汉口协旗兵营。还不快降？”

“禀告大人，我等都是良民，乃是荔湾工商总会属下的骡马通栈连号，广州府衙登记在案，请大人明察。我等每天在此工作，是为皇命特批的十三行商拢货分货，发往外地。”

“哦，既是良民运货，何必带刀带枪？”

“近年来广州码头上海盗和夷人出没，街面不靖。我等自卫，以防宵小不法之徒，倒叫大人见笑了。”

“休得花言巧语，识相的束手就擒，给你们两柱香的时间，不识相的休怪我等刀下无情。”

“大人别急，请容我与十三行掌柜的议一下可乎？”

汉口协此番出动了九百多名精兵，那名把总退回阵中商议，领兵的参将德光正自沉吟，忽然北面传来更大的喊杀声，漫山遍野而来。德光皱起眉头，立刻下令变阵，从关卡前的一百八十名弓箭手中抽了一百二十名到北面守住阵脚。把总掉转马头指着钟无用骂道：

“大胆匪类花言巧语，竟敢顽抗，你今天是活到头了。”

没想到钟无用了无惧色，反而哈哈大笑道：

“到你老母，且看今天是谁活到头了？丢你个稀饭，不在湖广好好地吃饭睡觉，跑到广州来撒野。也不看看这是谁的地界？荔湾堂何在？”

这时三合会荔湾堂的两千多帮众已经如潮水般涌至，竟是将整个拾翠洲外面围得水泄不通。一个中气饱满的声音直穿云霄喝道：

“三合会荔湾堂郑浩南在此！”

钟无用也提起中气，吭声说道：

“越秀堂何在？白云堂何在？”

三合会早就在南城周边准备好了人马，越秀堂和白云堂的会众也纷纷涌了上来，连牯被吓得差点摔倒。只听得数千人齐声喊道：

“越秀堂山鸡在此，白云堂十三郎在此。”

七千多名帮众想摆开架势，可实在是摆不开，一路堵回城边。公孙楚和黄亦强早就合计好了，不论是谁毁了华林寺的货，英吉利人上一回补的四千多箱又没了踪影，连番出事绝非偶然。偏偏鸦片市场的成长超过预期，此次关键性补货一定还会遭到狙击，必须动用绝对压倒性力量，揪出暗中破坏之人，斩草除根。只不过，两人谁也不曾想到，眼前跃马横刀的，竟然会是来自北方的满州铁甲精兵。

还有一档子他们不知道的事，吴熊光昨日傍晚密令水师总兵林国良率领主力，穿过珠江进入佛山水道，封锁了广州西面的交通，佛山和肇庆的人马根本过不来。绿营调到萝岗，卡住了可能由惠州方向过来的三合会援兵。这两路和旗兵营都是由两广总督节制的正规兵马，孙玉庭则是命令广州府城巡防营前出花山，以防北面清远从化和韶关方向的异动。

钟无用胜券在握，笑嘻嘻地伸扇指着那名把总说道：

"我说军爷，你这些废柴点心如何抵挡我三合会近万之众？如何！放下刀枪，还是干脆拜入我们三合会的阵营？"

参将德光冷冷看着北面的帮匪，沉声喝道：

"汉口协左营、右前营听令！"

提督吴大人自安庆道任上开始，曾剿匪四省，果然所料不差，广东三合会人多势众。可是城区帮派和半军事化的山寨不同，多是些逞勇斗狠欺行霸市的流氓地痞，动刀子下黑手在行，阵上拼杀可就未必了。此番一百八十名弓箭手全都带了三满箭壶，还有数百刀枪不入的铁甲军足为屏障，今日如能斩数千颗首级，那可真是前途无量了。旗兵训练有素，不到半柱香就变阵完毕。德光喝道：

"放箭！"

怡和洋行那位买办梁盛强尽催着工头卸货，他的任务很简单，船边交货，点齐数量交给那位神秘的大客户经理许宗发，然后收齐尾款交给东印度公司的菲利浦。至于许宗发是要交给三合会或是五合会、六合会承运，还是当场每人发十支支烟枪狂吸同乐，就都不关他的事了。可是眼前已经卸完两条快船，第三条也即将卸完，第四条卸了一半，这第五条和第六条船跑哪里去了？菲利浦不来结账他的差使就不算完啊。

面对码头上的六百名帮匪，德光现在只留给那名把总六十名弓箭手，五十名铁甲军和五十名刀手阻敌。而北面的一百二十名弓箭手连珠箭发，登时帮匪纷纷哀号倒地。三合会并非军队，既无弓箭也无盾牌，大刀矛枪如何挡得住箭雨？荔湾堂连忙收缩阵面，由越秀堂和白云堂补位，形成三个联结阵面往前冲，一些习武的头目在堂主率领下冲到铁甲军面前。铁甲军可是大清发展两百年的重武力，全身披甲，只有小半张脸和肘膝关节处勉强可用刀捅进去。可战阵之中谈何容易？几轮箭后，三合会已是尸横遍野，倒下来了六七百名。冲到前方的头目被铁甲军的长矛撸得非死即伤，只得退了下来。这铁甲军的战阵操练得滚瓜烂熟，仅有三名铁甲兵受了轻伤，立刻被换到后队裹伤，队形不乱，开始小步向前推进。

南面的旗兵结阵不动，死盯着钟无用和他身后的帮众。听得北面杀声震天，钟无用也不敢妄动，只盼能守好这两千多箱红货，等待北面的兄弟尽速击溃官军。

越秀堂主山鸡中箭受伤，被抬到后方，包扎之后他命令帮众冲进民居商店饭馆，就地取材寻找掩蔽。一时之间锅盖锅底菜板桌面纷纷出笼，临时拼凑的厨房大军暂时减缓了弓箭造成的伤亡，却挡不住铁甲军的进逼。眼看着地上躺下来的帮众越来越多，大半是不活了，还有几百名轻重伤的帮众被送到后方。三堂人马不断后退，直往南城门退去。就在这时，只见一条人影飞也似的来到山鸡旁边喝道：

“快叫兄弟们想办法扑倒铁甲兵。”

此人正是三合会的双花红棍，泼风刀安俊义，只见他仗刀一跃冲入败退的帮众之中。两个纵跃之后腾身而起，冲到铁甲军边缘，掀起最靠边一名士兵的面盔就是一刀搠了进去。跟着连发内家掌力，推倒了四名铁甲兵。要知那铁甲兵刀枪不入靠得就是全身盔甲，七八十斤重的甲服套在身上，一旦失去重心倒地，那模样就像是只被翻过来踢腿乱蹬的活王八。那些头目和两名堂主登时就明白了，江岸多的是渔船，立刻组织帮众，扛桌板挡箭的在前，拿渔网大桨的几人一组在后，纷纷冲向铁甲军。但是，汉口协不愧是训练有素的精兵，指挥部队的都司立刻下令再变阵形。铁甲兵原是排成紧密的排阵，此时由刀手向前，一对一间隔的插入铁甲兵中挥刀拒敌，一有伤亡立刻由后队顶上。可是三合会帮众人数大占优势，没多久就形势逆转，清兵死伤渐多，渐渐开始后退。

伍德森林号卸下最后一箱鸦片，可是出口已经被关天培的草撇船堵住，三条飞剪号只好停在港池里。这三艘船挪不出去，那粹顿飞剪号和东方皇后号就进不了港，只能继续愣在原地。这时一人从码头边一阵烟似的奔到街面，站在钟无用身边，正是天地会司事头目许宗发。他低声对钟无用说道：

“不能再等了，只怕水面另有变故，杀光这些狗腿子，先把一千多箱运走再说。”

许宗发一声长啸，没等钟无用答腔就拔地而起，一纵身竟然来到官兵列阵身后。原来南边的一百六十名旗兵只够排成三个单行，一行弓手一行铁甲兵和一行刀手。许宗发手起掌落，竟然徒手击毙了两名刀手。那名把总一发喊，剩下的四十八名刀手全部转向许宗发。这时，钟无用领着五百多名帮众和二百多名工人冲向前来。

许宗发仗着一双肉掌穿梭于刀手之间，时不时还抽出手来推倒一名铁甲兵，仅有的六十名弓手连珠箭射倒了二百余名帮众，终于被三合会冲到跟前，只得拔出配刀应战。剩下的旗兵且战且退，逐渐贴上了北线旗兵的背部。

这时北线退却的旗兵已战死一百多名，拾翠洲外躺满了一千多具尸体，三合会三个堂的帮众杀红了眼，如潮水般挤压上来。德光拔出自己的配刀，喝令裹好伤的轻伤员转向支援南线，自己率领亲卫投入北线拒敌。眼看着旗兵营被挤压得南北合流，剩下的几百兵丁全部挤在进出拾翠洲的道路上，弓手的三壶箭已全部用尽，只能用比较轻短的配刀充当刀手。这时已成瓮中捉鳖，三合会放缓了攻势，稳扎稳打，打算慢工细活憋死剩下的旗兵。德光耳听士兵惨号，自己却被挤在几名铁甲兵之间动弹不得。没想到广东悍匪声势之大直视官家如无物，他黯然闭上双眼，竖刀贴上自己的脖颈。就在这时，他似乎听到远处传来一种奇怪低沉的声音，若有若无的声音从北面传来，奇怪的声音钻入耳际令人心烦意乱，德光不禁又睁开双眼。

三堂帮众死伤枕藉，可仍有六千余众，轮番挤上前来，将旗兵挤向拾翠洲街面。可是，六千帮匪后面忽然乱了起来。从南城门口冒出来无数股黑色旋风，旋风所到之处帮匪整片倒下，不是头颅被劈掉就是开膛破肚，肠脏横流，只一会功夫就满地血流成河。后队的帮匪连忙转身，细看之下竟是一支诡异的部队。也不过是几百人的部队，似乎根本无人指挥，只是分成几十个小组，每六人一组像旋风一样流动。安俊义拉住荔湾堂的郑浩南仔细观看，这几十股黑旋风分成三波，分从东西和正北面包抄，竟把帮匪也逐渐往南圈了起来。安俊义忙令郑浩南和十三郎率部分守左右，自己带了几百名帮匪冲向中间。

德光见来了援兵，心中大喜，做出军旅生涯中最重要的决定。他下令一半铁甲兵列阵往南挤压，南方敌弱，但是德光此时的目的不是歼敌。如果拼死百名士兵歼敌三四百，敌匪还有数千，如何是好？德光现在需要的是空间，需要为旗兵营腾出后续战斗的空间，而不是铁贴铁肉贴肉的挨打。

十三郎的九环紫金刀又稳又准地劈将下去，一名黑兵的胳膊溅血飞起。这六名诡异的怪兵嘴唇似乎纹风不动，可是十三郎听得清楚，六个人同声轻哼着“嗡嘛呢叭咪哞”。六名士兵的配合简直是天衣无缝，刀刀互补。十三郎砍中那名黑兵就立刻回刀，连封带砍地劈向另五名士兵。十三郎的外号疯狼，当年曾连劈罗营沟三寨，是三合会仅次于泼风刀安俊义的猛将。可是，此时他手中的九环紫金刀忽然滑落，脊背一凉脚下发软，他踉跄转身。只见那名被他劈掉一臂的黑兵竟然立在原地并未摔倒，提着滴血大刀对他龇牙一笑，比哭还难看，断臂处还在喷血。

只一眨眼的功夫，另一名黑兵就扯下一根黑布条为断臂兵止血，那名断臂兵跟没事人一样，整组六兵杀奔别处而去。疯狼十三郎仆倒地上，他的背部已被那名断臂兵整个劈开。

七十几组藏兵如同七十几架碾肉机，似乎每一刀挥出都凝聚了六人之力，哪怕是被刀锋轻轻擦过也是立刻皮开肉绽，鲜血迸流。偶有一名藏兵倒地，另五名藏兵理也不理，继续以五人组作战。如战至三人，则立刻并入隔临的六人组，威力更大。安俊义看着这群索命魔鬼，心中大骇。可是，如此诡异的屠场经不起犹豫，片刻之后，安俊义才如大梦初醒，连忙下令撤退，各自逃命。然而，拾翠洲的北面已布满了藏兵，剩下的近四千名帮匪只好全力扑向旗兵营，盼着挤到码头，走水路逃离这批恶魔。

这时钟无用的七百兵力只剩下三百余人，德光争取到了宝贵的空间，南线压力大减，不再被挤着挨打。他下令保持空隙间隔，铁甲兵继续往南挤压。于是，铁甲兵压着钟无用，三千余帮匪压着旗兵营，藏兵砍瓜切菜地压着帮匪，几千人陆续越过关卡进入拾翠洲。

离开狭窄的路口进入拾翠洲，旗兵营压力顿减，德光喝令暂停前进。三合会的帮众此时只剩下不到三千人，吓得魂飞魄散，也纷纷停了下来，个个呆若木鸡。可奇怪的事来了，那几百名藏兵来到关卡，看见港边的船舶，竟然也停了下来。安俊义看得莫名其妙，陈浩南和十三郎战死，山鸡受伤，他找来惊魂未定的许宗发商议。却只见远处大部分藏兵竟然集体坐了下来，一声不吭如同老僧入定，只有一百来兵还在拿黑不溜秋的眼睛盯着港里，谁也闹不清这些神秘的天魔藏兵在搞什么玄虚。

三合会的不少帮众深怕这批鬼怪又咬上来，纷纷南移，等安俊义喝止时，却已经恰好把旗兵营包在了中间。旗兵营剩下一百三十几名弓手，纷纷拾起弃弓收集羽箭，却又不敢走远，仅找到六百余只堪用以供自卫。铁甲兵身扛重负激战半日，又饥又渴，疲累已极。可这时更奇怪的事发生了，那批藏兵竟然一声不吭地忽地全部快速撤离。拾翠洲外面躺了五千多具碎尸，中秋节下午的秋风拂过血海，诡异之极。

这场混战从巳时战到未时，汉口协的九百旗兵损失近半，人困马乏，德光自不敢再想歼灭数倍于己的帮匪，只希望能拖住鸦片，等待一向看不起的绿营兵来援。可是三合会更尴尬，同样是疲惫不堪，佛山的援兵一直没有出现，七千余众被宰得只剩两千多人，三大堂主两死一伤。更可怕的是，不知那批魔鬼会不会又转回来。双方此时都毫无把握，一时间竟是两军在货场对峙，各自待在原地。

足足过了半个时辰，眼见日头渐西，忽然港区传来一声长笑，停泊岸边的一艘东印度公司大船上飘起一道人影，笑声之中人影轻飘飘地越过整排栈房，落在安俊义旁边。许宗发连忙躬身行礼，天地会广州分舵的香主公孙楚终于出现了。他笑眯眯地说道：

“安当家的你还在等什么哪？剩下这区区几百只满狗你难道还要兄弟出手吗？”

“公孙香主，您这大半天跑哪里去了？兄弟们死伤惨重啊。最好是等佛山堂的援兵到了再动手。”

“今天不会有援兵。没想到满狗真的暗中调集了重兵，西去肇庆和东去惠州的水陆两道已经被水师和绿营封住了。”

“如果那些古怪的魔兵再回头怎么办？”

“我都看见了，我一直待在英吉利人的船上。那些藏兵的确匪夷所思，连我一时都想不出办法来对付。不过你不必担心，他们不会再回来了。没想到，我还真小看孙玉庭那个瘟生，没想到他竟然会调来藏兵。”

“你怎么知道那些藏兵不会再回来？”

“哼，这些藏兵千百年来居于人间绝域的高山之中，你没听说过吗？西不过山，东不出川。其实他们还有一条。”

“哪一条？”

“遇水则退。藏人世世代代只见过小溪，无人见过大江大海，更不识水性。方才他们到了水边便即退去，再也不会来了。安当家的，天色不早，我再给你半个时辰，该足够了吧？”

公孙楚说着说着忽然那肥胖的身躯又飘了起来，电射向列阵警戒的铁甲兵。只见他挥手拍向两名士兵，随即又回到安俊义身边。那两名士兵如同喝醉酒一般，跌跌撞撞了几步，竟是连人带甲倒地不动了。帮会中人哪曾见过这等真正的武林高手，赤手空拳凭内家掌力震死铁甲兵，当场喝起彩来。德光连忙下令全军戒备，三合会的帮众纷纷起来备战，公孙楚却笑眯眯地背手站到街口眺望海景。

对战双方此时都已知对方路数，三合会必须拼死上前，三四人合力掀倒一名铁甲兵。旗兵营的刀手必须掩护铁甲兵结阵戮敌，旗兵营亏在已无战马，无法发挥铁甲兵的冲击力。而三合会亏在街面上的洋行商号早已上紧门板躲了起来，上哪儿去找锅盖桌板挡箭？可是旗兵弓手只剩区区六百余箭，无异于杯水车薪。

眼看着三合会的包围圈越来越紧，却始终没人冲向前，公孙楚回头对许宗发笑道：

“唉，终归还是一群跑腿的阿斗，还是咱们先上吧。”

许宗发和公孙楚一样是以内家掌力见长，虽然不能肉掌伤毙铁甲兵，可是推倒铁甲兵却无问题。当下跟着公孙楚，分从两面冲入旗兵营。公孙楚铁掌连施，所到之处铁甲兵一个个倒地不起。许宗发仍是主攻刀手，间或推倒铁甲兵破坏阵形。安俊义见机不可失，率领帮众一拥而上，旗兵连连放箭，却哪里挡得住，箭还没用完阵形已经乱了。

大卫奥利坊的视线来不及跟踪形如鬼魅一般的公孙楚，他只能把准星瞄准安俊义，同时瞄着安俊义的还有他身旁另外两杆火枪。前天陈道芗来访，告之今日将有取缔鸦片的官匪大战，然而匪帮势大，花旗商人应准备自卫。奥利坊素来痛恨鸦片，他借了隔壁的栈房二楼，两户栈房二楼部署了锡安会的六十名义勇团。分成三个火枪排，轮番装药填弹射击。

安俊义一刀捌向面前的铁甲兵，却忽然被人从后面狠狠推了一记，如中巨杵。他那一刀软绵绵的在那名士兵注视中垂了下去，那名士兵随即一矛捌进安俊义的心窝。第一排枪声响起，安俊义和十几名帮匪倒地，帮匪和旗兵听到枪声都愣住了。可是街面两边跟着射出八十支羽箭，箭无虚发，只是有人身中两三箭，当场又倒下六十几名帮匪。公孙楚大吃一惊，飘身后退数十步，这才凝目望去。

街面两边的三家花旗国洋行其实昨天就歇业了，加上其昌洋行一共四家，每家二楼都埋伏了二十名红旗帮的神箭手，和十名护卫的刀手。旗兵营弓手的战阵操演固然是训练有素，可海盗的神箭手日日以性命相搏，箭法百步之外射穿船缆，自是另一番光景。

几轮排枪和神箭下来，三合会倒尸四百余具，攻势登时沮了。公孙楚再也笑不出来，眼中寒芒暴闪，再度施展轻功，提气先纵上栈房房顶，看准了再扑向对面二楼的奥利坊。公孙楚只脚沾上二楼窗格，一掌递向奥利坊胸前。奥利坊眼前一花，还没来得及眨眼，屋内忽然暴射起一道白练，直刺公孙楚眉心。

公孙楚这一惊非同小可，千钧一发之际身子一沉，竟是收掌飘落街心。藏兵虽然难缠，一对一却远非自己对手，只不过人数太多而已，旗兵营更没放在眼里，却没想到夷人楼里竟然暗藏高手。待得他定睛一看跟着飘落的人影，更是两耳轰鸣，强自镇静说道：

“陈坛主，你很好啊，以下犯上，是想叛会吗？”

陈道芗冷肃地看着公孙楚，缓缓说道：

“这句话好像应该由我对你说才是。国有国法，帮有帮规，我会明定不得沾惹鸦片。公孙香主，我等你露面已经等很久了。”

两人所站街心正在奥利坊公司楼外，离相斗众人有八十步之遥。楼上各有数支枪弓对准了公孙楚，公孙楚却是不以为意，定下心来哈哈一笑说道：

“陈坛主，你不会认为这些弓枪留得住我吧？”

陈道芗知今日凶险不敢托大，手中所持乃是一把青钢剑，他摇摇头说道：

“我不知道，公孙香主武功卓绝，我没有必胜的把握。”

这时那许宗发已中箭倒地，公孙楚闻言大笑说道：

“听你之意，如果有把握就要留下我喽？本香主何曾卖过鸦片？那三合会与我广州分舵素来交好，探班过访而已，何罪之有？你与满虏夷人勾结，戕害四节竹兄弟许宗发，罪该万死。”

“原来公孙香主未曾贩卖鸦片，是在下冤屈了香主。”

“当然，你有何证据说本香主从事鸦片买卖？”

“鞑子官府之言当然不足为凭，不过，英吉利东印度公司的两位大班经理倒是对香主描述得很清楚。第一位是玻璃池先生，第二位是菲利浦先生，公孙香主应该不陌生吧？可有兴趣看看他二人的口供抄本？菲利浦在后面的船上，他这趟来不就是要跟你结账吗？”

公孙楚脸色微变，强自笑道：

“陈坛主不简单啊，说到玻璃池，原来奥兰治亲王号被劫你也有份，从头到尾是你在暗中搞鬼。你为何跟我作对？你给了红旗帮多少好处让他们卖命？”

“我没和你作对，也没给什么好处，我们和贩卖鸦片作对，纯粹是看不惯而已。”

“哼，我不知道你说的夷人。夷人犬羊之性，疯狗乱咬，一面之词不足为凭。”

“公孙香主真是意志坚定，不过，一面之词不足为凭，双面之词又待如何？你幕后操纵外省大盘批发，可是有会内兄弟不愿意同流合污，出面检举。你是否有兴趣看看他的证词抄本？”

“陈道芗你在胡说些什么东西，天地会禁鸦片，我广州分舵兄弟无一沾染，哪谈得上出面检举？”

“哦，无一沾染，许宗发和廖正乙这些专组中人不是会内兄弟吗？”

听到陈道芗说出专组二字，公孙楚即知此局大败亏输，今日已难善了，阴恻恻地笑道：

“听来陈坛主对我广州分舵的了解比我还深入，我怎么就听不懂你说的话了？难道许宗发在外面干了些不该干的事？”

“没关系，公孙香主，许宗发和廖正乙已死。不过，还有一位你的老相识，等我把他送回厦门总舵，能让总舵主明白就够了。”

陈道芗一声低喝，只听得咿呀一声，四名红旗帮刀手护着连牯走出其昌洋行门外。公孙楚脸色倏地大变，大喝声道：

“好个吃里扒外的东西，原来是你偷偷贩卖鸦片。老子今日毙了你以清门户。”

“公孙香主想杀人灭口么？”

公孙楚扑向连牯，陈道芗闪电一剑刺过去，那四名刀手护着连牯退回其昌洋行。谁知公孙楚这一扑却是虚招，引得陈道芗发剑，随即扭身双掌先后拍过来，右掌斜掠过剑身往外一引。陈道芗只觉手中之剑被一股内力粘得外飘，运力扭剑往前一递，那公孙楚胸前陡地微微凸起，竟是不闪不避侧身贴了过来。这公孙楚人称笑面阎罗，想他那一张笑脸后面隐藏的阴险狡诈难以度测，电光石火之间陈道芗留了三分力，准备一击之后跃开。说时迟那时快，剑尖斜刺公孙楚的胸前凸起，竟被一股大力弹开。公孙楚左掌如影随形跟着飘了过来，陈道芗退无可退，运足全力与公孙楚对了一掌。

陈道芗倒退了三四步才站稳，气血翻涌喉头发甜，差点摔倒。公孙楚却是一掌即退，借力跃上栈房房顶，指着站在街心的陈道芗笑道：

“陈道芗，你非我对手，是束手就缚还是要本舵今日在此清理门户？”

陈道芗强压翻涌的内息，一时竟是不敢言语，过了一会才勉强说道：

“你勾结夷人贩毒图利，今日就算我制不了你，你能快过这满楼的火枪神箭么？”

公孙楚仰天大笑，指着陈道芗说道：

“天下武功唯快不破，你这些破铜烂铁追得上我吗？”

方才那一掌试出彼此功力深浅，公孙楚自忖，应可于三五十招之内将陈道芗毙于掌下，稍解今日惨败之恨。正准备跃下之时，忽然传来一阵弦声，音乐竟似也是来自港上那几艘东印度公司大船。弦声缓急交错，时而激越昂扬，时而婉转低吟，曲调怪异竟不似中土之音。琴声划过码头货场上空，一些相斗之人竟然不自觉罢斗放下兵器。公孙楚闻得乐声却是脸色大变如见鬼魅，勉强笑道：

“陈坛主一口咬定，本香主是百口莫辩。也罢，咱们就回总舵论理吧！”

公孙楚长笑声中竟是提气飞掠整排栈房，也不管底下还在拼杀的三合会残兵，自行遁去。顾盛强在两名刀手保护下走出来正要说话，陈道芗苦笑着摇了摇手，竟是难以开口，又过了一会，才算是调匀了翻涌的内息。这公孙楚内家掌力竟然深厚得难以想象，更让陈道芗心惊的是方才那一剑，虽然被公孙楚侧身一斜卸了部分力道，可是明明刺中了却竟然被内力弹开。看公孙楚年纪不过也就是比自己大个十岁，竟然已经初步练成了铁布衫之类的硬气功。可是，眼看即将得手之际，却又为何闻乐声而退，难道是另有高人相助？令陈道芗百思不解。

这时那连牯才缩头缩脑地又走出来。

“陈坛主，你答应过我的既往不咎，说话可要算话。”

“你答应过公开指证公孙楚，只要你做到了，我保证给你一条生路。如果天地会容不下你，四海之大，难道红旗帮还养不起你吗？”

原来这公孙楚真乃一代枭雄，方才藏兵大开杀戒，可是为了关键的鸦片启运，他居然能一直忍在英吉利船上，直到确认重新掌握局面时才露脸，仅此可见一般。可是千算万算，枭雄却没算到，港内昨晚就预藏了花旗国和红旗帮的小股伏兵。这些伏兵未必对付得了港外三合会的近八千会众，可是协助旗兵营扑灭聚在港内的两千多名会匪却恰到好处，正是四两拨千斤。

虽说泼风刀安俊义声名在外，可广东武林第一高手实乃深藏不露的公孙楚，却是成也铁布衫，败也铁布衫。自其于七年前开始习练这门诡异内功，就断了房事女色。这原配老妻也还罢了，当初陪嫁的小丫环怡香却是才扶成偏房，芳华正茂。去年在街市上巧遇连牯，经不得挑逗，竟是一枝红杏出墙来。

勾引兄嫂，这在天地会可是乱刀的死罪，不怕无意就怕有心，张保暗中盯着连牯，发现了这个要命的秘密，连牯只得乖乖就范。

从绿色流星火召来荔湾堂的人马开始，麦廷章就不断得到探报，眼看着粹顿飞剪号和东方皇后号两艘夷船始终在河道边上徘徊进不了港，而自己的任务是将这六条船留在拾翠洲，一时竟不知如何是好。直到枪声传来，麦廷章终于下定决心，直接扣船。

拾翠洲方向传来的枪声也令菲利浦下定决心，为了人、船、货的安全，要求粹顿飞剪号的船长掉头，带着东方皇后号一起往下游暂停于澳门。可是，当两船开始升帆的时候，江面上来往的十几艘船只却陆续打舵横向，不但堵住了上游江面，也堵住了黄埔港的出口。菲利浦大吃一惊，举起千里镜一看，正好看见这些船上的水手发炮。四十几发示威的炮弹封锁了黄埔港，这时的麦廷章动弹不得，如果船头向前出港，水师的草撇船无法发射舷炮。如果在出口打横船只发炮拒敌，最多也只能排四艘，岂不成为海盗的炮靶？

菲利浦连忙呼喊船长，赶快往下游驶去，花旗国船长慢条斯理地指着下游说道：

“菲利浦先生，我们恐怕哪也去不了了。”

下游溯江而上，原本宽阔的江面现在一字排开八十条战船，几艘小快船上行数里，引导下行船只暂泊，连下行航道都给堵住。满天红旗飘飘，正是一嫂率领的红旗帮到了。

“老马，任务完成，此时不溜更待何时？”

“嗯，鸦片毁了，很好！我的英吉利祖国没死一个人，更好！任务是完成了，大大的好！可是，外面死了几千人，迷死脱陈，如此杀孽不怕天谴么？”

陈道芗回到其昌洋行与顾盛强打了声招呼，拉着马礼逊便走，竟是溜到东头上了指南针小组的一艘乌船，张保和李三朱早就在船上等候了。原来拾翠洲码头东侧是一个工作港池，以供联络交通补给转驳的小工作船停泊。当港区内还剩下六七百名三合会成员时，胜负已分，旗兵营收拾残局。奥利坊的义勇团收枪不再屠杀，红旗帮当然不愿见官，整队潜入工作港池中等待的三艘小船，扬帆运桨冲出拾翠洲，顺流而下，与堵住黄埔港的大队会合。

粹顿飞剪号正是其昌洋行代理的船只，所以顾盛强早就知道，东印度公司的掌柜将会搭这艘船来广州结账。红旗帮在广州各要冲建有近程信鸽站以通情报，在雷州、茂名、阳江和大屿山建有四个远程信鸽站，用来通报夷船动态等相关信息。六艘飞剪号驶入广东水域没多久，广州就收到了通报。原来陈道芗吹牛使诈，一举击破公孙楚的心防，其实当时他还没有拿到菲利浦的证词，只知道菲利浦在来船之上。而现在，几名海盗跳帮过去，把菲利浦押到一艘的翡冷翠之星号上。粹顿飞剪号和东方皇后号乖乖驶入拾翠洲，后面跟着关天培和麦廷章的水师，红旗帮吹着口哨归航大屿山。

那艘乌船桨帆齐使，出虎门没多久就追上了翡冷翠之星号。陈道芗和李三朱跃上大船，马礼逊七手八脚地爬着绳梯，张保内外修习，身体渐轻，搭着绳梯两三下就翻过船舷，飞跑到一嫂身前双臂一圈，竟把一嫂举了起来。

“嫂子我终于回来啦！”

“还不快把我放下来，这么多人不羞吗？”

打从去台湾算起，张保离寨两个多月，竟似又长高了。他连忙把满脸通红的一嫂放下来说道：

“我这次算不算立功？”

“那是你陈大哥神机妙算，让你立个小功。说吧，你想要什么？”

“帮我跟一哥说，让我带几条船，小船就行。”

“哼！小鬼，心里打什么算盘我还不知道？保仔，船可以给你，不过，在你功夫练好之前，不准去崖门水道。”

张保满心想的就是有朝一日带兵，循崖门水道杀回江门，寻官兵的晦气为父报仇。年轻人的仇思一嫂哪能不知。待得返回大屿山用罢晚饭，陈道芗请一嫂把玻璃池和菲利浦提到大厅录口供。一嫂一听就笑靥如花地说道：

“你说的那位玻璃池啊，脸皮比马和尚还厚，不知夷人爹妈是怎么生出这种宝贝来的！真没把自己当俘虏肉票或是外人。开始的时候我只当他吃老娘豆腐，谁知道还真不是因为我年青貌美。他呀，跟谁都是自来熟，见谁都是勾肩搭背称兄道弟。说什么海盗是天下最浪漫的行当，又写又画的，说回国以后要出一本书，叫作南海游记。唉，陈兄弟，你看这尊活菩萨咱们怎么弄啊？”

“别惊，有人出银子赎他。估计他也知道自己的身价，所以才敢大吃大喝宽心睡觉。英吉利那个东印度公司的一个将军找上我了。”

当下陈道芗叫喽啰把那位菲利浦先生提上来，再请那位流连忘返的玻璃池先生大驾光临。原来玻璃池的确见过公孙楚不止一面，可新接手的菲利浦却只知道公孙楚是即将会见的中国大买家，由怡和洋行买办梁盛强安排在码头会面。

“什么？培罗那家伙终于想到赎我回去，哼，早不赎，这会儿我还不高兴走了。我想再待些日子，你们一哥答应我，下次跟你们一起出海抢劫。等我把书稿整理一下，访问几个大头目以后再走吧。你们看我给一嫂画的画，美吧！厉害吧？”

玻璃池小心翼翼张开自己带来的画卷，看得马礼逊是啧啧称赞，陈道芗和一嫂看得却是如同天书，又不好意思扫兴。原来岛上没有油彩，玻璃池又使不来中国毛笔，那是一幅工笔炭画。虽然看得出来很用心，可是西洋画法却是前所未见，画中的一嫂蛾眉细腰，舞动长刀大战两名辫子军官，风姿倒是绰约，可是穿的却是不中不西的怪衣服，手中拿的也是西式弯刀。

“玻璃池先生，这次恐怕不能如你所愿，培罗准将出八千西班牙鹰洋赎你一人，您还真挺值钱的。当时我不知道还有这位菲利浦先生，没关系，就当买一送一好了，省得到时候他跟你一样，赖着不肯走。我们明天就回广州。”

“什么？我的书还没写完呢！干吗这么着急？”

“没办法，今早广州发生大战，官军和海盗同时出兵，打死了七千多个黑社会帮匪。你们东印度公司这次运来的鸦片也全给缴了，你们那个东印度公司肯定不会善罢甘休，再不赶快把你送走，恐怕你就真回不去了。”

“不会的，我真不想走，而且，我估量着培罗未必能怎么样。咦！马礼逊没跟你们说吗？”

玻璃池神情古怪地看了看众人，马礼逊一拍大腿说道：

“嗐，你们这些打打杀杀的事我是敬而远之，一时之间倒忘了。”

陈道芗和一嫂听得莫名其妙，你们到底在说些什么东东啊？当下马礼逊和玻璃池你一句我一句地讲论起天下大势，那菲利浦一张脸阴晴不定的不吭声。

话说在伟大天朝的极西之地乃是油肉脯洲，这个地方陈道芗是知道的，双语千字文称之为europe。该洲分为大大小小几十个国家，争来打去好几百年。十二年前法兰西爆发了一场大革命，什么是革命？就是你们说的武装造反。那场革命砍了皇帝的脑袋，建立共和。可是油肉脯的其他国家发动反法联盟，这场战争断断续续打到现在，战争中法兰西出了一位英雄，名叫拿破轮。他是军事天才，以寡击众，打得联盟哇哇大哭，溃不成军。吞并了西班牙、意大利、瑞士、荷兰，三年前又把共和改为帝国，这位首席执政官拿破轮先生自我加冕成为皇帝。

“什么？皇帝的名字应该大度有节，拿个破轮子不好听嘛！迷死他陈，你的英语水平已经很高了，别拿人家大皇帝开涮行不行？我说到哪了？”

最近这位拿着破轮子的皇帝又把普鲁士和俄罗斯给狠干了一家伙，油肉脯各国实在打不过这只轮子，只有英吉利的海军打了胜仗。可是英吉利要支援整个油肉脯陆地作战，也是首尾难顾，偏偏最近亚美利加花旗国正在往美洲西北海岸扩张，英吉利很不甘愿，又和加拿大合作围堵。焦头烂额的如何还能为这些破鸦片而不善罢甘休？

打来抢去的，这油肉脯洲不就是卖卖油肉吗？一嫂听得索然无味，自和张保在旁边阔叙别情。陈道芗却如同听说书一般，听起来简直就是夷人版的春秋五霸，战国七雄，恨不得拿张地图来按图索骥，推演一番这油肉脯洲的春秋战国志。

次日早晨，信鸽报来，一哥明日将从硇洲岛启航返回。可是陈道芗实在等不及了，决定今日就带着玻璃池和菲利浦返回拾翠洲，找东印度公司交割赎银，然后快船返回漳州。因为，他料定公孙楚势必会抢着在总舵主面前煽风点火。

玻璃池依依不舍地和众人告别，不过，一嫂拒绝了他热情的拥抱。她以天地会大屿山分舵香主的名义派出专船，先送诸人来到拾翠洲，由李三朱收下四大箱银币，将两名肉票委托顾盛强还给东印度公司。陈道芗请伙计将自己昨夜写好的书信交到巡抚衙门，称必须连夜赶回福建追查幕后主使，顺便省亲，下月再返回广州。随后登上专船赶往厦门。这一天街面上空晴朗清澈，万里无云，清爽异常。陈道芗人在船上，凝望天色暗叫不好，原来他久居闽南，熟知南海气象。这城区的乌烟瘴气与湿闷忽然一扫而空，正是台风光临前的景象，只不知光临的准确地点是广东还是福建而已。

吴熊光在灯下反复推敲联名奏折的底稿，唉呀，这位孙玉庭大人还真不像是自己先前所料的迂儒一个。真正到了紧要关节之处，还是挺能谦冲自抑，挺上路，还挺机灵的。这份自己拟的折子只被孙大人改动了两处，对藏兵狂斩五千匪首之事删得轻描淡写寥寥两句，只建议御赐日松赞布将军佛珠和礼赞旌状。换句话说，大破匪党的主功，就落在他这位调度汉口协旗兵营的总督身上了。

不过，孙大人不厌其烦地详禀红旗帮海盗协力歼击陆匪与抗夷，两次主动焚毁与上缴鸦片合计六千余箱，称如善诱之将来或可弭平海患。此点颇令吴熊光为之诧异，看来这位孙大人跟满州八旗混得太久，也沾上重陆轻海的习气，却忘了他吴某来到两广的主要任务之一，就是灭海盗，否则也不会大拨银子造船了。

原来，孙玉庭不走一般官场门路，但是会揣摩上意，皇上最在意的当然还是自己那把龙椅。三合会出自洪门，是大清治下最大的逆反组织，盘根错节，愈剿愈兴旺。这份折子被改得把平叛列为第一首要，靖海则列为第二。看来，孙大人为官之道不比自己差啊。

第16章
女海盗王时代

自从郑克塽归降康熙，领了海澄公爵位之后，天地会势力日薄崦嵫，长江以北的地盘早不复见。一百二十余年下来，如今是六省七舵， 分别为福建漳州舵，广西桂林舵，江苏青埔舵，浙江杭州舵，台湾安平舵，广东广州舵和大屿山舵。其中安平舵的会众超过五万，仍为第一大舵。青埔舵为当年反攻失利后遗留官兵所建，而今只剩下八百农民，由总舵支银勉强维持，规模最小。

陈道芗回到漳州，第二天和李三朱转往厦门参加大会。表面上总舵这次召开大会是半年前就安排好的，为了调整军师冯俊川封刀退隐后的人事布局。可是与会者都知道，六天前的广州大战狠狠打击了三合会，而天地会广州分舵涉入批发鸦片的丑闻不径而走，已是闹得全会上下风风雨雨，就看今日大会如何处置了。除了李三朱一人代表大屿山舵以外，各堂各舵少则到了四五人，台湾舵自香主谷正明以下到了十余人。公孙楚跟个没事人一样，带着张务本和两名坛主四处寒暄。只有青埔分舵托人捎来一封书信，称为了节约经费无人与会，一切唯大会公决是从。一时间厦门总舵的大堂内一片叙旧问好之声，直到总舵主刘莒莒和漳州舵香主刘丽川父子俩步入大厅，才逐渐安静下来。

没想到大会一开始，刘莒莒免了所有的繁文缛节，先不提人事安排，也不等漳州舵的陈道芗提出报告，直接切入鸦片主题。

“在座兄弟都已经知道中秋节当日在广州发生的大战，虽然死的是清兵和三合会的人，但是和我们天地会关系密切。因为，那一大批鸦片是我们天地会的。”

总舵主此言一出，众人一片嗡嗡议论之声，没想到总舵主这么痛快就承认了，根本不需要什么说明。

“各堂各舵的兄弟此前不知内情，这是我个人失职。因为前辈们订下来了规矩，我会中人不得碰鸦片，但是我会创建至今近两百年，鸦片早已普及，环境大不相同。本舵主个人向来反对吸食鸦片，相信在座所有的兄弟也是一样。

不过，我认为时至今日，这条规矩有稍微修改的必要。正因为鸦片已经普及全国，就算我们不做批发生意，别的帮会也一定抢着做，我们白白损失了利润，而批发市场上的鸦片一两也不会少。所以，我认为这一条会规应该修订得更清楚，更明确。我们天地会中人绝对不可吸食鸦片，各分舵堂口也不得开设零售烟馆，害人害己。各位兄弟以为如何？”

不可吸食，不得零售，那么批发呢？总舵主话里的意思很明白，天地会要成为鸦片的大拆家。与会兄弟一听之下登时炸开了锅，有说不可数典忘祖的，也有说应该与时俱进的，登时吵嚷成一片。过了一会儿之后，局势逐渐明朗。杭州、安平、大屿山三个分舵不赞成搞鸦片生意，漳州舵内部意见不一，地黄坛李咸池和宇宙坛陈道芗反对的立场鲜明，天玄坛主不表示意见，刘丽川和洪荒坛主赞成。广州分舵和桂林分舵拥护总舵主的主张，赞成搞批发的还有洪顺刑堂，而归化礼堂也没有意见。这下子正反两方闹了个旗鼓相当，刘莒茧咳了两声说道：

“兄弟们不要吵，请听我一言。自我接任总舵主到现在近二十年，无尺寸之功，实在惭愧。今天我要说两件事，第一，近年来捐钱给会里的大户越来越少，我们天地会二十万之众，各位当家的都知道柴米艰难，每年花销银子从何而来？台湾舵树大根深，靠一些老兄弟接济，勉强自足。漳州舵就很难为了，其他各舵这几年从总舵拿的贴补银子自二三千两到万两不等，只有最小的青埔舵不足千两。你们以为这些银子从哪里来的？还不就是靠鸦片批发。如果不是靠公孙香主拼命搞这杀头的买卖，咱们天地会早就散伙了。当初漳州舵陈坛主前往广东，协助成立大屿山分舵，一是因为我不知道南海海盗会反鸦片，二来我没想到陈坛主会追查鸦片买卖的专组，闹出和公孙香主的误会。这一切责任在于我。至于鸦片生意，从今以后只限外部批发，天地会内部仍然严格禁止，就请各位兄弟同意了吧。”

一说到银子，各堂各舵无不英雄气短，登时没了言语。陈道芗在会前本以为有机会痛惩躲在幕后的刘丽川，现在却也只能眼睁睁地看着，天地会反而正式开始了鸦片大拆家之路。刘莒茧继续说道：

“天地会从事鸦片批发始于四年之前，小犬刘丽川一手筹谋。要依我说，刘香主苦心策划，公孙香主奋力执行，而陈坛主机敏过人，三位都有功劳。我提议，由刘香主兼任总舵军师，公孙香主调回总舵，升任洪顺堂主，陈坛主调升广州分舵香主。”

陈道芗再也忍耐不住，站起来说道：

“禀告总舵主，今后广州分舵是不是还要兼管鸦片业务？”

刘莒莔叹了口气说道：

“陈兄弟，你厌恶鸦片兄弟们都是知道的，如何能再勉强于你？今后就由军师和洪顺堂来调度吧！”

李咸池坐在酒馆里，给自己又满上一盅，怏怏地说道：

“想当年，这种事根本不可能发生，总舵主纯粹是被刘丽川掼掇的，才会同意搞鸦片。你没想到会是这个结果吧？”

“是没想到，以为恶吵一场以后总有一边得倒下来，没想到居然会来个统统有奖大封官。”

“哼，你道他们安的好心？这还不明白吗？广州那地方鱼龙混杂，鞑子又开始布下重兵，这时候把你往那儿放，说好听是升迁，其实就是把你拱离厦门，怕你妨碍人家太子接总舵主的大位。顶好是你在广州出点什么事，就直接拉倒了。”

“我没打算有朝一日抢这个总舵主的宝座啊？”

“天地会是你们陈家先祖所创，你没打算，可人家算盘是打得哗哗响。兼任军师，再把公孙楚调进来，这不是明摆的嘛！李三朱兄弟，你是道芗的兄弟就是我的兄弟，你们大屿山离广州近，有什么事可得拜托你们红旗帮多担待些。”

大会结束之后，陈道芗和李三朱一天也不想多留，被李咸池拉来胡里山炮台下的小酒馆送行。这里离总舵二十几里，图个清静。陈道芗口里喝着酒，心思却悠然飞回了华林寺。天地会广州香主和广东巡抚的女儿，这好事能谐吗？

乌船终于驶回珠江，才一靠上拾翠洲的工作码头，就看见接船系缆的兄弟一身黑衣带孝。李三朱大吃一惊，跃上岸就喝问道：

“这是怎么回事？”

“一哥没了，你们走的第二天夜里就出事了。”

郑一年富力强，正当青壮，这怎么可能？李三朱拉着陈道芗飞奔赶回凤来商号，召集手下细问详情。原来一哥带的五艘小船于八月十七日从硇洲岛返航，正好撞上一个超强台风从南面扑过来。只有两艘侥幸逃脱，搁浅在阳江附近的岸边，包括一哥在内的另外三艘被巨浪埋入海底。惊闻如此噩耗，想起月前还曾规劝郑一暴雨不终朝的道理，他苦心积虑完成六旗同盟，又开建了香港岛和硇洲岛两大水寨，可说是开中国海上称雄前所未有之先河。却是天不假年遽尔殒身，陈道芗不禁黯然神伤。眼前要务缠身，首先接过香主之位，张务本随着公孙楚去了洪顺堂，他得重整大柜，肃清鸦片专组。但是总舵主刘莒莒有一句话是没错的，千穿万穿没银子啥也穿不了，广州分舵割了鸦片业务，首当其冲的就是经费问题。陈道芗在回来的路上就盘算好了，三合会元气大伤，天地会在水陆码头和各路市场应该可以多占些地盘。另外，他决定招兵买马，扩充营建施工队伍，在广东的各种官民营造市场上大展鸿图。不过，在此之前要先去大屿山一趟，红旗帮得立新的瓢把子，而且后天就是郑一的二七出殡，各路英豪必会前往吊唁。

这天晚上陈道芗单独慰问一嫂，张保陪在身侧。

“一哥是我生命中最重要的男人，现在却忽然没有了，留下这么大一片基业。道芗兄弟，我心里苦啊。”

“一嫂，所有兄弟都团结在一起，当今天下风起云涌，你在南海是有机会的。”

“嫂子，我张保用这一生一世来保你。”

马礼逊不请自来，穿上洋和尚的正式僧袍，手抱《圣经》，跟着陈道芗连夜赶来大屿山吊丧。一嫂娘家姓石，本名香姑，红旗帮这几年在她和郑一主持下好生兴旺，帮内上下无异议推举一嫂上位，改称为龙嫂。帮内执事头目向各路吊客宣布，红旗帮进入龙嫂时代。发完丧之后大屿山摆出几十桌素斋，吃饭的时候马礼逊才悄悄告诉陈道芗，近日来有不少人在拾翠洲打听消息，试图还原中秋大屠杀的场景。既有三合会的熟面孔，也有一些陌生人，还有东印度公司的狗腿子。

徐凤声捻着自己那几根白胡子，坐在签押房里望着眼前的拜帖发愣。朱红泥金的拜帖上工楷写着：“广州府营建工务总会会长，闽南末学陈道芗 稽首”。这份拜帖简直是不伦不类，好像生怕别人不知道他是外地人似的，敲锣打鼓自报闽南。虽然看起来文质彬彬，又自称末学，可是问过广州学政了，此人并无功名，大言不惭，其实就是个商人。广州府说这个行会新成立才几天，居然敢跑来省垣求见上宪。这是什么世道？市井商人沐猴而冠，如果不是看在那三十两银子的谢仪和两斤极品福建大红袍的份上，早就叫衙役轰出去了。拉线介绍的老钱说了，这位陈公子出手大方，但教能把拜帖递到抚台大人跟前，见或不见只求一句回话。

可这年头的天下事只有想象不到的，就没有发生不了的。抚台孙大人一向道貌岸然轻贱市侩，就算属下州府的四五品官员要求见也得先容，可看了这份名帖却立刻传见，而且三言两语之后竟然请去了后宅密谈，真是奇哉怪也。更奇怪的是，听下人说，东果和梅朵两只巨獒竟然也不吠叫，只是瞪大了眼睛瞅着。

“此次多亏官民合力，大人运筹帷幄，痛歼匪党，毁夷人鸦片无数，晚生佩服，就是有一事不明。”

“哦，何事不明请说来听听。”

“莫非大人事前已知烟匪将有蠢动，否则密召日松赞布将军和他麾下的藏兵如何能在广州待命？彼等神秘莫测，虽是出师大捷，杀伐之际充满阴觫之气，所到之处血流成河不忍卒睹，可进退之间似是佛兵，令人百思不得其解。”

孙玉庭叹了口气说道:

“烟毒与夷患伴生，日益茁壮，你当朝廷真的懵然无知么？虽然本抚并无确切消息，但是有备无患，怎能不事先筹划可信的兵力？是啊！那的确是一支前藏地区的佛兵。佛兵对生命取予自有其天命的解释，纵生未必是慈悯，取人首级未必是酷虐。佛兵不欲不求，那天完事之后即已返回藏区。如果那八千会匪不下地狱，聚娼聚赌聚毒，岂不又是千万人沉沦欲海？是啊，杀孽太重，我知道，日松赞布也知道，哀矜勿喜。所以在报捷的奏章上老夫不敢以功自居。”

“大人心怀坦荡，晚生景仰。”

“这场豪赌老夫是输了，输得很彻底，可输得也很开心。不过，虽说老夫输得服气，你可也得赢得公平。”

忽然通往后堂的帘子被人掀开，孙荷映双手捧着茶盘低头走了进来。

“父亲大人请用茶，陈公子请用茶。”

自从艺成下山以来，弹剑江湖快意恩仇，这种脸红的场面却是以任侠天下自许的陈公子出娘胎头一遭碰上。不过他心里清楚，孙玉庭可是饱读诗书的儒门中人，这种谨守礼度的官家会让自己未出阁的独女上厅奉茶，其中的意思不言可喻。那真没当自己是外人了，这并不是一场纯论公事的会面。正自忐忑之间，却是窥看一眼娇容而不及，荷映已经握着茶盘退回内间去了。

“大人，您方才说的，何谓赢得公平？”

“你赢了我一个方正冰清的女儿，总得还我一个撑得门楣的女婿吧？”

“大人之意是？”

“你资质聪颖，读书本有根底，今年二十有四，求取功名未为晚矣。”

“还请大人鉴谅，我陈门祖上深受前明重恩，是以家训有清一朝不得出仕。”

孙玉庭望着门外，怔怔地叹了口气说道:

“深受前明重恩，说得好啊，想我孙氏自恩岳公以降十七代，也曾食前朝俸禄。这正朔遗恩之辩，原是难说得很。既是人各有志，我也无法相强。此中只有一个难处，我身为封疆，一省上宪，就算我能破格容得你一介布衣，请问贤侄，如此强配你如何能杜天下悠悠之口？难道让我女儿跟着你躲躲藏藏吗？”

果然是老姜弥辣，一语道出无法回避的难题。陈道芗瞠目结舌，竟是傻了。

“你说你从事的生意打算和各级衙门承揽工程？”

“是的，禀告大人，无论是府楼厅舍，仓库校场，还是大堤炮台兵站，晚生都可承接。”

“嗯，听来也还算是个正经营生。这样吧，你得奋力踏实地好好干，当今广东变化正大，朝廷也很用心，这工程活是少不了的。你干出点成绩来看看，或许捐个官，咱们再论婚嫁吧。”

“捐官？”

“放心，陈家心念前朝，可你我都知道，捐官只是花银子买的虚名，做为应付这浮华人间的假文章而已。但是我得跟你说清楚，无商不奸，可我孙家容不得奸人。你接工程也算是为朝廷办差，我可以接受，可你绝不能干任何贪赃枉法之事。捐官有大有小，别像那伍秉鉴一捐就捐个三品河道，没钱的话就捐个七品县令。或者你真能办成大差，老夫保举你赏个顶戴，也并非不可能之事。”

说来说去还是放不下品阶的虚名，陈公子终于被老儒生给绕晕了。其实此行就俩目的，于公是给广州分舵的营建队伍兜生意，来个商业上的反清复明，赚大清的白银。于私再访孙荷映。不过，等到陈公子被衙役领班恭送出门时，徐凤声客客气气送上一大盒广州顶级的但记烧腊，底下藏着方才收的那三十两银票。

晚上让厨房弄个腊味煲仔饭，陈道芗一面盘算一面提溜着那盒烧腊，才一走进分舵大门，却看见前院底处两个白袍客的身影。真是是福不是祸，是祸躲不过，当下皱起眉头走上前去。两人抱拳迎了上来。

“有余圣女座下护法使于其成、于其功见过陈香主。圣女正在厅中等候香主。”

这于其成和于其功本是苏北连云港附近灌云县的农民，世代居于伊山。遇到淮区大旱，兄弟俩少小离家北上讨生活，没有参加淮北的捻子，却被白莲教一位名叫王伦的传经使收留，长大功成之后成为武学高手，担任有余圣女座下护法圣使。当下陈道芗讪讪答了一礼，径自走入厅中。只见安宛若身边站着一个孩子，约莫十三四岁左右的男孩，身后还站着四名抱着管弦的侍女，颇有一番场面。诧异之中只听那圣女说道：

“陈香主别来无恙，我昨天才赶回来，就听说红旗帮一哥没了。您这可是吊丧回来？”

陈道芗客套做答，心中却是一紧。自己才升的香主，刚从厦门回来，这女人未免也太消息灵通了。说是白莲教天地会合作，可是如此侦伺广东江湖动态，究竟意欲何为？她的堂兄安俊义死于拾翠洲之事又待如何？念头还没转完，那个男孩也行礼说道：

“陈叔叔好。”

陈道芗正欲答腔，没想到安宛若忽然转面向男孩，语气中带两分严厉地说道：

“什么叔叔，没规没矩的乱叫，叫大哥。”

陈道芗微微一愣，也没觉得有什么异样，安宛若又说道：

“此子姓潘，是我朋友的孩子，带出来历练历练。”

十来岁小孩历练什么？听着尚未变声的男孩一腔扬州口音，陈道芗随口问道：

“小弟弟你是哪里人啊？”

“我家在扬州江都镇的五里庙。”

就在这时安宛若插进来打断道：

“既然本座已经料理完私事回来，陈香主，上回见面说的事现在可以办了吗？”

“您说的是引见敝会总舵主，商议合作之事？在下想过了，此等大事按章法应是由我写信先容，待总舵回复后再订行止。仙姑以为可否？”

安宛若站起身来，背着双手慢悠悠地走到门前，边走边说道：

“我料想你也是会如此说的。”

只见她背对着陈道芗，似是眺望院中景致，令陈道芗完全摸不着头脑。过了好一会，安宛若才缓缓说道：

“八月十五中秋一战，我堂兄命丧拾翠洲。”

有余圣女猛的一回头盯住陈道芗问道：

“泼风刀在广州武林谱排名第一，何况当日手下还有三合会众八千，高手无数，贵会公孙香主的武功更是无人能出其右，单凭官军断难得手。这件事陈香主不会说跟自己无关吧？”

陈道芗心头大骇，当日一战，红旗帮的弓手和奥利坊的义勇团在街面二楼攻击。街面与决战的码头货场相距百步之遥，自己又只是和公孙楚单挑了两三个回合，如何能为外人得知？自己才刚升任广州分舵香主，这有余圣女又怎么可能知情？看那于氏兄弟太阳穴高耸，显是内家高手。这圣女不显山水，不知功力如何。自己参与拾翠洲之战乃是机密大事，似又不宜让水龙王韩宝胜和手下参与，一旦对方寻仇动起手来，整个分舵竟是只能靠自己一人。他愣了一下，扶了扶腰际软剑，这才淡淡说道：

“烟毒祸害天下苍生，我会明令禁烟，在下的确是站在反鸦片的这一边。不过，当时官军围剿，刀枪无眼，令兄身中火枪，殒身于乱军之中，实属无奈。”

安宛若转身清冷一笑，走回桌边竟又坐了下来说道：

“安俊义祖父是昭武安家的二爷，我祖父的二哥。他自是我堂兄，此事暂且不提。陈香主，你可识得本座身后的侍女？”

陈道芗正待摇头，却见安宛若微一抬手。侍女轻拨琴弦三两声，只闻抑扬交错，其调不似中土之音。陈道芗心头猛的一震，当日在拾翠洲惊走公孙楚的，莫非正是此调？

“咱们还是坐下来说话，别吓着孩子。是也好不是也好，陈香主，我教谨葱乳，戒寻私仇。如果我做不到公私分明绝嗔念，也就不会是有余圣女了。我不是来寻仇的，如果真要寻仇，哼，区区一个广州分舵，原也不必我亲自动手。”

原当自己布局周密，今日听来竟似被人天机算尽。尽管安宛若并未挑明当日是否藏身拾翠洲，也并未表露已知多少详情，却仍由不得陈道芗不冷汗涔涔胆颤心惊。

“然则仙姑意欲如何？”

安宛若还真像个没事人似的脸色平静，美目凝注陈道芗说道：

“其实你一开始说的章法并没错，如果以我一个陌生的白莲教中人，直闯总舵等闲就办了此等大事，那你们也就不是够资格平分天下的天地会了。也罢，就照你的意思，请你先写信上报。我想这文字之间促成的分寸尺度不必我多说，你自会拿捏。只要信中附上本座的名帖，刘莒莒看了一定会立刻回复的。”

安宛若带着潘姓男孩走了，留下陈道芗瞪着那份名帖。帖上光溜溜的十七个清秀大字：

有余圣女安宛若·长寂圣女何素素 仝拜候

从排名看，这长寂圣女该当是安宛若的小师妹，可是何素素究竟是何方神圣？安宛若究竟打探了拾翠洲之战多少内情？扬州之行干啥去了？带回来这个潘姓小孩紧贴在身边，又是干什么的？为什么总舵主看了名帖一定会立刻回复？

九月中旬，时入秋分，闷热的广州湾飘来一丝淡淡凉意，林国良和关天培一起来到黄埔码头，视察码头和船舶维修栈台的扩建整修。难得巡抚衙门竟然会增拨经费，为水师改善后勤设施。几个月前孙大人的警告言犹在耳，要银子没问题，剿匪拿不出成绩就拿头来见。目前两个造船厂全占满了，两艘海沧舰在黄埔的船台上，同安舰和大福船各两艘在虎门船厂。这是关天培和麦廷章的主意，先赶工造出十艘霆船，快速形成战斗力，再回过头来造大舰和勤务船。十艘霆船已全部下水，可是第一批运来的四十门大炮竟然搞出三种口径，只有十门是霆船专用的三千二百斤重炮。麦廷章正在指挥为其中五艘霆船安炮，另外十门重炮就只有等到四月了。到时候几艘大船也已完工，广东水师的战斗力将会翻倍。

林国良和关天培都不知道，此时大屿山的造船作坊也没闲着，而且赶工更有效率，造的是六比一的新式快速战船。

陈道芗牵马走在海边，后面跟着核算工料的大柜账房，新选任来自福建同安的吴庸庵，还有两个专管工程的司事头目，旁边还有一个怪人，洋和尚马礼逊。马和尚自称纯粹是串门凑热闹，可陈道芗心知肚明，这家伙是不会放过任何在中国民间组织内发展信徒的机会。其实，看起来公孙楚这家伙还真是一代人杰，不但武功精湛心思细密，而且还蛮有经营头脑。所以考虑再三，陈道芗只把这位笑面阎罗留下来的分舵布局略作调整，水龙王韩宝胜的洪荒坛仍然是分舵唯一专职机动武力，负责支援其他各坛。天玄坛负责各个传统生意档口，地黄坛负责水陆码头仓库和运输，宇宙坛负责重整后的重点，就是眼下正在从事的土木营建生意。

目前接了两个官家工程，一个是扩建黄埔码头，另一处就是这虎门的一小段海堤。黄埔项目是由总督吴熊光签转水师的申请，为的是因应扩编后的水师舰队。虎门海堤却是由巡抚衙门直接发工，与总督衙门无关。按理说海堤是护民工程，在经费优先顺序中并不急迫，可是巡抚府的幕僚在发包时却再三叮嘱，必须要能抗得住炮击。陈道芗大惑不解，直到孙玉庭跟他说出心中的忧虑。三个月前那两艘葡萄牙船驶进珠江耀武扬威，孙大人可是亲眼见到了。两艘大舰各装了近四十门大炮，抵得上小半个水师。如果多来几条夷船启衅，何以御之？虎门正当珠江海口，虽然目前未编预算重建倾颓多年的炮台，但是先用民建经费重修这一段大堤。日后不论是海盗还是夷患，阻敌于内河以外还是大有裨益的。初冬近海的黄浪滚滚，陈道芗无意之间挥了挥马鞭。谁说百无一用是书生？看来这位准岳父大人韬光养诲，其实还是蛮有眼光的。

“你们大清人这海堤是怎么造的？”

无非就是用石料筑墙，缝隙用糯米泥灰填满，内部用土夯实。司事头目大致跟马礼逊解说了一下。

“这种造法能用多久？”

“也有讲究的，咱们这回就用得上。先刨地两尺，上好石料内衬竹筋，再用上好粘土夯实。只要不常遇到台风，能顶个二十年吧。”

“你们不用石灰吗？”

“造房子是用的，可造堤用得少，补缝而已。”

“哪！道芗老弟迷死脱陈，别说上帝不教你。把石灰和粘土掺在一起，先烧制以后再磨成细粉，是顶级建筑材料。如果和碎石细砂一起加水搅匀，干了以后比石头还好用。易于成形又坚固，只要用料够厚，炮弹都打不烂，我们称之为混凝土。”

蕃僧又在搞玄幻神奇了，陈道芗不服地问道：

“炮弹都打不烂？我不信，你教我。”

“千字文里有啊，ceament，记得吗？”

“记是记得，就不知道是什么东西。”

“现在你知道了，回去试试吧。”

其实马礼逊最近比较忙，英吉利领事当然是国教派的，根本不理基督教的马和尚。他只好请花旗国领事卡林顿代自己向广州府申请盖教堂，结果是批驳不准，外蕃夷教除了澳门以外不得设立固定据点。不准盖也好，反正马礼逊也未必筹得齐经费，那就申请租房设学校吧，照样不准。马礼逊把心一横，再接再励，老衲这回申请租房设立免费的惠民医院。他娘的动机不明，仍然不准。

很显然，广东布政使司衙门里那些推官和训导们并不明白，神的仆人是不会被困难击倒的。浸礼宗的同门在花旗国成立海外宣教会，当消息传到广州时，马礼逊大喜过望。这花旗国人冒险犯难的精神不止于商务，还体现于宗教，美以美会也跟着成立海外传教机构。老马开始忙于撰写各种关于大清的报导，发给花旗国的教会刊物，同时呼吁花旗国派遣传教士来华[1]。信件往返最

---

① 因为新教在英国受到压迫，所以特别重视海外宣教，美国浸礼会海外宣教会(American Baptist Board of Foreign Missions)于1814年成立，美以美会(Methodist)的海外宣教会在1820年成立，到了1834年马礼逊去世时，在华外国传教士中的美国人占七成，与他的鼓吹和介绍协助有很大的关系。

少得四五个月，这才忙里偷闲，没事跑来探班访友。

宇宙坛的第三个项目刚开始和河道衙门洽谈，这可就不是天地会工头擅长的活了。珠江下游多年泥沙淤积，造成不少浅滩暗流，这几年时常发生事故，轻者搁浅，重者船毁人亡。河道衙门决定分期拨款，首期疏浚佛山到黄埔河段。这可是不分华夷军民都引颈盼望的德政，最擅长搞这种工程的，当然就是六旗帮的港口专业队伍。可是海盗如何能承包官家工程？这嫁接转包的美事当然就落在陈道芗头上了。

安宛若说得还真没错，不到半个月总舵主的回复就来了，回复的不是信，是人。刘丽川匹马单枪赶到广州分舵，也不知领了总舵主什么密令，催着陈道芗约来安宛若。彼此之间对了没几句话，就和有余圣女带着那个孩子相偕赶回漳厦。陈道芗看得是莫名其妙，很显然，总舵主和白莲教之间有些隐密的关系。

难道生性温和的刘莒莨竟然真的要和白莲教合作？要知道，自顺治十八年吴三桂入缅甸，绞杀永历帝朱常瀛算起，前明正朔已绝祀一百四十年。天地会挣扎着存活下来，反清复明逐渐成为行走江湖的旗号而已。可白莲教不同，大举称兵而起，仅仅是在过去十年之间，甘陕川鄂四省已多次击溃清军主力，斩杀三品以上武将二十余人。嘉庆调集各省重兵围堵，问责、贬斥、更换主帅无数，耗费国帑二亿两，额勒登保才告大捷。可是江湖传言，白莲教剩余主力已转入甘宁青海一带，胜负犹未可知。这百战之师的白莲教和坐地生财的天地会如何个合作法？有余圣女这个老美人一走，陈道芗算是放下了心中的一块大石头，却抹不去心中的阴影。

白莲教如惊鸿乍现，从此渺无音讯，一晃眼已是三个多月过去，时序进入嘉庆十三年二月，陈道芗心绪渐平。身为分舵香主，平日不是管人就是看账，现在正坐在屋子里干他最怕干的批账。每个月各号分账和四坛大账累起来有半个人高，虽然他只看大柜做出来的总账摘要，也是厚厚的一本。厚也就罢了，因为进行中的施工项目大多还没从衙门领到款，可人工材料却是不断支出，这个月才从广州府衙门领到第一笔工程款，账上现金勉强收支平衡，看得人没趣之极。他伸了个懒腰，看着在院子里练器械的张保。保仔现在每个月上中下各旬都会来个两三天，督工河道疏浚，顺便请陈道芗点拨武艺。保仔现在已经完全是大人了，只不过小伙子没想到，龙嫂拨给他十几条船，竟然都是挖泥的沙船和乌船，半门炮也没有。大叹英雄无用武之地，也只有勤练功夫了。

第17章

建造虎门炮台

堂堂大侠却落得与算盘为伍，恐怕英雄还得为五斗米折腰，试着向孙大人催款。陈道芗揉了揉额头站起身来，却听得乒哩乓啷的门上伙计领着一人跑了进来。张保停下刀势，他和陈道芗未必认得全红旗帮的五万兄弟，却决不会认不得隐于凤来商号中的指南针。

"龙嫂有急信！"

李三朱不到一个时辰之内连接两份急信，飞鸽传书内容简明，第一份说英吉利战舰十三艘于今日卯时通过安南的头顿[①]，目的不明。多为黛安娜号级别的大型驱逐舰，但有三艘巨型战舰，每舰备炮七十门以上，恐难以抗拒。第二份说六旗各帮已得信，公推龙嫂指挥，各旗协同备战。蓝旗帮哨船正在往南搜索，随时通报。

单舰备炮七十门以上，这得是多大的船？李三朱将信将疑，张保却已是大惊失色，连呼备船，他得立刻赶回参战。陈道芗沉吟着说道：

"且慢，保仔，沉住气，去年缴烧鸦片唱主角的是官军，夷兵未必是冲着大屿山来的，你先跟我到拾翠洲打听一下消息."

拾翠洲的气氛诡异之极，为数不多的几家花旗国商号人人自危，聚在其昌洋行争论不休。有主张跟锡安教派奥利坊划清界线以自保，也有主张集结武装商船，再借奥利坊的武力以自保，众说纷纭，莫衷一是。东印度公司驻粤分公司的职员露了口风，培罗准将秘密调查几个月，终于基本搞清楚了。原来伟大的大英帝国鸦片三番两次出事，竟然是大清政府军加上传说的武林中人，再加上地方黑社会，还加上南海六旗帮，更加上花旗国民团联合狙击的结果。是可忍孰不可忍，眼看着新一季鸦片即将大举出货，此番东印度舰队倾巢而出，由三艘巨型巡洋舰领军，准备胁迫大清政府全力肃清海陆盗匪，顺便寻花旗国营

---

① 十三艘英舰进入广州湾上溯珠江，过虎门顶黄埔，事发于嘉庆十三年八月，即1808年9月。

商的晦气，教训一下这个不知天高地厚的奴属国。

英吉利人如何能搞得清水陆帮会，江湖和武林？除非，除非有人为了鸦片利益而告密。陈道芗纳闷地问马礼逊：

“几个月前你不是说英吉利忙着和那个拿着破轮子的皇帝打仗，无暇东顾吗？”

顾盛强抢着说道：

“那是几个月前，后来过了没多久，英军就在蒙迪戈湾登陆，眼看着法兰西就要被赶出屁你牛死山(Pirineos)以南的伊比利亚半岛了。现在英吉利缺的就是军费，1808年东印度公司的盈余指标出来了，最低必须上缴一百二十万西币。你说培罗能不急着卖鸦片吗？”

虽然顾盛强的汉语已很流利，可大清子民谁搞得懂基督教的历法？1808年就是嘉庆十三年，陈道芗转头对张保仔细解释了一遍，然后说道：

“保仔，你都听清楚了，英军此次东来主要是找两广衙门，为新一季的鸦片保驾护航。你现在回去告诉龙嫂，保持戒备即可，不必主动启战。”

张保赶往码头，事情紧急，陈道芗也顾不得惊世骇俗，施展轻功提纵之术，往城内飞掠而去。

“陈公子真是手眼通天，但不知如此重大军情是如何得知？”

“制台大人言重了，草民在黄埔和虎门两地施工。大人想必知道，码头上的苦力工人都是在帮的。底下的伙计今早发现他们有异样，原来是海盗从安南飞鸽传书雷州府，报来了英吉利军情。那些海盗以为是冲他们去的，正在备战。可是草民认得拾翠洲的夷商教士，他们告之，实是冲着两广衙门来的。”

孙玉庭一得陈道芗情报，就拉着他相偕赶往总督衙门。吴熊光又召来孙全谋和林国良，陈道芗一介布衣书生就这么周旋在四位二三四品大员之间。林国良忍不住问道：

“陈公子，你说有三条夷舰竟然各装了七十几门炮，这听起来不大可能啊！您大概不懂船艺和火炮，单舷三四十门炮如果同时开起火来，那后冲的力道岂不把船都给掀翻了？”

“此事千真万确，林总兵，有一位英吉利传教士与敝人交好，告之此船夷人称之为巡洋舰。单舷上下两层各配炮十八门，双层炮甲板两舷一共七十二门。这还不是最大的，夷人最大的主力船只称之为战列舰，舰身更大，装备三或四层排炮，单层单排就可配十八门，最多可装炮上百门。”

四位大官听得面面相觑，孙玉庭叹了口气说道：

“人无远虑，必有近忧。当初如果兵部肯拨款重建虎门炮台，今日也不至如此窘迫了。”

吴熊光沉吟着说道：

“孙大人，如按陈公子所言，英吉利此来想必是和半年前的葡萄牙人一样，为了通商贸易，为鸦片保驾护航。此来耀武扬威，却未必就敢主动开炮启衅。”

“嗯，吴制台所言与本官所见略同，但是夷舰如此胆大妄为决不可纵容。本官以为，我等立刻联名加急上奏，同时向兵部剖析夷舰声势。水师需进一步扩编，虎门炮台必须整建。当务之急是调遣水师可用之兵，在河口拦住夷舰，不可任其过虎门，入珠江。”

可惜，自认为熟悉官场套路的吴熊光自知无力正面与英军为敌，在没想好驱夷对策之前，竟是迁延不愿上奏，只盼能赶快想出办法先令夷人退兵。

瓦尔札理俯视着小船上比手画脚的大清小贩，同时口中冒出哇啦哇啦的一阵印度英语，心中却是充满了鄙视和不快。眼前这些小贩真是不知所谓，听说大清是个古老的帝国，怎么眼下大军压境，这帝国的子民不但不防守，反而蜂拥而上跑来卖东西呢？可是他又不能违背老板华莱士中校的命令。瓦尔札理·赛当可曾是某个印度贵族的总管，后来又进入大英帝国总督府，当了餐厅仆役四大领班之一。当奴才的窍门就是察言观色，善体人意。根据他的体会，过去两百年来，皇家海军好不容易建立起睥睨天下的声誉。可是和皇家陆军的苏格兰兵团不同，皇家海军三分之二以上军官都是血统纯正的英格兰人。而明明是一等奴才的自己，现在却被调来服侍这个苏格兰籍的华莱士中校，真是大材小用，不知所谓。

小舢舨上那个脑袋长尾巴的独眼家伙终于心不甘情不愿放下手中一整串螃蟹，指着船板上的香蕉和芭拉又是一阵叽哩咕噜，用绳子将一个空篮抛上船舷。瓦尔札理不愧是专门管事的奴才头子，心领神会地把一块西币放进篮中，又将绳篮缒回小艇。独眼将军麦廷章接过篮子，笑嘻嘻地收起银币，将找零的六百文铜板连同香蕉你个芭拉一起放入篮中。

加尔各答港上贩卖有各种热带水果，以前在英吉利从未见闻，不论波罗蜜红毛丹榴莲山竹还是大芒果，都是香甜可口鲜嫩多汁，吃得人眉开眼笑。只不过，印度这个狗地方真是他娘的脏乱热，吃了这么多水果竟然本老爷还是痔疮大发，屁股开花。华莱士中校哪里懂得，这些水果都是热性大火之物，龇牙咧嘴地稍微抬了抬腿，试图松活一下两瓣肥屁股肉中冒出来的火芽。

他并没有理会印度仆役和大清小贩的喧吵，而是贪婪地从望远镜中一览这传闻中神秘古国的海湾风光。中式小帆船挂着油布蓬帆，在这浩瀚的广州湾中来回穿梭。他指挥的这艘百眼巨人号(HMS Argus)现在位置在舰队最北面，作为监视整个广州湾的主要火力基地。在百眼巨人号两侧锚泊着对此处地理最熟悉的两艘驱逐舰，黛安娜号和卡罗琳号。三舰加在一起单舷就有七十几门舷炮，一字排开。出发前黛安娜号舰长曾经在酒吧里大发豪语，称只凭黛安娜号一艘舰堵住黄埔港口，连续轰击五个小时，即可全歼这个大清国所谓的广东水师。

不过，华莱士中校并不做如此想。他对中国的认识来自于精美的瓷器和柔滑的丝绸，还有绣品上那写意的图形和神秘的方块字。他的父亲老华莱士是苏格兰王室的乐师，更对中国弦乐器爱不释手。如果有机会，老华莱士曾经告诉自己的儿子，你一定要好好了解这个文明优美的古国。

海湾中片片帆影悠闲地晃来晃去，似乎完全不知眼前这十三艘战舰所具备的毁灭性力量。华莱士中校叹了口气，那帮亚美利加伪教徒在北美洲屠杀印地安人的时候，那些徜徉在大草原上的原住民是否也是面对枪炮不知所云呢?

一身渔夫打扮的关天培在另一艘临时征用的渔船上，直接插进英吉利舰队的锚地，来到另一艘巨舰船尾。身为舰队旗舰与培罗准将的座舰，这艘大船保养得光鲜亮丽。关天培仰望着方形的船尾，竟然开了两层坚实漂亮的玻璃窗，两侧是精雕细琢的藻饰，上方是一排胡里花哨的木雕蚯蚓文字。原来夷人战船上还刻着符咒，HMS Royal Sovereign(国王陛下之舰：王权号)。关天培命小船绕到舷侧，他一点也不关心那些鬼画符，令他困扰的是那上下两整排阴森森的炮门。从那三十六门炮口的粗细可以判断，关天培心想，最少是两千八百斤以上的火炮。只要一艘这种地狱战舰开进珠江，就足以摧毁大清的所有岸防。

十艘驱逐舰伴随着王权号、无双号和百眼巨人号三艘巡洋舰，停泊在香山的鸡颈洋海面。但是培罗准将此刻并没有待在王权号上，昨天由邦德少校率领的一个皇家火枪营先行登陆，占领澳门北面香炉湾的旧炮台。葡萄牙对华海上贸易也深受海盗之苦，虽然自从拿破仑任命的国王统治了伊比利亚半岛之后，英葡两国在欧洲的利益未必完全相符，但是在东方还是可以合作，共同向大清施加压力。今天，东印度舰队司令将拜访葡萄牙驻澳门总督，博纳多·法瑞亚将军[①]。

英中海上贸易的入超已持续百年，大英帝国白花花的银子不断流向东方，换回来茶叶丝绸这些奢侈品和各种消费物资。好不容易近十年靠鸦片这种不道德的商品扭亏为盈，偏偏法兰西帝国开始在欧洲疯狂扩张。内政大臣阿芳索爵士是托利党在国会的党鞭，也是培罗的私人好友，发来秘信说道，因为整个欧洲陷入战火，使得军费融资的渠道越来越窄。贪婪的内森·罗斯柴尔德[②]正在向帝国政府发放高利贷，如果中断鸦片贸易所能供输资金的新鲜血液，大英帝国在欧洲大陆战场上的军队势将折戟沉沙，拿破仑那个侏儒将会统治世界。

可是，鸦片贸易是大清国明令禁止的。所以，此番大军压境只能以一般商贸说事。表面要求大清政府肃清陆匪和海盗，保护贸易通道的安全，实际上就是要在那些东方官员面前演兵。所谓的大清水师只能勉强算是水上巡逻员，除非是负责提供及时讯息，然后配合欧洲的海军联合作战，才有可能歼灭这些滑不溜秋又势力庞大的海盗。

培罗准将此时是有苦说不出，即使大清国的水师看起来跟玩具差不多，可是却不能跟这些中国官员撕破脸。虽然皇家海军看起来火炮犀利，可是却一炮也不敢发。炮弹火药薪饷伙食，在欧战的逼迫之下，哪还有钱浪费在东方的示威上面？真和大清国开仗更是没人敢的，这个国家真他娘的太大了，人是真他娘的太多了，哪怕是枪炮全打光了，恐怕也伤不着人家的万分之一。大清官兵只消把守陆地不给英舰补给，这仗就打不下去。培罗挠了挠头，发给伍浩官的信怎么还没有回音？

广东水师既是便装侦查，当然不可能亮出巡检招牌拦截其他民船。一帮小贩的舢舨绕着这十三艘大舰吆喝叫卖，掩护水师的同时也不知其中混进来了多少海盗。虽然心怀浙督徐廷雄与右眼之仇，麦廷章却也只能恨得牙痒痒的干瞪眼。

香山海面战云密布，暗涛汹涌的同时，华林寺却是另一番风光。孙玉庭不再拦着妻女的上香活动，雅擅丹青的孙荷映今天借中殿挥毫，孙夫人老怀弥慰，丈母娘看女婿，更是笑眯眯的口水吞落肚。一个多时辰绘就了一幅程门立

---

① Bernardo Aleixo de Lemos e Faria，港译花利亚，1806年起曾任两任澳督。

② Nathan Rothschild，罗斯柴尔德家族二代掌门人，号称神秘的第六帝国，当时掌握资本超过国家实力的犹太金融集团。

雪[①]图的水墨，没有留下签名，只在图幅左下角杨时与游酢侍立程颐之处留下半亩荷塘。陈道芗面对佳人，讷讷脸红地收下了画作。会完佳人，他还得赶赴黄埔东面的大王岗，敲定设立水泥作坊的事宜。此举不仅是为了宇宙坛营建生意辟建新奇的材料来源，而且孙玉廷已经叮嘱过他，为保广东一省乃至整个大清的平安，珠江口的虎门炮台势在必行。

孙玉庭这一回并不是单独来见吴熊光，兹事体大，他先找来了布政使徐雪舫仔细垂询。徐雪舫管的可是广东通省财税钱粮，待得弄清楚了这财务上的利害关系，才又来找总督大人一起会商。

“吴大人，这可是把双刃剑哪。封关封仓固然可能让夷酋退兵，可我们也没了财税收入，一旦牵延，我们自己也承受不起啊。”

吴熊光无奈地点了点头，方才徐雪舫的报告已经剖析清楚，如果停止与夷人贸易一个月，大失血的广东财税节衣缩食勉可应付。超过一个月将难以完成解送北京的上交指标，超过两个半月的话连广东本省都将开天窗，各项用度将会入不敷出。何况朝廷转划的水师扩军款有限，六成是由广东自筹。此前总兵林国良已经将关天培和麦廷章的侦查报告汇整上禀孙全谋，转呈总督衙门。吴熊光说道：

“孙大人，水师整建还得最少三个月才能完成，以我们目前的实力，实在无法与夷舰抗衡。我说句不该说的，即使整建完成，仅凭广东水师也难以胜出。就算拼掉两三艘夷舰，我省水师恐也难逃覆灭。”

“照你所说，这英吉利夷兵真的如此厉害？吴大人，如果建成大型的虎门炮台，同时拨款再扩建水师，水陆合力，是否有把握能封锁珠江口，阻住夷师北上？”

“这个，孙大人，如果有充足的经费，五年的时间，应可击退当面夷军。可是，如果夷军也扩兵，又该当如何?”

孙玉庭长叹一口气说道：

“为人臣者，以社稷为己任，也只有尽其在我了。吴大人，如任由夷舰北上，堕我天朝声威，甚至兵连祸结，你我二人罪在不赦啊。这英吉利夷国看重鸦片输入，勾结地方势力，无所不用其极。数月前咱们拼死灭了他们一大批鸦

① 杨时与游酢都是北宋时期的福建学子，北上河南颍昌，师从大儒程颐。程颐冬日冥思，醒来方知二生侍立雪中，是为“程门立雪”之典。杨时亦拜程颐之兄程颢为师，学成归闽之时，程颢目送他远去，感慨地说：“吾道南矣”！是为“道南”之典。

片，结果你猜怎么着？雪舫，你跟吴大人说说。”

徐雪舫轻咳了一声，手按账册说道：

“制台大人，关于财税钱粮的筹划向来不敢扰您清听。不过，从去年开始的水师和绿营扩编，四成由朝廷从粤省上交款之中转划，六成由粤省自筹，所以其实全部着落在我省。一旦停止夷人贸易时间拖长，轻则影响制台大人的整军谋划，重则广东动荡，廷枢震怒。何况现在又打算自筹经费重建虎门。去年八月拾翠洲战后，巡抚衙门之所以要求暂停海上巡检扰民，实则纵放鸦片入境，乃是应广州工商联合总会要求。联合总会每月挹注我省协饷二万七千余两，占了咱们拨给水师扩军经费的大头，咱们实在是得罪不起啊。”

“徐大人，这简直是匪夷所思，太荒唐了。谁不知道广州商会就是三合会这个大匪帮的门面？”

“所以本抚期盼甚殷，槐江，只盼你速速整军，打几个胜仗，歼灭夷寇，歼灭海盗，肃清陆匪，让鸦片绝迹广东。现在咱们只能忍气吞声，对鸦片睁只眼闭只眼，为的就是争取时间。”

忽然门外传来急步声，伴随吴熊光的护军带班原本候在大门外，此时却领着孙全谋跑进大厅。孙全谋神色惶急地禀道：

“不好了，两位大人，不好了，那英吉利夷舰四艘留在鸡颈洋，守着香炉湾的炮台。另外九艘全开进珠江，现在已经到黄埔了。”

荒唐！孙玉庭一拍案站了起来怒斥道：

“水师为何不拦截？为什么不开炮警告拒夷？尽是贪生怕死之辈，竟敢让夷军入境。朝廷养尔等何用？”

“夷军只是溯江而上，他们不但没有开炮，而且还每艘船首都派人摇旗发号，话筒喊话，请我等让开航道。所以水师恐酿祸端，未得令也不敢开炮。大人，那两艘巨舰足有我们主力海沧舰的十倍大，前行时掀起大浪，不但拦不住，而且根本无法靠近啊。”

孙玉庭听得差点没气晕过去，吴熊光毕竟是节制军事，沉住气问道：

“即便如此，明明令你把住河口，让夷军入境也是大过。眼下水师主力何在？”

“禀制台大人，总兵林国良和七成主力被堵在黄埔港内，如硬要出港恐怕立启战端。澄海协有四十二艘四炮战船和八艘霆船倒是在虎门待命。”

“凭这些兵力能造成夷舰多少损伤？”

“四炮战船都是一千八百斤炮，霆船配有三千二百斤重炮，如果能够近距离偷袭夷舰，或可击沉一艘伤一艘。运气更好的话也许来得及击沉两艘。不过，如攻击那两艘超级巨舰，卑职实在没有击沉的把握。而后夷舰反击，近距离轰击之下，我军这些刚成军的新船恐将全军覆没。”

就在这时前厅值守衙役又来到后堂禀报，十三行之首怡和洋行伍秉鉴求见大人。

“正在开军政联席急会，告诉他没空，另找时间。”

“禀告大人，伍大人知道抚台大人也在此间开会，他说有要事禀报两位大人。是英吉利水师提督培罗将军带来的口信。”

“哼，是那个夷酋，来得好快！传见吧。”

伍浩官可不是空手来的，四名仆人嘿哟嘿哟地扛进来一个大家伙放在厅上，是一座红木精雕的摆设。众官正自捉摸不定，他已向同级的徐雪舫点了点头，转向两位上宪做揖行礼，这才说道：

“两位大人，那个夷酋培罗特地托我来解释，为恐两位大人误会，还请我先送上重礼。此物乃是夷国巧匠精心制作的西洋自鸣钟，每四分之一时辰一小报，每半个时辰一大报，特别精准。另外一座下官已经派人送往巡抚衙门了。”

“哼，伍浩官，照你说来夷酋倒是费心了？闲话少说，这个培罗大军压境意欲何为？他有什么口信？”

“是，两位大人，培罗将军再三嘱咐，此番夷军东来，是为了协助天朝官军，全面清剿海盗，以保全华夷百姓，以倡海洋贸易，绝无丝毫对我大清不敬之意。”

“原来夷舰闯入珠江，是为了给大清水师帮场。可是伍秉鉴，海盗虽然猖狂，可都是在珠江口外袭击海船，从没有在内河犯过案。这个培罗为什么硬要闯进来，他有什么借口吗？”

“说法倒是有的，去年中秋八月十五，英吉利东印度公司雇用六艘花旗国快船，在拾翠洲卸货时遭到海陆两匪联合袭击，损失惨重。此事两位大人应很清楚。”

放屁！孙玉庭和伍秉鉴对话至此，吴熊光再也忍耐不住，拍案而起骂道：

“英夷勾结陆匪，走私鸦片，我汉口协官兵死难五百余人，三合会匪徒授首七千余人，夷人毫发未伤。当时水师官兵封锁珠江，哪来什么海盗？哼，清剿陆匪乃本督职责，要他娘的蛮夷之国来多什么事？伍秉鉴，你不过是个商人，臭银子多了捐个三品顶戴，几时轮到你来干预国事？”

伍秉鉴满脸堆笑向吴熊光一揖，眼中闪过一刹那的寒芒，口中不疾不徐地说道：

“当时混战之中，八千人命，骇人听闻。中间难免有商人工役良民误伤，此事言官早有非议。制台大人军务繁忙，或许为下属蒙蔽亦未可知。然英夷领事和东印度公司，以及误伤良民的家属多方追查，当时确有海盗潜入栈房，乘乱施放冷箭，扩大官军与良民之间的冲突。还有素来与英吉利不睦的花旗国夷商，私组兵员施放冷枪，制造矛盾，实为置我大清主权尊严于不顾。据说还有藏边邪教的教匪参与其事，企图抢夺地盘。此事人证物证甚多，正蕴酿着推举下官，向按察使司具陈。下官已经暂时压着，怕压不了多久，还请大人明察。”

孙玉庭止住须发怒张的吴熊光，转向伍秉鉴说道：

“此事太过复杂，不过误伤良民之说本官决不同意，陈事不说也罢。你下去写份东西，把那个夷酋的想法说清楚。今天就拿过来，待得督抚和各参商议过后再做定夺。”

原来英吉利大军在澳门外海徘徊了几天，培罗无奈之下终于拿定主意，由百眼巨人号巡洋舰和三艘驱逐舰留守香炉湾炮台。他率领王权号和无双号以及七艘驱逐舰，硬闯珠江。出发前的作战会议中明令，所有战舰炮门全开，但是即使清国水师开炮也不得自行还击，各舰候命。除非造成死伤，否则东印度舰队并不打算与清国军队正面冲突，如示威不成将立即撤退。

陈道芗带着大柜吴庸庵，由广州府的推官陪同，到省垣布政使司办钤印手续。欠条是广州府出具的，不过陈道芗要求由省垣背书，才肯收条。黄埔港施工款由总督衙门拨付，已经收齐了。虎门的军民两用大堤是广州府的项目，却只能先支付六千两现银，另外五千两得等到今年田赋收上来才能支付。徐雪舫手下的同知书办倒没怎么刁难，收了一匣花旗参之后很痛快地就用印了。

陈道芗和吴庸庵回到分舵，吴庸庵自行将欠条带回大柜入账。这两个月广州分舵账面上终于出现大笔盈余，盈余是五千两的三倍。虽然广州府的欠条占用了五千两的现金，但是分舵还是可以上缴总舵九千两。陈道芗打了个报告给总舵司库，留下一千两银子，用于支付兴建大王岗水泥作坊的工料欠款。

他坐在分舵内堂上叹了口气，自己初上任那段时间，有三个兄弟转舵漳州。陈道芗心里很清楚，总舵接手了鸦片批发生意，这三人必是原先的专组，转归公孙楚指挥，继续搞鸦片。自己虽然不闻不问，却并不表示天地会的鸦片买卖没有进行。他现在只能希望营建生意越做越强，能够超过鸦片的利润，才有机会回过头来压制这种不道德的生意。正当陈道芗心头盘算，胡思乱想之际，外头街面上却乱了起来。两名兄弟跑进来禀报，巡抚衙门和以下的各级衙门贴出告示，封港了。

孙玉庭并没有召见伍秉鉴说明对策，而是与吴熊光商定之后直接出文，昭告天下。准确的说，珠江沿岸并没有封港。广东巡抚兼任广东海关总督[①]，宣布英吉利必须立刻撤兵道歉，具结永不再犯，同时广州海关拒不受理十三行为英吉利商船报关。总督衙门的文告则是宣布营兵进驻拾翠洲，监管所有英吉利商船封仓，不得上下货。林国良将水师所有的草撇巡检船和勤务沙船陆续调派出港，然后巡逻黄埔水面，禁止商贩小船和补给船靠近英舰。

英吉利果然是国际贸易巨无霸，与大清贸易额超过所有其他国家的总和。换句话说，对英吉利采取封港封仓也等于是全面禁商的一半以上。可是，此时的孙玉庭和吴熊光别无选择，只能铤而走险，用财税和饥饿战术在时间线上与培罗对决。

送到巡抚衙门的自鸣钟第二天被退了回去。其实伍秉鉴从东印度公司搬出来的红木自鸣钟不止两座，封舱后第六天，培罗再也按捺不住，于是，第三座自鸣钟和一个镶满珠宝的发条上弦八音盒被送进广东按察使韩崶[②]的家中。伍秉鉴送此重礼，看中的可不止韩崶掌管粤省风宪的职司。而是韩崶的恩师，左都御史穆彰阿。穆彰阿不但是大清言官之首，关键在于他还是领军机内大臣桂芳的接班人。伍秉鉴奏报三件事，一为嘉庆十二年中秋的拾翠洲事变，滥杀良民虚报军功；二为封港无异于封市，民不聊生；三为纵放夷军入境不思抗敌，撼我国本辱我天威。

“如果要求虎门炮台达到封锁珠江击沉夷寇巨舰的标准，全力赶工需时多久？”

“当地地形已经勘查过了，如要确保驱逐夷寇，就得有几座炮台环环相扣，可保十三条夷舰全部逃不出去。需时最少一到二年，如为百年计，得投入五到十年。”

---

① 清朝在这一时期并未将海关划归民政部门掌管，而是由负责军务的总督兼任。

② 韩崶字旭亭，乾隆年间拔贡，由七品京官一路打熬五十年成为刑部尚书，嘉庆十三年署广东，直到十八年入觐，其父八十大寿，乞归家团聚三月，而后入京值。其巡抚广东六年不可谓不长，还曾兼总督职，可见其广东任职期间至少是无过，应为有功。

一到二年？孙玉庭苦笑着摇了摇头说道：

“我现在没有一到二年的时间，恨不能一到二天。”

“大人是为那英吉利夷舰发愁吧？建炮台保我南疆永固，是急不得的工程。不过，如果只是为了赶走那十三艘夷舰，或许可以用些急就章的取巧之计。”

“哦，是何计？贤侄速速道来。”

从华林寺初见孙荷映时的一介布衣变成陈公子，用了两个多月的时间，从陈公子变成贤侄，用了近半年的时间。陈贤侄老实不客气地说道：

“夷人传教士介绍了一种新式工程材料和工艺，建筑炮台异常坚固耐久。虽然当前没有时间经费构筑完整的炮台，但是我等可用这种材料灌筑炮盘，大约十天左右也就干透可用了。同样的大炮依托这种硬质陆地炮盘，比起安在船舰上可承受更大的后冲力，所以射程更远。如果我等建六七十座炮盘，架上四千斤以上重炮，夷舰当得退兵。”

“唉，话是如此，可临时哪有多出来的工费，又从哪儿变出来这么多重炮？”

“大人，在下说的是空城计，炮盘是假的，炮也是假的。六七十门重炮变不出来，四五门总可以吧？再说这一时半会我也变不出六七十座炮盘，但是集中人力，搞四五座不带配套的真炮盘，其他都是假的，估计十来天也勉强够了。四五座阳春炮盘的千把两银子我先垫上，下回建真炮台时再补回来就是了。”

“假炮台如果那个培罗不买账怎么办？”

“大人您不是只封了英吉利的买卖和船只嘛！建成之后让水师盯紧其他夷国的商船，待他们进出珠江口时咱们就敲锣打鼓，然后水师通知那些夷船暂停。咱们那几门真炮就大模大样地在夷人面前试炮，只要消息一传开，保证两天下来那个培罗就得重新打打算盘了。重点是一粒米一滴淡水都不能上他们的船，如此一来他们非退兵不可。”

好！孙玉庭一拍桌子说道：

“咱们就这么办，只是又委屈贤侄你了。”

孙玉庭请吴熊光调遣绿营，将施工现场把守得风雨不透，陈道芗回到分舵，立刻召集司事头目，两天之内备齐工料开赴虎门，大王岗水泥作坊试车生产的两百多吨水泥也直接拉赴现场。陈道芗一封密信送到凤来商号，三天之后，张保手下的工作船开始将筛好的河沙和碎石从佛山水道一船船拉往虎门。

第18章
向六旗帮借五门炮

数日之后，虎门的炮盘正在赶工，吴熊光却派人将陈道芗请到了总督衙门。

“陈公子如此公忠体国，实堪为众民表率，此次夷变如能解决，本官当与孙大人具表上奏，恳请朝廷旌赏。”

“在下一介布衣，田野之人，聊尽心力而已。”

不过，吴熊光坐在总督衙门官厅上首，望着坐在下首的陈道芗说道：

“此事实在难以启齿，陈公子，本官担心这条空城计行不通啊。”

“大人何出此言？”

“陈公子有所不知，我朝向来重陆轻海，百余年来海上向无夷患，所以疏于海防。不论八旗还是绿营，陆地用炮皆小，以利转运。雍正朝又曾下令水师战船改小，水师用炮编制略同于陆军，五百斤以下称为轻炮，五百至两千斤称为重炮。新造霆船配有更大的三千二百斤巨炮，可是不但比不上夷炮，而且射程也谈不上封锁整个珠江口。开铸新炮不但没有银子，而且远水救不了近火，本官是担心画虎不成反类犬，激起战端。”

“如此说来实在难办，制台大人可是别有良策？”

“别有良策我也就不找你来了。”

陈道芗扬了扬眉，吴熊光话外之意是，军国大事，如果不是实在抓瞎了，怎么会找你一介布衣问计。他沉吟了一会，缓缓说道：

“在下倒是有一个馊主意，刚和孙大人约略提过，就不知道能不能行？”

“什么主意？快说来听听。”

陈道芗望着吴熊光，一字一句地说道：

“问六旗帮的海盗借炮。”

你说什么？吴熊光当场愣住了，猛的警醒过来，那是又惊又怒推案而起。指着陈道芗说道：

“陈道芗，你好大的胆子，竟敢出此大逆不道之言。你和巡抚孙大人是什么关系我不清楚，但是我知道你一介布衣身无功名，却不但行走于廊庑，而且关系复杂。去年拾翠洲一战，虽然本督不知你如何说动花旗夷人和海盗助战，但是自古官贼不两立，我无法承你的情。你说向海盗借炮，先别说海盗不可能有此巨炮，就算是有又如何肯借？就算海盗肯借，本督又如何能受？让言官参上一本，那就是抄家的死罪。你到底是何居心？”

“制台大人莫急，请听我细说分明。在下有言在先，这的确是个馊主意。不过，制台大人知道在下乃是武林中人，自是交游广阔。虽说识得夷人和海匪，苟能无害于社稷，庇佑众民于万一，借而用之又有何妨？第一，六旗帮实乃六个独立帮派，以旗色分之，其中有三帮素来不侵我华夏子民，仅止于外海与夷人征战。第二，夷人船大炮利，海盗为求生存亦备有巨炮。第三，海盗海盗海上为盗，六旗帮看不起河匪，素来不入珠江水域作案，虎门设防于彼等无碍。而夷舰入境不仅害其利，且有辱华夏声威，盗之有道，同仇敌忾。在下喻之以理，借炮之事倒有六七成把握。第四，六旗帮并非借炮给您吴大人或是营兵，海盗是借炮给家乡的民团乡勇。保卫家园，自与总督衙门无关。当然啦，如果凑巧有水师或绿营的炮兵离休返乡，加入民团操炮，那就更好不过了。第五，据在下所知，夷舰入江已近两旬，制台大人您至今还未上报朝廷。莫非真有什么其他的锦囊妙计，是以认为在下蠢见不值一顾？”

吴熊光听得目瞪口呆，气咻咻地坐回椅中，依然盯着陈道芗不言不语。过了半晌才吐出一口长气，口中大逆不道的陈道芗又变回了陈公子。

“你倒是想得周全，只是干系太大。陈公子，这样能行吗？”

“我的手下正在赶工兴建炮盘，听您说炮出了问题，敝人也是如闻霹雳。但是吴大人，夷寇欺人太甚，如今我广州军民是马至狭路，船到江心。除了舍命向前一拼，在下此刻实在是想不出别的招了。”

广东的陆匪熟悉地形与河道，行踪飘忽不定，多年来绿营追剿也是快速机动，并不携炮。水师与海盗对阵却是以炮战为主，炮艺较精。是以吴熊光并未携行绿营将校，而是点名林国良和关天培相随。三人换了便服，来到华林寺后院，陈道芗和张保早已候在那里。

当总督大人和水师将领玩微服私访把戏的时候，一艘怡和洋行的乌船悄悄出海，来到澳门靠泊。伍秉鉴的总管下船，直奔葡萄牙总督府。

堂堂正二品的总督大人降尊纡贵，跑到寺庙中私会海盗，这可是顶了天大的干系。一看陈道芗身边竟然只有一个不到二十岁的年轻人，气得差点没拂袖而去。陈公子连忙拉住他们，英雄出少年，去年拾翠洲一战，引箭相助者正是这位张保的手下，现在是红旗帮战队的二把头。吴熊光等人听了陈道芗的介绍，也懒得自报姓名，林国良斜睨张保一眼说道：

“你是二把头？你们一把头为什么没来？”

“你们这几个当官的给我听好了，不是陈大哥的面子本少爷我今儿还不来了。孤陋寡闻！我们红旗帮自从一哥归天之后，战队一把头的位子就一直空着，帮主下来就是我了。今天好像不是我要见各位，而是各位有事要见我吧？”

“听说红旗帮当家的是一个叫作龙嫂的女人，她为何没来？”

“不就是几门炮的事吗？刀枪大炮的事什么时候轮到女人做主了？”

小鬼胡吹大气，陈道芗听得一愣，心中正自好笑，没想到张保接着说道：

“你说的龙嫂就是以前的一嫂，一哥走后就一直是孤寡一人。最近和我情投意合，又有众家兄弟拥戴，马上就要当我的老婆了。你们是想跟真正当家的说事呢，还是想跟婆娘说事？”

牛皮吹得也未免太不着边，此言一出不仅吴熊光等人发愣，连陈道芗都听得皱起了眉头。吴熊光这才踱到张保面前说道：

“也罢，本官从未在战阵公堂之外会过盗匪，这还是头一遭。你说吧，你们有四千斤以上的大炮吗？”

“三十磅炮怎么样？”

“三十磅？磅是什么东西？一磅是多少？”

“一磅是九两多一点，三十磅就是二十七斤。”

二十七斤？顶多就是一根特大号的重型鸟铳，吴熊光听得是怒从心中起，恶向胆边生，喉头咯咯作响。如果有刀在手，恨不得立刻将张保劈于刀下。陈道芗连忙说道：

“吴大人别误会，他说的是炮弹，不是炮身的重量。”

关天培再也忍耐不住，怀疑地插口问道：

“二十七斤的炮弹？那得是多大的炮？”

“哼，谅你们也没见过，那是西夷新法造的炮。炮身比较轻，大概也就是七八千斤吧，最大射程有个八里，顺风可能近十里。”

吴熊光等人将信将疑地互望一眼，如果这个小鬼不是吹牛，此炮用来封锁珠江绰绰有余。吴熊光舒了口气说道：

“如果真是这样，那么我们要了，你有什么条件就明说吧。”

张保笑嘻嘻地说道：

“你要了？我可还没说给呢。这种新式大炮有钱也买不到，一门进价四千二百两银子，得等一年。我怎么也得卖你六千两吧，每门炮附送四十发炮弹。”

吴熊光唬地一家伙变了脸色，五门炮就得三万两，层层上报兵部转军机，一两年也未必批得下来。买炮还得再等一年，简直就是寻开心。总督大人憋得胀红了脸说道：

“我说的是现货。”

“现货？那得从寨子里拆下来，工费和加急费，我也不敲竹杠，那就每门七千两吧。但是有一个问题，陈大哥说的可是卖给民团乡勇，保卫家园。你们三个人模狗样，一看就是残害良民的狗官。如果不是你们这些狗官迫害，本少爷又何至于家破人亡，流落海上？如果是狗官要买炮残害百姓，本少爷可是不爱搭理的。”

看来这红旗帮是真的有炮，吴熊光不得不忍着气说道：

“我和陈公子说好了是借不是买，用完了可以还给你。这炮的确是给乡勇团练的，用来抵御夷兵，倒不是官军买炮。”

“好了，吴大人，你就是总督吴熊光大人吧？我们红旗帮干的是杀头买卖，办事情不喜欢藏着掖着，说话直来直往。你要炮对付英吉利舰队，不是不可以。但是我们有几句话得跟官家先说清楚。”

一听可以，吴熊光心中大喜，当场改容相向，称呼也改了，说话也客气了几分。

“既然你知道本官的身份，今日机会难得，少寨主但说无妨。”

“我红旗帮自立寨以来，从未伤过平民百姓一根毫毛，与华人商船也向无纠葛。我们专门找夷兵夷商发财，既有抢的，也有真金白银买卖的。吴大人，出广州湾到了外海，那就是另外一个世界。我等既未犯境，又不扰民，朝廷水师为何总和我们过不去？”

吴熊光被问得一时半会出声不得，他乃是书香世家科举入仕，那林国良先祖却是福建海澄渔民，投入郑成功军中，后跟随施琅降清，平台湾。关天培更是苏北淮安农民出身。二人皆知所谓官逼民反之苦，当下都是默不作声。吴熊光好不容易叹口气说道：

“官匪自古乃是天敌。去年本官还在直隶任上，红旗帮袭击浙江水师，杀害提督徐廷雄和官兵无数，震动天下。仅此一条罪名，血洗大屿山亦不为过。”

陈道芗见这吴熊光的脑袋瓜里仍难脱官本位道道，于是插口说道：

“当时四省水师联军进剿六旗帮，战场之上不是你死就是我亡。蓝旗帮在雷州半岛遭遇广东水师，红旗帮在闽北自卫。所谓的罪名，不过是成王败寇而已。吴大人，在下并非讨海之人，因缘际会，当时正好在船上观战。老实说，眼看人家红旗帮勤训精练，秣马厉兵，器械精良。合四省水师之力，也未必能是对手。”

张保也淡淡地说道：

“我是在平潭战后才入帮的，不过，这笔账要算在我头上也可以。吴大人，借炮只有一个条件。我们红旗帮要求今后与广东水师和平相处，互不侵犯。”

“这不可能，你不如让皇上直接把我脑袋砍下来算了。”

“我话还没说完，吴大人，官贼不两立，我们比你感受更深。我说的和平相处是指两军之间休兵罢战，并不是结交言欢。红旗帮保证全帮大小战船不入珠江一步，不妄杀我中华一人，不掠毁一船，与广东水师治下秋毫无犯。但有丝毫违反，甘愿束手就缚。但是，红旗帮在外海与夷人争战，既与大清治下无关，广东水师也不应干涉。如何！吴大人？”

听得这番言语，三位官员简直不敢相信自己的耳朵。吴熊光张大了嘴说道：

“这个，且让我等商议一下。”

吴熊光拉着林关二人从后院走到中殿，只不过议了半柱香的时间就转回来说道：

“你们和夷人争战，本官自可袖手旁观。张保，广东水师是朝廷的军队，不是我吴某人的家丁。我在这个两广总督任上可以如此做，并不表示下一任总督也能如此，你明白吗？如果红旗帮做到承诺，我只能说，第一，我只认你红旗帮，不是整个六旗帮。第二，如果红旗帮不在我部治下闹事，在我任上的借炮期间，水师可以对红旗帮其他的事不闻不问。”

好！张保一拍身旁的树干说道：

“吴大人身绾两省兵符，今日微服私访华林寺，跟我这个特大土匪会面，果然是胆识过人。咱们今日就请陈大哥为证，在下与吴大人订个君子之约。我在五天之内准备好大炮送到虎门，怕你们使不够，每门炮加六十枚炮弹吧。我会通知陈大哥，请你们准备好工役骡马卸炮运炮。不过，几位大人，这炮弹真是跟夷商买的，如有不足可得提前三个月打招呼。”

林国良又歪着脑袋怀疑地问道：

“你劫夷船杀夷商，夷商如何肯卖军火与你？”

“大人您真以为海盗是以杀人为乐吗？我等认得的夷人可比杀过的多十百倍。不分华夷皆为父母生养，若非难以为生何必讨海？我们一般拦截夷船是收买路钱，遇到武装船只反抗才会枪炮相攻。但是如有夷船海难遇险，我们也会伸出援手，这是讨海人的规矩。至于和夷商之间买卖那就更多了，抢了西班牙船的丝绸卖给花旗国，抢了英吉利船的茶叶卖给法兰西。咱们卖价便宜，那些夷国之间勾心斗角，那才叫个美呢！”

“好了！张保，陈公子，咱们就此约定，借炮五门。今后红旗帮海上不碍良民，战船不入珠江，本官任上，借炮期间，广东水师与红旗帮之间休兵止战，互不侵犯。”

“今日从头至今都是您在说借炮，请问吴大人，到了您卸任之时，这炮怎么还啊？”

吴熊光听得又张大了嘴不知如何回答。张保笑道：

“这样吧，咱们走个过场，也省得您吴大人难以面对言官，还搞什么乡勇团练的装模作样。炮由拾翠洲的商号作价廉卖给陈大哥的营建商号，由他连炮盘施工整包。既然是与您吴大人个人口头订约，您痛快我也不能含糊，反正借钱容易讨债难，红旗帮这几门大炮，干脆就做个人情送给您吧。”

若是衙门采办，这价值数万纹银的巨炮三年也未必买得来，现在却有人白送，立解燃眉之急。吴熊光感慨万分，三人称谢告辞走了。虽然张保人模人样的与两广总督谈判，已颇有大将之风，可陈道芗一把揪住张保的衣领说道：

“好你个保仔，翅膀长硬了，忽悠朝廷命官胡吹大气。你胡说八道的那些浑话叫龙嫂听到了，还得怪我没管好你。”

张保却是既不挣扎也不吭声，等陈道芗松了手他才慢悠悠地说道：

“陈大哥，我说的是大实话，不是吹牛。”

“我知道你们可以做到不乱抢妄杀，我说的是你讲龙嫂要做你老婆，没大没小。”

“我说的也是这件事，陈大哥，我正要为这件事找你。”

陈道芗惊讶得瞪大了眼睛，合不拢下巴。

“保仔，你说什么？到底是怎么回事？”

“月初的时候黑旗帮郭婆带派人来大屿山说媒，说什么两帮联姻，门当户对，亲上加亲，要撮合郭婆带和龙嫂婚配。龙嫂不答应，来人却是死缠烂打，不依不饶。后来是我站出来，说龙嫂即将和我成亲，来人才酸不溜丢地走了。这事全帮上下都听到了。”

“即便如此，那也是一时权宜之计，怎么能和外人，尤其是官家说起？”

“如果不是一时权宜，而是长久之计呢？”

“保仔，你在胡说些什么！你昏头啦？”

“自从一哥走了以后，嫂子一人支起半边天，心里是何等孤苦！如果心里有了一个人，自当宇宙万物皆为此人而生，皆为此人而动，皆为此人而寂。她待我情深义重，我怎能不全心以报？陈大哥，我和嫂子是真的两情相悦，互相钟意。你帮帮我。”

“保仔，兄亡娶嫂，礼法难容啊！如何杜天下悠悠之口？大屿山的弟兄们怎么说？”

“绝大多数是赞成的，嫂子年轻貌美，迟早再嫁，一哥在寨里的亲族也没几个反对。可是身为红旗帮的瓢把子，良配难寻。我和她在一起，至少撑得起红旗帮，护得住大屿山。说起礼法，陈大哥，你和那位孙姑娘不也是门极不当，户甚不对吗？”

张保之言正是陈道芗心中最大的隐忧，默然良久，他才说道：

“你想我帮什么忙？”

“海盗也是活生生的人间，人生在世，哪能完全不讲礼法？陈大哥，我是孤儿，没有亲人，龙嫂又是再嫁。我想请您当我张保张家的媒人，上大屿山提亲，咱们也走一程礼法。”

第19章
吓跑东印度舰队

没想到这些黑发黄皮塌鼻脑袋后面长尾巴的大清官员竟然对大炮丛林视若无睹，态度如此强硬。英吉利舰队外围的小贩民船全被水师巡检船赶跑了，军需官现在每天向培罗报告淡水粮食和燃料的存量。如果再没有补给的话，五天之后全军只好喝半咸不淡的珠江污水，因为燃料缺乏，也只能生吞面粉咸猪肉，十二天之后将会断粮。培罗满腹愁绪地望着滚滚珠江南逝水，他现在无法和岸上的东印度公司建立联络，只能把全部的希望摆在煨脸颊腚[①]身上。这个脸颊和屁股煨成一锅的家伙是怡和洋行创办人之一，他的合伙人就是伍浩官，伍浩官那可是在广州地面黑白两道翻云覆雨的商界大流氓。培罗心里很清楚，欧洲反拿破仑之战旷日持久，大英帝国阮囊羞涩。东印度舰队的任务是保障贸易，这十三艘战舰已是充面子的全部家当，绝不容任何损伤。万一地中海的战事失利，或许整个舰队都得西调支援战事，暂时留下东印度公司自生自灭。如果连伍浩官都无法解决这个姓吴的刺头总督，乔治三世陛下的舰队终将只能灰溜溜地撤军。

这时作战官忽然跑来上报，黄埔港内有情况，好几艘货船正在装载，装的是大炮。培罗连忙上了舰桥，朝向作战官指的方向举起千里镜。只见港边聚集了两百名工人，正在吊货装船，吊的是大炮的身管。舰上的一组枪炮军士正在计数，培罗仔细看了一下，身管粗厚，应该是六千斤以上的重型火炮。这一装船装了整半天，直到下午未时末才装完，计数六十五门重炮。四条货船吃水甚深，慢悠悠地出港，经过无双号巡洋舰眼皮底下，往下游驶去。

过去从未听说清军有三千斤以上的火炮，培罗满腹惊疑，清军好阴险，忽然出现这么多重炮，除了对付自己还能有什么用处？

天地会广州分舵的营建作坊数日赶工，制作了六十几门假炮。空心炮管中

① William Jardine，港译威廉·渣甸，创办怡和洋行的英国合伙人。

填了泥土，船舱里还压了石块，几十门假炮经过几艘各个夷国的商船，在众目睽睽之下，浩浩荡荡运往虎门。张保派出专司装卸的领事头目王进兴，押运五门三十磅真炮和弹药，也于当晚趁夜进入珠江。

两座半真半假的炮台设在上横挡岛和阿娘鞋山，这两个地方是孙玉庭早已精挑细选的，位于虎门面向海口之处，从高处俯瞰。只要兵部核下经费，就可以扩充成为真正扼守珠江口的门神。五座真炮和六十五门假炮花了次日一整天的功夫才拽上山，可是真炮还得再等几天才能安在炮盘上。因为三尺厚的混凝土炮盘灌浇完不过四天，至少得再过五六天才能干透硬化。不过，大清国建成虎门要塞的消息已经不径而走，传遍了拾翠洲的夷商。

两天之后，葡萄牙商船培瑞拉号默默驶进珠江，但是，它并没有进入拾翠洲，而是停留在黄埔段的江面，靠帮在王权号旁边。等到麦廷章得报乘船赶来，培瑞拉号已经完成对王权号的紧急补给，转泊在无双号旁边。麦廷章眼睁睁地看着两艘大船上数百水手忙着搬运粮水燃料，只好返回黄埔，命军士立刻上报。原来，在澳门总督法瑞亚默许之下，伍秉鉴出了重金，雇用培瑞拉号抢运补给。

葡萄牙和西班牙王室已被拿破仑控制，可是民间都是反法联盟的成员，而大不列颠正在伊比利亚半岛为这两个国家和拿破轮的军队苦战。伍浩官果然是长袖善舞，插入葡萄牙官民之间的缝隙。培罗终于松了一口气，包括两艘巡洋舰在内的三艘战舰已经完成了补给，只要葡萄牙人能持续支援补给，中英对峙就可以在这珠江水面持续下去，直到其中一方受不了财政压力而认输。这时培瑞拉号空船扬帆，准备驶回澳门载运下一批补给品，同时奔出珠江口的，还有从凤来商号后院振翅冲天的两只信鸽。

眼看着英酋也是打着拉锯对峙的算盘，并无意启战，孙全谋终于下了狠心，命令水师所有舰艇驶出黄埔，巡弋从拾翠洲到虎门的整段江面。

那座红木自鸣钟的木门咔嗒一家伙弹开，蹦出一只布谷鸟开始报时。按察使韩崶在自己办公官厅里再三斟酌，他上报英夷入境经过的折子已于昨日发出，十天后可达北京。虽然在写折子的时候就已经留了个心眼，文中只陈述具体事实，对是非评断不置一词。但是，此刻让他伤脑筋的是，不知道恩师穆彰阿大人和内阁大学士领军机处的桂芳大人在这件事上会积极到什么程度。如果只是轻风细雨，他总得留个与总督吴熊光日后相见的余地。眼下最明哲保身的做法就是，下令备轿，他决定去拜访一下吴大人。

张保昨天接到飞鸽传信，今天陈道芗亲自来到阿娘鞋山监督安炮。炮盘差不多干透了，真炮假炮安装下来最少得两天。陈道芗还带来了总督衙门的信息，两相对照之后，张保按照陈道芗的叮嘱，匆匆赶回香港岛的新寨备战。

广东水师只封锁珠江内河对英舰的物资供应，巡检船并不阻拦澳门小贩。华莱士中校站在百眼巨人号的前甲板上，没有理会瓦尔札理递过来的香蕉。这些天大清小贩捎来的水果已经吃得够多了，可前方的培罗和麾下官兵现在连香蕉皮都没得吃。方才交通艇将他发给培罗准将的通报带给培瑞拉号，现在他看着又载满补给的培瑞拉号经过百眼巨人号船首前方，向北驶去。他眼光瞟向右舷，忽然发现另一条交通艇向本舰驶来。

留守香炉湾的分舰队总共放下五艘小艇，充做哨戒联络之用。可是这条从东面驶来的小艇不仅是全帆全速，而且模糊可见艇首一名信号兵正在不断打出旗语，华莱士中校好奇地举起了望远镜。

培瑞拉号沿着广州湾西侧北驶，与百眼巨人号距离达到六里的时候，它的右舷东北面出现一字排开的六艘中型战船。这六艘挂着红旗的战船两舷各装有三门二十五磅的新炮，由东北方位奔西，正好可在北面船首位置拦截培瑞拉号。

华莱士中校没等军士报来旗语抄文，就下令鸣哨和旗语通知各舰，启锚升帆，升旗备战。哨艇在东面发现红旗帮一百二十余艘战船，包括肯特号和翡冷翠之星号。由于几艘小艇的警戒范围不大，发现敌踪时已近迫至十七里。不过，红旗帮战船似乎暂时保持这个距离，并未继续前进。

张保指挥的突击战队由香港出发，直扑培瑞拉号。龙嫂指挥的本队由大屿山出发，为张保压阵，监视以百眼巨人号为首的英吉利分舰队。那六艘战船并没有拦截培瑞拉号，而是驶到培瑞拉号东北方三里时开始转舵向北，以左舷相对。华莱士中校从千里镜中看见战船炮门喷出的十八股硝烟，一阵错愕之中，培瑞拉号已连中七弹，在火光中被炸得支离破碎，无可救药地开始快速沉没。

对移动目标的首轮炮击十八发中七，华莱士拍了拍自己的额头，虽然近迫至三里之内才开炮，可皇家海军的炮兵未必有此能耐。身为分舰队指挥官，他面前摆下一道难题，海盗是没有国籍的，可击沉葡国商船理论上与英国海军无关。更重要的是，分舰队的任务是守住后方退路，并不是与清军或海盗决战。

何况此时分舰队贴着岸边，根本没有机动空间，真打起来胜负难料，如果败了甚至可能危及整个舰队的存亡。他连忙派出联络官乘小艇奔赴红旗帮舰队，说明英方无意为战，询问海盗意欲何为？同时下令分舰队驶入香炉湾，借炮台协防自卫。

此时葡萄牙在澳门只驻有佩德罗号轻型驱逐舰和两艘小炮舰，两天之后，澳督博纳多法瑞亚亲自登上佩德罗号，下令启碇驶往广州。广州衙门对海盗无能为力，导致培瑞拉号遇难，六十余名水手丧生。葡军将会与英吉利舰队会师，向两广巡抚兴师问罪。可是，佩德罗号堪堪将要驶进穿鼻水道，半空中却忽然传来咻咻之声。法瑞亚一听便知此乃炮弹掠空，而且是一枚大型炮弹。惊疑之中只见舰首前方低空炸出一个巨团火球，当几个炽热的碎弹片弹到帆面坠下甲板的同时，右前方远处才传来两声沉闷的炮响。

法瑞亚举起千里镜查看，右前方六里是珠江口的下横挡岛阿娘鞋山，正好看到山坡上正在散去一股炮口风的硝烟。半分钟后，又是两枚三十磅炮弹先后击中佩德罗号前方一里水面，掀起巨浪。法瑞亚大吃一惊，忙命舰长减帆减速慢行，仅仅过了一分半钟，阿娘鞋山北面的上横挡岛也发出两炮，炮弹同样落在佩德罗号前方一里左右。上横挡岛与佩德罗号距离足有八里，这一下子法瑞亚更是慌张。虽然近来与海盗冲突不断，但是自葡国前进东亚以来数百年，中葡之间从未武力相向，难道这一回要改写历史了吗？可是，大清国何时装备了此等巨炮？法瑞亚先生年方四十出头，满脑子想着有朝一日升官回国，绝不能莫名其妙把命送在这离家万里的东方国度里。他连忙下令，三桅各降三帆，只各留下一片帆，同时派信号兵上主桅和船首挥旗示意。佩德罗号缓缓驶近下横挡岛对面海域，清兵终于停止炮击，当佩德罗号距离下横挡岛三里的时候，离上横挡岛也只有六里。清兵炮位上旗帜翻飞，人头耸动，从千里镜中清晰可数。舰上的军士数清楚了，两处阵地足有七十个炮位。这时，二十几艘水师战船涌出珠江口。

总兵林国良下令派员乘小艇登上佩德罗号，传达两广总督府令，所有夷国兵舰禁入伶丁洋以北海域，更不得进入珠江。配有火炮武装的商船进入珠江前也必须先委托十三行向水师衙门备案，如有违犯者视为敌军和海盗，将不再警告，可直接击沉。法瑞亚皱起了眉头，葡国驻军兵力不足，只能以英吉利主力马首是瞻。可是眼看着进入珠江与培罗会师，武力示威谈判的路子是行不通了，只好拿出准备谈判用的外交照会，交由来员转呈。中葡之间并未宣战，外交谈判的对口只能找巡抚衙门，而不是大清国的军队。

葡萄牙对培罗舰队物资补给和通讯联络的支援至此被彻底切断。因为夷军禁止入境，华莱士中校想出一个不得已的办法，派出信号旗兵小组改换大清便装，躲在怡和洋行的运货大车中北上，然后换乘小渡船，潜入黄埔对面的坪岗江岸。虽然澳门截获的情报必须一天以后才能送到坪岗，但是终于建立了缓慢的通讯联系。两天之后，培罗才得知珠江口已被封锁，登时惊讶不已，原来前几天看到的大炮是干这个用的。莫非大清人使妖法，如何能在一个月之间变出两座重型炮台？态势已经很明显，一旦对峙激化为武装冲突，舰队是进得出不得，毫无退路。要么炮弹打光之后登陆，面对成千上万的辨子兵和上亿的清人，或者就是待在船上，饥渴而死。

四天前吴熊光送走来访的按察使韩崶，就急忙乘车去巡抚衙门找孙玉庭。当时孙玉庭听完了经过，先是冷笑几声，继而沉默了一会，这才叹了口气说道：

“槐江，你我二人这官恐怕是当到头了。别人不知道，我的恩师朱珪可是交代过，那个桂芳和先皇手下的和珅其实私底下是有关联的。他底下的徒子徒孙等着两广肥缺等得口水都淌干了，这一回纵放夷军入境的罪名能轻得了吗？”

“孙大人，先前我一直未曾上奏，就是因为孙全谋无能，入境已是既成之罪。我希望能先逼夷酋退兵再一并奏闻，现今如何是好？”

“为今之计，你也只能立刻上奏自清，减一个隐瞒不报的罪名。夷酋率兵擅自入境是为了商务纠纷，并非启战，且夷人巨舰非我等所能以力相抗，我等以诸般方法阻绝其供应，想必即将退兵。就事论事，也只能如此了。”

“可是孙大人，畏葸怯战，堕我天威，此罪非轻啊。”

“我知道。唉，乾隆四十年进士至今，三十多年下来，什么官场黑暗我没见过？够了，可以回济宁老家了。所以我说，你单独上奏，有什么能推的你就往我身上推吧。”

“孙大人！”

东印度舰队侵入珠江，吴熊光在事态未现转机之前一直压着没有上奏。韩崶过访总督衙门，暗示已签报左都御史，他仍然没有立即上奏。后来葡国声援培罗，可是广东水师并不能公然在外海击沉无武装的民船培瑞拉号，因为此举将无异于未得君命即与葡国不宣而战。他必须等陈公子伸出援手，联系海盗出面，打了葡萄牙人一记闷棍，然后逼使佩德罗号退兵。接着水师管制珠江口航道，虎门炮台连续两天在等候通航的各国夷船面前试炮演兵。吴熊光这才有了几分解决事端的把握，立刻具表上陈，以六百里加急奔送北京。

培罗看着手中的旗语报文，已经核实了虎门炮台与佩德罗号被逐的讯息。同时法瑞亚总督委托培罗，如与大清谈判，请代表葡方争取同等待遇。

好厉害的大清国官吏，收起红包来不眨眼，真对干起来也不含糊。仰天长叹之后，准将先生也只能下令召来稍微懂点中国的华莱士中校。等华莱士终于乘小船赶到之后，王权号打旗，召来清国水师的巡逻艇。说明大不列颠与爱尔兰帝国乔治三世陛下的印度总督有外交照会致送清廷，请载运特使登岸拜会巡抚大人。

一艘草撇船载着华莱士中校登岸。华莱士中校是东印度舰队的副参谋长，既然是外交谈判，所以挂名是印度总督府参事。不过，巡抚大人是见不着的，外交这玩意原来讲的是对等关系，何况大清乃是天朝，既然你派的是印度总督府参事，所以大清国负责洽谈的顶多是省属官员，就是布政使徐雪舫。可是，问题来了，向来夷国与大清官方联系都只能接触地方层级，等闲想进北京给皇上磕头？那是没门。而且一般事务必须经由行商翻译转达，此次牵涉军事接触，才会产生官方直接沟通。可是怎么沟啊？这华莱士中校不识半个中文大字，整个布政使衙门也无同文通译，当然又得偏劳陈公子。华莱士先生是人在屋檐下，不得不低头，婉转陈述海盗为患，夷国痛苦不堪。此番进入珠江原是一番好意，想与大清水师会盟，合力进剿海盗。徐雪舫板起一张官脸，官腔出口流利得有如行云流水一般。

“文过饰非，花言巧语，果然非我泱泱大国之德性。会盟者哪有不先行磋商就挥军直入的？炮口相向在先，卑躬屈膝在后，可知廉耻礼度为何物？陈公子，你问问这厮究竟意欲何为？再如此巧言令色不着边际本官就要送客了。”

华莱士听完陈道芗的翻译登时就急了，结结巴巴地说道：

“是！是这样的，敝国在欧洲正与法兰西交战，日前下令我舰队赴地中海增援，无法再与大清水师合剿海盗。恳请贵国开放虎门封锁线，俾便我军返回印度整补，以赴国难。”

“哼，还在胡说八道，想开溜又不愿明说，死要面子活受罪，尽吹牛皮。陈公子，请你告之这番子，我大清王土岂可任由番夷想来就来，想去就去？要走也不是不可以，叫他们那个赔锣将军具结保证，第一，道歉认错。第二，保证今后诸般海事遵守律令。第三，保证今后兵舰不得进入伶丁洋以北水域[①]。”

华莱士此来已得培罗授命，无论如何都得尽快开溜，免得帝国海军被憋死在河道里。面子能讨多少讨多少，如果清人完全不给面子，脱了裤子屎遁也得立刻走人。听得徐雪舫如此说法，当下忸怩作态一番，也就答应了。陈道芗立刻开始书写中英双语对照的切结保证书，一般师爷可没有双语通译的能力，勉强有能力的都是十三行买办。至于撰写正式官方文书，在整个广州往上数，也就属陈道芗和那位十三行大老板伍秉鉴并列第一了。

徐雪舫认可保证书的底稿之后，到了第三天中午，华莱士中校才把由培罗签名蜡印的四份正式文本送回来。广东总督、广东巡抚、广东布政史三处衙门各存一份，另一份由孙玉廷上呈朝廷。

“一哥是我生命中最重要的男人，他走了以后，这么大的基业要维持，红旗帮的名号必须要撑着，这么多的弟兄要活下去。道芗兄弟，更重要的是，我是女人，作为寡妇，我不知道怎么办。而最重要的是，我和保仔在一起真的很欢喜。我没读过什么书，而你是个有学问的人，能不能帮我拿个主意？”

“龙嫂，你的意思是，保仔将成为你生命中另一个最重要的男人？”

龙嫂怔怔地望向窗外，清明时节的大屿山，南海的天空，温润，晴空万里。她下定决心点了点头。

“在活着的人的世界里，是的，保仔现在是我生命中最重要的男人。黑旗帮的老郭骂我淫贱，而他不是唯一想吃我又吃不到的色狼。我知道，可是，我管不了这么多。道芗兄弟，你帮帮我和保仔。”

“兄亡娶嫂，是满州人的规矩，往往是为了维持亡兄一家老小的生计。还有的少数民族是兄弟共妻。但是，在我们汉人社会毕竟是少有的。你得让我想一想。”

灰头土脸的东印度舰队偃旗息鼓，静悄悄撤出珠江，但是并没有全部撤回印度。培罗命令华莱士中校留下来，率领百眼巨人号巡洋舰为首的分舰队驻扎在澳门。培罗西返之后，陈道芗和张保立刻来到大屿山。不过，郑一丧期未满一年，红眉毛绿眼睛的海盗也活在人世间，不能无视于礼度章法，更不敢因为

① 伶丁洋在广州湾底部，按今日的领海划分，即便伶丁洋以南的经济海域也不容外军停留，不过十九世纪初叶并无此等划分，清朝以一个陆权国家建立此等海上屏障，在当时已属不易。

这不伦之恋使得红旗帮变成天下公敌。陈道芗和红旗帮的头目们盘桓几日，他这个大媒只能做个预约，大伙儿正式认可了张保作为龙嫂贤外助的亲密关系。但是，对外公告完婚还得等待适当的时机。

撤军之后，英吉利领事提出联合打击海盗的要求，虽然不了了之，可是却似乎是默许了鸦片输入。东印度公司的大型商船排着队进入拾翠洲，不再需要花旗国飞剪号的服务。而花旗国的商务更加蓬勃，更多的飞剪号和大中型商船来华，与其他夷国产生竞争。

这一天陈道芗应召来到巡抚衙门，被直接引进了后厅。孙玉庭脸上丝毫看不出英吉利退兵后如释重负的欣喜，他平静地说道：

“这次你协助吴熊光大人，终于驱走了夷兵，功劳不小。”

“在下只是配合官家做点营建生意，大人过奖了。”

“这半年多的时间里我看你的言行，确实有功无过。只是，你和这些江湖帮会武林中人的关系还是让我有些不放心，你和那些夷人又时相往还，也让人看不清。唉！这次海盗击沉葡国商船培瑞拉号，断了夷人后路，也是你一手安排的吧？”

“在下只是以寇制夷，透露了一些消息而已。”

“是啊，当时是逼不得已，却只怕留下后患。”

“大人，英吉利此番大张旗鼓侵入珠江，最大的目的其实就是保障鸦片贸易。现在兵是退了，可是鸦片贸易更形猖獗，难道就无法制止吗？”

孙玉庭叹了口气，摇头说道：

“难！太难。你以为禁烟的关键何在？”

“朝廷必须下定决心，严刑峻法颁令全国以杀之。”

“决心是有的，但关键是银子。鸦片是大生意，愈禁利润就愈高。高额利润养肥了权力集团的同时还养活了太多人，从地方官吏到三班衙役，从夷国将军到烟馆伙计和拾翠洲的苦力，都在为鸦片拼命。真要禁烟，就必须在杀一小批人的同时另外想办法养活一大批人。可是，嘉庆朝伊始白莲教就在河南大举，蔓延半壁江山。朝庭花了几亿两银子的军费，国库早已干涸。如果前几年不清算和珅，恐怕天都变了，哪还有余力禁烟？”

“难道拾翠洲之战的八千亡灵是白白送死？”

“绝非如此！贤侄可知老夫动刀兵以杀止杀的底线为何？”

那四百藏兵的黑暗屠杀，至今思之仍令人不寒而栗。陈道芗摇头说道：

“请大人明示。”

“在老夫心中，当烟毒成为百姓生活的重心，当烟毒的商权壮大到可取政权而代之的时候，就是犯了老夫心中尺度的请出杀器之时。三合会授首八千，虽然半年下来又新补了近万；鸦片烧掉三千箱，虽然今年这一季以来新货上万箱。但是一杀之后，彼此都知道了尺度。黑道买卖就只能停留在黑道，不能妄想站在光天化日之下，更不能引夷兵撑腰，威胁王权。所以我才说，你以武林中人之身，为社稷立功，就是指此二事，将帮会和烟毒拴在了原地。”

陈道芗听得百感交集，一时作不得声。却听孙玉庭继续说道：

“今天找你来是说一件大事。贤侄，老夫已经决定，将小女荷映许配于你，尽快完婚。”

不是！陈道芗骤闻此言，既是欢喜更是吃惊。

“固所愿也，大人，但是为何今日忽然提及，却又如此仓促？”

“是很仓促，这是为了你俩好，尽快完婚。虽然你家在漳州，但是只有老母在堂，可速禀告。你在广州可另有尊长？”

没想到心中不定之事忽然梦想成真，如释重负，可是，孙大人却又为何突然决定？虽然歼三合会灭鸦片和逼培罗退兵是自己出了大力，可是为何如此急迫完婚？自己又如何能忽然变出主婚的尊长？陈道芗一时之间竟是傻了。在广州相熟的不是逆党就是海盗，年龄身份都不般配。他思来想去，嗫嚅着说道：

“晚生在广州相熟而年龄辈份相当的竟是只有夷人，一位是夷教的住持大和尚马礼逊，另一位是花旗国的广州总领事卡林顿。”

孙玉庭听得一怔，苦笑摇头说道：

“荷映自是将为陈门之妇，我允了你的。可我好歹也是方面大员，当朝二品。夷官提亲这门户听来不怎么相配，说不得，也许只能等我离任前后再办理了。”

“离任？大人要调走了吗？”

“迟早要调差，大清官制你不知道吗？唉！调职算是好的了。”

“那么，我是不是可以请吴熊光大人出面提亲？”

“吴大人？！他倒是挺合适，就只怕来不及了。”

来不及了？说曹操，曹操到。陈道芗正在错愕之间，仆人已领着吴熊光来到后厅。

“呃！孙大人，陈公子也在。”

“槐江，你来啦，算时间你也该来了。”

“孙大人莫非已经听说了？”

“嗐，道芗，我和吴大人还有些公务要谈，刚才和你说的事你可得着力办。我看也用不着等多久，夷官和夷和尚！也罢，你就先和那两位夷人打个招呼吧。”

陈道芗又是欢喜又是纳闷地离开巡抚衙门，他不知道的是，吏部左侍郎托津的两名亲信三天前奔出北京，一路换马不换人，日夜兼程赶赴广州，今日早晨把一封密信递到总督衙门。

左都御史穆彰阿十一天前上疏弹劾吴熊光纵放夷军入境，竟然停留广州月余。要挟遑武，堕我天威，守土失责者按律当斩。同案上报的是军机处转呈广东按察使韩崶奏本，还有广州一个姓伍的三品捐官的奏本，龙颜大怒，斥令严查。七天前吴熊光的奏章也到了兵部，吏部根据他的辩解请示领军机内大臣桂芳之后，认定仍有部分罪责，拟定了议处的章程上奏。托津没等皇上批示就遣家人快马报信，好让吴熊光预做处置。

“议的是褫职返京，吏部重叙。孙大人，按往例，重叙顶多也就是个四到六品，这个结局算是不好不坏吧。或许干脆告病回乡，无官一身轻，还保住了脑袋。”

“的确是不好不坏，告病回乡是行不通的，到时候再被参个心怀怨怼，那就不是四品，而是进大牢了。而且，一般皇上批回来的不是照准就是还轻两分，以示宽严并济，按往例是这样的。接下来就轮到我了。”

“孙大人，这次并没有参劾你啊。”

“我也是综领广东上宪，你革职了我能好得了吗？之所以还没动到我是为了维稳，得暂时代理你的职务。等接替你的新总督一到，就该我挪窝了。”

“孙大人，我今天来是还想跟您交个底。你我二人虽说同殿为臣，但以往未曾共事，更无渊源。往日听信传言，一直以为您是个迂儒。这一年来眼看您不仅洁身自好，而且调藏兵诛帮匪，筑炮台退培罗，运筹帷握，竟是能臣。对兄弟更是照拂有加，毫无私心。惭愧啊，今日我即将卸官，特来此向您致意。”

“唉，国势盛衰，由不得一二臣子忧心。竭力尽忠，也是这般；尸位素餐，也是这般。你我为所当为，也就是了。何谢之有？”

诏命在六天后送达广州，旨意中论说吴熊光三罪。一是耗费国帑整建水师，却未立尺寸之功，未诛海盗一人；二是开门揖寇畏葸不前，致令夷军入境勾留月余，有辱国体；三为隐瞒不报欺上瞒下。当初按察使韩崶只上报夷军入境，这三罪却是伍秉鉴奏章中大书特书的内容。处分比吏部议处还严了一些，褫职返部行走。意思就是，什么职务都没有，坐冷板凳去也。

受命接任的是永保。这永保可是已故大学士温福之子，名将勒保之弟，镶红旗费莫氏。乾隆三十八年，温福战殁于进剿川藏大小金川之役。当时还是个少年的永保冲入敌军阵中，夺父尸归，以勇德获袭轻骑都尉。今之永保已是经验老到的大将，嘉庆八年授云南巡抚，去年兼贵州巡抚。以两省巡抚之尊调任广东总督，在大清官秩版图中仍属擢升，足见朝廷视广东之重。

广东官场又起波澜，天地会广州分舵的营建生意却是越做越旺，凭借官府工程扩大生产规模，使得价格技术和承接能量都成为广州第一。大柜账上显示的盈余和上缴总舵份额都已经超过去年的鸦片批发时期。生意兴隆的可不止天地会，十三行快速扩张，伍秉鉴的怡和不但鸦片业务继续成长，而且开始涉足金融界。以往只向东印度公司提供短期融资，现在却与伦敦的银行联手，向各国夷商甚至政府提供贷款。但是，从广东巡抚和布政使司到广州府，对伍秉鉴和煨脸颊腚在境外大规模从事的资本操作根本就无从得知。

广东水师这一期造船计划终于全部完成，林国良以下开始勤训操练，准备一雪前耻。不过，这段时间是水师与红旗帮的休战蜜月期，如同默契一般，水师舰队活动范围在三角山和石龙山以北，覆盖了整个广州湾。似乎，当初一哥坚持在硇洲岛和香港建寨并不是没有眼光，红旗帮的战船策略性退出广州湾北部，转向澳门的西南面和远海，拦截夷船发财。两股海上力量互不照面，相敬如宾者，相近如冰也。

相对于水师轰轰烈烈的造舰扩军，这段时间红旗帮却消停不少，除了派些小船收常规买路钱之外，成群出动打劫的买卖几乎停顿下来。原来前些时龙嫂给所有战船换装新炮，几个月下来，却发现出了些问题。一些老船装二十五磅炮承受不起，发生结构变形。龙嫂知道这可关乎红旗帮的命脉，下令暂停改装，重新规划。一是酌减每船装炮数量，二是补强船体结构。所有新造快船分批拉回船厂，安装加强筋。接着其昌洋行安排了一桩买卖，普鲁士莱茵兵工厂的二十磅新炮，射程与以前的二十四磅炮不相上下，却轻了一千四百斤，就是炮弹略小了一号。龙嫂一口气订了一百二十门，这么多炮可不敢大摇大摆运进广州湾，而且并没有经过花旗国，而是直接由欧洲发运，运往吕宋。

龙嫂现在是炮神，买炮装炮之神，张保也是炮神，操炮之神。他每天把战队拉到南面无人区训练演习，对船队分进合击准确发炮的要求几近痴迷，高强度训练，大队打劫的活动自然就停了。

伍秉鉴密切注视着广东官场的动态，他和澳门总督法瑞亚以及远在加尔各答的培罗一直保持联络。从远赴华东江浙的商船被劫到佛郎机火炬号和培瑞拉号被击沉，葡国政府不可能坐视海盗洗掠而不做出军事反应。法瑞亚告诉伍秉鉴，重逾一千七百吨的巡洋舰萨格雷斯号和伴随驱逐舰葡月号已从里斯本启航，正在来华途中。

早在十八天前吴熊光就奉诏褫职返京，十二天前打点停当，出发北上，总督衙门由孙玉庭暂署。可这新上任的永保是千呼万唤不出来，今天却等来了武汉发来的通报。费莫氏永保领命，自云贵出川，乘船兼程直下，打算经湖南赴任。没想到在船上突发急病脑卒中，施救不及，死在宜昌江边的驿站里。暂署督衙的孙玉庭心中自忖着：难道这两广总督之位真成了嘉庆朝挥之不去的魔咒？永保可是嘉庆朝排名前六的武将，可见圣上意欲靖边肃匪之急，却突发急病身亡。这接任的又还能改派谁呢？

第20章
灭门

话说巡抚大人一生廉俭自持，刚见了陈家送来下聘的礼单之时颇不乐意，只愿按一成数量收礼，生怕玷污清名。陈道芗拗不过老家伙，只得实情相告。不过，生怕准岳父另生他想，所以在报价时加上间关险阻的运费，嘿嘿！竟然大耍花头，声称到岸成本八百两。即便如此，仍然令孙玉庭大吃了一惊，竟自低徊不语。八百两！到底是嫌多还是嫌少？陈道芗只道他仍嫌铺张，正自懊悔不应加上运费。其实，当初帮了其昌洋行乃至于花旗国飞剪号船队这么多忙，该国众夷商正思量着如何报答陈公子，这三百条铁链的聘礼只不过是大家凑份子的贺仪。却见孙玉庭猛抬头凝视着准快婿说道：

“果然是天下滔滔，无奸不商，华夷皆然。”

三百条铁链的聘礼可是陈道芗和顾盛强精心挑选备办的，他完全不明白孙玉庭话中之意，为之愕然。孙玉庭继续说道：

“成本八百两，市价六万两以上，就算夷商做价不到一半的三万两，让利给本地行商。岂不也是近四十倍的利头？竟然是如此暴利，怪不得近年来夷商前仆后继，蜂拥而上。怪不得呀怪不得，怪不得夷国竟然不辞万里，派出重兵护商。”

陈道芗心中忖想，此言非虚，当下说道：

“大人所言甚是，如此说来，夷人营商的利头还不止此。夷货东来固然是暴利，我国出产贩至夷国更是供不应求，举凡茶叶丝绸陶瓷，皆可售得高价。据闻这西夷除了花旗国以外，多居于油肉脯洲，正在萌发一场工业革命。使得生产力大增，财富广集，众夷国皆嗜敛聚资本，重商营利。听说英吉利的私人钱庄发行各种远期银票，有的来年才能兑现，大赚利息。甚至贷款给夷国朝廷充作打仗的军费，加上屯货居奇或是放空炒作，玩弄资本直如空手套白狼。”

孙玉庭不听还好，一听之下脸色更是凝重。他叹了口气，悠悠说道：

“举国上下为资本奔忙，为资本拼命，这资本营利是武器么？是天下苍生生活的内容和重心么？这些夷国君民都是些什么思想？这都是些什么国家？朝中大臣深怕内贼坐大夺权，整天价逼着地方剿匪灭海盗。殊不知夷祸为患方殷，如不思疏治，这些妖魔夷国终将惑乱天下人性，酿成大乱啊。”

一班乐队开道，吹吹打打，马礼逊穿着规规矩矩洗熨净挺的僧袍，卡林顿则是一身西式礼服。第一次应邀参与中国人的婚娶，就担任媒证下聘，而且对象还是一省之长，可见多年辛苦已为当地接纳，足证华夷交融之功。两人俱是挤眉弄眼，喜上眉梢，应陈道芗要求，两人胸前都别上一朵大红花。顾盛强客串领班，指挥后面二十名别着小红花的的仆人，挑着聘礼。陈道芗骑在一匹高头大马上，一行人浩浩荡荡来到孙府。

区区三百条铁链换来的礼单可是别出心裁，看起来价值远超过六万两，与传统大户人家相比，虽不敢说特超级的豪华，却已是所费不赀又独具特色风情。完美无瑕的加拿大猞猁狲毛皮二十张，轻柔保暖的西北海岸海獭毛皮二十张，顶级光滑的合恩岬大海豹净皮二十张，玳瑁十担，人参十担，产自埃及到印尼的香料十担，大鱼翅百副，波斯胭脂二十盒，檀香扇二十柄。另外，因为孙夫人礼佛，早在孙玉庭第一次嘱咐之后，陈道芗就寻巧匠精雕了一尊三尺高的观音大士檀香木立像，用一辆结彩大车拉着。

真是投机取巧，本来聘俗应是食衣住行用度皆有代表，可铁链这玩意并不是万事通，只能在南北亚美利加洲的土著区吃得开，首先这食就换不来，除了晒干的花旗参和鱼翅之外，印第安人还有什么东东是能入大清人之口的？

按广州市面零售价估算，这批聘礼价值最少六万五千两，不包括佛像。不过，负责采办的顾盛强估算并非如此。所有聘礼是用三百条铁链换来的，每条皆为双筷粗细十五英尺长，由花旗国宾夕法尼亚省的一个铁工作坊生产。或者，换算为四柄佛朗机鸟铳。换来的聘礼产地涵盖整个南北美洲，而三百条铁链价值多少？如在广州生产约值银七十五两，在宾夕法尼亚省产地值银六十两。这批聘礼摆在飞剪船上占不了多少舱位，芬宁船长只收了二百两银子，用来打发出力换货的水手。顾盛强和花旗夷商完全送得起这二百两银子的劳务费，陈道芗也付得起这六十两银子的货款。

大婚订在四月二十二，可四月八日上谕就到了巡抚衙门。山东巡抚百龄接替永保，担任两广总督，即期上任。这位百龄不是别人，正是吴熊光前任那彦成弹劾的那位原湖广总督。百龄姓张，是汉军旗出身，嘉庆十年在广西巡抚任上调升赋税极高的广东巡抚，遭到那彦成弹劾之后几番波折，转任山东按察使，就地擢升巡抚。而那位当初弹劾他的那大人却已被遣谪伊犁，吃西瓜羊肉串去也。百龄也是曾署广东的老人了，此番回锅，兼督两广，那可是圣眷极隆，两级跃升，自是无限风光。孙玉庭叹了口气说道：

“我看，还是把婚期再提前几天吧。你看四月十六如何？”

“大人为何如此仓促？”

“唉，过不了几天我就不是广东巡抚了，不知下落何方，如何能不着急？今后我们就是一家人，告诉你也无妨。日后你面对广东官场，也好知所进退。”

张百龄是乾隆四十二年进士，素有才名，宦游云贵两湖两广，一步步升迁而上，颇为皇上喜重，政声颇佳，人称明吏。然而明吏与酷吏仅一字之差，原也难说得很，仅当初那彦成参他捕盗时非刑逼供，即可见一般。百龄走的是座师人脉和同僚周全的官场套路，宦海之中友朋面广，而孙玉庭自年轻入仕便被贴上了朱珪清流的标签。偏偏孙先生自视清高，不愿随波逐流，虽然对付鸦片夷寇足见经世致用之才，可清流窄路的标签这辈子是揭不下来了。那百龄当初因广东任上被参，从湖广总督贬为福建汀漳龙道，如今凯旋回粤，能放过他孙玉庭和吴熊光吗？

“这百龄不是庸才，比之那彦成那是天高地远，吴槐江或且有所不如。可是官场心术，倾轧必不可免。道芗，老夫只要求你应允一事，荷映嫁入陈门，不求富贵功名飞黄腾达，但求平安喜乐。你在外行事，切莫让小女为你的安危而忧心。能应承我吗？”

四月十二日，又一封诏命抵达广州，孙玉庭调任贵州巡抚，遗缺由按察使韩崶升任。贵州那可是贬官的好去处，广东平调贵州，自是暗降，比之前朝王阳明谪居的龙场驿，这已经是天恩浩荡了。贵阳那地方多吃辣子，蛮好。而孙大人在广州登时成了即将就道的外官，外官嫁女，自可不必在官面上大事声张，对陈道芗而言可就方便得多了。

广州分舵固然张灯结彩，易牙居也是喜气洋洋，从大屿山过来的龙嫂和张保，拾翠洲过来的马礼逊和顾盛强，俱是新衣新帽，和陈道芗把酒言欢。此时并非饭点，几桌散客被安排在楼下，偌大的二楼竟是只有他们一桌。顾盛强神秘兮兮地凑近陈公子说道：

“迷死脱陈，这结婚组建家庭可是人生第一大事。你又是华夷交通双语第一人，在拾翠洲有这么多夷人朋友，我们想再多凑一场热闹你看可好？”

编完双语字典之后的顾盛强汉语已经很流利了，他的悄语被耳尖的张保逮个正着。

“姑生姜，有什么热闹给大家说说，总不能扔下我们吧？”

“嘻嘻，我们想在中式的洞房花烛夜之后再办场西式婚礼。”

“西式婚礼！怎么办？”

“其实就是热闹，在室外办，咱们连地方都找好了，就在拾翠洲西面的一条小河汊旁边。本来应该在教堂办的，可是这里没有教堂，咱们搭个亭子，请马礼逊主持，礼成之后请新郎官抱着新娘子涉水过小溪，接受大家祝福。然后是一场趴体，咱们连新娘婚纱都准备好了，非常漂亮呢。”

“趴体？谁趴谁？新郎趴新娘吗？太前卫了吧？”

陈道芗拿眼一瞪马礼逊，假做责怪地说道：

“甭说，这又是你出的馊主意吧？保仔，趴体可不是趴在人身体上，是他们夷人的茶会。”

马礼逊满脸无辜，长毛脑袋猛摇着说道：

“真不是我，是老魔怪的点子。我只是很难得的赞同他一回。还真玄了，老魔怪平常阴阳怪气的跟他说话都费劲，可跟你好像挺投缘。”

“等等，等等，什么老魔怪？你到底在说谁？”

“噢，你不知道啊？就是那个奥利坊嘛。点子是他出的，婚纱是他妹妹珍藏的，他还想出一台唱诗班呢，被本人否决了。”

“唱诗班！听起来挺好，就跟咱们中国人出一台大戏一样，到时候别开生面，你干吗不答应？”

“什么挺好？咱们新教大小数十派你是知道的，基本上共聚一堂是没什么问题。唯独他那灵恩派锡安会是个冷僻古怪的教门，到时候唱一半万一别的教友接受不了，岂不尴尬？”

正当大家酒酣耳热兴高采烈的时候，忽然楼下传来一阵似有似无的丝竹之音，其声清越抑扬，由远而近，似是佛曲，竟至无比清晰。众人诧异之际，管事头目罗瑞斌脸色惨白地慌忙跑上来，低声对陈道芗说道：

“当家的，有几个人来找你，说是，说是白莲教的。”

心中担忧的祸胎销声匿迹了好几个月，早不来晚不来此时忽然出现，陈道芗心头咯噔一紧，只见于其成、于其功两名圣使已登上楼来，后面四名捧着管弦的少女簇拥着安宛若。于其成走到众人桌前七步停下，朗声说道：

“白莲教有余圣女宣达圣教主口谕，凡民陈道芗接法旨。”

陈道芗冷哼一声，缓缓站起身来说道：

“陈某既是凡胎俗体，又不是贵教教徒，这法旨如何能接得起？”

安宛若环视在场诸人一眼，拂尘轻摆，款步上前说道：

“陈香主本是人间龙凤，只是灵窍未开。也罢，待本座开示于你。这凡间天下此刻乃是红阳中际之期，明暗斗争正烈，清廷满虏势大，压制光明。所幸无生老母派遣释迎牟尼佛下凡，已于十三年前降生扬州。凡我教友当戮力同心，在佛尊领导下驱走满虏，恭迎弥勒转世，白阳后际到来，明暗各归本位，天下太平①。”

安宛若莺声沥沥，令人非常受用，每个字都是清晰宛转。可是，这些字兜在一起，却简直是天外飞音。龙嫂和马礼逊等人听得面面相觑，不知此女到底在说些什么东东。陈道芗说道：

“贵教教义深远，在下实在难以参悟，但不知贵教教义与在下有何关系？”

“陈道芗，天地会已与本教缔盟，共襄大举。你乃广州分舵香主，自是接得圣教主法旨。”

“如此大事本舵并未得知。”

“此乃天机，天地会除了刘莒莒父子再无第三人得知，时机到了自会昭告天下。”

听得安宛若口气竟是将天地会当成了下属，陈道芗轩了轩眉说道：

“既然如此机密，仙姑却又为何告知在下？”

安宛若一抖大氅，美目凝注陈道芗说道：

“天地会广州分舵香主陈道芗听令，圣教主谕示，孙玉庭甘事满虏，祸我苍生。陈道芗重任方殷，不得迎娶其女孙荷映为妻。”

这心中一直担忧的祸胎竟是如此之毒，陈道芗脑际轰然一响，竟是惊得呆了。耳中只听得龙嫂已经忍无可忍，连珠炮似的破口大骂起来，喷洒出来的毒辣劲竟是偷学自张保。

“哪来的邪魔歪道装神弄鬼？什么白莲教白菜教？人家结亲嫁娶关你妈屁

① 白莲教义在乾嘉之际渐趋完备，宣称世间分为青阳、红阳、白阳三际，明暗相斗此起彼伏，无生老母分遣燃灯佛、释迎牟尼佛、弥勒佛于各际下凡主持，牟尼佛指的当是摩尼教创始教主摩尼。

事？瞧你脸色煞白月经失调，一把年纪了还充什么莲花装嫩，满嘴喷粪嫁不掉的老姑婆。变态啊你？”

于其成、于其功手按剑柄面无表情，安宛若看着龙嫂慢悠悠地说道：

“你就是那位嫁一还想着嫁二的海盗婆子吧？果然是美艳不可方物，难怪不安于室了。红颜是空，枯骨是空，唯信奉真空家乡无生老母可得救赎。唉，莽莽众生，浪荡之女原是所在多有，本座不与你一般见识。左圣使，掌嘴。”

只见白影一闪，劈啪一声，龙嫂左颊登时红了起来。于其成身在半空伸剑出手，往厅内大柱遥遥一点，众人眼睛一花，左其成已经还剑入鞘人归原位。安宛若凝声说道：

“陈道芗，你可接法旨？”

陈道芗正要做答，张保已经抡起掌来冲向安宛若。陈道芗连忙大声喝止，却只见安宛若拂尘轻摆，张保离她还有数步之遥，被一股潜力推得倒退数步，拿不住桩又倒退数步，潜力忽然消失得无影无踪，正在使劲的张保登时向前仆倒。陈道芗喝道：

“住手！安大姐，你说的事太也玄虚，在下难以奉命。我天地会漳厦和台湾的兄弟有三成以上身在军营，与官家子女通婚生子所在多有，会规向所不禁。而且，不论会规禁否，除非家母有令，否则陈某今生必娶孙荷映为妻。”

安宛若咯咯娇笑，一时间真是风华绝代，仪态万千，看得马礼逊和顾盛强是两眼放光。只听得她柔声说道：

“没规没矩，陈香主，你又喊我大姐，是想占口头便宜？还是称我仙姑吧。”

陈道芗听得这句话没头没脑，疑惑中说道：

“那倒无不可，仙姑喜欢就行。”

“陈香主你这是想给本座出难题？婚期三天之后，此去漳州来回千里，如何能请得令堂转来？陈香主，我教替天行道，法旨无人敢于背逆。你！可得想好了。”

“陈某想得很清楚，至于白莲教与敝会合作一事，本舵自当另行修书请示总舵。”

“陈香主，本座奉劝一句，世事多幻，障由心起，你当好自为之。”

安宛若翻脸如翻书一般，柔声细语忽然变得脸若寒冰，她说罢轻轻哼了一声，于其成、于其功竟自转身，一行人下楼。罗瑞斌早已打发楼下的客人，唤来了水龙王韩宝胜，洪荒坛数十兄弟握刀候于楼下。于其成、于其功却是视若无物，轻手推开众人，白莲教人等大步而去。

陈道芗脸色煞白地坐倒，张保牵着龙嫂又疼又惜，马礼逊和顾盛强瞠目不知所以。韩宝胜奔上楼来冲陈道芗说道：

“当家的，怎不下令把这几个疯子拿下，传出去让江湖人笑话？”

陈道芗无力地挥了挥手，沉吟一会才说道：

“韩坛主，这几天麻烦你召集手下兄弟，各档口码头也抽一半兄弟回来，严加戒备，只怕会有事。保仔，你攀上那两根大柱看看可有异样？”

这易牙居二楼的边墙不算，厅中立有六根大柱。方才只有陈道芗看得真切，那于其成腾空之际虚挽两朵剑花，指向面前的两根大柱。他自沉吟道：

“鬼魅之功，何以御之？”

厅中淅淅飕飕地落下一堆木屑粉末，张保攀在一根柱上，掏出一个小洞。他落下来正准备攀上另一根大柱，陈道芗止住他说道：

“不必看了，两根柱子都一样。此洞并未击穿，看来那两个圣使的剑气已有六成火候，广州无人能敌。”

张保不服气地说道：

“陈大哥你不就可以敌嘛！何至于说什么鬼魅之功？”

陈道芗苦笑说道：

“我说的不是那两名圣使，我说的是那个有余圣女。”

一说起安宛若龙嫂就气不打一处来，恨恨说道：

“什么圣女？剩下来没男人要的孤寡克女。道芗兄弟，这到底是怎么回事？从哪里冒出来这群怪胎？那婆娘不就是会点气功，震了保仔一家伙吗？不会连你都打不过吧？”

陈道芗摇了摇头，缓缓说道：

“她的内力只怕是比那两名圣使更厉害，看似不经意，她的步法身形和功架大是诡异。拂尘挥动之际肩不沉肘不弯，竟不似传统武林家数。那两名圣使我可以一敌一，兄弟齐上就很难说。如果再加上那个圣女，我恐怕难过三招。”

竟然如此厉害，龙嫂和保仔听得一咋舌，当场没了言语。顾盛强似懂非懂地问道：

“这些人很厉害？迷死脱陈，他们是属于某个邪教吗？”

“嗯，白莲教过去十几年称兵造反，北地兵连祸结，死伤百万，你说厉害不厉害？至于老百姓流离失所，受灾殃的就更多了。”

陈道芗打起精神，转向韩宝胜说道：

“宝胜，说到底这是我个人的事，档口的兄弟还是别抽回来了。但是要通知大家提防戒备，敌暗我明，如果遇到了白莲教尽量别动手，咱们打不过这帮妖怪，必要时让官家出头来对付。另外，麻烦你调几个利落的兄弟，暗中监视孙府，赶快去办吧。”

等韩宝胜下了楼，陈道芗转向龙嫂说道：

“龙嫂，广州的情势混乱极了，陆地帮会、官家、鸦片、夷军，现在又冒出来白莲教。我想跟你商量，让指南针继续运作，既不只是为了红旗帮，也不只是为了天地会，而是作为掌握局势，协调消息的力量。”

陈道芗这才整理思绪，将自己所知的一些白莲教传闻和安宛若来粤的图谋一一说了。只是仍然弄不清总舵主的牵连，还有那个隐而不见的长寂圣女何素素。

按察使乃三司之首，就地擢升巡抚在大清朝多有先例，并非什么稀罕事，接任两广总督的百龄就是在山东就地擢升的。可是，在广东却不同，大清版图中两江乃盐米重地，而广东不仅产粮，还是赋税大省。尤其近年来夷贸税收翻番成长，如此要职，怎么能由从未干过小省巡抚的三品臬台就地升任？韩崶原本心里想的是，有朝一日捞个安徽江西之类小省的巡抚晋身，如果能去孙玉庭派任的贵州更妙。这一家伙直上广东却令他暗叫不好，广东官场现在是烫手山芋，这明摆的是拿他赶鸭子上架，充一任过渡嘛！官场风云变幻莫测，百龄离粤三年，回来成了总督。孙大人是前辈，眼前蛰伏，谁知道过两年会不会又成了顶头上司？

“吴槐江在总督任上花了不少力气，到如今却还是前途未卜。我改调入黔，算是很可以的了。旭亭啊，你问我广东巡抚的生存之道，我只能说，福祸无门，唯人自招，但求问心无愧而已。”

“按察主司风宪，巡抚为政却是经纬万端。尤其这广东乃举国唯一的夷务大省，吏部不知是怎么简派的，竟然如此安排。我从未出掌省垣，而今匆忙上任，在这具体措施上应如何作为，还请老大哥有以教我。实不相瞒，孙大人，如此派任并无先例，难道是为人作嫁衣裳，整在下的冤枉？”

望着前来讨教为官广东之道的昔日下属，孙玉庭缓缓说道：

“人说人去政息，其实倒也未必，该做些什么，哪些缓哪些急，得看清时局。旭亭老弟，去年中秋拾翠洲战后，我和吴大人联名上奏，乃是明发，你想必早在邸报上看过了？”

“是，早拜读过了。”

“然则以你观之，当今广东以何者为先？”

韩崶正自思索着去年那份奏章，忽然灵光一闪说道：

“安民乐利，固我海疆，巩固税源，以清夷务靖海匪为先。”

“是了，然而何以清何以靖？吴槐江不是不想清不想靖，奈何时不我待。釜底抽薪，当务之急是筑炮台锁珠江，外可制夷内可肃匪。新任总督百龄即将到任，调兵打仗是他的事，可这固海防就是你和他共同的事了。这是要花银子花时间花耐心，推动策划拨款主要还是在你，将会消耗你有限的生命。是必得办，赶紧办，却又急不得的事。至于如何和夷人盗匪打交道，那可就是巧妙各有不同，因人而异了。我只能提醒你，无奸不商，夷人侵夺成性，嗜利如命，华商买办等而下之，老夫尤为不齿。别看他们的笑脸，别信他们的花言巧语。”

等而下之，尤为不齿！这不说的就是伍秉鉴吗？当初奏报吴熊光，那是出自不同门户的派系分歧，伍秉鉴送来自鸣钟和宝盒，不过是临门一脚而已。韩崶心中一凛，自己乃是职司纠举的臬司，官场之中向来是人憎鬼厌，人人敬而远之。虽说并未弹劾过孙大人，可他的调职毕竟跟自己受伍秉鉴挑唆，奏闻吴熊光纵夷兵入境脱不了干系。这孙大人却是不念旧恶，毫无顾忌实言相告，心中不禁感慨。可这时门外却喧闹起来，那贺彪神色仓惶，竟是不顾规矩冲进官厅。

“老爷，不好了，后宅出事了。”

百龄未到任之前，总督由孙玉庭代署。现在孙玉庭也奉命调黔，虽然韩崶还没来得及接印，可却成了事实上此时粤省的军政双刀。他毫不犹豫，立刻命抚衙卫军保护孙大人返回后宅，命贺彪持自己手札，调动广州府三班捕快和一部绿营。吩咐妥当之后，他才追赶后宅。

巡抚衙门的几名衙役已经爬上墙头，正在颤声通报，另几名衙役被堵在门洞口不敢进去。梅朵鬃毛竖立，瘸着只腿站在院中，龇牙红眼盯着众人，喉中发出令人毛骨悚然的低狺。

和一般的巡抚家宅不同，孙家司阍仆役和老妈只有五人，连同孙荷映母女，七人一字排开，横尸院中。东果伸着腿躺在七具尸体侧面的树下。

为官三十年，清流结怨止于笔墨，即将远行之际，缘何遭此刀兵灭顶之灾？孙玉庭步入院中，木然槁立，竟是痴了。那梅朵见到孙玉庭，喉中低狺化为呜咽，凶恶的眼神转为凄怆，一瘸一拐地蹭到东果旁边，哀怜地轻舔那具已无生气的尸骸。忽闻门外的衙役喝道：

“你等何人？不得乱闯。”

“我是孙家女婿，请让我进去。”

陈道芗得到韩宝胜手下急报，连忙赶来已是不及。师爷徐凤声正挤在门外，忙命衙役放陈道芗和韩宝胜进院，跟来的二十几名兄弟却只能在门外相候。陈道芗冲到孙荷映身旁跪了下去，不言不语。梅朵来到孙夫人身旁，徒劳地用鼻子拱着孙夫人遗体，它哀怨地看了陈道芗一眼，转过身去，忽然迸发出全身的力气，冲向院中荷池的石栏杆。陈道芗惊讶地转头，只见梅朵身躯腾空，胸口猛撞向尖起的小石柱，口中发出裂绝天际的长嚎。石柱穿胸而过，梅朵气绝而亡。

这时蹄声骤响，贺彪领着快马背上的铁锁横江鲍起静赶了过来，两人进得院中。鲍起静先向堪堪才到的韩崶行礼，见这清简到不行的巡抚之家竟然尸横满地，韩崶难过地摇了摇头，无以言语地挥手径自走出大院。鲍起静转身走到孙玉庭跟前，打扦行礼说道：

“卑职广州府总捕头鲍起静见过大人。”

孙玉庭清冷地看了鲍起静一眼，好一会才从牙关迸出三个字。

“为什么？”

受害家属的哀恸失神鲍起静可见得多了，他为难地说道：

“还请大人节哀，事已至此，眼前首要者当为查案缉凶。卑职无礼，还请大人移驾，俾便卑职侦查。广州府职责所在，当竭力以赴，拿凶归案，以慰亡灵。”

眼看巡抚大人怆然无语，鲍起静使了个眼色，徐凤声忙带着两个衙役抢了进来，将孙玉庭扶出院外。这时广州府的三班捕快陆续赶到，开始封锁现场，鲍起静喝道：

“广州府查察大案，闲杂人等一律回避。”

鲍起静喝罢转身，这才看清了远处死者身旁的陈道芗和韩宝胜，不禁一愣。原来他和韩宝胜本是旧识，可江湖人物怎可能出现在当朝大员家中，尤其还是灭门血案现场？他诧异地上前问道：

“韩兄怎在此处？这位公子是？”

韩宝胜清了清喉咙说道：

“这位是我们当家的掌柜陈公子，他是孙家准女婿，原订后天大婚。”

鲍起静听得大吃一惊，这广州地面近年来愈趋复杂，身为总捕的他心力交疲。深感华夷黑白各道大小山头林立，早已经超乎官府掌控，各种冲突层出不穷，还真是只有你想不到的，就没有发生不了的怪事。韩宝胜人在天地会，彼此心照不宣，那他的老板岂不就是天地会头面人物？怎么又能成了巡抚大人的女婿？奇哉怪也。他心头泛起一股不祥的预感，二品大员被灭门，不只骇人听闻，而且看来内情牵涉超乎想象，恐怕是个非比寻常的惊天大案。鲍起静眉头一皱正要发话，韩宝胜上前贴近了悄声说道：

“起静兄，你看这些死者，恐怕并非劫财的江湖匪类所为，倒像是武林中人行刑。我们当家的既是雁荡剑派二代弟子，人脉甚广，又是受害家属，可否留下来帮把手，协助你调查？我肯定叮嘱他别给你添乱。”

鲍起静听着沉思起来，韩宝胜接着说道：

“再说了，他是孙大人的女婿，孙大人这苦主又是二品大员，要是你问起苦主的口供，或是苦主追问起你来，有他帮着说话，你办差不也方便一些嘛！”

能在广州这个大码头打熬成总捕头，鲍起静自有他过人之处，可不仅是什么慎思熟虑明察秋毫所能概括的，更深知公门之内好修行，多一个朋友多一分好，多一个仇敌多一分险的道理。当下他也不打话，站在原地哼了一声，算是来个默许。老经验的捕快见此二人站在指挥的老大旁边，想必是配合侦查的关系人，自是心领神会，各自开始勘查现场，丈量绘图，搜寻迹证。新进的小捕快当然就更无怀疑了。

谁知两盏茶的时间过去，竟然在死者身上和现场没找到一丝血迹，只有两只巨犬颈间有些表皮新伤。房舍内也没有打斗的痕迹。两名仵作小声商议了一会，来到鲍起静面前拱手说道：

“禀大人，初验七名死者都没有外伤，初探亦未中毒，无窒息症状。但是触验发现五名死者胸廓都略有塌陷，两名死者背部略有塌陷。不过椎骨完好，而其他部位即或有骨伤一般并不致死，属下怀疑，怀疑……”

“你们怀疑什么？”

“属下怀疑是传说中的武学高手内力所为，摧断了脏腑经脉，但是得除衣剖尸才能定验。”

鲍起静听得登时哑口无言，望着凝立一旁的陈道芗，心想幸好让此人留了下来，否则这个大锅子让谁来背啊？死者既是大员家属又有三名女眷，这解衣剖尸的苦主能答应么？陈道芗缓缓说道：

“方才相验时本人看了一下，二位的推断应是不差。要定验也行，女眷就别动了，先验那名司阍和小仆吧！我应该可以指出致命之处。”

鲍起静和韩宝胜听得将信将疑，跟了过去，仵作将两具遗体遮布掀开，刚退完上衣陈道芗就说道：

“暂且这样，应该够了。”

此时距离案发不过大半个时辰，尚未血凝尸僵。陈道芗运起柔劲，蹲下来在两名死者胸部轻按了几下，沉吟了一会说道：

“你们撬开老者的嘴，看看是否有血沫血丝？”

一名仵作捏着司阍的下颚，另一名仵作使银匙撬开死者牙关，登时污血夹着小血块血丝流出嘴角。鲍起静大吃一惊说道：

“这是怎么弄的？快验一下别的死者是否也是如此。”

陈道芗站起身来叹了口气说道：

“不必了，只有这老者是如此，那名小厮口中无血。”

鲍起静哪管得了那么多，一迭声催着仵作，结果那小仆口中的确并无异样。至此现场的捕快不得不服，却仍是满腔疑惑。鲍起静纳闷地问道：

“这是怎么回事？陈公子，看来死法不同，凶手不止一人。但是到底是怎么死的呢？”

陈道芗沉默了一会才说道：

“这是内家剑气，凶手以兵器虚击，是以并无外伤。剑气的威力甚大，如果攻击对象不谙内家武学的趋避之道，即使所中并非要害，剑气也会带走伤者体内大量能量，不当场死亡也必通体寒颤，萎顿倒地，将养数月才能复原。这名小厮被剑气击中心脉，瞬间死亡，口中自是无血。你们看老者左胸塌陷的部位，略有偏差。这一击并未击准，击中了左肺，就如我方才所言，死者咯血还来不及喷出，也萎地而亡，口中自是含血。”

鲍起静这才真的相信眼前确为高人，当下说道：

“既然死法都一样，是不是说凶手只有一人？”

陈道芗虽然此时心中已有想定，却也只能抬头望天，淡淡说道：

“那倒也未必，如果是有两个甚至三个内家高手同时行凶呢？”

鲍起静摇头说道：

“至少咱们确定了死因。”

这时贺彪垂头丧气地走过来说道：

“我听到你们说的了，鲍捕头，我的东果和梅朵可不是这样死的。”

方才众人目睹梅朵自杀殉主，自无疑义，无人关心另一只巨犬的死法。鲍起静却是一丝细节也不放过，当下说道：

“走，过去看看。”

一眼即知颈伤仅是表皮，而东果身上除了颈际也没有外伤，明明是一样的死法，想是贺彪过于伤心，捕快们也不好多说什么。贺彪却说道：

“东果和梅朵联手，力能降虎杀豹。藏獒的爆发力惊人，动作又快，哪怕是什么高手，如果不熟悉犬类的致命要害，也无法将东果立刻击毙而不留伤痕。”

一名仵作点头说道：

“我俩方才还没空出手来验狗，不过您说得没错。狗的机理要害都和人不同，人首脑为要害，狗头却最为坚固，那你认为它是怎么死的？”

“藏獒生性死忠，一辈子只认一个原主，其他都只是家人，冷热等级分明。藏獒护主会不顾自己的性命，其实两只犬白天都是用链拴在院角，我晚上随老爷回来才会放开来护院。老爷生性俭省，不愿多用护军，这些年看家护院都是靠东果和梅朵，它俩自小认的原主就是孙夫人。”

众人见贺彪伤心垂泪，也无人嫌他啰嗦，只是静静地听着。陈道芗却忽然蹲了下去，检视犬尸。一名仵作跟着蹲了下去，试图寻找塌陷部位，贺彪继续说道：

“应该是当时凶手意欲伤害夫人，两犬拼死挣脱铁链，是以颈上有伤。它们和凶手拼命可是发了狠劲，否则东果也不会死了。”

“到底它是怎么死的？”

“凶手想必身手厉害，东果必须拼命才跟得上。可是藏獒拼命时不知节制，发劲超过心脏负荷，你们看东果的两眼极度充血，它是心脏超过负荷太多，爆裂而死。这种事我只在川藏边区听说过，没想到今天应验在自己身边。”

那名仵作摇摇头站了起来，犬尸身上并无塌陷，可眼部从眶到瞳的确充满淤血。鲍起静击掌大声说道：

“好了，伙计们，大家辛苦一下，记得把规矩做足。图画清楚了，证物收仔细了，安排守卫把现场看好了，咱们准备重建现场，仵作也留下来。”

捕快在院中找到一些零碎杂物，被汇成一小堆摆在石桌上，无非是些纸屑碎布碗渣之类。可是，当捕快终于收集到十几张碎纸片时，鲍起静却发现纸上附有似是檀香的气息。他命令书吏记录下来，官宦之家屋里有些檀香实属正常，这倒也不足为奇。他跟着捏起一颗穿眼的扁圆木珠说道：

“这是什么玩意？似圆不圆的，是孙夫人的佛珠吗？”

贺彪接过珠子看了半晌说道：

“不是，夫人只有一小串浑圆手珠，念经用的，这可不是孙家之物。夫人小姐少有首饰，仅有的几件我都看过，木珠也说不上是什么首饰。”

捕快在院中的草泥之间又找到十几颗木珠，等到天色渐晚，院中支起好几十支火把，鲍起静才初步完成了案发经过的推想。凶手不知是用了什么花言巧语，得以和平地进入后宅，又不知用了什么花言巧语，将七人集中院内，然后突下杀手。至于两只大狗拼命护主并不重要，因为并不影响结局。陈道芗只就尸检提出一条，七人并非站成一排挨宰，而是处于院中不同位置，乃至于四散逃命，否则也不会有二人是背部塌陷了。七人是在死后被摆弄成现在的样子。当然，此点也与结局无关。

“陈公子，真不知说什么好，在这种节骨眼上还麻烦您帮忙确认死因，只能说感谢了。”

陈道芗淡淡地说道：

“岳家惨遭浩劫，追凶原是应有之义，鲍捕头不必多礼。兄弟现在实在是无心说话，如果没有别的事我就先告辞了。以后有什么事找孙大人或是宝胜，自可找到我。”

是，是，鲍起静身后跟着那两名苦着脸的仵作，他发窘地搓着手说道：

“还有一件事得向陈公子请教。”

“如果是要正式录我的口供就明天吧，在下知无不言。”

“不是的，口供可以等您休息两天再说。是这样，这命案尸格的填写有规矩，承公子慧眼，咱们是知道了行凶的手段。可是呈交衙门存档的尸格该怎么填？总不能就说是内家高手杀人于无形吧？毕竟在当官的眼里，那些都只是江湖传说。”

第21章
朝廷派来新的巡抚大人

无心说话只是现在部分的心情，陈道芗虽是心头泣血，却早已大致冷静。可他哪有心情管尸格如何填写，他只想着能立刻离开现场，支走韩宝胜，然后独自重建案发情景。于是，他又回到华林寺，当初那个邂逅与订情的池畔。

夜凉如水，四下寂静，陈道芗独立池畔。当时在现场他忍着没有说出凶手的身份，是为了那位道虽不同却曾屡相为谋的岳父大人。二品方面大员居然跟邪教逆匪有私人恩怨，一旦法司追查起来，恐怕孙玉庭就不只是摘乌纱，可能连脑袋都难保。下午验尸时他发现的第一个疑点就是内伤留下的痕迹，虽是内力所摧，但是胸廓塌陷面积较大，并不似前日于其成剑气在柱上留下的小口。他自袖缝中取出一点物事，仔细端详，那是一小截明黄丝线，长不逾指，是他下午在东果的前爪中抠出来的。

孙玉庭不在家，陌生男子如何能被接待进入孙家内宅？所以应是女子，是安宛若！是安宛若只身前往。明黄丝线串着有余圣女胸前的木珠，造成死者内伤的不是剑，应是安宛若手中的拂尘。今天四月十四，想来是安宛若前天在易牙居阻婚不成，来此试图说服女方退婚？

双方说僵了已无转圜之机，圣女翻脸行凶。东果和梅朵挣断铁链冲出来搏斗，圣女猝不及防，虽然不至于为犬所伤，但是腾挪之际珠串翻飞，被东果的爪子扯断。这时孙家七人四散奔逃，东果倒毙。圣女速战速决，连下杀手行凶之后，将尸首摆成一排。她根本懒得理会梅朵，迅即撤离，等前衙的人发现时大恨已成。

可是，为什么要将尸首摆成一排？莫非，那是螳臂挡车不服圣教主法旨的惩戒，那是发给他陈道芗的威慑讯息？

可是，以有余圣女加上左右圣使之力，足可轻易取自己性命。为何如此大费周章甘犯大忌？只能有一个解释，他陈道芗对白莲教还有可用之处。分舵香主之职不大不小，又有何大可用之处？

可是，即便是安宛若一介女流，当时又是以什么身份被请进孙家？捕快搜集的纸片陈道芗一眼就认了出来，那是自己手书的下聘礼单。孙夫人将礼单和檀香折扇摆在一起，所以才会沾上气味，也只有小巧的檀香扇，才会和礼单一起收纳在抽屉里。

可是，孙夫人为什么要在安宛若面前拿出礼单？是在什么情况下才会拿出这份礼单？礼单是陈孙两家永结秦晋之好的凭证，在安宛若这个陌生女子面前拿出礼单是根本不可能。除非，除非安宛若是陈家的人。孙夫人知道陈道芗是独子，圣女不可能冒充其姐，年龄又不足以称母。陈道芗咬牙挥拳击掌，安宛若冒充了自己莫须有的小姑！唯其如此，才能令荷映母女相认。

可是，为什么永志存念的礼单会被撕成碎片？安宛若不可能撕。陈道芗心想，礼单是圣女用来击溃新娘心防的工具，而孙夫人老成持重，只有荷映，只有荷映才会在心碎之下撕毁礼单。

可是，事发六个半时辰，陈道芗是极度激荡之后归于极度平静。风荷风弄影，梦回梦未央，订情之路何等艰辛？安宛若究竟说了什么，才能使荷映心碎？是说出他乃天地会逆反匪酋，或是说他乃海盗骨干，还是说他另结新欢？孙家早知自己乃武林中人，如是前二者当不至此，如是后者，荷映其能信乎？

可是，既然心碎，既然撕毁了礼单，即表示退婚已成。有余圣女目的已达，为何还要痛下杀手？一旦杀了人，他陈道芗第一联想必是前日阻婚的安宛若。犯下如此惊天大案，何异于将正在偃旗息鼓的白莲教重置于风口浪尖？以安宛若之能，必不至于想不及此。

此时的陈道芗肝胆欲裂，他用完全不同于鲍起静的方式重建现场，试图还原动机，却走进了死胡同。安宛若究竟说了什么，令荷映心碎？又为什么动了杀机？

陈道芗苦思不得，解不开这两个谜，却忽然听到细碎的脚步声。他诧异地抬头望去，只见夜色中北面一个摇摇晃晃的小巧灰色人影。血案之夜，哪敢掉以轻心，他悄悄迎了上去，正自凝望，却传来衣袂破空之音。陈道芗移步上前，只见一个白袍身影落在先前灰影身旁，正是有余护法使于其功，那名夜游人影则是安宛若身边的潘姓男孩。陈道芗大惊之下手扶腰际簧扣，怒声问道：

“好哇，犯下如此滔天血案还不远逃，竟然躲到寺庙里来了。是不是还想取在下的性命？妖女何在？我要找她报仇。”

于其功乍见陈道芗也是吃了一惊，见他又悲又怒，于其功悄声说道：

“陈香主何来此言？还请莫要惊扰了寺中僧侣。您是要找圣女吗？圣女身体不适，借华林寺下院调养，恐怕今晚不宜相见。”

“哼，身体不适？没想到白莲教号称拥兵百万，却是如此藏头露尾奸恶之徒。妖女杀我至爱，今夜是见也得见，不见也得见。既然撞到了，本人就没打算活着离开，她不是武功高强吗？”

陈道芗说到此处，再也压不住满腔悲愤，运起内力大喝道：

“天地会陈道芗在此，白莲教的妖女滚出来，安宛若你给我滚出来！”

于其功牵着小孩，皱眉正作没理会处，于其成已飘然而至，冲着陈道芗一拱手说道：

“见过陈公子，圣女正在病中，不过她说，知道公子心绪不宁，这就请过去说话。”

盛怒之中的陈道芗心中一凛，登时冷静下来。方才推断安宛若犯此大案的疑点有一条差点疏忽了，他陈道芗可供白莲教利用之处绝非仅是分舵香主之位而已。眼看左右有余圣使骂不还口，俱是以礼相待，这笑里藏刀背后当有更大阴谋。当下冷哼一声说道：

“如此就请引路。”

三大一小穿过中殿往后院而去，陈道芗耳尖，听得于其功小声对孩童说道：

“亮亮，不是说好了念完朱子家训就睡觉吗？怎么又跑出来玩？二姨这两天身子不舒服，你可得自己管好了喔！明早起来先自己念书，知道吗？”

朱子家训？装模作样。二姨？为何不随俗称姑而称姨？亮亮这小孩到底什么来头？陈道芗跟着二使来到北墙，却是开了后门走到院外的一处小屋前，屋内黑沉沉的并未点灯。只听安宛若中气乏力的声音传了出来：

“陈香主你来了！唉，原该想到的，这华林寺是你俩订情之地，造化弄人，竟是代代如此。情到深处无奈何啊，只盼公子切莫坠入魔障。”

蛇蝎之心莫如此甚，安宛若说的每一个字都锥刺着陈道芗淌血的心，他冷冰冰地说道：

“我已经知道是你一人干的，妖女你武功高强，躲在里面做甚？君子不欺暗室，你给我出来。当你属下的面把话说清楚，为何杀我至爱？为何屠人满门？我岳父南疆为官，一介廉儒，什么地方碍着你白莲教在北方的宏图伟业了？”

暗室中几声轻咳，安宛若说道：

“本座身染微恙，不便相见。孙玉庭家灭门已传遍广州，陈香主怎能一口咬定就是本座所为？”

“你前日阻婚不成，今日上门胁迫孙家。难道不是吗？”

“难道是陈香主亲眼所见，还是有什么人证指认？”

“你毒手灭人满门，连畜生都不放过，何来人证？可天理昭昭，你留下来的痕迹无可否认。安宛若，你如此抵赖有何意义？我陈道芗何德何能值得你犯此大案？难道不怕清廷再大动干戈吗？”

“兵连祸结，赤地千里，哀鸿遍野的结果圣教仍未能泽被天下，怎能不怕？正因为怕，所以当非本座所为。公子何苦断章取义一口咬定？”

“好个断章取义，今晚不说清楚你还真抵赖到底。我来问你，妖女，你知道孙家礼度严谨，所以今日上午只身过访。是也不是？”

“你继续说。”

“你知道此事难办，所以冒充陈某家人，冒充陈某的小姑。是也不是？”

小屋中传来一声轻咦，安宛若默不做声。

“好，你费尽唇舌，我那未婚妻却是意志坚定，百般不允。是也不是？”

只听得屋中传来轻声叹息，一阵窸窸窣窣声中，屋门竟是咿呀一声被打开了。夜色之中只见安宛若缓步走出屋外，暗夜之中几许星光，见她形容萎顿不似假装，白袍胸前果然不见串珠，却似有数点血迹。深仇大恨令陈道芗怒火焚身，如不是为了解开心中之谜，当场就要拔剑上前。只听安宛若咳着轻声说道：

“没想到啊，原来你当时躲在旁边。”

“这么说来你是认了？”

“本座是说，你说的如同亲眼所见。如你当真就在现场，当知本座说的不会是你姑，只会是你姨。”

“不知羞耻的妖女，凭你也配和我母亲称姐妹？如果当时陈某就在现场，如何能容得你杀荷映？至不济让你连我一起杀了。”

“本座和你无怨无仇，期盼正殷，怎会害你？”

“好个期盼正殷，杀我爱妻，你就是这样期盼的吗？我问你，妖女，你到底跟荷映说了些什么，说得她改变心意，还撕碎了礼单？”

安宛若叹了一口气，淡淡说道：

“有些事还不到说的时候，也许明天，也许明年，也许永远说不了。谋事在人，成事在天，能否匡济人间也只能看天意了。”

“邪魔歪道妖言惑众，还大言不惭什么匡济人间，不就是借迷信造反称王吗？我只问你，妖女，屠杀孙氏一家七口，你认是不认？”

“本座身掌有余，不得诳语，未做之事如何能认？陈香主可有何证据？”

“你要证据？好，你配戴的珠串现在何处？”

陈道芗说话之际伸手入袖，取出一颗木珠抛向安宛若。安宛若接过木珠却是看也不看纳入怀里。

“哼，捕快在现场找到十几颗。当时你说僵了只好动手杀人，两只藏犬冲出来跟你拼命。相搏之际串珠飘动，为犬爪勾断。你是不是还想看看留在现场犬爪之中的串珠丝绳？”

安宛若非但不惊而且似乎掠过一丝喜色，吁了一口长气说道：

“有动机，有证据，很好。推断细致，入情入理，果然是可造之才，本座没有看错你。可是你被感情蒙蔽，关键原则视而不见，如不检点改进还是难成大器。”

“妖女，你胡说些什么？难道你还能抵赖？”

“木珠只能说明本座到过现场，能说明本座杀人了么？你对本座武功了解多少？验尸有本座动手杀人的铁证吗？”

“案发于今日巳时，当时只有你一个外人，只有你意欲阻婚，只有你是内功高手的武林中人，这还不够么？”

“是吗？也许你看到的部分没错，可是你怎知你看到的就是全部？你如何断定当时只有本座一个外人？只有本座意欲阻婚？只有本座是内功高手？陈香主，世人皆说眼见为凭，你可知有时眼见亦未足以为凭？何况你并未眼见。本座问你，本座的手好看么？手心是手？手背是手？”

陈道芗再也忍耐不住，唰地按下簧扣掣剑在手，嗡鸣声中指向安宛若说道：

“够了，口舌之辩终非了局。陈某自知不敌，可你戮我爱妻，今日如不能报仇陈某唯有一死而已。请赐招吧！”

安宛若却是视如不见，苍白的俏脸浮现一抹微笑，缓缓说道：

“都说陈香主诗礼传家，如何能在暗夜之中欺凌一个病体支离的妇道？既然你兴师问罪，认定是本座所为，本座倒有一事请教。”

“说！”

“陈香主，你口口声声说是杀你至爱，你的爱妻。如此说来，无论你情有多深意有多重，孙姑娘也必是深重以报么？请问，你和孙姑娘可是两厢情愿么？”

“废话，此乃当然。”

“非也，依本座看来，你根本就是一厢情愿不解女人心。”

“你胡说，你究竟说了什么使得她撕了礼单同意悔婚？”

“如果说我告诉孙姑娘你是孤凉薄幸见异思迁之徒，和红旗帮的一嫂甚至和我有不伦之恋，你信么？孙姑娘能信么？”

明知安宛若故意如此，陈道芗仍是气得满脸通红地喝道：

“你胡说！血口喷人，你究竟说了什么？”

安宛若柔声说道：

“世间伤人者不是罪恶，是人心。你竟是忘了本座前日叮嘱你的话，道芗，你切记，要好自为之。”

此时的陈道芗已是睚眦欲裂，大喝一声道：

“住嘴，陈某之名耻于出自妖女之口。”

安宛若恍如未觉，美目凝注，缓缓说道：

“皮囊皆乃身外物，奈何区区一浮名。说起你的名字，你真以为是取义于程学道南之道，紫苏芳草之芗么？那是哄你的。我教八字真言：无生老母，真空家乡。无非是劝善世人，舍得与放下。圣人不死，大盗不止，手心手背，大道大盗。道之言诠，就落在这无何有之乡。有机会时好好问问你母亲吧。”

听得这番话暗藏玄机，满怀激荡的陈道芗如同忽然坠入冰窖一般，颤声问道：

“你说什么？你认识我母亲？”

安宛若摇头叹道：

“你指的是漳州那位陈夫人吧？本座不认识。唉！情癫情怨情痴狂，鸳鸯渡劫，红袖添香。了是无涯了无痕，尽付无聊多少恨。重点不是我说了什么，而是荷映姑娘说了什么，情痴男女，竟至代代若斯。陈道芗，男女情欲莫非本性，其与兽性异者几希？本座修持白莲心经，此乃大忌。可本座问你，你懂得什么是人间真情至爱，什么是爱到深处无怨尤么？孙玉庭有女若此，死而无憾。你啊，不大配得上孙姑娘，不大配得上。”

陈道芗今夜满怀悲愤而来，满拟命丧安宛若之手，以全风荷未央之谊，不曾想却又兜了满腹怀疑而去。堂堂有余圣女被骂了一晚上的妖女，却毫不动怒，反而字字玄机。安宛若从头至尾不承认自己是凶手，却始终不否认到过现场。瞧她那模样哪里是生病，分明是负伤，可是孙家无一人会武，难道凶手真的另有其人？两个女人之间究竟说了些什么？我陈道芗配不上荷映？说什么真空家乡？白莲教为何盯上了自己？是夜陈道芗辗转反侧，竟是一宿无眠到天明。

次日四月十五，百龄一行于昨日傍晚抵达北郊，韩崶虽然已经正式上任，不过暂时还是住在按察使司的后宅里。既不好催促老上司在此时节搬家走人，更何况巡抚家宅已成凶地，即使不查案也是暂时住不得了。所以，当训导官一早来报，说孙大人已经封屋走人之时，引得韩崶一阵错愕。广州还沉浸在昨日血案的沸腾之中，知府大人仍按规矩率领三司前往驿站，将百龄迎入城里。韩崶设宴，接风洗尘，礼俗如仪。法理不外乎人情，大清律例并非不讲情面，原任巡抚兼代署总督孙玉庭正值新丧，关防文牍的交接都是由布政使徐雪舫代办。说起这宗无头血案，席间众官嗟叹不已。

小队八人衙差策马缓行，跟着前面的大车，他们是昨日下午出发，宿于佛山西郊驿站。今日一早动身，巳时过了葫芦岗，前方走马营西面就是沙头的河运码头。这一片地叫作三水，乃是广东河运大埠，西江、北江和东江三条水系汇聚之地。贺彪坐在车把式左侧，掀起布帘一角说道：

“老爷，前面有人等您。”

陈道芗牵着马候在道旁茶摊的树下，正望着来车。孙玉庭伸出头来瞧着，叹气说道：

“下车吧。”

前方码头在望，贺彪索性打发了护送的衙差，与大车在道旁相候。陈道芗将马交给贺彪，默默地跟着孙玉庭走向茶摊。

“你怎知老夫必走此道？”

“在下不知。人生诸事，多只能期待与臆想，却难尽如人意。只是入黔陆路多山，间关跋涉。想来大人行囊轻简，当可沿西江入浔江，走黔江在柳州登岸而行。”

孙玉庭微微颔首，树下对坐，一时间，两个满怀心事的男人竟是无言无语。此时此景，所有慰问关怀尽显多余，贺彪望着两个不成翁婿的侧影，心中难受之极。

直到茶博士添完热水，孙玉庭才清了清喉咙道：

“也罢，既然你我道不同曾相为谋，虽然翁婿之缘未能再续，值此分别之际，老夫还是有几句话要告之于你。”

“大人教诲。”

“世人皆谓当今天下大治，老夫以为谬矣。国事纷纷，内忧外患暗流起伏，好男儿大丈夫即便处江湖之远，但能掌握时机奋志努力，未始不能济危扶倾，造福黎民。以你的才学，当应好自为之。”

又听得“好自为之”四字，陈道芗不由得打了个激灵。孙玉庭深看了他一眼。

“你可是还有什么俗务要交待？”

陈道芗艰难地说道：

“得让大人知晓，追凶之事初现端倪，假以时日当可真相大白。”

孙玉庭惨笑道：

“死生俱往矣，莫争早与迟，你真当我很在意吗？所谓真相，无非贪嗔弄人而已。贤侄不必折磨自己，应当专心志业，另觅良配。至于查案缉凶之事，还是交由有司处理即可。”

“大人，在下还有一事相禀。”

“你说吧。”

“在下，在下实为天地会广州分舵香主，六代祖是前明延平郡王的军师陈近南。”

孙玉庭闻言竟是无甚反应，盯着陈道芗看了一会才说道：

“很好，如果没有昨日之变，你入我东床，是否打算瞒我一辈子？”

“以大人之能，想必早有所觉。自来到人间之始，在下此生已注定是天地会。只是，以在下所见，今之天地会早已不复当年，所谓反清复明不过一牌位而已。武以抗禁与官府暴虐周旋则有，若说称兵造反则是高看了天地会。”

“你心中之朝廷乃天下社稷众民之所归，非以一家一姓之大私为天下之大公。梨洲先贤之言，是也不是？”

“知我者大人，谢大人。”

“你无心，扛不住别人有意。所谓复国正朔本来就是夺权的招牌，汉唐宋明二十四史，哪一朝兴起之际不是打着隔朝的大旗称兵？贵州没有天地会，只有白莲教。你知道老夫祭凶兵的尺度，尺度之下，并无他忌。你今日坦诚以告，老夫足慰矣。”

“谢过大人。”

“你我之间，哪还称得上什么大人！”

“那称呼大人什么？”

“随心吧，你我秦晋之缘已了，老孙亦可，嘿嘿，大庭哥又有何不可？”

话说到此，孙玉庭强作潇洒地打起精神，站起身来望着旁边的东江水道，口中轻吟：

“愿逐波涛葬此身，一书一剑浥轻尘。休矣我可去！”

陈道芗起身，走到老人面前跪倒。

“既是随心，岳父大人在上，请受小婿一拜。荷映乃您我至爱，小婿立誓，今生永不另娶。”

听得这话，孙玉庭再也矜持不住，发抖的手搀起陈道芗，老泪簌然而下。

第22章
与葡萄牙海军结仇

昨天船一出外海张保就下令，所有船只挂上红旗帮的战旗，反正这一路上顶多偶而碰到少数渔船，不大可能出现什么像样的角色。他走上翡冷翠之星号的舰桥，意兴风发，这是第一次指挥舰队出远洋，舰首直指东南方。配属的六艘全新中型战船各配了六门莱茵厂二十磅大炮，加上本舰的十二门新款二十五磅炮，嘿呵哗哈，今天的南海，本少爷独领风骚。这时，一只信鸽落在了舵轮前的栏杆上。翡冷翠之星号出航时留下四笼信鸽，舰上留下来六笼，过去一整天每两个时辰与大屿山对放两只，以资训练。不过，现在不能再放鸽了，得暂时中断和本寨的联系。因为将要开始进入南海礁群，不但将超过信鸽航程，而且鸽儿可能会落在岛礁上休息，从此迷途。

张保看着这只从大屿山飞回来的鸽子，正在疲惫地咕噜咕噜，可是，它拴的是黄色脚环，表示有正式通讯，而且是，转发指南针报来的军情。

黑旗帮昨天在坪州外海劫了一条葡萄牙商船，妈的，又是这个牙。张保继续往下看，不禁摇头。郭婆带这个疯子色情狂，劫的是一条客货两用船，除了水手还有一百多名乘客，包括商人、传教士、外交官，最要命的是，还有十几名女眷。葡萄牙总督目前拒绝赎金谈判，已向广东巡抚衙门提交紧急照会，要求立刻缉拿六旗帮。

真是一帮惹祸，六旗遭殃。这海上掳人勒赎也是有规矩的，得要师出有名，拿得出一个说法。比如说，像玻璃池这种鸦片贩子，或是竟敢武力对抗的武装商船水手船长。可是遇到客货两用船一般都只是收买路钱，顶多是因为对方态度嚣张或是舍不得拔毛，那就把货给兜了。哪有像郭婆带这样，把无武装船连船带货男女通吃的？那些洋娘们落到郭婆带手上那可美了，还好自己正好出来干买卖，省得肮脏。

张保这一趟是赴吕宋接新炮。巴塞罗那信使号载来的炮早就不够换装之用，中间又买了批二十磅的莱茵厂新炮，这一回也是事前就订好的货，现在新船陆续下水，正好赶趟。可是西班牙人的巴塞罗那信使号正在上架大修，唯一能装得下的就只能派出翡冷翠之星号了。一百四十门二十磅新炮，用来装备中小战船。另外还有五门三十磅炮，用来补充送给吴熊光的见面礼。妈的，张保心想，这吴大人也算是个有为有守的好官，既不收海盗银子又能拒夷。皇帝老儿瞎了狗眼，新派来这个百龄不知是什么路数，只可惜了老子那五门炮。

这韩葑是个嫩瓜巡抚，捧着东兴行[1]大班谢有仁送来的照会，连命备轿，赶往回锅老鸟百龄的总督衙门。却只见新官上任三把火，正在烧烤着水师大将军。

"孙大人，这黑旗帮主要是出没在哪一带？舵口在哪里？"

"回制台大人，那黑旗帮主要在阳江和台山之间的海域活动，舵子窑就在黄茅岛。"

"既然你都知道，为何还容得黑旗帮如此嚣张犯案，居然搞得人家夷督跑来兴师问罪？置我大清天朝的威严国体于何处？"

"回大人，下官立刻调兵进剿，不过，"

"不过什么？"

"不过这黑旗帮在六旗里排名第二，战船三百，战力甚至超过我广东水师。而且老大郭婆带心黑手辣，在六旗之中倒是排名第一，可否请制台大人派遣绿营合力，陆路从台山府南下，合攻黄茅。"

"荒唐，孙大人，你是想让本官调老虎抓鹰啊还是派狮子捕鱼？绿营如何攻岛？你是想推担子，到时候赖到绿营头上吧？孙全谋，本官注意广东局势不止三两天了。本官的前任吴大人不就是被你害得顶戴都没了吗？朝廷费尽苦心，拨银整建水师，怎么？一个黑旗帮都打不过，要是那些夷舰去而复返，你是不是打算把本督的顶戴也一起摘了？"

听得百龄声色俱厉，孙全谋吓得跪倒在地，连声说道：

"不敢，卑职立刻出兵。"

陈道芗回到分舵，只见韩宝胜和一人坐在厅里，却是那总捕头鲍起静，不禁一愣，怎么把公门中人引到会里来了？韩宝胜说道：

---

① 当时的十三行之一，十三行皆有类似江湖称号的商名，东兴行代理葡船，商名鳌官。

“当家的，前日人多不好相认，这鲍兄是自家朋友，虽然不在会，可和几家坛主都颇为相熟。咱们有一些兄弟在广州府当差，也一直承蒙照顾，今日特来过访。”

那鲍起静也拱手说道：

“陈香主，早听闻贵会在广州换了当家的，一直没来拜候，倒是做兄弟的失礼了。咱们身在公门吃的这碗饭，三分靠本事，七分靠朋友，各帮各寨多少也给兄弟几分薄面。”

“好说，在下这几天是有些魂不守舍了。”

这时韩宝胜站起身说道：

“鲍兄和咱们当家的先聊着，我待会就回来。”

公门捕快的鼻子比狗还灵，不是闻到了什么味道绝不会无故跑来。陈道芗轻咳一声问道：

“鲍捕头今日应是无事不登三宝殿吧，可是案子有了什么端倪？”

“也没什么大事，方才我在贵舵转悠了一会，陈香主，您这有香樟打的家具吗？”

“香樟！应该是没有，怎么？”

“我想也是，这样我就明白了。”

“明白什么？鲍兄，这凶手肯定是武林中人，此点当无疑义吧？”

“这倒应该是没错。”

“鲍兄不觉得可让兄弟多与闻一些，也好协助破案吗？”

“说的是啊，我也是如此想的，那么陈香主是否可以告诉兄弟，你心中怀疑的凶手是谁？”

“这个，鲍兄怎会认为在下心中有可疑之人？目前所知太少，如何能认定凶手？”

“是吗？陈香主，我看未必吧。”

果然是善者不来，不好相与，陈道芗凝声问道：

“听鲍兄的口气，竟是连我这个苦主也怀疑上了？”

“正是，不过陈香主别误会，这是干捕快的习惯。查案时一是冷血，不能冲动直观下判断。二是冷心，不能只用直觉判断而被误导。兄弟和贵会可是有交情，不过查案初期除了死者天下人皆可疑。陈香主手握证据而不交待，自是已有所见，如果真的愿意协助破案，何不说出来一起参详？”

“鲍兄怎知兄弟手握证据？”

“那日仵作告之，陈兄曾经掏弄死犬，虽不知是寻找何物，可想必是有所发现吧？再有，证物交柜时那木珠一共是十五颗，可是当时在场捕快核对，报出发现总数是十七颗。那不见了的两颗想必是陈香主所借，如果陈香主不识得木珠主人，何必如此呢？”

陈道芗吁了口气说道：

“好厉害的手段，好细致的手段，捕快这碗饭果然不是人人能吃的。鲍捕头，既然凶手是武林中人，想必衙门里查着了也不好对付，如果兄弟知无不言，鲍兄是否可以言无不尽，实心合作一把？”

“今日兄弟特来拜访，正有此意。”

“那好，鲍捕头，兄弟怀疑是白莲教的高手所为，那木珠是白莲教圣女身上所佩的珠炼。”

竟然是白莲教的大逆，饶那鲍起静是老经验的六扇门，也忍不住大吃一惊。

“白莲教！这帮邪教此前从未在广州活动，竟然会扯上孙大人？”

“不是扯上孙大人，是扯上了在下。白莲教要在下不得迎取孙姑娘。”

鲍起静盯着陈道芗的双眼问道：

“陈香主跟这白莲教有何干系？”

“毫无干系，此前仅止于听闻而已。正因如此，兄弟才难以推断，被卡在了这里。”

“陈香主，别怪兄弟多嘴，你的嫌疑可又加大了。你跟白莲教接触过，自是有推断上的嫌疑。”

“这个我省得，鲍兄，香樟又是怎么回事？”

“噢，其实也没什么，当时以为收集的碎纸片沾了檀香的气味，后来拼出来知道是您府上下聘的礼单，想必是和聘礼檀香扇一起摆在孙夫人的抽屉里。孙夫人的抽屉倒没什么异状，檀香扇也好好摆着。说来惭愧，我们府衙可是老房子了，次日一早起来，发现证物柜上死了几只蟑螂。您知道蟑螂这虫子性极顽强，怎会一起死在证物柜上？兄弟起了疑心，把里面摆的物事逐一再验，发现纸片和檀香扇的香气不尽相同，可是问郎中和药材行都问不出来。后来才搞清楚，纸片上沾的是香樟不是檀香。兄弟月俸三两二钱的，当初哪分得清檀香和香樟呢？”

“你的意思是说，礼单不是孙夫人拿出来的？”

鲍起静点了点头说道：

“是的，所以我方才劈头就问陈兄你处可有香樟家具。如果你处没有，那就只有一个可能。”

“是什么？”

“礼单是孙大人拿出来的。孙大人书房案上有一个香樟木匣，里面摆的多是私人信札。”

听到这里陈道芗心中惊疑不定，斜睨着鲍起静说道：

“鲍兄冷血冷心的推断该不会是连孙大人也怀疑上了吧？案发之时他可是在前衙和按察使大人在开会。”

“当然不会，可是至少说明了一件事，那天早晨开会之前，孙大人极可能去过现场。问题只在于，孙大人为什么去，去做了什么？”

西班牙塞万提斯海盗帮和南海红旗帮在沙滩上搞了个同行联谊趴体，张保和大经略一起喝狼母酒，吃烤虾。听起来这酒大概是跟蒙古人的马乳酒一样意思，拿母狼乳酿造的吧？可是随船翻译周仁硬说不是。夷人说了，在亚美利加南面还有一个西班的牙奴属国，叫作苦吧！这狼母酒[①]是拿苦吧岛上甘蔗做的。甘蔗做酒？真是胡说八道，周仁这小子只跟马和尚学了英语，西班的牙能懂吗？

张保晃了晃脑袋，走上舰桥，昨天下午装完船，狂欢一晚。今早舰队启航，眼看着舷边逐渐远去的西班牙风情，正是悄悄的俺走了，挥一挥衣袖，不带走一片云彩。唉，本少爷竟然也能想出如此雅句，千万别被后世诗人学了去。

可是，现在船肚子里装了一大堆铁炮，其实是超载，哪还挥得动什么衣袖？也就只能勉强晃晃屁股。尤其是那五门三十磅炮，实在太重，进出舱多有不便。他昨天命令，索性将这五门巨炮留在上甲板上。去年巴塞罗那信使号运炮大屿山，好像也是如此装载的。不过，少年心性的保仔毕竟贪玩，而且前甲板原已装有十二门二十五磅炮，重心应平衡以策安全。所以他把两门拆卸的大炮摞在甲板中段的舰桥前方，用粗绳固定好。另外三门炮居然直接安好炮架，横架在后甲板上。如此一来，离岛返程之时就可以在茫茫大海之中试炮了。这么大的炮，即使是临时架在摇晃的甲板上，好歹也能打个八里吧！张保回头端

① RUM，国内一般译为兰姆酒，性醺烈，多为调酒用。

详后甲板上三门巨炮，待射的炮口幽幽然指向左舷远方。

有人说菊溪先生[1]是明吏，有人说他是酷吏，或许兼而有之，至少他绝对是个勤吏。三年前他本是广东巡抚，这回一到任就命令属下推官，把过去三年以来所有的军务档案抱来查阅。第一个看的就是人事，然后是战训整备，辎重粮秣的战备堆存，这两天看的是防务记要。前十天他书房里是拍案骂声不绝，今天却没了声音，直到下午正热得满院蝉鸣时，才忽然喊来前衙的训导。孙全谋前几天已经被他骂得夹着尾巴率领水师主力，大海捞针抓海盗去也。大致看完防务记要之后，百龄下了一个自认为独到的结论，提督孙全谋是个根本不应存活于官场的脓包。他问清楚了这几天水师当值留守的军官，下令立刻传见。

“以你之见，水师这一次出巡，能逮到郭婆带这帮海盗吗？”

“禀制台大人，按林总兵计划的方案，只要黑旗帮不闻风逃遁，是有机会的。”

“胜算如何？”

“如果能堵住郭婆带打包围战，当可灭其主力一半以上。匪类凶悍，我军亦将损失三成兵力。”

“三成兵力？这不是消耗战吗？灭一旗的一半兵力得自损三成，灭六旗岂不得耗尽四个广东水师？即便是有银子续建，这仗也不是一二十年打得完的。”

“大人，卑职的话还没说完，要灭郭婆带一半以上兵力，首先得确定另五旗不派援兵。”

百龄登登坐回太师椅上沉默了一会，望着站在下首的独眼将军说道：

“你也坐吧。麦将军，当年浙江水师与红旗帮一战，战报我都看了，你的个人档案我也看了，印象颇深。前天我找出旧日邸报和档案又看了一遍。此处就你我二人，我现在要问你，以你的经验来看，凭广东水师上回扩编后的兵力，到底能不能剿平六旗帮？”

麦廷章睁大他那只独眼望着百龄，坚定地说道：

“别省水师卑职不敢妄评，以广东水师目前的状况而言，绝无可能。”

“你就这么肯定？”

“制台大人，红旗帮杀我督帅，杀我战友兄弟，我与海盗仇深似海。但是，当日一战记忆犹新。大清各省水师编制不宜，自是无力剿匪。如果加上领

---

① 张百龄字菊溪。

导乏力，指挥不当，还有覆灭之险。”

“哦，你说说看。”

“是，大人，卑职先人数代皆为水师，据卑职所知，自圣祖平台之后至今一百四十年，水师未曾再经大战。世宗朝开始将战船改小，其实就等于是裁了水师。我大清重陆轻海，实乏远洋谋略，日后必将贻祸。”

“什么？麦将军此言何意？”

“百余年来我大清海疆并无外患，只有盗贼。敢问大人，如有土匪劫杀大户，广州府缉凶拿盗是签派捕快巡防营，还是兵符调动标镇旗兵？”

百龄听出了点意思，点头说道：

“请继续说。”

“战船改小背后的本质就是国门大开，水师逐渐失去军事能力，变成了水上巡捕。而六旗帮正好相反，红蓝黑三旗坐大，逐渐具备军事实力，已非一般盗贼。我等以巡捕对付军队，自是难以取胜。”

“嗯，你说得也许有点道理。可海盗就是海盗，朝廷去年拨款整建水师，已经是天恩浩荡，本官也难以开口再言造舰扩军。你看眼前这个劫葡萄牙商船的案子，难道我们就任由六旗帮继续猖狂坐大下去？”

“大人，卑职有个想法如鲠在喉，说出来又怕不合规矩。”

“即便不中听也是无责，但说无妨。”

“自辽东至安南，我朝海线绵长，那六旗帮声势虽大，毕竟只是海盗一部。然而我等愈剿，彼等图谋生存则愈壮。以卑职愚见，日后为患海疆既深且烈者并非海盗，而是西夷诸国。”

“哦，何以见之？”

“夷人犬羊之性，贪财无德。眼前已不肯称藩纳贡，观其派舰驻兵，竟是意含胁迫。但夷舰确是船大炮利，难以抵御。以卑职所闻，彼等不但工艺精进，且因财富广集，得以大造巨舰，来我中土护商敛财。如任其长此因循，一旦事变必将撼动国本，后果不堪设想。”

“你说得也许没错，但是眼前六旗帮已然令龙颜震怒，如果连盗匪都平定不了，何以言对付夷师？”

“这正是卑职要说的。六旗帮实乃六股海匪，有的只在沿海劫掠，有的大寨巨炮，深入外洋。我等宜分割离间，各个击破，如能剿抚并用，收编其大者转而对付夷寇，实乃事半功倍。彼消我长，大事或有可为。”

“且慢，麦将军，剿抚并用我知，可此四字今后莫在他人面前提及。切记！官场之中，有的可论不可行，有的恰恰可行不可论。你可知吴熊光大人再前一任的总督那彦成？那大人正是因此四字丢官，遣戍伊犁。”

训导官送走了客人，这个麦廷章只是部队指挥官，唤来备询水师的真实情况。不想此人竟是有些战略眼光，百龄感慨地摇了摇头。有些事是不必让部队官知道的，英吉利大型舰队闯进珠江，此事如同噩梦巨石一般压在百龄心头。前些日调阅卷宗，连澳门和虎门引水以及税司的记载都查看了，勃然大怒之下，昨日已发折重新弹劾吴熊光。如此惫赖竟任封疆，简直骇人听闻。奏折中同时提到，孙玉庭知而不举，亦是失职。

其实，当时英吉利九舰嘻皮笑脸地摇旗挥手，硬是要赖皮淌进珠江。孙全谋未令水师发炮警告拦截自是不该，但是英舰未按章程申报即违规耍赖虽是有伤国体，判吴熊光夺职候参之罪却未免过重。只是百龄本人不谙水事，哪辨得清战阵抢关与泼皮耍赖的轻重之分？

哗！闷你死！闷你死再死！真的，轻型驱逐舰佩德罗号舰长的大名真就叫作哗·闷你死·闷你死死 (Joao Monis Meneses)，这支葡萄牙舰队已经在南海战备巡逻六天了。培瑞拉总督的命令很简单，找到海盗，往死里打。可是一反常规，这艘旗舰竟然不是舰队中最大的，佩德罗号还带了两艘小炮舰，玛丽亚二世号和巴瑞托号，中间夹了艘英吉利驱逐舰黛安娜号。当培瑞拉向东印度舰队分舰队提出支援请求时，华莱士中校毫不考虑就答应了，吃人家的住人家的还有酒喝，在澳门混了几个月，就这么点忙，你说能不帮吗？不就是几个黄脸毛贼嘛！不过，自己是客人家是主，所以虽然黛安娜号身经百战更大更猛，还是礼让闷你死来指挥吧。

可是，谁知道这些飘忽不定的海盗躲在哪里？闷你死只能按照最教科书式的作法，以澳门为中心点，将海域划成不断扩大的南面半圆形，按反时针方向来巡逻。而现在，舰队在澳门的正南方偏东二百八十五度位置，距离大约三百四十里向东行驶。闷你死很清楚，半圆形的这个位置根本不可能有海盗，因为往南并没有重要的贸易航线，只有更南的吕宋岛有几个破西班牙人。接下来这三五个时辰真是会无聊得闷你死。

所以，当一大早桅顶瞭望哨就报说又看到远方帆桅时，闷你死根本懒得理。又是广东人的破渔船，跑这么远来干嘛？所以，半盏茶过后黛安娜号发出旗语，要求舰队更改航向前出侦查时，闷你死很不乐意。妈的，老子才是指挥官，你船大了不起呀？不过，友军和睦还是得要讲究，闷你死咒骂了几句，还是下令巴瑞托号更改航向，由奔东改为向南侦查。至于本舰队他是不会随便改变航向的，绕完这最后一次四分之一圆周航程，过两天就可以折回澳门上岸休息了。

今天是张保舰队启程返航的第四天，明天将进入信鸽通讯范围，而现在，翡冷翠之星号的瞭望哨发现敌踪。和佩德罗号不同的是，红旗帮立刻就确认了北面是夷军舰队，一艘和肯特号同级，另一艘更大，还有两艘小舰。以武装商船加六艘中型战船的四十八炮兵力而言，按理说红旗帮应该是几乎没有胜算。可是，张保喜上眉梢，过去半年一直在演兵试炮，初生之犊还不知恐惧为何物，是时候检验自己改良的战法了。而现在，他还有足够时间研究对方动态和可能的战术。当巴瑞托号惊讶得向佩德罗号回报，南面是红旗帮海盗的运输船时，张保已经大致下定决心，翡冷翠之星号升起了战旗。

黛安娜号和佩德罗号共配炮五十六门，都是十八磅炮，巴瑞托号和玛丽亚二世号共配炮十六门，都是十二磅中轻炮。闷你死完全不了解当面的海盗，并不知道特立独行的红旗帮已经把两千斤和一千斤的中轻炮撤往香港，他所面对的，翡冷翠之星号是二十五磅重炮，中型战船全部是莱茵兵工厂的二十磅新炮。

既然当时的前膛大炮准确度不高，炮战以面对面为主，就难以做到精确的点对点，如何命中敌舰是门大学问，炮的数量和射程成为决定性因素。炮神张保很清楚一件事，红旗帮再怎么扩张，顶多也就是再买或抢一两艘类似肯特号的战船，根本不可能像英吉利一样，拥有成群的巨舰。所以，他专注于以小搏大以快打慢。这次带出海六艘全部是新造的快速舰，半年操练的主体就是团队作战炮术。敌炮难以瞄准快速移动的小目标，六舰快速机动，机动的同时必须保持队形和间距不乱。各舰火炮以旗令协同，齐射时对准一个目标，形成覆盖小范围的高密度火网。这种战术必须先组好阵型，然后认准目标咬着死干到底，要求的不仅是炮术，还得有熟练默契的操船术来配合。

但是，张保错判了目标，他哪能知道夷军旗舰竟然不是最大的黛安娜号！所以他认为夷军一定是以小舰前锋，佩德罗号居中，黛安娜号在后面坐镇。先以纵队向南，进入射程之际改东，用右舷炮对红旗帮发起攻击。而红旗帮并不需要改变航向接敌，张保只是略微调整，偏向东北东。因为他很清楚夷舰十八磅炮的射程，所以，红旗帮应该适度拉开水平间距，发挥自己二十磅新炮的优势。

闷你死从千里镜中细观南方的红旗飘飘，当他发现海盗只有六艘小船，而主舰竟然是一艘笨重的货船时，不禁狂喜。妈拉个巴子这两年疲于奔命，被这帮大清孙子整得好惨，今天终于轮到老子坐庄，可以狠玩一把官兵抢海盗了。听说红旗帮在南海嚣张了很多年，这艘货船上应该装满了宝贝吧。闷你死立刻下定决心，决心弥补张保误判造成的偏差。于是，就像预先设定好的演习一样，两艘小舰前出，佩德罗号雄壮威武地抢着向南疾驶，黛安娜号跟在后面。

其实，张保的战术有一定危险，因为，货舱里装满上百门重炮的翡冷翠之星号的确航速太慢了。如果六舰不能快速解决佩德罗号和黛安娜号，一旦翡冷翠之星号进入夷舰火力范围，之后就只能死拼，逃是绝对逃不了的。

小舰对小舰只宜近战，因为点对点命中率太低，小炮射程又短。所谓近战就是先来两轮弓箭火枪加小炮，然后贴帮跳到对方船上刀砍剑刺。不过，葡萄牙人对跟海盗玩跳帮一向不感兴趣，官兵拿饷，海盗玩命，战力不可同日而语。所以，巴瑞托号和玛丽亚二世号决定照本宣科，待会与敌六舰遭遇时放两轮火枪意思一下，然后扑向海盗那艘货船进行袭扰，为主力歼灭或是俘虏敌舰创造条件。

红旗帮六舰已经形成一个六角形的舰阵，驶向佩德罗号左舷的东面位置。双方距离缩短到八里时，闷死你从千里镜中观察出了这个六角阵形。他毕竟是训练有素的职业军官，心中开始有点不安，决定召回两舰护卫。十八磅炮有效射程四里，海盗应该最多也是如此，他还有一点时间考虑。

但是，当六角阵和佩德罗号的距离缩到五里的时候，海面上几乎所有人都被这一天六角阵的第一轮也是最后一轮炮击所吸引。莱茵炮有效射程六里，却吃定了佩德罗号舰炮射程不足，硬是贴近到五里才瞄准开炮。

巴瑞托号和玛丽亚二世号正在扭舵转向，准备过来和六舰缠斗，这时六角阵令旗翻飞，十八发炮弹在七秒钟之内全部出膛。三十秒后，佩德罗号被整片密集炸起来的巨大水雾遮住了身影。

紧跟在佩德罗号后面一里半的黛安娜号从未见过这种场面，大吃一惊，它可不想一头撞进这团水雾。如果在茫茫大海之中居然发生撞船追尾，那必将成为大英帝国海军史上最大的笑柄。它连忙扭舵五度，打算继续扑向十里外的翡冷翠之星号而去。

可是，一分半钟后，水幕逐渐落下，两分半钟后，水幕落尽。包括张保手中的千里镜在内，当时所有人都在寻找佩德罗号，海面上碎片纷纷，佩德罗号不见了。

六角舰阵打出了训练时的成绩，佩德罗号在七秒钟之内被四发炮弹直接命中，连续爆炸破坏了它的船体结构。可是这并不会令佩德罗号在两分半钟之内消失，更可怕的是另外两发贴着它左舷落水的炮弹，落水之际紧连着的爆炸，在水线以下掀起巨大的连续波击，相乘效应形成可怕的横向剪力。加上水线以上的四次连续爆炸，更不幸的是，其中一次爆炸同时引起了佩德罗号自身弹药的殉爆，使得佩德罗号被剪得支离破碎，瞬间解体。

张保看得目瞪口呆，他知道这绝不止是几发炮弹的威力，可是万事通马礼逊不在身边，还有谁能解释这种奇景？

生死交关之际，可见被激发的潜能，可见人性不同的反应。黛安娜号、巴瑞托号和玛丽亚二世号的舰长同时得到一个快速结论，今天撞到鬼了。海盗竟有如此战力，根本无能相敌。黛安娜号不到两分钟就挂旗通告撤退，可是怎么撤法？虽然那艘笨重的翡冷翠之星号目前还在射程之外的八里之远，可是这个魔鬼六角阵即将进入对自己的六里射程之内，而自己的十八磅炮射程最多只有不到五里。它立刻扭舵向西，准备脱离六角阵射程，进入安全区后再向北逃回澳门。

两艘小舰距离六角阵已缩短至三里，这时巴瑞托号开始往西北全速奔逃，最近的玛丽亚二世号眼看着难以脱逃，竟然决定冒险近战，试图为黛安娜号吸引炮火。至于它自己，也只能说是置之死地而后生。它冲入六角阵的六角形中心，使得六角阵反而无法发炮攻击。黛安娜号正在六角阵的六里射距边缘进行大转弯调头，巴瑞托号仗着船小轻快，却打算拿黛安娜号当吸引炮火的挡箭牌。

这时，黛安娜号船首忽然传来一声轻脆的爆响。甲板上的水兵抬头，惊恐地看着前桅莫名其妙折了顶部一截，扯下来两片帆布。接着一声轰然巨响和火光，刚追上来并行，准备超过后躲到黛安娜号北面的巴瑞托号被炸成了碎片，然后海面才传来三声沉闷的巨响。

黛安娜号舰长这一惊更甚，这又是哪来的魔鬼炮？听起来像是三十磅巨炮，可是环视四周海面，哪里有这么大的战列舰？他立刻下令扯下破毁的帆装和索具，免得影响其他帆具的操作。下一道命令是，立刻将三十二门大炮，所有弹药，所有逃命用不上的东西全部推进海里。前桅受损势必影响航速，而首尾追击时舷炮根本用不上，如果被追上了反正也打不过，只有娴熟的经验才能立刻推想出这个正确的逃命逻辑。

玛丽亚二世号舰长眼看着六舰又扬起信号旗，于是下令所有水手拿起刀枪，准备迎接保护荣誉的最后战斗。只要六角阵往中间一夹，接下来就是六舰贴帮，血染甲板的结局。可是，咦！上帝垂怜，忽然施起了迷魂大法障眼神功，六角阵好像当他玛丽亚二世号不存在一般，忽然一起扭舵朝向西北，全速奔往黛安娜号而去。简直不可思议，玛丽亚二世号舰长揉着眼睛愣了一下，恍如隔世为人。他下令全速改航东北逃命，两分钟后，又听到后方三声沉闷的巨炮吼声。

听说史上名将初次告捷都有些天赐吉助，张保做梦也想不到，贪玩架在后甲板的三门三十磅炮竟然有这等用处，发大财的用处。根据大屿山的经验，八里已经是三十磅炮射程极限，何况是在摇摇晃晃的海上？那三发炮弹也的确是蒙得巧了，竟然击中投机取巧的巴瑞托号，可并没有直接击中黛安娜号。黛安娜号前桅不过是被一发炮弹擦身而过，弹道的巨大威力扯坏了那两面帆，就如同快马驰过掀起女士的裙角一般。但是，古典海战就是这么残酷，十五片帆减了两帆，速度就减了要命的一到二里。虽然尽量减重，可是六角阵就像是闻着血腥的饿狼，在这个节骨眼上，饿狼可没时间去跟小白兔玩什么跳帮缠斗。张保一声令下，六角阵立即扔下玛丽亚二世号，尾随黛安娜号这只大号肥羊而去。

当六角阵转向追击时，和黛安娜号的距离将近七里，可是，六角阵要追赶的距离可不只一两里，它还得要追到黛安娜号侧后方适当角度，才能占位发动攻击。这场追逐竟然持续了两个时辰，当黛安娜号舰长眼看着六角阵的炮口在五里外对着自己时，才是未末申初，大海上离天黑还有两个时辰。借夜幕掩蔽的最后希望已经破灭，他实在无法面对佩德罗号解体的结局，下令落帆挂起白旗。

此时的张保那是心花朵朵开，太美的狼母酒了。他爱怜地抚摸着翡冷翠之星号舰桥栏杆，摆在他眼前的图景很清楚，航速较低的翡冷翠之星号作为红旗帮功勋舰，即将退出战队指挥舰的行列，改编为劫船业务的装载舰。因为，现在红旗帮拥有了一艘比肯特号更大的指挥舰，黛安娜号和肯特号将成为他和龙嫂胯下的南海神驹，纵横大洋。

第23章

黑绿旗合力擒水师

此时的陆地对极南海面这场惊心动魄的战斗自是还一无所知，姚莹牵着小毛驴站在松山之顶。这松山是澳门岛的最高点，前明崇祯十年建有炮台。时当仲夏，山风轻抚松涛，甚为写意。姚莹望着山脚下外海的一片碧波，却是随口吟道：

“北斗七星高，哥舒夜带刀，至今窥牧马，不敢过临洮。”

光天化日南海之滨，哪来的北斗七星高？可是这北斗光照亘古今，你当它白天就不在了吗？姚莹望着广州湾外这浩瀚之间，幻想着勒马长城，靖边驱虏。这南海就如同北疆丰渥的草场，难道就筑不起海上长城了吗？倒是不知今之哥舒翰身在何方？

这一趟考察广州湾防务，是他入百龄幕府才两天就提出来的。百龄看过他在举时写的论治淮捻潜山疏，于地理舆图是有独到之处，当场就允了。允是允了，账房让他按规矩填单领了六两八钱银。这点公出银得支应十五天，姚莹只能省着花，马是赁不起的，只能赁驴。

松山炮台又称东望洋炮台，顾名思义，即知其坐西向东，炮火可钳制广州湾西侧海域。古炮台旁是东望洋灯塔，和灯塔捱着边的就是圣母雪地殿教堂。姚莹走到灯塔和小教堂之间的荫凉处，抖开包袱取出笔墨，以及一张旧的广州舆图，和他自己手绘的防务图，开始圈点标记。

他这一趟是先直下虎门，沿途详细绘就珠江两岸地形，以及大虎、横挡、穿鼻这些江心岛。然后是白鹤山到仓山的外海口，接着渡江到西岸直下香山，一路由香炉湾的炮台和新涌山口来到澳门。他此行并未南下东岸到九龙湾，因为那里已是红旗帮出没的地盘。在澳门倒是无所顾忌，自前明神宗万历十一年恩准葡人在此定居至今，该岛始终置于当地政府有效管理之下，本朝初年加恩葡人，活动有所扩张，也只是限于该地传教，列为诸夷定居管理之点，准予少量驻军自卫。前提是，必须按年向广州府缴纳地租银。康熙朝时定的规矩，按前明通例年租五百两。

这位姚莹是今年刚中的进士，在京城盘桓一个多月，既没银子又不愿巴结，竟是懒得枯候吏部简派，回到桐城老家，安心读书写作。一个半月前，姚莹的座师赵慎畛来信，介绍姚莹入老友百龄的幕府历练。说起赵慎畛来只是个不大不小的京官，也就是个都察院的给事中，可是提起他的号赵笛楼，却是文坛卓有盛名。

满腹经纶当学以致用，岂可徒然坐而谈的皓首穷经？这个道理姚莹当然知晓，而且这百龄官声不错。可是，幕客并非官职，谢资菲薄。几经考虑姚莹才决定，轻装简行，只身前往广州，投入百龄幕府。

此时的姚莹还不知道，珠江口云起浪涌，广州湾八方风雨，大清南疆正在进入多事之秋。等待这位新科进士的今生宦途并不平坦。

“我认为以你现在的情况，来一份魔鬼天使是有帮助的。”

“魔鬼天使？”

“虔诚的人有它更可以面对苦难考验，不信奉真主的人借它与魔鬼交欢。所以既是天使，又是魔鬼。”

马礼逊向顾盛强使个眼色，顾盛强拉开桌子抽屉，取出半瓶威士忌和三个锡杯。陈道芗取过斟好的酒杯，小啜一口，然后仰脖一饮而尽。他既没有不修边幅胡子拉碴，也没有满眼通红醉酒狂歌，只是略为清减，原本清澈的双眸似是蒙尘。可马礼逊担心的是，莫非陈道芗现在如同这杯威士忌一般，似是来到岐路，水火同源，魔道互济。如果痴迷报复，即将沉沦于仇恨的魔障。如能悟得放下与宽恕，当可成为渡化的天使。新娘全家遇害，当然令人惋叹，而马礼逊认为自己现在必须做为谨慎的牧人，引领迷途的羔羊。

“老马，我想我要离开你们一段时间了。”

“散散心吧，等平静些了再回来。”

“你是怕我想不开？孔门大儒曾子有句话：士不可不弘毅，任重而道远。我要做的事还很多，老马，不必担心。”

马礼逊还不放心，试探地问道：

“哦，那就好极了。不过，你说的那个妖女，你会放过她吗？她会放过你吗？”

“她会不会收手我不知道，我当然不会放过她。善恶到头终须了，法纪纲常，俱不容此獠。”

“所以你还是要报仇啊！她和你之间到底有什么仇恨？”

“我的苦恼就在这里，老马，我和她远日无冤近日无仇，我和孙家此前根本就不识得此女。”

“你说这个妖女是白莲教的大人物？是白莲教不让你和官家通婚？”

“是啊，可是我也不过就是个香主，想破了脑袋也想不出这其中的原因。”

“这就是你的不对了，道芗，大清人说，冤有头，债有主。你根本就是避重就轻逃避责任。照你所说，那妖女只是凶手的刀子。既然是白莲教杀孙姑娘，你真要报仇就应该纠集龙嫂和天地会，一路杀过长江，杀过黄河，宰了那个狗教主和百万白莲教徒。斩草除根，才能解恨。”

陈道芗瞪着马礼逊，迟疑地说道：

“这，这也未免太过了。”

“这不是太过，是不足。道芗兄弟，人间万般仇恨失志和创痛，岂不是都来自于贪嗔痴？只杀一个妖女，或是杀光了百万白莲教，因果相同，和你心中滋生的魔相比，这只是一个开始，自是大大不足。”

陈道芗叹了口气说道：

“原来你是想开示于我，谢谢你了。老马，我想我还挺得住，别担心。你说起这些道理还真有点像中国和尚，苦口婆心。可出家人眼中的众生尽是凡夫俗子，凡夫俗子的世界自有章法，如果不拔了这个妖女，难道还由得她继续祸害人间么？”

“你对白莲教知道多少？”

“以前一无所知，近日翻查，才知道就是前朝的明教。唐朝时有个白莲宗，后来摩尼教进入中土，两个教派都是崇拜光明的，合流称为明教。后期又揉入了佛教的弥勒宗。”

“所以白莲教的确是个宗教，不是你们所说的武林帮派？”

“比武林帮派可怕多了，武林中人只是彼此之间逞勇斗狠，人说文无第一武无第二，就是这个道理。可是明教相信黑暗将尽，准备迎接光明，所以历朝历代都勇于称兵造反。”

“其实，我问你白莲教是因为它和基督教的渊源。摩尼教和波斯的袄教关系密切，一千多年以前，西亚地区极为发达，文明昌盛，有点像你们的东周列国时期。不过你们有孔夫子而没有强力的宗教，当时的西亚却是教派林立而少士大夫的支配。每个教派都认为只有自己对神和教义的解释才是正确的，试图兼容并蓄一统天下。你们的孔夫子和诸侯串连，西亚的教派也少不了国王贵族和将军的纠葛。这个摩尼教宣称自己是耶稣的继承者，最后一位先知。”

“这倒是前所未闻，那你们被这个摩尼教兼容并蓄了吗？”

“如果被兼容并蓄了我还能在这跟你讲话吗？早就食菜事魔拜圣火去也。”

“所以你还拦着我干嘛？就算我不继续追查，这白莲教迟早也会找上门来，顺便抓着你去食菜事魔。”

“我只是担心你被仇恨蒙蔽，你打算如何追查？”

“事发了我才知道这白莲教太神秘，中间还有些问题我目前想不透。得找时间北上一行，解开这些谜底。”

这时传来轻轻的敲门声，顾盛强过去开门，是个文质彬彬的年轻人，却是并不认识。马礼逊高兴地站起来说道：

“小宋，你怎么有空到我这儿来？”

那个小宋青涩地笑道：

“我跟龙嫂请准，以后由我跟着潮成祥六号送信。这样就可以来看你，跟你学习。”

原来这位就是龙嫂派来跟着马和尚，佯作信教真学英文的宋振岐。另一个周仁已经出师成了通译，这位宋小生却逐渐被《圣经》故事吸引，竟然真的信起教来。龙嫂一是拿这种信仰之事没办法，二是这位小宋看起来文质彬彬弱不禁风，有了当年小张保打入天地会暗间的前例，她终于同意把宋振岐调进指南针。

当陈道芗和马礼逊牵丝扳藤，将明教、白莲教、摩尼教、基督教扯在一起的时候，孙全谋坐镇的旗舰躲在穿鼻岛北面，林国良的左翼镇中军舰停在南边十里，许廷桂和关天培各领一支分舰队，来回交叉搜寻，把广州湾给抖落得湾底朝天。广东水师这次兵力全出，明摆的是要解决葡萄牙客货船事件，救回肉票，所以正主只有一个，就是黑旗帮。可是黑旗帮并不在广州湾，而是在西面的台山。林国良安排的这种场面，军事上叫做威力巡逻，俗话又可说是敲山震虎。等于是敲锣打鼓通告各方神佛，没事别出来，如此他才能专心对付郭婆带。

当许廷桂舰队截住屁滚尿流惊魂未定的玛丽亚二世号时，夷舰上的人不但没有指手划脚，有两个葡兵还欣喜若狂地抱着水师官兵，感激得放声大哭。简直莫名其妙，这几粒葡萄是见了鬼还是见着龙王显灵吓傻了？许廷桂舰队可没有通译，比手画脚老半天，只知道是遇上了红旗帮。

这可奇了，你们夷舰不是船大炮多挺屌的吗？前几天通报说是出海专门去找海盗晦气去了，其他的船呢？等勉强猜出来玛丽亚二世号舰长的意思，昨天一艘驱逐舰被打不见了，逃命时眼看着另一艘驱逐舰大概也快完蛋了。这时许廷桂才惊觉可能大事不妙，连忙上报林国良。可是，什么叫作打不见了？

玛丽亚二世号孤舰回到澳门，法瑞亚听了报告差点没晕倒，晕倒的是另外一人，华莱士中校。只不过是帮个场面，竟然就折损了黛安娜号，如何交差？培罗已有令来，命分舰队回加尔各答休整。数日之后，少了一舰的分舰队告别澳门，仓惶整队西归。

当时林国良一听夷人舰队在南洋吃了大亏，一则以喜一则以忧。忧的是红旗帮已成尾大不掉之患，喜的是葡萄牙人大概是吓傻了胡言乱语，更或者是许廷桂手下会错了意，以百当一，说什么海盗只有几艘小船就干掉了两大一小的夷舰，想必是红旗帮主力狠嗑了一顿大葡萄。既然如此，最令人揪心的红旗帮主力此刻应是远在南洋，又当大战之后，必须回港整补，必然无暇西顾。他立刻命中军传报孙全谋，请准全军停止威力搜索，按计划整队备战，直扑黄茅岛。

那十几个女眷大部分是老菜皮或是肥母猪，都被关在水牢里。只有三个姿色尚可而年轻的被挑出来，陪郭大寨主开了好几天无遮大会。开会前先得要准备准备，就是沐浴刮毛喷香。这些夷娘不但全身长毛，还有体味，真是远看三朵花，近看懵喳喳。这时郭婆带正在左一个右一个地换马练枪，大玩变态游戏，底下的喽啰又跑将进来，站在眼前活色生香的三个裸体美人之间，大声报称红旗帮飞鸽来信，水师已过草堂湾。郭婆带精疲力尽地从其中一名美女腚后拔出枪来骂道：

“你烦不烦，不是已经备战了么？我马上就来。”

舰队将过南水岛，许廷桂率领八艘新造霆船和海门营所有战船全速往西，封住西面的南湾和蛇鼻湾之间水道。关天培率领澄海协和十艘霆船缓行西北二十五里，封住东面的大南湾和南径湾之间水道。这是林国良最合理的部署，因为关天培熟于霆船运用，所以配属十艘，包括八艘旧舰。林国良自己率领以左翼镇为主力的其他舰艇，赶往南湾和大南湾之间的最宽阵面。孙全谋当然还是老套，跟着后营躲在林国良后方。

眼看着即将布阵完毕，时已近午，林国良心中起了一丝烦燥。这一仗不好打，身经百战的他倒不惧怕郭婆带，烦恼的是今日打完海战还得打场登陆战。

因为总督大人事前交代得很清楚，此战第一目标是救出夷人肉票，第二目标才是郭婆带的脑袋，他只有四个时辰的时间，来结束这场封锁登陆突击战。

当第一艘黑旗帮战船出现时，左翼镇中军挥出总攻令旗。澄海协当先居右，左翼镇居中，海门营居左，列出火力大部重叠的三条西南往北北东方向纵队，开始贴向黄茅岛。一百二十条战船的舷炮备便，十八艘霆船则是船首对准黄茅岛直航，三千二百斤重炮伺候，准备见神砍神，见鬼诛鬼。

当黑旗帮的百来艘战船分从黄茅岛左右两侧涌出时，包括将领在内的所有水师官兵并不知道这一仗会厮杀得如此惨烈。黑旗帮知道将会是天昏地暗，日月无光，但是也无人有把握能再见到明天的太阳。想活命只有拼命，黑旗帮左右两翼也列成密集的斜纵队，自北北东斜向西南，迎着水师而来。

激烈的炮战进行了大半个时辰，海湾里硝烟蔽天，双方死伤开始增加。林国良和幕僚站在海沧舰桥上督战，开始发现问题。黑旗帮的小船比中型船多得多，虽然只备四门小炮，单舷两门的破坏力不大，可耐不住刁钻灵活。水师炮战击中小船的命中率偏低，而且黄茅岛左上右下各有一个大沙洲，负伤的匪船绕到沙洲后面稍事修整，又钻出来再战。而水师仰仗主攻的霆船是设计用来对付大舰，而今几艘霆船追瞄一艘小船，打不打得中不说，虚占了阵位火力。如此再战下去，势必两败俱伤，如何能再打什么登陆战？这时，孙全谋和后卫已经勇敢地推进七里，躲在了大石排沙洲后面，等待战绩。

但是，林国良手中有一张王牌。为了打登陆战，水师各舰上携载了额外的绿营兵。一个半时辰后，水师战船已毁十七艘，击沉匪船十五艘，林国良终于下定决心改变战术。霆船从前出位置退到舰队东南方，发炮轰击纵深海匪，掩护各部冲锋前进。三列纵队调转船首向左，直冲黄茅岛，展开近战，准备接着进行古典跳帮的肉搏，八百名擅长肉搏的营兵当可所向披靡。六名旗手分立海沧舰船舷和桅顶，发出了命令。

那八百营兵在黄埔登舰之时，旌旗飘扬威武雄壮，壮观场面令孙全谋勇气倍增。此时部下报来，称林总兵即将发起冲锋，准备歼敌登陆，当场见猎心喜胆上生毛，竟然下令座舰前移绕过沙洲，进入海湾一点点。如果真的万无一失时，也好再蹭前一点，欣赏盛景。

林国良变阵开始见效，十八艘霆船已被击沉击伤各一艘，十六门大炮形成的重磅弹幕将黑旗帮部分隔断，后梯队不再能顺利地前援。三支纵队扭舵九十度直冲黄茅，杀入黑旗帮阵中，炮声渐少，两支舰队缠斗到一起。近战最拿手的不是关天培，许廷桂勇冠三军，率领海门营直插黑旗帮右翼，黑旗帮右部开始混乱。又厮杀了大半个时辰之后，黑旗帮的小船折损近半，黄茅在望。

这可是接掌广东水师两年来真正第一场硬仗，真是老天垂怜，庇佑大清，庇佑我老孙啊。孙全谋乐不可支，那个直隶水师提督的位子也不大好坐，万一调去辽东打仗或是剿倭那就不妙了，安全第一，这升官升到哪儿好呢？大白天下午正在浮想联翩大做美梦的时候，中军校尉忽然大声喊道：

“后方有敌踪！”

啊呀也，天亡本督也。青旗飘飘，南湾海面二十里出现了绿旗帮吴尚青的八十余艘战船，直扑孙全谋而来。孙全谋这点自知之明还是很有的，后营只有二十几艘中小船，其中有几艘还是非战用的勤务支援船，如何能战？此时他只能立刻北驶，最好是钻到霆船队和主力之间，当可自保，甚至加入战局，亲手立一点血汗军功。于是，他手握刀柄大喝道：

“起帆，快撤，直回黄埔。”

中军瞪大了眼睛望着孙全谋，竟是呆了。主帅临阵脱逃，那是大辟外加全族流徙的罪名，他当场愣在孙全谋面前。

“快传令啊，发什么呆，你不想活了？”

“不能撤，督帅，前方决战，大帐如何能先撤？”

“阵前抗命，你真不想活了！”

原来孙大提督真人不露相，武功竟是如此高强，立时拔刀将抗命的中军校尉给砍了。冲着甲板上惊呆了的军士水手喊道：

“快撤，都呆在那里干什么？你们是不是都疯了？都不想活了？”

黄茅岛东南的决战惨烈异常，已到最后关头，海匪虽然凶悍，却架不住绿营兵加上水师的人数众多。黑旗帮战船报销了五十几条，水师也沉了三十几条，水面上尽是尸体和飘浮待救的人头。这时，霆船的炮弹开始落在黄茅岛上。

有八艘战船不甘被俘，在炮弹追击中全速奔北，吓得神志不清垂头丧气的孙全谋被五花大绑，推到吴尚青面前。

霆船停止对黄茅岛的轰击，开始调转船头，试图借射程优势建立对青旗帮的第一道阻绝弹幕，海门营也受命转而截击青旗帮。这时，从东阳和赤溪湾赶来的渔船来到黄茅岛，满载海匪冲入战局。

变态色情狂并不表示不会打仗，几天前水师开始大闹广州湾，郭婆带就知道必是冲着自己和那艘葡萄牙客货船而来，龙嫂的信鸽站报来水师开始西移，黑旗帮即已完成准备。大肆淫乐之际他只少算了一件事，就是蛇蝎心肠的铁算盘吴尚青。

林国良移师西进时并不知道，远在南海南面的张保并非红旗帮主力，但是吴熊光被贬之后，龙嫂和百龄一直没有建立接触，互不侵犯的窗户纸也还没有被捅破，加上和郭婆带之间的嫌隙，所以红旗帮自己并未出兵。

其实红旗帮不出兵还有一个原因，作为旗舰和火力中心的肯特号已经上架大修一个多月了，全部换装二十五磅炮以后频频试炮，发现了问题。怪不得夷人只装十八磅炮，肯特号的甲板出现裂痕，舱面下的桁框也出现变形。装备痴狂的龙嫂心疼不已，和船坊的头目捣鼓了几天，决定抽换桁框，重铺甲板，甲板之上炮架之下加铺纵筋，用来分散后座力。但是仅这样并不够，总后座力必须降低，所以两舷炮门做了大改，全部改成射程相同而炮弹略轻的二十磅新炮。肯特号还有四天才能完工，重新安炮，接下来要做的当然是，修整黛安娜号前桅，以及同样的升级改装。

然而龙嫂身为六旗同盟的轮值主席，提供黑旗帮水师动态的信息之外还协调绿旗帮，反包围合攻官军。身在台州西侧的青旗帮离黄茅岛最近，唇亡齿寒当然会出兵，但是吴尚青一直等到黑旗帮和水师两败俱伤，这才冲进来捡便宜。

当左翼镇挂起白底黑字旗时，满身是血的许廷桂简直不敢相信自己的眼睛，立刻下令联系澄海协确认。半柱香的时间过后，关天培接过了水师指挥权。

霆船队和海门营被南调阻挡绿旗帮之后，海匪又来了近战援军，虽然情势逆转我消彼长，但是面对督帅被俘而黄茅岛近在眼前，林国良竟不肯退，率部拼死抵前。不幸被火铳击中头部，当场殒命①。

关天培现在面临难以作出的抉择，登陆黄茅功败垂成，他评估续战的胜算不到三成。因为眼前水师和黑旗帮两败俱伤，绿旗帮却是新锐之师，更不知这黑绿两帮的台山老窝是否还有援军。此刻已入申时，等入夜之后霆船将几如废物，而一旦绿旗帮贴近了展开近战包围，广东水师可能一艘船一个人都逃不出去。眼下提督被俘总兵新亡，军心已沮，他很清楚自己身上的责任，咬牙下令澄海协殿后，掩护编队突围撤军。

陈道芗写信回总舵，称因遭逢家变拟告假两个月，想来总舵主不会拒绝。信

---

① 清史稿列传，林国良是在同一年追剿乌石二时阵亡于丫洋州，本文铺陈时略做变更。

件往返得十来天，他开始安排会务由韩宝胜代理，财务的各项月例支出先批好条子，交给大柜吴庸庵代行。其实他此行第一站就是回总舵，问清楚天地会和白莲教的关系。围绕安宛若身边的尽是些扑朔迷离，而且妖女行踪一直是飘忽不定，那夜分开后，次日就消失了没留一点痕迹。可是陈道芗认为有一个地方一定可以找到线索，就是那个潘姓小孩曾经冒出来的一句：扬州江都镇五里庙。

回信还早，易牙居的罗瑞斌却一大早走进分舵，说是巡抚衙门那个衙差小许过来了，巡抚大人传召。陈道芗愕然问道：

"哪个巡抚大人？"

"当然是那个新任的原按察使韩葑嘛！说是关于虎门炮台的事。"

不知韩葑为何如此厚待，安排在耳房接见陈道芗，而不是后衙公堂。公堂传见那就是公事公办，先下跪行礼再站着听训，耳房会面却是半公半私自可坐着说话。

"孙大人走前把和你的关系都交代本官了，陈公子，请节哀。"

"谢大人。"

"至于各项防务工程一事，看来这广州府还除了你还真是不做第二人想。"

"大人过奖，小民只是尽了点本分。"

"如果大清子民个个如你，那自是海晏河清，天下太平。虎门抢建临时炮台，拒退强夷，本官事后闻知，那可是了不起的功绩。"

"大人今日召见是？"

韩葑凝目注视陈道芗缓缓说道：

"我省水师昨日与黑旗帮海盗大战，匪寇重创，但是孙提督和左翼阵林总兵都殉国了。"

陈道芗昨夜已得指南针密报，孙全谋被俘。虽然乱军之中的黑旗帮昨晚还不清楚已经打死了林国良，红旗帮的情报当然也就无从得知，可是水师中的天地会兄弟一回黄埔就把消息送了出来。他佯作一惊，只听得韩葑叹口气继续说道：

"此事也不是什么机密，偌大的黄埔港原先挤满了战船，而今空荡荡的少了近四成，待得午后自是满城皆知。匪寇受创亦深，只可恨水师损兵折将，却未能斩了那个郭婆带。咱们先说今日之事，本官召你来是为了防务工事和炮台。"

吴熊光丢官，孙玉庭降调，韩葑当然知道必须加紧规划设防御夷，可此时只是正在筹谋而已。但是水师昨夜铩羽而归，韩葑得报，立刻意识到更迫切的危机。两帮海盗即可灭了广东水师，如果六旗齐上，广州岂不等同于不设防城市？

“择要冲之地设防乃必行之事，找你来有两事相商，一是具体实施方案，二是先后缓急之序，只怕朝廷核拨银子缓不济急啊。”

陈道芗这才听明白了韩崶今日召见的目的，有多少银子办多少事，眼下第一要解决的就是银子问题。他沉吟了一会，心中已有主意，当下微笑开口说道：

“吴熊光大人筹建虎门炮台时亦曾为军费所苦，草民曾借箸代筹，出过一回馊主意，说不得今日重作一回冯妇了。不过，大人可否容草民请教一个问题。”

一听这孙玉庭推荐的才俊真有主意，韩崶当场两眼放光，急忙说道：

“陈公子请说，本官知无不言。”

“请问大人，这设防是以防海匪为先还是以防夷寇为先？”

“这个，二者皆为当今大患，可有两全之计？”

“方今南海不靖，竟是匪患夷寇纷至沓来。如我省耗费国帑整军，却为匪患消耗殆尽，是法所不取。广州湾幅员辽阔，要冲所在多有，如广设炮台高堤，不仅难堪耗费，且备多力分。终将如水师折戟一般，为海匪长期消耗，逐个所噬。且海匪之为患仅止于大洋，于陆上民生并无大碍，夷寇一旦入境则是动摇国本威胁朝廷。依草民愚见，不论海盗或是夷兵，如于沿海登岸，自有我旗兵绿营聚歼之。需设万全之防者，唯珠江口至府城一线，宜依虎门至黄埔段之地利险要，设重型炮台，层层叠加。以防夷为主，靖匪为辅，当可令启衅者有来无回。”

韩崶闻言大喜，陈道芗分析得条条是理，于为官之道揣摩圣意若合符节，当下大有相见恨晚之感。于是尽量不动声色地说道：

“如此甚好，与本官所思略同，但是于耗费一节实在难为。你有何主意？”

“依草民愚见，朝廷于此并非不察，缓不济急与资费多寡而已。当今夷商云集，滋生事端所在多有，然细究其因，万般原由皆起自鸦片为害。草民的馊主意正在于此，以子之矛攻子之盾，取鸦片之资财攻鸦片之生计。”

“这，本官怎么听不明白？还请陈公子明细。”

“因缘际会，草民交游颇多夷人，其中学子、商贾、夷官、僧侣皆有。据草民所知，舶来鸦片者以英吉利为主，入境批卖者以三合会陆匪为主。虽然我朝明禁鸦片，然其势疯涨难以断绝，与其禁之不绝不如寓禁于征，责令交纳重费，移做整军之资。如此既解军费之涸，又可打击鸦片贸易。”

“这，这如何征法？鸦片捐于律例不合，岂不是干犯禁律准入鸦片？”

“大人，草民可没说是鸦片捐，方才草民说了，鸦片入境批卖唯三合会而已。巡抚衙门只需责令三合会聚集的广州商会，大幅提高所纳协饷，提到五至十倍以上。如有不从即严加取缔，吸食者号枷示众，贩卖者开铡见血。彼等三合会唯有提高烟价，如此吸食者减而军费增，岂不是两全其美。”

韩崶再也难掩欣喜，搓手说道：

“唉呀，陈公子经天纬地之才，真是相见恨晚。可惜啊，为何不考取功名报效朝廷？”

“在下闲散惯了，大人，倒是这兴建炮台一事，既是甫逢家变，可否容草民北返探亲。三月后归来当供驱策以效棉薄之劳。”

韩崶一听陈道芗竟欲远行，当场皱眉盘算起来，督抚二衙还得筹划防务备办经费，自是耗时不少。当下说道：

“然则最快何时可返？”

想起妖女行状，总舵主的牵连，扬州的不可知，陈道芗不自觉叹了口气说道：

“如诸事不顺，在下竟是不知何时可返。”

“这万万不可，陈公子，当朝重臣乃至封疆大吏丁忧尚且夺情起复，何况你终究是一平民，与孙府千金亦尚未完婚，岂可不奉召？这样吧，你我今日约定，以五十日为期，务必返粤，务必以百姓苍生为念啊。”

恐怕是以你的乌纱为念吧！陈道芗心里咕噜了一句，想着来回扬州和总舵五十天应是足够，当下也就允了。

昨日黄茅海战中逃离绿旗帮虎口的后营八艘战船之中，一艘在撤退时被击沉，另外七艘得以于当夜随大队回到黄埔。百龄连夜听取关天培和许廷桂的口头报告，直到天明。他详细询问了孙全谋被俘的经过，等韩崶今早接到通报时，孙全谋竟是被定为失踪，应已殉国。

百龄并没有当场震怒，老于统御的他知道，此时不能再处分关天培、许廷桂和其他官佐。现在必须稳定水师军心，休养生息。他当然震怒，斥回水师官佐之后自己待在官厅里震怒，然后，开始面对残局。葡萄牙客船和人质还没解决，花了整年时间和大笔银子整建的水师却被抹掉了四分之一，而六旗帮中的大老虎红旗帮和夷酋培罗的地狱舰队还没有登场。他终于体会了吴熊光和那彦成的无力和无奈，坐以待毙只会使自己步上前任的后尘，丢官、遣戍、甚至掉了脑袋。可是，要银子没银子要兵没兵，怎么办？

“石甫[①]，你来啦，坐吧。”

---

① 姚莹字石甫。

百龄倦容满面眼布血丝，姚莹却是视如不见地安稳坐了下来，还明知故问地说道：

“东翁可是为了水师的挫败整宿未眠？”

“是啊，也不能完全说是挫败，歼敌一千，己损八百，还真叫那个麦廷章给说中了。你携回的防务材料还没来得及看，得先忙些眼前的，啊！是有些乏了。”

老友赵笛楼推荐过来的这个姚莹还在试用期，年轻人文采是不错的，借为文胆写写奏章文牍之类是绝对没问题，可军国大事就另当别论了，跟小后生实在没什么可谈的。可是，年轻人毕竟太嫩，连基本的礼数都不懂。主人哈欠连连，口中告乏，那就是送客，可姚莹就是金刚不动，稳当当坐在下首看着百龄。口中慢悠悠地说道：

“以晚生之见，这葡船人质，六旗匪帮，夷军入境三者如能合而为一，倒也不难解决。”

一听这话百龄只觉得鼻孔生烟气不打一处来，多少封疆坐罪贬谪！多少将士尸沉南海！集几代菁英之智难以解决的顽疾愈演愈烈，到了你这黄毛书生嘴里竟然说是不难解决？不知天高地厚乱吹法螺，虽说尊师重道，可在这小老师面前，心力交疲的百龄实在难以掩饰，轻轻冷哼了一声说道：

“哦，怎生不难解决？”

“人质贱价赎之，六旗匪帮离间分割之，小匪剿大匪抚，聚为我用与夷相抗之。”

这话怎么听着有几分耳熟？百龄撑着睁眼问道：

“说来简单，谁可为张仪说秦？谁可为蒋干传书，借刀诛蔡瑁、张允？难矣！今我水师新丧，天下豪强谁能信我？”

姚莹这才站起身来，向百龄一揖到底说道：

“姚莹不才，蒙东翁不弃，岂可尸位素餐，见东翁身陷鼎镬而不思效力分忧？因此特来请命，请准晚生前往招降黑旗帮。”

人生失意需尽欢，苦中作乐亦无妨。听得如此好笑的笑话，百龄清醒了几分，指着面前书生的鼻子竟是大笑起来。这时他才想起，姚莹之言与前几日那麦廷章却是所见略同。

“你？石甫，你一稚嫩书生要去说降郭婆带？莫要让那厮生吞活剥了你。唉呀，用心良苦啊。你可是见老夫忧烦，特来说笑解闷？唉呀，谢谢！谢谢！舒坦多了。”

“东翁莫笑，晚生正经是有几分把握的。”

“好好好，别说你见不着那个疯子，让你见着了你打算怎么说？”

“晚生以为，那郭婆带行为猖狂可并非疯子，否则也无能在六旗帮中坐第三把交椅。此獠在红旗帮压制之下心中定有不平，我等佯装与红旗帮勾连，而后晚生诓他称大逆必诛，朝廷将再整水师，并调浙师或北方悍将辽东水师南下，扫穴犁庭片瓦不留。以其此番大战受创之重，实力已远不如红旗帮，晚生再晓以利害，彼獠必定犹疑，犹疑则有可乘之机，趁势廉价赎回人质。一旦此门打开，则其人彀未远矣。”

“初生之犊不畏虎，勇气可嘉。可红旗帮如何肯跟你演这出戏？我堂堂大清总督又如何能与盗匪谋，出银赎人？”

“此正乃晚生二计，与那红旗帮并非演戏，而是正经勾连。红旗帮必是不允，然我等勾连姿态做足，郭婆带必定生疑。如红旗帮竟是允了，那更是天下定矣。至于赎人，我等并非苦主，自是由葡人来出赎银。”

“让你进得水寨，被大卸八块或是跑出一只母大虫扣你为面首，老夫岂不是赔了夫人又折兵？到时候笛楼先生问我要人，如何交待？”

“实不相瞒，晚生月前入府，曾查阅兵事记要。南海虽是大小风波不断，可广东水师过去年余竟是未曾与红旗帮正面交兵。去年中秋大战拾翠洲，红旗帮甚至出兵相助官军。昨夜东翁与水师会后，晚生曾就此事与关天培将军一谈，相信水师与红旗帮曾有一默契。水师不出外洋干涉海匪掠夷，红旗匪不内犯一草一木，不入广州湾与内河。如确曾有此等默契，则大事必成，是以晚生有几分把握。”

百龄虽曾详阅拾翠洲之战的档案，可注意力专注于汉口协的部署作战和日松赞布的藏兵，官方记载对海盗相助自是一语带过。没想到这书生心思如此细密，竟然发现了其中另有玄机。他此时才想起确有此事，歪过头来打量着这个白面书生，半晌之后才摇头说道：

“话虽如此，你乃新科进士，一介书生初来乍到，此事还是再考虑考虑。老夫真的是乏了，你得让我歇会。今晚再议吧。”

昨夜麦廷章迎回重创的舰队，自是大吃一惊,。竟然不幸而言中，本可以三成战损拿下黄茅，却毁于绿旗援兵。关天培令其继续接管营区防务，招营外郎中与营内医卫大举疗伤，营管科员大烧热水供官兵洗浴休息。而后才与许廷桂进城赶赴总督衙门，黎明返营后小睡即起，自掏腰包命庶务司员大买酒肉，犒劳所有官兵。原来这关天培带兵心得独具，以为过往军中陋习既多且奖罚不明，悖离人性斫伤士气。他命所有士兵取食酒肉，而后召集所有十夫长以上官佐共宴于校场，于黄茅之战的各舰奋勇褒扬有加，铭谢不已。恤死扶伤之余殷盼水师齐心合力，共图再举。

关天培一向不屑于等因奉此的官场习气，船毁了可以再造，兵减了可以再募，军魂一旦溃灭则无以复起。维系军魂在于荣誉，且此战各部表现并非不勇，是以其从头到尾无一句追责，无一句不是鼓励。他拖着疲惫的身躯强颜欢笑，酒到碗干。因为他知道，不能让士兵官佐有时间想到其他。他必须在第一时间涤去孙全谋脱逃投降带来的耻辱，以及林国良殉国造成的忧惧。广东水师正在进入关天培时代，广东水师，必将再起。

被姚莹折磨了一通之后，百龄也没能睡几个时辰，午时即起。处理紧要文牍的同时继续思考着，想着如何擦屁股收拾残局。下午韩崶过访，商议眼前严峻的防务课题。

百龄起床之际，姚莹已经匹马单枪来到黄埔的水师大营，正好撞见官兵酣酒高歌，誓言再起。牙尉将其让到偏帐之中献上吃食，军厨所烹无非是些大块酒肉。姚莹见官兵意兴飞扬，此景从未见闻，一时兴起，竟是自行将饭几搬出帐外，对着满校场的官兵吃喝开来。这一等就等到未末申初，才再见到关天培。

“既然是广州最大的工程户，为何能识得海匪？还买得来如此巨炮？又为何肯献与官家？按将军之言，炮台工款督府竟然也至今分文未付。这个陈道芗到底是大工头，大侠客，还是大匪头？”

关天培摇头笑道：

“其实我与那位陈公子只是一面之缘。此人也是书生，不过没有应过举。他在广州应该算得上是一号人物，听说是既识得夷商夷僧，又周旋于三合会和六旗帮之间。虽然本官不知他的底细，不过，如此仗义疏财又建炮台又献炮的，古之弦高也不过如此。他还是前任巡抚孙玉庭大人的女婿，孙大人和前任制台吴大人联手，灭陆匪焚鸦片，建炮台退夷兵。当时的广州官场，那可真是风流人物，但数孙吴哪！”

姚莹听得大奇，连忙问道：

“这陈道芗是前任抚台的女婿？在下初来广东，入百龄大人幕府不过月余，尽看些文牍案档，世间风流竟是一无所知。可前任孙玉庭和吴熊光不是因畏葸失职被参了吗？”

“唉，官场是非倾轧，丑陋不堪闻问。先生书生本色赤子之心，不知也罢。这陈道芗终究是未能成为孙家的乘龙快婿，今年四月十四，广州血案先生竟也不知？”

官方文牍当然不会记载这门不当户不对又未成事实的缔亲之事，而孙门血案虽然骇人听闻，却也事属刑名，与军政大事无关。姚莹这书呆子整天钻在文档里，竟是丝毫不知。不过，他是想到就说，说完就做的脾气。上午离开总督衙门就找了辆驴车，直奔水师大营，酒宴之后苦苦追问关天培如何勾连红旗帮，却是不但见到新伤之师战志昂扬，而且听得如此奇闻。

长谈之下，关天培什么都说，可只有一点不能松口。巨炮乃是红旗帮卖人情送给吴熊光的，个中实情只有林国良和他自己知道。林国良既死，如果由自己口中泄露出去，十个吴熊光的脑袋也不够砍的。虽说国有律例，但是大清律再大也大不过自己心头一把尺，国法人情俱强不过公理。托称炮台承建户陈道芗献炮，实则暗庇吴熊光，这就是此时关天培心中的公理。当下他话锋一转，谈起孙家灭门血案，嗟叹不已。姚莹却是紧咬着此行目的，追问道：

“如此说来，可否请军门安排这陈道芗一见？”

关天培摇头说道：

“此事难办。我并不识得陈公子，当初应是孙大人引介给吴大人议的此事，本官只是因为懂炮而奉召备询。这大炮来自海盗，官场上很多事只能说不能做，偏偏这事却是只能做不能说，更不能摆到台面上来。他与你我二人素不相识，你想他能答应见么？？倒是有一人，或有一点可能。”

“是谁？”

“现任巡抚韩大人。他是广东按察使就地擢升，跟这些旧事有些牵连也未可知。”

姚莹闻言当场皱起了眉头，此事更难办。虽然自己新来不久识人不多，可这总督牙署和巡抚衙门的幕客之间，想必是牵丝扳藤纠葛甚多。正如关天培所言，这件事只能做不能说。为勾连红旗帮求见韩崶？叫人拿大棒轰出来就算是轻的了。可时间紧迫，说不得，只好用障眼法了。

所谓的时间紧迫立刻就应验了，水师大营的警钟忽然响了起来，中军和两名军士一起进来行礼。

“禀将军，鸡颈洋巡检来报，葡萄牙人两艘巨舰今日上午辰时来到澳门。”

巡检军士报上来夷舰尺寸和炮数，一艘长约二百尺，备炮三十二门，比被红旗帮击沉的佩德罗号大半个头。另一艘庞然大物长约三百尺，双层炮甲板，备炮七十二门。关天培立命请来许廷桂，备马偕同姚莹奔回府城。

第24章
打赢了也投降

葡国调兵万里，东来寻仇，巡洋舰萨格雷斯号和伴随驱逐舰葡月号今日抵达广州湾。原先的轻兵力是一艘轻型驱逐舰佩德罗号，和两艘炮舰巴瑞托号、玛丽亚二世号，现在的兵力是巡洋舰驱逐舰炮舰各一艘，还有，两舰上携载的一个火枪营。法瑞亚总督心里明白，火枪营不是用来对付海盗，是派来要挟大清国政府用的。然而，大清海盗有能力瞬间击沉佩德罗号，很显然仅凭现有武力还是不够，必须等待，等待盟军。

此情此景，不由得百龄不长叹，甚至开始怀疑自己，自己重参吴熊光和孙玉庭是不是参错了？当时吴熊光面临的窘局不是比自己还惨吗？当时英吉利九艘巨舰闯关，水师半新不旧，虎门什么都没有。今日只有大中小三艘葡舰，打伤了的水师仍胜往昔，还多了个半真半假的虎门炮台，可是就这样也还是难以布阵设防。百龄和关天培、许廷桂三人在书房里摆了整个时辰的兵棋，竟是捉襟见肘毫无对策。韩崶看了半天，却是插不进嘴。下午和百龄议了一半的陆地防务，既然是远水救不了近火，也只好告辞回衙。百龄恨恨地看着地图，如果此时在横挡那几个江心岛上已有几十门重炮，就不至于如此苦恼了。

等到关许二人离去，姚莹才又出现在书房，之前整晚他都只能躲在偏房里。幕客是主人的私人参谋，如果没有职衔，是不可以参与国家官员正式军事会议的。深夜的百龄和早上又不相同，听完水师折戟的战报，早上的百龄是苦思如何收拾残局，而现在摆在桌面上的地图，是一局死棋。

“大人还记得英吉利九舰进黄埔吗？晚生以为，葡兵必不敢深入广州湾。”

百龄失神地从地图上抬起头来问道：

“你说什么？”

“以英吉利舰队当时军容之盛，尚且不敢开炮公然与我朝为敌，何况此回葡人全部家当只有三舰。虽说也是难敌，以晚生之见，彼等俱是以战逼和。我今有虎门炮台之险，是以葡兵必不敢深入。”

“你到底在说什么？石甫，那炮台是假的。”

“您知道那炮台是假的，我也知道那炮台是假的，可是葡人知道么？”

百龄一愣，缓缓说道：

“你有什么主意？”

姚莹取出一份洋洋洒洒的文告交给百龄。

“请大人过目，如果没什么问题就请批了。明日一早张贴广州四门与各路衙署，另派水师信差送往六旗水寨。还有，另外送一份到澳门，给那个洋督。”

百龄取过文卷，愈看愈惊，到后来竟是冷汗如雨，未及看完就掩卷叹道：

“未禀报朝廷就改剿为抚，像那个那彦成一般，石甫你这是要陷我于不义啊。”

“东翁请放心，这只是个过墙梯。六旗皆为悍匪，没讨价还价以前哪能一招就安？唯独那黑旗帮，若是抚成了不但不会陷东翁于不义，且是大功一件。倒是这黄茅之战和葡舰东来的奏章，东翁是打算如何个写法？”

“当然是照实写。”

“是照实写，可也有个角度取舍。如是写得好了，这剿抚并济退夷兵的大功都在里面。”

“怎么个角度？”

“黄茅海战战的不是一旗，我水师奋勇争先，分战二旗，实为重创海匪，才能为招安奠定基础。招安者乃是上体天心免于屠戮，兼解人质危机。”

“可是折了主副二帅，实难称为捷报。”

“正是因为二帅殉难，益显海匪凶悍，取胜固然不易，招安更属可贵。就看这折子怎么个写法。”

“什么殉难！林国良死事壮烈，可孙全谋那个猪生狗养猫带大的畜生脱逃被俘，实乃我大清奇耻。”

“东翁放心，我此去保证让那孙全谋也壮烈殉国。”

姚莹意味深长地望着百龄，抓了瞎的百龄也望着这位初出茅芦的幕客，颤声说道：

“那就请先生先写一个来看看？”

“此事说急也不急，还请东翁先批了招安文告，立刻发行。我在来回黄茅的路上自会拟好折子，到得回来时已有万全把握，加工即成。”

百龄望着桌上的文告，字字触目惊心，想着那彦成和吴熊光的下场，竟是不知这“可”字到底应不应该批下去？

第二天一早，总督衙门的推官找来广州府的主簿，责令在四城张灯结彩，鸣锣放鞭，庆祝黄茅大捷。这时六十里外的黄埔港上正在全力整修受损的战舰，关天培派出五艘小沙船，分赴六旗和澳门送达招安文告。另一头陈道芗则是登上天地会的商船，航向厦门。

“保仔，你说这个张百龄脑壳里不会是装屎了吧！怎么弄出这么个东西来？”

张保从龙嫂手中接过文告，那主旨写的是说，朝廷宽大为怀，只要海盗肯投诚，不但既往不咎，而且为首者封官，为从者酌给资遣散，或投入水师报效朝廷，战船军械水寨由广东总督衙门给价收购。后面是一大串稀里哗啦的细则，看得人眼花缭乱。张保看了两眼说道：

“不知道又是哪个奇葩出的馊主意？打不赢竟然想用买的。当官的讲话能相信，老母猪上树去也。这背后一定有诡计，偏偏陈大哥出门，问他是一定能拎得清的。”

红旗帮毕竟是第一大帮，又算是曾经有点默契，得有些风度，让送信的水师军士吃了顿工作餐，然后带话回去。两个字，再议。黄白两旗就没那么好说话了，沙船被堵在水寨外面，也不知帮主看了文告没有，一顿笑骂当成回话轰走了。

还真让姚莹给料中了，这两军对垒之下暗中和议，一没信物二没密使，单凭两张破纸就想招安，岂不是官样文章的白日梦嘛！

姚莹还料中了另外一件事，法瑞亚接到文告就找来翻译，看了译文以后陷入沉思。剿海盗和护商原是一体两面，此番增兵东来主要还是为了保护贸易，从头到尾就没打算真跟大清政府翻脸，仇人是那些红眉毛绿眼睛的海盗，不是这些辫子兵啊。而且，法瑞亚心里清楚得很，剿完海盗之后，营商发财之路，终究还得靠躲在这些辫子兵后面的贪官污吏。

退一万步说，万一惹毛了辫子兵硬是翻脸，虎门炮台那七十门大炮他是亲自领教过的，盟军未至之前可不好相与。如果这些海盗真的被招安了，红旗帮只消如同去年援助托巴兹号一样把湾口一堵，萨格雷斯号进入广州湾那就是上进不得虎门，下退不出湾口，活生生被这帮黄种塌鼻人包了饺子。

客船被劫和佩德罗号被击沉都是萨格雷斯号出航以后才发生的大事，已来不及也无力再增兵。所以，万全之计就是，舰队留驻澳门，进可虚张声势退可溜之大吉。反正就是，千万不可深入广州湾。

一艘沙船送信台山西和雷州，将招安文告交付绿蓝两旗，另一艘沙船同行到大南湾时折向西北，直奔黄茅岛。

变态郭正在三个葡萄牙女人身上发泄，一个喽啰跑了进来，对着满眼的活色生香喊道：

“当家的，总督衙门给咱们寨里的文告送来了。”

“叫送信的回去告诉那个百龄，等红旗帮蓝旗帮降了再来找我。”

“不是，当家的，来咱们寨这一船不一样，除了信还来了个人。说是，说是总督的密使，这里有拜帖。”

“烦不烦啊！喂，黄兄，听到没有，还来了个什么密使。这是在搞什么？”

隔着布幔的里间里传出一名男子的声音。

“是说客到了，你看看拜帖，来的是什么人？学显兄，你悠着点，别疯疯癫癫的，先听听他说些什么。”

郭婆带赶走身旁的夷人美女，接过拜帖。上面写着：

丁卯年 进士及第 姚莹

密使？再怎么说这也是大清政府衙门的第一次正式接触，没听说别旗有密使这种待遇。郭婆带大为得意，当场摆出左八大金刚，右十大护法，上三大寨主，下百万雄兵。准备好好杀杀这个丁卯进士的锐气，叫他知道黑旗帮不是好惹的。于是，一个白面书生轻飘飘走进满窝海匪之中。郭婆带斜眼睨着书生，怪声怪气说道：

“还当是什么参将协领呢！就你？连个游击都不是，百龄是不是看不起黑旗帮啊？”

“是不大看得起，郭大当家，参将和协领都被派去和龙嫂秘密谈判了。至于你这，总督衙门原没打算谈，还是我恳求之下才来的，百龄大人本也没怎么在意。”

“你说什么？百龄和红旗帮勾搭？你骗谁哪？当说客像你这样吹牛不打草稿，天底下有人能信吗？”

“没错，百龄来广东不久，是没和红旗帮勾搭，所以才得谈判，再续前缘。你怎知前两任的那彦成和吴熊光没有和红旗帮勾搭？敢问大当家的，以前这六旗之中黑旗帮坐第几把交椅，第三还是第二？”

郭婆带没好气地哼了一声，不算是回答的回答。

“去年水师和蓝旗帮大战丫洋州，前日全军出动大战黄茅。与那沿海小打小闹的黄白二旗搞节目也不止一天两天了，而绿旗帮是一直跟着你黑旗走。请大当家的回想一下，唯独这红旗帮，过去两年广东水师和红旗帮之间可曾开过一枪一炮？剿海盗乃是皇命，红旗帮六旗之首，如果不是勾搭，焉能如此？”

郭婆带不想还好，一想之下果然如此，当场沉吟起来。姚莹立刻打铁趁热说道：

“去年中秋大战拾翠洲，大当家的，这陆战鸦片跟海上各旗应是扯不着边吧？如非勾搭得紧了，那红旗帮怎可能出兵助战，既派兵上陆又派船封江？”

去岁一战，三合会元气大伤，早已在江湖绿林之间传得沸沸扬扬。而红旗帮挡住粹顿飞剪号和东方皇后号，两艘飞剪船乖乖返回拾翠洲上交鸦片，更是在光天化日众目睽睽之下干的。郭婆带眼睛一瞪，如同被枣核梗了喉咙，好不容易才咕噜一声说道：

“即便如此，那又如何？如果龙嫂不怕江湖人耻笑，要投降那也由她。百龄派你来花言巧语，无非就是想兵不血刃，把六旗全招降了。天底下哪有这么便宜的事？百龄也太小看我郭某了。”

“是打算招降，可人家总督大人真正心里想招的，可不是你刚损兵折将的黑旗帮，黑旗帮不够分量。人家真正想招的是膀大腰圆的红旗帮，也只有红旗帮才有资格和水师合流，一起对付英吉利人。”

“朝廷要对付夷人？”

“当然嘛！郭大当家的你想想，这英吉利十三舰入境，简直不把朝廷放在眼里。更重要的是，贩卖鸦片的利头一年何止数百万两？皇上能不眼红？百龄能不眼红？你能不眼红吗？招安是百龄想出来的妙方，干脆把红旗帮买过来对付夷人。可是招安得先禀报朝廷，皇上批准了的就得一视同仁。你再想想，百龄派人私会红旗帮，其他五旗不过是送一文告，这不是明摆着的吗？”

郭婆带怀疑地看着姚莹，试探着说道：

“今天就算你舌灿莲花也遮不住你的马脚，既是无意，你这小子站在这里干嘛？花言巧语，说到底就是为了招降，不过如此而已。”

“当然！当然！不为了招降我来此干嘛？郭大当家的，人不为己天诛地灭。百龄认为招降你不如招降红旗帮，当然不会派人来。我认为招降红旗帮不如招降你，所以我来了。”

“你这话就是自露马脚，顶好六旗通通降了岂不是大功一件。什么这不如那不如的？”

姚莹一听竟是放肆地大笑起来，在众匪环伺下胆大包天地指着郭婆带鼻子说道：

“唉！海盗就是海盗，莫非兄弟看走了眼，竟然把此生功名前途押在一个草包身上？大当家的，说起水上行船开炮打仗兄弟当然是一无所知，可要讲到官场之事，那你就是个睁眼瞎子。我问你，兄弟今日一人前来招降，可曾带一兵一卒，一刀一枪？这招安是动口不动手，他百龄可以派人来招安，巡抚也可以派，广州府也可以派，你台山左近的县丞也可以派。你知道我知道百龄知道皇上也知道，人人都可以干人人都知道的能算是什么大功一件？大清朝四品以上的武官何止千百？这升官路上得是铺着血肉，不是降书。你当那两艘葡萄牙巨舰是来干嘛的？六旗帮只要有一旗降了，你就等着看吧！从纳降之日算起，如果百龄一月之内不联合降旗和夷舰对黑旗开刀，我把脑袋剁给你。喂，兄弟，弄杯茶来喝喝。”

姚莹最后一句话是扭头对旁边一名头目说的，上兵伐谋，还得抓好气氛，控制对手心理状态。从进场就故意轻视黑旗帮开始，一路数落下来环环相扣，将主动权紧攥在手中。命中要害之后忽然松缰，开口要茶，那口气益发显得自己没当自己是外人，郭婆带果然入彀。这一杯茶吆喝的空档正是要让他郭寨主好好回味一下，人家好歹是个文诌诌的进士，当下郭婆带一瞪眼喝道：

“你们这帮无礼的家伙，还不看座上茶？”

萨格雷斯号和葡月号就是要害，两艘巨舰经过台山外海，耀武扬威驶向澳门，成为郭婆带最大的心病。可是这么大的家当哪能说降就降？百龄从哪挖出来这么一个厉害说客？其中莫非有陷阱？他一直瞪着姚莹，直到姚莹举起茶杯时才怪笑道：

“差点上了你的当，你是为了那些葡萄牙人质来的吧？我说呢，百龄再糊涂也不会派你这么一个年轻书生来招安，除非根本就不是为了投降。肉票的事何必绕这么大一个弯子，有钱有人，没钱免谈。”

这茶一端上来，姚莹即知成功在望，他头也不抬，一面喝茶一面看着杯中的茶沫子说道：

“方才说的你听着了没？你摸摸看，你的耳朵是不是还长在脑袋上？方才好像说过，兄弟今日之所以会来，是因为招降红旗帮不如招降你。百龄大人可不是这么想，大当家的你听明白了吗？”

“你这话绕来绕去的到底是什么意思？”

姚莹这才抬起头来，直盯着郭婆带双眼，故作神秘地小声说道：

“兄弟乃今科进士，大当家是知道的？”

“是又如何？不就是只官场菜鸟吗？”

“说的是啊，正因为兄弟是只菜鸟，又没银子，那些狗官你知道的。十年寒窗，好不容易考个进士，才发现进士这玩意可不能当饭吃，留在京城候任是永无出头之日，托了老大的关系才挤进百龄幕府。大当家的派人打听打听，幕客是月银四两五钱银子的差事。你说这世道，人心险恶，宦海茫茫，兄弟在这幕府里可是最菜的一只菜鸟，你在海上被红旗帮压着，兄弟在官场被那些老幕客压着，何时才能派职？所以前来冒昧打扰，想借你郭大当家的脑袋一用，兄弟才好升官发财。”

“你说什么？”

“是啊，可得是长在你身上的活脑袋，不是割下来的死脑袋。你想想，红旗帮声势浩大，早与水师和总督衙门有所勾搭。如果让他们招降成了，他们换了顶子，红旗帮成了水师一协一镇，这中间哪还能有我的什么事？不只能待在一旁干瞅着吗？可如果由兄弟我招降了黑旗帮，你郭大当家的就成了水师一镇一营之帅，不但夷人不会再找你麻烦，兄弟也跟着沾光，升上那么一品。咱俩今日结盟，待得皇上下令痛剿红旗帮，水师和夷舰联兵。你大当家的领兵打仗，兄弟在衙门里帮衬着，咱俩互通消息，一起升官。只要你实心出力，踏平六旗，迟早你就是三品水师提督，兄弟再不济也得捞个六品。实不相瞒，兄弟筹谋已久，不是选你就是选乌石二。今日来此坦诚相见，这一生的功名前途，就押在你郭兄身上了。郭兄如以为当个特大土匪更是快活，兄弟自是不敢勉强。可兄弟少怀大志，为姚家争功名，为爱妻争诰命，光宗耀祖的事可全在这里面了。”

好阴险啊！好深谋远虑啊！原来后面还有个乌石二在等着。郭婆带可没注意到，当姚莹说完今日结盟之后，大当家的也已经顺水推舟变成了所谓的郭兄。郭兄恍然大悟，连忙说道：

“如果，我是说如果，如果有一旗竟然愿意招安，这怎么个招法？六旗大小不同，总不能待遇一样吧？”

“这是当然，本来黑旗帮排二三把交椅之间，待遇应是仅次于红旗帮，可是前些日子一战，折损过巨。依兄弟看，你隔壁那个吴尚青就没安什么好心，故意姗姗来迟。削弱了你就抬高了他。”

“哼，这个我知道，迟早有一天会跟他算这笔账。”

“你别急，郭兄，既然咱俩结盟，帮你就是帮我自己。有我帮你安排，保证你的待遇不但不会降，还得往上抬一抬，抬得和红旗帮一样。时势造英雄，当下就是大好时机，郭兄，咱俩想升官，今年就得踩掉红旗帮。”

郭婆带内心早就深怀被龙嫂拒之闺房门外的嫉恨，而此时他满脑子想得更多的是，但教祖上积德，谁愿意当特大土匪啊？如果能给奶奶弄个三品诰命太夫人的牌位，郭婆带呀郭婆带，被奶奶一手带大的孤儿郭婆带那才真的是不枉此生。当下更客气地说道：

“姚兄打算如何安排？”

“这个嘛，官场上的事，得分两步走。首先得抬高黑旗帮的身价，把你抬高了才能显我的本事。可是天高皇帝远，皇上目前只知有六旗帮和红旗帮，而不知其中有黑旗郭婆带。黄茅大战被俘的那个孙全谋可在你处？”

“在，姓孙的孬蛋好歹是个三品命官，吴尚青这老奸巨滑的家伙不愿惹麻烦，扔了给我。跟那些夷人一起关在水牢里，整天里又哭又叫。姚兄可是想带他回去？那可得说清楚，得先让百龄出文，认下黑旗帮这情份。”

姚莹摇了摇头，盯着郭婆带说道：

“我没想带他回去，我只想带他的一部分回去。”

“什么？”

“想要得到第一把交椅的待遇，你今晚就把那个孙全谋给砍了。明日一早我带他的头颅回去。”

“这？这是何理？既是要降，怎还能杀害大员？”

“唉！郭兄，你想想。现在上面有红旗帮压着，下面有吴尚青乌石二顶着，如何抬高黑旗帮的身价？今后等你入了官档，这官场心术你可得多留心，你得揣摩皇上的心思。你斩了百夫长，你就是百夫长，你斩了参将，你以后才有资格当参将。既是要降，起点得高，日后皇上用人，才会记得你。当年大败广东水师，斩了提督的那个郭婆带。”

“啊呀！真的是。那另外一步怎么走？”

“这投诚招安得上报朝廷，吏部核你的名份官职，兵部核你的兵员粮饷，一来一回最少得两个月。可咱们行走江湖，信义为先，兄弟先安排水师派人过来，怎么也得是个五品以上的官。他会带着训导书吏，开始帮咱们寨里的兄弟造册入籍。以后这黄茅岛的旗帜兵服一应规制可都得换了，兄弟都帮你先弄好。”

姚莹说得有板有眼，郭婆带听得感激涕零，只觉相见恨晚，却没想到新科进士干吗去行走江湖，信义为先？当下说道：

“如此甚好，咱家今晚可得跟寨里的兄弟商议商议。”

“郭兄，这一步还没走完，要让百龄相信你真心投诚，先斩后奏派人来办这些事，可还缺一样。”

“缺什么？”

“缺你的人头！昨日那葡萄牙总督已经发文给广东巡抚韩崶，兄弟来此之前见着了。如果不想兵戎相见，要么交出肉票，要么交出海盗的人头。”

“这！咱们吃的是这行饭，白白交出肉票岂不是太没面子？”

“怎么会没面子？兄弟早替你想好了。三全其美，保证让你和夷人都有面子也有里子，还让百龄大人承你的情。”

“姚兄变戏法么？”

“我问你，肉票开出去的红盘是多少？”

“一人一百两，一百零六人。他娘的到现在也没人理，白花了我好多大米。”

“谁说没人理？人家葡萄牙大炮船不是理你来了嘛！好，抹掉零头就是一万两。咱们跟总督衙门说，投诚的见面礼，再抹个零，作价一千两。让那些办差的水师军官带过来，一手交钱，一手交人。”

“一千两？这，可以是可以，可你不是说，面子里子都有吗？”

“嗐，我还没说完。这下子百龄大人解决了夷人的问题，不是得承你的情吗？你表达诚意，一家伙抹掉了九千两，来而不往非礼也。可总督衙门的库银不像你这，三司六道，动一文钱都得有名目。等吏部兵部的回文来了，立个招安章程，到时候库门一开，赏黄茅营统带郭婆带投诚犒银一万两。你这儿是顶戴也有了，兵符也有了，银子也有了。里外里还多了一千两，岂不是面子里子都全了。夷人轻轻松松地从你这儿直接领回人质，面子里子也全齐了。等到和红旗帮开战之日，他们能不帮衬你吗？从此以后，兵还是你的兵，地还是你的地，朝廷出钱替你养着。唯一不同的就是，郭兄，以后可不能再打劫良民，要劫只能到外面去皇命特许劫海盗了。”

“唉呀耶，这是当然，姚兄说笑了。想在官场混，怎能没有姚兄？”

特大土匪还真是不懂官场，其实历朝招安都有封赏，尤其是大清，封赏从优，只会比一万两多，不会比一万两少。他却以为姚莹替自己多赚了一千两而欣喜不已。此时天色已晚，特大土匪命令拽两葡妞出来伺候姚公子，陪饭侍寝，然后自己走向后堂。

“黄兄你看这书生如何？可信吗？”

“唉！都听到了。没想到啊，百龄来粤未久，幕府之中竟有这等厉害角色。”

隐身幕后的正是三合会坐馆，铁面狮子黄亦强。只听他沉沉说道：

“这海上风云变幻，是得把握好时机。这个姚莹只有一点不对我胃口，咱们干起大事来可不能由得官家。”

“哪一点？”

“就是官府想对付英吉利夷人这一点。你知道是什么意思？”

“不就是为了鸦片利益吗？”

“对喽，其实就是看谁抢到刀，一把用来专切鸦片大饼的刀。皇帝老儿想当庄家，英吉利朝廷也想当庄家，百龄想当庄家，那个怡和洋行以为自己就是庄家。”

“这么多人，到底谁当庄家？”

“你跟我好好合作，由咱们当庄家。”

“咱们！咱们当得了吗？”

“哼，三合会在广东徒众数十万，早就是庄家了。这中间有一点，当庄家得有货。英吉利人就是咱们的衣食父母，你一旦穿上水师官服，就是咱们的保护。三合会操盘，伍浩官出资，夷人供货，以后你就负责暗通消息，把好海上，保护好夷人保护好货。”

“那这个招安怎么说？”

“速办，你明早试探一下那个书生。要共谋大业就先结拜，烧黄纸，斩鸡头。只要他肯干，你立马就把那个孙全谋砍了。”

据姚莹说，因为每逢初二和十六戒荤腥，所以昨夜那两葡妞只是用眼睛吃了一顿。郭婆带也不知道这书生可曾拉拉手亲亲嘴，可曾干下了圣人不许之事！两人在寨门外摆下香案拜了把子，姚莹接过装着孙全谋人头的革囊，跳上来船，兼程返回广州。

“芗儿，去年八月一别到如今，竟是憔悴如此，你长年在外，怎不知善自珍摄。岂不令你母亲担心？”

“小侄昨晚一回来就见过家母，一切均好，让叔叔费心了。”

离开聚义厅在刘家碰面，总舵主就成了刘叔叔。在陈道芗从小到大的记忆中，刘叔叔始终是随和可亲。刘莒莨和自己的父亲交好，自己儿时和刘丽川自也是一起玩泥巴的同伴。可是自己未满十岁就被送去雁荡学艺，等到学成下山，却是刘莒莨已接总舵主之位。父亲因病早逝，刘丽川和自己之间显得有礼拘谨而生分，天地会总舵成了个既亲近又遥远的地方。刘莒莨说道：

“那位孙小姐无缘嫁入陈门，自是令人惋惜。可是你才高志远，反清复明的大业就在你们这一代手中，你可不能自暴自弃。请假的单子我看了，没批，你好好休息几天，放宽心情回广州吧。等时候到了自会调你回来，委以重任。”

“刘叔，我此番回来一是探母，二是有一事相询。那白莲教妖女识得刘叔，和我们天地会究竟有何瓜葛？”

刘莒莨叹了口气，怔怔不语。过了一会才缓缓说道：

“芗儿，你可不能称其妖女。白莲教是反清复明的同道，你们陈家不信鬼神所以不知。四大圣女精研教义不与人争，虽然武功高强，可除非是为了护法，绝不会与人动手，在教门之中很受人尊敬的。”

“不与人争？那个叫作安宛若的妖女杀了我未婚妻，我今生必诛此女。”

“你敢！”

没想到一句怨语竟然激得随和的刘莒莨勃然大惊站了起来，指着陈道芗的右手颤抖，竟是一时说不出话来。又过了一会，才收摄心神说道：

“芗儿你此生不可与白莲圣女为敌，否则后悔莫及。”

“侄儿知道叔叔和这白莲教之间以往必有瓜葛，可是今日那妖女与小侄已结下深仇，还请叔叔告之其中原由。小侄与此妖女素昧平生，为何那妖女缠着小侄不放，以至造成精卫填海之恨？”

刘莒莨重重坐回椅中，思索良久才开口说道：

“杀你妻者必非安宛若，其中一定另有原因。芗儿，反清复明的大业能否再起，就看今后一二十年，其中白莲教不可或缺。丽川带有余圣女来与我相见，已订下盟约，你万万不可找圣女寻仇。切记。”

“刘叔，当日和安宛若一起前来的长寂圣女何素素是何人？安宛若身边那潘姓小孩又是何人？”

“素素？她如何肯来见我？又如何能来见我？”

刘莒莨喃喃自语，看来竟是精神恍惚，紧抿双唇不再言语。

姚莹风尘仆仆赶回广州，向衙役要了方蒲垫，径往后衙百龄书房而去，一进门就在案头铺上蒲垫。百龄见姚莹手中拎的革囊，已知其中何物，孙全谋授首，莫非招安竟是成了？又是怀疑又是惊喜，连忙止住姚莹说道：

“不必看了，省得拿出来满屋腥味，又弄脏了桌子。此行如何？”

姚莹放下革囊，转身向百龄一拱手说道：

“托东翁之福，幸不辱命，那黑旗郭婆带愿降，囊中人头就是凭证。”

“石甫快坐，是如何办成此等大事？快说来听听。”

百龄使劲搓着手，惊喜好奇之情溢于言表，于是姚莹坐下来，不疾不徐地将劝降经过说与百龄。迭起高潮听得百龄目眩神驰心向往之，听罢好一会才吐出一口大气说道：

“好险，居然还得拜把子。但教那厮歪念一起，我百龄岂不是失一柱石。”

“柱石可不敢当，东翁过奖了。能否踏平六旗，掐住夷兵，就着落在这郭婆带身上，今后还得步步为营。”

望着案上人头，百龄已是完全信服，连忙说道：

“还请先生有以教我。”

“第一步是稳住朝廷，稳住皇上，接下来的路数才迈得开。晚生回来路上已想好三道奏章，今夜拟好，明早请东翁过目。”

“那还得有劳石甫今晚辛苦了。”

“应该的，这第二步是稳住郭婆带给其他五旗看。只要黑旗帮一穿上水师官服领上安乐饷银，日后就算他再想反，底下的喽啰也不会答应。”

“先生打算如何稳法？”

“先敲锣打鼓贴出告示，褒扬郭婆带识大体，爰特派水师大员亲赴黄茅宣慰之，同时办理交接入籍准备事宜。”

“这没问题，可派谁是好？”

“一得五品以上，二得耐得住脾气，能和那郭婆带虚与委蛇。”

现在关天培代署水师，盯着六旗和葡舰分不开身。麦廷章和海盗是死仇绝对不行，剩下一个许廷桂，却是脾气暴躁。百龄琢磨了一会，笑脸说道：

“眼下怕是只有海门营许廷桂可派，可是此人性情粗直。是不是有劳先生陪着再跑一趟？”

“打铁趁热，探望特大土匪大哥，何况还有葡国大波妹，在下乐于遵命。”

“石甫说笑话了，可是方才言道还得带一千两赎银。这账怎么个出法？别让按察事后揪住尾巴可就不妙了。”

“东翁过虑，不需动用一分官银。只消通知那个夷督，就说总督衙门殚精竭虑，软硬兼施，已谈妥放人。在下经过澳门时亲自登门，索要一千两劳务好处费。那法瑞亚只道大清出了大力气，经办幕属索要好处乃顺理成章之事。夷人捧出银子来还不敢声张，就怕坏了今后勾结的门路，还得感谢大人，眼前夷患自解。”

法瑞亚来澳门三年，只见过两回广州府有司官员，还是托了行商老大的人情，私下会面。此时一听竟有总督衙门和大清水师的人物过访，连忙出迎。那姚莹一身儒士长袍也还罢了，后面还站着朝服整齐的许廷桂和随员。问明来意之后更是喜不自胜，不但解决了人质问题，而且跟总督身边的秘书党搭上了线。连忙命人取来一匣西班牙鹰洋和一张千两银票，挤眉弄眼地塞到姚莹手中，还坚持和姚莹交换名帖。

还好姚莹早有准备，这份给夷人看的帖可不能写什么进士及第，临时挂了一个两广总督军务衙门参议。法瑞亚看着帖上的方块字，心想，此时英吉利承诺的联军应已驶过好望角。

姚莹昨日交给百龄三份奏章，第一份简单，陈报黄茅大捷。水师在两旗海匪夹攻下分兵奋战，毁黑旗帮战船七十余艘，绿旗帮战船十八艘，杀敌无数。提督孙全谋力战被俘，不屈殉国，总兵林国良中流矢阵前牺牲。恳请加恩，旌忠褒奖。

第二份洋洋洒洒万余言，力陈夷贸大兴，鸦片猖獗，夷寇为患将远甚于海盗，详列疏治防患与整军方略。眼前因时制宜，请准与夷兵合力歼灭六旗一部，尔后收编六旗余部，反制不服王化之夷。

第三份才是招安六旗帮的上奏，如能分割离间，引部分旗匪弃暗投明转为我用，将可节约巨额国帑，确保两年之内尽灭六旗，专致力于御夷。既可御威胁龙廷的夷患，又可节约大笔军费，正是打得天家算盘。

法瑞亚派的商船跟着许廷桂座舰来到黄茅岛，从水牢里提出来的葡人肉票一个个登船，一个，两个，十个，百个，数来数去只有一百零三个。船长正命令再数一遍，却见三名女子拉拉扯扯的和几名海盗走出寨门。原来两个葡女竟是迷恋上此处无法无天的酒池肉林，死活不肯走了。

这时郭婆带率领头目迎了出来，见寨门码头之间乱哄哄的，一问之下真是哭笑不得。想这郭婆带号称南海一夜四次郎，无女不欢。风流半生的信条就是，宁折野花千朵，莫留一束清香。何况这几个长毛妹只是尝鲜换换口味！于是塞给三妹每人十枚西币，一阵笑骂拍着屁股推到船上。直到商船启航，两妹频频挥手娇呼不已，姚莹才引着许廷桂一干人等，来到寨前与郭婆带相见。

许廷桂人模人样地宣读了百龄的宣慰书信，满嘴之乎者也没人听得懂。前日捉刀代笔的姚莹再解释一遍，此乃两广上宪百龄大人的慰问函，称赞各位兄弟识得大体弃暗投明。因为皇上的檄文正在北京办理之中，特派大将军许廷桂先来安抚，并准备交接一应庶务事宜。

第25章 狭路相逢

总舵主守口如瓶，陈道芗只能断定其确实识得白莲教圣女，不但有所图谋且多方维护，却是再难打听出其他消息。想那安宛若偶一出现必定掀起大风大浪，然后又消失得渺无踪影，心中愈发憎恨妖女。当下乘海船远航北上，一路过闽侯、温州、定海，六天之后的傍晚进入长江。只见那江口宽竟不止数里，波澜壮阔滚滚而来，气势澎湃远胜珠江。是夜宿扬中，第二天一早溯江而上，中午时分过镇江，进入京杭大运河北段，沿支流来到江都镇与宜陵镇之间，这扬州竟是到了。

陈道芗登岸，问路来到江都镇中，先觅妥一家竹西客栈住下。稍事清洗之后，向店家问明了五里庙的方向，上街而去。这五里庙是个不大不小的道教观宇，香火一般，可看来已有很多年头。因为里面竟是新旧神佛满天，传统供奉的各路帝君真人固然是傲倨主殿，可配殿之中从关公到观音不一而足，土地公也在院中小龛里分享纸烛。陈道芗在庙里庙外转了几回，虽然白莲教供奉的弥勒佛亦在其中，却也无甚可疑。原来当时民间信仰泛滥，道教又是最为从俗，很多地方上的小庙逐渐变成大门广开好进来的泛神皆拜，倒也无足为奇。

在这五里庙中实在找不出头绪，可那个姓潘的大男孩当时说得不会听错，正是此处。于是陈道芗安步当车，以五里庙为中心，在江都镇中闲逛。谁知一下午逛下来，仍是毫无男孩踪影。第二天早上起床之后，也只能漫无目的地瞎逛，一个时辰之后又绕回靠近镇郊的吴氏家祠。前一回经过时曾听闻朗读之声，陈道芗自知此处乃一塾堂，当下也没在意。信步前行之际，却隐约听到祠中传来声音，只听一人急道：

“你自己不念书也就罢了，为何阻扰同学用功？你不向好也不可坏了其他学子的前途。把手伸出来。”

“偏不，你敢打我？”

“如此顽劣不驯如何能不惩戒？把手伸出来！”

“你敢动我我叫我爷爷弄死你。”

陈道芗心中一动，转身步入祠堂，进去没几步就看见里面厅屋里一老一小正在对骂，十几个塾生噤若寒蝉，也不知是怕夫子还是怕那个恶霸学生。陈道芗轻咳一声，老夫子转过脸来还在吹胡子瞪眼，那小子一见陈道芗却是喜形于色地惊呼道：

“这不是陈大哥吗？”

踏破铁鞋无觅处，得来全不费功夫，此子正是潘姓男孩。只听那夫子喝道：

“潘启亮，回去跟你爷爷说，明儿起不必来了。老夫教不起你这个学生。”

陈道芗低头问道：

“你叫作潘启亮？”

“是啊，陈大哥，这老书袋看我不顺眼，老爱找我麻烦。你会功夫，帮我教训他。”

陈道芗听得此话，口中问道：

“你姨没教你功夫吗？”

“没，她太忙，又爱出远门。说是先让爷爷教，等我长大了她再教我。爷爷又懒又蠢，哪能有什么本事教我。”

这时那名夫子已走到跟前说道：

“你是这孩子什么人？太顽劣了，朽木不可雕也。”

忽然陈道芗身后传来一个苍老的声音说道：

“既是朽木不可雕也，老汉也只好领回去，这半个月有劳老师费心了。”

陈道芗吓了一跳，竟是不知此人何时欺到背后。回头一看，是名年约六十的老者，容貌似是眼熟，正向潘启亮招手说道：

“等你姨回来如何交代？镇上的学塾全去过了，还有哪儿能收你？”

谁知此子竟是桀骜不驯，开口就说：

“不要你管，今晚约好了澡堂的喜子结拜，还有烤鸡吃。晚上不回来了！”

那老汉大喊一声：别偷人家的鸡，打断你的腿。却哪里还叫得回来，小鬼一溜烟跑了。老汉也不抬眼看陈道芗，叹了口气转身就走。陈道芗忙喊道：

“老丈请留步。”

老汉颤巍巍的转过身来问道：

“公子是喊我吗？”

“您是潘启亮的爷爷？”

“就算是吧！”

“那请问老丈可识得您儿媳的姐妹？”

老汉这才抬头，满脸迷惑地看着陈道芗说道：

“公子说的是谁啊？”

“一位安宛若女史。”

老汉低垂下头，眼中精光一闪即逝，陈道芗却无法看见。老汉说道：

“公子口音是外地人，请问尊姓大名，来自何方？”

“小可姓陈，来自闽南。”

“嗯，闽南！此地乃是学塾，不便说话，请随我来。”

老汉领着陈道芗出了祠堂，竟然步履轻快，正是直奔五里庙而去。陈道芗这才想起，老汉是五里庙的庙祝。看五里庙后草房和院中的柴火，显然庙祝之资的生活并不宽裕。那老汉进得院中就坐在井边，指着一处树墩说道：

“陈香主坐吧。”

陈道芗耳际一轰，大骇问道：

“老丈您说什么？”

“你不是天地会广州分舵的陈道芗吗？”

人家都已经指名道姓了，自是无法隐瞒。陈道芗警醒地盯着老汉说道：

“在下正是，可老丈如何能知？”

“有余圣女前两次回来提起过你。闽人姓陈的能找来此处，天下当止你一人。”

一听到妖女，陈道芗尽量压住心中兴起的敌意，缓声说道：

“但不知老丈是?”

“老夫现在一庙祝，洒扫为生，以前倒也曾行迹江湖。老夫乃是二十年前长寂圣女座下护法左使潘渊明。”

陈道芗的身躯骤然弹起，锵然一声软剑在手，厉声喝道：

“好啊，这五里庙果然是白莲教藏污纳垢之地。安宛若那妖女何在？何素素那妖女何在？”

潘渊明却是坐在井边纹丝不动，摇头叹道：

“有余圣女曾说陈公子知书达礼，灵台清澈。怎可直呼圣女之名？”

“呸，我又不是邪教中人，与妖女仇深似海，直呼其名是客气的。”

“即便不是教众，也不应目无尊长。陈公子可是想考较老夫的武艺？老夫已经十几年没跟人动过手了。”

陈道芗可见识过有余圣女座下于其成、于其功的功力，哪敢怠慢，紧盯着一面说话一面缓缓站起的潘渊明。刹那之间风动气凛，陈道芗眨眼一瞬，大骇失语。原来那潘渊明已是近在眼前，眼对眼胸对胸膝对膝，面对面地贴在了一起。

这一惊实是非同小可，他原本右手持剑斜举，左手捏诀，可此时两人简直就像是哥妹情长亲小嘴一般，好好一柄软剑竟然被夹在两人身躯之间。陈道芗无暇细想，提气后跃的同时右手将剑拉到外门，可是不行。潘渊明整个人如同贴在陈道芗身上，右手剑拉出来半尺就又被夹住了。此情此景尴尬异常，潘渊明的双眼离自己不足两寸，鼻对鼻嘴对嘴骂也不是不骂也不是。陈道芗的满腔敌意瞬间化为满怀恐惧，零距离看着潘渊明平静的双眼，实在无奈之下陈道芗清清喉咙，竟然低声哼道：

“可否请老丈退后几步？”

潘渊明似鬼魅一般凭空横挪，毫无起伏地移开三尺，略带歉意说道：

“公子气息平稳，内功火候已很不错。老夫这无影无形大无相功在中土知者不多，吓着了公子。这样吧，老夫不用此功，还请公子试试剑法。”

这哪里还像是寻仇？简直是受教来了。陈道芗自知与潘渊明功力相差太远，当下收摄心意全神贯注，回风拂柳剑从第三式雁渡横塘开始运起，直指立身右侧的潘渊明而去。潘渊明手无寸铁双手背负，脚不离地前后仰合，竟是剑剑间不容发擦身而过。待得陈道芗使完那第十一式雁回九天，回回击向潘渊明却无功而返，正起手第十二式雁振南翔时，潘渊明随意一伸手，竟然并指夹住了剑身。他摇头说道：

“差不多了，陈公子这剑法行走江湖当然也足以应付，遇到真正高手却是一招也过不去。”

虽然老者自称曾是圣使，可似乎并无敌意。陈道芗此时既是输得心服口服，学武之人的心性顿起，一拱手说道：

“不敢请教，此是何故？”

潘渊明自顾自地叹了口气说道：

“唉，老了，不中用了。这些年来隐居不问世事，整日里没事也就是练些功夫。功夫有何用？有余圣女精研教义，光芒绽放，可比我活得圆满多了。陈公子，中土武学尽讲究些门派套路。我问你，你刺我左胸而后环挑我前庭，我却根本不理你，拿把火燎你脚心。你待如何？”

陈道芗不假思索回道：

“我跃起续刺你顶门。”

“嗯，照你的思路似应如此。武学之道唯快而已，其实你使的剑法我并未见过，你先动我才动。可是我根本不管你使哪家哪派哪些招式的剑法，因为我比你快得多，虽然你动了我才知你刺向何方，可你仍然刺不着我。方才可是这样？”

陈道芗一回想果然如此，不自觉点了点头。潘渊明继续说道：

“我长寂圣女座下修的是莲花令第四秩，以快速为宗，所以修有大无相功。有余圣女座下修的是莲花令第二秩，自是以内力为主了。这武功一事其实可有可无，强筋健骨而已。没有诚心之人能用武功威逼其入教么？心诚的教众你能用武功威逼其不信么？可惜，我这几年才真正想通了这个道理。”

陈道芗摇头说道：

“我见过那于其成、于其功两人，他俩的功夫不如你。”

“我当然没有他们幸运，他俩跟随有余圣女，远赴西域考查教义。我却被革出教，颠沛流离之余，只能练练功夫打发时间。”

“方才听老丈所言，难道这莲花令武功并非源自中土？”

“没错，白莲教历朝历代此起彼伏，始终不坠。大明前朝时，在南方的江浙福建可都有白莲教教友起事。可是，在这物换星移之中也产生了流派众多教义混淆的弊病。有余圣女是当代白莲教最重要的人物，圣教主综领教务，忙于带兵。而有余圣女从少时就孜孜于教史和教义的考证整理和创新，贡献最大。可以说，从教主到教众，在教义思想的建立巩固上，我们都是她的学生。”

“难道这武功也是她考证出来的？”

“是我们的教理导师整理的，他名叫王伦，其实也就是我们的师父。乾隆三十九年他在山东起事，当时是白莲教的一支，名为清水派。当地工农纷起响应，连地方衙门的差役都入了教，声势颇大。乾隆派一品大员舒赫德领重兵清剿，清水派在临清大败，王伦遁入西北，躲在总教里潜心研究教义武学。这位王伦统御兵马不行，却成为教史学者。原来四秩莲花源自西域，流入中土已有一千多年，元末明初时，西域明教教坛派出圣女黛绮丝来中土，试图整合失散的圣物和武学。所谓圣物，是藏在当时中土总教里的圣火令。圣火令被戴绮丝携回西域，王伦根据教里保存圣火令的拓印和史料记载，花费十几年的时间，制定了四秩莲花令。”[1]

“既然莲花令上的武功如此高深，为何白莲教还会被清兵打败？”

“我专心修习这种高深武功，不问世事，未娶妻生子，生活由教里支应，到三十岁才有小成。一般教众整日里为生活奔忙，根本无由问津。而且，白莲教千多年来根深叶茂，良莠不齐。王伦大功告成，禀告教主，四秩莲花并不是四面令牌，而是四份文卷，乃中土白莲圣物，于教中择资优少男少女，受戒研习。莲花令上的武功只限于护法，平常不能使用。我等自小受戒，谨葱乳，戒杀生，断情欲。是以四大圣女和护法圣使都是童男童女，平常连一只蚂蚁也不敢妄杀，哪能在战场上任意大屠清兵？”

陈道芗听得满腹狐疑，迟迟问道：

“如照你所言，这妖女安宛若还是个活菩萨不成？”

“妖女？！还请陈公子留些口德，莫说得如此难听。有余圣女继承了导师对教义教史的钻研，而且青出于蓝。她的研究廓清了白莲教在本土千年发展的渊源，又开始对西域原始教义的根源发生怀疑。这些年不辞劳苦，来回奔波，于莲花二秩的武功反而是修习得少了。

怪不得安宛若总是惊鸿一瞥之后就消失数月，原来是出国远行。如此内功竟还是修习得少了？陈道芗出神地想了一下，又问道：

“老丈当年因何被革出教？”

潘渊明仰首望天不语，过了好一会才对天说道：

“这是我教最耻辱的秘密，如果有余圣女没对你说过，我自也不能说。陈香主，有余圣女一直对你照顾有加，她绝对不会做任何害你之事，此中必有天大的误会。”

“哼，照顾有加，陈某领教过了。你孙子和妖女有何关系？”

“我孙子？”

“那个潘启亮不是你孙子么？”

“噢，那孩子恐怕是老夫今生最大的罪过，万死难赎啊。老夫三十岁前钻研武学，四十六岁前宣教护法，此生并未娶妻生子。四十六岁时被托孤照顾亮亮，此子小时可爱过人，老夫又不擅育儿，竟是溺宠异常，谁知长大后如此顽劣。老夫一直不敢传授武功，也是怕再铸遗恨。陈香主，老夫有一事相求。”

---

① 正文中的王伦于乾隆三十九年兵败临清，自焚而死，圣火令与黛绮丝之说见金庸的《倚天屠龙记》。

“请说，只要不是白莲教之事，小可尽量成全。”

潘渊明听了一愣，缓缓说道：

“陈香主果然是明白人，可是陈香主真了解白莲教的底细么？”

“邪教而已，有何底细？”

“我教教义恢宏远大，济世救人，可千百年来愚民附会，蔓枝丛生，迷信攀附者众，原也是有的。本朝举事以来，嘉庆调集多省重兵围堵，额勒登保川鄂一战，白莲教主力尽丧。想那有余圣女为廓清教义远赴西域钻研，为保存教体命脉四处奔波，为培养继承菁英熬尽心血。不论陈香主与圣女有何轴谬，还望下次相见时能留两分余地。”

陈道芗冷哼了一声，不愿回答，潘渊明继续说道：

“至于亮亮这孩子，陈香主日后定会碰到，能成全处还望陈香主手下留情。”

赵笛楼先生介绍姚莹入百龄幕府，原只是个人情，让年轻人有个见识官场百态的机会。可姚家是桐城重镇，世代为官，加之姚莹聪颖，竟是掌握了官场三昧与天机。这一次建此奇功，化危机为转机，百龄可是脸上有光，神采飞扬。姚莹一回来就被百龄像献宝一样，推到巡抚韩崶眼前炫耀。韩崶此来是商议防务布局与经费筹措的问题，炮台海堤墙垣工事和兵员武备，已经搞了好几天。

经费是个敏感的话题，朝廷批不批，批多少，可不是做臣子的能说了算，所谓敏感是指说了能算的那一部分。这整军经费肯定是大部分由巡抚衙门上缴款里划拉，海关税收，商会协饷，都没什么好争的。可是广州各港按船按吨收的港杂呢？还有各种不明之捐，什么疏浚捐、学政捐、冰例银[①]之类。兼管海关更是毫不客气，贸易量与年俱增，鸡毛蒜皮积累起来可比骆驼还大。骆驼肉骆驼骨大概全进了小金库，真正上交能用到明处的只剩下骆驼毛。总督衙署这边陆路营兵口岸不说，水师在海面收的不乐之捐保护费更是整本暗账。于是，督抚二人嬉皮笑脸尔虞我诈，为了摊派的配合款打了一下午口水仗。

“敢问抚台大人，原来您的幕府之中也有熟知防务之人？”

“没有哇，我那儿不需要，都是些夫子酸丁，议论学道朝政。”

“这几张防务图既有炮台又有工事，不是您带来的吗？”

① 这些苛捐杂税相当于今日地方税的城建附加、水利附加、教育附加，中外皆然。冰敬和炭敬则是不明不白的不乐之捐，广州天气炎热，地方上有冰敬而无炭敬，可广州驻京办就逃不了了。

“嗐，是负责规划施工的大掌柜画的。这大掌柜倒有几分本事，读过几天书，帮衬不少。可说穿了也就是一包工头，竟然差点成了前任孙玉庭的女婿，成何体统？你们说说看，这天下之大真是无奇不有。”

“抚台大人说的大掌柜可是叫作陈道芗？”

“正是。”

原来这韩崶和陈道芗还真有来往，姚莹心头一松。此时天色向晚，前衙值守进来禀报：

“报告大人，水师有战报。”

这段时间一听海上有事就令人心惊肉跳，何况是战报！可值守校吏却是面带喜色。原来是水师巡逻，下午在横琴岛西面撞见白旗帮，正在打劫英吉利和尼德兰商船各一艘，发生遭遇战。海匪二十艘船，水师也不过是二十二艘船，但是因为水师位于外线，结果将海匪逼进望香角。目前双方对峙，请求赶紧增援，水师正在准备。

“那还不尽快出兵！太好了，好叫那白旗帮知道不归降的下场。”

姚莹眼看地图，却沉吟着说道：

“且慢，踏平六旗，缓和夷情，此乃天赐良机。那横琴就在广州湾底部，澳门的旁边，离水师也不远，东翁打算如何出兵？”

“当然是派出重兵直扑横琴。”

“东翁请听我一计，拦劫商船的不会是海盗主力，但是商船上面必有财货，白旗帮财力不厚，定难割舍。眼下天色已晚，双方皆无法夜战，切莫求急功，我等有一夜可部署大局。眼下当务之急，一是稳稳圈住那帮海匪，二是立刻派出水师一部，急奔佛山水道。自三水而下，明早封住西江北口。主力开往澳门，声势愈大愈好，去找那个葡酋法瑞亚。”

“二十条匪船，直接就给他灭了，找夷人干吗？”

“东翁，夷人不是三番两次要求会剿海盗吗？咱们这回就做给夷人看，邀请夷舰跟在咱们屁股后面观战，说不定还可以要他们摊点炮火钱。”

“这不行，馊点子。君子爱财取之有道，咱们缺大数不缺小数，天朝官军打头，夷兵观战，这成何体统？向无前例。”

“非也，东翁，此乃钓鱼。”

“钓鱼！钓什么鱼？”

“天赐良机，东翁，海口的水师兵力不大不小，千万先别灭那些匪船。只要堵住其退路不让回寨，将彼等逼进西江水道就好。白旗帮的总寨不是在西江水道里面嘛！二十条船和财货遇险，那梁宝必定大举来援。等他出来了咱们主力再上，西江上游一堵，南北一夹，岂不是好好包顿饺子？”

“说的是啊，我怎么就没想到？可是你惊动夷人干嘛？要不要和夷兵会剿那是以后的事，眼前咱们自己能干的何必让夷人抢功？”

“东翁，不是以后的事，就是现在。还不止夷兵，许廷桂不是正在黄茅岛办差吗？眼下他手上没兵，飞檄黄茅，告诉那郭婆带，战机已至，立功可期。责令他和许廷桂率领新归附的黄茅营，待命出击。”

“对付一个白旗帮动用这么多兵力？”

“东翁，许廷桂和郭婆带不是用来对付梁宝，是用来和夷舰夹攻红旗帮，红旗帮才是我们要钓的大鱼。”

“什么？”

“大屿山和澳门隔海湾相望，咱们主力前出澳门他们能不知道么？那梁宝和郑一是结拜兄弟，红白二旗是胥家乡亲，红旗帮能不赴援么？咱们新收了郭婆带，如果再灭了梁宝，他红旗帮就差不多成了光杆司令。白旗帮算不上是鱼，是钓大鱼的鱼饵。”

“这，这场面也未免搞太大了吧？咱们刚才还在规划防务，你现在弄得这不是直接摊牌了吗？”

“是摊牌，此战目标是歼灭白旗帮，重创红旗帮，尽量保存水师实力，所以才要动用夷舰。晚生操办黄茅之事，近日几度经过澳门，夷人那萨格雷斯号巡洋舰确为庞然大物，加上旁边的葡月号，火力着实难以抵御。我师以该舰为中心布阵，阻绝红旗帮小船切进内线，夷舰自会与红旗帮互相吸引火力，此战当可重创红旗。”

竟敢号称一夜四次郎，郭婆带忽然投降官家，简直是个没卵葩的变态，害得六旗帮变成五旗帮。不过也好，白旗帮应该有机会趁势而起，东面有红旗帮撑着，白蓝两旗在西面联手，正好夹掉这孙子。自从总督衙门贴出嘉奖郭婆带的告示之后，多少天来梁宝一直就盘算着这事。打劫时意外遇到巡逻的水师，本来他只打算派一队去解围，可是轮值的红旗帮跟着就飞来信鸽，告之黄埔有大举出动的迹象。为防万一，梁宝下令全寨动员。

当我不懂兵法？广东水师想钓老子的鱼吃掉白旗帮？不知道善打雁者被雁

啄眼么？梁宝有十足把握，龙嫂必定会等在陷阱外面，等着把想包饺子的人包进饺子里。六旗帮的情报岂是好相与的？明知水师主力已出黄埔，梁宝打好了主意，白旗帮连夜出寨。明日天亮之前发动拂晓攻击，先派出二十只战船打开江口包围圈。

其实，包围圈中那两艘夷船已经不重要了，不过是个小奖品。解围这二十艘船是我梁宝撒还给你的鱼饵，钓得你水师主力前出。然后，如能像一哥当年端掉浙江水师一样打场大胜仗，白旗帮从此扬眉吐气，两广江湖上与龙嫂并驾齐驱。

第26章
包围与反包围

暮色之中第一批奔出番禺大营的是绿营骑兵，一路举鞭左右狂挥，开道驱赶路上的大车摊贩和行人。中间跟着的是马拉炮队，后部是拉弹药的大车，全军往西南向西江水道狂奔而去。一个时辰以前，水师左翼阵左二营一标的二十几艘战船已开始进入佛山水道。

一开始拦截白旗帮那二十条船的水师属海门三营，把白旗帮逼到离西江水道江口不过三里的望香角，接着就形成胶着对峙。白旗帮劫商出动的都是小船，后路被海门营的中型战船堵住，进退两难。海门营虽然船炮两优，可是海盗已经跳帮两艘商船，天色渐暗，弄不清船上有多少人质。彼此兵力相差不多，一旦切进去跳帮，很可能反胜为败，把性命丢在这里。有了葡萄牙人质的前车之鉴，即使上级没有故意拖延的命令，实际上也只能先干耗于此。

姚莹待在海沧舰上，来的路上已和关天培议好此战，明早一开始面对白旗帮采用的是添油战术。你来一船我也去一船，你来两船我去一双。黄白两旗是六旗帮中最弱的，船少炮小，一对一也稳操胜券。不过，关天培在前军安排了八艘霆船，提供远程火力的第一道杀伤。另外八艘霆船则是配给了萨格雷斯号。

原先以为大清水师尽是些躲在家里坐收红包的软蛋，所以轰轰烈烈的黄茅海战颇令法瑞亚刮目相看。听说那帮海盗被掀了个底掉，可舰队正副司令都战死了，唉，英雄结局。没想到，那个两广总督衙门的参议今晚又来了，居然还带来了广东海军新任司令。嗯，有钱能使鬼推磨，大清话还真的有道理，若无前日洒西币，哪得今日满庭香？那一匣子西班牙银币给得值，给的值啊。

当晚水师主力一到澳门，姚莹和关天培就乘小艇登岸直奔总督府。那英吉利乱整鸦片，不是什么好东西，咱们可没兴致跟他们联合进剿海盗。贵国就不一样了，大清皇上早知葡萄的牙乃当世大国，你法瑞亚大都督更是宇内人英。

为了中葡共荣共利当然要有福同享，此时战机已至，稍纵即逝，特邀葡舰共襄盛举。葡舰金贵，由咱们水师打头阵，请贵军观战之余帮忙看住后门即可。大皇帝说了，还数你葡萄的牙是信得过的伙伴，放眼天下，今日英雄竟是只有你法瑞亚而已。明日一战得胜，大皇帝还想请你到北京吃饺子。

当年黛安娜号舰长曾经扬言，两艘驱逐舰即可横扫大清水师，直闯北京。虽然黛安娜号后来莫名其妙被俘，可必定是黄种人的妖法。法瑞亚难掩内心深处的岐视与偏见，向来对水师和海盗无一看得起。葡萄牙一直想扩张贸易，可是各国夷使只能到广州，无人曾赴北京跟大皇帝磕头。何况难得有一场狗咬狗的好戏可看，更何况，横琴岛就在老子卧榻之侧，就算是自卫也不得不战。当场满口答应，连夜下令葡国海军备战，召来萨格雷斯号和葡月号舰长，议好了协同作战的部署和联络旗语。

此时的法瑞亚只知道梁宝的退路将会被封死，好像并不知道，主要作战对象并不是白旗帮。

白旗帮战船倾巢而出，衔枚缓行，趁夜来到灯笼山旁，潜伏在沙仔面大沙洲北面。此处已近江口的磨刀门，离商船包围圈不过七八里，如非夜暗断难隐蔽。众盗在甲板上和衣而卧，假寐了一个半时辰即起而备战，到了寅时，江面传来三声炮响，二十艘负责第一波解围的战船忽然大锣大鼓齐敲猛打，往望香角那个熬了一夜的包围圈前进。

这时，夜奔三百里的左翼阵左二营一标即将完成绕经佛山水道，走三水南下西江的旅程。一个半时辰内将可赶到斗门，与绿营炮队会师。

梁宝站在沙仔面沙洲的隆起处拿着千里镜，他背后站着六名旗手，准备随时号令蓄势待发的百艘战船，扑向水师主力。千里镜中可以看见，水师这帮混蛋果然早有预谋，八发霆船炮弹落在行船航路的水际。打不到打不到，水师有一些超过两千斤的大炮梁宝是知道的，可才八门炮想一次命中行进中的小船，太不容易。

梁宝再三提醒自己，冷静冷静再冷静，决战之际智者胜，不可恃勇。我梁宝不显山不露水，成功立业但看今朝。

一根，两根，三根，一共数了二十组船桅，二十艘水师战船陆续驶近江口，增援包围圈。后面是，妈的，后面没了。梁宝看了半天，真没了，水师主力明明就在横琴岛，怎么会只派二十条战船增援？老子就在这里，快来快来赶快来，快把主力亮出来。

这里的地形梁宝闭着眼都可以画出来，横琴岛西北角凸出一段狭长沙洲，将西江出海口一分为二，西边是磨刀门直通入海，东边狭路是弯折向澳门的马骝州水道。此时天色尚未大亮，看不清远处磨刀门是否还有水师舰艇，可是想必大部分藏在横琴岛南的婆仔湾到白曹湾。藏！往哪藏啊？老子再派十艘，非把你勾出来不可。梁宝很清楚，白旗帮的小船不利于一对一跟水师战船对战，当下令旗一挥，再十艘战船驶出沙仔面而下。

嘿，这广东水师还真抠门，竟然也是再来十艘，加上前晚的二十艘，当五十艘对五十二艘的混战开始时，天色已明。梁宝和关天培这两位指挥官都有如煎锅上的蚂蚁，梁宝苦恼的是，五十艘已是不小的赌注，占了白旗帮三成实力，而面对面一对一近战白旗帮是会吃点小亏，唯一的办法是小加一点赌注，改变优劣对比。如此一来，烫手山芋不是就丢给官军了嘛！于是，令旗再摇，又十艘白旗帮的战船顺流而下，加入战局。说来轻松，可此时海口江面上已是枪矢横飞，杀声震天，战圈逐渐从望香角北移往二井湾，进入西江海口一里。

关天培的苦恼和梁宝不一样，有了黄茅海战的经验，他在每艘战船上各加派了十五名绿营兵，近战毫无所惧。他烦恼的是，许廷桂和郭婆带已在海口凸出部西侧的黑沙湾埋伏多时，萨格雷斯号和葡月号也是摩拳擦掌，如此一盏一盏油地添下去，何时才能把红旗帮这条大鱼勾出来？姚莹打了个哈欠，懒洋洋地说道：

“再而衰，三而竭，眼前一鼓未尽，关军门莫急，养养神先。”

我日你老母，狗干的，丢你稀饭，叉你全家十万年，梁宝暴跳如雷，一把摔下千里镜，仿张保的千古绝句破口大骂。今天指挥水师的是哪个灰孙王八羔子？简直是个和稀泥的糙蛋。他刚从千里镜中看到，远处水师竟然慢条斯理的也是又十艘战船加入包围圈。我二十你二十，我十你十？卖傻逼是吧，冷静！冷静！再冷静！老子不信邪，这次再派五艘。

梁宝、许廷桂和郭婆带、广东水师、葡国舰队、红旗帮、西江炮兵，两军对战六军相间，唯一掌握全局的只有那今科进士一人。这饵中饵套中套的战局拉到辰时，已是日上三竿，梁宝陆续派出五十艘战船，关大将军也毫不含糊，派出独眼将军麦廷章领军的五十艘以对。可是，两个时辰下来，战场对比已经发生改变，不再是一对一的七十艘对七十二艘，而是五十二艘对六十一艘。海盗虽然凶悍，可是面对多冒出来的两倍营兵，仍被凿沉了十八艘，而水师被凿沉了十一艘。大部队近战可不是用炮击沉，跳帮夺舰之后，除了少数有价值的大船，其他通通凿沉拉倒。如此下去迟早被吃干抹净，冷静的梁宝又不是不会算账，终于决定采取主动，全面总攻。沙仔面上六面令旗招展，这时，海沧舰上的进士伸了一个大懒腰。

翡冷翠之星号泊在港内，黛安娜号在架上大修升级，陈道芗的船进入塘福庙湾时，大屿山港内空荡荡只剩下二十几艘战船，上岸才知道发生战事。黛安娜号进厂上架，龙嫂和张保共乘刚刚大修完毕的肯特号，大军昨夜扑向横琴西。

本来只是路过大屿山探望老友，陈道芗再问之下才知道，自己北上来回短短一个月，广州湾却已是世事如棋风云陡急。葡舰东来，再现夷军压境，而新任的百龄连连出手，实力仅次于红旗帮的郭婆带竟是降了。

这郭婆带一降，等于是被水师在广东中线以西插入一根硬钉，立刻牵动南海版图。龙嫂和张保未必会有这种战略眼光，可是陈道芗已经看见巨大的危机。如果白旗帮再有事，西翼将只剩下远处雷州被隔断的乌石二和态度不明阴冷狡猾的吴尚青，六旗称雄的格局将被彻底瓦解。他仔细看着案上留下来的军图，询问当前态势，当他看到图上从黄茅到澳门的布局时，眉头皱了起来。

龙嫂的部署图上只标了四路兵马，白旗帮、水师、葡舰和红旗帮自己。葡舰只标了个红圈，很显然，没人知道近在咫尺的夷军是否会参战。此时陈道芗并没有过于考虑新降的郭婆带，投降可不是简单的事，从谈好条件到纳降表收银子得花不少时间。清廷也不可能放心让还没交接的海盗参战，郭婆带最大的可能应是袖手旁观。他翻阅昨天到现在这段备战期间的情报摘要和鸽站传书，水师昨晚曾停留澳门。换句话说，龙嫂不确定的葡人其实必定参战，不禁为张保和龙嫂捏把冷汗。

不过，张保的六角阵炮术正是巨舰克星，还有大小团队分进合击的拉网战法，这些应该都是水师和夷兵所没有的。所以，现在能做的就是坐在寨中吃海鲜，等待两位炮神奏凯归来。这时，一名鸽兵送来今早的传讯。

陈道芗打开折纸只看了一眼，立刻扭头盯着案上的部署图，声音竟是发抖，大喝道：

“备鸽，立刻，传信肯特号。”

陈道芗想通知龙嫂，不可进入西江水道，只能在海口以南的宽阔海面决战。可是，大屿山鸽站备有训好的信鸽数十笼，分往各舰各站，此时唯独没有飞往肯特号的信鸽。肯特号在船厂改装待了一个多月，才刚下水回役没几天，除了近海试航就是待在港里。如何能有外飞的信鸽？

当鸽兵报称无法联络肯特号时，陈道芗心乱如麻，颓然坐倒。那份信息其实没几个字，指南针通报：

水师一标夜航，西奔佛山水道。

这百龄作风和前任完全不同，全是采取主动出击，如其身边真有高人，此战必不会放过佛山水道，南下西江。偏偏信鸽传讯无法在夜间和恶劣天候下操作，是以指南针今早才报。百龄身边既有高人，既然高人看到了走佛山水道下堵西江，十有八九也不会放过黑旗帮。陈道芗脑海中的军图也逐渐浮现出六股兵力。昨夜张保的战队拉出去逾一百六十艘，加上旗舰辅舰一共出动了一百八十艘。陈道芗沉吟着问身旁喽啰道：

"当值留守的是谁？"

白旗帮的六十艘战船蜂拥而出，越过沙仔面冲向江口，梁宝仍然站在沙洲高处。期待地拿着千里镜眺望远方，只要这股兵力与先前派出现在还剩下四十四艘的包围圈合流，本身就是一股不可小觑的力量。现在你水师主力该出场了吧？嘿嘿，螳螂捕蝉黄雀在后，等红旗帮咬住你的尾巴，才知道爷的厉害。

一根，两根，三根，一共数了六十根，水师竟然还是派出六十艘战船奉陪。梁宝已经没力气骂脏话了，其实也不是没力气，而是他醒悟了。他终于恍然大悟，原来在水师眼里，敬陪末座的白旗帮并不值得出动全部兵力。不过这样也好，百多艘战船即使不是水师的全部，也是占到了一半兵力，分两口吃也行吧。现在，龙嫂可以准备抄水师的后路了。

方才近战的时候霆船无用武之地，躲在一旁休息，而现在，八门巨炮开始对准磨刀门，欢迎迎面而来的白旗帮主力。第三轮炮弹出膛时，已击沉两艘白旗战船。划归麦廷章指挥的澄海协六十艘战船越过霆船，对着白旗帮杀将过去。已占优势的水师开始进逼，白旗帮的战船挟着那两艘商船，逐渐往西江水道北退。

大清人自相残杀，狗咬狗一嘴毛，看得法瑞亚芳心大悦。大清国那个舰队司令非常客气，让萨格雷斯号停在白曹湾最西侧，也就是观战的特等贵宾席，千里镜中欣赏这种蚂蚁雄兵式的船团近战，血肉纷呈，目不暇给。可是，现在战圈北移，即将进入磨刀门，马上就看不到了。昨晚不是约好跟在水师屁股后面吗？眼看着澄海协的战船全部上了前线，他迫不及待地命旗手打旗相询。

红旗帮大军昨晚深夜潜进，来到横琴岛东南的东澳和大小烈岛后面隐藏。这里地形复杂礁石林立，官军和商船等闲不敢贸进，却如同红旗帮的后院，轮调三角山分寨的头目和喽啰们早就把当地摸得滚瓜烂熟了。此地距离横琴不到二十里，黎明时分，伪装渔船报来了萨格雷斯号和葡月号的消息。

果然不出所料，水师跟夷人勾结上了，联手阻绝红旗帮的援兵，想一次吃掉白旗帮。龙嫂眯起了眼睛心中盘算，没想到变态狂人郭婆带这么快就降了，拖累了老娘，看来这个两广总督百龄是想各个击破，一个一个的收拾六旗帮。郭婆带一降，他旁边的吴尚青孤掌难鸣，要不了多久必降。黄旗帮的林阿发无足轻重，如果今天救不出梁宝，将只剩下乌石二成了二旗帮。

水师这是挖了坑等着老娘往下跳，可也得挖得够深才行。郭婆带都能揪得下孙全谋和林国良的脑袋，你关天培这挖坑的难道就不怕？不怕自己一脚摔进坑里？

冷静冷静再冷静，龙嫂的细腻可远非梁宝能比，探子报来前方的混战，澄海协已经淌进去了。葡舰被左翼镇百艘水师舰艇如众星拱月地包着，明摆着准备和红旗帮撕拚。这已经不是陷阱，而是明摆的火坑，就看你有没有本事往下跳，怎么跳！

她的考虑集中在那艘萨格雷斯号巡洋舰身上，马和尚当初说得很清楚，这种地狱战舰装备了双层二十四磅炮，集中火力的效果太可怕。加上旁边葡月号十八磅炮的交叉火网，还有水师那帮孙子，可以说远战中战近战全顾到了。一旦战区过了磨刀门进入西江水道，六角阵的快速机动打击将受到狭窄江面限制，变成炮对炮的硬拼。如果进入近战，就只能把六角阵后撤，因为这种快船设计时就没保留多少近战的战力。

张保听完了龙嫂的顾虑，点头说道：

“既是梁宝必救，咱们就跳这回小火盆。卜得儿，以肯特号对葡月号，加两组六角阵，我亲率六组六角阵斗萨格雷斯号。另外九十艘拉火网阵，四十艘殿后，难道对付不了这些孙子的左翼镇？”

张保幼时嗜吃草菇，一颗颗草菇卜得卜得啧然有声地吸进嘴里，而龙嫂本名石香姑，这卜得儿菇菇成了闺房之乐时的昵称。海盗过得就是刀头舔血的日子，首度面对官夷联军的大战将启，两人分头指挥，其中凶险岂有不知，这昵称竟是顺口而出。

张保总共就训练了十组六角阵，此役携来八组，几乎是精锐全出。其他都是换了十八磅炮和二十磅新炮的战船，这些中小战船的单炮火力不输葡月号，是以张保心无所惧。令旗摆动，红旗帮大军一百八十艘战船井然有序地分列，驶向横琴。

这时，以两艘商船为中心的战圈已开始进入磨刀门，超过一百七十艘战船的厮杀染红了整个水道。澄海协的官兵早已奉命，人质安全必须考虑，先全力歼灭海匪，再回过头来救人。而这时，左翼镇三个营拱卫的葡舰已移到二井湾北，离磨刀门口二里。

冷静冷静再冷静，再也冷静不了，因为战圈已挤进磨刀门。两艘商船夹在中间，斗剩下的一百四十艘战船挤在水道里，不闻炮响，只是杀声震天。梁宝所在的沙洲离战圈北缘只剩下不到三里，后方指挥所即将变成前沿，梁宝再也沉不住气，唇亡齿寒，龙嫂怎可能坐视不理？这时，南方远处终于传来久盼的漫天炮响。梁宝心中大喜，龙嫂终不负我。而且，连连传来的炮响是不响则已，一响起来就是铺天盖地，这得是多大的火力？

红旗帮大军绕过横琴南时，水师左翼镇与葡舰已深入海口刚过二井湾，离磨刀门口不足二里。红旗帮先遣九十艘战船摆成三个长形方阵前冲，左一二列阵中是张保率领的六个六角阵，右一二列阵中是龙嫂率领的肯特号和两个六角阵，还有四十余艘战船殿后。张保的头两个六角阵和肯特号以及旁边的一个六角阵的二十磅炮首先开火，同时萨格雷斯号和葡月号也笼罩在自身五十二门大炮齐射的硝烟之中。海口内令旗招展号角长鸣，两分钟后硝烟散去。

法瑞亚看过佩德罗号被六角阵击沉的报告，却从未亲眼目睹，瞬间解体？是用的船胶铆钉不合规吧！红旗帮自创帮以来，就没跟巡洋舰这种魔鬼船型对战过，首轮炮下来一看，萨格雷斯号身中三弹，船尾舱几乎被打掉，尾桅也被击中一弹，连扯带刮，掉下来三片大帆。葡月号运气不错，它的船尾被二井湾北角遮掩，身前又挤满了水师战船，自己竟是一炮未中，只倒霉了水师被一家伙击沉三艘。法瑞亚大吃一惊，这六角阵果然厉害，自己又是船高马大目标明显，立刻下令且战且走，往磨刀门北口移动。北口东面就是马骝州水道，万一战况不利，可借此水道往东溜之大吉。

葡月号发炮并不是射向六角阵，因为还差一些够不着，十六发炮弹击沉了红旗战队最右列长形方阵的一艘战船，击伤两艘。萨格雷斯号的三十六发二十四磅炮弹全部射向六角阵，龙嫂的担忧不幸成真，击沉了三艘阵船，包括领头的张保。张保被震晕了过去，救起来时脸色惨白，右背和右腿鲜血淋漓，分别为弹片击中。

大战甫起主帅负伤，龙嫂站在肯特号的舰桥上看见左翼挂起的伤旗，心中大恸。立刻接过全军指挥权，下令加紧攻击夷舰，受损的两个六角阵护卫张保撤出战斗，送往肯特号。

这时双方仍在继续接近，霆船的十六发炮弹落入红旗阵中，中型战船被击沉击伤各一艘。四分钟后，第二轮炮击，这一轮炮击时除了红旗帮后队以外，双方战船大都进入有效射程，可就有超过六百发炮弹在海口内飞舞。在狭窄的海口内湾以密集队形炮战，杀伤可比开阔海域大得太多。肯特号和一个六角阵抢入阵位开炮，葡月号被三弹命中，因为船尾被遮造成瞄准的困扰，这三弹集中命中船首。葡月号当场倾斜船首下沉，完全失去了战斗力。可是，左翼领头两个六角阵回撤时阻碍了后方四个六角阵前出，竟然来不及抢位发炮。红旗帮战队北半部的火力全开，而呈扁圆形结阵的水师左翼镇和葡舰也是众炮齐射，顿时火光冲天。萨格雷斯号只中了一枚二十磅炮弹，右舷上层甲板被打死七名水兵毁了一门炮。可是这一轮三十六发重炮弹击毁了五艘六角阵的战船，其中两个六角阵各损两艘，阵形登时破了。整个海湾漂满了木板破帆和人头，到目前为止，水师被击沉十一艘，击伤十七艘。红旗帮被击沉十四艘，击伤二十一艘，其中有一半是两艘葡舰所为。

此时红旗帮兵力仍然远超过敌军，但是再几轮炮击下来就很难说了。前方就是磨刀门，水道并不宽敞，龙嫂当机立断，三个长列方阵改为正方阵，全力发起冲锋近战，发挥海盗传统本色，凭借兵力优势冲进敌阵打歼灭战。红旗帮变阵时，萨格雷斯号已进磨刀门，正在进入内河。

法瑞亚看见旗令报来，清军指挥官命令左翼阵的一个营加速超过萨格雷斯号，然后进入马骝州水道，在水道东口，也就是澳门与横琴之间待命。难道是要截老子的后路？所以，当他看到接下来的旗令，要求萨格雷斯号坚守磨刀门北口时，法瑞亚确实犹豫了一下子。可是等萨格雷斯号驶入磨刀门，没两分钟他就明白了。那个两广总督衙门的参议好狠毒，这一匣银币给得是值上加值，就当是学费好了，中国进士在这里布下了一个死亡陷阱。

从磨刀门北口到沙仔面距离五里，挤满了澄海协和白旗帮的战船，跳帮肉搏斩翻了的人体和头颅顺流而下，流向磨刀门北口。那两艘商船已经搁浅在香山岸边，正在争命的官兵和海盗根本无暇理会，而香山县的衙役正在赶来。白旗帮的百来艘战船被干得只剩五十余艘，而被梁宝叉翻全家十万年的澄海协还有七十余艘。败退的白旗帮战船一艘艘来到沙仔面，梁宝犹豫着不肯离州登船，却被帮众硬架上了舢舨。红旗帮立帮以来未尝败绩，而今天，白旗帮的生死存亡，就取决于龙嫂能否快速冲过磨刀门。

磨刀门乃西江出海主道，长七里宽不足二里，是一条呈北西北往南南东的水上走廊。战船通过时无法使用舷炮攻击船首前方，只有一种船例外，就是奇形怪状安了船首巨炮的霆船。而现在，萨格雷斯号在走廊北口打横，三十六门右舷炮对着走廊，两侧十六艘并列的霆船，前方一艘艘横摆的福船和海沧排了二十艘，再前方才是横排的小炮小船。萨格雷斯号加上霆船的五十二门重炮，再加上广东水师的一百余门中炮，根本不需要精确瞄准。直接按射程远近把炮弹倾泻在这条死亡走廊的水面上，如有突进者才轮到小炮小船的炮轰，近战肉搏成了可有可无的点缀。

当红旗帮的方队开始挤进磨刀门时，另一支奇形怪状的舰队出现在草堂湾，开始压向红旗帮的后队。这支八十几艘战船的舰队挂了水师和海门营的军旗，也挂了黑旗帮的帮旗，既有许字帅旗，也有郭字寨主旗。红旗帮后队一面报警一面列阵，新伤的六角阵当成普通炮船使用，炮神张保的严格训练这时发挥了功用。后部两个六角阵的三十几门二十磅莱茵炮排出远程火网，四十艘后队战船的一百二十门十八磅炮排出中程火网，两道火网连番覆盖在许廷桂郭婆带这支正在交接的黄茅舰队头上。现在情势终于明朗，西江海口被黄茅堵住，开始压迫红旗帮。红旗帮两线作战，南线力拒黄茅，北线被萨格雷斯号和左翼阵掐住脖子，再往北是澄海协正在屠宰白旗帮。磨刀门的炮声震天，延绵不绝，白旗帮却再也坚持不住，离磨刀门越来越远，逐渐往上游退却。退到沙仔面北八里的马角围时，全军只剩下三十几艘战船。梁宝仰天长叹，他虽然不知磨刀门外究竟发生了什么战况，但是仅听炮声即可知其激烈。瓦罐难离井边破，英雄战败走西江，他黯然下令弃战撤退，全速北上西江，准备遁入内河隐蔽，另谋再起。

红旗帮的训练和纪律乃六旗之首，可是这奇形怪状的黄茅舰队今天不但有变态统领郭婆带，还多了个拼命三郎，水师的许廷桂。他向郭婆带要了二十四只战船，把自己带来的部下分到船上，顶着炮火领军大包抄，直插红旗帮后队左翼，把距离较近的右翼留给了郭婆带。建功心切又满怀嫉恨的郭婆带哪肯居后，当场兵分两路直冲而上。

光天化日之下梁宝脊柱发凉，此时他才真实感觉到，他的生命可能今日终止。斗门东岸边，树林草地间的旌旗随着和风缓缓而动，千里镜中可见成排大炮旁说笑的绿营兵，正在对自己指指点点。前方四里江面上横排着左翼阵左二营的二十五艘战船，五十门舷炮安静地对着自己。这正是进士安排的第二个死亡走廊，此处江面宽不过一里，早已被水陆官兵的中轻炮像画棋盘一般的布好了火网。麦廷章的部队正在后面缓缓推上来，梁宝回过头来看上游江面，水师升起了招降的大旗。

这里已听不清磨刀门的炮声，郭婆带那张投降的丑脸划过脑海，梁宝看了手下兄弟一眼，最后一次举起手中令旗。

法瑞亚哼着莱茵军团战歌，右臂漫无目的地挥舞如同指挥棒，磨刀门的搏杀进行了一个小时，整段江面已经成为令他热血激昂的浪漫屠场。红旗帮一些勇敢的战船断断续续冲出火网，却已是遍体鳞伤，冲到二三十倍于己的水师面前，勇悍之师今日成为屠刀下的羔羊。许廷桂和郭婆带剩下来的六十几艘战船已冲入内线，开始和红旗帮后队短兵相接。北线部队越战越少，越来越没有希望。龙嫂看着昏迷不醒的张保，如果不想让红旗帮在今日灰飞烟灭，她只能放弃梁宝，接受屈辱，下令撤退。

红旗帮已有六十余艘战船葬身磨刀门，剩下的六角阵和肯特号现在必须退后一步，一起守住磨刀门南口，免得里面水师的大部队和夷舰冲出来，才能掩护其他兄弟杀出一条血路回家。

可是，许廷桂和郭婆带并不打算留下活口。只要今日能结果了龙嫂和张保，余众不足为虑，从明天起南海就没了红旗帮。两人各自领兵，疯狂地向肯特号冲杀而去。

当法瑞亚看见脚下那些水师的小船竟然开始玩起漂移战术，以横向缓缓向下游的肯特号移动时，见猎心喜，没想到大清海军还有这一套！当他后方出现奏凯而归的水师澄海协时，表示北线战果已经收割完毕，这时还不抢功岂不是傻逼？于是，萨格雷斯号也开始收锚，缓缓横向往南口漂移。

磨刀口北的水师兵力往南挤，许廷桂和郭婆带两名悍将往北冲，所有攻击都是以肯特号为中心。红旗帮北线剩下的四十几艘战船拼命往南，被冲得各自为战，半个时辰之后，郭婆带终于杀到了肯特号舷下。他可不是真疯，要克掉大船得费不少力气，必须有足够的兵力，他的战船开始助攻，帮助邻近的友军聚集，等到第二条战船靠上来时，南面海湾却又传来了炮声。

这一战从天还没亮的丑时末杀到现在未时初，第七支兵力忽然出现在横琴岛，又是一艘巨舰领着三十艘战船杀入战场，红旗飘扬，所有炮口指向外围的黄茅舰队开始轰击。正在近战的黄茅舰队措手不及，被击沉了六艘战船。这才看清楚，领头大舰是改役为货船的翡冷翠之星号。郭婆带令旗连发，命三十艘战船上前阻敌，其余各舰继续杀向肯特号。

郭婆带很清楚，现在已不只是私怨，必须立刻拔掉肯特号这个南口火力平台和旁边的红旗六角阵炮船，北线大军才能顺利涌出磨刀门，全歼红旗帮。

所有水师、夷舰和龙嫂自己，都不知这一小股红旗帮援军从何而来？姚莹站在关天培旁边，眼看着被堵住的磨刀门，更是纳闷不解。这时许廷桂的第三条战船终于也挤到肯特号舷下，他与郭婆带互望一眼，登时率领三船又是官兵同时又是海盗的黑旗匪齐抛绳钩，开始攀钩夺舰。仗着船大的翡冷翠之星号这时拼命硬挤向前，与肯特号仍有二里距离。

肯特号和二十几艘六角阵炮船上的喽啰汗流浃背，正在拼命快速填弹装药，炮击北面，反过来封锁磨刀门南口。关天培当然知道死亡走廊的厉害，不进不退，维持兵力吊住肯特号。要么等黄茅舰队打穿进来，要么等这几条船炮弹打光，今日必歼红旗帮。

许廷桂第一个翻上舰来，立刻大刀挥舞守住船舷，掩护下面的官兵登舰。肯特号上炮手操炮，刀兵厨役帆缆手人手一刀迎上去厮杀，跟着郭婆带也带兵翻上船舷。眼看着下面又有两艘敌船即将靠帮上来，龙嫂一手持剑，另一手捏着张保手掌，柔声说道：

“保仔，卜得儿要先走一步了，咱们来生再做夫妻。”

这时甲板上已经厮杀成一片，肯特号上的刀兵是红旗帮精锐，杀红了眼护住炮兵。而许廷桂和郭婆带两员疯将更是杀得性起，甲板上躺了十几具尸体。龙嫂仗剑奔向甲板，一剑直指郭婆带。

“上一回就不该叫吴尚青救你，你这背盟叛义卖友求荣的变态狗逼，老娘今天先料理了你。”

郭婆带连架带退，退了几步盯着龙嫂怪笑道：

“一嫂，皇上许了我官职，有兵有饷有粮，你能许我什么？连个梅开二度都不肯便宜我，早知今日又何必当初？”

龙嫂自知今日有死无生，呸了一声举剑又刺向郭婆带。许廷桂一看这婆娘来势汹汹似是练过一些武功，连忙伸刀挥了过去，当场三人厮杀起来。这时又有一船靠了上去开始攀舰，整个海湾只有磨刀门的炮声依然隆隆不绝。所有官兵和海盗都知道，只要拿下肯特号，这场战斗就算结束了，剩下的红旗帮匪将只有苦战到死或投降两条路。

一时间红旗帮多艘战船赶来救援，与阻挡的黄茅师纠缠在一起，外围却有不少人罢斗观战，越来越多的人竟是暂时放下了手中的刀枪，忽然翡冷翠之星号上传来一声裂云长啸。

这时翡冷翠之星号与肯特号相距还有二百余米，只见一条灰色蒙面人影跃下巨舰，踏着海面拥挤不堪的舰船和漂浮的木板，流星赶月一般奔向肯特号。一溜烟来到舷下，纵身踏着靠帮的船桅，一翻上了肯特号甲板。白练起处许廷桂已中剑倒地，白练不绝绕向郭婆带，鲜血崩射，郭婆带那颗虬髯人头飞起，电光石火转瞬之间，一代名将和一代淫虫竟然都是一剑了账。灰袍人持剑落在甲板上，龙嫂定睛一看，布巾遮住半张脸的正是陈道芗。陈道芗也不打话，反身一剑绞下许廷桂的人头，走到舷边举起两颗滴血人头，海面兵匪齐声大喊，官军的士气登时沮了①。

今日上午陈道芗找到大屿山当值，是港区领事头目王进兴。王进兴同时是天地会大屿山分舵天玄坛主，一听龙嫂中计当然同意出兵。红旗帮在芝麻湾和贝澳湾这些分港以及外面分寨里总计最少还有二百多艘战船，可是此时却无兵可出，太远的不说，王进兴并不属战队，没有龙嫂的命令如何调兵？只有石龙山八艘战船，分寨头目是王进兴的把弟，甘愿犯纪领罚同意出兵。

陈道芗尽起本寨二十二艘战船和翡冷翠之星号，到石龙山与那八舰会合后直奔横琴。此战唯一扭转乾坤的机会就是马骝州水道，如果能从马骝州水道偷入磨刀门北口，自可从萨格雷斯号背后施以痛击，解开磨刀门之结，反败为胜。谁知那姚莹天机算尽，竟然调了一营水师把守水道东口。陈道芗救友心切，无奈之下只好以弱师正面强攻黄茅军。待得千里镜中窥见龙嫂遇险，更是蒙上了脸冲过来，杀官犯忌。

陈道芗虽是天地会中人，手中之剑诛过奸佞可从未杀官，今日为了救友竟是连斩两将。龙嫂死里逃生，抹去眼泪望着仍在昏迷中的张保，大声喝道：

“传令，火网阵准备火网开路，各战队准备结阵突围，六角阵与本舰断后。”

陈道芗一不做二不休，索性跳下肯特号跃向最近一只黄茅水师战船，连斩

① 清史稿载许廷桂曾随征台湾，于1809年大战杀梁宝，的确是一员猛将，却又被张保援兵所杀，当时他已代理左翼镇总兵。

水手十七人，一脚一个，人体纷纷坠海。附近的黄茅战船更是气馁，纷纷退后，如此一来红旗帮更易于结阵，向海口冲杀而出。黄茅师本来就是黑旗海盗，眼看着刹那间将军授首，帮主就戮，顷刻之间折了两名主帅，哪堪再战？纷纷退向海口西侧。

眼看着红旗残兵出了海口，却是并不奔逃，这时才看出红旗帮的纪律和战力。后队撤出立刻和援军会合，只见七十余艘战船在海口布阵接应，这时龙嫂一声令下，才和六角阵一起撤退。与前队交叉掩护，撤出湾口。

关天培和麦廷章的部队陆续涌出磨刀门，等到重新整队完毕，红旗帮早已不见了踪影。当下鸣金收兵，列队出横琴西，准备绕横琴岛过三角山之后北返黄埔。这是法瑞亚一生中最光辉灿烂的一天，收获已是大大的有，自是凑趣跟在后面，准备过横琴北返澳门，修船去也。郭婆带既死，黄茅舰队垂头丧气地自行西返，等待未知的命运。

谁知水师浩浩荡荡地刚过三角山，就有探船来报，东面十六里石龙山附近有红旗帮集结。关天培略一思忖，抬头对姚莹说道：

“此当为海匪留守残部前来接应，打是不打？先生谋略惊天，何不直捣大屿山来个痛快？”

姚莹摇头说道：

“今日一战颇为蹊跷，如为稳妥是以不打为宜，不过我得乘小船前往一探。”

关天培闻言大惊，连忙摇手说道：

“千万不可，先生不可涉险。”

“哪有什么险？海上争锋，何时有逮着过对方哨探快艇的？”

石龙山那八舰出兵后跟着派出哨船，发现西江海口大战的确失利，立刻飞鸽回报大屿山各寨。与陈道芗这外人的信息不同，此乃正式战报，各寨当即点兵汇聚石龙山。等姚莹从千里镜中远探时，只见又是一百八十艘战船稳稳停在海面，左右裨队中军森严，列队齐整旌旗鲜明，正在静候龙嫂败兵归队。此时天色向晚，姚莹喟然一叹，叱令转回。

“两广总督军务张百龄跪奏为水师全歼广东省海匪白旗帮并诛匪酋梁宝并重创巨匪红旗帮详核恭折奏闻事窃据广东水师澄海协协领关天培禀报本年七月

七日晨寅时……[①]”

百龄接过姚莹写的奏章底稿，眉开眼笑的竟是大声念了出来，实在是太开心了。真如战前所言，此役尽歼白旗帮，从梁宝以下竟然诛灭六千余人，俘虏七百。红旗帮重创，被击沉战船百艘，连轻易击沉夷人巨舰佩德罗号的魔鬼六角阵都为水师所破。而葡萄牙那个法瑞亚总督更是由行商转来照会，又是感激又是佩服。简直就是神机妙算，预先设想的目标全部完美达成，广东终于出了位能臣，皇上见了这份报捷折子必定龙颜大悦。

可是，百龄念着念着声音愈来愈小，还没念完就阖上折子问道：

“石甫，你这可是又弄什么玄虚？明明是报捷折子，怎么看起来有一半是在夸赞巨匪红旗帮？”

“现在愈夸赞红旗帮，以后才愈能显你收服它的本事。”

“这不行，你这不是糊弄圣上吗？这一回你整得红旗帮元气大伤，估计再有一回也就差不多了。”

“显本事只是晚生开个玩笑，东翁，我折子里写的可是句句实言。若欲于广东大利，于东翁大利，于朝廷大利，当需听我之言。”

“可咱们明明把红旗帮打败了，你这说法岂不是反而长匪志气灭咱们威风吗？”

“红旗帮虽败不乱，进退有节，军纪严明，这一点水师就做不到，陆上的绿营兵更不行。更重要的是，望香角劫船本系突发事件，昨日之战晚生安排种种埋伏，皆为提前一日推算。可红旗帮事到临头措手不及，竟然能立即反应，于要害处调兵救援，若无萨格雷斯号相助磨刀门，一旦马骝州水道被打穿，昨日红旗帮已尽灭我广东水师。东翁，红旗帮战力远胜水师，即便倾四省之力会战红旗，灭其三停兵力得已损五停。眼下方略应为，收服红旗帮以为我用，而非剿灭。”

大屿山的郎中急救张保，包扎好两处外伤后仍是昏迷。早听闻夷医有些神奇秘方，陈道芗第二天赶回广州找马礼逊想办法。谁知顾盛强却说马礼逊人在澳门，忙着弄一个小学堂，只好又折往澳门。好不容易由马礼逊找来一名英吉利夷医，等得三人乘小船回到大屿山已是第四天，龙嫂焦虑得容颜憔悴。

① 那个时代公文体最别扭的就是没有标点符号，现代中国人如没些心理准备，一篇奏章念不到一半就会噎气。此处所录为清时总督奏折起始句，更换了条目而已。读者可试行标注，看有几种断句法。

那名夷医从医箱中拿出来一些怪医具，先是要来蜡烛，烛光映着一片银镜射向张保双眼。掰弄了好一会，又拿一根奇形怪状的暗器在张保耳边敲打，然后拿一堆软管套在自己双耳，另一头连着银头往张保胸前按来按去。最后一手把脉，另一手捏着一个叫做怀表的物事做法。待得他解开伤口的包扎，腿伤还好，夷医仔细检视背伤，还在伤口附近按来按去，终于站起身来，叫家属出去说话。此时郎中就是神，大屿山的几个郎中围着洋郎中，那名夷医宣布：

“病人的体征平稳，眼下性命无忧。”

众人担心了几日，听完陈道芗的翻译当场松了一口气。洋郎中继续说道：

“既然体征平稳，昏迷当是由于爆炸引致脑部震荡，本神医观察，伤者感知并无淆乱，数日之内当可苏醒，宜静养一月。”

龙嫂等人闻言，大喜之余却也将信将疑。那夷医又说道：

“倒是外伤有些麻烦，当日可有取出弹片？”

一名郎中一听翻译连忙说道：

“有的，取出几粒碎物。”

细询才知，当时的确挖出几颗弹片。可是夷医怀疑还有碎片藏在体内，这弹片乃是铁质，如埋在体内倒也无大碍，年纪长后遇阴雨风湿酸疼而已。夷医担心的是火药中含有铅质，此乃慢性剧毒，埋入体内日久天长，终将贻祸。可是此时已是伤后数日，伤口已干，难道再大动刀石剖肉翻找一通？龙嫂听了夷医的说明，当场拿不定主意愣在那里。这时喽啰来报，白莲教长老来到大屿山，求见陈香主。

第27章
去公海劫商船

自从在扬州会过潘渊明后，陈道芗反复思量，明明证据确凿，可总舵主和潘老人都极力辩称这有余圣女不可能是真凶，他一时竟拿不定主意如何面对妖女。等见到来人，原来所谓长老是妖女座下的于其成。

“陈香主别来无恙！圣女有消息命在下转告，或许可供诸位英雄参考。”

“且慢，你等怎知我在此处？”

“前几日陈香主仗剑闯阵，万人之中取敌上将首级，我等可是目睹公子的绝世风采。”

“什么？你们当时身在何处？怎可能亲眼目睹？”

“陈香主，我们一直在那艘被劫的英吉利商船上，从前一晚的磨蹭到第二天两军枪来炮往都瞧着了。后来商船搁浅，圣女知道您与红旗帮交好，天地会在大屿山又有分舵，是以我们上岸后潜往横琴岛观战。陈香主进不了马骝州水道，硬闯敌阵，斩将搴旗。圣女颇感欣慰，说您是智勇双全呢。”

“呸！要妖女说什么好？你们怎会在那商船之上？”

“与公子一别数月，实是因我教中有警，我等一路前往西域追查。此番乃是乘夷船返回中土。”

“西域？你们邪教就没一句真话，往西域不从你们陕甘老窝出关走丝绸之路，怎会走上了海道？”

“公子有所不知，这西域幅员辽阔，可不止丝路南北两道所能覆盖。我等在大食国的阿巴斯上岸，乘驼一路追到阿拉伯半岛的大马士革，还是海路便当快捷。”

这大食国的阿巴斯和阿拉伯的大马士革陈道芗都在千字文中看过，却不知究竟何地，当下说道：

“其实跟我没有干系，你今日此来何为？妖女呢？”

“有没有干系此时原也难说，陈香主，有余圣女赶去贵会总舵了。这鸦片贸易暗潮汹涌，愈演愈烈，我等返程时一路与英吉利舰队同行。到加尔各答整补时听闻，彼等正在集兵整备，准备大举东来。此时正在整训数千火枪兵，港上还有巨舰，是以圣女命在下转告公子，及早筹谋。”

于其成和那名夷医分别离去，却不能放马和尚走，红旗帮多艘战船受损，还有船厂中的黛安娜号，都需要马大神通指点。马礼逊叫上周仁，兴致勃勃地奔赴船厂去也。那夷医还真是铁口直断，到得第二天，张保竟是真的醒了过来，头疼晕乎之余直喊饿，龙嫂这才放下心来。

“龙嫂，这郭婆带和梁宝黑白二旗都没了，今后红旗帮何以自处？”

“哼，当官的没有好东西，这百龄一声不吭地就撕毁协议狙击红旗，等战船修造好了总有一天再见真章。”

“你和雷州那个乌石二交情如何？”

“乌石二，一哥在的时候跟他还算是熟，我和他只是见面点头的交情，怎么？”

“我建议你把石龙山水寨借给他，由他派人派船驻扎。”

张保已经连干两大碗牛肉粥，稀里呼噜地抬头说道：

“这怎么行？咱们和他没那么深的交情，这不稳妥吧！陈大哥，书上不是有句话说，自己的床铺旁边不可以容留外人睡觉吗？”

“是啊，卧榻之侧岂容他人酣睡，你们硇洲岛的寨子不就是在人家乌石二眼皮子底下酣睡吗？”

龙嫂这才听出了一点意思，她也知道当前局势大变，急需应对之策，于是静静地说道：

“兄弟有什么想法？”

“甚险，龙嫂，眼前几乎是一盘死棋。”

“至少在台山西还有吴尚青的绿旗，咱们给他打打气，让他挺住。”

“挺不住了，吴尚青本月必降，而且是主动请降。”

陈道芗这一句话令两人大吃一惊，却是为何？

“郭婆带不死，吴尚青还会观望一阵子，可是郭婆带这一死，他降了岂不是顺水推舟，不费吹灰之力就接收了黑旗帮！”

红旗帮这两年大买大造，虽说新败，可是实力犹胜曩昔。何况水师折损亦重，官家拨银和修造迟缓，陈道芗却是愁眉不展地说是面临危机，这重大危机从何而来？龙嫂和张保自是大惑不解。陈道芗索性拿来一张广东舆图铺在张保床前。

原来六旗帮这些年来做买卖和与官军对阵，始终掌握信息优势，可是再强健的信鸽也不可能直飞数百里而不力竭或是迷途。现在黑白绿三旗皆丧，从澳门横琴到湛江尽入官军之手，不但少了三旗兵力的牵制和屏障，而且几处沿海的鸽站也毁于一旦。两军相战以信息为先，信鸽传讯使海盗得以制敌机先，而且这一线是生财的命脉，现在却成了耳聋眼瞎。如果不能解决此一问题，红旗帮即将面临财务无以为继的窘境。

这个问题还不是不能解决，如不放心在陆地另建鸽站，至少可以派出鸽船做为中继。问题是，如此操作不但投入费用和人力偏高，而且，如果和蓝旗帮再分裂的话，红旗帮将彻底失去监视广东西面海域的能力，自也难保缺乏自卫能力的鸽船。

地缘劣势还不是陈道芗最担心的问题，这百龄来势汹汹，黄茅大战，收编郭婆带，接着设局西江，一次偶发的官匪遭遇竟然能如此快速布局。此战之后水师也得修缮整理，暂时未必会再启衅，除非另有援军。如果妖女没诓人的话，数月之内英吉利将大举东来，上次强入黄埔的理由就是要挟大清政府解决海上治安问题，这一次呢？夷军人生地不熟缺乏情报，如果跟水师联手呢？

其实红旗帮正面临着和百龄一样的现实问题，缺银子，前一轮营寨造船买炮大幅扩充的实力，却在西江之战中赔掉了大半，而广州湾以西的买路钱和劫船数量今后又势必减少。形势比人强，红旗帮必须做出策略性的决定，开始把劫到的鸦片转卖，不再烧掉或是倒在海里。

陈道芗猜测得没错，那个吴尚青在西江之战后不到半个月就上表称降，索要官职。结果被赏了个都司，代署水师台山营。这台山营包括原本台山西的绿旗帮，以及台山东的黄茅营。不过，他这个台山都司有点空头，在吴尚青领到顶戴牒文的同时，关天培缴了台山营剩下二百条战船中的大半。吴尚青成了个广东西海水上巡检司，吴大捕头。

隔了两个月，广州湾东面黄旗帮的林阿发也降了。短短几个月之间，六旗帮竟是真的只剩下红蓝二旗。

皇上恩准百龄所请，关天培升任左翼镇总兵，代署广东水师。麦廷章升任参将，代领澄海协。加官晋爵之后，关天培仍有一些不满，因为收了黑白黄三旗的一大堆旧战船，结果兵部不肯再拨银子造船了。

百龄把姚莹上交的那一匣西币赏还，这赏还是有说法的，姚莹是百龄的私人幕客，并非大清官员，这法瑞亚又是个夷人，你俩私人馈赠并不构成受贿，与大清政府无关。姚莹推辞不了，禀请百龄同意出衙两个月。红旗帮元气大伤，非数月之内得以恢复元气，请准考察广东山海险要，编写防务记实。那一匣银币就充做差旅之资吧！

一匣西班牙鹰洋可兑出来二百多两官银，终于可以多奢侈一把了。姚莹所谓的奢侈就是到相熟小店，叫两尾姜丝酱油恰章来下饭。恰章是一种小海鱼，比巴掌大一点，干煎之后姜丝酱油一烹，人间美味啊。

龙嫂不同意把石龙山送给乌石二，不过，她必须打消蓝旗帮的疑忌之心，所以约乌石二在海上见了一面。仅剩的二旗可得团结好喽，欢迎蓝旗帮共享硇洲岛，做为情报侦查与打劫大船的理货基地。

张保养了不到一个月的伤就又上船，不过，海盗的生意全交给了龙嫂打理。西江之战痛定思痛，他开始调整战术，差点送命的第一教训就是，必须掌握地理环境。六角阵只能用于开阔海域，做为全能手的海盗，还是不能偏废传统近战。而水师在船上加配营兵的作法虽是海陆杂烩前所未闻，却也颇有启发。

既然英吉利水师蠢蠢欲动，红旗帮必须继续练兵扩军。现在练的战法更为复杂，因为，他请龙嫂暂时回役翡冷翠之星号做为三号指挥舰，红旗帮战队在肯特号和黛安娜号领军下，开始操练双旗舰双舰队交叉运用的战法。

督抚二衙的幕僚得为主子分忧，议定第一期防务工事。防务工事计划的安排是以预算为基础，姚莹琢磨着韩崶的防务计划，他已经知道，其实内容想必是由陈道芗这个特大工头提出来的。不过，两天研究下来，心中也自称奇，江湖好汉竟然如同自己一般，对广东的山川形势了如指掌。其实，这两人对广州防务整建的看法大致相同，不过，姚莹更重视与地方乡团保甲结合的人力配置，如此可以节约正规军的经费，一些营防辎重的配置皆以此为准做了些调整。姚莹同时警觉到，隐藏在巡抚衙门防务规划后面那位好汉，不会就是红旗帮救援磨刀门之战的高人吧？

其实绿营与乡勇团练结合的想法早已从陈道芗脑海中走过，但是，陈公子规划的防务是为了御夷。以六旗帮的情报系统而言，御夷是有充分预警时间的，乡勇团练组训即可。如果平常时期就担任工事防守之责，将会成为红旗帮干买卖的威胁，是以故意略过不提。姚莹再神通也无法得知六旗帮情报作业的内幕，又哪能知道那位武林书生肚子里的算盘？

红旗帮修整的速度可超过姚莹和广东水师预期，这就是个体户和国营单位的差别，何况还有马和尚的指点。马礼逊回到澳门搞他的小学堂，陈道芗在广州搞天地会的生意。于其成当初匆匆露了一面，留下的信息并未成真。一晃几个月过去了，西风愈紧，竟已入冬，到现在都没看到英吉利兵船的身影。

陈道芗心中纳闷，当初妖女这一花枪耍的是啥意思？当时妖女蜻蜓点水，飕的一家伙路过横琴赶往厦门，又是半年毫无声息。半年前是有什么警讯要急着找总舵主？而她所说的英夷东来也是至今毫无动静。

这个戊辰年冬季的雨水偏多，给温暖的南海带来丝丝凉意。不过，翡冷翠之星号的指挥官舱里却是酒酣耳热，热气蒸腾。在这天苍苍海茫茫，不知何处是儿乡的无人之境待了两天，除了大吃还能干嘛？龙嫂带着陈道芗和马礼逊吃得不亦乐乎，马礼逊还带了个跟班，就是那个徒弟宋振岐。这广东人的吃火锅是花样繁多，桌上竟有刚抓上来的鲜活苏眉和大虾。为什么会有这些活的海货呢？因为他们现在远出硇洲岛南方九百里，干桩大买卖来了。这个地方叫作七洲洋[①]，四十来个岛礁，有的地方水清见底，生存其中的礁盘鱼类不惧人，一抓一个准，那个味道美啊。

雍正年间有位陈伦炯，干过台湾镇总兵和浙江水路提督，一听即知也是一个讨海人。这位陈伦炯写过一本《海国闻见录》，其中绘有《四海总图》。红旗帮前几年就已经根据这本书把气沙头、七洲洋、石塘、长沙[②]四大片海域摸了个遍。

西江战后，红旗帮业务重心往西南转移，在安南的头顿港正式建立联络站。郑七的部下本就一直和红旗帮有联系，前些天通知联络站，有条特大肥羊正在通过马六甲，所以龙嫂赶来恭候，陈道芗和马礼逊只不过是顺道搭的黄鱼。

其实只有马礼逊是搭便船的黄鱼，他征得龙嫂同意，让他带着宋振岐去安南的西贡安一座新教堂。这小宋本来是学翻译的海盗，竟然学成了信徒，开口主耶稣，闭口信者得永生。龙嫂哭笑不得只好同意，条件就是帮红旗帮带礼物和抽头金，赠给郑七手下提供情报的安南军官。这安南可是风光明媚，妹子多情。马礼逊知道陈道芗孤心苦闷，人前却不张扬，特别拉着同来散心。

“师父，咱们从希腊本引过来的拜朴经只有旧约三十九章，你说罗马公教用的版本有四十六章，还有希伯来版和其他抄本，难道这些多出来的章卷没有研读价值吗？”

---

① 七洲洋就是今日越南企图染指的西沙群岛。

② 今之东沙、西沙、南沙、中沙四大群岛。

啪的一响，小宋将将说完就被龙嫂一巴掌拍在脑门上。

“让你溜号不干正经活已经是够给你师父面子了，还敢刁难你师父？讲些没人听得懂的？”

马礼逊怎么会听不懂？他油头油嘴地从盘子里抬起头来，正想给徒弟上一课，龙嫂又说道：

“老马，有件事我一直想问你可又不好意思，有时候在外人面前说起来怕不给你面子。我问你，咱们中国和尚都是吃素的，你说那个白莲教的爸爸摩尼教跟你们基督教花开同源，可人家白莲教也是吃素的。我看你大鱼大肉吃得挺欢实，你跟我说没关系，小宋敢说出去我撕烂他的嘴。你是不是偷着吃的？你搞过女人没有？”

马礼逊嘴里还有半条虾，叼着虾尾瞪着龙嫂说道：

“什么搞女人！我本来就可以讨老婆你不知道吗？我们更正教入世为怀，以人为本，只是托神之名。喝酒吃肉讨老婆都可以，才不像你们的和尚莲花，那么嚼清。”

“嚼清？”

“是矫情。”

“我说的是嚼清嘛！”

陈道芗正在纠正马礼逊的发音，甲板上的警钟响了起来。

安南情报有误，来的不是一条特大肥羊，是带着老婆同行的两条特大肥羊。马礼逊还在舱里狂啃大餐，陈道芗和龙嫂站上了舰桥，千里镜中看见远方缓缓而来的，是两艘巨型商船。一艘是老婆，和翡冷翠之星号差不多大的伦敦雾号，另一艘老公羊是重达两千九百吨的利物浦商人号，和去年那艘奥兰治亲王号个头几乎一模一样。

龙嫂喜孜孜地搓着手，早该这样干了，在这极西南之地干买卖，你广东水师管得着吗？你大清皇帝管得着吗？

干这种有情报线索的独头买卖是不必出动大战队的，不过这一趟跑得远，目标大，所以龙嫂一是用翡冷翠之星号携带补给，二是带了一个六角阵和十二艘中战船。按张保击沉佩德罗号的经验，这些兵力足以抗衡两艘驱逐舰，并不是用来对付商船，而是用来对付万一出现的护航夷舰。眼前既无护航，炮猛而不宜近战的六角阵自然就搁在一边，五艘中战船对付母羊，七艘对付老公羊，待会面对面靠近时先发两炮警告停船，然后靠帮上去攀舰接收，连船带货拉走就完事了。

红旗帮的船队躲在甘泉岛[1]后面，等一对肥羊接近到八里时才蜂拥而出，上前围住两船。这时龙嫂皱起了眉头。

妈的，坏了！这两艘都是武装商船，伦敦雾号有五个舷侧炮门，利物浦商人号有六个。有炮就表示船上还有武装水手，包括刀和火枪，怪不得结伴同行，原来是互为护卫。炮了不起是十八磅炮，这点火力当然不在龙嫂眼里，可坏就坏在得多费手脚还得杀人。商船好对海盗开炮，海盗却不好直接对商船开炮。红旗帮的炮又大，一个弄不好打沉了，岂不是大老远的白跑一趟？当年那艘佛朗机火炬号不就是一炮打坏了，最后赔钱了事嘛！这海上的规矩，盗亦有道，碰上武装商船，我发炮，你停船，大家好来好去。可如果你开炮抵抗，等靠帮夺舰之后就必须杀一儆百，刀子见红。否则以后谁还买账？偏偏今天还带着洋和尚，虽然英吉利洋和尚也吃肉，还是不好意思在他面前杀英吉利洋人嘛。

翡冷翠之星号挥动令旗，命令众船在距离肥羊四里半处保持包围。因为肥羊火炮最大射程顶多也就是四五里，万一羊脑抽筋了竟敢开炮，战船也好快速后挪。然后，翡冷翠之星号开始直对肥羊开了过去。这种鼻子对鼻子的角度彼此都无法开炮，龙嫂决定学一回斯文人，试着贴上去跟对方讲讲道理，文抢而不武抢。反正今天有这么多个翻译在船上，哈啰！本美女是海盗，你被抢了，请投降。

当翡冷翠之星号与利物浦商人号距离三里时，娘的！这只闷骚老公羊竟然真开炮了，不到半分钟它老婆伦敦雾号也跟着不要脸地开起炮来。这一对肥羊面对包围，可是两舷炮都可以用，一家伙二十二门炮都响了起来。给脸不要脸？龙嫂气得脸绿，这两艘肥羊上面的家伙简直就是二百五，碰上这么多盗船居然敢先开炮？十二艘战船已有一艘受伤，众船迅速后移一里，形成我打得着你你打不着我的安全距离，等待龙嫂命令。

这时龙嫂开始发挥海盗式的冷静，一种生与死浇铸出来的残酷与冷静。这两条肥羊太值钱，负责指挥的不可能是二百五。虽然不管从哪个角度想，在这种重型火力包围之下，肥羊都不可能逃脱，但是，眼看两艘巨舰毫无减速之意，龙嫂开始怀疑。茫茫大海，离安南吕宋和海南都远达数百里，笨重的商船根本无处可逃，为何还敢反抗？陈道芗拉拉她的衣角，指着巨舰的大桅说道：

“这是东印度公司的船。”

---

① 甘泉岛为清朝末代广东水师提督李准命名，本名圆峙岛，此处提前百年借用一下。

第28章
南海之战

翡冷翠之星号的航速可比这两条满载肥羊快得多，它开始调整自己的位置，花了一柱香的时间，来到两条肥羊中间的外线五里。调整的时候龙嫂打定了主意，不管是二百五还是另有玄机，今天不可能白跑一趟半途而废。如果再不肯停船就只有两条路，商船水手不论人数还是战技都不可能和海盗相比，要么拼着一些死伤冲上去靠帮，攀钩夺舰。如果舍不得死伤还有另一条路，轰掉那条母的，公的还敢不乖乖停船吗？有了万全之策，龙嫂传令，翡冷翠之星号左舷轰出六枚警告的二十五磅重炮弹，落在利物浦商人号和伦敦雾号中间的水域。

好！龙嫂心想，真你妈的犟得好，等了整柱香的时间，招降旗子都软下来了，两条不解风情的肥羊仍然继续咩咩前行。当下令旗一挥，五艘战船分从伦敦雾号两舷冲了上去，在又一轮炮火中冲到舷下，开始抛钩靠帮。这时伦敦雾号的甲板上有了动静，忽然冒出来一片混色的人影。

当龙嫂从千里镜中看见一片褐灰红黄时，眨着眼一下子没看明白，可接着她就颤声喊道：

“撤，快把他们撤回来。”

正在奋勇攀绳的海盗爬得半高不低，哪里来得及撤下来，战船上的水手大喊大叫也已是来不及。位于伦敦雾号左舷的那两艘更惨，贴在舷下根本看不见旗令，等到居尾的战船转发时，惨剧已经发生。

伦敦雾号舱中奔出六十名廓尔喀火枪兵，每人带了两杆火枪，如同近距离打鸭子一般，不到一分钟的时间里打死了一百零七名正在攀绳的海盗。

转眼之间一百多名弟兄魂断他乡，龙嫂只觉得满腔烫血凝结成冰，她冷冷地举起令旗。一柱香之后，那五艘战船已退到半途，六角阵就位，十八枚莱茵兵工厂的二十磅炮弹奔向伦敦雾号。

所有的船和人都随着利物浦商人号继续前进，除了操船的水手以外，那五艘空荡荡的战船每船仅剩下不到十名刀兵，是原有编制的三分之一。这时龙嫂才真正感觉到，今天这单买卖太过诡异，一是此时特大肥羊不可能还不停船，难道它不知道继续抵抗的下场吗？除非它根本不是羊而是狼。二是这艘利物浦商人号上面的枪兵只可能更多，不可能更少，现在损失了三成的近战手，还有能力跳帮夺舰吗？就算有能力也得再损失最少上百人命。除非，翡冷翠之星号上面还搭载了两百多兄弟。轻载吃水浅的翡冷翠之星号船高马大，与满载的利物浦商人号舷差不到二尺，根本不需要攀爬，跳帮更容易。

龙嫂命令弓箭手掩蔽备战，六角阵在五里外押阵，翡冷翠之星号紧紧追蹑着利物浦商人号，开始从右后方贴进。身后的伦敦雾号身中六弹，硕大船身在火光中逐渐沉没，大船放下两条小舢舨，却救不了满海漂浮的人头。不谙水性的廓尔喀火枪兵在海水木片中翻腾，吸了水的制服和沉重的弹药皮带将人体拖入海底，呼救之声惨极。

利物浦商人号甲板上涌出来一百名排列整齐的廓尔喀火枪兵，身穿褐色的雇佣军制服，背靠背各五十名举枪对准两舷。当翡冷翠之星号的船首越过利物浦商人号船尾七米时，那十二艘战船以前七后五的排列冲进内线，靠帮开始抛钩。当翡冷翠之星号的前甲板贴着利物浦商人号后甲板时，利物浦商人号右舷响起了枪声。翡冷翠之星号甲板上十余名掩蔽不良的弟兄中枪倒地，同时左舷也响起了枪声，紧跟着第二排火枪射来，又打死了几名弟兄。

可是，火枪枪身太长，火枪兵按教令排列站在甲板上，毫无遮蔽。这时再装药填弹自是不及，他们扔下火枪，拔出身上配的弯刀冲上前来。翡冷翠之星号的弓箭手开射，硬矢无情地穿过三十几名枪兵。利物浦商人号的一百多名水手和几十名炮手也纷纷拔刀冲了过来，翡冷翠之星号的两百弟兄越过船舷，登时杀声震天。这时，左舷下方百余名枪下余生的红旗帮众陆续衔刀攀上舰来。

箭下余生的六十几名廓尔喀火枪兵个个干瘦，皮肤黝黑，进退之间勇悍异常，竟是有些类似去年中秋大战拾翠洲，令三合会数千帮匪丧命的藏兵。原来，这些廓尔喀人是大英帝国皇家陆军远征军在印度极北高山地区招募的雇佣兵，与藏兵本就是隔山相望的邻居。这时甲板上挤满了人，五百余人挤在一个海上局促摇晃的空间中缠斗。陈道芗从未在近距离见过这种场面，海盗们却是司空见惯，一时之间吆喝声惨叫声兵刃撞击声，汉骂英骂和廓尔喀嚎哮混杂在一起。不过大半盏茶的时间，甲板上已是血流成河，双方各倒下来百余人，剩下三百来人还在厮杀。

这时伦敦雾号已经沉没，两条小舢舨挤满了人，挥桨拨开还想攀爬上来的人手，茫茫大海两叶扁舟，根本无处可去，舢舨上的人摇手呼救，拼命追着大船而来。此时海盗正在夺舰关键时刻，少数留在战船上的红旗帮水手都在紧张观战，哪能操船来救？眼见海上再无其他顾虑，而那帮廓尔喀杂种竟然还有十几人，仍在奋勇砍杀，红旗帮弟兄倒下来的越来越多，龙嫂一声呼哨，带着少数卫士杀奔杂种而去，只留下陈道芗一人押阵。

当海盗还剩两百多人的时候，廓尔喀兵只剩下不到十人，利物浦商人号的水手炮手只剩下四十人。力与血的较量，这单不上算的买卖将以红旗帮惨胜结束，即将结束。这时，前舱舱口窜出来一条人影。陈道芗所在的翡冷翠之星号后甲板舰桥与利物浦商人号前舱相距五十米，只见一溜黑烟流入厮杀的人群之中，所到之处红旗帮众纷纷倒地。

陈道芗此时心中的震撼难以形容，这一溜黑烟的速度之快，已非哪家哪派的轻功所能形容，根本来不及看清长相。竟有些像是那长寂圣女何素素座下护法左使潘渊明的怪异功夫。眼见刹那之间已有十几人尸横当场，陈道芗再不犹豫，提剑越过龙嫂，振剑回风拂柳刺向那一缕黑烟。

快剑递将出去，只见黑烟中伸出一只手掌，竟然不避不忌迎了上来。说时迟，那时快，就在将触及剑尖那一刹那变了一个不可能的角度，将剑身拍向外门随即回掌，与另一只手掌连环交错迎面拍了过来。

这一切全在电光石火之间，陈道芗只觉一股大力沿着剑身涌入掌心，几乎把持不住。剑走外门，即知迎面来掌无可闪避，只得单掌相对，硬碰硬迎了上去。就在这时，他耳中忽然传来一声清啸悠扬。

陈道芗一掌接实，砰然大震之中只觉喉头发甜，此时他已来不及回掌，只得运起内力护住心脉，准备承受另一掌的致命一击。龙嫂站在他身后，却已看得清楚，简直不敢相信。那一缕黑烟倒退好几步终于停了下来，是一名陌生黑衣胖子，而在陈道芗性命交关之际，清啸声中代陈道芗接了一掌之人现在就落在他身边，一身湿漉漉的竟然是，竟然是那妖女安宛若。

陈道芗吐出一口鲜血，定睛一看，如中巨杵。他看看眼前的公孙楚，再看看站在身旁的妖女，胸口翻江倒海，思路一片混乱，整个人犹如置身浓得切不开的迷雾之中。

公孙楚见着安宛若，那张胖脸眯着笑眼，脸色却也是阴晴不定，站在那里调匀内息。龙嫂却是从未见过此人，也是满脸迷惑地问道：

“这妖怪是什么人？你还好吧？”

陈道芗苦笑着摇摇头说道：

“天地会洪顺堂堂主公孙楚，我打不过他。一年多不见，不知如何练得怪异武功？竟是更厉害了几分。”

这时安宛若看着公孙楚，淡淡说道：

“公孙堂主，本座这莲花令第二秩在你眼里可还当得？”

公孙楚怪笑两声说道：

“在下不知是有余圣女莅临，方才得罪了。”

公孙楚转向陈道芗，眼中精光暴射，眯眼缓缓说道：

“陈香主，你坏我大事，屡诫不改，今日竟敢勾结海匪，打劫自家大货。你可知船上所载何物？一万两千四百箱，是本会明年上半年所有的鸦片，价值逾百万两。总舵主屡次宽宥于你，你却不知悔改，铸此大错。本人身掌洪顺刑堂，说不得，今日只好用重典以清门户了。”

这时甲板上众人见高手相搏，早已罢斗，船上水手在前甲板的炮旁扎堆，红旗帮站到龙嫂身旁。听得公孙楚此言众人俱是大吃一惊，怪不得两艘巨型武装商船结伴同行，而且竟然多了一百多名护卫的杂种怪兵。陈道芗更是苦恼异常，广东分舵不碰鸦片，由专组自营，却也因此而对专组动向一无所知。加上公孙楚随船押货，早知如此这单买卖就不能让龙嫂接，可是此时损伤惨重木已成舟，竟是不知如何是好。只听安宛若说道：

“清门户！听你之意，公孙堂主，你是想在我面前杀了陈香主？你觉得可能吗？”

“如果让我把船带走，另一船赔天地会四十万两银子，本堂主可以在总舵主面前说说好话，从轻处置。”

龙嫂可不管这公孙楚母孙楚有多厉害，抬剑一指公孙楚的鼻子说道：

“放你娘的春秋屁，死胖子你给我听好了，老娘可不知道你那个红顺堂绿顺堂有多大，老娘就是大屿山分舵香主，两大香主在此还大不过你一个卖糖的？实话告诉你，那一船是老娘打沉的，这一船货老娘要了。你这死胖子卖鸦片就不是什么好东西，就算老娘不要，烧了也轮不到给你。打死红旗帮这么多兄弟，你今天想活命就先赔四十万两银，老娘自己去找总舵主理论去。”

死胖子被骂得笑了起来说道：

“见面不如闻名，原来你就是那个叫石香姑的泼妇。总舵主可没空理你，给你个香主的位子，不过是顾着海上兄弟的情义。不知者不罪，本堂今日可以不与你计较，这陈香主今日却是不惩诫不行，否则今后天地会还如何号令天下？”

陈道芗此时已勉强缓过劲来，沉声说道：

“今日之事，与红旗帮无关，跟这妖女更没干系，既然难以善了，就由在下领教公孙堂主的高招。”

陈道芗振剑欲上，却被安宛若伸手轻按拦了下来，她向龙嫂微一颔首示意，转向公孙楚寒声说道：

“公孙楚，看来今日得和红旗帮借块地方，先跟你料理一下我白莲圣教的家务事了。你明知你天地会已和白莲教结盟，刘丽川和陈道芗都领有重任，为何还敢如此胡作非为？”

公孙楚脸色微变，轻哼一声说道：

“本堂主只知大护法兄弟两人身膺重任，陈道芗不过是一后备，自是容不得他如此违规乱纪。此乃本会家务，据本堂主所知，有余圣女乃是受戒的方外之人，如此曲意维护私人，似乎是不太适宜。”

“公孙堂主，陈香主乃是本教与贵会总舵主约定的辅佐，乃至于白莲教备位，并非仅是你天地会的家务。”

陈道芗在旁边越听越是心惊，心中暗暗觉得不妙，此前妖女留下来的谜似乎又被揭开了一层。白莲教想和天地会合作，反清复明，什么辅佐？什么备位？这和杀害荷映全家又有什么关系？所谓大护法指的当是刘丽川，刘丽川是独子，哪来的什么兄弟？此时只见利物浦商人号尾部又跃上来一人，也是湿漉漉的一身白袍，却是有余圣女座下护法左使于其成。他来到安宛若身边，只听那公孙楚又说道：

“本会大护法兄弟乃是议定的储君，陈道芗辅佐之事大护法未必同意。”

安宛若忽然提高了声音厉声说道：

“公孙楚，天地会可不是他刘莒苣刘丽川一家的。我白莲教宏法救世，你天地会反清复明，当初约定举事反清，又哪来什么储君？本座久已怀疑，天地会中就数你居心叵测。你胆子不小，竟然敢盗练莲花令！本座追查经年，已知会你家总舵主，现在得跟你料理清楚。你那第一秩第四秩练到第几层？敢再度跟本座动手了是不是？”

妖女半年前匆匆赶去厦门找刘莒苣，莫非公孙楚真的偷走了白莲教的莲花令？陈道芗正自思量，听到这句话公孙楚却是脸色大变，再也笑不出来，阴阴说道：

“有余圣女果然厉害，原来你早就知道了。去年承蒙圣女指教，在下养了四个月的伤才得痊愈。嘿嘿，本堂主资质鲁钝，第四秩练了二层，这第一秩练了一层，今天应该勉强够用了，早就想再请请圣女指点一二。”

没等死胖子嘿完，安宛若身肩不动已飘然而起，欺向公孙楚递出一掌。只见公孙楚那一缕鬼魅黑烟又起，却是倏地移向旁边，又电射一般钻向安宛若侧面。安宛若身形转动，一声震动中那黑烟与安宛若白袍身影一触即离。陈道芗在旁边听得却是满腹惊疑，这公孙楚和安宛若却又何时较量过了？听那口气，似乎公孙楚还曾受了重伤。

这时只见黑烟在安宛若四周流窜，安宛若定住身形，黑烟再起，再触，再离。几触几离又传出一震，如此待得第四震时，那一缕黑烟拔起窜向前桅，公孙楚站上离甲板二米半的前桅第一根横杆。说来话长，其实这十几个触离与四震不过是发生于转眼之间。龙嫂众人看得目不暇给，只知两人相斗，却看不清章法。只有陈道香和于其成看到，安宛若微一踉跄，似已于那第四击时受伤。公孙楚站在横桅上笑道：

“圣女的第二秩内力果然远胜于我，只不过离十二层圆满之境好像也有些距离。只要你毙命于此，今日在场之人还有谁能活命？”

安宛若闭目不语，伸出右手，并指连点自己左臂孔最，胸前天突与下方左右日月四处穴道，这才睁开双眼低声说道：

“左圣使，封我陶道与左天宗。”

于其成出手如风，在安宛若背后连点两指。他和陈道芗这才知道，公孙楚虽是以内功见长，方才却不敢与安宛若面对面硬拼内力。是以运起新学的莲花令第四秩，若即若离避实击虚，不知如何竟是又运起莲花令第一秩，令安宛若受了伤。

龙嫂撮唇为哨，几名散布两舷的帮众传令，翡冷翠之星号和那十二艘战船纷纷驶离。眼看战船驶出三里，已决非人力所能及，龙嫂这才笑道：

“死胖子，人胖膘肥的溜起来倒挺快。拨开你的肥眼皮仔细看看，这茫茫大海你能溜哪去？有种你下来，居然还做梦想把大伙杀光了，老娘手底下的大炮不把你轰成灰老娘就跟你姓。”

公孙楚站在横桅上细眼乱闪，此时不知安宛若伤势轻重，如她与于其成、陈道芗联手，自己毙敌一人时身形必然迟滞，另二人或有可乘之机。而且自己的确是只不折不扣的旱鸭，海盗成群战船和翡冷翠之星号既已脱离靠帮，眼下正在虎视眈眈，还有那要命的六角阵蹲伺一侧。他生性谨慎，此时确是踌躇起来。那于其成开声说道：

“公孙楚，你盗学莲花令武功，天地会不惩治你我圣教也不可能放过你。可曾听说过白莲教的油锅之刑？”

江湖传闻，白莲教的油锅之刑惩治教内悖逆教义教规者，不要人性命，却炸干了手脚。公孙楚惊呸一声说道：

“此前未曾和于兄比划过，今日可是也想伸量一下？”

于其成摇摇头说道：

“你的内功和我在伯仲之间，你诳骗圣女，其实第一四秩莲花令已练至三层，我非你之敌。”

于其成边说边缓缓取下身后包袱，打开油纸取出一样东西，是两柄一模一样的奇形火铳。将其中一把交给陈道芗，低声说道：

“万不得已时学我的样来使。”

于其成扬起自己手中的奇形火铳对准公孙楚，扬声说道：

“公孙楚你既已盗得第一秩第四秩莲花令，可识得第三秩莲花令的器械之学？此乃引自西域的打火左轮枪，击锤打凿火帽，引爆弹药，一手拨转轮一手击发，六发子弹连环射出。我和陈香主可不是一般火枪手，虽然轻功不如你，可是以我等眼力，追瞄你十二弹连环，你逃得脱吗？”

于其成这些话听来像是恫喝公孙楚，其实是点拨给陈道芗听的。陈道芗和众人的确不识此物，公孙楚却是认得。原来，他远赴加尔各答押货，向培罗要求护航。舰队出动要花大把银子，单为一个大客户培罗哪肯答应？派出廓尔喀火枪兵却是别有用心。培罗一直盘算着派出小股陆军暂留澳门，伺机建立自己的陆上基地。当时在印度北邦的练兵场上，公孙楚就见过英军校官试射此种枪械，的确威力惊人。他见陈道芗也举起枪来对准自己，小眼乱转，竟是高声笑道：

“陈道芗，你叛会劫货，自有总舵主施惩于你，今日少陪了。”

只见一溜黑烟飞过三道主桅，竟是窜到船尾，消失了踪影。众人只道公孙楚跳海，惊愕不止。于其成一拉陈道芗，两人奔往船尾，只见海面满是尸体。原来，有余圣女和护法使方才就在伦敦雾号上面，他们三人乘船自西域返回中土，经停加尔各答会合利物浦商人号，装载鸦片。

当时公孙楚乘坐大船，哪能知道后船自阿拉伯载来圣女？伦敦雾号船沉之际，于其功失踪，安宛若和于其成各自跃上两艘舢舨逃生。帆桨并用，苦苦追到利物浦商人号之后系缆船尾。方才公孙楚一跃而下一艘舢舨，连掌劈死十余人，运力跺穿船底。随即跃到另一艘舢舨上又劈死数名弱小，留下八名健壮的操桨帆，斩断缆绳往南逃命而去。陈道芗抬眼远望，只见公孙楚所乘舢舨已远去四十余丈。于其成苦笑道：

“追不得，这怪枪我也没用过，并不大会使。”

两人转回甲板，利物浦商人号的廓尔喀火枪兵和水手方才见到高人过招，这时早已乖乖投降。众船重行靠帮，六角阵奉命追击舢舨，汪洋之中大炮打蚊子哪里打得到？一叶扁舟终于消失了身影。龙嫂恨恨说道：

“最近的陆地也有数百里，小舢舨能逃哪去？只能被浪打翻了喂鲨鱼。”

安宛若忽然轻哼一声，只见她脸色惨白，轻声对龙嫂说道：

“龙嫂，请借此船尾舱一用，我时间不多，有些要紧的话得对陈香主说。”

妖女莫名其妙从茫茫大海中钻出来，救了陈道芗一命。龙嫂听得这话一时竟没了主意，抬眼望向陈道芗。陈道芗自知所有的谜底都在这妖女身上，轻点了点头。安宛若说道：

“我走不动了，道芗，请你抱我。于左使，请你来舱门护法，窃听者斩。”

陈道芗那里肯抱，竟是立在那里不动，安宛若叹了口气，迈出步伐。于其成伸手来扶，安宛若却是腿一软倒了下去，陈道芗直觉伸手，这才抱起了安宛若柔软的娇躯。

“那一天四月十四，孙玉庭一大早去找荷映姑娘，也是他带着你的下聘礼单，要荷映姑娘考虑退婚。”

安宛若斜倚在舰长舱的榻上，陈道芗闻言站起身来退后两步，指着安宛若骂道：

“你身负重伤，也不知何时才能治好，为何还要恶毒中伤？我和荷映的婚事是孙大人亲口允的，还屡次催我完婚。”

“那是之前，不是当日。四月十三晚，有人找过孙玉庭，告诉他你就是天地会逆匪的大头目，广州分舵香主。还和白莲教勾结，两大逆党你全有份。所以孙玉庭才会一大早去找荷映。”

“那人不就是你吗？”

“如果是我，事情何必拖到第二天？你这位没当成的岳父相当不错，他说早知你与江湖人物交往，只是不知属天地会而已，所以和女儿商量。唉，荷映对他父亲说，此生此心，只属陈郎。是官是匪是人杰还是鬼雄，是生是死今生无悔，只是对不起父亲的栽培。孙姑娘跪下来磕头，站起来就把那张礼单撕了，决不退聘，如期完婚。我躲在墙外听完这话，等孙大人走了这才登门求见。”

“你冒充我陈家的人，否则孙夫人如何能见你??”

“芗儿你真聪明，我很欢喜，当时我说我是你二姨。”

“呸！天底下就有你这么不要脸的，你武功高强，直接把我俩杀了不就完了？还冒充人家二姨？”

“我见着孙夫人和孙姑娘，也提出退婚，她母女俩当然冷面以对。孙姑娘说这不可能，决非你意。我说了很多门不当户不对于彼此皆不利的话，荷映回的只有一条，她的真情意于此生无悔。后来说得僵了，她取出那幅你俩共书的纸方给我看，风荷风弄影，梦回梦未央。唉！我虽然并未杀人，人却因我而死，是我害了孙姑娘，每当想起我都后悔不已。”

“人本来就是你杀的，还说什么因你而死？”

“当时荷映反而倒过来求我这个二姨成全，我给逼得无话可说，说出了我和你的关系。”

“我和你能有什么关系？你乃邪教，萍水相逢，道不同不相为谋，风马牛不相及。”

“谁知孙姑娘听了之后竟然说，很高兴认了我这个圣女二姨。不论神仙下凡还是妖魔转世，是正道是邪教，是钓鱼人还是屠狗汉，均与其属君心志无关。我见她心志坚贞，也是暗中佩服，只好告辞。谁知我离开孙家还没走到巷口，就听到那两只藏獒狠斗咆哮的声音，我知有变，赶回孙家时大恨已成。”

“是谁？”

“就是前一晚见孙玉庭之人，你们天地会洪顺堂堂主公孙楚。”

“这不可能，别以为我和公孙楚相斗就可以栽赃嫁祸。我和他那是天地会门户里面的事，再说，他也没理由下此毒手。”

“难道我就有理由吗？他和我劝退的理由是一样的，你身为被选定的接班梯队，进行反清复明大业，怎能与满虏走狗之女完婚？我见他下此毒手，两人斗了起来。当时他还不是我对手，被我击成重伤。可是那只大藏獒不识好歹，却扑来撕咬，否则我也不会被公孙楚击伤。身上的木珠串链就是那时被狗扯断裂的。”

“哼，什么乱七八糟的接班梯队？你劝退不成即走，他劝退不成下杀手。

你听听你自己都在说些什么？能说得通吗？”

“公孙楚一个大男人，怎能像我一样去求见退婚？他是躲在一旁等机会，发现我竟然把天地会和白莲教之间的隐密说了出来，是以跳进去即下杀手。他这已不是劝退，而是灭口，却没想到两只巨犬弄出了声响。”

“你到底说了什么，逼公孙楚灭口？”

此时安宛若说得疲累，声音渐弱，她手扶床板，撑了一下说道：

“今日告诉你的你要牢记，可切莫寻仇。人间本无恩仇，尽是庸人自扰。芗儿，你看我面貌美么？”

一副要死不活的样子却忽然冒出风言风语，陈道芗一愣，打量着安宛若美貌的容颜。只见惨白之中高眉深眶，鼻梁较显而略带鹰钩，当下也不言语，只是哼了一声。

“我是胡人的后代，长相自是与汉人略有不同，你可知安姓？”

“是啊，你是大胡贼安禄山的后代，好了吧？”

“其实正是，我和安禄山同宗，是甘肃昭武人氏，昭武九姓①，皆为胡人。那还是乾隆年间，我教前任教主冉天元在那一带收留了很多昭武九姓的孤儿，择资优者学经习武，培养下一代圣女和护法使。我们四圣女乃是异姓姐妹，然净圣女康越离、有余圣女安宛若、果报圣女米小香、长寂圣女何素素。”

从总舵主刘莒莒到扬州五里庙的潘渊明，陈道芗知道这些白莲教的往事与自己有扯不清的关系，当下打定主意按着性子静听。却听得安宛若说道：

“芗儿，你也是胡人血脉，你是半个胡人，你的生身母亲是然净圣女康越离，我自是你二姨。”

这句话却令陈道芗实在按捺不住，整个人跳了起来指着安宛若骂道：

“又说你们白莲教戒这戒那，原来不戒诳语。若不是见你重伤，今日就容不得你辱我母亲。”

安宛若恍如不见陈道芗的怒气，继续说道：

“那是乾隆四十七年，你们天地会安平分舵在台湾起事，初期声势颇盛，大败清军。可是后来内部分裂，漳泉相斗，乾隆又派了陕甘总督福康安率大军

① 隋书和魏书记载月氏人自粟特地区辗转东徙，粟特是今之中亚塔吉克和乌兹别克地区，汉唐之际的古国称之为索格狄亚那(Sogdiana)。一部分粟特人迁至祁连山下的张掖郡昭武县，就是今之甘肃临泽。新唐书以康、安、曹、石、米、何、火寻、戊地、史为昭武九姓，摩尼教随昭武九姓来华，到此时已有一千五百余年。

平叛。林爽文和庄大田被杀，天地会大败之后溃逃内地[1]。你父亲陈一禾是当时的归化礼堂堂主，受命四出招抚溃众。那个福康安倒是个厉害人物，而我们白莲教的老窝就在陕甘当地，福康安这一走，我教也是大举扩张，四出传教。当时我正在闭关习经，米小香和何素素年纪尚轻。唉，冤孽！那一年初冬，你父亲在淮北遇见了然净圣女康越离。当时土匪张广泗四处劫夺当地村民的保命粮，你父亲和然净圣女联手打垮了张广泗，他两人却坠入情网。”

“胡说！”

“我后来见到你父亲，确是人中翘楚，我师姐康越离又乃雅正佳人，原是天造地设。可身为圣女，尤戒情欲，犯者当押回总坛身受水火双刑。你父亲和我师姐在外私自完婚，我师姐固是叛教，陈一禾未领父母之命，媒妁之言，加之当时天地会新败，而白莲教势大，你父亲竟不敢带新妇回厦门引祸。江河之间四处流浪，次年生下了你。”

“你胡说。”

“你出生之时我也已出关，总坛得知康越离叛教生子，命我加入追捕。我和你母亲感情最好，颇为无奈，自是有一搭没一搭地各处瞎逛。可是我教当时在十六省皆有教众眼线，你父亲只能不断转移。又隔了一年，果报圣女米小香和长寂圣女何素素皆已艺成，加入游方宣教和追捕。而我既不愿亲手处置你母亲，又执着于经文教义，返回总坛没多久就开始了第一次西域之行。”

“胡说，全是胡说。”

“我几度西行，三年后回到中土，却是形势已变。你父亲为追兵所苦，写信找来好友刘莒莔相助。刘莒莔却是先禀告了你们天地会当时的总舵主，他的父亲，然后才去找你父亲。刘莒莔带了总舵主口谕，召你父亲回归厦门。陈家说了，你可以认祖归宗，可是康越离不准进门。刘莒莔的父亲倒是胆识过人，料定白莲教难以大举南下寻仇，竟打算广邀江湖同道，齐战三大圣女。”

“凭你们三大圣女的武功当可尽屠天地会，是也不是？”

安宛若摇头惨笑道：

“世人皆道白莲妖魔，其实我等习武白莲严禁杀生，除非是为了护法，否则不取一蝇一蚊。你可知四秩莲花令？”

“扬州那个潘渊明提过一些。”

---

① 天地会林爽文事变发生于清乾隆五十一年，为了配合本书时序，将其小小提前了几年，庄大田是林爽文的副手。

“嗯，四大圣女各习一门，既是为了分权以防事端，也是因为太过高深，兼习多门哪还有时间宣教研经？然净圣女修习莲花令第一秩，主攻贴身狙击暗杀，刀匕毒药无所不用其极。因为莲花令源自西域的圣火令，当地教派众多，涉入政争教争所在多有，暗杀成为独门功力。我有余圣女修习莲花令第二秩，主攻内力。果报圣女修习莲花令第三秩，主攻器械拳脚。长寂圣女修习莲花令第四秩，主攻轻功快打。没想到那公孙楚盗习莲花令，短短时间竟已入第四层，否则我也不会为他毒匕所伤。”

“你是中毒？为何还放那公孙楚走？”

“莲花令之毒一击必杀，根本不配解药，你们也不是对手。芗儿，我此时封住经脉，毒行缓慢，你切莫耽搁，听我说完。一年之后，我和两个师妹在徐州终于截到了你父亲。当时刘莒莒也已赶到，大师姐坚决宁死不回总坛受刑。本来以你父亲和刘莒莒加上康越离是决难敌我师姐妹三人，可是当时你才四岁，我见师姐抱着你的身影，实难下手。登时战局逆转，两大圣女双战康越离，我师姐近身狠手，杀了果报圣女米小香的同时，自己也身受重伤。你父亲和刘莒莒接着双斗长寂圣女何素素，你父亲和何素素两败俱伤，刘莒莒仗剑追杀何素素而去。当时你父母皆受重伤，难以远遁，我心下着实不忍，把你一家三口移到附近农家。我师姐终究没能熬过来，当晚就去世了。你父亲落下了内伤，否则也不会中年早逝。那一个月养伤期间都是我带着你，难道你毫无印象？”

陈道芗此时心神俱乱，只是痴痴地摇了摇头，他记忆中的母亲端庄贤淑，恪守本分，哪能和什么妖女扯上关系？安宛若叹了口气说道：

“你母亲是我们四姐妹中武功最高的，其实我心中一直认为，我师姐既入凡尘，就存了凡人之心。听明白刘莒莒带来的口谕之后，那一天她是没打算活了，如此你才能认祖归宗，白莲教才会放松追杀。谁知道直等你父亲养好伤，也没见那刘莒莒回来，只道他自行转返总舵。你父亲带你回到厦门，才知道刘莒莒根本没有回去。你父亲带着你一个婴儿，后来也只有接受家里安排的包办婚姻，现在漳州那位陈夫人是你继母，中年丧夫，把你带大，也是很不容易。我教这时已确认祸乱白莲圣女的是你父亲，可是天地会在漳厦势大，即使白莲教派十万农民军前来，恐怕未过长江就被清兵打没了，所以当时只能派出眼线监视。我追捕时存了贰心，导致果报圣女米小香被杀，教主罚我禁足总坛六年。四大圣女损其二，那时在江湖上竟是只剩下失踪了的长寂圣女何素素。”

“你说的我都不信。你有何证据？”

“白莲教中人说的你或许不信，你回去好言问你继母，或是问那刘莒莒。”

“总舵主后来不是回来了吗？”

“哼，我九年前禁足期满，重出江湖，人海茫茫，却如何寻找我师妹？当时你已在雁荡山学艺，你父亲旧伤复发，卧病在床。而刘莒莒也已接位总舵主，整天缩在总舵里面又是护法又是堂主的一大堆人，我自是拿他没办法。还是教友发现了长寂座下护法左使潘渊明的踪迹，我赶过去亲自追问，这才真相大白。想当年，你父亲跟我师姐郎才女貌，私自完婚。你陈家不认，我师姐又是孤儿，娘家没人，只能认命。那刘莒莒年轻时可不是什么正经人，他跟你父亲不同，当时已是有妇之夫，也已生下刘丽川。这一路追杀我师妹，等追到了却竟然迷恋上她，不但不拔剑相向还百般照顾，何素素年轻识浅，又在伤病之中，两下子就被刘莒莒那个小白脸给俘虏了。等我找到潘渊明时，潘启亮也已有五岁，他是我师妹和刘莒莒的私生子。”

听到这里，陈道芗瞠目结舌难以置信，总舵主平常不哼不哈，竟然在外面有私生子？可回想起来，血案之夜安宛若在华林寺中，的确是伤后憔悴。过去这段时间发生多事，今日道来皆若合符节，那公孙楚也是口口声声说什么大护法兄弟二人。此事太也骇人听闻，他忍不住问道：

“如果此事当真，你们怎么可能放过他？”

“怎么不能放过？此事对白莲教和天地会都是奇耻大辱，谁还能大锣大鼓地声讨？我找到潘渊明细问才知，原来刘莒莒和我师妹好上了以后，又说要回总舵探亲办事。当时何素素伤后怀孕，痴等这个无情薄幸之人，直到在荒野茅舍中难产而死。潘渊明被托孤之后四处躲藏，刘莒莒说他接任总舵主之前也曾回去找过素素，早已化为无名孤坟又如何能找到？潘渊明在四座护法使中学武最勤，功夫最好，可哪里斗得过我和于其成兄弟联手？可是芗儿，护法使的身份和圣女不同，帮凶是就地处死。你说我能下得了手，让四师妹的孩子成为孤儿吗？”

怪不得当时总舵主见了有余长寂两大圣女的名帖就立刻命刘丽川赶赴广州，怪不得听得自己提起何素素之名时竟然精神恍惚，陈道芗问道：

“那你去年带潘启亮去找刘莒莒是认祖归宗?”

“刘莒莒当时还不知道何素素为他生了个儿子。这一代圣女只剩下我一人，孤掌难鸣，四年前与额勒登保大战，白莲教又大伤元气。大战之前冉教主召我回去，他改变了想法，不再想要惩处违诫圣女的后人。白莲教必须开始培植下一代接班人，以及新的圣女和圣使，他首先想到的就是你和潘启亮。”

“我？”

“嗯，你在天地会中长大，已难改变。可是冉教主是个颇有雄才远略之人，他想到了和天地会合作，将来由你接掌天地会，潘启亮接掌白莲教，联手抗清。第一个条件就是刘莒莀得认潘启亮这个儿子，再怎么说他也算是白莲教的半个姑爷吧！我暗中观察，你确是可造之才，这才于去年中秋之前和你接触。经由你去找刘莒莀，就是要告诉他我支持你的意思。可是刘莒莀存了私心，潘启亮这个外面的儿子将来要接掌白莲教，他当然会尽力扶持。可天地会却执意要交给自己的嫡亲儿子刘丽川，你只能居于辅佐的军师之位。这些事刘丽川当然知道，所以他开始存有防你之心。”

陈道芗这才恍然大悟，自己幼时与刘丽川交好，这两年以来却是貌合神离。原来真如本舵那李咸池所言，是存了疑忌之心。

“你告诉我未婚妻这些事她信么？”

“你怎么到现在还不明白？我说什么根本不重要，孙姑娘并不是在我面前撕毁礼单退婚，而是在孙大人面前撕毁礼单表示嫁你的决心。可是公孙楚一心辅佐刘丽川上位，他就可以成为今之吕不韦。怎能容官家之女知道此等秘密？”

陈道芗口说不信，可心中却有如翻江倒海一般，被连绵巨浪不断拍打。这时安宛若苍白的脸上忽然泛起红潮，呼吸也急促起来，她手扶床沿却是无力，轻声说道：

“扶我坐好，请于左使进来用针。”

陈道芗连忙帮扶安宛若坐起，于其成进得舱来，取出金针按安宛若所念的十二个穴位施针。施到第十一针时安宛若忽然上身前倾，哇的一声吐出一口乌血。陈道芗也顾不得血溅衣襟的腥臭，连声喊道：

“有没有解药？你们白莲教用毒不设解药的么？”

于其成脸上闪过一丝抽搐，面无表情地摇了摇头。陈道芗脑中一片混乱，自己竟然是半个胡人？一直认为是妖女的竟然是一直呵护自己的人？生身母亲为自己而死，魂牵梦萦的未婚妻为自己而死，眼前自称的二姨对自己不离不弃，却也为了救自己而将死。自己却一直被蒙在鼓里，他一把抓着安宛若的手臂。

“你为何不早说？你早为何不说？”

“早说又如何？让你陷入上一代的痛苦之中吗？让你卷入夺权的斗争之中吗？刘丽川华而不实，潘启亮顽劣不堪，刘莒莀这两个儿子都难堪大用。我以前只想着平稳过渡，等着白莲教恢复元气，等着你们三人才具经验皆备，看到时候如何再起。那个公孙楚不得不防，我过去两年三赴西域，去年中秋拾翠洲大战之后，你们总舵开完会，他也知道了一些白莲教的事迹，竟然跟踪我去波斯。他是你们天地会的骨干，我当然不会拿他如何，没想到他竟然找到了莲花令武功的出处。虽然这些年我疏于习武，但是今日交手便知，假以时日，三五年后他在中土武林将无敌手。芗儿，你身处险地，记住我一句话，要制他唯有练武以明耳目，以莲花令之学制之。"

"请你不要走，你跟我还有很多话没说。"

"调皮孩子，你怎么知道！芗儿，我这些年屡赴西域，自认为想通了一些道理。阿拉伯半岛那地方千多年前思潮澎湃，不亚于我先秦诸子。文明鼎盛，不亚于我汉武贞观，传入中土影响白莲的摩尼教就是起自那个时代。可是等我去时，那地方却已沦为勾心斗角人欲横流，诸侯酋长互斗于上，黎民百姓相争于野。虽然历代先知教长的教诲如汗牛充栋，却是诸般罪恶与之相随。欧洲西夷争相入侵，掠夺剥削各逞豪强之极。我在西域断断续续待了十几年，半生钻研教义，到头来才发现，人间各教各派乃至于白莲教的救民救世洗涤心灵，其实都只是人类千百年来不断重复的和谐幻想。我要走了，我此生劳役已尽。芗儿，善恶皆本性，善不必善其善之，恶不必恶其恶也。记得我说过的吗？要好自为之。"

低着头的安宛若脸色平和，气息渐低，陈道芗充满无力地望着。忽然见她抬起头来睁开双眼，口中吟道：

廉皓之德起兮诬贪之禀相随，无识无知之我来兮无识无知之我离去；

廉贞之德起兮淫苟之禀相随，无识无知之你来兮无识无知之你离去；

廉勇之德起兮鄙懦之禀相随，无识无知之他来兮无识无知之他离去。

陈道芗不自觉摇头，陷入了迷离。安宛若一只手抓着他的小臂，眼眸中漾出一股奇幻的神采，轻呼道：

生前既无我死后亦为空，无影无形本似风。

荣辱皆为幻得失本无踪，尽是逆旅一梦中。

呵！风要带我走了。

波斯柔巴依四行诗体从安宛若口中淡淡吟出，眼眸中的神采渐黯，一代圣女竟是悄悄随风而去[1]。

康越离死的时候他还是个不识不知的孩子，孙荷映死的时候他来不及救援，安宛若死的时候他就在身边。陈道芗任由那只逐渐失去体温的手停在他小臂上，直到那天傍晚，龙嫂派出小艇，把马礼逊从翡冷翠之星号渡驳到利物浦商人号，才把那只已经僵硬的手移下来。

近半年前的西江口大捷在邸报上沸沸扬扬热闹了一段时间，朝廷褒奖有加，还拨了四十万两银子整建炮台，害得百龄有点郁闷。妈的！抛头颅洒热血的是水师和绿营，银子却由巡抚衙门统筹支用，筹谋歼灭海盗的总督衙门一分没捞着。姚莹这书生神机妙算却没算着银子，海盗是灭了，黄旗林阿发降后被调进水师大营，坐文职办公桌当起人事官。绿旗吴尚青降后被缴了七成的船，成了半个光杆司令。收缴的船各形各样，从虎门排到黄埔，挤满了六百多艘，朝廷哪还会拨银进行水师整军。那韩崶这一阵子倒是来的勤快，因为皇上拨银子是根据百龄上的那道万言奏章。而姚莹考察归来编写的南海防务纪行呈上去之后，更是被军机处订了个酌即按章办理。

“石甫，水师的关总兵几次找我，又是上书又是面陈，说水师现在是战船一大堆，正面对决红旗帮却仍是难敌。你怎么看？”

“关总兵上的条陈我看了，他手下那个麦廷章对红旗帮了解最深。他派人打探回来不是报说，红旗帮一直在外海练兵么？而且现在还拥有两艘和夷人一样的巨舰，要解决红旗帮无非三条路。”

“哪三条？”

“一是招夷制匪，二是招安，三是继续整建水师，成为足以尽歼红旗帮的劲旅。”

“整建扩军目前已是不可能，唉！真是搬砖头砸了自己的脚，收进来几百条盗船，关天培却说难堪大用。”

“难堪大用也是有用，至少可以整到足以自卫，就着落在这几百条船上。以晚生之见，要扫平红蓝两旗，指望朝廷水师是不可能了。除非能把辽东、直

[1] 柔巴依是阿拉伯语中的四行诗体，有类于中文绝句，在维吾尔族诗史中可远溯至六世纪。金庸《倚天屠龙记》引用两句，其书中所提的峨默乃是十一世纪波斯大诗人奥玛·海亚姆，或可译为欧玛·海阳(Omar Khayyam)，成诗鲁拜集。其诗文多有对生命的咏叹，自胡适和郭沫若以降，鲁拜诗集在国内译者甚多，颇受文学读者喜爱，英译以爱德华·费滋杰罗译本最受欢迎，本处四句是笔者模仿乱写的续貂狗尾，经不得考证。

隶、两江、两广水师集中调来，一千五百艘战船自可压垮红旗。可辽东直隶拱卫京畿，他皇上能答应吗？”

“自是不行，所以这第三条路走不通？”

“也不完全是，大人，现在朝廷不再拨款整建水师，咱们把所有的战船重新整理，留下半数战力强的，另一半把炮拆下来，好用的留装新船，不好用的回炉重铸。船卖给民间，从广西到两江，半年之内处理完毕，就算便宜卖也得淌回来好几十近百万两银子，这整建的钱不就有着落了吗？”

一听有了可自行调度的银子，百龄喜得两眼放光说道：

“此真乃妙计，可这也不够，想剿灭红旗帮还差得远啊。”

“所以这三条路得揉成一条路，您呈给皇上的折子里不是都写着的吗？朝廷大患乃是西夷，这红旗帮抵得上我四省水师而有余，当然是招为我用以制夷方为上策。”

“招匪制夷？可你方才说的是招夷制匪？”

“那也是为了招安。大人，红旗帮再悍也不过是海匪，难道能数十年如一日，以一旗之力抗天下？难道让后代儿女也飘泊海上，永世不得归乡？半年前那萨格雷斯号一舰就整得红旗帮进退不得，如能引夷人舰队助阵，先打疼红旗帮，再顺其心志因势利导，允以重赏招降，方可水到渠成。”

“说来倒也有理，但那夷人舰队可不是招之即来呼之即去，那帮夷酋更不好相与。如果像去年一样挥兵入境，制不制得了红旗帮先不说，这两广总督的顶戴可就又得搁别人脑袋上了。”

“说得是啊，东翁，所以此乃一石二鸟之计。既要打疼红旗帮，还得让夷人也脱层皮，伤筋动骨，打完了乖乖回家舔伤。”

百龄深深看了姚莹一眼说道：

“好哇！石甫，你这可真是奸雄之计。”

利物浦商人号的几根大桅已被卸倒，的确是上好木料，十二门大炮也已卸下，不过几天工夫，甲板以上就已经拆得差不多了。可龙嫂还嫌拆船速度不够快，七洲洋战后回到硇洲岛，龙嫂第一件事就是找来乌石二，由蓝旗帮负责把八千箱鸦片倒入市场，所得一帮一半，先付红旗帮三成订洋。如此厚利的无本买卖从天而降，乌石二自是乐得合不拢嘴。眼前龙嫂最重要工作的就是，毁尸灭迹。去年的奥兰治亲王号引来了英夷十三舰，记忆犹新，特大肥羊其实是特大祸胎，怎敢重蹈覆辙!

“这个天地会的香主我不想当了。整天管人看账赚银子，我现在干不下去。”

“那你想干什么？道芗兄弟。”

“刘丽川的天地会，潘启亮的白莲教，什么反清复明，救世救民？全都是狗屁。我只想走一走，先找我母亲和刘莒茝问清楚，或许去贵州看看孙大人。或许有机会走一趟西域，去那个叫做阿拉伯的地方，长些见识，走一遍我二姨当年的行迹。”

“阿拉伯？！我可以陪你去。”

陈道芗脸上映照着红黄的火光，在于其成指点下，按白莲教规矩在硇洲岛海滩为安宛若办了小型的火葬。五个人当中倒有三人异口同声说是愿意同往西域，陈道芗看着于其成和马礼逊，苦笑着说道：

“于大哥是我二姨的护法使, 我当然会找他陪同, 老马你干吗去？你的教派不同, 又这么忙, 你哪有时间去?”

马礼逊一指方才自告奋勇的宋振岐说道：

“不是有小宋在嘛！我去他自然就得留下来打理了。那阿拉伯半岛北部有两条河，两河流域可是西方文明的发源地之一，还有耶路撒冷圣地。基督教伊斯兰教和犹太教，我们三大宗教都是在这个半岛上生根的，有生之年能去一趟是我们传教士终生的心愿。”

龙嫂派出小船送马礼逊师徒去西贡，送陈道芗和于其成回广州，料理分舵诸事后陈道芗回厦门。有太多事要跟刘莒茝交待，货，被红旗帮劫了。公孙楚，失踪了。至于有余圣女牵出来的恩怨情仇，那只能当面说清楚。大家相约一个月后大屿山再见，是要去阿拉伯还是另定行止，也只有到时再说了。于其成现在的工作就是在陈道芗和潘启亮之间打转，等待那个所谓的成熟之机。

第29章
二次联手

广州府转来英吉利领事的报案，卷宗里还有怡和洋行大班煨脸颊腚的详禀。东印度公司两艘巨型商船逾期二十天未到港，怀疑遭到海盗劫持。

“怀疑就是还不确定喽！让广州府回他们，先核实了再报。”

“东翁，咱们趁这机会先埋个伏笔吧。”

“怎么埋？”

“咱们可以就这个报案写封信命十三行转交，这领事可不是英吉利当家管事的，信得指名交给那个印度总督，副督更好，就是那个东印度舰队司令。”

“说什么呢？”

“您上任以后还没跟那个培罗打过交道吧？当然先客套问好，第二是关心货船安全，最重要的当然是表明咱们愿意合作，坚决打击海盗。如此一来，就算再有十三舰来华，针对的也不会是咱们，接下来就是招夷制匪了。”

翡冷翠之星号回到大屿山，龙嫂告诉张保，鸦片拆回来二十五万两银子，扣掉抚恤阵亡的兄弟，还剩二十万两，真是雪中送炭及时得很。不过，只怕这单买卖又捅了个大纰漏，英吉利人目前还蒙在鼓里，只怕迟早会找上门来。

两人讲起抛钩跳帮时遇到的那批廓尔喀火枪兵，利物浦商人号上的那两百支火枪带回来了，张保第二天就带上几支到海滩去试射。

戊辰年的晚冬格外阴冷，陈道芗一大早走出巷子，回头看了这个福泉巷中老宅最后一眼。这是他父亲生活了一辈子的地方，也是自己长大的地方，却不知何时会再回来。他还得赶去凤山码头搭船，昨晚向母亲，向继母大人辞行，不留在漳州过年，只能托词广州的事务走脱不开。母子之间的联系中有着过多的礼貌和一些不再好说出口的关心。

其实这一趟回来今天才是第七天，头三天都待在厦门。刘莒莨倒是很坦白，从一年半以前见到安宛若与何素素联名的拜帖那一刻起，他就一直在等待卸下心中包袱的这一天。白莲教正在休养生息，潘启亮那孩子有潘渊明和于其成照顾，也令人放心。但是，毕竟天地会是延续前明正朔，和白莲教并不相属，如果有朝一日举事，刘丽川主天地会，潘启亮主白莲教，你陈道芗特殊的身份，自然就是一会一教的军师。

陈道芗明白这话的意思，传位刘丽川也不能说完全是私心。血统不纯半胡半汉的陈一禾与康越离之子，怎可能出掌复兴前明正朔的天地会呢？

其实总舵主这个人是念旧情的，既和陈一禾交好，又等于是半个连襟，所以那一万两千四百箱鸦片倒不难解决。利物浦商人号船上可没插天地会的旗子，自也轮不上第一位索赔，直接苦主只能是东印度公司。不知者不罪，不就是银子嘛！市价零售一百二十万两，天地会转批价是七十五万两，可是向东印度公司进价其实是五十五万两。公孙楚带去了十万两的订金，现在货没了订金也就打了水漂，所以，陈道芗辞职是不行的，得着落在广州分舵身上分年摊还这十万两。心烦就先放一年长假吧，眼前最头疼的还是公孙楚失踪，刘丽川说起话来就有点酸不溜丢的刻薄了。这也难怪，都什么年头了还复明？有朝一日黄袍加身，这公孙楚原是安排好了的护国大将军。

李三朱在过年前赶赴其昌洋行，摆下三千两银票的订洋，要顾盛强用最快的速度采购一千支西洋前膛枪。陈道芗回到广州分舵，和头目们聚餐，签条让吴庸庵给兄弟们发了一份不错的花红银。

两天后的腊月二十八，潮成祥六号把他和李三朱、宋振岐等人送回大屿山过年。陈道芗一下船就看见廉价买来的三十几艘二手旧船，这些船是红旗帮按陈道芗嘱咐，从民用市场用低价买进。炮都拆没了，不过，有的船头竟然还有残旧的黄黑绿旗徽，没来得及铲去。这些船将进入船厂整修，重新安炮，然后分别挂上黄黑绿旗。

白旗帮梁宝被整个打没了，黄黑绿三旗被招安，却有些不愿投降的海盗转投红旗帮。正好水师卖船，红旗帮将这些人船整合，编成了黄黑绿旗分队。于是，六旗帮变成五旗帮，除了乌石二的蓝旗以外，四旗齐聚大屿山。

过完元宵，于其成去了扬州，不等他两个月后回来引路，是无法去阿拉伯半岛的。陈道芗只能耐心等待，却等来了巡抚衙门的小许。

“久违了陈公子，这一向可好？”

“草民陈道芗给大人请安，这一向也就是如此过呗。大人今日传召小民是为了防务吧。”

“正是，知我者陈公子啊。真是千呼万唤始出来，朝廷终于准了本官呈报的防务计划，第一期即可开工，你可以做准备了。”

韩崶定的第一期是四个炮台和附属的房舍，女儿墙。大角和沙角两座炮台分扼虎门江口东西两岸，如果敌军突入的话，接下来则是江心的横挡岛和大虎岛两座炮台。陈道芗当初提了炮台选址十余处，他看着韩崶用朱笔圈的四处选址，皱起了眉头。

“大人，炮台的基本规划草民早已完成。不过，看这图您只定了上横挡，如果敌军突入江口而下横挡的阿娘鞋山不设防的话，下横挡反而会阻挡上横挡的射界。敌军可借此掩护用步军登陆，夺占上横挡。”

“这样安排有两个原因，一是设想并非上下横挡联防，而是由上横挡和大虎岛互助。虎岛地大，如此阵势摆起来也壮观，到时候那个广东道监察御史可是要来看的。第二就是银子不够，你看这四个炮台得花多少银子？”

“当初算的包括下横挡一共五座炮台，五十万两，现在下横挡暂时不做的话也得四十万两。”

“陈公子，这皇上拨的银子可都是黎民血汗哪，实在是紧巴得很，总共就只拨了二十万两。你得想想办法，必须在这个额度里完成。”

“抚台大人，如果差个一二万两草民自可设法，这差了一半草民贴也贴不起啊？”

“不是让你贴，你们施工有的是经验，像这用人用料的学问是很大的。总之, 炮座的数量不能减，你炮盘厚度稍稍减个一两分当无问题。大炮本官自会找总督衙门商议，你在月底之前拿个章程出来吧。”

陈道芗不得要领地从巡抚衙门出来，用人用料的学问？炮盘厚度？岂不就是偷工减料？说得多明白啊！这韩崶自己是干按察的出身，胆子也忒大了。如果陈道芗知道朝廷拨的其实就是四十万两，只怕会当场气晕过去。

嘉庆十四年正月二十六，岁次己巳，还没到二月二龙抬头的日子，候补河道伍秉鉴备帖，邀请两广总督的幕客姚莹在庖丁小集小聚。候补的意思对伍秉鉴这个捐官而言，就是永远补实不了。当然伍秉鉴也绝不会想要补实，去干那种八两七分银的差使。一个是捐官，另一个是有功名没占缺的幕客，一老一小两大闲人在小雅间里秘会。

姚莹当然知道眼前这位慈眉善目大贾的分量，也不知在总督衙门里已经收买了多少眼线。伍秉鉴当然也知道，姚莹现在乃是百龄倚重的第一智囊。面对这位长袖善舞足以动摇国本的金融巨寇，姚莹此来更期待着这次会面的收获，自是欢颜以对，风月相谈，酒到杯干。广东人吃饭先上汤，二两南海排翅漱口，四色冷盘固然是在安徽桐城闻所未闻，伍秉鉴也没安排猴脑熊掌这种有些人不敢吃的异物，倒是那酿羊肚颇令姚莹印象深刻。肚内藏了只大雉，雉内藏了只乳鸽，吃的是乳鸽内的美味填料。那三丝煨雪蘑才真是齿颊留香，三丝可不是鸡丝银芽，是青海发菜搭着莽山烙铁头蛇丝和陈年火腿丝，衬着柴达木特产的雪蘑，煨了三个时辰。

"酒好菜好，晚生算是开了眼界，伍翁这才真是活得明白，是个大明白人啊。"

"哪里哪里，石甫老弟来到羊城，初试啼声就屡建奇功，这才令人刮目相看。"

"晚生于经商之道一窍不通，真是不明白，这夷商船队如此摩肩接踵而来，捎来的货卖五六两，可买走的货花了八九两。长此以往，夷人怎么吃得消哇？这银子岂不是都流到我们大清来了？[①]"

"是啊，这在夷国乃是入超，进口多出口少。咱们正好相反，是出超，对咱们自是大大的有利。"

"这夷贸大兴，从生产拉运买卖到装船，养活的人可是数以十百万计，省了朝廷不少麻烦，又有税收。伍翁说的这个出超入超如果久了大了，万一夷人无以为继垮了怎么办？岂不是我们也惨了？"

"说得正是，一般读书人整天诗云子曰的，可不懂这个道理。总以为无奸不商，只图暴利。其实我们图的是稳定和发展，就像今晚，不过是吃口好饭而已。我那怡和洋行的合伙人煨脸颊腚是英吉利人，不说你也知道，这英吉利可是个大国。一国和咱们大清的贸易额抵得上所有其他夷国，这入超的问题就更严重了。英吉利国王可是很尊重我们大清的，偶而有些行为不得体，那是因为不懂咱们礼义之邦的规矩。还请石甫世兄在总督大人面前担待一二。"

"这是应该的。听说这些年你们那位煨脸颊腚先生在鸦片上面很是赚了些钱，多少可以贴补一些吧。"

---

① 姚莹在百龄幕府任上当然还不知道三十年后的鸦片战争，该战并非只为鸦片开放，也是一场经济与货币战争。欧美与大清贸易长期处于入超，而大清以白银计价，洋商颇以此为苦。鸦片厚利虽带来改善，仍难令英国政府满足，鸦片战争引发的一系列侵华与不平等条约使得大清在商业上转为劣势，而中国产银量少，北美和墨西哥白银随着贸易成长而大举输入，使得中国财政更形雪上加霜。

“是！是！石甫也是明白人，不过商业公司的利头和国家货币供给倒是相关而不相等。这鸦片销售的环节众多，听煨脸颊腚说利是有利，可没外间想象的那么好。而且此物为朝令所禁，也得适可而止，你说是吧。说起这贸易种种，咱们今日小聚，倒是有些事可以探讨。年前东印度公司有两条巨型货船在南海失踪，向广州府报了案的，一直没有下落。正月初六又有一艘意大利货船被劫，过完了元宵，前天才赎回来。听赎回来的水手说，在水牢中见着了利物浦商人号的水手。”

红旗帮为了避免和广东水师冲突，将做案发财的地点南移。这一来从安南、暹罗贴着海岸线一路过来的中小商船可松了口气，可是欧洲诸夷穿过马六甲和七洲洋过来的大型商船却遭了殃，被劫的次数比以前翻倍还不止。百龄依姚莹之计写信试探培罗，很快就有了反应。培罗密信伍秉鉴，要他确定大清政府真正的意图，才会有今晚这个饭局。正好此时利物浦商人号和伦敦雾号的下落出现端倪，虽然培罗还不知道，也并未确认。姚莹听了却是又惊又喜，他构思的三路合围招红旗似乎看到了张开大网的时机。

自从向西南海面进行业务转移，硇洲岛就开始忙碌，而安南新建鸽站的重要性也立刻显现出来。指南针收到一份安南的最新信息，使得龙嫂立刻来找陈道芗。去年回印度的百眼巨人号巡洋舰又回来了，这回同来的还是卡罗琳号驱逐舰，另一艘替换黛安娜号的是一条漂亮的新船，驱逐舰伊莫金号。去年一艘奥兰治亲王号惹来了整个东印度舰队十三舰，这一回除了类似大个头的利物浦商人号，还多饶进去一条伦敦雾号，怎么夷兵反而来的少了？

马礼逊过完中国新年以后就搬到澳门去定居，其昌洋行只剩下顾盛强和他新招的助手。他两手一摊对陈道芗说道：

“跟我打听消息？你问我我还真不知道，只能帮你打听一下。现在拾翠洲的夷商界气氛很诡异呢！”

“怎么说？如何个诡异法？”

“嗐！还不是法兰西那个老拿着破轮子的皇帝给搅的。这狗娘养的矮冬瓜还真挺厉害，人家一个打两个就算是很行的了，这家伙一个打十几个，现在就剩下普鲁士俄罗斯和英吉利还在跟他干，其他的全让他给打趴下了。”

“这厮练过武功么？莫非他也练了莲花令？”

“什么武功什么令？我们夷人不比武功，比的是长枪大炮。本来欧洲打仗应该跟咱们亚美利加没啥关系，可是现在我们也跟着遭殃。”

“到底怎么回事？”

“这些国家不都被小矮子打趴了么，可是各国国王投降了老百姓可没降，派在外面的将军大臣也没降，还有就是在大清国做生意的商人。那英吉利的水师厉害，陆上打不过就从海上封锁。我们亚美利加是中立国，可是这一封锁英吉利就借机报复，不但在公海上拦我们的船，抢我们的货，还把我们的船员抓到他们的船上做苦工。要不怎么说海盗抓不了呢？你们龙嫂不过就是个大一点的个体户，人家那叫做国营海盗，懂了么？”

“那你们就忍气吞声吗？”

“打不过又有什么办法？听我国新来的夷商说，英吉利陆军在我们老家附近也不大老实。我们国家北边还有个他们的奴属国，叫作加拿大，加拿大的民兵最近好像有不少小动作。我们的京城叫作华盛顿，现在已经吵得开锅了，议院要求大统领跟英吉利宣战哪！”

“你们的医院厉害，小顾，这三艘英吉利大舰东来还是得麻烦你打听一下。”

“没问题，嘿，我想起来了，他们来了停哪呀？澳门现在不让停了。”

“怎么？自从上次他们乱闯以后，我们朝廷明文规定夷国兵舰只能以澳门为界，那个培罗也具结保证过。”

“那是你们朝廷，现在是葡萄牙不让他们停。刚才不是说了嘛！葡萄牙已经向矮冬瓜投降了，现在葡萄牙和英吉利是敌对国家。”

“还有这种事？你的意思是不是说，这三条英吉利兵舰既不是来找大清衙门，也不是冲着海盗，竟是奔着澳门的葡萄牙人来的？”

“这现在可说不准，反正英吉利在欧洲是对葡萄牙宣战了。”

“嘿！还真有这种新鲜事儿？”

百眼巨人号过了七洲洋没多久就被红旗帮的哨船盯上了，舰队周围始终有几艘渔船。等来到距离横琴岛百里的海面上，茫茫大海忽然热闹了起来，不但水师的哨船来了，连葡萄牙那艘玛丽亚二世号也加入明哨的行列。三家人各盯各的，彼此心照不宣。不过，只有红旗帮和水师的哨船上装备了鸽笼，葡萄的牙可没装。

从印度一路过来，携行的水果已经干完了，瓦尔札理这奴才现在除了红茶也变不出什么戏法。华莱士挺谅解，估计明天那帮脑袋上长尾巴的大清小贩就会有新的孝敬，他可还记得那个卖香蕉芭拉的独眼小贩。舰队开到横琴岛东南距离十五里的外海下锚，大英帝国东印度舰队副参谋长兼分遣舰队指挥官华莱士中校下令，派遣作战参谋罗伯森上尉持函前往澳门。

红旗帮和水师的哨船眼睁睁看着那艘小艇，艇首挂白旗艇尾挂米字旗，在玛丽亚二世号伴随下进入澳门港，却不知是弄什么玄虚。

罗伯森上尉带了两份文件拜访葡督法瑞亚，一份是大英帝国对葡萄牙宣战，现在要进攻澳门，要求葡方投降的战书，另一封是培罗致法瑞亚的私信。海上监视的哨船哪能知道到底在搞什么东东，一个多时辰之后，只见那艘小艇载着罗伯森回到百眼巨人号复命。这时已是中午，过了没多久，小艇又出来了，这回载了好几个人登上澳门，包括华莱士中校。这一去可就没完没了，直到傍晚也没见小艇返航。

小艇没出来，花旗国快船缅因飞剪号却在夜幕低垂时悄悄驶进塘福庙湾，连夜卸下来一千零一十八支迪克西前膛步枪，还有十二万发亚麻布可燃弹壳的子弹。芬宁船长站在码头边上对接枪的张保和陈道芗说：

“好好揍那帮红鼻头的孙子一顿，多出来十八支枪是顾盛强大班送你训练用的。”

芬宁船长对英吉利的反感可不止一天两天，他父亲当年就是被国教徒迫害而死。跑船这些年以来，好友和同行受欺凌者不计其数。当时花旗国来华水手多是像顾盛强这种对未来满是憧憬的好人家子弟，而英国水手酗酒逞凶嫖赌斗殴，却是自古已然天下闻名。见到那些打架醉汉长个红得发亮的酒糟鼻，十有九成是英吉利狗娘养的①。

红旗帮在七洲洋一战中见识到了廓尔喀火枪兵的厉害，好张保学得快，买枪的同时已经用那俘获的二百支英吉利枪开始训练。火枪从十三世纪开始应用，到此时使用的前膛枪杀伤力已是惊人。但是只能前膛装填，用量管量好火药分量，倒进枪管桩实，再塞进弹丸桩实，再安上火帽准备射击，熟手也就是一分钟一发。所以当时廓尔喀兵一人带两杆装好了的枪，争取初始爆发力，可是两枪之后仍得从事复杂的再装填。迪克西前膛枪用亚麻布可燃弹壳预装量好份量的火药，又省了一道桩实的动作，三分钟可得五发，这在战场上可是大大的不同。

---

① 十九世纪早期英国水手多是为了谋生的粗汉，美籍水手多有为了走向世界探险的年轻学生，素质相差甚远，不少书中皆有记载。不过数十年后随着美国国力渐起，美籍水手的素质也趋于一般。

英吉利舰队既不进港也不违规北上，整夜锚泊外海，不知搞什么名堂。直到第二天上午辰时，才忽然有了动静，这动静不来则已，一来还挺不小。三艘巨舰放下八艘舢舨，其中四艘各载二十名红衫白肤的英吉利枪兵，另四艘各载二十名深黄褐衫的黑脸枪兵。这时只见百眼巨人号上升起战旗，另两艘驱逐舰也依样画瓢，跟着三舰打出信号旗。

刹那间苍天变色大海摇晃，只见三舰总计六十八门左舷炮齐声怒吼，竟是排山倒海炮击澳门，整个舰队左侧海面的硝烟之中八艘舢舨奋勇向前，百眼巨人号传出来一阵奇怪的乐声。今早才出来观察的麦廷章举起千里镜独眼一看，吓！没想到英吉利水师船上还带着女人，这不，甲板上一班穿着花格裙子的乐队，正在吹吹打打。

这广东水师可不知道英吉利和葡萄牙成为敌国的怪事，眼见英军竟然发兵进攻澳门，麦廷章急令遣船上报的同时，才觉得这事有点不对劲。千里镜中只见一排四十名葡兵站得直板板的列队岸边，好像等着人家来打靶似的。后面站着指指点点的军官隔得远了看不太清楚，可是看服色却是既有葡军又有英军。麦廷章这才猛的想起，眼前的澳门码头应是一片火海，方才那六十八发炮弹竟然一分钟过去了还没落地，打月亮上去了？

这时英舰开始缓缓向码头移动，一盏茶的时间过后，八艘舢舨开始行政登陆[①]，只见英吉利军官跑来跑去引导列队，接着是那些人讲了那些话，可不是用千里镜能听得到的。又过了好一会，百眼巨人号靠岸，那帮穿着花格裙不男不女的妖精下船。等了整夜疲倦不堪的各路哨船睁大眼睛，大着胆子把哨船拉近一些，那英葡两军根本理也不理，原来是进行节目要紧。只见葡军列中几名号手鼓起腮帮子一阵吹，那码头上的葡国王旗竟是在号声中降了下来。跟着是裙子妖精一阵大吹大擂，旁边一根旗杆升起了英吉利米字旗。这时哨船靠得近了，只见那法瑞亚和华莱士互相敬礼，米字旗又降了下来。麦廷章可不是笨人，看了这套节目却怎么也想不透是弄的什么玄虚？只见那葡军号手又举起短号，加入裙子妖精的阵营，稀哩哗啦声中只见英葡两面国旗同时升起。

英葡两国各一排枪兵对空鸣枪之后，节目终了。卸枪的卸枪，泊岸的泊岸，军官进屋，也不知是喝茶还是谈判。麦廷章看得一肚子大便，自回营禀报。陈道芗已得顾盛强提示，却琢磨出了内情，大战将至，此乃风雨前的宁静。

拿破仑去年秋天再度击败西班牙和葡萄牙，派自己的弟弟和大舅子担任这

---

① 行政登陆是相对于战斗登陆，指部队在无敌情威胁的情况下登陆。

两国的国王。葡萄牙全国上下当然是衔恨不已，巴望着反法联盟能打败这个矮霸王，好重整家园。培罗给法瑞亚的信说了两点，英葡宣战只是个形式，宣的对象是那个傀儡国王，而英葡两国在远东的利益完全一致。既然是形式上宣战，法瑞亚守土有责，所以建议咱们两军也走个形式上的过场，好跟国内各方势力有个交代。形式上共治以后找那帮大清国辫子兵说事，一起灭掉心腹大患红旗帮。华莱士昨天下午登岸，商量细节，保证灭了红旗帮当日撤军，于是上演今天这场闹剧。

萨格雷斯号巡洋舰已经修理完毕，此时就和百眼巨人号靠泊在一起。培罗这一回还真得仰仗英葡联军，因为东印度舰队这回没办法像上次那样，十三舰东来。戴安娜号送给了红旗帮，无双号巡洋舰奉命西调，领走了三艘驱逐舰增援地中海战事。而利物浦商人号被劫后，培罗不得不派出驱逐舰护航商船，十天前北极熊号在七洲洋触礁，此时还在渺无人烟的晋卿岛搁着，等料待修。所以，跟在华莱士之后的所谓主力，也只有王权号领另三艘驱逐舰东来。培罗挂帅，四天后进入澳门。

总督衙门此前从不和夷官直接接触，这一回是特例。姚莹和伍秉鉴说得很清楚，代表大清的通译必须是中英文笔通畅的中国人，你伍大班是中间人，又是个捐官，角色不同不能同时当通译。伍秉鉴只好派手下到拾翠洲临时抓瞎，要通双语又要笔下来得，那些买办可不行，全拾翠洲的英美商号指向两个人。一个是其昌洋行的顾盛强，另一个是凤来商号的宋振崎，而顾盛强不是大清的子民。

培罗面临的是同样问题，要和大清水师联盟战海盗，办理文书通译必须是精通双语的英国人。可是军官都是来印度几年就奉调回国，哪有人通汉语？伍秉鉴看来倒是个忠心耿耿的狗腿子，可他脑袋上也长了尾巴，而顾盛强也并非英籍公民。最后还是东印度公司驻澳办推荐了一位翻译中文《圣经》的传教士。有能力翻译艰涩的《圣经》，双语当然没问题，于是，华莱士和罗伯森换上便装，偕同马礼逊来到庖丁小集。

同为主内信徒今日却是各为其主，马礼逊和宋振岐师徒二人相见，彼此均是愕然，好在是联盟而非敌对，当下各尽本职老实翻译。大清派出来的是总督幕僚姚莹和水师代理提督，关天培总兵，双方先拿出地图比对，英方地图当然没有中方的细致，当场决定以中方地图为准。关天培早与姚莹议好了保存实力的方案，等华莱士琢磨了半天，关总兵提出来，大清是主贵军是客，还是主人多劳一些。水师主力前一天就与贵军会师澳门，然后出南海绕个大弯，距离大屿岛五六十里，神不知鬼不觉地绕过万山、红泥州和细担岛，由广东水师负责包下香港，断了红旗帮东逃之路，英葡联军负责进攻塘福庙湾。

过去几年来被海盗修理得鼻青脸肿，软硬兼施屡次要求大清派兵进剿，却总是不欢而散毫无绩效。此番竟然如此主动积极多劳，华莱士大为感动，于是议了一个下午的具体细节联络方式。晚上伍秉鉴又备了一桌山海奇珍，吃得那华莱士、罗伯森和马礼逊是目瞪口呆欲哭无泪，吃得那姚莹、关天培和宋振岐是敞开肚皮眉花眼笑。

广东水师哪会派什么主力？让那降将林阿发有个上阵的机会，带个百八十艘旧战船这声势也可以了。绕个大弯去隔断香港和大屿山的联系，香港北面派绿营和炮兵进驻九龙监视着，正面作战交给夷兵可也。正是你们要死要活脚朝天，咱家三路合围招红旗，此战最好是两败俱伤。

酒足饭饱，各自回营，华莱士对马礼逊印象大好，又感于通译人才的缺乏，等培罗一到澳门就提出要求。培罗完全同意，立刻命令幕僚联络东印度公司办事处，准备正式聘请马礼逊作为在华通译。宋振岐自回凤来商号，第二天一大早，六只信鸽在晨曦中冲天而起，振翅东南。作战计划哪里是一两只信鸽承载得了的？洗脸吃完早饭，他还得去衙门里，领七钱银子的同文译资。

嘉庆十四年三月十四，林阿发看着眼前盘中一大片牛肉发楞。关总兵那天晚上一回营就吹开了，中英军官第一次聚餐，中方请你吃的好像是龙虎凤全有，甜品是冰糖雪蛤炖虫草。今天第二次聚餐，你他娘的就回请老子吃一片大死肉，前面居然拿上来一盆生的野菜草根，酒更是甜不甜涩不涩像血一样的玩意。这夷人是装穷还是看不起老子这个都司？老子没吃过肉吗？更混账的是还没煮熟，中间好像带着红红的血丝。大言不惭说是什么顶级牛扒，配法兰西骚蒌脓名酒，扒你个扫把头。

林阿发下午领兵来到澳门，码头早已船满为患，百艘战船只好停在香炉湾。和培罗等人议完明日大战的各种细节之后，作为主人的法瑞亚邀请中英指挥官共进晚餐。

林阿发真错怪法瑞亚了，虽说夷人摆不出什么龙肝凤髓这些中国人常吃的家常小菜，人家葡萄牙人为了你面前这块牛扒可也是宰了一头两岁的好牛。中国人屠宰分割的方式和夷人不同，只有自己开宰，才割得出这几块肋眼。

其实林阿发一肚子郁闷也不单因为这块半生不熟的牛肉，夷人嘛，人就是半生不熟的调调。自己投降之后就被调去大营坐办公桌，手下无兵，官拜空头守备。尽管些退役升迁抚恤死人的鸟事，整天抓着毛笔填表，字又写不好。几天前忽然把自己调进澄海协，还升了都司。这无功升官又带兵，新编左二右二两营多半是自己的老部下，准定没好事。

果然，初次奉命出征，竟然配了超额的兵力，联手对象是以前死对头的夷兵，攻打对象是以前的大姐头龙嫂，这是哪个缺德龟孙出的馊主意？半生不熟的夷人吃半生不熟的肉，自己可不敢吃，赶快应付完了回船吃口干粮。他这支兵力戌时就得开拔夜渡，才赶得上明早的拂晓攻击。

第30章
血战大屿山

三月十五日，暂泊澳门的英葡联军小憩，过了午夜即起，丑时初已在三角山东面列阵完毕。此战将由百眼巨人号和萨格雷斯号主攻正面塘福庙湾，两侧翼各有两艘驱逐舰护卫。此次东来，携行了半年时间培训的孟加拉马得拉屎佣兵营[1]，还有一个军功彪炳的皇家亲卫师长枪营。如果偷袭成功，海军就直接封锁湾口，枪兵登陆扫荡，两路合击灭掉这帮孙子。如果封锁不成让海盗出了港，还有王权号和驱逐舰竞技神号押阵，以三艘巡洋舰领军的三路围攻，即使不能一次歼灭，也可以把红旗帮打出它的老窝。海盗离了窝就无法长久，剩下来的就是让那帮辨子兵来收拾扫荡，最好来个两败俱伤。

百龄昨晚就派出亲卫，亲自带着朱尔赓额和姚莹，来到虎门南陲的沙角扎营，等待消息。朱尔赓额这个老部下和张百龄本人都是汉军旗出身，目前署任广东粮道，负责阻截陆地对海盗的物资供应。三人聊着南海局势，一晚也没怎么睡，等到丑末寅初时，忽然被卫军推醒，说是珠江海口好像有动静。

此时天色尚暗，仅东方一抹深郁的灰蓝。三人揉眼起身，披着袍子远眺江口海际，模糊之间似是出现连成一片的黑影。这三人可无一是实战军官，你看我我看你竟是不知何物，只见那些黑影中出现几点乍现即逝的火光，这才确定并非虚影而是实物。水面实物能是什么？自然是船，连成一片那能是什么？那是很多船，乍现即逝的火光又能是什么？ 三人还没想清楚时，天际已传来咻咻之声，几枚炮弹在他们面前四百米处炸开了火花。

众人这一惊可不一般，今日会剿海盗，成败暂且不论，海面决战兵力越足越好，海盗就算是有提防，又怎么可能分兵跑到这江口来？姚莹一面跟着众人往内陆后撤时一面想，难道是乌石二？可是前有吴尚青后有关天培派出的哨船，如果蓝旗帮有异动当会立刻报警。不管是何方神圣，又为何会在黎明前的

---

① Madras，可译为马德拉斯，英国在印度最早组建的本地兵团募自该地。

黑暗中炮击沙角？这里平时只是一片荒滩啊！这时天色稍明，朦胧可见连片的船身，数十条中小型战船驶进珠江。姚莹击掌懊恼不已，如果百龄不是为了省那点饷银补给，在阿娘鞋山那个半真半假的炮台留一些兵力的话，即使挡不住，至少也可为水师争取出港的时间，不至于让海盗如此大摇大摆进珠江。他连忙奔到百龄身旁，请速向水师大营报警。

红旗帮战队头目赖德进带了五十条中小战船，经过沙角时示威性地开了几炮，夜色之中自是什么都打不着。战队也不理会，直奔黄埔。二十艘中战船的单舷六十门二十磅新炮和十艘小战船的二十门十八磅炮在黄埔港出口布下死亡走廊，另外十五条中战船的单舷四十五门十八磅炮封锁航道。五艘中战船奔向广州府城，十五门二十磅新炮在卯时响起，开始炮轰广州府城南门。

炮神张保训练出来的战队封锁可和磨刀门那一战不同，那一战官军仰仗绝对优势火力，乱七八糟轰击也是封锁。张保的三十艘船锁住水师三百多艘可细致得多，分成五波弹着点，由远而近，等三分钟之后轮流发射完毕，第一波又已装弹待射。港内船只启航时速度极慢，出口又窄，如此火力分配，足以保证一条船也出不来。

你张百龄给脸不要脸，片面撕毁互不侵犯协议也就罢了，西江口一战，红旗帮退出广州湾，远赴七洲洋和安南做生意。这还不够么？那里乃是化外之地，劫的又是夷人，你大清水师管得着么？竟然还挟夷自重，这是中国人对中国人干的事么？逼得老娘忍无可忍，无需再忍，要翻脸就翻彻底一点。你作初一西江口，老娘就作十五广州城，让你搞清楚什么是真正的实力。

黄埔的关天培和麦廷章都已起床，可是除了值更守哨的以外，众军多还在梦中。此役本定的就是坐山观虎斗保留实力，等到报警传来敲响警钟时，众军还没穿戴完毕港外就已响起了炮声。此时态势已明，守港的炮台都有值守军士，可是匪船并不逼近。只是在岸炮射程外用火力封住出港航道，三百艘主力竟是动弹不得。远在虎门的百龄和朱尔赓额脸色煞白，面面相觑。姚莹心自忖想，大军重围之下竟敢出此奇兵，莫非这红旗帮比自己高看的还要高两分。

培罗大军过了石龙山，调整航向面向塘福庙湾布阵，法瑞亚的萨格罗斯号居左翼，领意志号、不屈号两艘驱逐舰和玛丽亚二世号炮舰。华莱士的百眼巨人号领卡罗琳号和伊莫金号驱逐舰居右翼，培罗旗舰王权号和竞技神号居中后押阵。寅时正中，东面那个不敢吃牛排的林阿发部按约定传来了遥远炮声。

方才早在子末丑初的时候，水师舰队摸黑过了红泥州，林阿发有一口没一口啃完了手中的炸面干。那真叫作一个牛扒可待成追忆，只是当时已枉然！左前方忽然出现一闪一闪的灯光，林阿发一愣，连忙下令慢行，刹那之间灯光大作，整个舰队左边的一整条洲岛方向闪起了连片的闪灯。

林阿发脑袋一晕，想要下令右逃，回头一看后路也尽是闪灯。这林阿发当初在六旗之中算是比较脑子不灵的，可此时正要下令，却是忽地被这些灯激得灵光一闪。看这五六百盏灯闪的架势，已在此等候多时，想逃逃得掉么？他立刻改口，下令停船，这才在暗夜之中仔细打量。好像是诚心要让他看清楚似的，头尾各十几盏灯不再闪烁，而是拿开遮板来回照射。只见桅杆如林，竟是有最少三百条战船，跟他的舰队比舷而立，整排比他大一截的炮口森然相对，中间夹着黛安娜号和肯特号这两艘驰名南海的巨舰身影。

林阿发倒抽一口凉气，原来红旗帮大军竟然埋伏在自己偷袭之路上，这偷袭可是直接掉进人家张好了的嘴巴里。

这时红旗帮示威完毕，大部分灯光熄灭，留下一百道光柱投在两军之间的水道上。只见十二艘战船鱼贯驶入，首舰直到他的旗舰旁停下，静悄悄的黑夜茫茫大海，唯有这十二艘战船独亮。

林阿发望着这些战船，只觉一阵恍惚，天旋地转，有如隔世。他认得这十二艘船，如同自己的指甲盖一般熟悉，十二艘船都插着黄色战旗，每一艘船他都叫得出名字，正是以前的黄旗帮。

首舰摇旗，靠上林阿发的海沧舰，这艘指挥舰上多半是黄旗帮的旧人，大家默不作声，只见一人跳帮过来，正是半年前转投红旗不肯归降的头目杨顺康。他走到凝望自己的林阿发面前，一把握着林阿发的手说道：

“大当家的。”

百龄淘汰水师收缴的旧战船，杨顺康带着红旗帮以半价买回黄旗帮的十几艘船，重编黄旗分队。今天派上了用场，一举攻破林阿发的心防。

当大军逼近塘福庙湾二十里时，前方哨船报称千里镜中只见一艘小船出港，可见整个大屿山还在睡梦之中。战机稍纵即逝，培罗立刻下定决心，全速前进。大舰的二十四磅舰炮射程近六里，他决定全军进至五里之内，以提高命中率，炮击港内匪船，同时掩护两营步枪兵登陆。全大清的辫子人还从没见识过长枪营的厉害，建功立业，扫穴犁庭，我培罗但看今朝。

十里，九里，八里，炮弹开花，你奶奶的红鼻头，不知道老娘有你们的三十磅要塞炮吗？十枚重炮弹落入早练熟了的目标区，一发直接命中罪大恶极的卡罗琳号，后桅折断带着船身倾斜，立刻就慢了下来。倒霉的萨格雷斯号似乎跟匪炮恋恋不舍，有特紧密的亲戚关系，刚修好的船尾又准准地挨了一炮。可这一次是特大炮弹，整个船尾上部被炸飞，法瑞亚用南洋柚木重新装潢的豪华官舱转眼间就又没了踪影。

听到那种低沉的炮声，培罗大吃一惊，这个红旗帮的作为屡次令人惊掉眼珠子，这一回竟然出现了西式要塞重炮，而且有十门之多。不过，爱德华·培罗可是经验丰富智勇双全的海军将领，早在三年前决定帝国命运的特拉法加大海战中，他就是多铎亲王号重型战列舰舰长，纳尔逊将军的翼锋。击溃拿破仑舰队立下大功，这才当上了东印度舰队司令。此时他不会浪费时间去想要塞炮从何而来，只想着如何解决问题。和辨子军官吃冰糖雪蛤炖虫草的同时已订好了登陆地点，根据大清地图，大屿山西北角有一片光秃秃的沙滩，既无港池也无其他设施。而海盗想必根本不知登陆战为何物，只要脑袋不是长在屁股上，没人会浪费银子在那里设炮台。平常有哨船巡逻，原本也不必担心。

王权号上令旗招展，命令受伤的卡罗琳号后退，与竞技神号一起绕到大屿山西北，准备掩护一个连加上一个排的马得拉尿雇佣兵登陆。从侧后方攻占这帮土匪的大寨，宰光所有脑袋长尾巴的活人。王权号开始加速上前，三艘巡洋舰加上三艘驱逐舰，单舷就有一百五十六门大炮，足以扫平天下所有脑袋抽筋的傻逼。

当哨戒的玛丽亚二世号拼命摇旗示警，而六舰终于冲进离岸五里的驱逐舰十八磅炮不稳定最大射程时，培罗发出了巡洋舰射击的命令。一百零八门二十四磅舰炮齐射，地动天惊，好像整个南海为之撼动。但是，岸炮也几乎同时喷出了第二轮炮击的火光。而这一次并不止十门三十磅重炮，一哥时代布防大屿山的十个一级炮位五千斤重炮同时发出怒吼。这些岸炮可是平时操练早就掌握了弹着点的，二十枚炮弹落在六舰行进中的水域里，整个塘福庙湾笼罩在一百二十八门大炮的硝烟之中。两分钟后，两艘驱逐舰进入四里线，三十二门十八磅舰炮开始射击。第三艘驱逐舰不屈号被打掉了中桅和尾巴，倾斜着炮口向天，只能委屈地被命令退出战圈。

敢跟皇家海军的巨舰斗排炮？一个三十磅炮位被摧毁，还有两个炮位被炸飞了一半的炮兵，暂时也失去作战能力。培罗看到了胜利的希望，只要步枪连顺利登陆，剩下的炮兵根本没有抵抗能力。然后，他看到挨了两炮的百眼巨人号挂起黑旗，华莱士中校阵亡。然后，他看到玛丽亚二世号的报警，红旗帮大队并不在睡觉，更不在港里。哨艇报来，数不清的辨子战船正在由南方快速奔来，目前距离二十七里。

培罗只有短短几分钟做出决定，继续强攻港口有机会成功，可是进港之后反而会被外线的红旗帮憋在港里。而且更重要的是，歼灭海盗的重点并非码头和岸炮，而是人和船。这时竞技神号才驶开几分钟，他果决的个性立刻做出了决定，命令竞技神号减速，等待受创的不屈号和卡罗琳号同行。如此一来，三舰登陆闯寨的兵力就增为两个建制步枪连。

所有其他舰艇奉命分向左右侧转，因为那个年代的重炮多是安在硬桥大马的炮架上，底下是硬化地面的炮盘。调整射向颇花时间，而调整射距主要是依据装填火药的份量，并不是机械俯仰。不但调火药份量难以做到百分之百准确，而且即使岸炮费劲调整射角，等调好了目标又已经换位了。而现在，等各舰脱离岸炮射界后立刻奔南迎击红旗帮。这时的舰队拥有两艘完好的驱逐舰意志号和伊莫金号，萨格雷斯号船尾舱被毁对火力和运动影响不大，百眼巨人号现在真有点千疮百眼的味道，而分队指挥官阵亡。

这时中英葡联军仅有的远程哨眼来自九龙陆地绿营，香港岛上东西营盘毫无动静，绿营只是在对岸警戒监视，当然不会贸然动用自己那些八九百斤小炮，反正这种小炮的炮弹也越不过九龙湾。奉命侦查的哨船悄悄从观塘出海，沿香港岛东岸南下，才到蓝塘就听到港岛南岸传来的连续炮声。等绕到南线一看，水师澄海协的战船沿岸排列，正在猛轰赤柱到浅水湾这一线。林阿发将军指挥的百条战船那是军容壮盛，威力万钧，岛上龟缩的海匪已经被打得无声无息。这帮绿营哪曾看过海战？当场佩服得五体投地，连忙回报，东线大捷。

撤到大海之上，培罗的指挥才艺立刻显现出来，百眼巨人号损一桅，速度降了一些，所以联军以稳制快，做为主力的三艘巡洋舰结成正三角阵，各守一方。两艘驱逐舰不但不前出，反而在三角中游走。如此一来，不论海盗往哪一艘巡洋舰主攻，驱逐舰都可以立刻前出两翼支援，海匪将面临六十八门大炮所构成的火网，那将是相当有破坏力的打击。如果海匪认为可以以多欺少，冲进六十八炮的火网全力主攻一个方向，那就是白痴。因为另两艘巡洋舰可以拉成一字长蛇阵，先进行几轮火力打击，然后反卷过去形成半包围。

不过，理论总是被无情的现实摧毁。当培罗看到远方桅樯如林，近四百艘所谓的中式小战船排成海上长城时，他那不服输的个性也不得不打个寒噤。鼠多咬死象，而这时的培罗还没领教过六角阵的威力。

大英帝国的东进政策到了丰收期，印度这个南亚次大陆经过长期统治已经驯化，皇家陆军去年开始在当地募兵。第一年成立了一个马德拉斯佣兵团，一个廓尔喀山地佣兵营。这次派出一个佣兵营和一个皇家长枪营，组成英印轻混成团，就是准备一显身手，顺便看看有没有机会在大清建立陆上基地。不过，成立才不到一年的佣兵部队可来不及培养本地籍指挥官，所以，腓德列克二级士官长神气地指挥手下这一连佣兵，分从三艘驱逐舰下船，搭乘六条舢舨登岸。一百二十名士兵一上岸就列成横队戒备，等待舢舨回头载来第二个连队。

培罗很快就计算出来火力对比和战术，不过，这时他还不知道海盗装备了二十五磅炮和莱茵厂的二十磅新炮。海战和固定岸炮火网不同，开阔海域中第一轮炮击的命中率远低于一成，联军首先就吃了亏。对方以前军百艘战船的四五百门炮轰过来，就算百分之一好了，也会蒙中个四五炮，可联军的六十八门炮就难讲了。至于小炮舰玛丽亚二世号射程不足，就只能留在三角阵中鬼混待命。可怕在之后，如果让大批匪船都进入射程，之后的炮战那就是数量相拼。虽然大清鬼子的小船想必多是些小炮，可培罗并不是莽夫，立刻决定三角阵一面战斗一面往大屿山西北角撤退。只要与竞技神号三舰会合，就多了单舷四十八门火炮，受伤的几舰作为固定火力基地，完好的战舰机动出击。

三连在芬治士官长指挥下完成列队，现在腓德列克士官长指挥的一连在前，三连在后，以前三后三的排方队阵列向纵深推进。竞技神号开始脱离，前出到大屿山西面警戒，跛了腿的卡罗琳号和不屈号暂时留在离岸三百米的水际。两舰水手拼命抢修，扯下破帆拆掉折损的桅杆，卡罗琳号勉强恢复中高速行动能力，仍有四度向右横倾。不必有经验的舰长也知道，如必须再战只能位居左翼，因为右舷的炮口向下，已经失去了意义。不屈号最惨，成了歪嘴驼背佬，完全失去作战能力，只能勉强以中低速航行。

腓德列克并没有被第一轮排枪击中，他有二十秒的时间看清目标。有树后面站着的，有石头后面蹲着的，还有在地上趴着的，两百名海匪乱七八糟散布在他面前一百二十米左右的前方。真是乱七八糟的大清国土包子，蹲着趴着如何填药装弹，不是还得浪费时间站起来备枪么？虽然眼看着倒下了自己新训的三十几名士兵，虽然这些乱七八糟的土包子大多躲在掩蔽后面，可现在这帮蠢货总得站起来吧！何况后面还有芬治的一个连，眼前就是良机。他举起指挥刀，指向前方那些人影喊道：

“射击！前进！”

他喊叫的时候好像看见一些奇怪的事情，那帮土包子正在举起第二支枪。于是，当巨大的冲力推向他胸膛时，腓德列克转身翻倒，看见同时倒下的五十几名士兵。马德拉斯步枪连仍在继续前进，距离缩短到九十米，芬治的第三连举枪射击，射倒了七名掩蔽不良的海匪。短短不到五十秒的时间里，海匪接着掏出第三支长枪开始射击，如此近的距离如同打靶，正在低头装弹的马德拉斯枪兵整排栽倒。两百名海匪在不到一分钟之内射出三轮排枪，现在沙滩上剩下六十几名惊慌失措的枪兵。这时海匪纷纷走出来，手中拿的不是前膛枪。他们不会浪费时间去装弹，他们拿的是弓箭，有效杀伤一百八十步的弓箭。

培罗的两连马得拉屎佣兵遭遇敌人后一分半钟，全部寿终歪寝。

张保可能还没有意识到，这是单发前膛枪时代防守战术的一大创新，排成密集方队移动中的进攻部队当然不可能背好几支枪。躲在掩蔽物后面固定防守的部队只要花得起银子，却完全可以，发挥爆发式的火力。红旗帮连缴带买，拥有一千二百支前膛枪，眼前亮相的只是其中一半。

百龄现在派出大批传令，赶往黄埔和府城。这两地面对来自水面五里的大炮轰击，都是坐困愁城无计可施，只能避开落弹地点干着急。广州城可是两广首治，百龄得报大惊，连忙下令调绿营进驻，以防海盗登岸，同时立刻动身回城。这时关天培已派出六组什长带队的哨兵，由陆路南下避开海盗封锁，试图沿江寻找渔船出海侦查。

绿营哨船回到九龙复命，水师澄海协的左二右二两营打得正热闹。可是这些旱鸭子没说明的是，整个香港岛原本就是个不毛之地。水师炮弹打得是热闹，可全落在岸边无关紧要的石头缝里。别说是红旗帮了，岸上连鬼影子都没见着一个。而战船上少数原属水师本身建制的官兵早已经被看管起来，无能为力。

面临整个舰队的生死存亡，培罗身为指挥官的临机应变可说是发挥得淋漓尽致，一连串旗语之后，联军三角阵北移的速度开始放缓。这时红旗帮的七个三角阵已欺近至六里，其后二里是一百多艘战船组成的大火网阵，后队还有二百艘战船跟进。有了上次西江口的经验，龙嫂说什么也不让张保亲上六角阵了，两人各在黛安娜号和肯特号上，按东西两翼领军。

联军兵力是一个大三角阵和大屿山西北的三艘驱逐舰，其中两艘受伤。广东水师主力被赖德进的分队堵在黄埔港内出不来，红旗帮再也不必担心像西江口一样，被关门打狗。令旗招处，后队开始分向左右拉开距离，准备分由东西两面包抄联军后路。前军全速前进，过了两柱香的时间，六角阵追近至五里的距离。在这宽阔海面决战比的是硬实力，四个六角阵就有两舷各七十二门炮。另外三个抢不着阵位的六角阵列于西侧，准备见机行事，要么于第一轮炮击后抢位攻击，要么等着袭击联军三角阵的另一边。

这是培罗在舰长任上的绝活，他身后的四名旗手早已紧张得满头大汗，眼看海匪已占好阵位准备开炮，可培罗紧盯着千里镜。六角阵的中型船并无炮舱，舷炮就架在甲板上，五里之外看得还算清楚，直到看见海匪招旗，炮手扯出火棒，培罗这才大手一挥。

大清水师以往一直不明白一件事，夷舰都只配多面主副风帆而不配桨手，遇到无风或溯河而上时如何是好？红旗帮拥有黛安娜号和肯特号，明白了一些反帆反舵的道理，但是操作多帆夷船的技艺仍无法与老牌西夷相比。此时王权号上的旗手发令，联军三角阵正当南面的萨格雷斯号率先开炮，炮火硝烟中只见夷船多面大帆一阵骚动。红旗帮四个六角阵的七十二发炮弹也在不到二十秒的间隔内怒吼奔出炮膛，可就在这你来我往不到四十秒的时间内，正在以中速往北北东方向行驶的夷舰忽然吃了定身丸，竟然可以在这么短的时间内刹车，在海面原地打起了陀螺。

其实这只是海面上的错觉，虽然方才已经放缓航速，联军巨舰正在以每时辰四十几里速度前行，哪能忽然逆反惯性静止原地？夷舰是不用桨，两千吨风帆大舰可不像一两百吨的中国小船，得用多少桨才能推进？正因如此，技艺成熟的西式战舰帆缆班才会在大洋中展现出超乎中国人想象的操船术。培罗于红旗帮正在点炮时下令，三角阵操帆扭舵，开始逆时针推磨旋转，同时以低速反方向改朝红旗帮前军扑进。是以在红旗帮眼中看来好像是吃了定身丸被点穴一般，原地打起陀螺。这种操船术说来简单，可不容易，因为推磨打陀螺是不断改变方位，风向切角一直在变，必须不断操帆，可不仅是扭舵转圈而已。

萨格雷斯号的三十六发二十四磅炮弹落在四个六角阵所在海面的前半部，击伤了两艘战船，可是四个六角阵的七十二发炮弹全部落空，落在联军三角阵原定的航路上。一分钟之后，联军三角阵的南面已经转陀螺成为百眼巨人号，又是三十六发炮弹大驾光临。

张保站在黛安娜号上看得大为吃惊，转陀螺等于把联军火力放大为三倍，而自己的受弹面只有三分之一。没想到英吉利水师还有这一手。不过，西江口战后扩编的六角阵已经有了新的战术条令，对付夷人大舰时，凡是失去开炮能力的伤舰不必等待命令，直接撤到后部修整待命，免得影响后续部队的航路和射界。六角阵其他船只继续攻击，战损过三艘时也不必受命就直接后撤，改加入火网阵支援。因为六角阵训练讲究的是阵内默契，阵与阵之间的战船是难以现场临时混编的。

红旗帮令旗展处，四个六角阵继续前进，另三个六角阵开始抢占西侧阵位，准备同时进攻三角阵的两边。这时王权号已转至南面，两军距离缩短至不足四里，可是这一轮不只王权号，伊莫金号驱逐舰出现在王权号东角，三十六发二十四磅炮弹和十六发十八磅炮弹组成了这一轮火力覆盖。

前膛大炮从再装填到发射最少需要三分钟半的时间，联军三角阵推磨，用三分钟的时间发射了三轮炮弹，到第四分钟时又已陆续备便。六角阵却只发射了一轮全部落空的炮弹。这时，联军三角阵又改变了航向，从往南低速变成中速，短短几分钟之内航向又改为往东。六角阵虽然即将装填完毕，却又得重新抢占阵位。另三个六角阵正在往西北拉开，只好跟着扭舵改航东面，这一来虽然仍在五里内的射距，却失去了射角。这时，意志号驱逐舰出现在萨格雷斯号西侧，向这三个六角阵发射了它的十六发炮弹，发射完毕立刻钻回三角阵中间，调整航向的同时继续装填。跟着出现在同一阵位的又是伊莫金号，它已经改为在三角阵内顺时针推磨，用它的左舷炮又发射了一轮。这时，它前一轮发射的右舷炮也即将装填完毕。

张保愣在舰桥上，紧张又兴奋得攥紧了拳头，如同上了一堂高级战术课。夷人这种大小三角内外阵正反推磨的战法简直匪夷所思，就应该这样才能发挥最大火力，以寡击众，而在海面上不断机动改变航速航向的船艺更使得自身损伤大减。这堂课的学费高昂，现在联军毫发未伤，红旗帮却已有两艘六角阵船被击沉，五艘被击伤，其中一个六角阵撤出战圈。

张保得到回应，龙嫂同意交出左翼指挥权，于是立刻下令前队略为减速，两翼后队继续由东西两侧全速前出，与敌舰保持五里以上间距。五里距离彼此的命中率都偏低，你开炮好了，打不死你难道还耗不死你？最好是不断开炮，要么等你炮弹打完了再收拾你，要么等大包围完成了往中间一夹。夷舰再机伶也就这几艘船，一旦陷入整体包围，所谓的推磨转陀螺也就失去了三面轮力尖攻一面的意义。

培罗很清楚实力的差距，三角阵机动可以先声夺人，在一个方向重创敌军。可一旦海盗完成大包围，那就老命休矣。联军开始往竞技神号的方向且战且走，以不规则路线不断闪躲红旗帮的射角，三艘巡洋舰以不紧不慢的速度向逼近的敌军开炮。两艘驱逐舰射距不够，维持一顺时针一逆时针的阵形，待命支援。这时三角阵与竞技神号的距离还有十七里，竞技神号已经放弃对岸上雇佣兵的救援，命令重伤的不屈号自行绕北线，避开可能的威胁返回澳门。

抢修后的卡罗琳号现在右倾四度，只有左舷炮可用，居左，竞技神号居右，开始驶离大屿山西北，准备向南与主力会师。当两舰驶到大屿山正西面时，已可听到南面传来的炮声，这时，千里镜中可见多达八十几艘东翼的海盗船，正在十二里外迎面奔来。

培罗已将大航向修改为正北，即将偏西，因为他确知竞技神号已在赶来会师的途中。现在他的任务是把竞技神号纳入三角阵中，以外三内三的完整阵形尽快逃回澳门。然而，中国战船可都带桨，龙嫂所造新船的短时间爆发航速不是远洋风帆舰可比的。眼看着红旗帮左右两翼都已经完成超前四里，即将合围，竞技神号立刻领着卡罗琳号抢占正中，准备往西南在海盗合围之前直插进入三角阵。

卡罗琳号和竞技神号各自发射第一轮左右舷炮时，红旗帮左右翼前出战船正在扭舵准备完成圆形大包围，只有不到四分之一的战船能以正确射向还击。即便如此，也是近三百发炮弹落在中间水域，然而在彼此快速相对运动之下，竟是谁也没打着谁。眼看着还有九里即可会师，竞技神号东南三里的石龙山又驶出了十二艘战船。十二艘船根本不管卡罗琳号，迎面冲向竞技神号，也只有在这么短的距离之内，英吉利人才终于真正领教到了小船的优势。

迎头对冲时彼此都没有发炮的射角，只有在终于擦身而过的那短短不到十秒钟时间可以开炮。然而，红旗帮战船贴近到横向距离只有不足百米的对冲，小船比竞技神号低矮三米以上，等竞技神号上的炮班醒悟过来时，根本来不及掏炮减药。于是，只见十二艘战船鱼贯驶过竞技神号右舷，排着队像大阅兵一样轮流开炮。

联军三角阵开始航向北西北，培罗紧张地看着远方的竞技神号，只要这一次能安全回到澳门，发誓要调集重兵血洗大屿山。然后，七里之外开始爆出一个接着一个的火球，千里镜中只见竞技神号最后被自身弹药的殉爆炸得灰飞烟灭。紧接着这十二舰开始咬上只有中速的卡罗琳号。

不管是来自大清官军还是海盗，培罗终于知道了这些小船的难缠，可是，广州湾这么大动静，大清海军其他的船跑哪里去了？培罗下令，舰队全速往西突围。这时三角阵距离澳门三十五里。

三角阵推磨的直线航速有限，在包围中是死路一条，想逃命就得解开三角，直线前进。培罗很清楚他现在唯一的选择，必须牺牲一艘巡洋舰来阻敌。他只期望王权号和两艘完好的驱逐舰能逃出生天，最好是牺牲葡萄干的萨格雷斯号，来吸引火力阻挡追兵。可是萨格雷斯号还能维持航速，而自己麾下的百眼巨人号已经负伤。培罗叹了口气，开始安排一连串命令。此时王权号升起又一幅信号旗，这面旗令只有英吉利海军看得懂，“断箭”[①]，表示舰队被围可能覆灭，这时应尽力保全代表大英帝国国王陛下的皇家海军旗舰。

三角阵最后一轮推磨，萨格雷斯号转到正西横向，左伊莫金右意志，向西面的红旗帮战船发射出六十八枚炮弹。一分钟后是百眼巨人号，两分钟后是王权号。但是，轮到王权号时并没有面西打横船身开炮，而是舰首向西。这时，转过身来的伊莫金号在左，意志号在右，护卫着王权号往西疾奔。萨格雷斯号紧跟着王权号，旁边是玛丽亚二世号，后面挂着百眼巨人号。联军解开了三角阵形，改为纵队狂奔。

杨顺康的黄旗帮分队出现在浅水湾，已是申时，林阿发下令，将原水师官兵赶上七艘小船放归。广东水师澄海协的新编左二右二两营有如昙花一现，现在他们扯下水师旗和黄龙旗，重新挂上杨顺康带来的黄旗，浩浩荡荡回到塘福庙湾。朝空地放一整天炮，肚子饿了。

广州湾这一战培罗可说是虽败犹荣，面对红旗帮压倒性优势兵力，他的逃命调度已尽了最大的努力。王权号是以中高速突围，因为他必须留给两艘驱逐舰一些施展空间。驱逐舰本来就比硕大的巡洋舰跑得快，伊莫金号和意志号以全速前进，走不规则小之字形路线，换算直线速度与王权号正好匹配的同时，躲过了大部分被吸引过来的炮火，为王权号争取宝贵的时间。虽然命中率降低，可是六个六角阵死咬着不放，联军穿过火网阵时王权号被击伤，炸垮了右舷上下层七个炮位，死伤水兵无数。包围圈西移，在三角山北面终于咬住了伊

① 据笔者所知，断箭（broken arrow）信号最贴近现实的军事运用来自美军第一骑兵师，1876年卡士特中校率领的第七骑兵团在小角河遭到印地安各族联盟围攻，全军被歼，是为断箭的由来。此代号直到越战期间仍为骑兵师无线电通讯所用，不过骑的不再是军马而是直升机。卡士特死后被美国媒体渲染为英雄，然而美国西部拓荒时期对曾经相助的印地安人采取灭绝政策，一百五十年间按头皮发给赏金，而且剥头皮包括妇女儿童，实令人发指，百年后却全球妄言人权民主，乃人类文明丑剧。直到1890年还发生了伤膝溪大屠杀，杀光一个苏族部落的老弱妇孺，而当年击灭卡士特的疯马酋长正是属该部落。

莫金号，可是重伤大火的伊莫金号却挡住了红旗帮南线战队追击萨格雷斯号的视线。这时玛丽亚二世号冲到萨格雷斯号左舷，接替伊莫金号的战位，为王权号和萨格雷斯号吸引了部分炮火。等王权号逃到澳门外海十一里时，右翼护卫的意志号尾桅和舵机全部被打烂，意志号舰长贯彻断箭的使命，他下令横过船身，两分钟后，两舷齐射出最后一轮排炮。

当红旗帮南线火网咬住伊莫金号的同时，百眼巨人号躲在后面的好运终于用尽，一个六角阵轰碎了它的前桅和船首。舰长下令全力冲向三角山，搁浅在沙滩上的百眼巨人号演出断箭最后终曲，仍然用舰炮不断向南北两向射击，直到自己被轰成灰烬。

当伊莫金号和意志号逐渐沉没时，满身疮痍的王权号和萨格雷斯号都拉起满帆，开始轮流发射左右舷炮，终于逃进澳门八里之内的岸炮保护范围。红旗帮的战船停下来继续开炮，好像是一群望着羊圈篝火低嚎的饿狼，恋恋不舍。培罗和法瑞亚逃出生天，不过，这并不表示王权号和萨格雷斯号得以保全，至少不是完整保全。这两艘巨舰全速逃命，直到进港前一里半才开始落帆，没想到先逃回来的不屈号进港时歪歪斜斜地撞上了堤口，挡住一部分航道。培罗手下的军士可以在大海里玩刹车一样的三角阵，可在这狭窄的航道里却没来得及。刮蹭到不屈号的王权号船身一斜，跟在后面逃命的萨格雷斯号更无路可闪，本就被打烂了的舰首狠狠撞向王权号的尾段四分之一处。

百眼巨人号巡洋舰和四艘驱逐舰被击沉，重伤的不屈号报废，王权号和萨格雷斯号待料大修。只有小巧玲珑的炮舰玛丽亚二世号竟然几乎毫发无损，是两度逃出死亡幽谷的大福星。被揍得乌眼青的培罗第二天回到澳门总督府，才知道大清海军这帮脓包竟然被海盗三十艘小船堵住了出不来，而派出来的一百条船早在战前一晚就降了海盗。

账还没算完，陆军花大半年时间训练出来的马得拉屎佣兵营全部报销，登陆的两个连一泡马屎都没拉成，就见了阎王。另外两个连随着伊莫金号和意志号沉入海底，还有百眼巨人号上的一个苏格兰火枪连陪葬。只有随着另两艘巡洋舰的三个连逃出生天。

此时的培罗还不知道，就从这一天开始，广州市面上的鸦片一夜之间涨了一倍半，从一两三百文涨成七百。因为从本月起，广州商会上缴的协饷调涨四倍。大清人的说法很隐晦，伍秉鉴隔了两天才传来消息，这协饷出处由商会自行筹措，其实意思再明白不过，谁卖鸦片就由谁摊分。

第31章
海盗的胜利

陈道芗一回到分舵就被唤走，原来是巡抚衙门的小许找了他两天。等他匆匆赶到衙门，却又被徐凤声拉着赶往总督牙署，被单独引进衙后一间书房。

“如果不是抚台韩大人引介，还真见不着您陈大倌人哪！”

“不敢当，未奉尊上传召，如何能来拜谒？”

“诶，且慢，在下虽有功名却未任官，何况这总督军务衙门平常也与市面商务无关，哪能随意传召您陈倌人！倒是大名久仰了。在下姚莹，桐城人氏，忝居百龄大人的幕属。”

百龄身为两广上宪，从一品大员，当然不可能跟一介布衣的包工头产生什么瓜葛，哪怕是个搞大工程的前任巡抚女婿。所以关天培前些时讲得还真没错，穿针引线就得靠巡抚韩大人。韩葑可不会拉皮条，红旗帮的大炮都打到广州城门了，他是被逼的。督抚二衙再讨价还价下去那就不是银子的事，而是掉脑袋的问题了，现在正在大厅上和百龄会商。韩葑前日下令提高协饷的同时，找来伍秉鉴密议，明白告之鸦片必须涨价，涨价归公。如果不遵那就是贩者下狱吸者号枷，再贩者斩。眼下仅广州城内曾有前科者何止千百？不想刀下见红就必须照办，反正归根究底银子又不是你出，还是那些瘾君子买单。

“哪敢说什么久仰，陈某不过一个包工头，哪能污了姚公子的尊耳？”

“别这么说，陈大倌人在这广州里外可是跺地生雷的大人物，姚某早就欲谋一晤了。据姚某所知，陈先生为前任巡抚孙大人出谋策划，智灭鸦片，巧计退夷，造福我大清南疆于弹指之间，为皇上分忧，可真是侠隐于市啊。”

“坊间传闻未必皆为可信，今日韩大人急召陈某来此，却不知所为何事？”

姚莹察颜观色，只觉这陈道芗与自己年纪相仿，却是沉稳异常。书生哪里能知道？这位年纪相仿之人已是历尽风霜！当下说道：

“韩大人说前些时日曾与陈兄议过防务工程与兴建炮台事宜，已是万事俱备，只欠东风。”

“是，兴建费用尚未定夺。”

“今日找陈兄来正是为了此事，督抚二位大人议定，将炮台与其他防务工程拆分开来。巡抚衙门负责一般防务工程预算，朝廷拨款则是专用于炮台，由总督衙门议价发包。四座炮台中取消大虎岛，增列下横挡岛。听说这也是你的主张，所以议的就是您陈大倌人一家。制台大人已经定了，从优计价，只求擎柱珠江保世代平安。总价三十四万两，应该没有问题吧？”

发包单位从巡抚衙门换成总督衙门，工款居然可以从二十万两一家伙涨成三十四万两？陈道芗愣了一下，虽然不知这中间有什么文章，不过数字上也许是可行，当下答道：

“敝号施工不但保质保量，而且有从夷人引入的新式材料工法，颇为坚固耐久。当初报核的工款是四十万两，总共一百三十七个炮位。现在改为三十四万两的话，如能减一二个边角炮位，再想法子节约几分，或许可以应付得过来。不过具体核数是号子里的大柜，请容在下回去与大柜细算一下再来回禀，能成全处在下一定尽力成全。”

“如此那就有劳陈兄了，还盼尽快给我消息。这其他防务工程将会由巡抚衙门负责招标，听韩大人说规模和金额还超过炮台，只要陈兄出的标价差不多，韩大人和我们这里都希望陈兄能够一体揽下来。”

“这个在下自当尽力。”

“另一事就是大炮，有了炮台没有炮那可不成，不知陈兄是否还能帮忙，再向红旗帮赊些炮来？”

姚莹若无其事地缓缓道来，听得陈道芗表面不动声色，心中却是怦然大震。会无好会，看来这个姚莹可不是好相与的。此人既是一语打中要害，否认已无意义，也只能避实就虚。

“姚公子说笑了，这一百三十七个炮位可是按五千斤以上巨炮规格设计的，这种巨炮前所未有，就算今天已经料齐人齐，翻模试铸试射再修改，没个两三年也是备不好的。”

姚莹紧盯着陈道芗，不疾不徐地说道：

“我没说造炮，我说的是赊炮。现在横挡岛上那五门巨炮不就是你帮前任吴制台赊来的吗？”

“原来姚公子还喜欢打听前任轶事，那么想必知道，在下从商之前也曾混迹武林，是认得不少江湖人物。不过那五门炮是海盗订了以后没能用得上，被我拣了个便宜。吴大人这一调走，到现在工料款都还没结哪！”

“没能用得上？可是前些天广东水师和夷军联合进剿红旗帮，就被这种炮给打惨了。陈先生，在下以为，真正威胁朝廷的乃是日益壮大的夷寇，并不是海盗。此次大屿山一战，水师主力按兵不动，其实就是给龙嫂递个信，希望她能看清楚局势。本乡本土的红旗帮不论眼前如何强大，难道能世代为匪？虽然红旗帮骁勇善战，朝廷只要下定决心南调北洋重兵，两千条战船圈住大屿山不让补给，难道饿不死红旗？今日一晤，其实还有一事，关天培将军已经把去年你促成的好事都告诉在下了。当时联匪制夷，可的确是为朝廷解危，为皇上分忧，阁下就没必要再隐瞒了。重点是吴制台与红旗帮达成的默契没能延续下来，现任百龄大人一不知晓，二来也没有可资托付之人重建互信。你明白我的意思吗？”

到底红旗帮的大炮是辗转廉售还是官匪相交，其实关天培并没有交代清楚。可陈道芗此时还不知道书生使诈，不过他听到这里总算是确认了，原来张百龄身边运筹帷幄的高人就是眼前这位书生。陈道芗缓缓站起来，背手在房中踱了几步，眼望窗格，淡淡说道：

“我辈武林中人浪迹江湖，姚公子所说的皇上和朝廷对在下没什么意义，也没什么兴趣听。在下现在是生意人，眼中只认银子。银子这物事不论是出自海盗或是夷寇或是朝廷，能入我的口袋就行。”

“哦，果其然哉？陈兄计退葡舰赚了几许？大破三合会鸦片又赚了几许？抢建横挡岛又赚了几许？智破西江埋伏圈又赚了几许？在下可是诚意相交，当今天子圣明，扳倒和珅，天下大治，海晏河清。正是臣民之……”

去年与吴熊光过往，在这总督衙门中定了多少军国大事，却也未曾闻吴大人出此阿谀之言。陈道芗转身一拍桌子，桌面登时出现一幅凹陷掌印。他沉声喝道：

“住口！说什么天下大治，海晏河清？你可见过荒田颗粒无收，税吏暴敛于途？你可见过黎民哀毙于野，贪官财色争逐？说什么圣天子在位！岂不知为君者以我之大私为天下之大公，实乃为天下之大害？你可知为臣者乃为天下，非为君也；为万民，非为一姓也？圣人不死，大盗不止，儒教害人，莫为此甚。你乃新科进士，未染官场恶习，何来如此欺心的官崽言语？有朝一日出仕，岂不又是一大贪官？莫非你以为这总督衙门今日留得住陈某？不如现在就将你毙于此，省了天下又一祸害。”

“天道不仁，以万物为刍狗。而人道艰辛，在下焉能不在其中？姚某虽然侥幸中了进士，可未必只认孔孟之学，不过经世致用，借这朝廷一试所图耳。道芗兄果然我辈中人！‘凡天下之无地而得安宁者，为君也。是以其未得之也，屠毒天下之肝脑，离散天下之子女，以博我一人之产业，曾不惨然；曰：我固为子孙创业也。其既得之也，敲剥天下之骨髓，离散天下之子女，以奉我一人之淫乐，视为当然；曰：此我产业之花息也。然则为天下之大害者，君而已矣，向使无君，人各得自私也，人各得自利也。呜呼！岂设君之道固如是乎！’”

今日这总督衙门的主人虽说是换了百龄，谅来也困不住雁荡大侠，了不起重重甩这厚脸皮书生两巴掌之后拍屁股走人，堂堂天地会香主难道还怕了一个小幕客？陈道芗大怒之下所说的为君为臣二句，乃是黄宗羲所著《明夷待访录》中“原君篇”与“原臣篇”之义。没想到姚莹听罢不但不恼不惧，反而轻轻鼓起掌来，口称道芗兄我辈中人，脸色和煦。几句话朗朗出口，赫然竟是将“原君篇”倒背如流出来。

这《明夷待访录》书中对帝制专权的批判极其严厉，乃是大清文字狱禁书之首。读书人私下流传，若非知根知底，是决不敢在他人面前言及一字半语的。今日此二人初次见面，话不投机，到后来却居然各引一段，岂不是奇哉怪也？

于其成风尘仆仆地回到广州，又窝在易牙居里住了半个多月。因为陈香主太忙了，忙着调兵遣将，准备大战总督衙门的姚小夫子。

这两年广州分舵的营建队风生水起，民间工程越来越多，总督衙门的四大炮台偏偏在此时来个插队夹塞。宇宙坛的人力根本不够用，陈道芗每隔一天上午开会，其他时间全部用来筹划。当初接掌分舵没多久，陈香主就把挂靠的娼寮拱手让给了其他帮会，自营赌场让给风来商号赚外快。除了餐茶客栈之外，只留下水陆码头货栈和各行市场。现在没办法了，管你是霹雳拳还是金刚掌，倚天剑还是屠龙刀，通通改做正行。头目变成了领班，从天玄坛和地黄坛抽出不少人马过来支援。大王岗作坊的老头目对水泥混凝土倒是已经颇熟练了，只需要拨八百两银子增建一个大窑。

但是，忙得昏天黑地之际总督衙门又来挑战了，当初战事是那个姓姚的酸丁挑起来的，指天划地满口抱负，可等到练真格的时候却躲了起来。议这虎门炮台工程的时候，工契是由陈道芗画押打模。总督衙门是上管，可没人跟你对押，碰的一家伙盖了个财账钤印就算完事。后续接头是由大柜吴庸庵办的，衙门里接头的是一个叫作程振藩的推官。

“当家的，这笔账得由您批一下，您批完咱就可以出账了。”

吴庸庵递过来的夹子是一大叠支出账，从招待客户和供应商的房饭车马到购买礼品，医卫奖金什么都有，看得陈道芗眼花缭乱，随便加一加竟有数万两之巨，更荒唐的是竟然还有端午之后发生的费用，这五月五可还差几天哪。老吴可是老账房了，不应该出这错，陈道芗瞅着吴庸庵问道：

“这是怎么个说法？”

“前天不是开给总督衙门一张六万两银子的收条嘛，这些都是底下人这两天赶出来平账的。”

“咦？那笔订洋挂在账上实报实销，咱们看着用就是了。干吗现在出这些账？这不是假账吗？”

吴庸庵叹了口气，慢慢地跟陈道芗解释。兴许这炮台是硬底子工程，那个程振藩交代得清楚，实核三十四万两，一文钱不扣。可是责成施工方另外出六万两银子的花账，让牙署里拿去报销。这六万两可不是订洋，而是陈道芗代收转付的假账。换作地方上的小工程，那可就不是外加而是内扣，百龄大人算是很客气的了。

“这不行，莫名其妙不明不白，就算总督衙门有些小金库的用度，也应该先把话说清楚。我得找姚莹问问！”

“别！当家的，姚莹只是个幕客，这种事他躲还来不及，哪能跟您说呀？”

“哼，那我就找张百龄。别是那个推官姓程的在捣鬼。”

“哎哟，我的陈香主！我的爷，您没发烧吧？怎么昏头了？人家对咱们一文不扣，只是帮忙报销一下，已经是仁至义尽了。您还想怎么着？是，本总督缺六万两银子的账，您陈当家的给平一下。制台大人能跟您认半个字么？”

陈道芗这才回过神来，官场之上，有的事只能做不能说。当初吴熊光收了张保送的大炮是如此，现而今张百龄一口啃下六万两银子也是如此。吴庸庵说得没错，想必朝廷拨的其实是四十万两银子，三十四万两议完了价之后外加而不内扣，已经是够意思挺光棍的了。可是，陈道芗出神地想着，当初吴熊光和孙玉庭共赴时艰，现在是张百龄和韩崶各自筹谋，味道可是大不相同。最可恨是那个韩崶，居然还是察查政风的按察使出身，当初竟敢一口价啃掉二十万两。这不明摆着准备拿豆腐渣工程交差嘛？忒黑了。大清治下有几个吴熊光、孙玉庭呢？

“我们第一次赴西域是二十一年前，走的陆路，从昭武出发，穿过星星峡到哈密。一路横越新疆过阿拉山口，奔粟特然后南下波斯，渡过海湾到阿拉伯半岛，最后来到明教总坛所在的巴比仑。这基本就是有余圣女先祖一千多年以前东迁的路线，一路山地和沙漠一万四千多里，费时三个多月。等我们到了波斯才发现，当地已经成为英吉利人的地盘，乘他们的船走海路要快捷省力得多。当时你二姨才刚出道没多久，比现在的你还小三岁的一个大姑娘。”

万里无云月夜皎洁，只有海浪连绵不断地拍打着船身。新罕布夏飞剪号是一艘花旗国中小型客货两用快船，收拾得挺干净。可时当仲夏，晚间的客舱仍有几分燥热。陈道芗和于其成漫步于前甲板上，眼望繁星万点，除了几名默默值更的水手之外再无他人。

当初和姚莹击掌缔交，接着花了不少心力安排营建诸事，又奔赴大屿山，对龙嫂和张保再三交代。陈道芗这才放下俗务，七天前乘船出广州湾。那里的夜空看的还是东方苍龙七宿，此时过马六甲进入安达曼海，这里看的却已是西方白虎七星[①]。天下之大，纷纷扰攘，这苍龙七宿和白虎七星岂不正是应了古人那句话！人生不相见，动如参与商。这些天来，安宛若临终前的言语一直在陈道芗脑海中缭绕，虽然斯人已渺，却好像在自己心中开了一扇窗，远望正在呼唤自己的不知何方。

新罕布夏飞剪号载着客商行李和一些托运杂货，中间将会经停印度西岸的孟买，上下客和补给，然后直奔阿拉伯半岛。

“于大哥，我二姨那时候岂不是芳华正茂，还有你，当时也不过三十岁吧？我一直想不透，这白莲教、明教、摩尼教和弥勒宗，还有我认识那夷人马礼逊的基督教，到底有什么魔力？能让你们放弃一切人间杂念，如此千辛万苦地去探索？”

“信教的人有两种，大多数是懦弱的人，希望神明庇佑，保障安全，包括人身的安全和内心的安定。另外少数是极为勇敢的人，因为云深雾罩的教义

① 东方苍龙含室女、天秤、天蝎、人马四座，包括商宿；西方白虎含仙女、白羊、金牛、猎户四座，包含参宿。参商二宿不可能于同时同地观测，是以有人生不相见，动如参与商的诗句。

之中不但有谎言有夸张，还有真知和神秘。想要追求这些隐藏其中的真知和神秘，不仅得面对教外的怀疑，还得抗得住教内痴男女的迷信。有余圣女少时追随经史学者王伦，找到了探索真知的钥匙，她是一位智勇双全的奇女子，自此矢志求知。我得以一路追随，实乃此生大幸。道芗，反清复明只是人间权欲的又一场闹剧，圣女既然已经离世，你可有意继其遗志，一探这宇宙真知？”

陈道芗听得小小一愣，自己读书万卷，虽然并不像滔滔儒生一般，奉孔老夫子为天下之唯一，可是子不语怪力乱神倒是所见略同。陈家不奉宗教，不祀鬼神，可是自安宛若死后，就一直觉得心中有一股召唤，踏上这往西之行。但是，追索白莲教义？对自己而言实在是有点不可思议。

“于大哥，我只是想重温二姨当年走过的痕迹，我不但不是白莲教门中人，而且根本不信鬼神。”

“就是不信鬼神才好，我一路追随圣女，也是到后来才明白，我们寻找的答案并不是神是什么？神在哪里？而是人是什么？人在哪里？我们第一次西行停留波斯，那里是摩尼教的发源地，可是摩尼教在当地已经衰败，全部被什叶派穆斯林取代。摩尼教早年兴盛和总坛都在巴比仑，所以我们又到了一个叫作巴格达的地方，那里的宗教也早已变成了回教，可是至少留下一些遗迹。接着我和圣女被召回总坛六年，六年之后再赴西域，这几次都是在巴格达和西北面另一个叫做大马士革的地方。最近三年我们跨过红海，最后到了埃及的吉萨。圣女在这些地方仔细追索，发现了很多中土经史中未曾提及或是谬误的信息。你可知道我们自三皇五帝到现在，世世代代存身的宇内其实是一个大球么？”

“以前不知道，最近知道了。是很神奇。”

“那么你可曾想象过，所谓的神和人，世间各种树木花草飞禽走兽，可能有的物种并不是起源于这个大球，而是来自于这夜空中某一颗闪亮的明星。这些明星可都是和我们脚底下大球类似的球体。”

本来心怀感触的陈道芗听到这里，忍不住笑了起来说道：

“这可真是闻所未闻，如此说来，天下苍生全都是天外飞仙，神的后人了。于大哥你不会凑巧知道咱们老祖宗是从哪颗大球飞来的吧？”

“其实你说的可能真没错，圣女在埃及的吉萨找到一些线索，只是还不敢确定。壮志未酬，就看是否后继有人了。事实上圣女认为最可能的就是白虎七宿中的参宿一二三，这三颗星可是在古书唐风中记载有的。阿拉伯人称之为猎户座[①]。这二十年的经历说起来太复杂，我正好在这一路船上告诉你。圣女对你的期待远超过你目前所能想象，如果你能够逐步领悟，我会把圣女这些年写成的文卷交给你。”

“我二姨新编了白莲教的经文？”

“是从白莲教义的研究出发，可是研究的结果已经和教义没有多少联系。其实也不是经文，是圣女研究心得的笔记，这本笔记叫作哥摩拉[②]。”

“哥摩拉？这是汉文么？”

“犹太经文中摘出来的，意思是遭天谴火焚的欲望之城。”

新罕布夏飞剪号出了安达曼海域之后并不会北上加尔各答，这个印度东部大港现在是印度和孟加拉优质鸦片的集散地，也是大英帝国印度总督府和东印度舰队舰令部所在地。花旗船与英军素来有矛盾，当然不愿意去自找麻烦。新罕布夏飞剪号的经停点是印度半岛西岸的孟买，从孟买往西是大英帝国的另一大片禁脔，就是巴基斯坦、波斯和阿拉伯半岛。此时的陈道芗和于其成并不知道，如果新罕布夏飞剪号直上加尔各答，将会看到陆续抵达整补，新调入隶属的东印度舰队。

拿破仑大军在多瑙河畔被卡尔大公指挥的第五次反法联盟击溃，法兰西指挥官拉纳元帅战死，联军光复了西班牙和葡萄牙。而现在，无双号巡洋舰凯旋归来。它只是前锋，海军部从地中海舰队拨借来了波塞冬战神号、无惧号、克仑菲尔亲王号、多铎亲王号四艘三层巨型战列舰，六艘巡洋舰，十六艘驱逐舰，这是一股全世界任何国家都无法抵挡的海上雄师。地中海大战已经结束，可是欠下大笔军费贷款，英吉利皇帝乔治三世觉得，是到该看紧荷包，保障鸦片收益的时候了。

这时候培罗从加尔各答派来澳门的后勤参谋主官奥图中校已经在澳门忙了一个月，他带来的是驱逐舰露意莎号和补给舰赫克利斯号。补给舰上带的是军医排、修造班、修造材料和备份弹药。不屈号已经解体，而萨格雷斯号和王权号正在重整修复之中。

忙着修造战船的当然还有大屿山，去年的西江口之战毁了近百艘战船，上个

① 赫歇尔太空天文台是欧洲空间局于2009年发射的大型太空红外望远镜基站，于2010年观测到猎户座星云可能存在生命有机物质的痕迹，而吉萨的胡夫金字塔早在四千多年前就建立了与猎户座不可分割的关系。

② 哥摩拉是晦冥界系列小说大结局，人类文明折磨了一大圈，南海在二十一世纪又成为热点。

月大战英葡联军，虽说是大获全胜，把那个培罗打回印度去吃屎，可是培罗的三角阵也毁了红旗帮二十几条战船。这一百二十条战船可是得花三年以上才补得回来，而现在一是银子不够，二是官军加紧了围堵。那个张百龄海上玩不出花样就在陆地上搞，广西山里派绿营，城里外派巡防，粮道朱尔额赓竟是不让一尺木料下水。搞得走私木料水涨船高不说还常缺货，木料不足如何加紧造船？

广东水师造船的速度更慢，只安排了六条霆船和六艘改良版的海沧舰，海沧舰加大了四十吨，用以承载更重的二千七百斤大炮。根据总督衙门拨款结合西江口之战的经验，这已是关天培所能做到的极限了。

四处岸防炮台的兴建周期是一年两个月，进度井然有序，大王岗按表生产水泥，宇宙坛按表施工，吴庸庵按表支银。姚莹躲在幕后，盯着总督衙门按表拨款。广州府曾经来找过麻烦，岸防工程开标了，面对莫名其妙的底价，吴大柜根本没去应标，可是不应标麻烦照样找上门来。

原来这巡抚衙门招标有学问，有按察使司和巡回御使盯着的招标底价偏低，自然只有圈内人才会去投标，彼此心照不宣。学问出在配套附属工程，分成无数小段单独与得标人议价。结果得标人是广州府钱粮薛师爷的二舅子，前两天这位舅爷派人来说要买水泥，其实买的也不多，根本就是打算表面忽悠做个样子，可只肯给一半的价还要挂账。偏偏吴大柜去总督衙门找姚莹议事，那个二五八万的总管被洪荒坛韩宝胜轰了回去。这下子二舅爷可不答应，带了帮打手来到大柜兴师问罪。吴大柜看着三角眼的二舅爷，很客气说道：

“对不住您，水泥有是有，可别说是十二车，一斤也不能卖。这个月所有水泥都得特供大角炮台，这是军令。您真非要不可的话，得拿总督百龄大人亲批的条子来。”

韩宝胜可就没那么好说话了。

“你他奶奶的瞎基巴充什么字号？不就是广州府那个薛扒皮么？滚回去跟你那妹夫说，广州府衙的庙门太小，老子看不见。就算你找知府大人来说话，还得问问制台大人同不同意。瞎了你那双狗眼，回去问问你们那个捕头鲍起静，敢跟你韩爷面前找事？滚你丫的！滚。”

军机处密发的廷寄回来了，当然所谓的密发最终还是出现在姚莹面前。夷兵和海匪果然两败俱伤，皇上对百龄奏报的大屿山之战小小慰勉了一番。

看来嘉庆对张百龄是真心信得过的，同意了百龄奏报的三合一以战逼和，招安红旗帮以制夷的战略。批了个招安从优，便宜行事。之所以只是小小慰勉而无旌赏，毛病出在那个降了又叛的林阿发身上。虽然并没有伤到水师本身的筋骨，可实在是丢人，更别说红旗帮居然还抽得出兵力，示威炮轰广州城了。两相折抵，小功而已。

这君臣之间的学问可深了，如果眼前小功即赏，日后大功如何赏法？如果屡建奇功，岂不是只能赏他做皇上了？

关天培没能亲眼目睹大屿山海战，因为广东水师不肯交学费，张保可是亲历其境，他心里很清楚，这种多帆大舰的战术机动操船术需要多年经验的沉淀，只能下苦功慢慢摸索。不过，夷人对航向航速的快速调度避开了大部分炮火，这可是小船更占优势。而半分钟击沉竞技神号的经验更可贵，一是夷人大舰的高度死角，二是从夷舰船首或船尾切入的方位死角。在龙嫂绞尽脑汁调度修造的同时，战队拿黛安娜号和肯特号做靶子，开始了新一波的拉练。

大屿山之战给澳门带来了数百名伤员，其中有近百名后来成为残废。法瑞亚手下仅有的两名军医还有一个是内科，完全无法应付如此众多的伤兵。奥图中校带来增援的军医排有四名医官和二十几名医务，忙了一个多月才稳定下来。

“麦伦医生，有一件事情必须得请求您的批准。”

“哦！奥图中校，培罗准将到来之前你就是现地指挥官，还能有什么事需要由我同意？”

“嗳，这件事恐怕必须先得到你的允许。”

麦克·麦伦医生是军医连副连长，也是最资深的军医，他摘下老花眼镜看着彼得·奥图，摇头说道：

“这可说不准，我的事可以答应你，别人的事就不一定了，你先说来听听。”

“麦克，你帮帮忙嘛，就是后天晚上的舞会。我想邀请苏珊娜做我的舞伴，当然得请求您的同意了。”

“哈！我就知道，你小子还能有什么好事找我？”

“那您同意啦。”

“同意，我当然同意。不过你来晚了一步。”

“嘎！是谁？是史东舰长还是他底下的军官？”

麦克·麦伦指了指天花板，耸肩说道：

“比他们都大，是上帝的仆人。人家有上帝通风报信，当然比你先下手。唉！澳门这个鬼地方，尽是些醉鬼打架赌钱嫖娼，哪有几个好人家的女儿！苏珊娜交给马礼逊还是比你靠谱一点。”

葡萄牙在欧洲其实是个小国，三四百年前却曾经称霸世界，亨利王子横扫摩洛哥之后，在南亚美利加洲占据了一个比母国大几十倍的殖民地，叫作八稀。这几年拿破仑横扫欧洲，葡萄牙原来的王室举家逃到八稀。现在反法联盟终于打了胜仗，国王若昂六世决定班师回朝，由王子佩德罗升任八稀总督，留在当地执政。法瑞亚总督通知各国使节，后天晚上在总督府举行庆祝舞会。澳门当地哪能有几个英吉利籍的良家妇女！麦伦医生的宝贝闺女苏珊娜当然就成为几个光棍军官的第一目标。

“你练到第二层了吧？”

“是，今早才过的关。”

“嗯，你陈家原也是以内功见长，原来的法门丢不掉，所以修习这莲花令第二秩反而比完全没练过内功的人还慢一些。莲花令十二层是越练越难，第一层三五日可及，第二层旬日可及，第五层就得几个月，再往后恐怕就以年计了。专心苦练也得小二十年以上才能进入十层，想练到十二层那就是一辈子。要对付公孙楚，你至少得练到第八层以上，那可是十年功啊。等你练完第三层的时候我们已经登岸，不像这狭小的甲板上，到时候你就开始同时练莲花第四秩吧，潘渊明已经把图谱交给我了。公孙楚也练了第四秩，成就很可能在你之上，不过你并不是用第四秩来击败他，而是用来消减他的优势，免得他用第一秩来偷袭你。”

“这我实在有点不明白，天下武学无不以内力为宗，兵器拳脚次之。莲花令却把更次一流的暗器毒药偷袭暗杀列为第一，这是什么原故？”

“这就要从摩尼教的蜕变说起了，根据总坛经史记载，摩尼教兴起于一千六百年前的巴比仑。那是一个非常古老的帝国，在阿拉伯半岛的美索不达米亚平原，而这个地名又来自于另一个叫作希腊的更古老国家。这个平原有两条重要的河流，幼发拉底河和底格里斯河。那还是公历245年左右，摩尼就是创教教主的名字，后来传入中土，又称为牟尼。因为当时在巴比仑传教的事业遭到当地王室迫害，摩尼教徒一路往西，跨地中海去到罗马帝国，最终被基督教并吞。另一路随萨珊王朝往东，总坛设于波斯的加兹温，最远到达粟特。粟特人东迁，给中土带来了昭武九姓，也带来了摩尼教。”

“也带来了莲花令的武功？”

“那倒不是。摩尼教在巴比仑兴起之时，正是宗教与现实社会融合蜕变的阶段。作为后起之秀，牟尼想要将教义推广到全世界，所以演绎出最为亲和而易为人接受的传教方法。简单说就是入境随俗，在以色列就说牟尼是耶稣之后唯一也是最后一位先知，在阿拉伯半岛和波斯就说自己是当时流行的瑣罗亚斯德教派的继承人，到了中土,则说自己是弥勒佛转世。”

“这位牟尼也真是够可以的了，百变金刚，武功高强。”

“其实牟尼本人完全不会武功，当时的摩尼教也无人习武。直到牟尼身后三百多年，回教在穆罕默德领导下兴起，快速扩张至整个阿拉伯半岛，西进北非，东入波斯。穆圣死后回教由四大哈里发领导，为了继承问题开始分裂，其中占少数的什叶派领有波斯，领导人称之为伊玛目。那是公历760年左右，第七代伊玛目的继承又闹了分裂，原指定继承的伊斯玛仪因为酗酒被废。这位伊斯玛仪被废后失踪，拥护他的教众称其隐遁，将会重出救世，于是出现了伊斯玛仪派。也就是这个派，后来并吞了摩尼教往东的这一支。”

“所以这个爱喝酒的伊斯玛仪才是真正的武学高手？”

“也不是，这什叶派本来就是少数，与占多数的逊尼派之间为了争夺正统，往往出现残酷斗争。激烈的时候血流成河，比起咱们中国明清两朝争正朔的兵连祸结，那也是不遑多让。当时阿拉伯世界的宗教领袖往往与俗世贵族君王或是握有兵权的将领勾结，也就涉入了政争。伊斯玛仪派是少数中的少数，为了求生存更是将这种武力斗争发展得淋漓尽致，武斗的各种技巧逐渐积累，成为独特的武学。很多年之后，伊斯玛仪派内部终于衍生出了独尊武术的阿萨辛派。这个阿萨辛派以暗杀作为夺权第一要务，自然武功谱上也是排在第一了。”

“原来如此，所以传入中土明教的武功其实是来自伊斯兰的一个神秘派别？”

“正是，你听说过大食国的山中老人吗？指的就是暗杀宗师哈桑·伊本·萨巴赫。元朝时有个罗马夷人马啃·菠萝东来，在他写的游记中有很详细的记载。圣女第一次西行目的地是加兹温，我们前往追查的结果大失所望。白莲教中故老相传，摩尼武功来自于四枚水火不侵的圣火令，元朝时被西域总坛派来的圣女戴绮丝携回。其实这是误传，摩尼教本身是不拜圣火的，白莲教在前朝称为明教，这明字可跟朱元璋的明朝没什么关系，指的是光明。摩尼教义主张光明与黑暗对立的二元论，真正拜火的是牟尼借用的瑣罗亚斯德教派。摩尼教后来拜火，就像是基督教入罗马，借用了太阳教的十字，只是为了推广而已。圣女发现，那位戴绮丝其实是阿萨辛派遣来的一位女刺客，因为他们在加兹温的总坛于1256年被整个摧毁了，武功图谱流失，所以才派戴绮丝前来找寻副本。”

“阿萨辛派不是武功高强吗？谁还能摧毁他们？”

“所以说武功绝非万能，更抵不住千军万马。摧毁阿萨辛派的是成吉思汗的孙子，忽必烈的五弟旭烈兀。相传阿萨辛派曾被收买了去刺杀旭烈兀的哥哥，蒙哥大汗。所以旭烈兀西征先不干别的，尽屠了伊司玛仪派再说。他打垮波斯以后又横扫阿拉伯半岛，建立伊利汗国。圣女调查发现了这些来龙去脉，她本来就喜欢钻研求知而不好武，这下子就更有理由不勤练武功。说来惭愧，我也跟着圣女寻幽探密，但教能有那潘渊明一半习武的心思，也不会被公孙楚得逞了。”

“公孙楚又是怎么偷学到莲花令的武功？”

“他不是偷学，是偷买。当初阿萨辛派的武功进入中土，所谓圣火令其实是四门图谱。原谱早已破损湮灭，戴绮丝带回去的是汉文译本。只有图而文字看不懂，如何能练？后来汉本经过我教历代学者整理，至王伦而集大成。戴绮丝是明朝初期回到西域的，三四百年前的版本和现在的莲花令已有一些差别。阿萨辛派溃灭之后，残余分子向西逃回巴比仑，当时在蒙古铁骑蹂躏之下，回教各派哪还能搞什么派系斗争？这些人依附在当年被兼并的摩尼教后人身边，苟延残喘地活了下来。我和圣女回总坛受戒六年，出关后屡赴西域，前几年终于找到这些摩尼后人，谈经论道成了朋友。前年圣女赴厦门和刘莒莒谈判合作，公孙楚得知以后，竟然一路跟踪我们到巴格达，循迹找到了阿萨辛派的后代。有些汉文图谱夹在一堆残经剩卷之中，竟是被他贱价买走。等到我们再次经过巴格达听说此事，追问之下才知，他可能取走了莲花令第一秩和第四秩的旧版。”

新罕布夏号自孟买出海，一路向西，华兹华斯船长告诉陈道芗，前方就是阿拉伯海。不过，进入波斯湾还有一段路，才能到科威特，总共还有四千多里吧。飞剪号的航线本来应该开始转向西南，在红海海口的也门再次补给，然后直下好望角绕过非洲大陆。现在这一段波斯湾的航程来回多绕了二千多里，根本不在新罕布夏号原本规划的航程之中。在博学的于其成面前，陈道芗终于展现了一点小小的俗世本领。其实说穿了不值一文，能搭上新罕布夏号是花旗国的人情，当初在广州找船的时候当然是由顾盛强安排的。若非如此，哪里有船肯为两名乘客多绕这么远的路程？

这两年欧洲大战，海上贸易秩序也是一塌糊涂，各国海军封锁来反封锁去，搞得运价飞涨。来广州的花旗国商船现在不仅有三四十条两百吨上下的飞剪快船，也开始出现五百吨以上的中大型商船。然而英吉利海军势大，在地中海和英法海峡跟花旗国商船找麻烦，就从来不曾消停过。花旗国上下大发战争财之余不免恨得牙痒，从顾大班奥利坊这些商人到所有船长，无不希望拿破仑能在海上狠狠修理这帮狗日的。偏偏这个矮轮子不争气，多瑙河一败，大家都开始担心英吉利称霸，担心花旗国好景无多。

华兹华斯船长没事常和陈大侠聊天，说起这些天下大势，波斯已被英吉利占领，阿拉伯半岛则是奥斯曼帝国的势力范围。这些极西之地以往几乎完全看不见大清的子民，不过，幸好陈大侠雅擅英语，于其成通阿拉伯语，此去当无大碍。

第32章

战列舰要来了

瓦巴许号(Wabash)号货船前天驶过七洲洋，准备往北驶到大清国的茂名沿海附近，然后奔东前往广州湾。这条漂亮的新船第一次来远东，不过船东德比先生已经很清楚地交代过船长了，进入马六甲海峡之前如果遇到海盗或英舰，就乖乖地交保护费，进入南海之后就不必担心了，因为伟大的红旗帮是咱们花旗国的老朋友。现在，前头迎面来了十几艘大清帆船，想必是朋友来了。米勒船长举起千里镜好奇地观望，前面十六里的海面上蓝旗飘飘，是蓝旗。

姚莹现在偶而会夜宿下横挡岛，三个多月下来，已入初秋。第一期预备工程接近完工，四个阵地一百三十个炮位，现在是半个也看不到。

陈道芗去年就完成了细部规划，出行前又花了个把月安排进度，第一期完成的只是阵地内外联络道路和官兵房舍。没有道路如何输送建炮位的大量材料？战时如何补充粮秣弹药？没有房舍又如何能安排宇宙坛英雄好汉构工期间的食宿？第二期是炮位的地基和防护的女儿墙，还有弹药库和火药作坊。第三期才轮得到浇注炮盘，这回练的是百年大计真炮台，可不能像前一回那样急就章。

姚莹的军事技术知识多来自书本，看了陈道芗的施工规划再请教工地的英雄好汉，才知道火药的几大成份平常得分别储放，以防潮防爆。至于施工现场那些天地会的英雄好汉司事头目，在姚公子面前当然是摇身一变，成了彬彬有礼的各路工头。

大角炮台和沙角炮台分守珠江口左右，而横挡炮台正卧江心，左右逢源，是以姚莹最为看重。站在阿娘鞋山上眺望江口，茫茫海面之上，夷人大船和古色古香的中式油布小帆穿梭，正是大好河山。等姚大才子尽兴下山，登上水师沙船回到黄埔，才知道百龄大人急召，速返广州。

制台大人案上静静躺着一份中英双语的报文，一份广州府呈文，还有怡和伍大班转来一份洋蜡封戳的机密照会。姚莹看着那钢戳上的洋文和两行蚯蚓字，吩咐门口值守的卫军道：

“叫中军派人去拾翠洲，请风来商号的宋先生来一趟。”

那份双语报文来自花旗国领事卡林顿，当然经过其昌洋行顾大班的翻译手笔，是一份向广州府递交的报案。加上广州府签上来的报告，有一条花旗国中型货船瓦巴许号被劫，下落不明[①]。

这些年来过往夷船向大清港务交纳各种杂费，还得向沿途各路中西海盗纳贡交保护费。所谓雁过拔毛，羊毛出在羊身上，全部列入成本核算。只要还能有利润，大雁别被拔成了光鸡，从官军海匪到夷商，谁也不愿意整天里刀枪相向提心吊胆。自从招安黑黄绿旗三旗之后，真正被劫报案的降低了不少，今年至今不到十起。

不过，过去花旗国的商船从未出过事，而且境内各水陆衙门都说这花旗国挺好，一向谦卑恭顺，对天朝号令无所不从。所以百龄决定把这起报案批给水师，责令从速处理。姚莹看了其昌洋行附的舱单，无非是些毛皮洋参，鱼翅玳瑁。真正让百龄急召姚莹回来的，是那份打开蜡封却看不懂的机密照会。

“大英帝国皇家海军东印度舰队司令爱德华培罗准将为昔清英葡联军会剿广州湾海匪重创红旗帮拟请贵师协作赓续联兵以竟全功事特此机密照会大清国两广总督军务张百龄大人并咨商如左：”

宋振岐可不是正经在衙门办差的师爷，能把公文译成这副模样，姚莹已是非常满意。原来夷人也是死要面子一个鸟样，培罗这家伙上次大败而归，害得英吉利少赚了不少鸦片银子，偏又债务缠身，所以这欧洲战事方告停歇就准备大兵东来。姚莹仔细看了看内容，培罗的照会被宋先生翻得表面客气，真意还是表述得蛮清楚。其实说的是：

“上回你大清出兵不够，害得咱们双拳难敌四手。这次老子准备了三头六臂，你大清国是不是也多拎些法宝出来。咱们把红旗帮给干了，海盗窝里的宝贝通通归你，今后保障贸易的利益归我。”

战列舰到底是什么玩意？比当年欺进黄埔的王权号还大么？照会中附了兵力摘要，期盼大清水师对等出兵。看罢宋振岐写就的译稿，百龄和姚莹都皱起

---

① 瓦巴许号被劫发生于1817年，有美籍水手被杀，当时两广总督是蒋攸铦，抚恤该案夷籍死者。然而美国领事报案的舱单隐瞒了走私鸦片的事实，结果船货被水师查获，发现了鸦片，船商被罚，美领遭到训诫，蒋攸铦抚恤走私者被定为办理错误，遭军机处问责申诫。可见那个时期行政体系运作大体畅通，而上下防堵鸦片也有一定力度，事详《嘉庆朝外交史料》（第六卷）。

了眉头。等中军将宋先生领去账房支领津贴之后，制台大人忧心忡忡地说道：

“看起来是不错，最好再来个两败俱伤。可是我担心两点，石甫，这一回恐怕没那么好糊弄了。人家这不是写明了要咱们也下本钱么？再有就是，请神容易送神难，咱们当然不能输，可如果打赢了之后夷人赖着不走，那岂不是还不如不打？留着红旗帮总比留着夷人好对付吧？”

这其中的利害关系姚莹当然清楚，六旗帮为患多年，可真正让前任吴熊光摘了顶子的却是这培罗率兵入境。前事不忘后事之师，当然还是按挟夷招安的思路走。

“东翁，你看这培罗安排兵力竟然是上回的五倍有多，看来是志在必得。可竟然还打算带来一千六百名一个团的枪兵，恐怕是别有所图啊。”

“这夷酋兴冲冲地要赶来联兵，大军待发，拦恐怕是拦不住的。你看如何是好？”

“既然咱们订的策略是招匪制夷，就不能受夷人摆布，关键是红旗帮得经得起打。咱们这一趟叫作坐山观虎斗，好好跟夷兵再干一仗。红旗帮即使赢了也是伤筋动骨，咱们的招安不但水到渠成，而且还可以省下不少银子。如果红旗帮被打垮了，那伤筋动骨的自是夷兵，几年之内当无力东来。东翁，咱们不妨实话实说，告诉那个培罗，咱们正在考虑招降红旗帮。也好让这夷酋得知，我等还有其他可选方案，不至于太过气焰嚣张。”

机密照会过了宋振岐之手，就等于是送到龙嫂面前。当然可能是有那么一点点差距，因为，小宋只能赶回商号之后再默写出来，交给指南针，傍晚飞抵大屿山。

“明教在中土流传千年，揉合了弥勒宗和道教，还有很多前辈的自主创新。而当初摩尼教传入中土，本身就融合了琐罗亚斯德教、基督教、犹太教的一些主张，原始教义反而逐渐模糊。我们当初来西域的唯一目的就是探索教义，摩尼教起源的经典是二宗经，波斯文称作撒布拉干。但是二十几年前的加兹温之行才知道，连并合摩尼教的阿萨辛派都已湮灭，令我们大失所望。一路追索到这里，费了不少功夫才找到源头。几度重来，却已经是六年之后了。”

陈道芗噗的一声又吐出一粒枣核，不是中土大枣，是西亚盛产的椰枣，地上已经散落了几十粒枣核，都是他和于其成今早的杰作。他俩九天前在科威特登陆，骑上骆驼又叮叮当当了七天，才来到巴比仑。

巴比仑可是个老得不能再老的老城，听说比长安老了两千多年。它北面的新城叫做巴格达，也不比长安年轻。两人住在穆斯坦绥里耶书院[①]旁边的小旅店里，书院为那些饱学的教长和学者提供丰厚的照顾和津贴，而旁边这些小旅店是为从四面八方慕名而来的学子准备的。

俩人来到巴比仑投店时才知道，正好碰上伊斯兰教的斋月，一整个月的白天都不能饮食，真把陈道芗给愁坏了。这整天不吃饭还勉强能忍，整天不喝水不是活受罪嘛！还是于其成老马识途，傍晚时分跑了几家小店，买来大批面包和椰枣，椰枣甘甜多汁营养丰富，这才算是解决了问题。

安宛若自乾隆晚期开始频繁往来于中土和西域之间，巴比仑是必经重镇。这个书院的图书馆里不但藏有各种古卷，更重要的是，饱学之士来到这里都会放下身段，不论出身派别，踊跃讨论。来此的可不止各派学者，伊斯兰教、犹太教和东正教的教长也时不时参与。安宛若本来就是胡人，很快就学会了阿拉伯语文，这一来如入宝库，当场就不肯走了。

原来摩尼教和基督教、犹太教、伊斯兰教这三大教门一样，都主张一神论，至于这位唯一的神老大到底是长得啥样？于其成说得并不透彻，陈道芗自是领会得模糊。反正真神只有一位，几大教是没什么争议的。问题一是出在摩尼教二宗经主张的二元论，强调人间善恶互争，光明与黑暗相对，最后光明与善性得胜，天下太平。这个说法和其他教派的一元论是相抵触的。

第二个问题是几大教各拥山头，有的说耶稣是上帝唯一授权的专使。有的说呸！咱们的穆罕默德才是有版权的先知。有的说你们都不对，直接拜天父本尊耶和华就得了。摩尼教最贼精，宣称你们说得都没错，不过呢，真神后来委派了最后一位先知，正是本人，牟尼。

安宛若带着一肚子怀疑回到中土总坛，此时王伦已死，白莲教内更无人懂得比她还多。有余圣女把自己一人关在书室里，苦思这人性善恶之辩。次年再度来到巴比仑，这回一待就是大半年，苦读各教经典。这时于其成、于其功也

---

① al—Madrasah al—Mustans—iriyyah，伊斯兰高等学府，由阿巴斯王朝第37任哈里发建于中世纪，成为阿拉伯文化璀璨时期的学术文化重镇，精研者除了经学教义教律以外还包括天文物理数学医学哲学与阿拉伯文学，1395年与尼采米亚大学(a1—Madrasah al—Nizamiyyah)合并。中古世纪的欧洲死气沉沉，同时期的阿拉伯半岛却大放光采，后来西欧文艺复兴导致今日的基督教资本主义文明，其动力来自于十字军东征与蒙古西征带来的社会变迁和原有结构的破坏，造成人文觉醒与宗教改革。不仅这东西双征都是以阿拉伯半岛为跳板，而且它还是丝绸之路的起点，中国各种文明信息与四大发明多借蒙古骑兵与阿拉伯商队之手由此向欧洲传递。

已学会了阿拉伯语，三人每天参加书院广场的讨论，期间还周游西北方的大马士革和耶路撒冷。可是这阿拉伯半岛是三大教的发源地，多少新老教派的典章记录繁如瀚海！多少饱学之士皓首穷经！结果都无法找到神的答案。

“那是本朝嘉庆十一年，我们第六次来到此间，犹太教和基督教用的拜朴经大同小异，诠释不同，马礼逊那种新教徒倒是比较少参与。而我们已经把拜朴经、古兰经、二宗经和各种流传较广的古卷读得滚瓜烂熟，书院广场上各大宗师的主张也已是耳熟能详。我和我弟弟有点心灰意冷，不过我们知道圣女的个性，她是真心愿意把一辈子贴进去的。那次也是碰到斋月，她把自己关在这间客栈的小房间里，我兄弟俩也没怎么在意，只觉得圣女并不是在读经，而是一人冥想。”

开斋后七天七夜，安宛若仍然没有走出房间，只用些椰枣清水和面包，把于其成兄弟急得够呛。直到第八天早上，房门打开了，圣女居然容光焕发，把兄弟俩叫到院中，说她可能想通了一些道理。事隔三年，于其成仍然记得很清楚，当时圣女是这样说的：

“这拜朴经的新约旧约吸辣版骡马版开锣版稀薄奶版①咱们都读烂了！全部都是由各路信徒记载传述的先知启示，对吧？”

岂止拜朴经本身，连一些犹太埃及古卷都读透了，于其成兄弟俩点了点头。

“那古兰经呢？是由信徒记载先知穆圣的启示言语吧？你们认为这三教两经讲的都是些什么东西？”

这三教持续争辩谁才是真正的神明引领者，已经吵了千余年，说耶稣道穆圣，圣女如何能将之置于一炉相提并论？俩兄弟闻言不禁愕然。

“其实说穿了是一回事，都是借神明之口，强调为人处世要敬畏神明，要恪守道德箴规。然后画个大饼，叫作天堂。你们想想，如果人性本善，何必如此苦口婆心，捆严绑紧？这里有个问题，咱们前明惠帝和燕王争正朔，搞出两个真命天子，引得天下读书人大干群架。这基督和伊斯兰各拥先知，不也是一样的调调吗？天子天子，难道当上了皇帝真就是老天的儿子？以你俩之见，会不会这耶稣和穆圣其实是早年两位博学大德的传道者？”

---

① 希腊版罗马版埃及版希伯来版，《圣经》各种古版近四百种，还有数千种略有差异的古抄本，这还没包括近年出土的古卷。古希腊版是二世纪由犹太人亚居拉(Aquila)直译而成，是为亚居拉版。古罗马版指的是五世纪圣杰若(耶柔米)的武加大版本，埃及版是古埃及在阿拉伯化之前七种方言中的科普替版(Coptic)，这些只是较有代表性的，希伯来文本就更多了。其实有影响力的版本还有古叙利亚版、阿美尼亚和依索匹亚版。

有余圣女这些年周游半岛，踏遍了当年十字军七次东征之路，发现圣殿骑士团不但对伊斯兰的萨拉丁大开杀戒，对捧着同一本拜朴经的犹太教徒也吝于仁慈。两百年间从西欧到东地中海的道路浸满鲜血，可是，既是共奉唯一的真神，不同先知的话语为何必须用生命鲜血来诠释？

安宛若闭关近四十天，总算是觉得似乎摸索出一丝光芒，释迦牟尼顿悟菩提，莫非也是如此？当时她心中充满了恐慌，如果自己思路无误，会不会也被盲从之人奉为先知？要么成为创教圣人，再搞个有余教宛若教出来各领风骚！要么被当成异端烧死。

中世纪之前，红海对面的埃及曾经统治着阿拉伯半岛，而穆斯坦绥里耶书院里不但藏有古埃及罗马太阳教的记载，还有半岛原始克尔白神庙的多神崇拜。回想起中土北方的萨满教，还有这些年经过马来半岛，看到南方毛利人的原始宗教，安宛若终于推出来几条道理。

“这信奉一神的几大教你争我夺，和古时的多神崇拜完全不同。多神崇拜只存于渔猎游牧的原始部落，那是人与天争的时代，崇拜的是自然神祇，是真正神格的宗教。现在这些大教借先知之名行道德鞭挞之实，那是人与人争的社会，崇拜的是人创神祇，是人格的宗教。耶稣穆圣这几位所谓先知，其实就是完美人格的化身。古往今来的圣崽何止千万，他们把欲望视为可怕的罪恶，用善德来压制，所以，我们摩尼教的善恶二宗论是存在的。”

这些年来和一大帮异族的教长学者争论不休，令于氏兄弟身心俱疲，听得圣女此言，两人疲惫中又燃起一丝希望。

“如果咱们是正确的，为什么在这里却式微了？”

“我说二宗论存在，并没有说它是正确的。按牟尼的说法，善恶相争，光明于后际得道，善存恶陨。其实皆乃本性，奈何强分善恶？我想通了一件事，无怪乎我教在中土不能大昌盛。你看这西域诸国有三教，而一国只能容得一教昌盛。原来我中土早已有一大教，怪不得我教难以大起。”

“圣女你说的是道教么？”

“非佛非道，你们看西域诸国，要昌盛宏法首先必须帝王将相皆入教。原来我中土早就有了孔教，那论语孟子，不也是弟子信众记载的教主先知一言一行么！孔教内容不也是托这两位大圣之名，行箴规捆绑之实么！唐宋以降，历代君王不都奉孔丘为至圣先师，以儒生为朝廷栋梁么！我昨晚想到了孟荀善恶之辩，正如我教二元之论。一夜未眠，这才想明白了。人与人争，必须要有生存的秩序，所以托神之名，搞出人格的宗教。所谓道德完美，其实是建立秩序，善恶根本就是伪名。你见到桌上肉鲜酒美，不想送入口中么？你见到床头美人婀娜，不想一扑而上么？你见到银票万两，不想纳入袖中么？人欲不丑，善德不美，皆人性而已？”

当时安宛若之言令于氏兄弟大骇不已，这些年在阿拉伯半岛生活探研，耶路撒冷见证了天主教新教犹太教之间，可以为了一字之争祭以绳绞火焚断头台，乃至于刀兵相见。同源之间尚且如此，何况异教相斗？可圣女当日之言，不但看不上这成千上万学者古往今来诵拜之论，连自己发源的摩尼教也批判一通。白莲教自举事抗清以来，以武护教，哪能容得如此异说？

“当时我兄弟俩听了圣女这一说，吓得少了两魂五魄，生怕惹出祸来。你二姨却是喜上眉梢，开始准备下一步的探索。”

“嘎！我听都已经听得精疲力尽，她还有精神搞下一步的探索？”

于其成叹了一口气说道：

“所以说，人之异于禽兽者几希？未必就是这文明礼仪的羞耻之心。按圣女所言，所谓羞耻，其实乃是人与人争时期的社会秩序。或许坚持对知的探索，才是人类真有异于禽兽者。”

廉皓之德起兮诬贪之禀相随，无识无知之我来兮无识无知之我离去。想起二姨临终时留下的偈语，莫非这扰攘人间真的是善不必善其善之，恶不必恶其恶也？陈道芗满怀怅惘，手中还拿着一粒椰枣，却是再也吃不下去。

大屿山的作战会议开了一整天，红旗帮调出三十几艘旧船和十艘勤务船，全部卸下火炮，配装油绳铅坠，大米建材和应用工具，挂上伪装渔网，准备前往七洲洋，详细调查所有的暗礁浅滩，绘制海图。陈道芗出门前千叮万嘱，带上二十笼信鸽，到了七洲洋登陆后立刻开始练鸽。

从大屿山到七洲洋千里之距，鸽子可飞不到。可是七洲洋本身就是纵横三百里的海域，几十个大小岛礁和船队之间使用信鸽，那是再好不过了。

张保看着面前的信封，陈大哥出远门之前来大屿山盘桓几天，他好像是闻到了什么味道，总是担心英吉利吃了大亏之后会来寻仇。红旗帮当然不认识欧洲那个拿着破轮子的矮冬瓜，可是陈道芗一听说东印度舰队跟法瑞亚勾搭，就眉头紧蹙。直说什么世局已变，该当安排进退，广州湾这个没本钱的买卖得好好思量思量。

讨论几天之后，陈道芗临走时留下三个大信封，眼前这第一个写的是风雨欲来。妈的！自己人面前还转文，学那诸葛亮锦囊妙计？眼前又没台风，啥风雨啊？倒是前日指南针发来东印度舰队大军集结印度的消息，约莫指的就是南海风雨这回事吧。

安仙姑魂归南海，陈大哥伤心低徊，这件事张保听龙嫂回来后念过无数遍，没想到陈大哥自此之后竟然对南海如此上心。这份风雨欲来写的就是当初安宛若遭到暗算的七洲洋，这处海域深浅不一又多礁，航道复杂。有些暗礁还在发育期，沙洲礁石之间的水道地形会随时间推移而改变。以前红旗帮的中小战船来回穿梭，并没有什么问题，了如指掌的地形根本不需要航图。可陈大哥说夷人驱逐舰吃水八尺以上，那有些水道就未必能行。巡洋舰吃水十四尺以上，指南针情报所提的战列舰不知是什么东东，不会吃水二十尺吧？

张保想懂了，那一带浪大，碰到六尺以上的中浪一扯一带，吃水十五尺的船底如果经过水下二十尺的暗礁，那照样是胡牌，而且是诈胡。如果碰到十尺以上的大浪，那可是连红旗帮的小船都不敢靠近礁区呢。

指南针说总督衙门正在拟稿回复夷人，这信件往返确认之后大军开拔，怎么弄也得两个月以上的时间。张保心里知道，红旗帮虽壮，如果真要直接面对十艘王权号之类的大家伙，也未必能有三成以上的胜算。何况还有广东水师躲在旁边虎视眈眈，还有那两条不知到底修好了没有的萨格雷斯号和王权号。陈大哥安排七洲洋这个陷阱叫做决战境外，先撇开这两支身侧可能出现的兵力，然后装猪吃老虎，吃葡萄不吐葡萄皮。

古埃及第十八王朝的法老王图特摩斯，还有从罗马的希律王到大马士革的苏丹，帕布留斯哈德良的重兵到巴比仑的尼布甲尼撒国王，加上来自中国北方草原的旭烈兀跟着凑热闹。各方豪强先后登场，却都无法彻底摧毁希伯来人坚韧的虔诚，以及这面屡毁屡建，令希伯来人哭泣数千年的城墙。

于其成领着陈道芗，站上了耶路撒冷的圣殿山，眼前就是哭墙。时入初冬，死海和地中海东西相间，带来丝丝凉意。数千年的金戈铁马，埃及人，罗马人，叙利亚人，巴比仑人，波斯人，土耳其人，蒙古人，随便你是什么人，只要是胳膊够粗腿够壮的，都可以跑到这里来杀人，为的是一个莫须有的神。凉风之中，镝鸣马嘶、刀枪入肉、叱喊哭号的声音恍如昨日，陈道芗怔望着圆顶清真寺和圣墓教堂。两教圣地中进出的善男信女，古往今来，这些人在这里是求道？还是佞妄虚的坚持？

“前年我们第八次西来，在穆斯坦绥里耶书院的研究告一段落。这十几年我们观察到另外一个现象，阿拉伯文明逐渐进入衰败的循环，而欧洲文明大兴，基督教的势力开始卷土重来，耶路撒冷这个地方必定会重燃战火。这时圣女已经暂时放下对神灵的探索，开始回顾人间，而书院中丰富的藏书指引了在这些教派之争以前更古老的文明。当时我们来到这圣殿山，也只是留下另一道凡人的足迹，凭吊人类自古已然仍在继续的愚蠢。她的眼光往西，跨过红海，望向埃及。在那个时候，我心中已经开始产生对神明的怀疑。可是，至今无法解释的是，我们三人多年漂泊在这异国土地之上，是什么力量召唤圣女继续西行，才又发现了摩尼教的痕迹？”

船队趁涨潮靠上沙滩，杨顺康率领喽啰登上猫峙岛[①]，开始卸下建材用具，他准备用三天时间搭好渔棚茅舍。南海多雨，完工之前只能由船上做好饭菜送下来。船上载满了建材，只带米不带菜肉，因为不需要带，岛上有野菜还有黄牛山羊，至于野鸡野鸭，礁盘鱼类和海鲜就更别提了。岛上还有两座小土庙，供奉着观音和妈祖。杨顺康家里是开当铺的，认得那尊观音还是前明龙泉窑的产品，已经破败。龙泉窑在浙江，可只有福建渔民才拜妈祖，不知土庙到底是闽浙何处渔民所建，而岛上的鸡鸭牛羊想必也是先民携来放养[②]。

现在的七洲洋早就见不着人影了，其实道理很简单，这里到最近有人口聚集的市场也有七百里，两百年前可没有冰箱冷柜，臭鱼卖给谁去？从小庙和牛羊看来，早年来此的应是躲避乱世战火，登岛定居的渔民吧。

其实搭这些渔棚茅舍并不是正经房子，所以只需三天。七洲洋终年如夏，除了顶以外只需要两面草栏遮挡大雨骄阳。真正麻烦的是大炮掩体，所谓掩体就是挖地三尺藏起大炮，表面盖上油布撒上沙子，看起来完全没有破绽。翡冷翠之星号十天后将会送来十五门大炮，猫峙岛成了埋葬英吉利人的指挥基地。

翡冷翠之星号将会送来的可不止十五门大炮，赖德进率领的另一批喽啰登上猫兴岛[③]，干的事基本上和杨顺康一样。因为，猫兴岛是七洋州东南角中部的大岛，从马六甲过来的航道应穿过其西面海域。但是万一英吉利航海官硬是

---

① 西沙第一大岛，永兴岛是后来定的名字。

② 不是瞎编，不过永兴岛已经开发，现在是看不着了，东岛仍是如此景像，欲吃从速。

③ 即指现在的东岛，西沙第二大岛，自然生态丰富，物种繁多。

脑袋抽筋想绕远路，猫兴岛东面海域仍将是必经之路。此岛位置就像是珠江口的横挡岛，不是左右逢源就是左右遭殃。

赖德进的工作才刚开始，他第一件事就是分兵半路峙①。半路峙这个岛盛产美味的马尾螺，又称螺岛。不过，赖德进可没心情吃马尾螺。出发前张保再三交代，半路峙位于七洲洋最西南角，不论培罗再怎么变戏法，舰队非打此处过不可。这里就是汪洋大海葬培罗的第一哨站，不过，派去半路峙的几位兄弟一门大炮一杆火枪一口长刀都不准带，只有两把宰鱼的菜刀。

七洲洋共有四十个海岛，沙洲，暗礁，暗滩，其中七个土石地质岛州有赖以维生的淡水。这支伪装的渔船队占领了三个最大的淡水岛，现在还有一个月的时间，第一是水文测量，定好杀人坑。第二是建好伪装阵地，第三是填掉另外四个岛的水井，同时勤练信鸽。七洲洋北面放了四只哨船，万一有夷人货船经过，岛上施工的喽啰立刻隐蔽，部分船只遁入附近岛礁的泻湖隐藏。

原来南海岛屿往往是环礁形态，环中形成泻湖，围以自然形成的沙堤，水浅只能容小船进出。经过渔船如遇台风可进入躲避，大船深怕触礁或是搁浅，却是避之唯恐不及，自然无法发现十里之外的泻湖忽然多了几只渔船。

驼铃叮当，随便一比划又是七百里。从耶路撒冷向西穿过西奈半岛，六百六十里沙漠，却只有不到四十里农田，不到五里绿州。这一路上尽是些各教朝圣的信徒和阿拉伯商队，陈道芗骑在驼背上打浪，眼望黄沙，这才真能体会到何谓陆地行舟。

小面积的农田却是当地人口维生所系，据于其成说，这个半岛的生命线是一条古老的引水渠，从苏伊士运河引来宝贵的水源，灌溉农田。是的，这里也有运河，长四百里，从北面地中海的赛得港往南到红海的苏伊士。古埃及第十二王朝的法老王森努思锐三世开始挖掘，算来已有三千六百多年历史了，其实苏伊士的地名就是取自这位国王。

不过，这位老兄还是不如咱们家的杨广厉害，人家隋炀帝唰唰唰三下五除二就搞通了千里大运河，可这条苏伊士运河搞了三千多年，小四百里就从没有全程贯通过。

所谓的陆地行舟必定伴随着风尘仆仆，叮当了三天两夜，终于跨过小运河

① 即现在西沙群岛的中建岛，二战结束后国府海军中建号登陆舰于1946年登岛接收，因而得名，此岛为经西沙往南沙必经之地，是以旧名半路峙，位置险要。

上的便桥来到赛得港。两人取下蒙着口鼻的防沙面巾，来到海边一处小店，点了当地著名的烤鱼和面包，于其成还点了两大瓦杯淡黄色的饮料，淡黄色的液体咕噜着晶莹的气泡。陈道芗一尝之下，入口苦中带甘，再啜饮一口觉得还不错，三饮一大口甚是解乏，这是什么东东？

“这是啤酒，没喝过吧？味道如何？”

进入赛得港这一带，景观为之一变，往西望内陆远处，竟是一片绿油油的农田。原来从赛得港到亚历山大往南的一大片土地就是尼罗河三角州，如同两江熟天下足一般，此处正是北非第一大国埃及的粮仓。

“除了粮食庄稼以外，埃及农区还有三大特产，棉花，烟叶，啤酒花。”

“啤酒花？”

“又叫作忽布或是蛇麻花，只有雌花可用来酿造啤酒，麦芽之中加入适量此物，发酵即成。喝这玩意可跟咱们老家喝白酒黄酒不同，一般不但不能加热，而且得镇凉了再喝。神清气爽吧！我听本地农民说，这棉花、烟叶、啤酒花可是埃及三宝，质量甚佳，举世闻名呢。”

穆斯坦绥里耶书院的典籍披露了环地中海东岸的文明荟萃，几千年来各逞豪强。可几千年岁月流逝，多少功业却已尽付黄沙！陈道芗坐在这地中海滨的小店棚屋里，手擎瓦杯，眼望东面运河对岸的沙漠，和西南绿油油的农区，天地悠悠，数千古风流人物，却是缅怀起安宛若游学探索的行迹。此时思路神游，却又想起当年顾盛强所说的，从花旗国一路来到广州，何止间关数万里？世界之大，怎一个大字了得？马礼逊说的地球真是大疆无边，莫非自己存身的这个球正是宇宙的中心？

这一路从巴比仑行来，阿拉伯半岛的气候干燥，据于其成所说，因为少水，阿拉伯人并不勤于沐浴。不过正是因为干燥，少洗几次澡也并不会觉得身上腻得慌。

赛得港可就湿润得多，要到吉萨还得折向西南再走三百里，可骆驼一路行来，需要养息两日。当下两人在赛得港住下，饮啤酒，论英雄，沐浴涤衣。

里奇蒙精神号沿着阳江外海十里以中速向广州湾前进，这艘船的目的地是打算前往汕头，船首的瞭望哨忽然喊了起来。

“有巡检，是台山营那帮狗日的。”

操作前帆的两名夷人帆缆手挨了两棍子，拿棍子的是中国水手，夷人回过头来一阵嘟囔。船上有英语也有湛江话，可是任凭那些带拎刀带棍的中国水手如何棍敲刀拍，夷人水手却是故意拖拖拉拉，这艘船提到中高速以后就再也快不了了。不到两盏茶的时间，前方又出现三艘巡检船，后面的两艘也追了上来。

大帐几天前传下来的通报明文要求加强这一线巡检，查找一艘被劫持的美国飞剪船瓦巴许号。归降的台山营士兵虽然分不清夷文写的船名，可是这条两百吨的商船一看就是飞剪船型，等两条官船一靠上来，带队的把总就发现了不对劲。夷船上不但居然有汉人水手，而且几个夷人水手还冲着自己偷偷挤眉弄眼。这名把总本来就是吴尚青手下的大头目，闻着味道不对，立刻喝令另三条船也围上来，把这条夷船夹在中间，这才开始彻底搜查。

吴尚青投诚之后可是奉旨御准，只要是奋勇打击海盗，就可以把收入归于地方的。鞑子的诡计虽然没法借胆给吴尚青去龙嫂头上拍苍蝇，可是立刻造成台山营与蓝旗帮的对立。眼前这艘叽哩咕噜号形迹可疑，最可疑的是船上搜出来一堆杂货，却少了夷船东来最不可缺的西班牙银币。可是跟夷人水手又说不明白，只好连船带人押回黄茅。

“当初圣女西来，并不是打算往南前往吉萨，而是想再往西前往亚历山大，因为她发现了摩尼教与早期基督教的关联。当时埃及出现一个诺斯替派，那是公历六七十年左右，离现在已有一千七百多年。那个时期的地中海是罗马帝国全盛时期，这个派系被定性为神秘主义。可是圣女考证的结果，这个派系主张的并非宗教运动，而是人类精神文明唯心主义的追求和思想原则的锤炼。与埃及隔地中海相望，是另一个古国希腊，曾经有一位哲人柏拉图，提出了智慧与感觉的二元论，成为唯心派的导师。诺斯替派深受其影响，他们认为物质和肉体都是罪恶，只有真知才能使灵魂得救，所以后人又称其为灵智派。事实上诺斯替这个字来自于埃及希腊化时期的一个希腊字，gnosis①，意思就是知。”

“至少在中土白莲教可是入世得多，谈不上这么多的唯心灵智吧？”

“这就要说到诺斯替派的二元论了，摩尼教起源受到诺斯替派的影响，不过二元论到了摩尼教蜕变为神格人格之辩，善恶之分，明暗之际，而诺斯替的二元论指的是个人与群体乃至于个人和宇宙的关系。到了三四世纪的时候，基督教兴起，把诺斯替派视为异端邪说，极尽打压迫害之能事。该派残余的会众隐入地下，成为一个神秘的组织，有的人改头换面，混入埃及教会。”

---

① 此字就是英文中的knows，诺斯替主义源于希腊词gnostikos，即knower，指拥有knows的人。

“埃及教会？你说的是基督教会吗？我还以为埃及全是穆斯林呢！”

“不是的，正当诺斯替派在埃及兴起的时候，那是公历50年，埃及同时出现了一位圣徒马各。他来到亚历山大传播福音，这位马各就是拜朴经新约马各福音的作者，他在亚历山大建立了埃及第一所基督教堂。公历68年，马各殉教而死，看来信仰的种籽必须用鲜血灌溉才能开花结果，早年的耶稣如此，后来的马各也如此。信徒们发奋振起，福音四处传播，使得亚历山大教会成为早期基督教全世界五大教会之一，基督教第一个修道院就诞生于此。”

夷教在这个生长啤酒花的地方竟然曾经如此犀利，那个马礼逊整天上帝来耶稣去的，陈道芗咋了咋舌，不知道老马对这段古史清不清楚？这时两人骑着骆驼沿尼罗河南行，这帮埃及人可奇怪了，往南称之为南上，往北称之为北下，南方称之为上埃及，北方称之为下埃及，搅得人头晕。

离开赛得港次日，两人早上经过一个非常热闹的大城，路上看见的多是商客和当地牧民，还出现少数像马礼逊顾盛强一样的白种夷人，原来此城就是开锣。现在他们正在逐渐脱离农区，前方远处又是一片绿中夹着苍黄。

“前几年法兰西皇帝的大军和英吉利人相斗，就是你们说的那个矮丁拿破轮，竟然趁胜打到开锣，还想开通苏伊士运河。没想到萨拉丁的子民特别凶悍，群起抵抗，矮冬瓜对这里兴趣也不大，摸摸鼻子撤军。你现在看到的西夷应该大多不是法兰西人就是英吉利人。”

“他们还想打么？”

“打也只能回欧洲，不会在这里打，这些西夷人数并不多，有商人也有学者。有的跟我们同路，准备去吉萨。话说回来，当时埃及教会快速成长，可不知道教徒里藏得有诺斯替派。在这里你得小心，别说什么埃及教会，被阿拉伯人听到了，挨白眼算是轻的。”

“为什么？”

“第七世纪的时候，伊斯兰教兴起，公历638年，穆罕默德大军攻陷开锣，开始屠杀异教徒。”

“这一点实在让人受不了，也理会不得。咱们的和尚道士可以一起喝茶下棋，看戏听曲，初一上你道观起醮，十五来我寺里打斋。真是谁爱谁就是谁，谁也碍不着谁。这里怎么动不动就杀人？还一杀一大片，就为了争谁是真神先知？”

“所以圣女说，理性只是人性中的一景。可是埃及的经济握在当地人手里，哪里能杀光抹净？后来阿拉伯人统治埃及，与当地人通婚，引入伊斯兰教，三百年后的埃及已经彻底阿拉伯化，原有的语言文化宗教逐渐湮灭。少数不肯皈依的仍然坚守亚历山大教会，仍然坚持基督教义。阿拉伯人称他们为科普特教会，这是阿拉伯语中的贬义字，就好像你们称那个培罗为夷酋一样。科普特人指的就是这种老埃及人，科普特语就是古埃及语，现在会说的人已经很少了。”

此时正当中午，于其成举起手中的驼鞭，指向远方天际线露出的一个山顶，其实不过是一个小点。

“你看到那个小尖顶了吗？那就是我们的目的地。”

“看着了，看山跑死马，咱们今晚能到山脚下就不错了。既然我二姨打算去亚历山大，却又为什么转来了这里？”

“因为我们在赛得港遇见一个本地人，准确的说，我们救了一个科普特人。那是去年仲夏，我们就住在前晚那间客栈里。”

“科普特人？你是说你们救了一个埃及基督徒？”

“正是，咱们还是先把词意弄准确一些，你和那个马礼逊很熟，这样分吧，耶和华是他们信奉的天父，我们把信仰耶和华的这个大教派称之为天主教。天主教统治欧洲大陆千余年，那帮洋和尚还有个教皇，这些人比咱们的皇上和士大夫更猪头，整得整个欧洲死气沉沉，史称中古黑暗时代。可是自从伊斯兰教出现以后，两教相争血肉拼杀就没停过，五六百年前又被蒙古人恶干了好几顿，接着又闹瘟疫。”

“瘟疫？”

“你可别小看这瘟疫，俗称黑死病，根本没得治，死亡数千万人，整得天主教世界的秩序濒临解体。而阿拉伯和咱们东方的文明随着战争传入欧洲，这些力量的冲击和瘟疫打破了天主教会的专制，产生了人文思潮复兴运动和宗教改革，这才出现了马礼逊这种可以结婚的花和尚。改革派反对教廷的权威，要求回归《圣经》，因为他们比较重视耶稣基督，咱们姑且称之为基督教，也有人直接称之为新教或是更正教。另外就是犹太教，犹太教也信奉耶和华，可是他们与天主教对拜朴经的解释和侧重又不相同，话不投机的时候也是抡起刀枪照干不误。这只是大分类，天主教底下又有罗马公教，东正教，英国国教，基督教底下的教派更多，就别多扯了。早在东罗马帝国时代，科普特正教会就因为神格人格的理论分歧被逐出欧洲教会，从此既不理梵蒂冈也不睬君士坦丁堡，自己拉旗吆喝干买卖，直到后来没落。”

两人都是侧坐在驼背的鞍椅上打浪，如此才不会被百里路程颠得屁股开花，有一搭没一搭地聊着，已经又是一个时辰过去。陈道芗眼望着远处，他现在看到的不是一个，而是三个小山顶，越看越是奇怪，怎么会是如此简洁有力的山形？他举手眉前搭起遮棚。

“那不是山，那是自有人类以来直到现在最高最大的独栋人造建筑，胡夫金字塔。”

“金字塔？”

“对，据说是古代埃及帝王的陵寝。如果不是那天晚上救的那个科普特人，我们也不会改道来此。当时还不是太晚，我们在外面逛了一圈，回来时在店门外的石板路上看到那个科普特人，正在被几个人围起来殴打，旁边还有人拿着阿拉伯弯刀。你可还记得圣女登仙那一天，我在船上借你的手铳？”

陈道芗当然记得那刻骨铭心的一天，心中隐隐一痛，于其成继续说道：

“当时他们说的阿拉伯语我们当然听得懂，正在逼那个科普特人要一样东西，好像是一块玉雕石雕之类的。科普特人死不承认，那几个阿拉伯人下手也真狠，两下子就把那人的右手指关节全掰断了。科普特人惨叫声中试图用左手掏枪，却疼得被打倒地上。我兄弟俩看不过眼，上去劝架，我们也不知谁对谁错，谁知道是不是科普特人偷了人家的东西呢？没想到那几个阿拉伯人根本不留余地，直接挥刀过来，动手的结果当然是被我们打跑了爬着回去。我们把那个科普特人扶进客栈，裹伤之际搭起话来，嘿！真是踏破铁鞋无觅处，来得全不费工夫。”

“他是天主教徒？”

“比那还要好，他叫作布鲁克，正是诺斯替派的后人，两把奇形手铳就是他送给我的。他说不仅摩尼教已经无人存世宣教，诺斯替派也早已凋零，连科普特教会都被统治埃及的阿拉伯人压得抬不起头来。不过，诺斯替派早年的唯心教义在他们存世几人身上还有存余，而且还和欧洲大陆的一些秘密社团结盟。别忘了，诺斯替派和科普特教会可都和梵蒂冈结下了世代深仇。”

“教派之争的深仇和金字塔又能有什么关系？”

“你听说过自由石匠工会么？”

“石匠工会？我们天地会广州分舵的营建生意越做越大，正想着成立一个营建公会，可不至于细分到石匠木匠铁匠工会。”

“我说的是欧洲的石匠工会，不是铺砖弄瓦的石匠，是心灵的石匠，追求知识与道德的进步完美。因为他们的宗旨是和衷共济，追求进步，所以又称为共济会。共济会的会员在欧洲各国都遭到迫害，还真跟你们天地会有点像，因为他们的追求挑战了梵蒂冈的权威。”

“所以布鲁克被阿拉伯人追杀，不是因为他是科普特人，而是因为共济会？”

“布鲁克说，我们在穆斯坦绥里耶书院所能查到的摩尼教教义，全天下再也没有更多的了。圣女听了当然很失望，我们问他到底跟阿拉伯人结下什么梁子？也许因为我们是远从两万里外来的东方人吧，他也不隐瞒。原来是共济会要他潜入胡夫金字塔，取出一样可以挑战梵蒂冈的东西，挑战天主教所宣扬的神的存在，挑战人类源自伊甸园的说法。你要知道，神的存在和人类起源的本性这两个问题，正是圣女多年来的孜孜追求，而摩尼教和天主教又都是一神论者共天父的。可圣女追问他，那是什么东西？布鲁克却说受人之托忠人之事，再也不肯说了。第二天早上我起来才知道，布鲁克半夜里就带伤跑了。”

“跑了？那你如何能知他说的真假？所以你们就自己去金字塔里找答案？”

“还没有，布鲁克是非跑不可，因为另一帮人又追来了。准确的说，来了三拨人马。”

“前晚的阿拉伯人肯定是一拨，我来猜，共济会来了一拨，梵蒂冈来了一拨。不对啊，阿拉伯人跟天主教厮杀千年，而照你说的，天主教和这个共济会又是死敌。所以三拨是分批来的？”

“你只猜对一半，共济会倒没来，三拨人却是并没打架，第二天上午一起光临。阿拉伯人领来的是梵蒂冈枢密使和亚历山大科普特正教会的大祭司。”

“哗！这是怎么回事？你不是说这天主教到处结仇，怎么可能跟仇家一起来？他们教主姓仇么？”

“你没听说过一句话，敌人的敌人就是朋友？虽然这三拨人马互相仇视，可别忘了他们是共天父一神的。这个可怕的共同敌人使得他们在赛得港决定联手对抗，而那帮阿拉伯黑社会只是被科普特正教会雇用的打手。”

“什么共同的敌人如此可怕？”

“能够挑战神明权威和天父存在的能是什么人？当然是质疑各教派死抱着拜朴经不肯求证的人。而诺斯替派从唯心论和希腊哲学出发，现在又落魄得没米下锅，所以布鲁克才会听从这个神秘组织，进入金字塔。科普特大祭司发现了有人图谋不轨，却不知道幕后操纵的共济会是何方神圣。梵蒂冈知道阴谋者是谁，可是在此地鞭长莫及，你说他们能不暂时放下成见，走到一起么？”

满怀好奇的陈道芗忽然打住了言语，直勾勾地看着前方。远方矗立着三座金字塔，看来是由四面相等正三角形立面构成的锥体。一些往来的埃及路人默默行走，好像远处那三座巨型建筑跟地上黄沙河边芦草没什么分别，本来就应该出现在那里。此时已是未时，陈道芗惊讶地看着太阳洒下来的金光万丈，为三座巨塔穿上耀眼的外衣。天地之间凝聚着一股难以言喻的召唤，似乎在催促他加鞭前行。

海盗对海盗，两句话就露了形迹，虽然台山营无人识得夷语，可是这条所谓的里奇蒙精神号牒文不全，交待不了自己的船籍，也说不清为何会有中国水手，结果被台山营留置起来。两天之后，一名水师大帐的守备带着宋振岐乘船来到黄茅岛。

这条挂了英吉利旗的里奇蒙精神号其实正是十二天前被劫的花旗国瓦巴许号，船长大副和货物经理已被杀害。蓝旗帮既不会操作飞剪船，在广州的腰杆子又不够硬，所以派喽啰押着船和水手，打算到汕头去销赃。

这可是笔不小的功劳， 见者有份，把总大喜，连请吴尚青飞鸽传信大营报功，当晚在郭婆带当年的大寨里搂着粉头喝酒作乐。待得第二天上午起来，军士们已经清舱完毕，无非是些皮货鱼翅香料，可是，还发现了六十箱鸦片。不是土耳其的药用鸦片，是正宗红麦双狮牌的孟加拉鸦片。

第33章
埋伏

四条渔船散在猫峙岛北东一线，有一搭没一搭地打渔。另四条渔船散在半路峙和猫兴岛一线以南，也在有一搭没一搭地打渔。时近黄昏，这些渔船正在侦查，如果没有夷船经过的话，躲在东面的翡冷翠之星号将会趁夜潜进猫峙岛，卸下大炮弹药和补充的信鸽。十五门大炮得卸整夜，接下来两夜是猫兴岛。

当年红旗帮初来南海时，凭的是陈伦炯写的《海国闻见录》，以及附录的四海总图。不知道夷人有没有这本书？即使有，也不知夷人是否看得懂汉文的之乎者也。其实有的话更好，如果夷人没有海图哪还有可能瞎摸乱撞，但教是有，那就非得掉进这个鬼门关里不可。

《四海总图》只标明了早年岛礁的位置，却没有多年发育后航道水深的信息，去年夷人那条北极熊号不就中奖了嘛！北极熊号是在晋卿岛附近搁浅，那里已经是七洲洋北缘，再向北就是一马平川畅通无阻的深水区。张保要求测量的是从猫峙岛往南的这一片复杂水域，时间已经不多了。

天色向晚，胡夫金字塔巨大的身影带着一抹夕阳余晖，其实这里离塔群还有大约六里地，于其成却招呼陈道芗下驼扎营，暮宿尼罗河边。

“此刻时辰还早，何不赶到塔下休息？”

“去不得，小心被剥光猪。”

“什么？什么剥光猪？”

“这里可是史前古迹，白天有地方衙门派人管理，可到了此时都走光了。塔边的小贩摇身一变，全变成小偷无赖，见到生人一哄而上。你敢跟其中一人买埃及馒头，其他三十人的你也非买不可，否则就是瞧不起人。圣女去年一晚买了九十个馒头，一个比一个贵不说，你吃得了吗？我兄弟俩守夜一晚上，还不免被偷了些小东西。阿拉伯小偷不跟你来粗的，就像变魔术一样，举世闻名。你躲得了吗？还不能动手，人家一声口哨，成百上千穿长袍的家伙都不知道从哪钻出来的，一家伙围上来，能用口水淹死你。这叫作绵羊怕恶狼，恶狼怕大象，大象怕老鼠。大侠怕泼皮。”

于其成支起架子烧水泡茶，陈道芗取出锡壶锡杯。河中偶有舟楫来往，阿拉伯民歌缭绕清远，两人在歌声中坐望金字塔的剪影，真不知今夕何夕。

“当时客栈老板客客气气把来人引进来，我们可不知道来的是天主教头面人物，只当是前晚闹事的阿拉伯人找场子来了。嘿！阿拉伯打手只能待在门外，谁知道他们进来以后更客气，对我们三人是哈腰鞠躬，礼敬万分。那个大祭司直接趴到了地上，嘴里念念有词。真把我们给搞懵了。”

“难道还能是把你们当成哪一路神仙不成？”

“差不多，还是圣女反应快，当场也不揭穿，只问那枢密使道：你可知本座何人？你猜那老家伙怎么答的？”

“这我哪能猜得到？”

“别说是你了，我兄弟和圣女本人其实也没谱，可等那枢密使一开口，咱们立马就明白了。你可记得拜朴经马太福音第二章？书载耶稣出生在西奈半岛的伯利恒，出生时天际出现一颗耀眼的明星，是为伯利恒之星。有三位东方的法师智者受此星感召，前来道贺瞻仰。人称东方三博士。”

“怎么？这些人把你三人当成活了两千年的中国妖精？”

“那可还真说不定，我兄弟俩前晚打跑那几个阿拉伯人用的是内力，既没用兵刃也没有触碰他们的身体。这些喽啰一辈子没见过东方面孔，更不知武功内力为何物，回去添油加酱一说，兴许真把我们当成了法师。天主教中可是有很多教派日思夜想，尽等着耶稣复活，今日东方三博士竟然再现江湖，他们的震撼不言可知。博士垂询，那个枢密使和大祭司当然不敢有丝毫隐瞒，知无不言，言无不尽。”

“他盗走的那块雕件到底是什么圣物？”

“那位枢密使也说不明白，因为他根本没见过。天主教神职人员是不可能进入金字塔搞宗教活动的。”

“这是什么道理？”

“古埃及有很多金字塔，这座胡夫金字塔始建于近五千年前，而现在的几大宗教不过一千多年。照圣女的说法，金字塔是人与天争时期的自然崇拜，多神信仰。坚持一神论的这几大教派当然无法与之合流。而共济会里多的是科学家和考古学者，他们进去研究古科学和神秘学的关系，那可就是顺理成章了。那位枢密使说，那件圣物据说具有与天父直接沟通的法力。你想想，如果共济会或任何一个凡夫俗子居然建立起和神明联系的途径，那就代表教会权威的彻底瓦解，这些教廷教皇乃至于伊斯兰教的各派教长，如何能再人模狗样地挟天父以制愚民？”

此时夜幕深垂，两人就着红茶用些椰枣面包和牛肉干，大地上的尼罗河默默流淌，天际的银河点点繁星。怪不得二姨去年会从赛得港直奔此处，陈道芗手握锡杯，仰望白虎七宿，想得竟是痴了。

前方出现两叶扁舟，无聊的哨兵兴奋地敲起警钟，甲板上水手们煞有介事地奔忙之际，忍不住引颈张望。威利斯中校举起千里镜，远处两条破渔船上面的渔工正双手举着些东西挥舞。他当然知道椰子这种热带植物，喝起来挺清爽的，其他东西可就不认得了。在加尔各答和头顿都碰到过大批舢舨小贩，而舰队三天前在安南刚补给过淡水蔬果。虽然以前没来过大清，不过这些贱民应该都差不多，他下令对渔船上的小贩不予理会，小心是海盗的哨探奸细。

洋鬼子还真不认得南海美味，那两位红旗兄弟手中拎的，是半路峙特产枇杷椰子和马尾螺。身为东印度舰队情报参谋主官，威利斯中校此次奉命担任前锋分舰队司令是有计划的。培罗准将检讨上回失败的原因，并不在于实力，而是在于情报不灵，摸不清敌人主力和作战意图，才会掉进那帮狗杂种的陷阱。所以这一回痛改前非，直接任命情报主官作为先遣部队指挥官，赶到广州湾去仔细摸排一番。大清国海军合作的诚意应是可信的，此番威利斯一到澳门，就会从奥图中校手中接过地区指挥权，然后拜访大清海军司令，要求派出成建制的情报侦查部队，划归联军指挥。中国孙子不是有句话说，知己知彼，百战百胜么？什么孙子竟然比爷爷还厉害？

三艘驱逐舰伴随着无双号和麦法兰号两艘巡洋舰，两个半时辰之后驶过半路峙，进入七洲洋范围。航海官要求以003度航向偏东行驶四十五里，再改为083航向奔北。因为根据这些年新绘的商用海图，半路峙东北三十二里有个岛礁叫做盘石屿，涨潮则隐退潮则显，危险得很，混账之极。

眼看着无双号领着先遣舰队浩浩荡荡驶过半路峙南方七里的海面，岛北面飞起六只信鸽。两只往东北东方向直扑猫兴岛，两只往北飞向猫峙岛，还有两只飞到盘石屿上休息了两个时辰，然后往东直飞七十里，疲倦地落在翡冷翠之星号上。

赖德进只带了两艘小船，躲在先驱滩[①]东侧，这里是七洲洋的最东南角，和半路峙盘石屿之间的这一百里海面，是七洲洋的南缘边线。而从此线向北的前往广州之路，就是红旗帮为东印度舰队安排好的鬼门关。现在，他命令另一艘小船往北北东方向十里，在先驱滩与浪花礁之间保持机动，一是为了沿路监视，确保英吉利人将会穿过宣德群岛和永乐群岛中间的水道，二是互为警戒，以防万一碰上夷兵心黑手辣，遭到杀人灭口。

虽然小船毫无武装，却难保夷人不起疑心。不过，这里多得是大船过不去的礁滩可资避险，嘿嘿，想动歪脑筋也没那么容易。

两人骑驼经过一座巨大的石像[②]，只能看到石像的头颈和少许肩膀。于其成去年来此时曾听当地向导说过，那是守护金字塔的狮身人面像，披着头巾的石像明显是古埃及装束，前额还有古王朝标志的蛇形图案。陈道芗频频回顾之间，两人已进入金字塔区。这一走就是近两个时辰，这才绕完一圈。驼铃声中，陈道芗抿唇不语，还是于其成打破了沉默。

“去年我来到这里，感受到这种无声的震撼，和你一样说不出话来。庄严，肃穆，这可是四千多年前，先民智慧的累积。”

“这里还有一种和谐的感觉，人工建筑孤耸在这天地之间，感觉却是如此匹配，正是天地人的和谐，古人是怎么做到的？”

“这是个千古之谜，各大宗教寄托神明，都很注意观星。我们白莲教也不例外，总坛里就有很多天象论星的书籍。而学习星象必通数算，圣女是这两门学问的专家，我们在这里待了十二天，其中有七天并没有进塔，而是待在外面。”

“待在外面？这外面能有学问么？”

“学问可大了，不过当时我可不太懂，只能看出来金字塔底座四边的坐相，竟然恰巧是正东正南正西正北。看着圣女来回测算，这么大的地方，只见她来回走来走去，拿着小本子不断计算，白天算晚上也算，每当她停下来休息，我兄弟俩才能得知详情。你可知南北朝时期齐国有一位长水校尉祖冲之？”

---

① 中国政府于1983年正式命名本地为嵩焘滩，纪念中国第一位外交使臣郭嵩焘。郭嵩焘为晚清知夷派前辈，光绪二年出任驻英全权公使，次年兼任驻法公使。所著《使西纪行》一书除了盛赞泰西政经社会制度之外，还指出西沙群岛为中国领土，成为现世海域争夺的一大佐证。

② 狮身人面像，数千年来半埋沙土之中，直到二战前才被挖掘出来。

“啊,这个人我是知道的,他可是有名的数算家。”

“没错，他那个年代是公历四百多年，祖冲之不但创制了明历，造出了铜制的指南车，还算出了圆周率的真值在3.1415926和3.1415927之间。根据穆斯坦绥里耶书院的记载，一直到四百年前的十五世纪，这个精密值才被波斯数学家卡西打破。胡夫金字塔的底座是正四边形，圣女测算的结果，高146.422米，底座边长230米，你拿边长的两倍除以高度是多少？”

此时正当仲秋，在这热带地区却也不觉丝毫凉意，两人牵驼来到背阳面坐下，陈道芗喝了口水，一算之下，3.1416，不禁愕然望着于其成。

“没错，你别忘了，祖冲之那个年代离现在一千四百年，可是埃及人在这里是四千四百年前算出来的。而四个三角立面的左右夹角都是大约五十二度，表示立面高度的平方正好就是立面的表面积，一个最佳稳定状态。我想，或许这就是为什么我们会有一种稳定庄严和谐的感觉。”

“会不会这只是巧合？”

“你说呢？如此巨大的工程能有巧合吗？圣女手边没有工具，这还只是根据日照投影测算的，所以度量不如祖冲之精准。这三座金字塔葬的是祖孙三代法老王，胡夫是古埃及第四王朝的第二任法老王，他的胡夫金字塔最高大，旁边是海夫拉金字塔和门卡乌拉金字塔。这三座金字塔的选址也是有学问的，这一段尼罗河的形状完全与天际银河对应。”

“这一定是巧合。”

“还不只此，你可知唐朝的一位星象家张遂？”

陈道芗摇了摇头，星象数算的一点浅薄知识还是从书本得来，就别班门弄斧了。

“这位张遂倒是身在教门之中，他的法号叫做僧一行，号称是全世界第一个定出子午线之人。我只能说是号称，因为，圣女测算出来，胡夫金字塔的中心不偏不倚正坐在子午在线。”

“子午线？”

“中土到现在都不知道这世界是个球体，可是张遂推算出来的子午线正好把地球一分为二。世界如此之大，你不会认为是巧合吧？问题是，四千四百年前的埃及人如何得知？在那个所谓人与天争自然崇拜的时代，古人对天体的了解竟是比我们透彻得多吗？当时圣女又是紧张又是兴奋，所谓神人交汇的线索好像呼之欲出。这三座金字塔是如何排列的你可知道？是完全对照着参宿一二三这三颗星。书院里天文历法数算的书籍众多，咱们称之为西方白虎七宿中的参宿三星，正是夷人称之为猎户座的腰带三星。应该这样说，胡夫塔群的地理选址和建筑设计是完全对应了天象，而圆周率的配合也一定是有它的原因。”

这时时已过午，进入未时，两人牵着骆驼来到胡夫金字塔前，陈道芗诧异地问道：

“都已经下午了，现在进去来得及出来么？是不是明天一大早进去较为适宜？”

“此时进去正好，明天出来。”

当下于其成领路，来到北塔面的一处棚子，棚里是几名衙差模样的人。陈道芗可听不懂阿拉伯语，依着于其成的吩咐卸下行李，连同骆驼寄存。这时旁边所有的摊贩走卒已经涌了上来旁观，围着这两个东方人叽叽喳喳吵个不停。

“阿拉伯盗墓贼可是天下闻名，官府要求我们留下随身物品，却是只管得了良民。盗墓贼真要是夜间来了却是谁也管不了。”

“盗墓贼很多么？”

“很少，正经阿拉伯盗墓贼是不敢进胡夫金字塔的。因为胡夫留下了可怕的诅咒，不论谁打扰了法老的安宁，死神之翼必将降临。不过，十年前拿破仑光临之后，有些欧洲夷人的学者专家来此考古，雇用的流民如果顺手牵羊就难说了。”

于其成转身向围过来的人群用阿拉伯语说道：

“我要雇一个向导。”

于其成这句话不说还好，话一出口立刻炸开了锅。十几个人奋勇争先，冲到他面前拍胸顿足，口沫横飞。个个都保证自己是独一无二的金字塔专家，每人都拥有全天下无人知晓的惊天隐密，你不雇我必定后悔三辈子。

愣看着长相都差不多的阿拉伯大胡子，饶你陈道芗奸似鬼，也怕喝了埃及人的洗脚水。他哪能知道如何挑选？于其成看了看，指向人群后面一个不出声睁眼看着的瘦黑个子问道：

“你叫什么名字?”

黑瘦子名叫纳达特，两人叽哩咕噜了一下，两天一夜，三埃及磅成交。这还没完，因为随身行李都被留下来了，于其成掏出几磅钞票交给纳达特。

“你拿着，去买齐三人两天的饮水干粮和火把，买得不够就扣你工资。我不过去了，在这里等你。”

定额包干就没法敲竹杠了，显然这位东方老兄不是好宰的羊牯，纳达特捏着钞票走入后面围着的小贩人群，一伙人登时叽叽喳喳吵个不停。还好有于其成这个识途老马在，快刀斩乱麻。陈道芗看着这些长袍客的分赃大会，不觉哑然，心中却想起广州湾的舢舨小贩，不知红旗帮在七洲洋的部署怎么样了？

这时的远东已是黎明，四天前一早头顿就放出信鸽，陆地鸽站一路换鸽飞来，两天前得报，算来东印度舰队前锋正路过半路峙，往北进入七洲洋水道。大屿山星夜点兵，两百四十艘战船集中留守大屿山，三百八十艘战船今日出击。这一回小张保拿出男人当家的气魄，坚决不同意龙嫂出征。虽然不知澳门那两条巡洋舰修理后的战力如何，可英军前锋如和水师联手，实力已不可小觑，必须有当家的坐镇留守。更重要的是，郎中前几日已经告之，龙嫂怀了四个月身孕。

面对英军主力强大的阵容，即使投入肯特号和黛安娜号也改变不了多少对比，反而影响短拼快的小舰战术，虚耗护卫兵力。而面对澳门英军，此二舰却可起决定性作用。张保决定将两舰留守大屿山，只继续调用翡冷翠之星号满载补给，躲在七洲洋东面待机。

即将远出老巢千里，面对优势夷兵，红旗帮成军以来从未面临如此凶险之局，卜得儿与张保相拥床头，竟夜无语到天明。

第34章
远走他乡

金字塔的入口离地面十几米，两人身负武功倒也不惧，纳达特身背吃食在前引路，攀石而上却也是飞快。入口特怪异，完全不像个门洞，却是由四条巨石梁分立两边，构成三角形的入口。原来胡夫金字塔是用220万块巨石砌成，重逾五百万吨，门洞如此造法，才能分卸垂直压力。巨大石塔的内部通道并不宽敞，纳达特手执火把，领着两人依序前行。在这230米乘230米的封闭巨塔之中，却不觉得如何滞闷，而通道中传声颇远，余音回荡，当下三人压低了嗓门说话。只见通道斜往下方，走不过半盏茶时分就遇到一上一下的岔口。于其成用阿拉伯语跟纳达特说了两句，继续往下走去。陈道芗大是诧异地问道：

“方才那个入口高不过四十尺，咱们这等走法岂不是走到地底下去了？”

“正是，现在时辰还早，外面天还是亮的，咱们从最底下看起。这塔的建造每个地方都应是有它的作用，地底百余尺就有一个地窖，可是圣女研究了很久，也不知是干什么用的。”

过了岔口大半盏茶的时间，又碰到一处岔口，如此斜行，陈道芗暗自估计，已深入地下近百尺，当下也不再发问，继续前行。纳达特手中的火把不知何物所制，竟然尚未燃尽，转眼之间竟是到了地室门口。

这一路行来，通道的墙壁上不时出现一些石刻、壁画，光影摇曳之中还有一些象形文字。此时的陈道芗早已为这鬼斧神工的史前巨作所折服，站在门口心中一阵紧张。纳达特显然来此多次，领先进去的第一件事就是取出一个油壶，为壁间镶嵌的油盏加油点亮，刹那间石室大放光明。陈道芗左顾右盼，却是大失所望。原来偌大的石室之中竟是空无一物，只有两具像是石棺一样的庞然大物矗立室中，再有就是一些壁画和文字。

“这里什么都没有啊？”

“你看不到这些人工痕迹么？”

“除非你们能看得懂这些史前壁画和文字。这是两具棺材么？里面的主人呢？是不是盛殓那个胡夫法老王用的？也许加上他老婆什么人之类的？”

“也许吧，不过，如果真是这样，这位法老王可得是体重三百斤以上又高又壮的大个子。”

陈道芗仔细打量，这两个石廓果然偏大，而且廓壁上还各有几个圆孔。如是石棺密封犹恐不及，哪里会打孔呢？只见孔壁圆滑整齐，真不知是如何做得到的。

“圣女当时的注意力全部集中在石壁上的图画和文字，她相信其中披露了法老王与神明的关系，也许是成仙成佛或者是复活的记载。”

“成仙成佛也许有说法，死而复生那只有你们教门中人才会相信了。”

陈道芗向纳达特要来一支火把点上，仔细观察壁上的材料，的确是看不懂，除非是古埃及人复生。而且，如果这些文字的起源和中土一样，那恐怕也只有贵族和宫庭巫师才学习过这种内容。有的象形文字倒或许可以猜测其中的含意，既是象形，这鸟兽虫鱼刀枪弓矢的形状或许可供联想。再仔细看那些壁画，有打谷的有饮酒的，有织布的有读经的。想起这通道中一路行来，图画各形各样，只是一时间难以推想其中的意蕴。他不自觉伸手摸向墙上的文字，过了好一会才猛的打了一个冷颤。想那近五千年以前的人类，别说是纸笔了，连铁器都没有，真是人与天争求生存的阶段，这些石壁上的文字却凿得匀称有致。回想这塔内外的种种不可思议，不禁回首颤声问道：

“莫非这古埃及人并非我等一般的凡人，而是神族么？”

于其成叹了口气，缓缓说道：

“去年圣女来到此间，说这句话的口气和内容和你现在一模一样。目前金字塔中发现了三个石室，这是最底层的一个，我们现在往上走，去看另外两个石室。”

三人走出地室没多远就转入那个近处岔口，一路不是台阶就是上坡，果然开始往高处走去。一路上遇到两拨总共五个游客加两个向导，倒有三个白种夷人。原来从塔门进来先后有两个岔口，其实都是通往向上爬的中央通道，沿路仍是时不时可见壁画和文字，这一走走了一柱香还多的时间，眼前豁然开朗。于其成停步说道：

“这里是金字塔中心地带的中央走廊。”

这时纳达特手中的第一根火把即将燃尽，他卸下包袱取出另一根新的点上，一面献殷勤地说道：

“两位东方老板，刚才那间地下室是法老王遗体的预备室，遗体从旁边的神庙运进塔里，就先存在哪儿，到了吉日才会由祭司主持正式入棺。从这里进去是王后墓室，往上是国王墓室。您要先看哪一间？”

陈道芗当然听不懂纳达特的叽里呱啦，不过他知道，既然于其成去年在塔里待过几天，雇这家伙应该纯粹就是个掌灯拎包的。中央走廊里也有几个壁龛，纳达特一一添油点上。于其成说道：

“咱们就先看近处这个小的王后墓室吧！”

陈道芗心不在焉地应着，忽然说道：

“你来看看这壁画，你知道是什么意思吗？”

画中是一群人匍匐膜拜，膜拜对象是个奇异的图腾，乍看起来有点像是一只眼睛。从进塔到现在已经是第四次看到这个图腾，应该是有特定的意义。于其成摇摇头说道：

“圣女说这应该是古埃及人崇拜的神祇，只不知是哪一位。纳达特！”

于其成把纳达特唤过来，指着壁画上的图腾问道：

“这是代表古埃及的哪一位大神？”

只是随便一问，纳达特抬头看图却是脸色一变，连忙低头退后两步说道：

“那可能是传说中胡夫法老王的守护神之一，古代埃及崇拜的神明太多，数都数不清。你们从很远的地方来，不如让我告诉你一个秘密。远古相传，这古墓中其实不止三个墓室，只是这第四个墓室的入口到现在都没人找得到。应该是法老王的诅咒太厉害了，如果你们有兴趣可以研究一下，如果你们找到了的话，里面应该有惊人的宝藏呢。”

向导有意岔开话题，陈道芗看在眼里，心中奇怪，五千年前的神灵有什么好怕的？恐怕早就发霉了。反正自己不信鬼神，无所谓亵渎神明，转转念头又不犯法，当下一笑置之，也不揭穿纳达特故意岔题的谎话，径往王后墓室的通道走去。走进去一看不禁一愣。这时纳达特和于其成也已跟了进来，这个石室比地下那一间略大，可是并没有壁龛。好在两支火把照耀之下，也能看个大概。这间石室空荡荡的并无一物，只在门内左侧有一座门高的石像，是一个右手擎着长矛的武士，左手拎着一个十字形的饰品。这还差不多，总算是有个守陵的了。可是不但没有任何壁画文字的装饰，而且四面墙上尽是些凹凸不整的石棱，好像是一个尚待装潢的房间。

这怎么可能呢？如此艰巨浩大的工程，难道就差这一个房间了吗？还说什么王后墓室，别说是王后了，王后的毛都看不着一根。陈道芗大惑不解地问道：

“难道这里被盗墓贼洗过？可就算是盗墓也只是拿走金银珠宝，总不可能连尸体带棺材一起偷吧？”

“帝王陵寝空空如也，这是另一个千古之谜。你看到现在，难道这金字塔之谜还少么？现在将近亥时了，咱们去国王墓室吧。”

三人回到中央走廊，往上走了百余尺来到国王墓室。一进墓室门内，左侧立着一尊和王后墓室一模一样的石甬。这是最大的一间，纳达特又点亮了一支火把。陈道芗环视一圈说道：

“好吧，这位法老王穷尽物力，盖了一座巧夺天工的阴宅，却是既无棺床也无家具，连陪葬的陶甬都没有，看来学问就在这几面墙上。问题是现在哪还有人能懂得这些古代象形文字？咱们可以出塔到市镇上买些材料，再回来把这些文字拓印下来，带回去慢慢推敲。象形文字的好处就是即使不能全部解开，只要有耐心也可以猜出一部分。可是壁画只能临摹，却是拓不下来，那可费工夫了。”

“不错，圣女真没看错你，你以为我们去年在塔里待了好几天都在干什么？文字的部分我们全拓下来了，壁画也临摩了几幅。圣女想法和你一样，既然这里空空如也，学问应该就出在墙上。你看这墙面还有什么值得注意的？”

陈道芗早已看到这个石室的东西两壁内倾，当初也不以为意，此时仔细打量四周，也无其他特殊之处。不过东西两壁各有一个方形气道开口，沟槽一路向上。难道这也有学问？他走到气口下面仰望，黑黝黝的气道一路延伸向上，依稀可以看见塔外的星光，却也无甚异处。

“你是指这两个气道么？没有加盖，方才在王后墓室里也有的。这也不足为奇，这里不是少雨么？而且塔外都是斜面，即便南北向偶有小雨也进不来。唯一奇怪的是塔里并不觉得气闷，可这一路走来没看到其他的气孔，难道这气道也是王族的特别待遇么？”

“你从这管道看出去可以看得到什么？”

“什么都没有，一片夜空，这时辰只看得到星星，连月光都不见。”

“是哪些星星？”

“看不见旁边的参照物我哪能知道？我对星象之学的了解不过是皮毛而已。”

“这两个槽道不是气道，是星象窥孔，东道窥天狼[①]，西道窥猎户腰带三星。所以说这个塔真是完全按星象而立的，此时猎户星清晰可见，不过天狼尚未升起，要看还得再等一会儿。”

怪不得于其成要在傍晚进塔，他席地坐了下来，从纳达特手中接过皮囊，喝了口水说道：

“门内那座石甬倒是有点奇怪，我记得去年来的时候不是这个样子，头上少了一块。”

“少了一块？少了什么？白天我看塔外那个狮身人面像似乎也少了一块，少了鼻子。”

“狮身人面像是少了鼻子，而这个石甬应该是少了眼睛。”

“眼睛？不会跟那些壁画中的怪眼有什么联系吧？”

“我不知道，或许是盗墓贼还是游客，不愿意空手回去，偷偷干的。”

纳达特完全听不懂两人的汉语，只能缩在一边，陈道芗接过水囊，和于其成吃着干粮。于其成说道：

“当时我们在这里待了好几天，这一趟西域之行跟前些年完全不同，以为发现了知识的宝藏，却多了一肚子解不开的谜。我们离开金字塔以后直接往东，来到苏伊士等船返回中土，圣女日思夜想，在回去的船上把一些想法心得录在了本子上。这些想法在各大教派看来很可能是大逆不道的，包括我们白莲教，所以绝不能外流。圣女把这个本子和那些拓本都交给我兄弟保管，后来我弟弟落水而死，那些拓本也随他而去。笔记仍在我这，就是我跟你讲过的哥摩拉密卷。我想，我现在可以把它交给你了。”

接过于其成从怀中掏出来贴身藏着的薄本，陈道芗轻摇了摇头，却发不出有声的叹息。

“圣女在回中土的船上闭门写作，不过，我想她当时对你的期待已绝不仅止于天地会白莲教的反清复明，而是继续对人类世界本质和源起的探索，以及人类和存身宇宙之间的关系。我们在苏伊士等到的那条英吉利船名是伦敦雾号，那以后的事情你都知道了。”

陈道芗手中拿着本子，摩挲良久才纳入怀中。他看着东西两墙说道：

“左白虎，右天狼，参宿三星是猎户座的腰带三星，那天狼呢？”

---

① 天狼是可从地球上观测恒星中最亮的一颗，不过由于相对位置的关系，在冬季和早春较易见到，其他月份往往被太阳遮掩。

“我在书院里查阅夷人的天文学，原来天狼星是夷人星图中的大犬座阿尔发星。”

“这猎户星和天狼星跟金字塔有什么关系？跟这个胡夫又有什么关系？”

“圣女本来是打算今年重来埃及，从当地的历史文献中寻找线索。来吧，现在时辰差不多，天狼将现，待会儿日出就又看不着了。”

因为地球位置和转动的关系，只有特定季节的黎明前得以看见天狼星，陈道芗站起身来走到东墙下，从窥孔中寻找天狼，耳中却听到一些模糊的声音。他倾听了一会。

“有人来了，怎么会有人在这个时辰进塔？难道也是要来窥天狼？说的是英吉利夷语。”

子时摸黑进塔，的确有些匪夷所思，陈道芗和于其成面面相觑，却也只能退下北墙边坐下来等待。这走廊传声，却是过了半柱香的时间，才见到火把摇动中两人走了进来，是一个白种夷人和一个本地装束的埃及人。那两人见室内还有三人也是大吃一惊，却听于其成用阿拉伯语说道：

“布鲁克，真没想到会在这里遇见你！”

布鲁克看清楚了墓室中身穿白袍的于其成，有些尴尬地笑道：

“中国恩人！您怎么会出现在这里？”

原来这黑瘦汉子就是于其成去年在赛得港救下来那个诺斯替派的科普特人，天下事怎会有如此巧法，正好都在这一天晚上进塔？当下互相介绍起来。陈道芗和于其成之间说汉语，于其成和布鲁克之间说阿拉伯语，布鲁克和白种人与陈道芗三人之间说英语。鸡同鸭讲了半天，还是说英语吧，如此只需要陈于二人之间小小翻译一下。至于旁边的纳达特只是个向导，就无所谓了。

白夷大名萝卜夯忒(Robert Hunter)，虽然马礼逊不在，不过看来英吉利的确盛产白萝卜。说起这根萝卜可是大有来头，大英帝国皇家学会会员，牛筋大学博士。卖牛筋都卖成博士了，陈道芗愣看着眼前这位满脸肥肉的中年胖子。萝卜满脸红光，笑嘟嘟地伸出手来。

“你们是大清国的学者？太难得了！懂得在今天赶来这里的人才是真正的专家，咱们得好好切磋一下。”

为什么一定要今天来才是专家？陈道芗连忙连译带问，可于其成也不明白，只好一面握手一面想着这到底是怎么回事。萝卜却不饶人，喋喋不休地说道：

“我写的论文被埃及人骂得狗血淋头，在欧洲也被教会批为异端邪说，妖言惑众。不过那都是今天以前的事，今天以前的一切都是假设，幸好布鲁克提供了最新的证据，所以我一定得在今天赶来，也好用事实让世人知道，我罗伯杭特的学问绝非故弄玄虚。”

夜入金字塔，萝卜和布鲁克可是带着行李进来的，还是文雅一点，称呼他杭特先生吧。杭特先生掏出一支大号千里镜，走到东西窥孔下张望，好一会才回到其他人面前。

“打狗拖陈，说说您对这个基地的看法吧！”

打狗拖就是英吉利语中的博士，原来杭特以为自己真是和他一样的学者，陈道芗只好解释道：

“迷死脱杭特，你误会了，我们不是博士，也不是星象学家。我们是，我们是中土白莲教的传经使，来这里研究神人之际的学问。”

杭特闻言略显失望，随即笑道：

“没关系，有缘千里来相会嘛！不同学术领域的交流有时更具启发性，请问你们是如何看待金字塔的？”

我们？陈道芗此前对金字塔一无所知，于是简单地把白莲教摩尼教诺斯替派和科普特教会之间渊源说了一遍，因为对神格人格的存在和定位产生疑惑，所以才一路追寻到此。杭特听罢吁了口气说道：

“在科学的眼中，宗教只是玄学和抚慰人心的麻醉剂，你们如此虔诚努力地寻找答案，也的确是很不容易。当初天主教会中的造反派正是产生类似的疑问，才会有宗教改革，人性觉醒，科学兴起。虽然我是搞科学的，可也知道这人的本质是大学问。天下学问殊途同归，到后来还是会找到契合点。迷死脱陈，你的英语说得好极了，你来过轮蹲？”

“没去蹲过，我在中国广州认识你们英吉利的传教士马礼逊，他逼我帮他编了本英汉字典，又逼我帮他编了本文法书。后来我还认识了一些亚美利加国的朋友。”

看来这牛筋专家是个痛快人，旁边的布鲁克不声不响的却不知在打什么主意。陈道芗猛的想起一事，连忙问道：

“杭特先生，请问你是共济会员吗？”

“嘎！这你也知道？我是苏格兰共济会31级会员。四海之内皆兄弟也，我们的格言就是，和衷共济，使凡人变好，好人更好。”

果然如此，这就说得清楚了，去年布鲁克不就是被共济会雇用潜进金字塔么！原来雇主就是眼前这个胖子。

“原来如此，您方才几次提到今天，今天是什么日子？”

“你不知道么？看来你们今天来到这里真是注定的缘份。今天是几月几号？”

陈道芗一愣，嘉庆十四年，掐指算来，他这才说道：

“今天是公历1809年9月22。”

“对啊，那么9月22是什么日子？”

“9月22是什么日子？”

“是秋分，每年只有这一天和春分，是太阳直射赤道，昼夜均分。”

“啊，这我倒忘了，说了半天，这金字塔的话题始终还是离不开天文星象。”

“正是，这样吧，我来告诉你我的理论。我得先声明，所谓理论就是一连串假设的集合，需要证据来支持，我今天就是来找证据的。你说你有亚美利加的朋友，那你当然知道，亚美利加以前一直是大英帝国的殖民地。”

听顾盛强说过那段惊险艰难的历史，陈道芗默默点了点头。杭特继续说道：

“英吉利是当今举世第一强国，嗐，我的意思是，远东以外的第一强国，殖民地遍布全世界。极南大海中有一个地方叫作澳大利亚，你知道这地方么？”

“只在字典里知道。”

“嗯，这个马礼逊还真不错，这么新的生字都编进去了。这个殖民地比亚美利加还大①，是21年前才成立的。其实这个地方不应该说是殖民地，应该说是流放之地，遗忘之地。”

“什么意思？”

“二十一年前登陆澳大利亚的英吉利人是736名囚犯。英吉利这么大的国家，林子大了什么鸟都有，为了保持帝国的祥和安宁，所以荒无人烟的澳大利亚被划为流放区。骗子、小偷、黑社会、强盗、妓女和异教徒，后来统统被运到这里。为了节约成本，也因为这都是些无可救药的人渣，所以帝国只派了有限的官员和兵力来管理。二十年过去了，那些被流放的人渣越来越多，所谓的人渣当然不是安分良民。他们出发的时候什么都没带，必须自己制造工具，得重新摸索渔猎农耕这些基本生存技巧。而这些凶狠残毒或是变态的人渣与人渣之间，还得重新学习共处，重新酝酿社会秩序。那真是惨不忍睹，好像回到了原始时代。只有少数伺候管理官员的人渣不必担心生存问题，那叫作高级人渣。”

① 美国初起时只有13州，昔非今比，当时领土的确比澳洲小。

夷人有了一点点心得就迫不及待地大吹大擂，唯恐天下有哪个人不知道，和中国人的秘籍自珍大异其趣。这一点陈道芗早有体会，眼看白萝卜说得口沫横飞，两眼放光，说的东东却是云里雾里毫不搭调。他忍不住打岔问道：

“这二十年前的澳大利亚遗忘之地和四千多年前的金字塔能有什么关系？”

忽然被打断话头，杭特颇不乐意地盯着陈道芗，缓缓说道：

“根据我的理论，早在四百五十万年以前，人类就已经发展出比现在璀璨繁复得多的高级文明。”

你的理论？我的妈呀！从三皇五帝算起也不过是四千多年，其中还有一半不是文字信史。你这一比划地是四百五十万年，数都数不过来，被批为异端邪说那是客气的，你这牛筋人就该被送进疯人院去。布鲁克听得脸色阴晴不定，陈道芗一面翻译一面斜睨着胖子。于其成听了只是微笑，既不懂英语也不懂汉语的纳达特傻不愣登蹲在一角。杭特却是不管，继续说道：

“当时人类在极远处设立了一个遗忘之地，把所有的人渣赶过去，开始的时候并没有派管理人员，而是让这些人自生自灭。其实意思很简单，就是执行大自然的死刑。没想到四百多万年过去了，这些人渣并没有全部灭亡，而是有少数人在破毁之后存活下来，而且逐渐繁殖，又建立起初生的文明。当然啦，这种文明已经和当时的进步人类脱节，是落后而变调的，毕竟是人渣的后代嘛。于是人类派出了管理人员，那是在一万年以前。当时那个遗忘之地只有原始社会状态，还没有文字，所以产生了很多传说和神话。”

毕竟人家是搞牛筋的博士，陈道芗愣等着杭特说完他的梦呓。杭特却暂止话头，一把抓住陈道芗拉到西墙窥孔之下，指着夜空说道：

“人类真正的栖息地就在那里，猎户座的腰带三星，而那个遗忘之地就是地球。”

陈道芗甩了甩脑袋，仍然搞不清这句话的头绪，什么意思？地球是遗忘之地？那猎户三星上也有人类？

“你是说，人类其实是神族？”

“你要如此理解也可以，一般人总以为天外来客是神仙，其实天外来客就是人类，比我们进步得多的人类。宇宙只有进化和文明不同的物种，没有神仙。”

“你是不是说，人类在四百五十万年以前发展出璀璨繁复的高级文明，然后一大帮人呼的一家伙飞到那猎户三星去定居？杭特先生，你的想象力可真不一般。”

“迷死脱陈，你没弄懂，人类原本的栖息地就是猎户三星，只有人渣被运到地球来抛弃。地球是个流放区，你我都是人渣的后代。”

陈道芗脑中嗡的一响，待在原地做不得声。去年在伦敦雾号上得知自己是半个胡人，那种如中巨杵的感觉差堪比拟，却是远远不及。他沉默了好一会，才看着杭特说道：

“就像你说的，这只是你的假设，你可有任何证明？”

杭特摇了摇头说道：

“我今天就是来找证明的，如果有足够的证据，那我早就已经被国王封爵，同时晋升共济会33级会员，而这个世界应该也不会再有战争了。但是，如果没有足够的资料，我也不可能做出这种假设。”

“这跟战争有什么关系？”

“当今世界你争我夺勾心斗角，人类自相残杀，正是人渣的劣根性。如果知道那广阔的宇宙才是家乡，这个邪恶的遗忘之地还有什么好你争我夺的？当然是想办法钻研科学，想办法归乡。”

于其成听完翻译，虽然也是摇头，却不像陈道芗一般惊奇。他只是说道：

“没想到啊，此处又见高人，你问问他，猎户座腰带三星和天狼的关系？”

杭特闻言却是摇了摇头说道：

“大犬座和猎户座的距离实在太遥远了，在地球上的活动我还可以寻找佐证，可是我们这些人渣的知识目前还不足以勘透这两个星座之间的联系。不过，大犬座阿尔发星和太阳一样，都是炽热的恒星，太阳为地球提供生命所需的光与热，阿尔发星应该也是一样。”

“你在地球上找到的所谓佐证是什么东东？”

居然有听众提出问题，编故事的立刻劲头就来了，杭特笑道：

“秘密就在这金字塔里，当时人渣的文明还没有完整的文字系统，而在那个人与天争的愚昧年代又夹杂着太多迷信，所以我们只能从这些有限的象形文字，还有就是传说和神话中找资料。一般以为金字塔是历代埃及法老王的陵寝，其实不是，至少这座胡夫金字塔不是。我进过后来兴建的无数金字塔，你们在这里见到法老遗骸的木乃伊了么？看到棺木陪葬和装饰了么？这座金字塔并不是帝王陵寝。”

“费那么大劲，这个建筑还能是干什么用的？”

“这应该是管理人员和猎户座联络的基站，你没发现这座塔完全是按天文知识设计建造的么？”

“万里长城完全是按兵学知识设计建造的，可也没能挡住外族入侵。”

“什么？你是强辩。我还有佐证，这塔里的壁画和文字描述什么你知道吗？”

“这还真不知道，谁能看得懂？”

“我看得懂，我已经在这上面花了半辈子。这些都是高级人渣对管理人员歌功颂德，大拍马屁。事实上自从人类派出管理人员之后，短短几千年之内，文明的发展就超越了过去四百多万年茹毛饮血的总合，所以你看到的图画里有男耕女织，有陶艺酒坊工匠，有战车士兵，以及人民聚集在管理人员面前聆训的各种描绘。这其中有两段重要的描述，管理人员的头目我们暂且称之为大都督，人渣们都来向大都督膜拜，这个大都督应该就是后世神话中的守护神。”

陈道芗听到这里心中一动，连忙问道：

“这个大都督是什么人？是不是长只大眼睛？”

“原来你已经从壁画中看出来了。没错！大都督名叫荷鲁斯，意思是鹰神。你看到很多膜拜他的图像，传说独眼鹰神荷鲁斯是农神奥西里思和女神伊西斯的儿子。这没什么，人渣们数百万年前来到地球，早已丧失文化属性，被打回愚昧状态，把生成宇宙的力量崇拜为太阳大神安拉，山川星辰，皆可为神。其实宇宙中太阳千万，岂止是这地球所属的一颗小恒星而已？话说远了，壁画还描述了一场战争，是荷鲁斯和他的叔叔塞特争权，荷鲁斯赢得战争，天下太平。”

“各族历史中都有各种各样的神话，不足为奇，这也不能证明你的理论。”

“我认为神话中的荷鲁斯就是被派来的管理人员头目，当时他经历了一场军事叛变或是起义。你别被大都督的帽子忽悠了，管理人员未必就是好人，说不定也是个人面兽心的人渣。他带来进步的文明，被大部分人渣崇拜，被少部分人渣挑战，那位塞特可能就是一个叛变夺权的管理人员或是高级人渣。荷鲁斯赢了战争，被打瞎了一只眼。这地球是个垃圾场，荷鲁斯打个报告回去，说人渣桀骜不驯，欲望无度，文明落后，无可救药。要求把管理人员撤回，让地球继续自生自灭。”

于其成默默地听着陈道芗的翻译，这时忽然一缕阳光从东面射进国王墓室，杭特大吃一惊，连忙说道：

“唉呀！山中不知日月长，已是上午了。赶快，你们跟我出去，爬到塔顶。我给你看别的证据，慢了就来不及了。”

没人知道为什么慢了就来不及，众人循来路走出金字塔，开始攀爬外壁。这一百四十几米的高度在斜面上就得爬两百多米，布鲁克和纳达特手脚麻利，二马当先，于其成当然也没问题。陈道芗可就苦了，杭特先生颤巍巍地爬一步抖索两下，哪还有半分牛筋气概？陈大侠生怕发生意外，只好在下面托着他的肥臀。这一颠三停步的等爬到塔顶，其他三人早已在喝水啃干粮，浴风歇息，胖子却是气喘如牛。

陈道芗直起身来，只见里许外的尼罗河一衣带水，帆影驼铃，南方远处还有几座小金字塔，北方远处是吉萨城镇。真是登塔顶而天下小，好一幅壮丽图景。却听杭特说道：

“你们看到了吗？”

看到什么了？陈道芗举目四顾，壮丽固然是壮丽，却没什么特异之处。

“你不会是说南面远处那几座金字塔吧？”

“那些都是后来高级人渣妄想复活升天的仿冒品，我跟你讨论的是胡夫金字塔，你在扯什么东西？”

听得胖子不太乐意的口气，陈道芗低头绕着塔顶，打量着脚下，不就是很整齐的正四边三角锥体么？他看了半晌，摇头说道：

“没看出来什么奥妙，怎么啦？”

“每年只有两天，春分和秋分的正午，太阳直射，胡夫金字塔才会显现原形。”

显现原形？此时太阳直射，四个立面看来都是一样。听得杭特提示，陈道芗重新打量脚下的朝东三角立面，他往两条斜边和正中转来转去地凝望，忽然感到在立面正中似乎有一条贯穿到底的光影线。其实表面的石材完全一样，并不是真的有条线。他以为是错觉，揉揉眼放松面部肌肉再往下看，没错，东立面此时看来似乎是从正中又一分为二成为两个三角形。他大惑不解，于是绕了一圈一看，没错，四个立面都是如此，在秋分的光线直射下，胡夫金字塔的四面被分成八个三角形。

杭特得意地说道：

“这三角立面并没有中分线，而是巧妙的设计，建造时以中线为轴，两边产生极细微的夹角。因为如此细微，肉眼根本无法查觉，一年之中也只有这两天日正当中的时候，从顶部往下看，才能觉察出来。胡夫金字塔并不是一般人以为的正四面体三角锥，而是个八面锥体。”

“为什么要那么复杂，搞这个八面锥体？”

“这是我的另一个假设，自然造物鬼斧神工，因为风力雨水地理的影响，自然界中也有类似的四面体山形出现，更别说人渣后代模仿建造的金字塔，妄想些复活、升天之类的奇迹。这些人渣做梦也想不到，大都督在建造时暗藏玄机。迷死脱陈，荷鲁斯的眼睛都被干瞎了一只，可见叛军曾经占有优势，也许原有的联络基地损毁，管理人员才在大战之后重建基地。猎户座离地球何止兆京里！荷鲁斯想必在战争中失去了部分联络能力，他必须让猎户星座上的帝国确认这个基地。四千多年前春秋分正午时的胡夫金字塔，在地表聚光成为一个炽亮的八角形锥体，只能是一个人造设施。而三座金字塔排列成腰带三星，加上旁边对应银河系的尼罗河，这些都是在向猎户座表达联络呼叫的信息。”

“你这是根据已有的现象做出推论，并不是事实本身附带的说明。如果照你所说，现在正当秋分正午，猎户座上的帝王老大或是祖先或是神灵什么的，应该正在看着我呗？哈啰！老兄，我在这里，带我回去。”

“你倒挺幽默的，迷死脱陈，如果真有那么简单，两年前的今天我就升天回去了。哪还轮得到你？早就来不及啦，荷鲁斯在两千九百四十一年前已经回去了。管理人员带走了所有先进设备，我们今天看到的胡夫金字塔只是个空壳遗迹。”

“两千九百四十一年前？这塔不是在四千多年前就建好了吗？”

“对不同的星体而言时间的概念是不一样的，天上过三天，人间一千年。如果我的推论正确，荷鲁斯和其他管理人员是在公历纪元前1050年的春分或是秋分那一天回去的。”

“哗！说得有板有眼，跟真的一样，连显灵日都给人家订好了。你就这么有把握？”

“这是天文学的知识，简单的说，日出日落，并不像是天主教说的太阳绕着我们跑，而是我们绕着太阳跑。地球在不停转动，而太阳是恒星，移动量很小的。”

“恒星也会动吗？”

“这得感谢你们大清的专家了，是一位叫作张遂的僧人，在一千一百年前发现恒星运动的。”

陈道芗无法跟牛筋解释大清和大唐的分别，插口说道：

“地球转动跟你订日子有什么关系？”

“关系可大了，地球自转的时候因为本身质量的非垂直轴线运动，会产生漂移。这个漂移叫作轴岁差①，将会以圆锥形回到原点。每个周期是26000年，我们又称为柏拉图年。在我们所处的这个柏拉图年，要等到纪元前1050年，三个金字塔的排列才是真正准确地对正了猎户座腰带三星，这一年的春秋分也就是大都督呼叫转移的日子。"

这时已过正午，八立面体的影像逐渐褪去，陈道芗吁了口气说道：

"能编出这么一大套来，大萝卜炖牛筋，真是难为你了。"

谁知道杭特一听这句玩笑顿时涨得满脸通红，大声说道：

"说了半天你还是不信，哼！凡夫俗子，畏懦苟安，宁可缩头膜拜莫须有的神像也不敢接受新观念，这本来就是人渣的劣根性之一。我还有实体证据，你随我回塔里。"

其实小小的塔顶只容陈道芗一人站立，众人参差绕坐在塔顶周围，杭特低头问道：

"布鲁克，那个转接器呢？"

"在包里。"

上山容易下山难，眼看着三人稀哩咕噜地下塔而去，杭特却只敢面向石壁，手脚并用连扒带踩着石棱缓缓爬下。陈道芗叹了口气，生怕这个大包子一不小心滚下去摔成肉泥，只好站在杭特下面伴着他，两人缓缓下行。

"你说的转接器就是去年你让布鲁克进塔来偷的那个石雕？"

此时杭特又是气喘如牛，闻言却是大奇，边喘边说道：

"没有啊，你在说什么东东？什么偷不偷的？"

"我们去年在赛得港遇到布鲁克，当时他正在被阿拉伯人追杀，说是共济会的人让他进塔盗物。那不就是说你吗？"

"胡说八道，跟共济会有什么关系？我的理论即便是开明的共济会也难以接受，哪还会有其他成员理睬这种事？四个月前布鲁克自己带着转接器跑到格雷山学院②来找我，要求我解谜，我才会赶在秋分之日重游旧地。"

陈道芗听得眉头一蹙，直觉着这中间有些不对劲，如果不是杭特干的，共济会其他会员也没兴趣，那会是什么秘密值得布鲁克说谎？四千多年前的金字塔，这不是为古人担忧么？等两人慢吞吞地爬下来重新入塔，却见那向导纳达

① Axial precession，天文学中是指天体的自转轴向因为重力作用导致在空间中缓慢的连续变化。

② Gresham College，又译为格雷沙姆学院，1857年以前的英国皇家学会所在地。

特龇牙咧嘴捧着肚子走出来。

“老板，我要拉肚子，他们在国王墓室等你。”

纳达特连说带比手划脚，猜也猜得出来意思，在法老墓里拉屎恐怕也是被诅咒之列吧！当下陈道芗挥了挥手，接过纳达特手中火把，和杭特走了进去。布鲁克和于其成正在好整以暇地休息，布鲁克把手中的东西递给杭特，陈道芗一伸手接了过来，仔细端详之下，只见是一个制作精美的工艺品。部分是金属材质，却又不似铜铁，沉甸甸的有些部位呈现黄金色泽，中间还镶有玉石之类的材料，雕琢极尽精美。最重要的是，这件不知如何形容的物件上面明摆着有一个大眼睛。

荷鲁斯之眼？陈道芗忽然打了个寒噤。四千多年前才刚步入粗糙的青铜器时代，怎么可能制作得出这么精美的作品？

“你说的这个转接器是什么东西？”

“国王墓室和王后墓室的门内不是都有连在墙壁上的石甬吗？我认为国王墓室和王后墓室其实是联络基站的控制操作室，分别负责发送和接收信息。或者一间负责收发信息，一间负责传送物质。别忘了这两间石室都有直通塔外，对准了腰带三星的管道。虽然现在是空的，谁知道当时其中是不是有什么联络信号装置？而地底下的石室是机房，安装联络的机器。所谓转接器并没有什么神奇，只是操作线路中转的装置，就像是绳牵木偶的手架，重点是木偶而不是手架。正因为并没有什么神奇，所以才没有被带走。正好留下一只大眼睛，作为愚民的见证。今天这个转接器就是我理论的证明。”

“反正现在三间石室都是空空如也，随便你爱怎么说都行。”

“你不相信？去掏掏看那石甬颈部是不是有个圆孔？再去王后墓室看看，那里的石甬颈部是否也有一样的圆孔？整方石头雕出的石像怎么会费事钻孔？那不是一个凹洞，而是整根圆管，从国王墓室连到下面的王后墓室，再一路通到地下机房。”

杭特说得真没错，陈道芗真摸到了那个圆孔，孔壁触手圆滑整齐，竟是如同地窖中石廊上的圆孔一般。可是如何钻凿出这个圆孔，穿过整尊石甬乃至于入地？即便是今天的工艺也远无法做到。是神迹？还是一个比当世更为璀璨繁复得多的高级文明？

“可是这三个石室现在都是空空如也，你说的未免也太不可思议。”

“荷鲁斯走的时候当然得带走所有的先进设备，别忘了，地球是被抛弃的遗忘之地，怎么能留给我们这些人渣呢？你看王后墓室那个乱七八糟的样子，一般人以为是未完工，你说可能吗？花一百万买个宫殿，却舍不得花五分钱整理房间？那不是未完工，是拆除设备的痕迹。大都督费尽周折整这个基地，用了大批人渣劳动力，他得要有个说法，才能愚弄这些退化的人渣，所以搞出了死后复活和木乃伊的节目。你知道木乃伊是怎么做的吧？”

谁有兴趣知道洋僵尸是怎么整出来的？陈道芗木木地摇了摇头。

“木乃伊是荷鲁斯愚弄人渣的障眼法，把死人的五脏六腑和脑子掏出来恶搞一通，慎重其事地当圣物保存起来。后来人渣陆续兴建金字塔，通通模仿这些莫须有的把戏，大费周章，也衍生出一大堆崇拜和迷信。你看那些后世的金字塔，往往不止三个房间，又是陪祀又是配飨的好不热闹，就是荷鲁斯整出来冥间和复活的恶作剧。木乃伊的处理和脏器保存都在地下石室进行，其实都是狗屁。等到金字塔完工，所有人渣被赶出去之后，所谓遗失的木乃伊和圣物其实就是那些后来被带走的机器设备。我最后的一个假设，胡夫法老王若非高级人渣，就是荷鲁斯本人。”

室外忽然传来拍掌声，只听人声从远处传来。

“太棒了，精辟独到，如果没有你，何人能解开这个千古之谜？太感谢你了，杭特博士。”

一口标准清脆的英语传来，室内四人相顾愕然，又过了一会，只见门外廊中光影摇曳，一人拿着火把走进石室。

“你好啊，罗勃。”

“霸凌先生，你怎么会来到这里？”

“我当然应该在这里，我等你来解开这千古之谜已经等了几个月了。这两位东方朋友也是天文或是考古专家么？”

进来的是一个不到四十岁的男子，金发碧眼皮肤白皙，身材甚是健挺，穿着剪裁合身的西服，简直一副白夷唐伯虎的模样。这位霸凌先生打量着于其成和陈道芗。杭特说道：

“这两位是大清来的宗教学者，渥纳，这到底是怎么回事？”

陈道芗默默旁观，他算是听出来了，这位大名渥纳·霸凌[1]的帅哥和杭特是旧识。可是杭特并不知霸凌在此，霸凌却是早有预谋在此等候。

"罗勃，该是你功成身退的时候了，请把荷鲁斯之眼交出来，然后各走各路吧。"

杭特一把抢过陈道芗手中的转接器，紧紧攒在手中摇头说道：

"不可能，这是我理论的重要证据，我要带回伦敦公布天下。而且，这东西并不属你。"

霸凌摇头笑道：

"我可不能让你这样干，而且你说错了。荷鲁斯之眼本来就属我，是我出资收来的。"

杭特退后两步站在于其成身边，他眯起双眼看着霸凌说道：

"原来是你雇用布鲁克进塔？不就是个雕件么？你富可敌国，何必如此？我明白了，是你，你冒名嫁祸到共济会头上。渥纳，伦敦的传言应该没有错，你是玫瑰十字团的团员吧？"

霸凌的脸上失去了笑容，冷冷说道：

"罗勃，我奉劝你一句，老老实实待在你的书房和实验室里。不该知道的人间事就不要伸出耳朵去打听，把东西拿来。"

"不行，你得先交代清楚，我不在乎你是不是学会的赞助人。你不讲清楚拿去做什么用我就不给你，除非你是要抢先发表，那我倒无所谓，目前已知的部分还太少，你不怕被人取笑你就发表好了。"

"罗勃啊罗勃，我该怎么形容你？真是个不食人间烟火的书呆屎橛子。罗勃，其实我把这东西拿回去啥也不干，我才不会去发表什么论文。"

"你到底在搞什么鬼？既然不是做研究，那你不去管理你的金融帝国，大老远跑到这里来搅什么局？"

"好吧！就跟你说明白。罗勃，如果你的理论成立，我是说如果，如果咱们真的是被放弃的人渣，远不如那帮神人老祖宗的安宁和谐进步健康，那么咱们现在就是正在摸索重建的过程，对吧？既然这个世界是如此不美好，如此多

---

① Wernher Baring，德裔英籍的霸凌家族称霸英国和欧洲金融界两个世纪，比犹太裔的罗斯柴尔德家族更早，成员伊夫林·霸凌于十九世纪后期代表英国统治埃及24年。本书很想为这个角色定名为亚历山大·霸凌，斯人为霸凌家族二代掌门，在陈道芗那个年代叱咤于欧美资本界，可霸凌家族仍有后人，实在怕被告诽谤。渥纳是借用另一位德国人冯·布劳恩的名字，此君曾任职纳粹党卫军，于二战后引领美国从事征服太空的宇航事业。

痛苦挫折，如此多人性陷阱，你的理论公布以后如果有证据相随，大家是信还是不信？不相信还好，一旦相信的结果是什么？你以为是发奋图强，大家回归猎户星吗？不是的，书呆子！是仅存的一点道德瓦解，秩序崩溃，盗贼横行。王权被践踏，上帝没了，天主教和伊斯兰教全部变成笑柄，整个地球重回黑暗时代。这不可能发生，只要玫瑰十字团还存在一天，就绝不容许这种对文明秩序的破坏。”

杭特眯起眼来看着霸凌，缓缓说道：

“所以玫瑰十字团忽然跟老仇家教会站到了一起，试图打压真理？”

“别这样说，去年梵蒂冈和那帮科普特杂种联手，不是差点害了布鲁克吗？其实我也很想知道真相，我知道你是这方面的专家，所以才命布鲁克去找你。罗勃，玫瑰十字团的理念是不会错的，这的确是个人渣的世界，只有少数智慧的菁英才有资格掌握真相。我可以让你继续宣扬你的理论，只要你提不出证据，总有一天你会被皇家学会扫地出门，成为伦敦学术界的笑柄。所以，咱们还是以文明的方式，请你把东西交给我。”

杭特把转接器紧贴胸口，又退了几步，站在陈道芗和于其成后方喊道：

“不行，绝对不行，知识属全人类，让好人变得更好。你不能独占，你是怕社会变动让你的金融帝国受损吧？”

霸凌皱起眉头，转身对布鲁克小声说道：

“跟书呆子来软的不行，你别太粗鲁，把东西拿回来就好。”

布鲁克看着眼前三个人，也是小声回道：

“让他自己交出来不行吗？”

霸凌瞪了布鲁克一眼。

“你的工作是什么你自己不知道吗？还用得着我多说？别伤到杭特就行。”

“别伤到杭特就行？主人，还是别来硬的吧？”

霸凌不耐烦地挥了挥手说道：

“快点，就给你两分钟。”

布鲁克无奈地点了点头，双手伸入怀中。眼看着人家要动粗抢夺，杭特抱着转接器紧张地又退了几步，贴到墙根。就在此时连续响起两声枪响，巨大的回音在石室中冲撞，所有人都捂住了耳朵。

几个人你看我我看你，于其成低头，右胸左腹出现两个还在冒烟的小洞，他大惑不解地抬头，看着仍在持枪呆立的布鲁克。

包括霸凌在内的几个人都惊呆了，几乎同时喝道：

“你为何开枪？”

布鲁克哭丧个脸颤声说道：

“你说别伤到博士就行。那个东方法师会巫术妖法，去年就是他，那些阿拉伯悍匪根本连看都没看清就被他撂倒了。我们几个人加起来也打不过他，我不开枪怎么拿得回东西？”

杭特、霸凌和陈道芗都抢到于其成身旁，霸凌伸手轻抚于其成胸前，懊恼地摇头说道：

“不成了，除非开罗医院就在旁边，立刻动手术。布鲁克，你这个白痴穆斯林，脑子装大便了你！叫你拿枪吓人，谁让你真开枪了？”

布鲁克嗫嚅着说道：

“我本来就不是穆斯林，你当初找我不就因为我是埃及人，诺斯替的后代嘛？”

顷刻之间变生肘腋，这两枪谁都预想不到，陈道芗整个人慌了手脚，握着于其成的右手喊道：

“于大哥，你撑着，封住血脉，我立刻送你去医院。”

于其成苦笑着说道：

“封也就是封三刻钟，然后再封两刻钟，你跟我一样清楚。我看是不成了，随缘吧。”

陈道芗急怒攻心，站起身来冷冷对布鲁克说道：

“在中国有句老话，欠债还钱，杀人偿命。”

布鲁克吓得举起转轮枪对着陈道芗，一面后退一面发抖说道：

“不要逼我，我不是故意的，不要逼我。”

陈道芗运起新学的莲花令第四秩，他立身之处似乎蓦地化为一股灰烟，刹那间没了人影。几个人眼睛一眨，陈道芗已站在布鲁克面前，劈手夺下两支手枪，运起内力往墙上一砸，登时成了两团废铁。铮然剑鸣声中一柄软剑抵住了布鲁克的咽喉。

“但教我大哥有个三长两短，只好拿你抵命。”

陈道芗这一路西来，于其成盯着他练功，莲花令第二秩已入三层，转授的第四秩也已进入第二层。虽然仅是入门，可原有深厚武学根底，一旦运功移形换位，却已非凡人肉眼所能及。

眼见大变迭起，杭特呆在那里，霸凌忽然伸手，从杭特手中夺过荷鲁斯之眼，毫不犹豫地蹲下来检起废铁手枪。等杭特一愣之下回过神来大喝道：

“渥纳！你疯了你？”

霸凌当机立断，眼见陈道芗诡异的身手，今日势已难能保全荷鲁斯之眼。所以趁杭特不备夺下之后，立刻快手砸得粉碎，他扔下废铁手枪，站起身来说道：

“虽然毁了一个文明的见证，可我的任务也算是完成了。现在赶快把人送医院吧，再慢只怕就来不及了。”

于其成咳了两声，轻轻说道：

“道芗，放了布鲁克吧，跟愚人无法计较，或许我等更愚。我想博士说得对，同类相残恐怕也是人渣的劣根性。”

陈道芗猛晃自己的脑袋，试图清醒，他狠狠地盯了布鲁克一眼，垂下手中软剑说道：

“立刻带我们去最近的医院。”

霸凌和陈道芗扶着于其成，五人走过中央走廊。前面的通道已无法容三人并行，霸凌跟布鲁克和杭特走在前面，陈道芗架扶着于其成缓行于后。将到塔口之时，却听到塔外似是隐隐传来惨号之声。

等陈道芗走到塔口，只见前三人呆立在那里，陈道芗疑惑地挤到塔口一看，登时心头大震做不得声。

第35章
大英海军主力登场

胡夫金字塔北面出口外立着两百余名骑兵，个个黑巾黑袍蒙面，高头大马以半圈围着，静默无声，十几名骑兵正在追赶那些小贩和衙役。陈道芗凝目望去，心中大骇，这些骑兵个个身手矫健，可并没有杀人，而是追上之后手起刀落，剜掉小贩衙差的一只眼睛。一转眼功夫已是满地打滚哀号的人体，鲜血淋漓。此时霸凌再也不复狂傲，连声说道：

“快问问他们要干嘛？可谋财不可害命，给钱包在我身上。”

杭特的证据被毁，满怀窝囊，愤愤说道：

“你瞧这架势，是你那些臭钱能摆平的吗？”

见诸人都已站在塔口，那两百多名黑袍骑兵策马开始缓缓前行，在塔口外地面七十米处圈成半圆形，二百柄长刀尽显寒芒，在阳光照射下森然凝立，其中一骑上前几步开始说话。于其成微微一动，陈道芗放眼望去，说话的不是那个方才跑出去拉屎的向导纳达特还能有谁？

脸色惨白的于其成皱起眉头，纳达特说的不是阿拉伯语，哪还有谁能听得懂？可是布鲁克却发起抖来。霸凌低喝道：

“他都说些什么？”

布鲁克慌乱地说道：

“他们不是阿拉伯人，我们完了。”

“混蛋，我问你他在说些什么？”

“他说我们冒犯圣地，盗取圣物，今日将应诅咒惨死于此。他们说的是最古老的埃及语，和科普特语也只有七八成相通。”

“连差人都敢杀，是强盗么？你问他们，究竟是什么人？”

胡夫金字塔古老的诅咒，不论谁打扰了法老的安宁，死神之翼必将降临。死神之翼！那荷鲁斯不正是鹰神吗？布鲁克操起科普特语，颤声说了两句。听得纳达特冷冷的回答，布鲁克竟是一屁股坐倒塔口。

“他说，他好像说他们是，是护灵荷鲁斯大神的黑狮团禁卫军，在此守护四千多年，向来无一人例外。冒犯灵地者处死，旁窥者剜眼以惩。”

黑狮团禁卫军？想起塔外的狮身人面像，陈道芗恍然大悟。原来这个纳达特是乔装的护灵士兵，此前跟随时言语不通，可是中午下得塔来，他看见布鲁克取出荷鲁斯之眼，即知五人并非一般游客，立刻假托拉屎，出塔搬兵。这时于其成轻扯一下陈道芗，低声说道：

“夺马，这些古埃及人不好相与，下手不能仁慈。”

“我们的骆驼就在前面。”

“骆驼跑不过阿拉伯骏马，今日甚险，有死无生。道芗，你身负重任，必须要安全脱离，只能开杀戒。我左你右，起！”

从不妄杀的于其成此时却是果决异常，飘身而下，欺向纳达特左手。陈道芗后发先至，一股灰烟夹着白练，纳达特登时被一剑穿喉倒地而亡。于其成运掌击倒一名士兵，夺过长刀跳上马背，又劈倒旁边的士兵。陈道芗出手更快，又刺倒两名士兵。一名官长口中发出嘀嘀之声，这股神秘禁卫军转眼间传来一片嘀声，分向左右快速奔驰，只留下陈于二人和五尸五马在中间，其景诡异已极。

眼见这两名东方来客一身怪异武功，禁卫军反应迅速，立刻拉开距离重新整队，准备重兵夹击。陈道芗跃上马背，却见于其成凝立不动，忽然胸腹间两股血箭标射而出，即知其动了真气，第一封关已破。于其成深吸一口气之后摒息运气，血箭停止喷涌，他沉声说道：

“走！”

这时杭特、霸凌和布鲁克都已连滚带爬下到平地，众人也不打话，上马向北狂奔。

霸凌和杭特一是巨贾一是学者，骑术只是平平，布鲁克倒是忠心护主，紧跟着霸凌，当下三人成了一路。陈道芗和于其成骑术当然没问题，可是于其成重伤之下难以放辔疾行，两人反而落在后面。左边禁卫军追向霸凌三人，右边禁卫军追向于陈二人，眼见距离越来越近。

这时五人已奔出数里，眼见追兵即将伸刀可及，霸凌紧夹马肚，伸手入怀掏出一柄小手枪，回头一枪击倒了最近的一名士兵。眼见对方有枪，追兵稍慢一慢，又重行加速赶了上来。霸凌这柄小枪只能装两发子弹，杯水车薪，他犹豫了一下，再举起枪来，却是一枪击向布鲁克坐骑的左前大腿。布鲁克惊讶地张大了嘴，转眼之间，放慢了速度的一人一骑已被追兵裹上，十几把长刀举起，却也拉开了和霸凌之间的距离。

眼看着霸凌忽然一扭马头转向西北，径往吉萨市镇狂奔而去，陈道芗和于其成追上胖杭特继续朝北。此时追兵合二为一，已是几乎伸手可及。于其成在马背上沉声喝道：

“道芗，大丈夫当断即断，不断自乱。我已不可为，你带博士逃命，我挡追兵。记得圣女和我的期望。”

不待陈道芗答话，于其成猛地腾身而起，操起夺来的长刀反身迎向追兵。空鞍马向前疾蹿，越过陈道芗前奔。

陈道芗与杭特并辔疾驰，满怀悲愤地回头看望，只见陷于乱刀之中的白袍身影越来越远，摔下来和马蹬拖着的黑狮军人体卷起黄沙，一道道鲜血标向半空。

杭特同情地望着陈道芗摇了摇头，顶着迎风大喊道：

“于先生是勇敢的人，你不能让他白白牺牲，快逃命吧！”

安宛若在南海死于利物浦商人号的那一天，陈道芗才晓得自己其实是个不折不扣半胡半汉的孤儿。芸芸人海之中，最亲近的人其实只剩下漳州继母和眼前的于其成。此时的他心中百转千回，他哪里知道，亦师亦父亦友的于其成早已成了自己心中依恋的大哥？虽然肩负沉重的期盼，虽然真知淑世是自己的使命，可是，既然身为人渣，却又如何能割舍这人间真情义？

陈道芗双目尽赤，抬头侧脸向杭特喊道：

“你向北逃命，我如能回来自和你在赛得港碰面，现在我必须回去。”

当陈道芗这一缕孤烟冲进禁卫军团阵中之时已然不及，白袍身影正在跌落，正在被乱刀劈砍的身影不再标血，却已失去了生气。

莲花令第四秩使得回风拂柳的速度更快，第二秩使得回风拂柳的杀力难以想象，灰烟腾空蹿起，在禁卫军头顶翱翔，扑下。九条人体跌落，再蹿起，扑下；再蹿起，再扑下。

禁卫军矫健的身手和神秘的纪律催逼着柄柄长刀，九十几匹空鞍战马在尘烟之中游荡。喃喃声中禁卫军终于停下马步，开始结阵。杭特越跑越远，终于消失了踪影。

陈道芗噗的一声落地，左小腿直立右小腿贴地，蹲跪在那里，只见染了污血黄沙的毛发根根竖立。于其成竭尽余力毙了十人，而陈道芗连夺八十余命之后，内力不济，正在大口喘气，尽量调匀气息，燃着赤红火焰的双眼紧瞪着结阵的禁卫军。

禁卫军马贴着马刀贴着刀，百余名黑袍黑狮兵看来一模一样，面无表情，下午的黄沙中遍地尸体和游荡的马匹。百余人对一人纹风不动，直到日影偏西，一名黑狮兵口中又发出嗬嗬之声。此人当是官长，百余骑开始迈出齐步，忽然开始加速冲来。

陈道芗收起软剑，随手捡起一把长刀，他的喉中咕咕低响，猛的化为一声厉啸，整个人倏地弹起，如同一只受伤的野兽直冲向那名官长。

百余骑以二十七骑一列排成四排前冲，冲出二百多米才停下来掉头，冲过来的路上留下三十二个尸块。那是八具马头八具马尾，还有被劈成十六片的八名黑骑兵。受伤的野兽运足全部内力一路前劈，指挥官也被劈成了两半。可是神秘的禁卫军竟然毫无所惧，好像生死与己无关，立刻又有一名黑狮兵发令，掉过头来的百名骑兵化为半圆，向陈道芗快速包拢而来。于是，又见孤烟蹿起。

罗勃杭特狼狈逃回赛得港，却是惊魂未定。这支诡异的禁卫军团是四千四百年前胡夫法老王时期人渣的后代，几千年文明的洗礼之下仍然如此神秘。五人中午还在石室中争论不休，没想到几个小时之后竟然只有自己侥幸逃得性命。此时身心俱疲，只能找一家小客栈暂时住下。

“小夫子，我这里有个新鲜事，您帮忙看看，如何拟给制台大人批？什么叫作订婚舞会咱也不懂啊。”

小夫子可不是吃豆腐的话，因为幕客并无官秩，却又是老板的心腹，一般衙门里的官员碰着顶头上司的幕客时，往往以夫子相称。偏偏这姚莹嘴上还没毛，而推官李承训却年已四十开外，正是因为彼此厮混得熟了，所以才加上这个小字。他手里拿着一个奇形怪状的信封和一份水师签呈。

英皇乔治三世的孙子艾胥顿王子与瑞典王室的玛嘉烈公主文定之喜，将于本月订婚。大英帝国驻大清领事举办庆祝舞会，订于公历1809年10月6日借座葡萄牙驻澳门总督府举行，敬邀大清国广东海军司令部高级官员莅临。夷人请柬奇形怪状，信封竟然是横的，而且还竟然是汉人发丧讣文的白色，蚯蚓字倒是龙飞凤舞，还烫了金边。

夷人办起活动来也还算是挺客气，舞会也可以理解，不就是看舞妓伶优跳舞唱歌，酒水助兴么？想必就像是咱们各地衙门礼尚往来，所谓后衙联谊，没事就呼朋引伴，叫班子出堂会听戏。这回听的可是夷曲，看的可是夷舞，果然新鲜。可是，怡和洋行到水师大营送帖子的经理还禀告了几句话。第一，请关天培司令官务必偕同关夫人赏光参加。第二，英方的光棍太多，如果关夫人能邀几位未婚伴当同来，那可就太美了。第三，怡和可派教师提前过来教授华尔兹圆舞曲。

本来这种应酬活动水师大营自己就可以决定，可是，堂堂大清总兵关天培一听底下报来这几句话可就犯迷糊了。华尔兹圆舞曲是啥东东？和夷人应酬拿舞姬当节目倒没什么不可以，可怎么好带老婆参加？这成何体统？竟然还要携同未婚女子，还要先学舞？这不是要客人自备歌舞节目么？哪里有请客吃饭还要客人自带菜的？关天培帐下可没有通晓夷务之人，看来水师今后也得想办法编预算增加这方面的人力。可眼前这张请柬，只好一皮球往总督衙门踢了。

姚莹接过请柬和那张关天培签上来的简单报告，却也不知道这夷人的舞会是如何舞法，看着看着忽然想到一事，连忙问道：

“这夷人没送帖子给咱们这儿吗？”

“哟！这没见着，那可能就是没有吧！要不待会找收发的问问？啊，还有一件，三天前台山营不是来报，说是截获被蓝旗帮掳走的瓦巴许号夷船么！”

“是啊，这花旗国向来恭顺，制台大人已经下令抚恤那几个被害的水手了。”

“不是，今天吴尚青那家伙送来了查抄的舱单，和当初花旗国领事报来的不大一样。”

“哦，怎么个不一样？”

“少了四箱西班牙银币，多了六十箱鸦片。”

总督衙门的确也收到了请柬，夹在另一位推官程振藩案上的一叠子待办公文之中。姚莹看着面前两份请柬心想，巡抚衙门想必也有一份。可是，台面上的交往怎么可能直接单邀对方的武装部队指挥官？而且还派经理特别叮嘱。这要换做国内，私下结交武官，岂不就是心怀不轨，另有图谋？昨日英吉利东印度舰队先遣队抵达澳门，又是几艘庞然大物。看来是醉翁之意不在酒，一心想要二次联军，姚莹从两份精致的请柬中闻到了火药味。

姚莹和陈道芗手下那个大柜吴庸庵现在也混得熟了，前一阵子刚陪着巡视四处炮台，八天转下来倒有五天下大雨。不过进度并没怎么耽误，弹药库和火药作坊都已经起了一半。还有就是夯实地基和防护的女儿墙，那是耗费多而不大看得见辛苦的活，可这工程不先干完了就没法开始建炮盘。

当威利斯中校率领的前锋驶进澳门时，张保战队已分批进入石塘，然后往西。这个绕弯南沙的走法多花费两天，可是避开了商业航线，神不知鬼不觉潜进到七洲洋，猫兴岛东面不足百里的海域。

陈道芗在黎明的第一抹晨曦来临之前惊醒，发现自己躺在尼罗河边的枯草之中，这才回想起来，昨日黄昏一战，力竭之余狂奔二里，晕厥于河边。此时思路麻木，全身酸疼不已，灰袍染满血迹。于是他脱下外袍，在河水中清洗拧绞之后，搭在枯草上晾晒。他站起身来走回战场，只有几匹空鞍马还在了无生气的主人身旁徘徊，地上躺着二百一十六具尸体。全身乏力，长刀也无法掘坑，他只能走到于其成身边，默默地为其脱除外衣，可是尸体已然僵硬。

陈道芗一咬牙，撕开衣缝直接将白袍扯裂，整了大半柱香的时间，这才托起遗体，轻轻走入水际。眼看着河水将于其成带走，一路北流，他知道，于大哥将会流入地中海，成全鱼虾生命的延续。他回过头来，那二百一十五名黑狮禁卫军尸横遍野，僵硬的尸体今天将成为鹰鹫豺狼的食料，数日后残骸将被风沙掩埋。这是二百一十五名古埃及人，二百一十五名与自己天南地北素不相识，毫无瓜葛之人，却只是为了一个说不明白的原因，夺走了自己亲近之人的生命。而自己也为了同样说不明白的原因，竟然耗尽全力只为夺走他们的生命。

究竟是为什么？陈道芗看着这一切，于其成言犹在耳，同类相残也是人渣的劣根性！他蹲在尼罗河边，开始哭泣。

“那个霸凌究竟是什么人？”

“渥纳·霸凌是霸凌银行总裁，也是霸凌家族内定的接班人，而霸凌家族控制欧洲金融的历史比罗斯柴尔德家族还要悠久。因为罗斯柴尔德是犹太人，而霸凌和汉诺威王朝的皇室一样，都是德裔移民。霸凌家族同时又是我们皇家学会的赞助人，你在大清听说过玫瑰十字团吗？”

杭特以为陈道芗一定命丧黄沙，第四天早上才见到他形容憔悴地走进客栈里。他哪知道陈道芗像游魂一样，在尼罗河岸飘荡了两天，才收摄心神，来到赛得港一家一家客栈寻来。

“我在帮教士做双语字典时见过，rose of cross，可是汉文解释很简单，马礼逊那个传教士只说是个宗教团体。至于你们那个共济会，我以前还真当是一个木匠铁匠一样的行业工会。”

“宗教团体？玫瑰十字团恐怕是天下所有宗教最惧怕的秘密组织了。”

“你说派布鲁克来的霸凌其实是玫瑰十字团的团员？”

“没错，我对宗教事务没什么兴趣，不过，共济会和玫瑰十字团都是教廷的眼中钉，所以我们是有研究的。圣殿骑士团和天主教廷闹翻了之后逐渐式微，隔了两百年这个玫瑰十字团兴起。圣殿骑士团当初打着护教的旗帜大张旗鼓，后来却被教廷赶尽杀绝。所以继起的玫瑰十字团改走神秘路线，他们信奉的观念与埃及诺斯替派和希腊隐士派脱不了关系，据说是由一个普鲁士人罗森克鲁兹在两百年前创立。后来才知道，那些秘密会员中尽是当时名人，包括哲学家黑格尔、笛卡儿，音乐家海顿、莫札特，文学家雨果，科学家牛顿、伽利略，还有大名鼎鼎的团长，科学思想家弗朗西斯·培根。事实上传说中的创始人罗森克鲁兹（Rosenkreuz）这个日耳曼名字本身就是玫瑰十字（rosy cross）的意思。所以很多人怀疑这是个假名，认为创始人其实就是培根子爵本人。”

“难道这些人不是教徒吗？”

“表面上是的，宗教改革挑战教廷的权威，逐渐导致对神明本身的怀疑。玫瑰十字团就是这个时期的产物，而这些人又都是高级知识分子乃至于科学家。当初教皇克雷门五世和法兰西国王腓力四世联手屠灭圣殿骑士团，部分残余转入玫瑰十字团的前身，玫瑰十字团又和锡安山隐修团关系密切，这其中当然会有宗教复仇的影子。而共济会也脱不了干系，谣传一百年前英吉利共济会创会元老就有玫瑰十字团中人，而法兰西共济会的十八级会员直接就称做玫瑰十字武士（Knight of the Rose Croix）。”

一听到锡安山隐修团这个名号，陈道芗就想起了拾翠洲特立独行的怪人奥利坊，连老好人马礼逊都有点敬而远之。他好奇地问道：

“这个锡安山隐修团也挑战教廷么？”

“这是个更隐密的传说，一般记载提到锡安山时也只略述它和犹太教的关系，至于新教的锡安教会，更是趁宗教改革这个机会出头的教派，一口咬定耶稣再度降临。玫瑰十字团挑动布鲁克盗墓，却栽赃到共济会头上，可能是因为共济会的活动比较公开，而玫瑰十字团形迹隐密。”

“既然玫瑰十字团和梵蒂冈结仇比共济会还深，借你的理论推倒神权，让教会难堪，岂不是大快人心？不把握这个机会端掉迷信，为何反而倒打一耙，惹出这许多事来？”

“唉！这就是人渣劣根性的显现了。我还没跟你说玫瑰十字团的发源，那就是光照派。这个光照派和你们摩尼教殊途同归，都源起于诺斯替派，可是光照派中有很多科学家和天文学家。你想想看，上帝创造万物，教廷能容忍这些人对日月星辰宇宙生成的研究吗？说起来是血淋淋很残忍的。教会在欧洲各地设立宗教裁判所，多少科学家被烧死！梵蒂冈用凶暴的杀戮来镇压所谓的异端邪说，光照派元气大伤，转入地下成为神秘组织，以杀止杀，和教廷完全对立。”

“所以喽，这岂不更难以说得通霸凌的所作所为？”

“你知道天主教对上帝创造万物的神学理论是如何解释宇宙的？”

陈道芗艰涩地答道：

“上帝有无敌内功，莲花令一百二十层内力推着星球转？”

“莲花令？差不多吧！他们认为地球是宇宙的中心，不是地球绕着太阳转，而是上帝创造太阳，太阳绕着地球转，用光与热来保障生命。地球是不会动的大地，也不是个球体。而这个宇宙是个无敌水晶球，里面有各种等级的天使，整天里扑腾翅膀绕着地球飞，也就是天际众星。你们大清的和尚会不会因为道士说混沌初生并非佛祖，大千世界并不是水晶球，就一刀把道士给砍了？”

“不是，我只想知道霸凌为什么要阻拦你？”

“你刚才听天主教的宇宙说固然是胡说八道，可是我的理论听起来岂不是更荒诞不经？就像霸凌说的，不信还好，如果大家都相信了，或许人类世界集体文明的秩序就此解体。更重要的是，玫瑰十字团虽然不确定我理论的真实性，可是也认为人性充满了卑劣，只有少数智慧菁英才有资格掌握真相，而这些所谓的菁英应该就是玫瑰十字团的成员。换句话说，真知和对这个世界的控制应该在他们的掌握之中，而我并不是他们的一员。你别忘了，玫瑰十字团这两百年来已经成为神秘的地下组织，他们的思维和手段是很难以常理度之的。”

“杭特先生，你真的认为人类来自猎户三星？”

“那只是我根据现有资料做出可能性的分析，只是阶段性的探讨，它随时可以被新出现的证据或是文明的进程所推翻，我也会虚心接受。把可能性当成不容置疑的真理来膜拜，那只会是宗教傻逼，哄骗懦弱的愚民。我认为一神论的宗教是人类文明中最幼稚可耻愚昧的悖行。”

早在大屿山备战的时候，张保就已经打开了陈道芗的第二个信封，里面的内容是，请君入瓮。赖德进绘来七洲洋详图，上面标注暗礁浅滩和各条航道水路的水深潮差，已经描摹了多份，分发各战队头目。

大队昨天一早抵达猫峙岛北面和猫兴岛东面隐藏，张保得在两天之内完成详细部署计划。这时七艘小船已靠泊翡冷翠之星号旁边，开始转驳硝石硫磺和炭沫，这些物资明天将会铺设在指定的沙洲之上。同时，翡冷翠之星号的后甲板上摆了六十笼增援的信鸽。

请君入瓮的第一条就是遮敌耳目，让英吉利人变成瞎子。张保编了三十艘快船，组成几支游猎兵力，侦哨之余负责剪除敌人的哨船。天下的哨船都是轻武装，而张保为这些快船加配了三百喽啰，六百支前膛枪。

当初维尔纳夫中将率领的法兰西土伦舰队仅是重型战列舰就有18艘，包括全世界最大的三叉戟号四层甲板炮巨舰。米西赛中将率领的西班牙无敌舰队再加上重型战列舰十五艘，另外还有九艘巡洋舰。这意味联合舰队拥有近四千门重炮，足以将一个国家从地图上抹去。而纳尔逊上将率领的大英帝国皇家海军地中海舰队当时拥有二十七艘战列舰和四艘巡洋舰，结果是，近五年前的特拉法加海战重创拿破仑，改变了欧洲版图，也改变了历史。曾经击溃联合舰队的大英帝国皇家海军，为什么碰到这些脑袋长尾巴的东方小丑却屡屡受挫？

每次和红旗帮遭遇都有一个共同的现象，彼知我而我不知彼，每次都无法正面捕捉红旗帮的主力，而红旗帮却总能按预想的时间出现在预想的地点，对皇家海军施以打击。作为职业军人的敏感，培罗知道吃憋的原因只有一个，就是没能像红旗帮一样重视情报，只迷信武力。有才华的指挥官必须能随机应变，与时俱进，所以这一回才会指派威利斯中校担任先遣部队指挥官，提前进驻广州湾，开始搜集情报。如果与大清水师合作愉快，反正短期内也不适合侵入清国陆地，所以这次东来之前他决定，不再浪费载重携带火枪营，而是带来了更多弹药，还有十二艘加尔各答新造的哨戒小炮艇。即使不算上这些小船，此次出动的兵力共有一千八百多门火炮。纳尔逊上将当年的火力也不过两千一百四十八门，以特拉法加大海战百分之九十的兵力来对付海上强盗，只有雷霆万钧一词，差堪比拟。

公历1809年9月27日，头顿港区负责补给的服务公司通知舰队后勤官，因为淡水池前几天受到污染，得要到今晚才能清洗完毕，明日蓄水，保证后天完成为舰队补充淡水的任务。为了表示歉意，杨文彬经理为各舰送来了二十吨水果。

眼看着八百公斤木瓜香蕉和榴莲被吊上多铎亲王号后甲板，后勤官叹了口气。船无淡水不行，他只能上报培罗准将，舰队得在西贡外海多停留三十六小时，才能完成综合补给。

9月30日中午，舰队一出头顿港，新任参谋长柯林伍德上校就发布命令，十二艘小炮艇以三艘靠舰整补，九艘战备值岗的方式前出，展开战斗搜索。交战规则是：侦哨之余负责剪除疑似海盗哨艇的渔船。

目送东印度舰队离去，安南水师总兵帐下的军需官交给杨文彬三万安南盾。那二十吨水果价值一万盾，另外二万盾是杨文彬故意拖延的额外酬劳。

嘉庆十四年八月十六日晨，公历1809年10月2日，刚入卯时，三艘挂着米字旗的炮艇以倒品字队形通过半路峙西南六里，往东前进，岛上飞出第一批信鸽。当然啦，正倒品字形是大清方块字的说法，这是培罗得意的三角阵形。

虽然不知道利物浦商人号和伦敦雾号当时遇袭的确切地点，可是进入七洲洋海域以后尽是嫌疑之地，所以舰队过了头顿外海之后，培罗就下令以战斗队形前进。

三艘炮艇前二后一，前方两艘分别是加尔各答3和加尔各答17，白天能见度好时各艇相隔四里，这是保证能从千里镜中看清旗语的距离。当旗令传来，前方发现两艘大清小船时，分队长卡本特少尉立刻下令，执行交战规则，同时下令自己的座舰加尔各答5加速前进。这时加尔各答5在半路峙东面13里，半路峙西四里出现了考文垂号、南安普敦号和安妮公主号三艘驱逐舰，同样以倒品字形向东前进。

三艘加尔各答炮艇往东追赶渔船，准备执行灭口命令。他妈的，印度蠢货造的蠢船，跑得如此不快，而这些大清帆船却跑得如此不慢。卡本特少尉有点着急，按预定航路应该在二十五里后折向北进入七洲洋群岛。换句话说，他必须在二十五里内追上这两艘混账奸细船，一定是海盗奸细，否则干吗掉头就跑？眼看着距离还有三里，却无法开炮，尾追者必须齐头赶上才能发射舷炮，而艇上的十磅炮也小得可怜，射程只有不足二里。

当警哨吹响时，另外四艘小船从北面出现，距离二十一里。没办法，炮艇只有一个不够高的桅顶哨位，二十一里差不多已是最远观测距离。卡本特一愣，这么多渔船，不太可能是海盗哨船吧？哨船向来都是轻骑单出，哪里有成群结队的？那是白白浪费人力和经费，或许真是渔船队。等到这四艘船来到西北面九里，他才从千里镜中看清了那些船甲板上的炮眼，登时心中一凉。他的反应也还算快，立刻下令戒备，命令三艇减速，准备从攻击转为防御。

咦，东方的阳光直刺眼睛，可是如果没看错的话，东面那两艘小船停了下来。不对，不是停了下来，而是调头迎面而来。眩目阳光中看到的船影不是两艘，而是变成了五艘。

传闻中的红旗帮果然奸诈，卡本特少尉从军官预备学校毕业不到一年，被派来远东服役。不过，年轻并不表示不懂作战，他立刻下令，三艇掉头往西，加尔各答3居于品字尾，准备接东面之敌，加尔各答17和自己的加尔各答5准备接北面之敌。本队距离不过十七里，不到半个小时即可会师。不就是几艘破船嘛，只要撑半小时，让本队前军的驱逐舰支队捏死这帮狗娘养的。

原来海盗船真跑起来比印度包子快得多，当卡本特少尉发现被人家扮猪吃老虎的时候，已经来不及了，他并没有这宝贵的半个小时。因为，海盗船的炮大得很，而海盗根本没打算先用炮，用炮就得花时间抢占发射阵位，人家也知道时间宝贵。九艘战船直接对准他们冲过来，北面四艘截住加尔各答17，英舰右舷两门小炮只来得及呻吟一次，就被欺近到一百二十米。四条船举起四十支火枪，打死了帆缆手也打死了炮手，然后再举起另四十只火枪，在五十五米的距离又是一轮轰击。短短四十秒钟，加尔各答17就没剩几个活人还能吐气。这时四艘战船才拉开一点距离，两艘船的六门二十磅炮近距齐射，然后，各船上的四十名枪兵重新装填八十支前膛枪，四艘船开始向加尔各答5逼近。

加尔各答3多活了几分钟，被另五艘海盗船如法泡制，寿终正寝。

考文垂号舰长兼驱逐舰第四支队长威尔逊少校下令降帆减速，三舰各降十二片主帆，等待后队。虽然千里镜中可见那九艘盗船还在慢条斯理地晃悠，可是这次作战计划订得极尽严密，小心红旗帮的诡计。那九艘盗船就只差没摇旗邀请咱们追击了，必定是红旗帮诱敌的诡计。

十五分钟后，邓肯子爵号、大力神号和勇敢号三艘巨舰组成的巡洋舰第二支队靠近到二里。威尔逊少校的报告不断发送，经由勇敢号转发往旗舰。

这批舰艇除了归建的无双号以外，全部是由地中海舰队调拨，上面配备了划时代的新型通讯设备。以往的油灯灯号亮度不足，只宜在阴天或黄昏至黎明之间使用，夜间也不过区区几里的传发距离。使得部队顶多在没有敌情的时候，在夜间以紧密队形航渡，并不宜于指挥夜战。这批新装备是用炭精棒当燃料的信号灯，产生炽亮的白光，昼间传讯也比旗令可靠得多，夜间更可达20里以上。所有舰上的信号兵也早已熟悉灯号的发送与抄收，与旗令只能传达定制简令不同，灯号的二十六字母密码不但可以传递完整文件与命令，并且使得以往视为畏途的夜战成为可能。

培罗准将在加尔各答苦思了一百个白天一百个黑夜，对付奇怪的大清鬼子，必须处处小心步步为营。不能用正常的战术作为对付不正常的红旗帮，逢林莫入穷寇莫追，再也不能上当了。这次的兵力足以排出八个三角行军阵列，互为掩护，另外还有一艘战列舰一艘驱逐舰和十二艘炮艇游弋。红旗帮一定还是老套，打算设伏诱敌打包围战。可是，如此强大的兵力你如何包围？仅凭红旗帮的五六百艘战船，就算是连勤务船也塞满大炮，仍是连半个包围圈都谈不上。难道你还能广发英雄帖，在这鸟地方召开地球海盗运动大会么？所以，这帮贱种唯一的如意算盘一定是打算分割小包围，一小口一小口地吃多少算多少。

准将学了一句大清话，叫作知耻近乎勇，这一百个白天一百个黑夜可不是白想的。张保能想到的他全想到了，张保想不到的他也想到了。三艘炮艇和卡本特这个好孩子绝不会白白牺牲，那九艘海盗船还在东面晃来晃去，掀裙亮大腿地搔首弄姿。现在至少确定一件事，红旗帮行事果然又是出人意表，主力并不在广州湾，而是长途跋涉的就在此处，整个七洲洋海域就是主战场。培罗又瞄了一眼六里外的半路峙，波塞冬战神号为首的战列舰豪华三角就停在小岛正南。他下令距岛最近的无惧号开炮，主目标岛上的两个渔棚。

此处离大清最近的领土也有六百里，就算宰了几个无辜渔民也无人知晓。培罗下定了决心，坚壁清野，斩草除根，既然分不清谁是海盗谁是良民，这一路只要见着脑袋长尾巴的就不留一个活口。

四艘战列舰和六艘巡洋舰都配装了去年底才升级的二十五磅重炮，当无惧号的五十四门左舷炮发射第一轮时，千里镜中望去，整个半路峙被硝烟掩盖。当四分钟后第二轮发射时，其实岛上看来似乎已经被炸成光秃秃的一片。培罗站在乔治三世国王肖像面前，大声说道：

“陛下，我绝不容许同样的错误再犯一次。”

现在他回到旗舰多铎亲王号作战室的图桌旁，准备下达接下来的作战方案和决心。桌上最新的海图由劳埃得保险公司提供，由于远东海上贸易大增，劳埃德的调查员提供保费折扣，要求过往商船提供数据，重新修订了库克船长那个年代的海图。因为，七洲洋的这些小岛竟然会像小乌龟一样慢慢长大。北极熊号去年在晋卿岛搁浅之后，英吉利人才发现这种热带海域独有的异象。会长大的岛有两种，一种是水线以下有活珊瑚聚生，另一种是海浪在岛缘卷沙形成的天然沙堤。虽然成长极为缓慢，但是仍需小心。这份新的海图准确标定了四十几个岛礁的正确位置，可保万无一失。

你不是想诱敌深入吗？你不是打算分割包围吗？威尔逊少校传来最新的报告，东面又出现另外九艘盗船，不是犹报琵琶半遮面的伪装渔船，是直接挂上红旗的战船。好家伙，怕老子不上钩，加大诱饵了。好！培罗一捶桌面，只要你张保沉不住气就好，让你知道什么叫作将计就计，让你领教一下何谓反切割，何谓反包围。

9:30，下达作战命令，以诺丁罕号为首的驱六支队航向315，到达检查点盘石屿南方十里里时改航正东。以铁公爵号为首的巡洋三支队跟随其后，再后面是以拳师号为首的驱七支队，这六艘驱逐舰和三艘巡洋舰是南线第二纵队打击兵力。北线第一纵队打击兵力是以考文垂号为首的驱四支队航向正东，到达检查点盘石屿北方5里时与南线兵力确认。驱四支后面是以邓肯子爵号为首的巡二支队，巡二支队后面是以惠特比号为首的驱五支队。

风帆前膛炮时代的海上战斗，各国多将主力战舰列为纵队，与敌军纵队接敌时以同向异舷炮或反向同舷炮对决，所以主力战舰称之为战列舰。管你是英法德意葡荷西，大家都是这样干的。偏偏东方海盗的小船不跟你这样玩，东一拳西一脚的毫无运动精神，大搞海上游击战。培罗是痛定思痛，才设计出这种双纵队战法，而纵队中又暗藏三角阵，其中两角对外，一角朝内。既创造了最大接敌阵面，又提高了火力密度，不必像地中海海战的和尚念经一般，搞四五分钟才能发射一轮排炮。

现在东印度舰队摆出严密的战术行军队形，南北线横距十五里，齐头并进。各支队前后纵距六里，南北支援，东西呼应，你这帮东方小丑来耍宝吧。真正重型火力支援在于第三纵队，在这十五里宽的海上走廊中间，领头是以北海女妖号为首的驱八支队，后面是以波塞冬战神号为首的四艘战列舰纵队，鱼贯相连。旗舰多铎亲王号排第三位，最后面是负责后方警戒的苏丹酋长号驱逐舰。

双龙出海，南北两线兵力领命，南线先发，北线后动，双纵队出击。战情军士开始推动图桌上代表英军的二十六个蓝色积木，以及代表九艘加尔各答炮艇的蓝色小木片，和那代表红旗帮的十八个红色小木片。蓝色积木上直接标示船名，红色小木片标号土匪1234567直到18。

此时大不列颠及爱尔兰联合王国东印度舰队战术行军的队形编成是这样的：

北线左翼第一纵队：

驱逐舰第四支队—考文垂号、南安普敦号、安妮公主号

巡洋舰第二支队—邓肯子爵号、大力神号、勇敢号

驱逐舰第五支队— 惠特比号、钻石号、公爵夫人号

南线右翼第二纵队：

驱逐舰第六支队—诺丁罕号、湿婆女神号、弯刀号

巡洋舰第三支队—铁公爵号、约克城号、普罗米修斯号

驱逐舰第七支队—拳帅号、嗜血号、斯巴达男士号

本队第三纵队：

驱逐舰第八支队—谢菲尔德号、北海女妖号、格旦斯克号

波塞冬战神号战列舰

无惧号战列舰

多铎亲王号战列舰

克仑菲尔号战列舰

苏丹酋长号驱逐舰

加尔各答侦察炮艇支队

上午无惧号第一轮炮轰半路峙，打死了三名留守的红旗帮兄弟，第二轮更是打得尸横遍野，无数马尾螺冤死沙滩。可是舰上官兵看不到的是，另外二十几名哨兵躲在岛北面泻湖中的两艘船上。笨蛋，既然乔装渔民，怎会将鸽笼留在岛上渔棚里被拿赃？当然是留在机动的船上。

当英军双龙出海之时，红旗帮信鸽再起。

三支纵队以中速前进，当北前缘的考文垂号驶过盘石屿五十七里的时候，时已接近正午。观通系统上报，北面出现土匪19到土匪54，那是三十六艘红旗战船，从东北角奔来，距离二十里。而一直在东面若即若离的土匪1到土匪18距离十四里，正在减速变阵。来了，红旗帮的第一个陷阱张网了，培罗舔了舔嘴唇，下令备战。但是严禁脱队攻击，全舰队减速，支队间的纵距由六里缩短为四里，编成更紧密队形。图桌添上了三十六个红色木片，红旗帮绝对还有后手，此时必须沉住气。

还不到半盏茶的时间，西南面又报来土匪55到土匪66，十二艘匪船跟在舰队尾部十五里，似乎是打算随时扑向殿后的苏丹酋长号。果然，张保这兔崽子真是想来个头尾分割，小口吃大餐。这时，旗舰发出灯号加旗令，北线巡二支队开始略为加速，向驱四支队靠拢。尾部苏丹酋长号开始略为加速，向克仑菲尔亲王号靠拢，同时还有后队的驱五支和驱七支掩护，之间穿插着三艘加尔各答炮艇。东印度舰队的一万六千官兵摩拳擦掌，准备为卡本特少尉报仇。望着图桌上新标注的实时动态，培罗松快了一下筋骨，伸出肥舌咂吧咂吧厚唇。

面对如此严密的阵型，东面红旗帮的土匪1到土匪18结成三个六角阵，开始扑向考文垂号左舷，以少量兵力做试探性攻击。如此看来，匪船至少目前谈

不上所谓的分割包围，而是打带跑的快速突击。开完炮一定会立刻扭舵向北脱离，再快速奔回东面，取得六七里的距离时各炮又已装填完毕，准备施行第二轮攻击。这种战术说来简单，可大海之中开炮后再调头追回阵位谈何容易，第二轮最少也是半个小时以后。培罗又舔了舔嘴唇，今天好教你这帮孙子见识一下，什么是真正的海上大兵团作战，什么才是专业的海军。

当东面海盗在十里外开始发起冲锋时，邓肯子爵号、大力神号和勇敢号这三艘位于北线中间的巡洋舰开始扭舵航向060，与驱四支形成夹角，东面匪船完成突击向北脱离时将撞进巡二支右舷的火网。这是培罗呕心沥血的杰作，这个时代的海军战术难得有机会同时发挥两舷火炮的威力，而今天，巡二支左舷的一百零八门火炮将与驱五支形成第二个夹角，迎击北面奔来突击北线中段的土匪19到土匪54。

整个舰队以略低于中速前进，而最尾部的苏丹酋长号以全速不规则之字形前进，在那十二艘尾随的匪船面前搔首弄姿，尽显风情。

十八艘匪船以十一海里时速自东向西奔来，考文垂号和南安普敦号的枪炮长各指挥左舷十六门炮，两舰时速七海里，各炮炮长已领受射击诸元，将于匪船进入射点右方三刻度，也就是距离预想弹着点十八米时开炮。这时安妮公主号处于内线的三角阵尖角位，第一波还没轮到它开炮.

红旗帮第一个六角阵的第一艘船到达与考文垂号的东西接触点时，南北距离仅有三里，这是个对彼此都相当理想的射距。看来海盗今日不惜血本，打算进行几小换一大的数量置换。六角阵开炮了，六艘匪船中的前两艘一过东西接触点就发炮，隔了几秒钟以后另四艘跟进开炮。只见那开完炮的两艘船开始扭帆，左舷伸出八支大桨划得飞快，然后……

驱四支队和巡二支队所有的瞭望哨和军官看到了令人目瞪口呆的一幕。匪船一开完炮就扭帆、扭舵、飞桨，以一个不可能的角度调头，简直违反物理定律。不过，威尔逊少校立刻就反应过来了。这正是中式带桨小船独有的一个优势，匪船开完炮之后左舷操顺桨右舷扳反桨，玩过单人舟的都知道，如此可以原地掉头。威尔逊少校猛的惊醒过来，连忙大呼开炮。炮是开了，可是来不及了，小船一掉过头来紧接着右舷炮也跟着发射，每艘船都在短短不到两分钟之内打出两舷六枚二十磅炮弹，然后立刻加速往东脱离。

这种战法玩的就是胆识，冲到人家大军前锋的眼皮底下，几百门炮口面前忽然刹车掉头，叫你看得见吃不着。好张保学得快，当年应用火枪是如此，这一回快速机动又是如此。大屿山之战吃过培罗三角阵急刹车的大亏，这回一模一样孝敬您老人家。其实不只一模一样，而且是青出于蓝，因为西式大舰可没有桨，而扳桨原地转向机动可比舵效和扭帆强过百倍。

考文垂号勉强发射还击，只有一枚炮弹擦过第五艘匪船的船尾，另外十五枚落空。而距离四百米的南安普敦号根本没机会开炮，因为目标已在这短短四百米之内掉头，不见了。巡二支队只有邓肯子爵号连忙修正航向，打出三十六发送行的炮弹，击沉了第二个六角阵中的一艘匪船。第三个六角阵并没有加入攻击，而是将要发起时却直接掉头，也是因为失去了目标。考文垂号挨了前两个六角阵十二艘匪船中近距离发射的七十二发炮弹，其中十三发直接命中。只有不到四十名水兵生还，包括威尔逊少校在内的其他二百余名成为第一批葬身南海的官兵。

巡二支队三艘巡洋舰立刻将航向修正为小斜角，缩短反应时间的同时缩回部分凸出部位。培罗看着图桌，你张保还真是一小口一小口吃啊，开张的第一口就咬掉了考文垂号。他立刻下令提速，全舰队从中低速提到中速，隔不到五分钟又修改为中高速。很简单，在没来得及想出其他办法来之前，高速可降低命中率，增加我方开炮机会的同时，也增加匪船掉头再发起攻击的困难。这时苏丹酋长号位置在盘石屿以东二十八里，担任左前军的驱四支南安普敦号在七洲洋东南角的浪花礁以西五十五里。土匪55到土匪66这十二只匪船保持十里距离，一直跟着苏丹酋长号，既不攻击也不撤退，阴魂不散，若即若离。

此番大军东来，事前早已机关算尽。第一次接战只击沉一艘匪船，却损失了考文垂号，如此的伤亡置换率完全无法接受。而现在，当北面的三十六艘匪船准备发起冲锋时，巡二支队快速调整了航向。如此一来，匪船将进入攻击阵位时，巡二支队只要稍微前出即可发炮还击。北面匪船的进攻路线与舰队航向呈六十度斜角，换句话说彼此都不能直接发炮，而舰队并不打算改变航向。如此一来匪船必须先做第一个拐弯动作，发炮后再做掉头的第二个动作，两个动作之间就是舰队开炮的时机。

但是，东北面的土匪19到土匪54并没有发起冲锋，反而跟着舰队东移。培罗看着图板上的动态，推想出了红旗帮的算盘，立刻下令。南安普敦号和安妮公主号间距缩短为四百米，驱四支和巡二支的分队间距缩短为八百米。北面匪船既然东移，绝对不会冒着被巡二支阻断归路的危险，去进攻北线后队的驱五支，两路匪船都将攻向已损一舰的驱四支队。

果然，考文垂号遭袭后二十五分钟，两路匪船发起同步攻击。当两个方向的五十四艘匪船近迫到七里时，南安普敦号和安妮公主号间距缩短为二百米，巡二支三艘大舰开始北移。安妮公主号也调整了航向，改向东南东335方向全速前进。

邓肯子爵号仍然与驱四支合作对付东面来敌。东北面的匪船的确不是攻向北线后队，但是也并没有冲向驱四支，而是胆大包天，直接冲向了巡洋舰勇敢号。勇敢号对东北之敌轰出第一轮排炮，然后巡二支立刻推磨。当巡二支刚才往北拉开时，已为推转上来的大力神号争取了宝贵的开炮时间。如此调整大幅提升了还击的火力，但是改变不了匪船快速冲锋的现实，舰队的东北角成了屠场。安妮公主号的航向调整使得它的大部分左舷炮得以加入轰击，两艘驱逐舰和三艘巡洋舰的火网之下，这一回合击沉了三艘匪船，击伤六艘。

多铎亲王号的图桌上少了九艘匪船，但是也少了考文垂号和南安普敦号。南安普敦号的死法和考文垂号一模一样，而标志勇敢号的小积木被插上一面表示中等战损的小黄旗。勇敢号挨了四发炮弹，匪船近距离发射的仰角限制使得勇敢号大桅无一受损，保障了航速，但是左舷六个炮位全毁，九个炮位半毁，死伤无数。初步战损报告出来之后，参谋长柯林伍德上校下令，作为预备队的第三纵队驱八支队与只剩下安妮公主号的驱四支队对调阵位，左舷受创的勇敢号与南线巡三支队的约克城号对调阵位。如此一来，东印度舰队两翼主力仍然维持紧密完整的队形与战斗力。

“根据情报部门的意见和相关信息显示，红旗帮的实力不可能与我们对等，应该是一种游击战术的运用。我认为其特质是无法持久，因为他们缺乏大型后勤作业能力。小型战船的自持力极为有限，弹药粮水难以补给。如果我们能够找到红旗帮有限的补给来源并加以摧毁，红旗帮自得退兵。”

“我不同意你的看法，后勤官，此次远征的使命是歼灭海盗，并不是要让他们望风而逃。这一回海军部拨兵相当不容易，远征耗费军资粮秣更是前所未有。如果不能肃清海盗的话，将是皇家海军在远东的重大挫折。”

后勤官和作战官在指挥舱的临时作战会议上辩了起来，陷入苦恼的培罗暂时闷不吭声。现在这种一口一口的打法就好像是三十只狮子遇到三百只豺狼，他不能容许红旗帮玩这种置换的把戏，更不能让张保继续拥有战场主动权。大清小船打了就跑的无赖战法虽然令人头疼，但是所有军官都知道操桨的局限性，正常桨速完全无法与西式多张大帆相比。而海盗的急速操桨只是为了获得高强度的机动性，持续不了几里。东印度舰队不能再被牵着鼻子走，必须寻找敌人主力，主动出击。

不过，后勤官说的话提醒了培罗，此地远离广州千里，红旗帮的小型战船不可能持续作战。在这片岛礁之中一定藏有临时补给点，而补给点一定有重兵防守，那就是主力。他的眼光再度投向海图，三大类补给是粮食弹药和淡水，不论红旗帮运来多少粮食弹药，淡水才是大海中维持生命的必须品。珊瑚礁不可能有淡水，他的眼光投向了七洲洋最大的猫峙岛和猫兴岛。

前往广州的正常航路现在应该航向正北085，而目前北面也的确还有三十几艘匪船在晃来晃去，东面也还有十几艘匪船。东北面九十五里是七洲洋第二大岛猫兴岛，东面四十五里过浪花礁就出了七洲洋。现在是正午，培罗宣布自己的意图，参谋长和作战官规划了一个小时，航海官标出新的路线，提出修正后的作战计划。

波塞冬战神号、无惧号、安妮公主号三舰加入南线第二纵队，配属加尔各答侦查艇四艘，强化舰队右翼。多铎亲王号、克仑菲尔亲王号和苏丹酋长号加入北线第一纵队，配属加尔各答侦查艇五艘，强化舰队左翼。左右翼仍然保持间距十五里，开始全速追击东面匪船。不论是否能在这四十五里距离内歼灭当面之匪，过浪花礁之后舰队改航向北，沿七洲洋边缘向猫兴岛挺进。

培罗决定剑走偏锋，不理会北面故意晃来晃去的匪船，也不依循常规航线。新定路线避开了穿过七洲洋中央水道前往广州的主航道，往东偏移七十里，也避开了匪船快速突击的袭扰。培罗现在确定一件事，红旗帮的补给点必定在这两大岛之一。预定傍晚可以抵达猫兴岛外海，如果红旗帮主力在猫兴岛，就直接发起主力决战。如果红旗帮不在此处，那就只剩下猫峙岛，两岛相距一百二十里。

当各支队发灯号回报，确认核收新的作战命令无误时，科林伍德上校掏出他的怀表，与舰桥上的挂钟再次对时。现在是1809年10月2日13:35，舰队开始全速奔向东面土匪的十四艘小船。陆上车马高速奔驰时相撞叫作车祸，大海之中如果船撞成一堆叫什么？可是战斗队形又不宜间距过大，难以相互支援。航海长订下规令，要求各舰相隔一里半，各支队间相隔三里。当舰队全速出击时，两翼首尾之间实际距离拉开到二十六里。

北海女妖号和诺丁罕号两艘驱逐舰分领左右两翼，二马当先，与匪船的距离从十二里逐渐缩短为八里。最好是能将匪船夹入两翼之间，如此一来只要缩短两翼间距，仅凭驱八支和驱六支两队的九十六门舰炮，就可将这十几艘匪船做成夹肉烧饼。可是，双方都已铆足全力追逃，眼睁睁的这八里距离却是难以赶上。一个半小时后才缩短为七里，这时，东北面又出现一支奔东的船队。

培罗看着图板，这支船队分明就是上午在北面的那批匪船，现在还剩下三十一艘。看来原本红旗帮是想钓鱼，勾得舰队进入七洲洋水道，幸亏本司令识破诡计，改走外线，所以才赶来会合东面之匪。这时前锋舰距离浪花礁还有十九里，培罗不放心地叮嘱科林伍德，穷寇莫追，千万别被海盗摆布牵着走。舰队一过浪花礁五里就改道向北，争取在天暗之前赶到猫兴岛。

虽然大部分从地中海舰队调拨的部队从未来过远东，不过，劳埃德公司的新版海图标得挺清楚。而且原东印度舰队的军官已数次穿过七洲洋，对这一带海域还是有些基本认识的。四十几个岛礁中只有几个大岛是真正岩土地质，其他的都是环礁。顾名思义，所谓环礁就是一群小礁头分布成环状，礁礁之间有浅滩相连，形成中间的泻湖。泻湖通常只有一两个出入口，只容二百吨以下甚至几十吨的船只进出。这些红旗帮不会是幻想将舰队诱入泻湖吧？当皇家海军是白痴么？浪花礁这个环礁直径近十里，为了航行安全以防万一，科林伍德下令，过浪花礁时放大两翼间距至二十里。左翼北线从浪花礁北面五里穿出，右翼南线从浪花礁南面五里穿出，改航往北时再收拢队形。新式灯号实在是太好用了，连十六里外的两艘领舰都在四分钟内通报，领知无误。

两支六角阵部队会合之后，四十五艘红旗帮的炮船并没有进入泻湖，而是全部走浪花礁北面逃跑，过了浪花礁之后开始往东北方向前进。

莫非红旗帮现在想诱使舰队脱离七洲洋？疑神疑鬼的培罗看着海图，东面石塘海域是大英帝国世仇西班牙的地盘，那一带海域并不是帝国的利益范围，也并不熟悉。这一回绝不能再中了你们的诡计。

当培罗耐心等待舰队左转向北时，驱八支的北海女妖号、谢菲尔德号、格旦斯克号飞速奔过浪花礁北缘，北海女妖开始扭舵向北。与此同时，驱六支的诺丁罕号、弯刀号、湿婆女神号也飞速奔过浪花礁南缘，诺丁罕号开始扭舵。

当北海女妖号转舵时，才发现北面二十七里左右出现了桅杆如林，原来海盗主力在此，埋伏在这航路拐角的必然减速之处。但是，寻找海盗主力决战不就是此役的目的吗？驱八支队长兼北海女妖号舰长所罗门少校下令，根据作战计划，三舰间距快速缩短为三百米，继续全速前进，同时向右翼驱六支队靠拢，准备接敌。

当所罗门少校命令向指挥所报告时，驱六支队长兼诺丁罕号舰长斯普林少校也下达了同样的命令。这才是真正的主力对决，好男儿建功立业，但看今朝。

但是，不可思议的是，所罗门和斯普林的接敌报告现在竟然只是第二优先处理，第三优先是右翼后军的嗜血号驱逐舰，报告整个舰队尾部跟随的匪船从十二艘增加为三十六艘，距离十二里，仍在继续尾随。所罗门和斯普林大惑不解，此时此刻还能有什么别的情况是战情第一优先？难道红旗帮在这茫茫大海中还能玩别的花样？

方才跟在格旦斯克号后面三里，冲过浪花礁北面五里的是邓肯子爵号巡洋舰，眼看着环礁泻湖在南面掠过眼际，但是，忽然一阵天旋地转的撞击。从舰长到水兵全部摔倒在甲板上，两名桅顶瞭望哨直接从半空砸进海里，船底传出撕心裂肺的龇咯拉旮之声。高速前进的巡洋舰撞上了水线以下的礁石，海水快速从破洞中涌入船舱。

一里半外的大力神号帆舵齐扭，堪堪避开邓肯子爵号，却在子爵号左前方半里再度触礁。

右翼跟在湿婆女神号后面三里，冲过浪花礁南面五里的是铁公爵号巡洋舰，眼看着环礁泻湖在北面掠过眼际，却忽然同样传来一阵天旋地转的撞击。不过，撞击的力度并没有邓肯子爵号那么大，只有部分水兵摔倒。可是两名瞭望哨从桅顶摔下来，其中一个连撞几页船帆，跌成重伤。另一名直接被帆缆勒断颈骨，人在半空即已毙命。高速前进的铁公爵号搁浅在水线以下与环礁相连的暗滩上，跟在后面的普罗米修斯号紧急向右扭舵，逃过一劫。

多铎亲王号作战舱的图桌上出现北面的土匪1到土匪84，南面出现土匪85到土匪120，红旗帮主力是出现了。可是，邓肯子爵号、大力神号、铁公爵号三舰动弹不得，六艘巡洋舰中的三艘失去战斗力，加上原已负伤的勇敢号，下午16:05，图板标示舰队出现了四面黄旗。

谨慎的科林伍德上校方才要求，两翼各自保持与浪花礁五里的间距，以策航行安全。可是，今天是农历八月十六，朔望大潮，礁块和沙洲被下午大涨的潮水淹没，遮住了浪花礁真正的容颜。东印度舰队通过时并没有五里间距，而是只有不到二里。正在发育成熟的浪花礁北面礁块多，南面沙洲多，红旗帮的小船可过，四百到八百吨的驱逐舰也以毫厘之险通过，可是一千二百吨以上的巡洋舰却是无论如何过不去了[①]。

驱八支和驱六支只接到发生重大事故的通知，还没等到新的作战命令。可是八十四艘匪船已逼近至十里，所罗门和斯普林决定使用战场临时指挥权，结成两个三角阵，往回推磨收缩。事实证明这个决定完全正确，因为，在事故后过了二十分钟，才收到指挥所下达的命令，命令灯号与红旗帮前队的一百多发炮弹同时光临。

虽然调度结阵花费的时间将可能使海盗得以进入射程，而且三角阵的直线航速缓慢。可是如果直接以纵队调头，调头时的航速更慢，极可能被海盗一艘一艘吃掉。所罗门和斯普林的战术决定可使两个三角阵互为犄角，盗船无论如何快速的突击即走，也必定有一刻处于三角阵炮火覆盖之下。

眼看决战在即，竟然会连续触礁搁浅，肉眼观测明明还有五里以上的安全距离，上帝何以如此待我？何以如此折磨国王陛下的皇家海军？培罗没有时间怨天尤人，海盗主力已现踪迹，面对连续涌到的信息，他立刻命令科林伍德上校，从进攻转为防御。

六艘巡洋舰是舰队打击火力主要组成成份，现在三艘停摆一艘受伤，培罗不可能放弃这三艘巡洋舰，只能就地防御。由克仑菲尔亲王号和旗舰多铎亲王号两艘战列舰加上勇敢号巡洋舰组成北线防御圈，保护两艘触礁的巡洋舰。波塞冬战神号和无惧号战列舰加上普罗米修斯号和约克城号组成南线防御圈，保护铁公爵号。驱七支队和安妮公主号立刻赶往支援前锋的驱八支和驱六支，往后方收缩。防御编队中的机动预备队剩下驱五支队、苏丹酋长号和九艘加尔各答炮艇。

安妮公主号第一个赶到现场，这时驱八支队和驱六支队已往南移动三里，在浪花礁北十三里的位置，现场一片狼藉。红旗帮并没有给这两个支队交叉射击的机会，林阿发率领的七个六角阵由东北扑向驱六支右面，杨顺康率领的七个六角阵由西北面扑向驱八支的左面。右翼的湿婆女神号被打掉了船首和前桅，左舷前半部的炮位几乎全部报废，只能勉强跟随。弯刀号船中受弹，战斗中缺乏足够的人力抽水抢修。左翼谢菲尔德号被击沉，格旦斯克号挨了三炮，右舷重创。红旗帮杨顺康战队被击沉一艘，轻重伤各一艘。林阿发战队被击沉两艘，轻伤一艘，两支战队正在迂回整队，准备发起新一轮快攻。

① 浪花礁为航路必经，而礁滩之险自古已然，英舰爱斯克号(Eiske)号于1881年在此触礁沉没，可能也是由于大潮而误判距离，其残骸至今可见。

见到安妮公主号到来，所罗门少校立刻发出要求，令安妮公主号接替谢菲尔德号的战位。同时下令驱八支改为顺时针推磨，因为格旦斯克号是右舷受创。斯普林少校则是下令驱六支改为逆时针推磨，使得湿婆女神号仍可用右舷炮接战，弯刀号全力堵漏抢修。

当安妮公主号进阵补位时。林阿发和杨顺康从七里外发起第二轮快攻，皇家海军的才艺此时挥出一记漂亮的重拳。拳师号为首的驱七支队此时位于驱八支和驱六支南面八里，这个三角阵并没有推磨，而是以三角箭形全速直冲，从驱八和驱六中间穿出的时候，林阿发和杨顺康已完成第二轮攻击。红旗帮六角阵战船再度表演原地调头发射另一边舷炮，此时皆已发射完毕正在脱离，重新装弹中的六角阵等于是赤手空拳，面对驱七支冲进阵位狂风暴雨的正面打击。

当北面的第一轮快攻击沉谢菲尔德号的时候，赖德进率领的六个六角阵好像是山坡上垂涎已久的一群恶狼，忽然散开发起快攻，扑向东印度舰队西缘的后队。当驱七支被北调增援时，后队只剩下惠特比号为首的驱五支，外围是直属指挥所的苏丹酋长号和两艘加尔各答炮艇。苏丹酋长号见到匪船冲锋，立刻加速来到驱五支东南六百米，形成犄角防御，可是外围两艘炮艇却难以逃逸。赖德进举起令旗，冲在前面追逐苏丹酋长号的四个六角阵立刻放弃目标，调头截住两艘炮艇的退路。驱五支队的官兵眼睁睁地看着两条炮艇被三十六艘匪船圈住，其中十二艘战船拥有二百四十支前膛枪。

两轮枪击加上弓箭收尾，红旗帮对这种印度小破船毫无兴趣，任由两坨被打成筛子的船体在七洲洋南边的海上漂荡。三十六只饿狼才吃了两只小兔子，继续跟在东印度舰队的尾巴打晃。

热血沸腾的红旗帮战队越打越勇壮，第二轮快攻打出了更好的成绩，左翼北海女妖号和格旦斯克号被击沉，刚补位的安妮公主号轻伤，大英帝国东印度舰队远征军驱逐舰第八支队全军覆没，所罗门少校失踪。右翼弯刀号和湿婆女神号被击沉，指挥舰诺丁罕号船尾和舵机全毁，只能靠操帆转向，斯普林少校阵亡。

但是，紧跟着冲进战圈的驱七支队两舷火炮全开，九十六发炮弹分向东西面敌方开火。第一轮炮击就击毁了杨顺康战队四艘战船，击伤三艘，林阿发战队被击沉两艘，击伤四艘。红旗帮战队在快攻完毕脱离时并不需要保持阵形，而是以最快速度赶回发起点，重新组织冲锋。驱七支队做出一个最大胆的决定，拳师号和嗜血号向东北追击林阿发战队，斯巴达勇士号向西北追击杨顺康战队，当双方都在高速往同方向奔驰时，红旗帮根本不可能有时间组织团体攻击，只能单舰各自开炮。六角阵在大海波浪起伏中攻击靠的是密集弹幕，单舰三炮想命中可就颇难。驱七支队在十五分钟之内发动四轮炮击，冲出去十八里之后返回，开始清扫战场。红旗帮被击沉了十六艘战船，伤者不计。斯巴达勇士号挨了两枚炮弹，运气不错，属可急修的轻伤。

科林伍德上校是两年前由北海舰队战列舰舰长调任地中海舰队作战官，此次随部队调拨，升任东印度舰队参谋长。上校先生是战列舰纵列厮杀的勇士，可是从未领教过东方泼皮这种打带跑的战术，雄狮遇到癞皮狼，气得骂不绝口，暴跳如雷。培罗却似乎已经被训练得金刚不坏，目前海盗出动了一百二十艘小战船，他冷冷看着图桌，心里完全知道，这并非红旗帮真正的主力。驱逐舰四、六、八支队一共九舰，只剩下轻瘸的安妮公主号和重残的诺丁罕号，军官几乎全部阵亡。二十六块积木现在只剩下十九块，安妮公主号和勇敢号挂了轻中损的黄旗，邓肯子爵号、大力神号、铁公爵号和诺丁罕号挂上了重损红旗，真正可用的兵力只剩下十五艘。虽然重型战列舰仍然完好无恙，可是战力基本上是按炮数而不是按船数计算的，综算下来仍然损失了百分之三十的战力。培罗根本懒得理会那些代表加尔各答炮艇的小木片，那帮吹牛误事的印度奴才，只能等回去再开刀算账。

现在红旗帮被击沉了二十三艘战船，伤者难计，综算下来也只损失了不到百分之十的战力。培罗皱起眉头，没想到，决战地点竟然会从广州湾搬到这里。东印度舰队又一次失去了选择的权利，这也愈发坚定了他今后与大清海军合作的决心。如果不是为了避开水师合击，这帮海盗何必离乡背井跑到这里？可是，面对这帮泼皮，此时已是下午16:30，不可能再幻想什么决战猫兴岛。这场仗接下来如何打法？乔治三世的肖像凝视着培罗准将自言自语：

"我必须夺回选择的权利，不能让海盗算准我的企图心。"

培罗挣扎了半个小时，终于下定决心。已近黄昏，部分主力坐礁坐滩，从天使和魔鬼到白痴都知道，看来舰队今晚势必在浪花礁外围防御和抢修。检查完所有伤舰之后，他下令全力抢修勇敢号和安妮公主号，必须在三个小时内恢复战力。按常理，搁浅的铁公爵号只能等待明日清晨大潮，尝试退出浅滩。大力神号正在补漏，明日清晨必须抛弃所有装具，尝试上浮脱困。邓肯子爵号破损严重，已经半沉。不过……

壮士断腕，当机立断，培罗下令放弃三艘动弹不得的巡洋舰和诺丁罕号，撤出所有人员，增补到四艘战列舰上。现在，他看着科林伍德上校和作战官，伸手指向图桌，将攻击方向的箭头从正北一百零五里的猫兴岛移到西北二百二十里外的猫峙岛。

驱五支队和驱七支队加上苏丹酋长号和四艘加尔各答炮艇，编成南北两线的警戒支队，以加尔各答艇的最高速为准，在舰队外围进行持续的威力巡逻。在一望无际的大海中维持高速巡逻，自不可能遇到埋伏，一旦有警可立即向舰队靠拢。东印度舰队开始在浪花礁海域扎营。

天色渐暗之际，尾随的那三十几艘匪船消失了踪影，警戒支队改以中高速持续巡逻。今日战斗节目告一段落，已经收帆的各舰再抛尾锚，准备晚饭后夜宿浪花礁。

到了晚上七点，安妮公主号已修缮完毕，勇敢号左舷九个半毁炮位拼凑修复七个，恢复了大部分战力。舰队发出灯号，开始管制灯光和噪音，舢舨开始静悄悄地接驳人员。邓肯子爵号、大力神号、铁公爵号和诺丁罕号的所有人员被撤离，只剩下四艘空船。

晚上八点半，悄悄起锚升帆，舰队驶回中央水道，夜渡七洲洋，奔袭两百余里外的猫峙岛。初二的夜空，只挂了一缕上峨嵋月，寂夜无聊。

培罗实在是怕了，怕红旗帮会可恶到派出夜游的哨船，他宁可绕个大弯，走水道偏西，一路声光管制，以六十里以上的横距避开中段猫兴岛。航海官根据司令官的命令，在海图上标示了145航向，穿过玉琢礁和华光礁之后走晋卿门水道，然后以072航向绕到猫峙岛西面，发起攻击。

这是一条隐蔽之极的航路，可也是一条绕弯费时的航路，夜间又无法以高速航渡。1809年10月4日1:30，部队终于穿过晋卿门水道。猫峙岛西南十五里是银砾滩，当银砾滩出现在舰队前锋右前方三十里时，东方已现曙蓝。惊鸿一瞥，前哨捕捉到远处两艘红旗帮哨船的身影。

早晨5:45，舰队在银砾滩北面，也就是猫峙岛西北面十八里完成编队，开始发动进攻，采取西北至东南轴向轰击。驱逐舰第七支队先由外线抢到攻击轴东南角警戒，驱逐舰第五支队留守攻击轴西北角警戒。安妮公主号和苏丹酋长号在外线护卫旗舰。

主攻部队进入轴线后先以左舷炮轰击，到达东南角折返点以后调头以右舷炮轰击，攻击速度要快，培罗估计，猫兴岛的匪船赶来支援猫峙岛最少得要六个小时，这六个小时就是东印度舰队索命复仇的时间。

第一打击波是约克城号、普罗米修斯号和勇敢号三艘巡洋舰，一轮一百零八发炮弹。第二打击波是四艘重型战列舰，一轮两百一十六发炮弹。

当约克城号逼近猫峙岛西面七里半时，岛上响起了第一波低沉的炮击，五门三十磅重炮从隐蔽的炮位发出怒吼。约克城号进入六里距离时，十门五千斤重炮开炮。猫兴岛东面奔出七十二艘红旗帮战船，直扑驱七支队。猫兴岛西北面奔出另七十二艘红旗帮战船，直扑驱五支队。

终于来了，终于捅出了红旗帮真正的主力。培罗等的正是这一刻，立刻传令三艘巡洋舰停止轰岛，直扑东南加入驱七支队的东南战圈。克仑菲尔亲王号和无惧号加入驱五支队的西北战圈，留下波塞冬战神号和多铎亲王号居中策应，继续轰岛。

东线的驱七支解开防守的三角阵，与奔来的三艘巡洋舰形成L字攻击队列，向来袭的红旗帮迎头而上，彼此快速运动下命中率降低，但是不再被动挨打。西线的驱五支和两艘战列舰同样是以大小搭配的L字运动队列，七艘加尔各答炮艇中的三艘留守旗舰，东西线各配属两艘。小炮艇不够资格主战，它们只有一项任务，在炮战间隙中穿插，尽量使匪船错失射角，搅乱红旗帮的队形。

这是一场惨烈的主力对决，培罗期待着惨胜，大清海盗这种不要命的快打战术将带来令人痛苦的伤亡置换，可是，这种实力对比仍将为东印度舰队带来最后的胜利。昨晚弃船浪花礁，战斗人员全部转移到四艘战列舰和两艘巡洋舰上，双班炮手使得发射速度从四分钟加速为近三分钟。此时培罗手中仍有两艘战列舰、两艘驱逐舰和三艘炮艇作为海战预备队，猫峙岛东西长不过四里，攻击轴线东西长十里，预备队随时可以停止轰岛，撤到外线支援东西两线的海战。

岛上的十五门大炮分散藏在掩体内，可是数量实在难以与战列舰匹敌，七轮炮轰下来，被打哑了六门。而来回游动的波塞冬战神号和多铎亲王号一共挨了五发炮弹，属可承受范围。7:00，超过一个小时的疯狂战斗之后，除了钻石号和嗜血号毫发无伤以外，东西两线各舰都承受了不同程度的战损，其中约克城号被击沉，拳师号完全失去战斗力，撤回中线。

这一场对决不仅战列舰机动发挥了战力，加尔各答炮艇也终于体现了价值，打不过你我扯你后腿总可以吧？除了补充西线一艘炮艇以外，培罗按兵不动，暂时不打算使用预备队。因为东西两线已击沉四十四艘红旗帮战船，伤者不计。以机动对机动，这已是勉强可以接受的置换率，如果继续下去，可以摧毁当面的敌军。以他所深知的红旗帮而言，此时还未到摊牌的结局。

但是，现实很快就逼他改变了主意，因为东西两面同时报来，匪船有三分之一的火力改用链弹。

风帆前膛炮时代的炮弹有四种，第一种实心重铁弹，以动能破坏敌舰船体，必须直接命中。第二种开花弹，内藏压火引炸机簧，早期引爆率不是很理想，如未能引爆就不过是一枚较轻的铁弹。第三种霰弹，用于近距离人员杀伤。第四种链弹，这是风帆时代中期的特种弹[①]。

顾名思义，链弹是一种子母弹，子母之间铁链相连，凭借高动能缠打撕裂，破坏敌舰的帆装索具。夷舰多桅复帆，绳缆甚多，链弹以整片高耸的帆林为目标，命中率比铁弹高，不过并没有多少直接杀伤力，而是破坏敌舰的机动力。只要派水手爬上桅杆解除链弹，一般并不难修复，问题是修理的时间。所以夷舰通常是在大舰的上甲板炮群中搭配使用链弹，轰击敌舰桅杆。中式帆船只有两三面整体式大帆，帆缆结构简单，既无用武之地，是以从来不知链弹为何物。东印度舰队此番东来的对手是大清海盗，自然也用不上链弹，没想到这种古典炮弹此时忽然出现。

这时东西两线都已有报告说是中了链弹，速度降了下来。越是大舰拆卸链弹花时间越多，最熟练的水手拆一枚链弹也得小半个小时。可是，如果不能维持机动速度，就无法继续收获前面一小时创造的战果，一旦东岛海盗援兵到来，很可能惨胜变成惨败。培罗那精明的头脑立刻计算出来，他下令波塞冬战神号增援东线，安妮公主号和苏丹酋长号增援西线，各舰加紧拆除链弹的同时加紧扩大战果。多铎亲王号外移到距离猫峙岛八里处，停止与剩下九门岸炮的纠缠。这时，作为唯一预备队的旗舰也已经中了两枚铁弹，损失三个炮位，阵亡十一人。

7：30，多铎亲王号前甲板中了一枚开花弹，死伤数十人，培罗这才发现，海盗巨炮射程不止八里，而自己的舰炮射程只有六里，这是完全没有必要的损伤，只好下令再往南移二里。这时，奉命增援的波塞冬战神号、安妮公主号和苏丹酋长号都已裹入战圈。

我叉你妈的个叉圈叉！你们这帮清人龟孙子到底有多少蚂蚁雄兵？东西两线各又出现五十艘以上匪船的时候，培罗看到了决战的关头。他再也顾不得司

---

① 此处说的开花弹是十九世纪中叶后膛炮出现前的过渡产物，使用的引信并不成熟，跟后膛炮开花弹也并非完全相同。另三种炮弹使用的历史更老，可追溯到十五世纪，与后膛炮先后面世的是内填炸药触压引信的炮弹，上述四种炮弹都迅速遭到淘汰。

令官的形象，忍不住破口大骂。红旗帮一定要等到他把预备队调上火线，才肯出动自己的第二波兵力。培罗立刻下令多铎亲王号西移，加入战斗，皇家海军为国王陛下尽忠，奋勇杀敌的时刻已然降临。此时的他很清楚，红旗帮最少还有近九十艘小船，应该正在从猫兴岛赶来的路上。

既然要瓮中捉鳖，张保就一直守在瓮底。猫兴岛只有几个看守水井的喽啰，负责为南方战队补给，还有就是藏在岛后泻湖船上的机动信鸽站。红旗帮的小船要保持机动就必须处于外线，所以虽然战事惨烈，可是必须等培罗的预备队卷入战局之后，红旗帮藏在北线的决战兵力才能出动。此次战前他特别去找顾盛强，为手下莱茵厂的二十磅新炮准备了大量新式开花弹和一批老式链弹。链弹是专门用来伺候十八片主帆的巡洋舰和二十片以上主帆的战列舰。

西线公爵夫人号被击沉，克仑菲尔亲王号右舷瞎掉了二十几个炮位，当东线波塞冬战神号传来重伤的通报时，培罗决定撤离猫峙岛，在红旗帮南线来援之前结束这场会战。波塞冬战神号两桅重创，船体受损，只能驳回舰上人员，失去航速的船是无法保存了，这是皇家海军在亚洲折损的第一艘重型战列舰。[1]克仑菲尔亲王号伤在炮位，帆装仍能正常操作，而红旗帮被击沉击伤的小船上百，这是场两败俱伤的战斗。旗舰发出命令，西线部队坚持作战，负责掩护，东线部队向西收缩，然后改为前队，舰队开始向西南方向撤军。只要能够驶向大洋深处，脱离这些补给点，红旗帮不可能跟向未知的海域。

惠特比号、钻石号、嗜血号组成三角阵推磨，左右犄角是大力神号和勇敢号，五舰负责断后，掩护其他部队往西南全速撤退。这时的其他部队大部分已是伤瘸残兵。

当英军舰队离开猫峙岛西面三十里时，红旗帮追蹑而出的快船有五十艘，培罗看着惨不忍睹的图板，几乎立刻就猜出了红旗帮的企图。与红旗帮斗争两年，准将逐渐领会了这帮大清鬼子的思维逻辑，昨日在东南面遭遇的那百余艘匪船至少还有八十艘保有战力，这批混蛋并不会北上驰援猫峙岛，而是直接西渡，拦截战后伤残的舰队。这笔账太好算了，舰队在浪花礁折损之后，兵力相当的猫峙岛拥有主场优势，并没有需要支援的迫切性。而东印度舰队既然已在七洲洋与海盗主力决战，战后残兵也完全没有再进广州的必要，势必打道回府。现在尾部跟踪的五十艘匪船加上横渡截击的八九十艘，将会对携死扶伤的

① 英国海军在亚洲折损的第一艘战列舰应为威尔斯亲王号，二战期间在马来西亚水域被日军炸沉。

舰队发动最后一波攻击。

上午9:40，培罗下令，普罗米修斯号和勇敢号由五艘加尔各答艇伴随开路，担任前军。无惧号和克仑菲尔号居中，钻石号、惠特比号居尾，以紧密队形向西南235方向全速脱离，过晋卿水道后改航220穿过永乐群岛，靠近安南方向返航。所谓的全速其实就是中速，因为除了后卫必须提防尾随的匪船以外，另外几艘全是中重残。而现在，苏丹酋长号、安妮公主号、嗜血号、斯巴达勇士号四艘轻伤舰经过抢修，全部加入旗舰多铎亲王号的阵营，在本队东面十二里处并行。如此不但不会被伤残拖累，而且凭这五舰的火力，足以与拦截匪船一拼。培罗决定争取主动，如此既可保障伤残部队返航，也可对红旗帮施以临去一击。

当普罗米修斯号和勇敢号返回晋卿门水道时，玉琢礁方向果然出现了匪船的踪迹。旗舰立刻下令，本队偏西疾行，多铎亲王号率领四舰向东迎击。这时本队从晋卿岛与三角岛[①]之间往西南穿行，多铎亲王号走晋卿岛东侧南行，只要护卫队能在这里阻击红旗帮的追兵，迟滞匪船两个小时以上，本队即可穿出永乐群礁，西南前方就是半路峙，再往前就是深海大洋。

10:25，当瞭望哨报来前方匪船只有三十艘时，培罗才开始感到异样，尾巴只跟出来五十艘匪船，并不是非常迫切的危险，可是，红旗帮南线只出现了不到一半，三十艘匪船应该无力与多铎亲王号这五舰抗衡，另外五六十艘跑哪里去了？

赖德进率领了五十四艘战船，一直躲在晋卿门水道南面华光礁的泻湖里，等夷舰护卫队与本队拉开间距之后，赖德进战队开始全速北冲。

培罗警觉不对时，连忙下令护卫舰队改航向西，一方面作为当面匪船与本队之间的屏障，另一方面缩短方才与本队之间拉开的距离。这时护卫队与本队的距离为十九里，同向追赶得要两个小时。

勇敢号观测到西南方奔来的匪船，只得发出灯号，再度改变航向，从220修正为185，同时开始收缩队形备战防御，略为降低航速，为多铎亲王号赶来争取时间。

赖德进战队欺近到无惧号和克仑菲尔号南面九里时开始扭舵向西，而后形成与舰队以七里间距并行，这是最危险的局面，任何一方只要再靠拢两里，即可开炮攻击。领头的勇敢号别无选择，只好三度修正为航向175，试图拉开间距。

当被逼得改变航向的无惧号和克仑菲尔号双双撞上筐仔沙洲时，赖德进战

① 即今之琛航岛，琛航岛与甘泉岛都是由广东水师提督李准1909年南巡时命名。

队并没有进攻，反而立刻主动拉开距离，全速继续往西冲前。普罗米修斯号和勇敢号不得不停船，保护两艘莫名其妙搁浅的战列舰。而赖德进战队十几分钟后就绕到西面往北，钻进永乐群岛之间。

连串激变令旗舰上的军官开始慌乱，但是培罗仍然维持冷静，他看着图板，立刻做出决定。

培罗准将虽然不知中国农民历，可航海人岂会不知每月两次大潮，昨日下午四点半浪花礁触礁，当时是在大涨潮。换句话说，现在上午十点半就是大退潮，潮水即将开始恢复上涨，只要能在此地撑住五六个小时，两艘战列舰必可上浮。可是，眼前出现三股敌军，他没有六个小时，所以立刻下令无惧号和克仑菲尔号开始卸载。先将上层炮甲板的三十六门大炮推下沙洲，再扔掉所有与保命无关的东西，所有抛掷都只能扔到沙洲那一面，免得挡住船身退出沙洲之路。如果还无法上浮，就只好继续弃炮。

四十分钟之后，各已经抛下十一门大炮，两舰用绳索缒下一组水手，站在沙洲上指挥快速卸载，避免弃炮砸中船身。这时赖德进战队已赶到筐仔沙洲西北面，他只派出两艘战船进入泻湖。东印度舰队本队停止前进，多铎亲王号为首的护卫队快速赶来，距离还有七里。然后，那两艘潜进泻湖的小船开炮射向沙洲。

小船距离搁浅战列舰六里，战列舰上的军官看这仅有的两艘小船，莫名其妙之余又无法下令下层炮还击。不是因为嫌距离远，而是因为整个右舷正在执行卸载。然后，随着六门炮响，似乎整个世界巨震了一下，伴随着轰然巨响和白炽眩目的闪光。

开战前一个多月，红旗帮就测选好了浪花礁和筐仔沙洲，筐仔沙洲有四面沙滩各洒布了二十吨以上的炭末硫磺和硝石，底下是先前就用人力搅碎了部分的鸟粪层。七洲洋自古以来就是海鸟群的栖息地，沙滩上的鸟粪层厚处可达几十尺。晒干了的鸟粪富含磷，是最可怕的燃剂。燃烧中的磷一旦附着可燃物就会一路烧穿，包括人体。沙滩上的鸟粪何止百万吨，红旗帮撒布的二十吨火药被开花弹引爆，整个沙滩瞬间爆燃，两艘战列舰陷入毁灭的大火，沙滩上的水手被蒸发汽化得无影无踪，舰上人员被附着的磷质烧成手舞足蹈的人体BAR-B-Q。

培罗黯然下令全舰队，放弃任何救援的想法，启航向西南225方向撤退，踏上回归加尔各答的漫漫长路。仿佛培罗和张保的默契一般，另两路追兵来到筐仔沙洲后也停下脚步，在两艘战列舰残骸燃烧的大火照耀下，目送东印度舰队西归。赖德进又派遣三艘快船赶赴浪花礁，为了节省炮弹，喽啰们携带油料，攀上三艘昨日搁浅触礁的巨舰，燃起熊熊大火。

第36章
惨胜

关天培和麦廷章穿着一身大清官服，在澳门总督府大厅的水晶壁灯底下贴墙而立，旁边是一身长袍马褂的宋振岐，那真叫做一个美，叫做鹤立鸡群。

满以为是与英葡海军军官并坐观舞，饮酒吃果助兴。可是，眼前尽是穿着屁股后面遮块布的奇装夷人，而那些袒胸露臂的夷婆子更是有伤风化，荒唐透顶，就这些夷人男女一对一的在乐声中舞来舞去。圣人曰：非礼勿视。两位大清水师军官眼观鼻鼻观心，心中打定了主意，只等这一曲舞毕，命宋振岐找个借口推搪一下，溜之大吉。

作为地主国大清政府唯一的官方代表，是大家瞩目的明星，哪里能溜得掉？曲声还没停歇，法瑞亚总督和夫人就走了过来。法瑞亚可是众夷官中唯一有幸与大清水师打过几次交道的，不但和那位已经殉职的许廷桂办过劫船人质案，和不吃牛扒的林阿发搞过烛光晚餐，更和关天培有过并肩作战磨刀门的交情，当下显得格外亲热。可亲热了没两分钟，威利斯中校和夫人就凑了过来套近乎。不过，威利斯中校也只说不了十句话，就被其他夷国的使节给包围了。可怜这些使节平常只能和行商打交道，哪有机会见朝廷命官？法瑞亚只好一一介绍，这是比利时的那是奥地利的，带狐臭的是俄罗斯沙皇的大公表弟，留两撇翘胡子的是普鲁士子爵。来华年份久一点的使节当然知道大清风土民俗和夷情大不相同，满脸堆笑点头为礼。偏就有那不开窍的挪威代办夫人，来华不久的北欧美人原是皇后的远亲侄女，洋美人冲着关将军嫣然一笑，嘴里一阵叽哩咕噜，抬起了纤纤玉臂。.

关天培瞪着停在鼻子前面的玉手，真不知所为何来？宋振岐躲在老关身侧轻扯他的衣袖，小声说道：

“夷人礼节，让您亲一下。”

亲一下？关天培愣瞧着这只裸露的手臂，北欧女人真长得是他X的白里透红，可是大庭广众众目睽睽之下，水晶吊灯照耀得满是金光闪闪的汗毛，本将军如何亲得下去?

时间仿佛停滞了一个世纪，才终于有人用拉丁语大声说话，宋振岐抬眼一看，大是欢喜。

“欧克斯荷姆公主殿下，今晚能见到您的娇容真是三生有幸。这位关将军只能行大清的军礼，却是和咱们欧洲大不相同哩！待会再为您和您夫君单独引见吧。这位是我的女朋友麦伦小姐，想向您请教北欧峡湾的迷人风情呢。”

真不知那毛毛白手亲下去会是啥滋味，好险！关天培抹去一头冷汗，等宋振岐说明之后，更是对那位解围的马礼逊大有好感。这时另外两个夷人凑了上来，其中的顾盛强却是宋振岐本已相识。于是，场中终于出现了地主国的标准汉语。

“关大人您好，小民顾盛强，乃是拾翠洲的经理。请容我向您介绍我亚美利加国领事卡林顿先生，久闻将军盛名，今日得以瞻仰威仪，幸何如之。”

这位青年不但汉语流利，而且谦恭有礼，竟似我大清子民。关天培和麦廷章总算是松了口气，当场攀谈起来。这外交舞会本来就是各国外交官联络感情进行沟通的所在，其他使节一看，天朝大官竟然被花旗国小鬼独占，也只能暗生醋意。倒是顾盛强曲意奉承，从夷人舞会说到各国逸闻风土人情，关天培大悦之际忽然想起一事，凝目向卡林顿问道：

“贵国的瓦巴许号货船前日已被我省水师救了回来，不过，船上载有六十箱鸦片。贵领可知此事？”

卡林顿其实早已准备好答案，当即恭身一礼说道：

“此事本人事前并不知晓，敝国众商以往一向谨遵天朝法令，可是自从英吉利东印度公司的专卖权到期以后，各路英商大卖鸦片，削价竞争。敝国少数不良商贩偶而卷入其中，也是有的。凡违反大清律者当按大清律惩治，敝国政府深感惭愧，绝不偏袒姑息。”

“嗯，你这人不错，不错。既然你知错能改，谦恭自抑，本官不妨帮帮你。实不相瞒，你当初报案时列的舱单可没交待鸦片，总督大人还下令抚恤死者。你要知道，有没有挟带鸦片这案子的性质是两样的，现在有司正在弹劾总督大人。所以，到时候一定会有该管官员召见你，训斥或是罚款都有可能。这不是针对你个人，你也不必在意。可是这种事情千万别再犯，我瞧你也是个聪明人，如果你和我等衙门合作，关键时刻我等才能照拂于你。你也是在夷国当官的，这叫做官官相护你懂吗？千万别像某些夷国心怀不轨笑里藏刀，又是请人跳舞又是派兵硬闯国境。”

卡林顿可不像那些长驻澳门的职业外交官，他本来就是拾翠洲长袖善舞的商人，当然知道所谓心怀不轨的夷国指的就是英吉利。只不过不清楚当年十三舰闯珠江，害得关天培受窝囊气。当下落井下石说道：

“是的，我国政府早有训令，大清天朝泱泱国风，泽被四海，我等当谨遵教诲，恭敬学习。绝不会像某些夷国不服王化，夜郎自大，走私枉法，还敢动辄刀兵。”

这时法瑞亚又转来寒暄，询问那位足智多谋的总督衙门姚参议怎么今晚没来？关天培可无法解释参赞机密的幕客为何没有官职，当下和麦廷章取过仆役送上来的鸡尾酒，开始应酬言语。麦廷章眨巴着独眼扭过头来问宋振岐：

“这一根鸡毛都没看到，为何叫作鸡尾酒？”

关天培、麦廷章、宋振岐，今晚舞会中的三个汉人，都觉得这花旗国虽然和英吉利同文同种，却是恭顺可爱得多，今后要制英夷当可多加利用，眼前勾搭些小惠自是无妨。他们哪里知道花旗国的人面兽心？其实不但瓦巴许号就是其昌洋行的快船，而且从花旗国大统领到国会和各级涉华官员，以及商人和传教士，皆把对大清表面恭顺当成英吉利强势压迫下在华发展的不二法门。

与衣香鬓影、周旋旖旎的总督府隔海相望，六十里外的大屿山又是另一番光景。一个半月前开始陆续调出三百八十艘战船，今晚张保战队返港。晌午时分信鸽就报回来了消息，多少家人倚门盼望！直到晚间亥时，澳门已是曲终人散灯火阑珊，大屿山各港只回来了二百三十余条船，几家欢乐几家愁，信是欣喜是凄凉。

这是决定红旗帮存亡绝续的关键一战，这是一场哀伤的胜利，除了带伤返回的以外，红旗帮被击沉了九十七艘战船，另外四十六艘重伤，就地报废。伤残者众，两千多兄弟成为异域波臣，包括数百名当年同心协力创帮的胥家四姓老人。

培罗固然是卧薪尝胆，殚精竭虑，可自从有余圣女传来英吉利整军备战的消息之后，红旗帮又何尝不是谨慎筹谋？陈道芗分析南海局势，最后订下了以弱搏强，决战境外之计。面对壮盛强大的夷军舰队，单艘巡洋舰或者勉可一战，重型战列舰这种地狱幽灵根本不可能与之正面对决。如果不是头顿的道上兄弟帮忙拖延两天，等待大潮，如果不是熟悉地理环境加上天文潮汐的配合，将会是个难以面对的结局。

身孕五个多月，已可清楚感觉得出那隆起的肚皮，张保轻揉龙嫂小腹，窗外是南海的夜涛骤雨。想当初打垮黛安娜号，惹来了王权号为首的中英葡联军，打垮了联军，却又惹来了更大的二十六舰来袭，夫妻俩想的是同一件事，何时才是了局？

磨刀门和大屿山之战受损的实力尚未复员，就发生了这七洲洋之役，不断的备战严重影响生意不说，陆地上还被那个粮道朱尔额赓掐住供应。粮米倒还容易用蚂蚁搬家的方式走私，可是造舰备战不可缺少木材和火药，却被税司和巡防联检卡得死紧。

补充新舰和抚恤伤亡的大笔银子得小心筹谋，可是经验老到的兄弟不断阵亡，却是筹谋不来。大清各省水师皆有武校，听宋振岐与花旗夷人聊天得知，小小的花旗国也有海军军官学校和好几处士官班，想必那英吉利更是如此。换句话说，大清和夷国的水师是打掉一艘它造两条，打掉两条它来两双。而补充兵员和头目更是源源不绝，红旗帮战士的训练培养却靠得是血肉相拼。陈大哥当年劝过郑一，暴雨不终朝，宁缺勿盈。红旗帮树大招风，两口子即将为人父母，今夜重聚，才深深体会了其中的道理。

培罗的下场更惨，四艘战列舰只剩下旗舰多铎亲王号，六艘巡洋舰剩下勇敢号和斯巴达勇士号，十六艘驱逐舰剩下五艘，二十六舰东征，八舰负伤归来。

问题是，作为主力的战列舰和巡洋舰，只有波塞冬战神号和约克城号是在战斗中负伤弃舰和击沉。另外五艘都是因为糊里糊涂的事故而报废，否则不可能是这个结局。直到这个时候他才领悟到，从安南的头顿港开始，就一步一步又踏入了圈套。虽然军力不惧海盗，可是到底要如何，才能不再掉进红旗帮的陷阱？

培罗已经没有机会了，二十六舰是拍了胸脯从欧洲借来的，现在拿什么来还？他奉诏返国所将要面对的，是国会的诘难和面对海军大臣的屈辱[①]。更大的噩耗迎面撞来，当残破八舰抵达新加坡时，代办送来法兰西傀儡政府倒台的消息。法兰西军民拥护，拿破仑复辟。

七洲洋大战的消息隔了十天后才逐渐在广州城内散开，有的说英吉利全军覆没，有的说红旗帮吃了大亏，大屿山和澳门的威利斯中校都保持沉默。又隔

① 正史中的爱德华·培罗于1809年在远东舰队司令任上返国，任北海舰队司令，1811年升任地中海舰队司令，英王册封为第一任埃克茅斯子爵。

了几天，轮廓逐渐显现，经过浪花礁附近的各国商船陆续报称，看到了三舰的残骸。而威利斯中校奉命带领王权号和无双号巡洋舰，以及卡罗琳号驱逐舰返回加尔各答，澳门只留下了朵瑞丝号驱逐舰。大英帝国皇家海军在远东暂时缩编为象征性的存在。

象征性存在背后是鸦片生意的转型，东印度公司的专营许可到期，各路奸商大显神通，可仍以英吉利人为主。英吉利大船仍是在南边的澳门香山一带卸货转驳，分散运往广州和其他角落。大胆的商人就招来各国中小商船，以少量夹带的方式藏在其他货物中混进广州，这其中又以花旗国的飞剪船为多，往来广州的飞剪竟达三十几艘。

进入己巳年冬季，温暖的广州湾是一片风暴后的宁静，一股丝丝的凉意。龙嫂害喜，留在寨中督造有限的新船，生意全由张保打理。这个时候红旗帮更不愿招惹广东水师，只派出小船向过往商船收取例份钱，大买卖还是得远行。张保战队在硇州岛和七洲洋之间活动，离家八百里，只能一个月返寨一回。干买卖，不容易。

水师小船将姚莹送到下横挡岛，沙角和大角炮台十天前开始扎框打模板，准备浇铸炮盘。昨天吴庸庵又带了一批工人来上下横挡，姚莹是约好了特来验看。

“吴师傅，看样子你们当家的是打算让你接位，他不打算回来了？”

“怎么，敢情您是惦记咱们陈当家的了？说得也是，这一去小半年，这会都十月了还没个人影。总不会拖到过年吧？”

“谁知道呢？他这可是现代唐三藏，西域取经。吴师傅，你前几天跟我提的沙角护墙我看了。能修么？”

“身子骨就先天不良，修修补补也没什么大用。不修呢顶多也就是三五年，修的话勉强维持个七八年，到时候还是得推掉了重来。”

前面两期施工时姚莹就讨教摸索了混凝土施工之法，如运用得体的确是坚固耐久得多。珠江口西面的炮台是筑在大角山上，较高的地势还比较安全。可东岸的沙角炮台地势平缓，别说战时夷人步卒登陆了，就这每月两次大潮如遇上台风暴雨，都颇为危险。可是沿岸堤防属于巡抚衙门拨款督办的工程，虽然新落成的一段堤已经被潮水掏出几个小洞，姚莹却拿它没办法。

既然来到珠江口，当然是夜宿横挡，到左近渔村弄些好吃的来消磨一夜。可是，鱼鲜仍没能吃成，傍晚时分制台大人把姚莹召了回去，海盗跟英吉利又打起来了。

这些日子总督衙门和水师分头打听，明明红旗帮和英吉利两败俱伤，各自收兵，百龄笑得合不拢嘴。可怎么这么快就又打起来了？难道天下真有这等美事，两方结下了不解之仇？等姚莹赶回总督衙门一问详情，才知道并非红旗帮或是乌石二，是花旗国海盗。

花旗国海盗？这可稀了奇了，花旗国不仅对大清谦卑自持，在英吉利老大哥面前也一向颇为压抑。再说了，从未听闻花旗国有海盗，就算是有，也不可能跑几万里路来这里发财啊？等进了官厅，才发现百龄正冲着关天培发脾气。虽然只是一艘夷舰，怎么又让英吉利兵船入境？姚莹听得一惊，又不好让关天培难看，只好等关天培出府之后再探究竟。

原来，一向恭谨的花旗人这回真的发飙了，英吉利驻守的朵瑞丝号近来整天里就待在珠江口外，遇到花旗国的船进出是见着一条逮一条，上船搜查殴打水手不说，随意逮人和顺手牵羊的事没少干。花旗国政府无能为力，这些商船实在气不过，居然在孟加拉外海反过来劫了一条英吉利商船，一路驶回广州湾。朵瑞丝号发现蹊跷，追进黄埔，又把这条船给抢了回去。

这还是今天白天发生的事，英吉利领事已经请伍秉鉴转来紧急照会，一方面说明此乃突发的意外事件，因为唯恐伤害英籍水手的性命，事急从权，而且朵瑞斯号事后立即退出珠江，道歉之余保证今后绝不再犯。另一方面恳请大清政府主持公道，禁绝花旗商人劫船后在广州销赃。

孟加拉外海？这种分寸拿捏百龄还是很清楚的，你张三李四在王五家门口打架，关我赵六什么事？怎么追进我家里再干一架？今后通通不准，有事到外面吵去。

“东翁，英吉利人说得条条在理，好像都是花旗国的不是。而这花旗国素来恭顺，唯独跟英吉利人不对付。正好趁这个机会，咱们作一篇文章。”

“哦，做咱们的文章？”

“想必这花旗国是被逼得急了，才反咬一口，归根结底英吉利兵舰就没有权利在咱们家门口拦检花旗船。可这时间点太巧了，英吉利舰队刚被红旗帮打得落花流水，花旗国就起来反抗。这花旗国据在下所知和红旗帮的确是有点交情，正好趁这个机会，让在下跟花旗夷人接触一下，敲开红旗帮的寨门，安排招安。”

私会海盗，也只能由幕客出马，姚莹是再合适不过的了。

“蜜司脱姚，你可真是来得够晚的了。”

“怎么个意思？我来晚了么？”

“是啊，陈大哥是公历五月初走的吧，他交代说有位总督府的姚先生过两三个月会来找我，现在都十一月中了。”

原来陈道芗早就算定了，姚莹听得小小一惊，不动声色地说道：

“要来也得有个由头，谁叫你们这么晚才动英吉利人的货船？”

“不让红旗帮先狠狠揍那帮王八羔子一顿，我们能动么？”

听了顾盛强的情报，饶是姚莹也不禁咋舌。张保干掉了英吉利十八条巨舰，夷兵魂断南海八千余人。这得是多大规模的场面？待听得其中五艘被诱搁浅触礁，更是惊叹不已。

“要不是培罗那孙子接走了五舰上的水手，狗崽子这回死伤会上万呢。”

“吹牛吧？十八条船再大也不可能载一万兵嘛。”

“姚先生，三层战列舰没有来过大清，你知道舰上编制员额是多少人？超过一千。你想想，一百个炮班就得多少人？最小的驱逐舰也超过三百人。听马六甲那边传来的消息，逃走的八舰上面满是伤兵，仅是在新加坡就买棺收殓了三百多人。如果那五舰上的人没撤走，岂不就是上万？”

花旗国受英吉利的窝囊气实在是太久了，独立二十多年，他妈的还当自己是主子颐指气使。顾盛强一阵诉苦，却让姚莹听出一点因由。英吉利人也不是经年累月总找你们的麻烦，生意上其实不是一直有来有往吗？关键是你们花旗人总有些事情搞得人家不爽，这一问可就问出来了。

原来花旗国生产能力不行，和大清贸易所出售的货物大多数是属于借花献佛，举凡是毛皮人参玳瑁，通通是在亚美利加大陆西岸贱价换来。那一大片无主之地的北边就是英吉利殖民地加拿大，你跑到人家的后院里去摘花献佛，人家能乐意吗？

“蜜司特姚，我得先把话说清楚，你想见红旗帮的人我可以安排。不过我们花旗人和海盗并没有任何直接勾结，只因为我们生性温和，在海上碰到他们，交保护费的时候总是客客气气。他们觉得喜欢，给花旗国的来往船只打个小折扣，大家好来好去而已。”

夫子好险，百龄听得姚莹回来一说，与红旗帮第一次见面是相约虎门的渔村，当场就想着派兵护送，以防万一。

此举当然不宜，先别说只是彼此试探，而且就冲着当年和吴熊光的协议，红旗帮也没有任何理由乱来。至于约在虎门不进珠江，正表明他们对现任百龄大人的陌生与不信任。

“如果要解散红旗帮的战队，如何能保证朝廷不会秋后算账？如何保证总督大人不会翻脸不认人？”

“我朝自康熙年间三藩之乱以后，凡归降者必释兵权，这一条恐怕是无法更改的。不过，凡是谈判总有个融通，我等之所以在此讨价还价，正表示当今圣上以诚信治天下，虽然此刻是斤斤计较，可答应了决无反悔。”

“当官的两张口，全由得你说，当官的说的话能相信吗？”

姚莹只带了衙门里一个侍读书童，单刀赴会，把百龄差遣护送的亲卫搁在十里以外。红旗帮来了三人，只有领事头目丁四喜通报了姓名。和说降郭婆带不同的是，红旗帮没兴趣听什么大道理和分析，直接谈判招安的斤两。这时坐在旁边的大汉插口说道：

“姚先生您方才说的恐怕是说错了，我们红旗帮称雄南海，不会向任何人归降。请问阁下，我等不降，据岛称王，朝廷又能奈我何？我们今天讨论的是归并，谈不上什么降不降。就你们广东水师那些怂蛋，有资格受降吗？”

红旗帮果然老练泼辣，说到要害处完全不留情面，姚莹淡淡一笑说道：

“这位英雄说得在理，不过是红旗帮的理，江湖存身之理。在下说的也是理，不过是天下苍生的理。如果红旗帮不接受招安，那自是兵连祸结，广东永无宁日。如果英吉利葡萄牙和水师再度联兵，你方唱罢我登场，苦的是一方百姓。目前广东水师是打不过你，不过别忘了康熙朝的海禁，朝廷完全可以不准寸木粒米下海，让你和夷国纠缠，上不了陆地，只能对着鱼虾称王。这样吧，各位都是英雄气概，何必咬文嚼字作文章？归降归并一字之差，咱们就是招安，报效桑梓。至于兵权嘛，贵帮编入水师以后并非全部解散，朝廷期待着借贵帮之力共同对付夷寇都来不及，怎能轻言解散？可是朝廷的顾虑也要请各位英雄体谅。所谓归并，自是需要整理，我想一定是将目前的战队分编各营。至于如何整理我等可以各自回去琢磨，下回再议。各位以为如何？”

“英吉利人去年十三舰进黄埔就把你们整得屁滚尿流，上个月整个舰队大小三十余舰东来，照样被我们收拾了。我们是南海第一大帮，要谈归并可以，大家讲好条件，可要我们百战之师向关天培或是你们那个总督大人下跪谢恩，那叫休想，绝不可能。”

“这样吧，各位的想法在下谨记。其实以在下看来，各位方才所提应该多少都有融通之道，只要大原则能确定就行了。方才没请教，这位英雄是？”

“我！我就是专杀恶官夷寇，年初炮轰广州城，上个月大战七洲洋的战队头目赖德进。下一次见面是何时何地？”

“我就在总督衙署幕中，有事你可派人通知，找推官李承训或程振藩任一人都可以。只要说是花旗国夷商来人，我就明白了。我有事如何联络各位？通过花旗夷人总是不大方便。”

那位一直没出声的年轻头目这才说道：

“你应该清楚，我等陆上的联络站不方便告之。那其昌洋行的顾大班我们信得过，你就还是找他吧。据我所知，姚先生你并无官职，而我们红旗帮早已与前任督署和水师有过接触。麻烦你下一次请水师的关军门同来，他身为代理提督，还是比较可信的。如果下一回还是你一人前来，咱们也就没什么进一步深谈的必要了。”

姚莹出得渔村，策马直奔广州。近两个时辰后直入总督衙门，一把抓住正从里面走出来的关天培，进衙谒见百龄。

“咦！你俩怎么一起进来了？天培你刚才的七洲洋汇报有补充吗？”

姚莹迫不及待地说道：

“东翁，红旗帮招安大事可成。”

“哦，何以见得？”

“我今日见到他们的大档头张保仔了。如果彼等无意，张保何必亲来？”

“真的！他敢到虎门见你？”

“他没有通名道姓，不过指名下回谈判时必须见到关大人，瞧那气势必是张保无疑。”

当下姚莹对关天培形容了一下那人的音容相貌，关天培听罢失声说道：

“此人真乃张保！大人，张保乃难得大将之才，若得此人降我大清，犹胜五镇之师。今后何愁夷患！”

朝廷深怕降将举兵再反，远者吴三桂，近者林阿发，血迹斑斑历历在目，如何能答应不分兵权？可是如不让带兵，归降的红旗就变成了纸老虎，不过是绥靖而已，何能对付夷兵？关天培和姚莹都是主张还给红旗帮部分兵权的，可百龄只是摇头叹息。

军机处那帮老东西他太清楚了，只会纸上谈兵糊弄皇上，保眼前平安。哪有半分担当？关天培倒是很大度，不肯向本官下跪根本无所谓，如能归降今后就是同殿为臣，何况跪也是十有九成轮不着向本官跪。可是百龄又犯难了，就算是给你万般优遇，等本督宣读招安圣旨敕书的时候，你总不能不跪吧？

两天之后，一封密函送到了总督衙门给李承训。姚莹拆开来一看，约期后天十月十九，请关军门舶寮洲①相见。可这一回百龄把头摇得哗哗响，说什么也不答应了。

关天培跟姚莹不一样，是左翼镇总兵，武官正三品，而且兼署广东水师。舶寮洲是什么地方？是香港岛和大屿山之间的小岛，根本就是匪寨。朝廷命官私入匪寨，一旦招安不成关天培就得掉脑袋。不是海盗砍的，军官勾结匪类，按察有司上报御史，请出上方宝剑直接咔嚓。

听了百龄的话，姚莹默不做声，出衙就是一匹快马，直奔黄埔大营。

当塘福庙湾敲响警钟的时候，值班头目已奔进大寨禀告，水师大舰来了。红旗帮对广东水师了如指掌，来的这艘不是旗舰也得是二把手的指挥舰，是近三百吨的大海沧。可是只孤舰前来，而且没有任何旗帜。张保坐等了一盏茶的时间才起身出寨，来到港边一看，海沧舰正来到港外，面对着进港航道升起了大清黄龙旗，水师军旗，指挥舰舰旗，关字帅旗。对空鸣炮十响，然后将炮推离炮门，表示已清空了炮膛并无敌意，然后竟是缓缓驶进港来。

张保还真当是关天培亲临，连忙迎到船边，一看下船来的竟是姚莹一人，却不知是弄什么玄虚。

“你当日已知我就是张保？既然我敢单身上虎门，关大人为何不敢下舶寮？你没说是我请他来么？”

“那天你并没有通名道姓，不过我已知必是大当家的亲临，也告诉了关将军。不是他不想来，关将军很欣赏你的，所以才担了好大的干系，让我乘他的座舰前来，就是要向你表达问候之意。你总不希望关将军为了见你一面掉脑袋吧？”

“你这话是什么意思？我张保当年与关军门盟约，难道会加害于他？我和他大丈夫争战疆场，生死各安天命而已，又岂会像你们当官的有此卑劣之行？”

非也非也，关将军身为命官，私入匪寨给言官参上一本就得掉脑袋。姚莹连忙解释了一通，好不容易才让张保吁了口气，好官难为啊！却听得后堂一声娇斥：

“然则百龄不愿意让关军门涉险，是不是就活该红旗帮北上相谈？官家如

① 舶寮洲就是今日香港以海鲜休闲闻名的南丫岛，当时还只是个极为荒僻的小渔村。

果连这点胆识都没有，叫我等如何还能相信他的言语？来而不往非礼也，前一回我们当家的上虎门，不也就是三人前往么？”

龙嫂捧着七个月的肚子从后面走出来，张保连忙上去相扶，让龙嫂大马金刀地坐在堂中。一向机智的姚莹终于愣住了，此女当是龙嫂无疑，水师的情报为何如此差劲？竟然不知龙嫂怀了身孕。

“龙嫂，这位就是姚夫子。姚夫子，这位就是龙嫂。”

龙嫂斜睨姚莹一眼，孕中的女人心直口快，冲口而出。

“你就是姚莹？听说你是个大明白人，怎么办起事来遮遮掩掩的一点都不痛快？你们是当官的，当官的本来就不可信，说到天边去都是这个理。关军门不能来，那你让那个百龄自己来，他敢来老娘就信他，一切好说。哼，如果他皮里阳秋说一套做一套，难道红旗帮不能再一次炮轰广州城么？上一回只是警告，如果惹火了老娘再去广州，是广州的破城墙经打还是英吉利的二十六舰经打？呸！也不撒泡尿自己照照，招安！两广总督很大么？就凭水师那几副不知道浮不浮得起来的破棺材，老娘招安他还差不多。”

大肚婆一阵泼骂，骂得姚莹面上哑然，心念却是电转。听说？你们还能听谁说？应该就是陈道芗吧！如果这只狐狸交代过了，你们就应知道我是能拿得了主意的人，为何还如此逞强？莫非是心中还有顾忌？可是，究竟是什么顾忌？当下他试探着说道：

“道芗兄说龙嫂个性亦刚亦柔，女中豪杰。今日一见，果然名不虚传。”

孕妇果然上当，张保欲待阻止已然不及，只听她略为放缓了语气说道：

“过奖了，可是道芗兄弟说你是个大明白人，为何却如此不痛快？”

果然是陈道芗交代过了，姚莹当下心中雪亮，红旗帮可降，就看这桥如何搭法。当下放缓了语气说道：

“既然都是自己人那就好办，龙嫂您莫心急，别动了胎气，咱们不妨慢慢说道。听说您本家是胥家四姓？”

“是啊，胥家四姓怎么啦？”

“小时候在老家妯娌之间三姑六婆那是挺烦的。”

“知道烦你还婆婆妈妈？”

“三姑六婆各有各的理，是挺烦的。龙嫂，那广州知府成天里面对治下三万六千姑，三万六千婆，也是各有各的理，岂不是更烦？当今皇上面对天下百官，何止三万六千！男人姑婆起来岂不是烦上加烦？所以说龙嫂，这当官的婆婆妈妈非所愿也，只是不得已。皇上和百龄大人都想借红旗帮之力以对夷寇，皇上他老人家不好意思说，百龄大人也不方便说，就是因为有这么多婆婆妈妈的规矩。可是龙嫂，天下这么大，人人都有理。换了您是皇上，不婆婆妈妈能行么？”

“哼，姚夫子，说到底你是吃官家饭的，我不是信不过你，是信不过这些当官的。你有什么办法？”

“龙嫂，这不是官家没胆子信你，而是你信不过官家。难道您连皇上金口都不信？”

“你说我没胆子？”

龙嫂唬地一家伙站了起来，张保连忙起身相扶。龙嫂拍开他的手，指着姚莹说道：

“你回去跟百龄说，我三天之后亲上广州城拜访他，叫他准备好迎接我。反正见了面我也就是三句话，看他怎么接吧。要招安可以，一不是投降，二不能下跪，三得要有兵，就这样。”

张保慌忙转过身来对姚莹说道：

“姚夫子你快劝劝龙嫂。有身之人，哪能去广州见官？”

姚莹却是满面喜色，站起身来说道：

“巾帼英雄，不让须眉！如此甚好，龙嫂请保重珍摄，我这就回去复命，恭候贤伉俪大驾光临。”

一听红旗帮要找上门来，把百龄吓了一跳，再一说那龙嫂已怀有身孕，百龄倒沉吟了起来。

“东翁，其实招安红旗帮我们早已上报朝廷，只是等待时机。所以就算是进入匪寨也不能算是大逆，言官须做不得文章。不过在下发现，即使关军门去了也难以敲定。红旗帮一怕架空，二怕杀降，那小夫妻俩似乎心中颇多顾忌。”

“难道金口御批他们都不信吗？”

“得降了才有金口御批，可没法金口御批之后才降啊。

“可是既然如此，他们如何还敢来广州城？”

“此时他们有大军在手，当然敢来，降了之后呢？那才是他们担心的。”

看来这两口子倒真有几分胆识，好吧，咱们也只有官兵迎强盗了。

第37章
招安

第二天又一份简函送到姚莹面前，红旗帮专船将于农历十月二十三日上午巳时到达拾翠洲码头，敲锣打鼓真的硬来了。

顾盛强和卡林顿吃完午饭，自个儿回到洋行，现在的其昌洋行已经和两年前马礼逊投奔时不一样了，生意蒸蒸日上，不仅多了好几个伙计，还把隔壁楼面也盘了下来。他一进门就看见姚莹坐在里面，连忙拉着一起上楼来到自己的办公室。

“你是陈道芗先生的好朋友，我也是，所谓四海之内皆兄弟也。朝廷与红旗帮合作，对你们花旗国来说也是大大的好事。今天我来就只向你请教一件事。”

“慢点，迷死他哟，上回我已经说过了，我们夷商和海盗是因为海上交通安全而产生的接触。至于你说我和陈先生的朋友关系，我和陈先生是因为翻译拜朴经为人处世的道理而结识，那是你们中国人所谓的君子之交。至于陈先生是干什么营生认不认识海盗，都和我没有任何关系。陈先生的道德文章和人品我们是很相信的，至于其他的有什么话，我觉得还是等陈先生回来了再说比较合适。”

从去年独闯黑旗帮开始，姚莹才算是逐渐走出书斋官衙，接触到江湖这个真正的人间。连关天培、麦廷章这些武将只要一走出总督衙门，也都是立刻生龙活虎的另一副人样，官场之中怎的就这么装模作样，虚伪文章？眼前这个年轻夷人又是一说，护友的嘴巴封得死紧，谁说夷人都是犬羊之性！这姓顾的小子就挺仗义。看来所谓的江湖可真是活得有滋有味，官场之中哪得如许情义？他当下笑道：

“别紧张，顾经理，道芗兄没把朋友交代清楚，等回来了得罚他作东。明天红旗帮的张保和龙嫂就要来广州拜访总督大人了，今后国泰民安，这可是广州天大的好事。我是恐怕接待不周，所以特地来请教一点私事。”

“私事？你说说看。”

“张保和龙嫂是怎么回事？怎么又是夫妻又不像是夫妻？”

“不像是夫妻？他们当然是夫妻，怎么不像是夫妻了？”

“我们汉人在外人面前提到自己老婆的时候有很多种说法，比如说浑家、贱内、拙荆、我家里的、我那口子。有的是谦称，有的是熟人之间，不知道这些词你听得懂吗？”

“听得懂，我可是和陈大哥一起编过双语字典的。你们中国人的敬语非常多，这我是知道的。”

“顾先生年纪轻轻的可真博学，那天我去大屿山拜访，张保在我面前几次称呼自己的老婆龙嫂。”

“这有什么不对吗？他老婆本来就是龙嫂嘛。”

“是有不对，龙嫂是江湖称号，不会用在夫妻之间，这是咱们中国人言语的细微之处。这样说吧，你老婆是宫中掌衣使或是江湖上的玉面罗刹，你夫妻二人与朋友相见，你会不会开口闭口说掌衣使如何如何，玉面罗刹如何如何？”

“这个，我还没结婚，不过大概可以体会一点你说的意思，真是有趣。其实你问的事简直是天下皆知，你竟然不清楚，这说说倒无妨。说起来其实还是你们汉人的奇怪规矩太多，我们都觉得很莫明其妙。我知道你们汉人所谓的礼教并不是宗教，可是一大堆奇怪规矩把人绑得痛苦不堪。更奇怪的是，明明被绑得很痛苦，可是你们一个个都自愿乖乖被绑，痛苦一辈子。”

“对不起，顾先生，你在说什么东东？怎么在下听不明白了？”

“嗨，这张保和龙嫂就是你们礼教的受害者你没听说过吗？龙嫂本来是寡妇，比张保大个七八岁，她死去的那个老公郑一是张保的大哥。”

姚莹脑子里嗡的一声，真是一语惊醒梦中人，整天里想着军国大事，男女之间何曾入脑？却没想到这男女之事会夹缠到招安大计之中，他登时一拍大腿说道：

“我明白了，兄亡娶嫂，礼法不容，所以至今尚未大婚。是也不是？”

“大概是这个意思吧，当初道芗想给他们办了，可是有你们这把礼教钢刀架在前面，多有顾忌。又有六旗帮中人上门提亲，又说要等郑一的丧期过了，这一拖就拖到现在。”

“太好了，顾兄弟，在下这里有要事待办，先行告辞。等大事了了咱们再谋一聚。”

姚莹说罢起身下楼，一溜烟走了，留下顾盛强一人摸不着头脑。拙荆？贱内？龙嫂？这不说的是同一个人嘛！怎么又跟招安扯上了关系？

“不行！我牧守封疆，从一品的总督怎么能上奏这种男女之事？就算要私禀也不能用鹅毛烧角六百里加急，这男女之间能算是军国大事吗？石甫，朝中那帮混蛋你不是不知道，我上奏这种事情一旦被抖开来，那些汉官老学究不把我骂翻了才怪，我会变成一个老不修的笑柄。唉，让我想想，想法子密奏吧。”

姚莹一奔回衙门就直谒百龄，张保和龙嫂担心顾忌的不止两条，他夫妻俩至今名份未定，一旦招安，这红旗帮两大当家如何安置？今后如何抛头露脸做人？

张百龄是辽东的汉军旗出身，虽然后来迁家苏北，可身上早已沾染满族习气。再一听龙嫂足比张保大了七八岁，在满族文化之中，这兄亡娶嫂不仅天经地义，而且接手亡兄的黄脸婆一家子乃是大仁大义之举。此时的百龄可还不知道，龙嫂其实是个大美人胚子。问题就是怕那些朝中汉官拿礼教做文章。

“东翁莫担心，第一上密折，第二现领军机的是满官，第三万一言官有知晓的，就问他有何妙招不费一刀一枪招安海盗。第四，东翁，重点是让皇上知晓，只要他老人家一点头，招安不费吹灰之力，立马水到渠成。”

靖夷与肃匪，是架在历任两广总督颈边的两把钢刀，现在夷寇大败远扬，为患多年的红旗帮招安在望，小小权变一下又有何妨？百龄一旦想清楚拿定了主意可一点都不婆妈，等姚莹拟好了折子立马用印，六百里加急进京。不过，没敢明折递给军机处，而是直接递进成亲王府给永瑆大人，时任领军机内大臣①。

第二天上午辰时，关天培已在拾翠洲守望，其实原本不应由他出面，应该是低一级的麦廷章接船，关天培在衙署接见。可是红旗帮指名要见总督大人，而水师人人皆知麦廷章与红旗帮的宿仇，老关又是张保旧识，是以亲自前来。两百水师官兵旗帜招展盔甲鲜明，列队相迎，一干好事的百姓在拾翠洲内外夹道观望。姚莹一身敞亮长袍，暂栖其昌洋行，忽然一名军士闯了进来。

“姚先生，关军门有请，请速跟我来。”

招安大寇的官式活动姚莹自然不宜领头露面，原打算等接到了人再出面共谈，这会儿人还没到，又能有什么急事？等他赶到码头，关天培气急败坏地递

---

① 爱新觉·罗永瑆是嘉庆帝的亲兄弟，以文采出名，不但书法在当时独步文坛，而且是有清一朝以亲王身份领军机处的第一人。

给他一纸薄笺。这是水师虎门哨船放的飞鸽传书，姚莹一看之下也是傻了。

张保压根就不在船上，只有龙嫂来了。来的也不止龙嫂，哨探说，龙嫂乘了艘张灯结彩的乌船，带着乐班一路击鼓奏乐上珠江，甲板上站着坐着竟然全是妇道和小孩。关天培愣看着姚莹问道：

“红旗帮这唱得是哪一出啊？”

姚莹这时已琢磨出龙嫂的用意，当下反问道：

“事不宜迟，关大人，敢问尊夫人此刻何在？”

“在家啊！”

“那再冒昧问一句，敢问关大人家中还有几位如夫人？”

“能有几位？本官不好女色，只有发妻一人。唉呀，都什么节骨眼了你问这些干嘛？”

“一位就一位，人家来的都是女眷，速备快马大车，请关夫人多带丫环婢女，前来相迎。”

关天培恍然大悟，只剩一个时辰了，调兵遣将，好不紧张。安排妥当这才说道：

“姚夫子，本官居家清简，只得当初陪嫁的丫环，前些年许配给我底下的官佐，这两年又回府里帮衬。另外就是一个老妈，竟是没什么女眷。龙嫂搞这玄虚可害苦我了。”

“那也好，好叫龙嫂知道我大清也有清官。这女人厉害啊！我还当她是尊霹雳炮，原来是粗中有细，搞这一出是来将百龄大人一军哪。”

“怎么说？”

“她这一路击鼓奏乐的，就是要让广州满城皆知，看总督大人如何对待红旗帮的弱小妇孺。这还没谈呢，就已经是哀兵之计先下一城。嘿嘿！不简单，是有些胆子。”

那边厢百龄接到速报当然也是一愣，可毕竟是久经大浪，虽说来的是女子，可光天化日之下，官厅议事，原也无妨。只是下令撤了部分仆役，换上后衙调来的婢女。等关夫人气急败坏地赶到码头，指着关天培鼻子数落了没两句，红旗帮的乌船已然到港。

女眷登场，这味道完全两样，姚莹也就无所顾忌地站到了关天培身后。只见乌船插满红旗，船帆已收，操桨进港。那船桅顶上撒下整幅红布，像小凳面大的大字写道：

新会胥家石香姑拜谒两广总督军务张百龄大人

按理说龙嫂既然尚未再嫁张保，此时的身份就应该是郑一郑家的未亡人，不论姓郑姓张，绝不可能还冠着出嫁前的闺姓。不过，虽然这条幅读来不大搭调，可人家毕竟挑明了是民女拜见父母官的上宪。满船红旗，意在言外，就看你这个安是如何招法。姚莹忙向关天培说道：

“请容我上船相迎。”

当下姚莹抢上跳板，人家龙嫂今日却是换了一副心情，冲着姚莹雍容一笑。

“龙嫂，欢迎，知道您今天来，关军门和夫人在船边相迎。总督大人在牙署相候，这就请吧。”

“如此有劳姚夫子了。”

这时龙嫂身后站着十一名大妈小妹，都不知道是干什么的，还有六名五到十岁不等的女娃娃，纷纷下得船来。龙嫂与关天培夫妇见过礼后，由关夫人陪着龙嫂共乘一车，关天培和姚莹骑马，其他妇孺由关家老妈安排上三辆大车，两百士兵护送下威风凛凛地奔向总督衙门。

民女见官总是要跪的，可是龙嫂怀有七个多月的身孕，百龄大袖一挥说道：

“有身之人，就免了吧。”

龙嫂却不承这个情，在后衙老妈搀扶下盈盈拜倒。不是不肯跪吗？百龄正自诧异，霹雳炮直起身子，立马就是一炮轰将过来，开火了！

“民女见官，礼不可废。总督大人，他日若红旗帮招安，却是不能向手下败将相跪的。”

整掉了那彦成，整掉了吴熊光，整掉了孙玉庭，大肚美女名不虚传啊。可直来直往的倒颇对武人脾气，第一道茶还没凉，龙嫂和百龄的争执就已经掀翻了屋顶。这哪还像是从一品封疆大吏和巨寇之间？两个不同世界的人讨价还价，竟像是地方保长遇到泼妇地头蛇。争的第一条就是分兵，这个怕那个造反，那个怕这个翻脸不认人杀降。姚莹好话说尽，朝廷定制无可动摇，咱们就所有条件逐条清理，有话好说，求同存异。关天培谨守官箴，百龄不问到他他就一言不发。百龄问道：

“龙嫂，你只是一个劲儿的不同意，你还不知道这分兵是如何个分法哪！”

“你们还能怎么分，只要我一点头，还不是三下五除二就把我们架空，五万大兵给分没了。”

“还真不是三下五除二，是三一三十一，分成三份。关大人，你来说说。”

是！关天培这才向百龄打了个揖领命，转向龙嫂说道：

“龙嫂，朝廷费尽苦心，希望红旗帮归并后能增强对付夷寇的实力，怎么会故意打散你们的兵力？我们目前想的是这样，大当家的过来之后肯定是委以带兵官职。总督大人可是为你们设想，留下三分之一最精锐的兵力由大当家自将。另外，还期盼着和两位当家的共同研究，看是派那些得力的头目到水师各营和邻省水师，担任教习。你我都是带兵的，当然知道有的头目擅于打仗，有的头目懂得炮械船艺，有的头目长于练兵。如何分调还是要尊重两位当家的意见。”

“你说的这些话有什么担保？”

关天培是带兵官，哪能提供什么担保？只能抬眼看着其他人，姚莹轻咳一声说道：

“龙嫂，咱们请制台大人作主，看能不能央请朝廷写在招安敕书里。你看可好？”

“这一条暂时先这样，我得回去和张保议一下。下一条，如果招安，所有红旗帮众必须保全。愿意投军的投军，愿意返乡的返乡，当年杀官犯律之事一笔勾销，不得反悔，不得算账。”

“这是当然，本官可以应承，白纸黑字，绝不反悔。”

“我指的是红旗帮每一个兄弟，包括别旗投靠过来的，包括林阿发和他的手下。”

虽然大屿山之战水师并未派出主力，但是林阿发降了又叛，却是广东水师奇耻。关天培闻言低头默不作声，百龄叹了口气说道：

“好吧，本官答应你。”

“总督大人，按理说您如此抬爱，百般照顾，民女应是很承您的情份，再说些别的可真有点不识抬举。可毕竟我也是半个当家的，这身不由己的滋味您比我更清楚。您说说看，如果换作您是大屿山当家的，手下五万常胜军，如何能向手下败将下跪？小女子有小女子的难处，还请您体谅。”

就你这有攻有守刚柔并济，一套一套早备好了的霹雳炮轰隆轰隆的，你还自称是小女子的话，这天下恐怕就没有大男人了。百龄望了姚莹一眼，缓缓说道：

“龙嫂，本官和关总兵当然承受不起您这位巾帼英雄一跪，您不是跪我，是跪谢皇上的恩典。张保毕竟是江湖出身，由皇上金口赐官，官者，天下名器也。您放心，容本官十日，必定设法拿一个让你满意的章程出来，您看可好？”

第三轮谈判结束，关夫人和姚莹相送龙嫂，不置可否地走出衙门。总督牙署乃两广最高军政机关，哪能容一干妇孺入内？早上飞鸽来报之后，衙差就在旁边百米处的空场搭了大棚，待龙嫂走出来一看，两百精兵护卫，好不神气。临时从后衙抽调的老妈丫环忙左忙右，十一位红旗大妈吃饱喝足了还好，那六名小鬼却是有要零食的，有索玩具的，有追逐打闹的，还有就地解放现场拉屎的。嗯，总督衙门照顾周到，红旗帮妇孺大军启程返回大屿山去也。

第38章
海盗公主

当官的就是不能相信，当面讲好话，转脸当放屁。广州回来一晃就是十六天过去了，龙嫂看着自己一天比一天大的肚皮，情绪忽高忽低，前天说官场难为，昨天又拍桌大骂狗官无信，整个大屿山笼罩着不确定与怀疑。这天早上警钟又起，张保沉不住气地跳了起来喝道：

“又有什么事？”

鸽站头目一抱拳禀告：

“是上个月来过的那艘水师关总兵座舰，方才又出虎门奔这儿来了。”

“哦，姚夫子总算是有信来了。”

“大当家的，上一回他们是偷偷摸摸地到了大屿山才升旗，方才飞鸽有信，今天是升好了旗才出的黄埔。”

“那也没什么，水师官兵进咱们匪窝，一回生二回熟，胆子大了呗！”

“不是，大当家的，这回多升了一面旗，是两广总督军务的帅旗。”

张保和龙嫂听得面面相觑，满腹狐疑，上回挂了关字将旗，结果下船的是姚莹。这回加挂了总督旗，莫非是关天培想通了？人家好歹是代署水师提督的总兵官，两人连忙起身出寨，下令布置六十艘比较漂亮的新船，挂上满旗，分两列排在港外相迎。这所谓满旗可不是满州旗，是指满满地挂上所有旗帜，包括红旗帮旗，大屿山本寨旗，张保和龙嫂的帅旗，战队旗，本舰舰旗，舰长旗，各种战旗、行军旗和操练旗。

半个时辰之后，终于远远瞧见了海沧舰的身影。六十艘迎宾船上的喽啰们纷纷擎刀，列队船舷，待得近两柱香的时间，来船已到港外。赖德进挥旗下令鸣炮，军礼相迎，刹时间一百八十门大炮齐响，天地变色。等海沧舰靠岸，第一个钻出舱走上跳板的还是姚莹，第二个不是关天培，竟然是老仇家，独眼将军麦廷章，第三位是谁？不认识，身穿六品官服神态恭谨的双手捧着个锦匣，是推官李承训。接着走出来第四位，张保皱起了眉头，他娘的关天培还是没来，走下来一个虎步生威官气十足的家伙。来的是，龙嫂捏了张保一把，竟然是两广总督张百龄亲临。

身为独领南海风骚多年的红旗帮两大当家，咒念归咒念，张保和龙嫂岂能不知百龄的分量。当朝一品未带兵马，只身进入匪寨，此事恐怕是大清建政两百年以来前所未有。[①]两名特大土匪竟是惊得呆了，姚莹上前说道：

“两位当家的，十日之约因故延宕，制台大人甚为过意不去，决意亲自来访，以表诚意。这可是极不容易，昨晚召集广东巡抚、布政使司、按察使司和都指挥使司，连夜开会决定的。大人有重要消息，咱们进寨说话吧。”

两人这才回过神来，大是佩服百龄的胆识，心中激荡不已。连忙将百龄几人迎入寨中，分宾主坐下。没等主人开口，百龄就笑呵呵地说道：

“我府里姚夫子和两位当家的几度盘桓，也了解了大家对招安后的种种担心。本官领受朝廷俸禄，无以上报天恩，今日单独前来，就是以本官的人头担保，请二位不要再有所顾虑。”

张保看了龙嫂一眼，大声说道：

“总督大人器量似海，豪气干云，张保拜服。于分兵一事，同意按旬前约定办理。”

“如此甚好，皆大欢喜。张保，招安之后，你我同殿为臣，你年轻有为，本官年事已长，今后应当互相提携。你和其他同僚之间，也是这般道理。今日特地请你的一位旧识同来，还望你俩英雄人物，能够笑泯恩仇，齐心效力。”

那边麦廷章闻言站了起来，当年平潭海战之后，张保才为郑一所救，竟是不识麦廷章。麦廷章的独眼看不出喜怒哀乐，一抱拳说道：

“平潭一战，刀枪无眼，伤了我家大帅与诸多袍泽，此恨至今已有数年。但是红旗帮如有诚意接受招安，本官自当以大局为重。奉制台大人谕，此次同来，好教诸位安心，绝无秋后算账之虑。”

龙嫂扶着肚子也站了起来说道：

“保仔是在平潭战后才入的红旗帮，我倒是在翡冷翠之星号上与麦将军对过话，当年在大屿山也有过数面之缘。不知麦将军还记得否？”

---

① 史载两广总督百龄招降红旗帮，只身闯大屿山水寨，随员并非姚莹，而是粮道朱尔额赓。

麦廷章轻轻哼了一声说道：

“当年不杀之恩，未敢一日或忘，只怕是难以报答了。”

龙嫂哪能听不出话中遗恨，她叹了口气，悠悠说道：

“瓦罐不离井边破，将军难免阵上亡，两军相争，原是这个道理。麦将军，当时你重伤昏迷，为我军喽啰救上翡冷翠之星号，所以你并不知道徐提督旗舰上发生的事。徐大人并非战死，而当时我帮求才若渴，屡次三番劝降于你，你是知道的，又怎敢杀害徐大人？是我等劝降不成，徐大人趁我等不备，自刎身亡。”

数年之后旧事重提，却是自己不曾知晓的另外一幕，麦廷章身子一颤，睁大独目问道：

“此话当真？”

“麦将军，我红旗帮这些年来杀官杀夷何止上万？有多少夷军将校在大屿山和七洲洋化作孤魂！贵军许廷桂、郭婆带两位将军都是在西江口命丧红旗帮之手，有什么是敢做不敢认的？当时徐大人说的话小女子到现在还记得。徐大人是忧国忧民的大英雄，他对大清安危和夷情的预言这几年竟是一一应验，我们几位在场的朋友每当想起当时情景，都是非常感慨。麦将军，当时浙江水师兵败，徐廷雄大人一死以全气节，英雄壮志，还能有更好的结局么？”

几年来未曾愈合的创伤又被揭开，挤出了所有的脓血，折磨麦廷章数年的梦魇终于得到解脱，独目迸出两滴眼泪，麦廷章低头轻声说道：

“谢谢你，龙嫂，我明白了。谢谢你！”

“张保，龙嫂，两省水师和英吉利、葡萄牙都是你们的手下败将，这跪是当然不肯跪了，是也不是？”

相谈正好，百龄却拣这时候揭开不好揭的烂锅盖，搅得张保和龙嫂一阵窘，竟是无声来了个默认。只听百龄说道：

“张保，据本官所知，你少小流离，是个孤儿，家无尊长是吧！龙嫂，你乃寡妇之身，本官说得也没错吧？”

谈判招安甫入窘境，忽然又扯起家务私事，两人愕然点头，却是不知所以。百龄忽然放大嗓门说道：

“荒唐！那你俩怎还不速速完婚？名不正言不顺，到时候言官虎视眈眈，招安之后你如何进得朝堂？肚中的娃娃又如何是好？”

一巴掌拍中龙嫂最大的心病，她当场涨得满脸通红。张保也是慌了手脚，连忙说道：

“这个在下省得，只是约好了一位大哥提亲，却远游西域尚未归来。加以事故迭起，所以拖延至今。”

“你能拖，肚子里的娃娃能拖吗？你无非是怕旁人说三道四，蜚短流长罢了。”

这时龙嫂内心激荡，而张保已经被百龄绕晕了。一品大员只身闯寨，国事说了一半忽然扯起家事，还尽在捅疮疤，到底所为何来？当下讷讷说道：

“大人说的是。人言可畏，礼教吃人，是以我俩蹉跎至今，未能完婚。”

“本官给你觅一良媒，觅一主婚，今日就替你办了文定可好？”

那龙嫂毕竟是女人心巧，当下眼睛一亮，睁大美目问道：

“大人可是愿为小女子做主完婚？”

“张保，石香姑，本官问你二人，这败军之将你们跪不得，主婚大人你们可能跪得？”

龙嫂一听之下，竟似时光倒流，回到青春少女的羞态，低声哼道：

“大人，如是大人主婚，小女子愿跪，但不知张保他……”

百龄哈哈大笑，忽然站起身来说道：

“小张保年轻有为，来日方长，本官哪有那个福份为你俩主婚？实话告诉你们，本官将你俩的苦处上奏朝廷，皇上金口，已经御赐你俩结为夫妻，昭告天下。本官昨晚收到六百里加急，连夜会议，今日才得一早赶来。张保，石香姑接旨！”

姚莹和麦廷章离椅拜伏于地，张保和龙嫂却是呆了，懵了！这副礼教的大枷已经锁了他两人太久，一旦解脱焉得不懵？姚莹忙扯了扯张保袍脚。

“还不快跪接圣旨！”

这时李承训早已打开锦匣，百龄接过圣旨，待张保搀着龙嫂跪下，百龄宣读起来，却是骈四俪六的一道华章。两人连一半都听不懂，只知道是褒奖慰勉有加。待得百龄念完，众人谢恩站起，百龄将圣旨交给姚莹说道：

“后面还有御赐的礼单，你和这对新人说说吧。”

姚莹这才接过来详细解释旨意内容，开头无非是当皇上的抚慰巨寇，尽说些识大体忧国难报效朝廷之类的套话，然后是招安的关键，所有优遇一概按两广总督军务的约定办理。接下来，授职张保澄海协督领，正四品。贵妃杭佳氏收石香姑为义女，赐婚张保，授石香姑正四品诰命夫人。御赐张保龙泉宝剑，锦袍冠带，西宫娘娘和杭佳氏的赏赐更多，金珠翠璧绫罗绸缎不一而足。龙嫂听到被贵妃收为义女，已是喜极而泣，缓缓再度跪倒，伏地不起。张保满脸通红咧着小嘴合不拢来。

“还不赶快把香姑扶起来？张保，香姑今后就是公主了，你可别亏待人家。张保，接密旨。”

还有旨？正在站起的张保扑通又跪了下去，过了一会却未闻声，抬头只见百龄正看着自己。又是姚莹小声说道：

“张保，密旨只能说给你一个人听，到里面去。”

可怜张保草莽出身哪懂得这些规矩？连忙起身引着百龄来到后堂，正要再跪，却被百龄伸手拦住说道：

“这就不必跪了，张保，传圣上口谕，那些咬文嚼字的你也听不懂，我就用大白话说了。嗯！圣上口谕，张保，你幼入歧途，然年轻有为，迷途知返，朕很欣慰。暂时先给你干个正四品，督领已经是不小的官了，兵也不少，只要你好好干，保卫社稷，效忠朝廷。你不负朕，朕必不负你，钦此。”

张保听罢感激涕零，扑通跪倒喊道：

“谢主隆恩，谢大人栽培。大人，以前是张保不懂事，今后一定鞍前马后，竭志效忠，死而后已。”

“起来吧，保仔，拣日不如撞日，能代表皇上主婚的美差可不是天天都有。这样吧，香姑的肚子一天天大了，咱们什么都得快，今日就办文定。皇上和娘娘们的赏赐十日后可到，咱们好好准备一下，十日之后，连招安带完婚，一起给办了。”

“全凭大人做主。”

“真的？我做主那就不客气了，本官今日不走了，夜宿大屿山。唉！来广东这两年整天瞎忙，竟然从来没出过海。我跟你说，招安带招亲，全都是那姚夫子布的好局，做的好媒，今晚你文定之喜，喝谢媒酒吃海鲜，灌死姚夫子那张厉害的巧嘴，咱们一醉方休。”

姚莹连施巧计，把招安和赐婚绑在一起，引得不肯跪的张保不但跪了，而且死心塌地一跪再跪。百龄这个武举出身虽然不大懂得姚莹那些文章套路花花肠子，可如何装豪爽收买人心的套路却是驾轻就熟，当场把俩特大土匪收得服服贴贴。南海六旗帮曾令几任督抚身败名裂，在这一文一武一老一少联手之下，竟是自此烟消云散。

其实，特大土匪哪能知道，此时宗人府列籍的皇族何止上万？几代皇族加上三宫六院七十二妃，还有皇贵妃，还有皇后，那位杭佳氏不过是后宫众艳中的一景而已。

称雄南海的红旗帮被招安，此时江湖上还懵然不知，却在大屿山内部引燃了一颗巨型炸弹。第二天一早百龄登船北返，麦廷章与张保相约，三日后带一组堂官过来，开始办理登籍归并一应事宜。红旗帮各寨加起来有战斗员近四万，总数五万余人，十天之内是不可能办理完的。皇上赐婚，龙嫂又怎能不风光出嫁？于是约期二十日内筹备完毕。张保和龙嫂需要时间来处理这五万多人的出路，等百龄一走，就立刻召集各寨头目，连开了两天的会议。

只有三万余人愿意随两人转投水师，从此抬头挺胸上陆，拿官饷吃安乐茶饭。将近两万年纪偏大的兄弟选择拿些遣散银子归乡。这些人都好办，可是，不受王法人情拘束的大海，是永恒迷人的魅力，还有三千多人仍然依恋驰骋海上的自由空气，坚持不降。张保在第二天下午召集了这几十位不愿降的头目，其中多数曾受官府欺压，结下血海深仇，在家乡留有血案。虽然招安大赦，却是近乡情怯。

“各位的心情我完全理解，如果我不是当家的，或许也会跟各位一样。可是既然接受了招安，此后我就是朝廷的水师，与各位兄弟如何能在海上相见？”

“大当家，天下无不散的宴席，今后我等自会往西，跟以往的红旗帮一样，尽量不与水师照面。万一狭路相逢，大当家的能网开一面大伙自将铭记于心，如果实在不能卖这个交情，那也是各为其主，兄弟们无怨无悔。”

“你们是打算投奔乌石二？我以为你们打算自己插旗做买卖呢。”

“大当家的，咱们商议过了，有的想投奔蓝旗，有的自己插旗。人各有志，既然是散了伙，天要下雨，娘要嫁人，谁也管不了谁，只有各自听天由命了。”

红旗帮是有情有义的大帮，当下约法三章。第一，以五十人为一股，拨赠战船一艘，银六百两。第二，不得在广州湾干买卖，尽量往湛江以南以西。第三，此后各安天命，万一战场相逢，不必容情。

带头说话的头目中有几位是当年一哥家的亲戚，张保和龙嫂问明了因由，原来是打算投奔安南郑一的堂哥郑七。安南间关路远，今生难再相逢，不由得感慨万分。他们这一股有几百人，当下议定，把已渐陈旧的肯特号慨然相赠。

此时红旗帮的数百艘战船还未入水师账册，这近六十艘战船必须在麦廷章回来之前驶离，当晚开宴送行，众家兄弟痛饮，相拥痛哭而别。

隔天早上，目送载着这三千兄弟的战船分别驶离，天地会大屿山分舵香主龙嫂又召开分舵会议。已密信禀报总舵招安的消息，除非个别兄弟另有打算，准备安排所有会众转入广州分舵，大屿山分舵从此除名。

麦廷章率领的一班堂官书吏来到大屿山，开始办理交接，张保提出来将沿海的鸽站保留，人员纳入编内，以保障今后的信息流通。可指南针小组这个关键的情报机构牵涉到天地会，却是无论如何不能提的了。

第39章
最后的蓝旗帮

十一月十六日，张保和石香姑奉旨完婚，对着代表皇上主婚的百龄又狠狠跪了一通。皇族婚礼当然得有些场面，何况新郎倌和大肚新娘还是特大土匪！这场婚宴席开六百桌，从国宾楼到天地会的大餐馆都接待不了，只能安排好外烩单子，来到广州府的大校场，达官贵人与绿林好汉共济一堂。

六百桌中夹有十三桌夷人，三桌是各国使节官员，两桌是东印度公司高管，仇深似海的红旗帮忽然摇身一变，变成了官军，这可是一杯苦酒哇。布政使命行商送去喜帖不说，还讲明了这是红色炸弹，人来不来吃酒不重要，礼金必须得到。其他夷桌全是被红色炸弹炸来的夷商，这十三桌都由伍秉鉴与手下怡和洋行的经理招呼，其中有两桌被安排到离主桌较近的另外一边，是卡林顿为首的花旗人。

酒过三巡，马礼逊从英吉利桌溜了过来，伸手入怀一掏，又是十张红色炸弹。洋和尚与端庄美丽又大方的麦伦小姐也要结婚了，洋婚礼将会在澳门的圣母雪地殿教堂举行。隔天回广州，在易牙居大宴中国友朋。

红旗帮正式归降，一些大小头目纷纷调进黄埔，虽然张保讲尽好话，可是林阿发还是被调去干老本行，坐办公桌的人事官。杨顺康被力保留守大屿山，不过，授职把总的杨顺康手下只有二十四艘战船，其中含有三个六角阵。工作船倒留下四十几艘，因为大屿山的一应后勤补给修造设施比黄埔还齐全，弃之可惜。王进兴也被留了下来，不过，他这个把总以前当头目时带的不是兵，现在也一样，负责带领的是船厂和码头。

说什么张保现在也是个小号驸马爷了，虽然那位公主连庶出都不能算，只是义女，不过百龄还是命人在广州觅了处宅子，充做驸马府。张保是澄海协的军官，大部分时间留宿黄埔，龙嫂可不干，她闲不下来。

虽然龙嫂曾经是个美女，可毕竟不是缠小脚的大家闺秀，而是天然足的胥家女。挺着大肚子的大脚婆娘整天一摇二摆出入水师大营，活像只老母鸭。好在水师上下都知道这位南海传奇的人物，在关天培摇头默许之下，大家装作视而不见，老母鸭在营中横冲直撞呱呱呱，为那个保守年代的水师添了几许奇景。

诰命夫人是正式官秩，有品级有俸禄没有授职，高低依老公的官秩而定。张保是正四品，所以龙嫂是四品诰命夫人，六品以下的称为敕命夫人。可别搞错了，并不是老公当官老婆就是诰命或是敕命夫人，大清七品县官以上为数十万，通通封夫人得花多少银子？百不得一，那是得请旨另封的，通常是有女德者。诰命乃是朝廷名器，用以笼络人心，像龙嫂这种并非因为女德，是因为土匪干得特大而被封，恐怕也是前无古人后无来者。

本来既是妇道人家又有身孕，见之不祥，岂可出入以阳刚自视的军营？可人家既有诰命又是公主还兼特大土匪，言官又能拿之奈何？

一晃眼进入月底，大家琢磨着还有一个月就要过年了，正好休养生息。偏偏天不从人愿，二十九日上午，黄埔大营召集守备以上军官会议。

红旗帮降了，英吉利人走了，水师是出名的软蛋，所以，乌石二开始趁机扩张地盘，连续犯案。昨天夷商报来本月第四起，这一起是艘英吉利武装商船，被打死了六十几名水手，货被劫一空，船被烧毁在茂名外海。英美葡领事都发出照会，总督衙门下令全力进剿。

其实年关将近，水陆好汉本就急着捞钱过年，可关天培心里明镜，虽近急景凋年，可这雷州的蓝旗帮已是六旗最后根据地，制台大人想试着在己巳年打个满堂红。

本来对付乌石二最直接的办法就是调用老红旗，可是张保沉默不语。满座军官只有关天培心里知道，当年六旗同气连枝，而今张保甫一归顺就要他倒戈相向，真是情何以堪。麦廷章倒是对打海盗兴趣最浓，抢着请命前锋，当下调兵遣将。张保深知乌石二的厉害，终于开口说道：

“禀督帅大人，可否容我推荐一位兄弟，跟着麦将军学习学习？”

“哦，你说的是哪位？”

“现在大屿山的杨顺康。他原是黄旗帮老人，黄旗当年在广州湾以东，和西面的蓝旗没什么瓜葛，而他又熟悉海盗的套路。”

十二月初八，易牙居楼上今晚被马礼逊包场，只有五桌，在座都是拾翠洲的花旗国夷商和以前红旗帮的头目。其中只有宋振岐和李三朱现在是天地会的头目，因为二人身在绝密的指南针，不宜被登入招安花名册。马礼逊可是和这些人打下了铁一般的交情，从战队的赖德进到船厂的王进兴，还有两位死教不会马礼逊针灸的郎中，这些头目现在最少都是百夫长了。

马礼逊夫人就是婚前的苏珊娜·麦伦女士，听老马一一介绍，少不了揭穿大萝卜当年传教的糗事，把苏珊娜听得一会儿是惊讶不止，一会儿又笑得前仰后合。席间可不是没有官员，不过这几位官今晚没一点当官的德性，洋官是领事卡林顿，中方最高阶的当然就是督领张保大人，还有那位四品诰命夫人。在座全是红旗旧部，开口当家的闭口大头目，竟是无人以官职相称。苏珊娜指着龙嫂那九个多月的肚子，掩口大惊。

"这是快要生了吧？我可不可以摸一下？"

上岸一个多月，张保倒好，人模狗样，又是督领又是驸马，自己这个狗屁诰命却没了兵权，闷也闷坏了。今晚老友重逢，即将临盆的龙嫂是说什么都拦不住，硬是要来。酒酣耳热，好不痛快！苏珊娜摸着龙嫂的肚皮，一口荒腔走板的汉语问道：

"不知是男是女，起好名了吗？"

"还没想好呢！要不大伙帮忙出个主意？"

当场大家七嘴八舌开来，可是花旗人当然想不出汉名，那帮海盗出身的中下级军官主意也高明不到哪里去，张保开玩笑说道：

"咱们取名就得即兴应景，今儿腊八，干脆就取名张腊八吧。"

"呸！难听死了，什么张腊八？老娘又不是今天生，什么即兴应景？要是老娘生的时候你在赌桌上推出一把憋十，难道取名张憋十？"

一名原籍江苏的头目说道：

"大当家的，人家说贵人出世都有吉兆。我老家有位康熙朝致仕的相国高士奇，听说当年他母亲生他前一晚梦见一只凤凰落在梧桐树上，所以生出来之后取名高凤梧，字士奇。这不就当成宰相了嘛！你莫着急，没准过两天龙嫂有吉梦呢？"

这回可轮到张保不依了。

"不行不行，做梦的事可没准，万一她没梦到凤凰，梦见一只鸡落在芭蕉树上，难道我儿子取名张鸡芭么？"

一干粗人插科打诨，哄笑成一团好不热闹，花旗人哪能领会其中奥妙？除了马礼逊和顾盛强之外，个个听得目瞪口呆。马礼逊叹了口气，转头对苏珊娜说道：

“要是我那位道芗兄弟在这里就好了，说到给人取名字，谁也比不过他。玻璃池顾盛强马礼逊，多贴切！”

忽然楼下传来人声说道：

“合着人生在世，我就专门是为人取名而来？”

张保手中的汤匙砰啷掉在桌上，双眼直勾勾地望着楼梯，缓步走上来那位清瘦文士，正是陈道芗。

楼面上一刹那的鸦雀无声，龙嫂望着眼前的救命兄弟，大半年未见，似是瘦了一圈，老了一圈，两鬓竟似略带星霜。

马礼逊望着这位来华第一挚友，大半年未见，面容疲倦中带着轻松，眼神详和中流露智慧的火苗，直如大德证道，闪现神光。

易牙居的二楼沸腾起来，在座都是老友，以及受他帮助过的花旗商，当下天地会的伙计上来收拾桌面碗碟，添酒回灯重开宴。众人七嘴八舌追问，张保却是不好意思地低头说道：

“陈大哥，你走时留下那三封信，第三封说的顺势而为，当初我是很不以为然的。没想到后来真的一步一步如你所料，这么大的红旗帮就这么没了。没等你回来咱们就接受招安，你不会怪我们吧？天地会的兄弟咱们可全都保住了。”

陈道芗叹了口气说道：

“当年应该把争斗范围局限于广州巡捕，结果却捅出两个朝廷的军队。其实平潭一战大胜，一哥扩建香港岛和硇洲岛，就已经注定了将有今日。眼看他起高楼，眼看他楼塌了，那是一道没有回头路的螺旋梯。你们两线作战，左边是夷军，右边是水师。每战胜一次，人家就加大一次筹码，终有一天要被压垮的，所以你们才会以战胜之师被败军招安。可是你们又不能不战，不战的话就没有现在被招安的资格。当时理论上唯一的活路，就是把寨子拔到吕宋或是安南，甚至到婆罗州去干海盗。可是如此离乡背井，你们肯吗？”

马礼逊插口说道：

“道芗兄弟，好歹他们现在都成了朝廷命官，也算是正经做人。南海英雄浪漫岁月，自有曲终人散之日。倒是你离开这么久，看你这次回来大不一样，都干什么去了？我可还一直没机会去圣地呢！”

这时菜已上齐，跑堂送上应景甜品腊八粥，陈道芗举起面前的粥碗小啜一口，淡淡说道：

“我先到波斯，然后是阿拉伯半岛，见到你们几大教的圣地。然后去了埃及，最后跟一位博士去了你的国家英吉利。”

“嘎！你不是追索摩尼教的源头吗？我们英吉利应该跟摩尼教没什么关系，那位博士是什么人？”

“噢，跟你一样，也是根萝卜。他叫做罗勃杭特，是你们皇家学会会员，牛筋大学的科学家。”

“皇家学会！那可是我国最崇高的学术机构了，你在英吉利都干什么啦？”

“也没干什么，就是瞧瞧你们英吉利人怎么过日子，我去了霸凌银行和罗斯柴尔德银行。”

“那是全欧洲最大的金融怪兽。”

“我还去了利物浦和伯明翰。”

“那是大工业区。”

“后来我去伦敦蹲了一段时间，你们有个新生事物，叫作资本主义。我学习学习，在伦敦我还去了西敏寺①。”

马礼逊眯起眼睛瞄着陈道芗，大不以为然地问道：

“你去那里干嘛？圣公会那帮家伙很欺负人的。”

“没事，就想找里面那个戴着大鸡冠子的坎特伯雷大主教问问，看能不能介绍上帝认识一下。”

这段对话花旗人完全听得懂，可轮到广东水师新军欲哭无泪了。资本主义？金融怪兽？大鸡冠子？这都是些什么东东？谁又是上帝？就在这时楼下罗瑞斌喊了起来：

“水师张军门有人找。”

话音未落，两人已冲上楼来，一人是总督衙门的亲卫班头，另一人是澄海协的一名把总，张保的老部下。那名带班长行礼说道：

“张将军，制台大人急召，请速与我回总督衙署。”

“现在？就这腊八大晚上的。”

这时那名把总凑上来低声说道：

“大当家的，我军前锋在儋州遇伏，杨顺康杨当家的没了。”

龙嫂自是与张保坐在一处，两人一听之下俱是大惊而起，张保怒喝道：

“你说什么？说清楚一点。”

“是，关军门和麦军门打下了硇洲岛，准备进攻雷州大寨。杨当家自告奋

① 英国国教圣公会的总舵。

勇，说是六旗有旧，试着去劝降。跟乌石二约好了在儋州见面，没想到杨当家的带了三个六角阵进去，人家等杨当家进了口袋就开打。只有两条船硬闯了回来，其他人全没了，现在大军被困在硇洲岛的港里。”

狗日的乌石二，竟然诈降玩阴的，不是好汉行径。张保本人和乌石二无甚渊源，当下侧脸看向龙嫂。龙嫂蹙眉说道：

“看我作什么？你现在是朝廷命官，食君之禄，分君之忧，当初散伙时约法三章你忘了么？不必顾忌我这里，一哥有灵也会明白的。”

张保当下挥拳跟卫军说道：

“走，快回去。”

这时龙嫂忽然哼哼着手扶桌沿坐倒，只感到小腹巨痛来袭，战报一惊之下，孩子竟是要出生了。顾盛强连忙招呼夷商，各自散去，陈道芗和马礼逊、苏珊娜护送龙嫂回府，张保命手下官佐先回大营点兵，装载粮草弹药。自己随同卫军赶回衙署。

“大人，正面强攻无法解硇洲岛之围，乌石二那家伙我知道，正等着咱们去。他的老巢在硇洲岛西面五十里的雷州府草洋村，现在用几十艘战船堵住硇洲港，等我们援军到了之后，当然只能从港口解围。那是在硇洲岛西面，到时候他的主力从更西的草洋出来，把我们的援军往中间一夹。”

“那要怎么办？”

“大人，关军门的主力被封锁，末将解围和歼灭蓝旗帮得要请兵符。”

百龄手中的兵符可以调动两广境内所有兵马，水师只是其中一部，他闻言不禁皱眉问道：

“怎要用到兵符，你水师兵力不够吗？”

“大人，虽然关总兵出征时把大部分红旗旧部留了下来，可是末将只能调度澄海协左三右三两个新编营的八十几艘战船，远远不够。而且，末将还得向大人借五百绿营，还得动到大屿山。”

“大屿山？那个杨顺康不是牺牲了吗？大屿山已经没兵可调了。还有，你水师怎会用到绿营？”

“大人请来看一下地图，这乌石二在雷州称霸多年是有原因的。他雷州在广西北部湾的东面，凭的是两大靠山，他安寨的草洋村在南渡河出海口的南岸，以南渡河防着北边湛江和茂名的官兵，而雷州当地的衙差巡捕想必早就被收买了。另一大靠山就是北部湾西部的安南。黑绿两旗被招安之后他还心存观望，现在红旗招安，英吉利偃旗息鼓，他当然要抢地盘。属下打算派军从他梦想不到的地方插进去。”

百龄凝目望去，张保指的地方是草洋东南五十里的三吉港。不由得大惑不解问道：

“此两地相距五十里，你把战船派到那里有何用？”

“大人，红旗招安时帐上有一千二百支前膛枪，有枪当然也有枪兵。属下打算派三百枪兵，夜间登陆三吉港，拊背偷袭蓝旗帮水寨。草洋村水寨所有的岸炮都是炮口朝东，我军由背后攻来，只要毁掉岸炮，大军自可攻入水寨。”

“可你的大军不是要到三吉港么？”

“不是大军，末将只要调大屿山的几艘工作船，其中有一艘大舰翡冷翠之星号。足可装载三百枪兵和五百绿营。”

“明白了，你是要五百绿营一起攻寨。”

“其实也不尽然，两百刀矛手协同攻寨，另外三百绿营是配属枪兵，帮忙扛那一千二百支枪。装填弹药，快速攻击。”

等张保赶回黄埔，部队已经大致动员完毕，兵符使传达总督命令，两个左翼镇的新编营也纳归张保指挥，一共四个营近两百艘战船待命。可是要调集枪械重组枪兵，又得等绿营赶来报到，这时翡冷翠之星号已驶入珠江。

培罗当年策划偷袭大屿山，因为情报泄露以致全军覆没，铩羽而归。可是两栖作战的战法却被张保牢记在心。

黄埔这边厢挑灯夜战，广州那边厢三个时辰的声嘶力竭，龙嫂终于产下一名男婴，取了个又俗又雅的名字，张玉麟。张保和龙嫂几经风浪，总希望孩子长大了能安稳一生，这就还得取个好记好养的小名。龙嫂可没取名张腊八，她疲倦地看着苏珊娜手抱婴儿，想起临盆前吃的那碗腊八粥，粥中有可调百味的甘草和陈皮，于是给这个大战前夕来到人间的孩子取了个小名，张甘皮①。

大半年来柜内的账务算是井井有条，广州分舵三个坛的生意也没有什么大的起落，炮台的工务待灌浆之后即大致完工。陈道芗花了两天工夫大致过目完毕，坐在房内，意兴萧然地打量着这个曾经叱咤风云的天地会。别来世事几番新！这碗人间腊八粥竟是如此百味，却是英雄失路，徒觉凉风索索。

此行伦敦所见，万民各业，尽是欣欣向荣，人人奋起，自认为文明荟萃，

① 史载石香姑和郑一育有二子郑英石和郑雄石，和张保又生张玉麟，小名桂皮，实在是族繁不及备载，此处仅以张甘皮一人代表。

皆以英吉利为当世第一大国。俗世君王磨刀霍霍，疯狂扩张，而众民真心膜拜的，却是一只资本怪兽。原来现在真正宰制文明内容的无冕王，是一种以进步革新人权为外衣，金权利益众欲倾轧为核心的资本主义。从龇牙咧嘴的教士到烟尘缭绕中的矿工，从教授到妓女，从股票交易所到乡下嚼着烟块的农民，就像是那碗腊八粥。没有百味不成粥，原来这就是人间，果然是个人渣的世界。不走这一趟不知道人间之大，不走这一趟不知人间之小，既是最大又是最小的，竟是不可测的人渣之心。

马礼逊还是有些学问的，鼻子很灵。隔了四五天就从澳门跑来广州，跟陈道芗单聊西域之旅。陈道芗毫不隐瞒，就一路遭遇探讨一番。摩尼教与三大教的种种转折固是令人扼腕，慨叹文明历史的浪花，而杭特的人渣与猎户三星之论更是令马礼逊惊掉下巴，听到黑狮禁卫军与于其成殒身，又令人叹息。可马礼逊不大明白，霸凌所代表的乃是人类文明进程的悖逆，令陈道芗深以为忧，忧心人类难以面对资本主义激化的劣根性，地球终将重回人渣的黑暗时代。说到后来，陈道芗再也说不下去，马礼逊站在神的高度，有宗教的盾牌。而自己只能蹲在人渣的角落，反省自己的死生来去，心中竟是没有位置供奉神的牌位。

三骑快马狂奔，从黄埔直入广州，两骑奔向总督衙门，另一骑直入驸马府。林阿发一路喊叫着冲到大堂。

“龙嫂，雷州大捷，大当家砍了乌石二。龙嫂，蓝旗帮被挑掉了，大军不日可回。大当家的可立了大功啦！喂，有人听我说话吗？”

后堂传来张甘皮洪亮的哭声，正在做月子的龙嫂疲倦地睁开双眼。

六旗帮最后一面旗帜终于倒下，她叹了口气。

“东翁，莫非是要异动了吗？”

“是啊，石甫，你我不是外人，告诉你也无妨。成亲王那里已有消息，如无意外，开年之后御赐双眼花翎，领轻车都尉爵，至于授职嘛，应该是左都御史吧。”

“这，这可是本朝少有的恩典，恭喜东翁。”

“石甫，如无你尽心尽力相助于我，这两广总督的位子可是掉脑袋有份，加官晋爵那叫休想。所以想跟你商量，随本官进京吧。一来我可借重你的长才，二来你也熟悉一下那个可怕的官场。你本非池中之物，机会成熟有出缺的时候，本官自会保举。”

腊月二十六，凋年急景之际，张保十天前的临门一脚，让大清朝廷彻底告别了南海六旗的岁月，为京城带来振奋人心的消息，也引来了百龄的晋升。

双眼花翎乃皇族镇国公和辅国公最高级爵位，以及和硕额驸方可戴用，除了皇亲之外，大清自顺治朝至今，赏戴双眼花翎的大臣不过十余人。当下宾主二人开怀，可值此光景已来不及返回桐城老家过年，姚莹也只有老实待在广州，准备年后启行。

第40章
恩怨已了　浪迹天涯

嘉庆十五年，二月十一，陈道芗飘然回到天地会厦门总舵。刘莒莨已经知道安宛若的死讯，自是不免黯然神伤。当时公孙楚在利物浦商人号一战后踪迹全无，原来是吃尽了苦头。所乘舢舨一路漂流向南，十几天后才被文莱渔民救起。黑干瘦的皮包骨只剩下半口气，休养了四五个月才返回中土。天地会大批鸦片被红旗帮所劫，而龙嫂却是大屿山香主，此案纯属意外。可是，鸦片本是地下生意，天地会虽然财务损失惨重，红旗帮却折了两百多兄弟，更何况摊上圣女之死？

陈道芗与公孙楚两人相见，俱是大吃一惊，恩怨种种，原是难平。此时的陈道芗莲花令第二秩已入五层，和公孙楚的实力相当，第四秩刚入四层，比公孙楚差了一级。可是公孙楚于第一秩的刀匕毒杀之术也入了四层，却是无人能及。以陈道芗此时所学，虽已睥睨中土，可遇到公孙楚恐怕也只够逃命。

公孙楚只道陈道芗此来必要报仇，而有余圣女和总舵主有旧，只怕总舵主也未必会拦阻。谁知陈道芗却是不置可否，此来总舵，只想要求刘莒莨同意出会。

天地会创会近两百年，一日天地会终身天地会，除非是死了或是违犯会规，三刀六眼，被革出会。这种要求前所未有，令刘莒莨不知如何是好。公孙楚一听陈道芗要出会反而是巴不得，当下说道，既是会规并无此条，那就也可以解释为不是不可以。

刘莒莨当然知道公孙楚的私心，自己的亲儿子刘丽川也不置可否，可是身为总舵主，刘莒莨却有不同的考虑。创会总舵主陈近南是维系天地会的神主牌位，如果他的后人出会，只怕有一半的会众会跟随，岂不是当场散架？

“芗儿，天地会是你陈家几代人的心血灌溉至今，别人皆可说退会，唯独你不行。这样吧，你可以辞卸广州香主的职务，升任归化礼堂堂主。至于归化堂实际的工作，就由副堂主打理。你是想做学问也好，行走江湖也好，先放两年假，散散心。利物浦商人号那十万两银子的债务去年已经偿了近四万两，剩下的挂在账上，以后再说。如此你看可好？”

陈道芗不置可否，却是转向公孙楚说道：

“公孙楚，有余圣女是天地会之友，又是我二姨。你为了鸦片妄加杀害，又偷学莲花令武功，于公于私，恩怨情仇实在难了。你放心，我不会与你刀兵相见，寻仇相杀是人渣才会干的劣行。可是从今以后，我就是天地会的闲人，只要不是伤天害理，你在外面不管是以天地会名义干什么都与我无关。可是同样的，以后不管我在外面干什么，你也休得拿天地会的大帽子来压我，否则就只有不客气了。今天我先把话搁这里讲清楚，你们同不同意？”

一听陈道芗竟然自愿当个闲人，又有神主牌位可用，公孙楚岂能不同意，当然乐意。于是书办过来办了改任归化堂主的文牒，陈道芗回漳州探望继母，告辞离去。

时光荏苒，岁月如梭，塾童的文章如此作。一晃眼四年的时间过去，已是嘉庆十九年四月，甘凉道上，山岭高处是一片枯黄，官道旁的牧地仍在挣扎着吐绿，一片寒凉。这也难怪，因为此地乃是乌鞘岭下，河西走廊的起点。那乌鞘岭地处黄土高原、青藏高原和内蒙高原三大地块交汇之处，可是个风寒之地。岭东岭西风势迥异，志书称之为盛夏飞雪寒气砭骨，却又地处西行要冲。汉之张骞，唐之玄奘大和尚，西域之行皆经由此地。这里汉胡夹处，又多藏民的牧区。这时官道上不知发生何事，挤满了人，已难通车马，围着的大部分是当地牧民，还有些过往的商客。

六名衙差将一对中年夫妻锁住，正要往驴车上拖，可是一些牧民死活拦着不让。当地人说的藏语令旁观路人听不清，只知道这干牧民好像是越界偷水，欠债不还，现在要捉拿为首者号枷示众。那对被锁着的牧民夫妇坐在地上不肯起来，三名儿女在旁边拉着。眼看围观的人越来越多，旁边一个管家模样的人开口催促衙差，说的却是官话。衙差领班命人硬拽，竟是将中年男子拖到车边锁住，跟着开始拖那名妇女。这对夫妻身上的铁链少说也有四十斤，如果让两人被驴车拖拽几十里回县里，那只怕是拖也拖死了。这时扯着父母的小后生眼看母亲也将要被铐在车后，忽然松手，使足了劲一头撞向那名班头。班头猝不及防，被顶得退了几步一屁股坐倒。

众人哄笑声中那名班头狼狈地爬起来，恶狠狠地忽然拔出配刀就是一刀背敲了过去。虽然只是刀背，可正中额头，那个大小伙子当场血流如注晕了过去。众人见了红都安静下来，只有那另外一儿一女发喊冲了上去。班头对着男孩恶狠狠一巴掌拍过去，举刀指着说道：

“想造反了你，再闹试试？”

那名管家拦腰一搂抓着那个女儿，扭过下巴来打量了一下说道：

“这个长得还真丑得吓人，带回去请县太爷发落。还不出钱来就发进咱家府里，做洗衣丫头抵债。”

登时那些牧民鼓噪起来，旁边的客商也跟着七嘴八舌，这一家五口关的关伤的伤，那怕仅枷号一个月也是断了活路。原来当地全靠放牧为生，牲口吃了一冬的干草梗子，就等着春草还魂，秋草上膘。如果赶不上月度的话，来年十有八九捱不过冬季。那几名衙差却是不管，踢翻了那名被刀指着的后生，管家拖着女孩，喝令赶车走人，却只见那驴车动也不动。

管家捏着那女孩的胸脯，定眼看去，是一个壮年文士右手牵住了缰头，他身前的衙差却是苦着脸动弹不得，原来竟是被那文士左手拿住了。在这极荒僻地居然有陌生人敢架梁？眼看他书生打扮，倒也不好直接动粗。当下问道：

“尊驾何人？因何挡我衙门办差？”

此人正是陈道芗，竟然出现在这北寒之地，他这才松开拿住那名衙差的左手微微一推。衙差呻吟了一声，脚下踉跄躲到班头身旁，脸上一阵青一阵白。陈道芗淡淡说道：

“这家人家被你们这么一拿，如何活命？无非是欠债还钱，你说说看，大伙有什么可以帮忙的？”

“你管得着吗你？知不知道这里是什么地方？欠债还钱天经地义，哪轮得到你一个外地人来多管闲事？看你像是个读书人，对你客气，你可别不知趣。咱们走。”

那名班头伸刀往陈道芗一指，口中喝道：

“让开！”

那柄刀忽然到了陈道芗手中，反指向班头。班头一愣，陈道芗收刀一笑道：

“没得吓着了班头，得罪了。这天下事纷纷攘攘，原是有许多道理说不清。得饶人处且饶人，如果仗势欺人，把人逼到了绝处，那就是跟别人过不去，到头来是跟自己过不去。这位管家，你说是不是这个理？”

陈道芗口中淡淡说来，右手持刀，左手伸指掂着刀尖，那柄宽刀忽然越来越长，变得像是一把超长窄剑。跟着又变得越来越短，变成一块乱七八糟的铁板。管家看得目瞪口呆，讷讷说道：

“这些牧民偷我们鄂尼老爷的水，是不是要付我们老爷水钱？他们偷水，害得我们老爷草场的草长得不好，是不是得赔我们老爷草钱？草长得不好牲口就上不了膘，是不是得赔我们老爷牲口钱？这帮穷鬼从去年欠到现在，我们只抓他们的头人到衙门问罪。有什么不对？”

说的都是些什么乱七八糟？陈道芗皱起眉头，转向那些牧民问道：

“你们有没有人会说汉语？”

那些牧民你看我我看你都摇起头来，只有那名被锁着的头人说道：

“我会，我会说一些。”

原来乌鞘岭以西二十里有条龙沟河，河谷中最肥美的草场早就被鄂尼老爷给圈走了，这位鄂尼可是兰州铁帽子亲王裕丰的亲戚，在这片荒山野地就等于是天王老子没人敢惹。去年不知道谁出的缺德主意，鄂尼把龙沟河给筑坝堵上了，这一来鄂尼家的草场极尽肥美，水多得用不完，下游却全遭了殃。

既然是当地一霸，当然不好惹，可是这位管家的算法有问题，当地牧民却是没读过书也转不过这个弯来，竟是任人宰割。陈道芗听明白了当场笑道：

“你这个算法有问题，你家坝子满了就必须放水，不放水就把你家的场子淹了，是也不是？水是老天爷的不是你家的也不是皇上的，你凭什么收钱？”

“可是他们会凿坝偷水。”

“好，这个部分叫做你家老爷仗势欺人，我也不跟你争。可是你既然收了水钱，怎么还能算上草钱牲口钱？这三路其实是一路，你只能照一路收钱。”

“咦！这你说得没道理，我们一直都是这样算的。”

“其实这水本就应该各家分用，先别说你家老爷没有权利筑坝，”

陈道芗倏地伸手，像抓小鸡一样一把将班头拎了过来，推到管家面前，接着说道：

“我现在把他妹妹卖给你。”

“他是他你是你，你怎么能卖他妹妹？”

“你家鄂尼老爷不也是把流经别家的水卖给别家了嘛！哪，他妹妹卖给你，这是水钱。他妹妹跟你生了两个女儿，我再把这两个女儿卖给你，这是草钱。这两个女儿长大了各生两个儿子，我再把这四个儿子卖给你，这是牲口钱。”

“怎么能这样算？”

“你方才算完水钱又算草钱，算完草钱又算牲口钱，就是这样算的。”

陈道芗说一句，那个牧头翻一句，牧民们听得恍然大悟，纷纷吵了起来。陈道芗看得出来，当地人很怕这位鄂尼老爷，人在屋檐下，不得不低头。可是自从安宛若出现之后，迭经波折的陈道芗早已体会谦冲自抑的道理，当下也不为已甚，一笑说道：

“你知我乃何人？”

那管家自知此人大有来头，摇头说道：

“我不知道，还没请教。”

陈道芗捡起地上那把刀，其实已经不能称做刀了，他手中玩弄着那把铁板刀，暗中思索，缓缓说道：

“其实我家老爷和你家老爷的宗主是旧识。你家老爷的宗主是铁帽子王裕丰大人吧？我是两江总督百龄大人的师爷①，我姓姚，经过此处是奉命前往探望伊犁将军。你如不信，可以禀告你家老爷，请他向裕丰大人求证一下。拿着，这就是我的凭证。”

陈道芗说着说着将那柄板刀扔给管家，好好一把刀已经被内力搓成一坨乱七八糟的铁块。管家耳中听着软的，手中接着硬的，哭也不是笑也不是。这种欺压乡民的事，鄂尼不过是裕丰老婆娘家的远亲，哪敢去求什么证？陈道芗接着说道：

“今日之事，不如就看我的薄面，你跟鄂尼老爷说，就是我姚某人说的，只能收一路钱。这水钱该是多少？”

“水钱，水钱最少也得三十五两。”

“我说过了，这水原是老天爷给的，不只流过你家，也流过别家。你家坐地分肥，不可太过。”

管家看着手中的球球一把刀，一发狠心，放弃了自己的雁过拔毛，哭丧着脸说道：

“一口价，二十五两，不能再少，再少我就得倒贴了！”

陈道芗转过脸来问那个牧头说道：

“如此你们愿意付吗？”

① 正史载张百龄立功后加太子少保，赐双眼花翎，世袭轻车都尉，嘉庆十六年改任左都御史，兼任都统，可说是文武皆备。又调任两江总督，可是因为与兵部尚书初彭龄互讦，坐罪被褫夺官职。虽然后来因逮获盐逆匪党方荣升等人而复职，不过嘉庆十九年正是百龄最黑的年份。

那牧头连忙跟牧民们说了，原先是被一家伙算成一百四十两，当然付不起。现在变成二十五两，当场大家七拼八凑，却也只凑出来十七两。陈道芗叹了口气，从怀中掏出一只十两银锭抛给管家，口中说道：

“这位管家，这世道大家都不容易，给人方便就是给自己方便。这里有二两银子，请兄弟们喝茶，可别再难为人家穷苦百姓了。如果你家老爷不愿意，你就问他是他的头硬还是这把刀硬？我过几个月回来，自会找他的脑袋问话。”

排难解纷完毕，那牧头夫妇被解开铁链，拍醒被敲晕的儿子，众人伏地谢恩，要拉陈道芗回草原宰羊款待。这四年来陈道芗四处游历，拔刀相助行侠仗义的事干得多了。眼看着牧民们单纯的热情和牧头一家的感激涕零，却是心头一紧。这人间只怕情深好，到分手时又依依，当下温言安慰了几句，竟自策马向西，不再回头。

耶稣降生前一百二十一年，陇右胡人归降大汉，汉武帝在该地设河西四郡，酒泉、张掖、武威、敦煌。这乌鞘岭便是位于河西走廊东端武威郡的天祝地区，此行再向西三百里，将会去到张掖郡的昭武县境。古时曾有粟特人的一支来华，中土称之为月氏，月氏逐水草东迁，来到这河谷水草丰美之地定居。后来为匈奴所迫，又再度西徙，却在当地留下了昭武九姓。

陈道芗这些年北地游历，查书寻访，早已确认了自己是半个胡人。胡人挺好，丰富了大中华的血脉，当年的诗仙李白不也是胡人么？此行正是打算来到生母康越离的成长之地，摸索血脉根源的痕迹。

楼船夜雪瓜洲渡，铁马秋风大散关，塞上长城空自许，镜中衰鬓已先斑。

陈道芗策马缓行于草原之上，低吟着陆游的半首书愤。六百五十年前，宋将吴璘击破金兵，收复大散关，却不知陆游诗中说的瓜洲指得是金主完颜亮挥兵南下建康，欲从江北扬州的那个南瓜洲镇渡河呢？还是指酒泉郡的这个北瓜洲？其实当年大宋兵败，陆游所指的应是南瓜洲。可从北瓜洲过渡口的故事更脍炙人口，说得不是别人，正是咱们中国家喻户晓的大和尚玄奘。

那可就得说到一千二百年前了，说起唐朝瓜洲，知道的人不多，可还有一个耳熟能详的名字，就是玉门关。大和尚没得皇帝允许，想自己溜出国境旅游，被边防部队在瓜洲逮个正着。当时的瓜洲刺史独孤达非但没有将这位和尚偷渡犯治罪，反而派出向导石盘陀，领着大和尚夜渡葫芦河，偷过玉门关。否则哪还能有孙悟空后来那些事？

这独孤达和石盘陀是否就是后来吴承恩笔下的沙悟净和猪八戒已不得而知，可看名字就知道，都是胡人，或许正是跟自己一样的月氏人。现在大清的版图可就只有一个南瓜洲了，康熙三十五年，葛尔丹部受帝俄唆使，称兵作乱。三千余骑兵大败于此，自此这里改名安西，取安定西域之意①。此时的陈道芗放马缓行，凭吊古人之际，漫步于这草海之中，任由心驰念想，正是天苍苍，野茫茫，风吹草低见牛羊。可是，风中却忽然传来一阵似曾相识却又不可能出现的声音，好像竟然有人正在用英语大声喊道：

"小心！小心，千万小心，这些破烂可都是宝贝，是人类老祖宗的宝贝，我的心头肉啊。"

思古幽情被打断，跌回人间的陈道芗抬眼打量，原来已经来到武威郡的民勤县。这个荒僻小县人烟稀少，远处却有些民工在土堆之间忙进忙出，似是在刨土盖房。他策马缓行，走近了一看，却不是盖房。土丘之间被刨出来几个方方正正的大坑，整片地面被石灰弹成的白线划成了一个个整齐的方格，一个戴着大檐圆帽穿着夷服的家伙正在比手划脚。

"哈啰，打扰一下。"

那名夷人抬起头来，从帽檐下张望，这一望两人都跳了起来，此人正是英吉利皇家学会的罗勃杭特博士。陈道芗跳下马来，杭特则是差点没跌进土坑里。掉下坑可就坏了，那坑足有三十尺深，上下得爬长梯。有些工人正攀着长梯，递上来一些像是破砖烂瓦的东西，坑外的人小心翼翼接过来，用软刷轻拂上面的泥土。

"杭特博士，你怎么会跑到这么荒远的地方来？你挖这么多坑在干什么？还在找古代人渣么？"

"真是有缘千里来相逢，蜜司脱陈，看来你真是考古的有缘人。你又怎么会出现在这里？这里可没有摩尼教啊！"

这你还真说错了，这一带不但有过摩尼教，而且曾经是大大的有。科学家不屑于宗教，当然更不知昭武九姓了。当下杭特摘下帽子，拉着陈道芗到旁边的一处帐篷里，倒好茶水聊将开来。

原来杭特真是找人渣来了。根据他的理论，如果地球真是个遗忘的流放之

① 瓜洲地处边防要冲，古防西域胡人，近代防沙俄入侵，从唐朝的安西都护府到清朝的安西直隶厅，一直屯兵驻守。2006年2月民政部批准，将安西县改回瓜洲县，重见思古之幽情。

地，那么几大古文明中心应该都曾经置于先进人类的管理之下，在管理人员到来之后和撤回猎户三星之前这段时间里，几大中心的文明进程应该是完全交叉对应的。这段时间是新石器时代后期和青铜器时代的前期之间，民勤县往西是一条湟水河，湟水河发源于青海，东流入陇。中间穿插着几个古文明遗址，所以本博士不辞辛劳，间关万里，跑来调查研究。

“什么这个时代那个时代的？我们中土只知道有朝代，三皇五帝，尧舜禹汤。应该就是你说的那个年代，你挖的这些坑是干什么用？凭坑里的东东就可以找到人渣吗？”

“正是，迷死他陈，你果然有慧根。这里是七千年前的墓葬群，我们要找遗骨，要找陪葬，要找所有人类活动的痕迹。在考古学的专业检验之下，自可证明是否与地中海地区的古文明同步前进。”

“考古学？你说过好几次了。我们中土有训诂学和考据学，可都是在文字典籍之中下功夫，不会像你们这样研究破砖烂瓦。”

“不只破砖烂瓦，我们研究的是所有人类活动痕迹。食衣住行宗教政治，你说的训诂学和考据学研究的，是有文字以后的历史时期，而考古学有一多半研究的是史前时期。这就需要几门基本学科，地质学研究人类活动的地理环境，不同地质时期的沉积。而人类活动的轨迹又与气候和天文有关系，人类学研究血脉和种源，医学和解剖学可以从遗骸还原许多当时活动的内容，而对这些器物的研究可以推想当时集体文明的形态，像生产工具、祭祀用品。当然啦，还有兵器，你跟我来看。”

杭特带着陈道芗走到旁边的帐篷里，陈道芗仔细看去，台子上摆着的好像是些陶器的碎片。有大有小，大件上还可看出纹路，每一片旁边都有一张纸片写了编号。有的碎片已经用写了编号的宣纸包好，地上有些箱子，里面摆的都是宣纸小包。杭特举起一个比较大的陶片说道：

“你知道这是什么？”

陈道芗看着那个弧形的陶片摇了摇头。

“这是一个瓦罐的罐体，我们称之为彩陶双耳圜底罐，上面有非常特别的水鸟纹图案。这个年代比胡夫金字塔还早，可能是像荷鲁斯之眼一样，代表特殊的意义。你想想，石器时代的生产力很低，什么样的人死后可以享受墓葬？又是什么样的人才能用这种费工的陶器？这瓦罐是用来盛酒的，酒在古代只有两种用处，一是祭祀，二是高级人渣享用。换句话说，当时的酒生产极少，不是拿来给你过瘾的，而是权力的象征。”

“说了半天，你对人渣理论始终坚持。”

“我不坚持，我只坚持求证。陈先生，这种陶器工艺我们称为彩陶，据我所知，你们大清有一个省叫做河南，彩陶文化就是以那里为中心。而这个地方远离千里，叫做沙井。我正在整理资料，准备写一篇沙井文化①的考古论文。看来彩陶文化从河南扩散，来到这里，换句话说，七千年前有部落从河南来到沙井。现在我缺两样东西，一是关于你们中土古文明的知识，二是人类学的确认，可惜到现在都没发现遗骸。你可以帮我吗？”

陈道芗听得吓了一跳问道：

“你要我帮你挖七千年前的死人？”

“不是，陈先生，我不懂汉语汉文，你是大清的读书人，又难得双语流利。可不可以帮我研究中国的古史，我们可以合作，一起发表论文。”

帮忙？合作？洋萝卜就喜欢来这一套，陈道芗猛摇着头眯起了眼睛。近十年前另外一根萝卜好像也是这么说的，结果惹出一堆事情。论文又是干什么用的？朝廷给发银子么？

一朝被蛇咬，十年怕井绳，杭特这位新萝卜缠着陈道芗，猛吹考古学的迷人之处，功参天地造化，一定要帮忙合作。而远在万里外的那根老萝卜马礼逊也没闲着，马夫人苏珊娜产下一名男婴，取名约翰。

在大清这片深沉大地传教，是马礼逊坚定的志业，此生不渝。所以他决定尽快为宝贝儿子取个中文名，偏偏此时的陈道芗被那根新萝卜缠在河西走廊。马礼逊自认为中文造诣也够深了，于是决定自行取一个有礼而谦逊的名字。后来老萝卜和陈道芗重逢的时候，这个名字被取笑为肉麻。马儒翰，听起来真的是有点肉麻当有趣。

其昌洋行的顾大班这时也已经老大不小了，娶了房大清媳妇。当马儒翰满月的时候，顾大班夫妻俩跑到澳门去为小鬼庆生。顾太太按中国规矩，在小鬼面前摆满了小把戏，从毛笔工具到小车小船都有，当然还有刀枪。马儒翰这小子哼哼呀呀地看来看去，忽然两只爪子同时伸出去，左手抓起一本袖

---

① 瑞典地质考古学者约翰·安德森(Johan Gunnar Andersson)于1924年完成沙井文化发掘工作。安德森最重要的学术贡献当推1921年房山周口店发掘的北京猿人牙齿化石，此重大发现直到1926年瑞典皇太子访华时才发表，随即引发了美国洛克菲勒基金资助裴文中博士的发掘，与北京猿人头盖骨化石的出土。

珍《圣经》。

主的道路后继有人，马礼逊高兴得合不拢嘴，却没注意小鬼头的另一只手。马儒翰那只右手抓起了一颗小银锞子[1]。

① 马儒翰自小在中国长大，在父亲的赞同下极度汉化，也是个传教士，可是在中国近代史中的地位与其父可说是完全相反。马礼逊为了铺开传教事业，在教育医疗知识普及方面着墨颇深。马儒翰传教之余不仅贪赃受贿，而且疯狂助长帝国主义侵华，被东印度舰队司令波廷杰引为良助，后来不得好死。

第41章
海枭迟暮

嘉庆十九年初冬，西北白莲教之乱大致敉平，只不过花光了当年清算和珅腾出来的银子。东南沿海肃清海盗，云淡风清，满朝文武欢欣同庆，皆曰从此吏治清明，天下太平。

对于远在广州湾从事夷贸，苟蝇图利的莽莽众生而言，年中的黄河大旱只是个传闻，没有人想象得出大地龟裂颗粒无收的惨状。到了入冬之际，安徽河南无以为生的游民入捻者越来越多，借禳灾祈福之名募化强索，四处扰民，终于成为肆虐淮北平原的捻子。此时的捻子还远未纠股成军，只是流窜的土匪，其中有一股以张河图为首的散匪，来到安徽六安的翁墩乡。

当地的胡乡约原是个落第秀才，率领乡民在马家岗拒匪，拒绝交出仅存的一点活命粮，结果斗得两败俱伤。张河图被杀红了眼的乡民乱刀砍死，后来，乡民战败，全军覆没，残存的散匪抢了粮之后仓惶遁走。胡乡约身中两箭，辗转苦捱到第二天，死在村落的废墟里。

一名文士在胡乡约死后六天来到马家岗，依着村中老人指点，走近乱石草草堆起来的浮坟，冰凉的碎石之间散发出掩不住的尸臭。在旁边的破草棚里，文士找到濒死的胡妻姚氏，姚氏目光已经散乱，裸露干枯的左臂上有几处新伤血痂的刀创。姚氏硬撑看着眼前模糊的人影，干糊糊的嘴唇裂开来，蚊哼般地哼道：

“二哥，终于等到你赶来了！”

文士流下眼泪，轻摇女人如稻草般的身躯。

“五妹，你挺住，我带你娘俩回家，回家就好了。”

姚氏再也没有力气说话，用尽全力伸手试图摸寻，她以为自己挪动了身子，呻吟出这一生最后两个字。

“孩子！”

文士掀开女尸身旁破旧的襁褓，一声洪亮的啼哭划过这片苍凉大地，诉说来到这残酷人间的恐惧与不平。他母亲干瘪的乳房早已挤不出乳汁，姚氏临危之际割破手臂，试图用自己濒涸的鲜血延续孩子脆弱的生命。

这位二哥正是姚莹，来自桐城，书生面圣还乡，准备前往福建，就任平和知县，展开他的仕途人生。却是一回桐城老家就接到五妹婆家遇险的消息，连夜赶来已是不及。

姚莹的从祖在当时乃至于后世都大有名气，人称大清文坛祭酒，乃是桐城文派始祖，与方苞齐名的姚鼐。

闽北建瓯往来南平的官道上，小孩拦下一辆驴板车，甜声说道：

“请问，您可以拉我和我舅舅一程吗？”

这小孩一听就是外地口音，拉车的老汉瞅了道旁的文士一眼，那文士穿着一件半新不旧的长袍，洗得板板正正，身上还搭着一大一小两个包袱。于是一本正经地操起闽北当地口音说道：

“你们这是要到哪啊？”

那名文士上前拱手说道：

“我等是想去将乐县的龟山书院一游，这会实在走得乏了，不知老人家可否捎带一程？”

“哦，是嘛！道南不孤，淑艾有人，上车吧。”

这空板车可是拉木炭回头的空车，木炭乃是当地用来焙制岩茶之用，所以车板上积了不少炭灰。文士撢了撢灰，小孩却已经心急地蹦上了车说道：

“谢谢老大爷。”

等文士坐好了，驴车继续前行，文士正闲视着路边风景，那小孩转头问道：

“舅舅，前天上五姨山，喝了一肚子茶也没见着一个姨。今天去龟山能见着大乌龟么？”

“别贫了，恒儿，武夷山乃天下奇秀，怎么能扯到女人？再贫嘴我可要考你功课了。”

“你考呀，乌龟怕铁锤，怕舅舅的是棒槌。”

“哼，两不立则一不可见，一不可见则两之用息，这句话是什么意思？”

“嘻嘻，张老夫子认为，有一必有二，有二则有一。所以，若阴必有阳至，干振犹待坤纲，所谓一物两面，嘉庆通宝，国泰民安是也。”

“就你调皮，竟然把大儒之言拿来和阿堵物相提并论，懂得多是吧？”

这文士考问的题目乃是北宋大儒张载的两一论，用来做为探讨宇宙论对立运动的学术研究工具。没想到小外甥生性灵动，竟然一开口就拿日常生活中最常见的制钱来作比喻。当时市面上流通的制钱以嘉庆通宝为多，正面皆为嘉庆通宝四字，背面文字则版式众多，依各地铸钱局自定。另有满蒙文版，新疆红钱还加铸维文。所以，嘉庆通宝的背面未必就是国泰民安，然而小孩举一反三，那文士佯怒之下其实内心正自欢喜。谁知他外甥却反问道：

“舅舅，如果这两一论是正确的，那些道学夫子老挂在嘴边的人性秩序纲常之本，岂不是还藏了一半没说吗？”

知甥莫如舅，虽然小孩装得一本正经，可是小黑眼珠骨碌碌乱转，准定是没打什么好主意，那文士叱道：

“什么一半两半的，你又在转什么歪脑筋？”

“孟子说：之所不学而能者，其良能也；所不虑而知者，其良知也。孩提之童无不知爱其亲者，及其长也，无不知敬其兄也。换句话说，孟子认为这人之初当是性本善也。可是，如果照横渠先生[①]所说的，孟子的话就应该改为：之所不学而能者，其善恶二能也；所不虑而知者，其善恶二知也。孩提之童无不知爱恨其亲者，及其长也，无不知敬其兄也，亦不免时而夺其饵食也。”

那名文士笑道：

“狗胆包天，竟然敢改孟子之言。之乎者也的绕这么大个圈子，原来你就是想时而夺其饵食，抢你三舅家表哥的糕饼点心也。唉，恒儿，读书做人不可躁进，遇蹊跷处得懂得存问，切莫骤下断语。这天地之间吾人懂得的远远不及吾人不懂的，过得一两年你学到荀子的天论，对人性的想法就不会一样了。”

甥舅讲谈之间，驴车竟是已到一处路口停下，那名老汉拉住驴子，文士下车，伸手入袖想掏些嘉庆通宝致谢。老汉摇手说道：

“举手之劳，岂敢言谢。倒是方才听小朋友闲话，古今多少儒门大道，竟付孺子笑谈之中，令老朽茅塞顿开。请问二位从何处来，意欲何往？”

文士见老汉谈吐不俗，忙拱手为礼道：

“在下姚莹，这孩子胡恒之是在下的外甥。我等自安庆府来，欲往厦门去，途经贵地，正好一沐先贤杨中立公遗风。原来老丈也是吾道中人，倒是在下无礼了。”

① 张载居于陕西凤翔横渠镇，人称横渠先生。

那老汉微窘摇手道：

“岂敢岂敢，老朽不过是个粗识几大字的炭火汉，那龟山山麓道南祠的柴火却是都由老朽拉运，偶而趴在窗外听先生们说说道理，也是有的。”

闲云野鹤竟是高人，姚莹心中暗自点头，与老人告别后牵着那胡恒之的小手，自往龟山脚下的将乐县而去。

这时已是嘉庆二十四年夏秋之交，五年前他出任福建省平和知县，初试啼声，政声鹊起，次年就转调漳州龙溪知县，那可是闽南大县。几年下来，所到之处诛奸抑暴，秉公断狱，不畏强权，是民无扰攘，鸡犬不惊，竟至民风丕变，被誉为闽吏第一。

可是姚莹和当年那个广东巡抚孙玉庭一样，有一个改不了的恶习，就是抠门，简吝到令部下无法忍受的地步。姚莹自己膝下仅得二女，同时照顾着六年以前从马家岗抢救回来的外甥胡恒之。而胡恒之幼失怙恃，偏生得天资聪颖，是以姚莹对其照拂督课格外用心，自襁褓婴儿拉拔长大至今。

也不知是不是漳厦同僚怕他抢了肥缺，这回吏部居然把他给改调为台湾知县[①]。自百龄的广东幕府出身，从平和、龙溪到台湾这一路，看来，姚莹这位闽吏第一是已经给贴上“唯海疆可用”的标签了。虽然这台湾县是蓬莱第一大城，可是毕竟僻处东南海陬，听说台风多地震多火山多，不是什么人待的地方。几经考虑姚莹才决定，先把女眷送回老家，然后轻装简行，只携同胡恒之一路游历南下，前往厦门搭船，赴台上任。

方才他与胡恒之考较，可不是随便出题，今日一游龟山书院也不是去找大乌龟，而是一游杨中立公的故居。题中的张老夫子是北宋大儒张横渠，关学始祖。他的两个侄子程颢和程颐是理学大师，而这位杨中立公大名杨时，号龟山，是二程的大弟子，青出于蓝。老汉口中所说的道南祠，就在龟山书院旁边，正是纪念杨时这位大儒的程门立雪，与大道南矣之典。

从厦门前往澎湖的航程十到十二个时辰可达，可是南福成三号却硬是搞了整整两天还多，戌时近半才依稀见到远处马公的灯火。陈道芗坐在后舱假寐，可耳中听到水手之间交谈，夹杂着不少黑话，敢情这是条走私船？此时刚过七美屿，另几名乘客已在收拾行李，准备半个时辰后下船。陈道芗也伸个懒腰，

① 此时的台湾知县其实是台南知县，台南为当时的台湾首府，第一大城，台北是日据时代设总督府后才快速发展。

站起身来准备出舱透透气，却被两名水手挡了回来。其中一人进舱，却是一口气把油灯吹熄了。那名水手说道：

“大伙儿再多待一小会，咱们得弯靠一下先卸点货。”

此时只见马公岛的灯火移到右舷，船首明显转向西，这不是走回头了么？乘客纷纷议论起来，这时舱口又过来一人轻喝道：

“别吵，待会自会送各位客人到马公，你们先给我老老实实坐着，不该看的不要看，不该听的不要听，否则休怪我等不客气。”

此人正是船老大刘香，那几个客商看着水手手中明晃晃的钢刀，乖乖坐回船舱。眼看着船改航西北，陈道芗暗自纳闷，这是走私还是海盗？六旗帮烟消云散多年，可是小股海匪四处流窜，已经和走私跑黑船的分不清了。这时其中一名本地籍的商人低声说道：

“他们这是要到望安岛去抛私货哪。”

南福成三号黑灯瞎火地往望安行驶，速度反而快了起来，没半个时辰就到了。几人坐在船舱里提心吊胆，只盼这些好汉赶紧办完私货，下船走人。这时船已慢了下来，水手们在舱外轻声吆喝搬货，陈道芗忽然站起来走到舱门。那几名客商吓了一跳，小声说道：

“你干嘛？不要命了？”

陈道芗摆摆手微微一笑，轻拨开舱门从缝中看去，远处渔火星光之下，可见一座黑朦朦的岛屿，想必就是望安。此时船帆已落，两只舢舨靠上来正在卸货，甲板上满是油布大包。忽然灯光大亮，左右有无数光柱照了过来。人声鼎沸，只听有人大声喝道：

“我们是澎湖水师，停船受检，立刻停船。”

随着喊话声已经有一艘水师船靠了上来，南福成三号上响起了枪声。走私船上的水手纷纷拿起刀铳，两名正在抛钩的士兵掉入水中，船老大刘香喝道：

“升帆，冲出去。亮灯，让这帮龟爪孙看看肉羊。”

两名水手冲进舱，一人伸手推开陈道芗，另一人点上灯，推开几扇舷窗。刘香喊道：

“你们这帮官崽子看清楚了，船上有肉票，你们敢追过来老子就是一刀一个。”

舱里那两个喽啰揉了揉眼，怎么看舱里都少了一个人，刚才被推开那个文士怎么不见了。

因为此地一年中倒有近半年刮着极为强劲的季风，所以福建渔民称澎湖为风柜。这时南福成三号的主帆正在冉冉升起，旁边围着三艘小战船。水师官兵眼看着走私船上的人质，竟是不知如何是好。忽然劈啦一声，刚吃饱了风的主帆轰然落下，拿着兵器的喽啰们定眼一看，那名文士不知何时飘身甲板，正并指伸向前帆的绳索，竟是以指作剪，硬生生拧断了前帆的帆缆，前帆也落了下来，登时船就不走了。

这怎么可能？肯定指中藏有小刀，几名喽啰发喊挥刀奔了过去。却只见甲板上兴起一溜灰烟，经过之处喽啰纷纷栽倒，灰烟息处，那名文士又站回舱口，一伸手把里面的两个喽啰揪出来扔在甲板上。水师船纷纷靠上来抛钩攀舰，没半盏茶时间就把刘香一伙人全逮住了。带兵百夫长来到陈道芗面前一抱拳说道：

“多谢壮士相助，还请与我等回马公做份口供，也好指证这帮私匪。”

当下三艘水师船押着南福成三号回到马公，已近半夜。可是船上搜出来的私货是鸦片，而南福成三号不但拒捕杀兵，而且还是累犯，这可就是死罪，惊动了值班的游击大人。只见港边兵勇林立，灯火通明，军士押着刘香一干人犯，上岸后与商客分别看管。那名百夫长来到游击大人跟前禀报经过，游击大人听完了走到商客面前，他愣瞧着陈道芗看了一会，忽然喊了起来：

“陈大侠，您是陈道芗大侠，我是赖德进啊。您还记得我吧！”

当然记得，只是十年不见，各历沧桑俱老矣。陈道芗正当壮年，却是两鬓星霜，而赖德进也已年过四十。他一把抓着陈道芗小臂喊道：

“这么多年不见，可想坏我们了，大帅三天两头念着您。咱们这就去见他，他和龙嫂可不知会有多欢喜。备马！”

当下赖德进吩咐先将犯人收监，自和陈道芗翻身上马，直奔澎湖协大营。这马公岛是澎湖县治所在，却也不大，不过两盏茶的时间就到了营门，进门时赖德进拉住陈道芗。

“陈大侠，今儿天时已晚，您要和大帅饮酒么？”

“哪有半夜三更喝酒的？明日再说。”

“大帅近日身子不大舒坦，酒还得少饮。”

陈道芗停住脚步问道：

“保仔身体怎么了？”

“不知道，近半年老喊背疼，澎湖这鬼地方风寒多湿，许是风湿肌疼吧。”

张保和龙嫂一听是陈道芗，惊喜得跳下床来，匆忙整衣出堂。人生不相见，动如参与商，今夕复何夕，共此灯烛光；看见张保兴奋地蹦上前抱住陈道芗，龙嫂竟是激动得眼角湿了。

张甘皮已经十岁，小虎子被叫下床，睡眼惺松地出来拜见陈伯伯。说什么不宜夜饮？大帅立刻命人整治酒菜，夫妻二人与陈道芗阔叙别情。

嘉庆帝于去年驾崩，此时已是宣宗道光元年。自当年百龄升官离任之后，先后换了松筠和蒋攸铦两任两广总督，现任是阮元。张保在蒋攸铦任上积功升任澎湖协协领，武官正三品，为大清镇守台湾海峡。故友重逢，回首南海前尘，往事怎堪回味！

陈道芗这十年漫游神州西域，远及欧洲北非，读书练功，行侠仗义。只是五年前遇人不淑，又被一根洋萝卜骗去读了些邪门歪道的洋学问，变成半个考古专家。窗外风声正烈，屋内暖意满盈，宾主皆已醺然。张甘皮摇摇晃晃来到客人伯伯面前，举起小杯，奶声奶气地模仿大人说道：

"陈大大我敬你，你说我们都是猿人变的，那猿人又是从什么地方来？它是孙悟空么？"

怡然敬父执，问我来何方？问答乃未已，儿女罗酒浆。主称会面难，一举累十觞。十觞亦不醉，感子故意长。情义，实乃人渣难以承受之轻，张甘皮一杯灌倒陈大大。

陈道芗在马公盘桓了三天，又盘桓了三天，又盘桓了两天，再三保证办完天地会在台湾的会务之后还会折返，张保这才放人。陈道芗是以归化堂主的身份前往安平分舵，看看那位老友，板砖太岁谷正明，看看他那张板脸是否还是一平到底？然后，得乘船绕台湾本岛半圈，去探望另外一位老友。龙嫂现在是台湾安平分舵澎湖外坛的坛主，陪同陈道芗乘船前往安平。

"道芗兄弟，保仔这半年不时喊背疼，犯得凶的时候都无法登船出海。"

"没请郎中看过？"

"郎中都换过无数个了，一个半月前我写信给马和尚，问他夷医有没有办法。他说可以请夷医来，可是检查和开刀的设备搬不来，所以最好是让保仔去一趟澳门。等有空的时候吧，我只是担心。"

"你担心什么？"

"我担心十一年前那场西江口之战，怕是保仔身上的枪子没摘干净。"

龙嫂和陈道芗在船上说起保仔的背疼，又聊起旧友。马礼逊现在已是英吉利和亚美利加两国新教在大清国传教士的领袖，同时还是英吉利东印度公司顾问，英吉利领事馆首席编译，成了大忙人。

九里山前旧战场，牧童拾得旧刀枪，西风吹起乌江水，好似虞姬别霸王。仰山书院放学了，几十个塾童冲出课堂，有住得远的先走了，有父母来接的领走了，可还有十几个调皮捣蛋住在附近的，纷纷领了兵器开始打仗。一时间有脑袋上顶着水瓢当盔帽的，有扯了面粉袋子作战袍的，还有提根竹条当方天画戟的。只看那狗头军师与猫脸主将调兵布阵，军务繁忙。狗头军师正在苦心安排三道伏兵，忽然眼前好像有道人影，遮住了下午的阳光。

仰山书院在台湾东岸的宜兰，遥望外海的龟山岛。最早只是由代理知府杨廷理于嘉庆十七年所建的一间课堂，当时闽学以宋儒杨时为宗，正好杨时号龟山，所以书院取名为仰山。到了道光元年，姚莹升任噶玛兰通判，成为宜兰地区的父母官。姚莹抠门待己，可捐资兴学绝不吝惜，从自己可怜的一份养廉银中抠出来修缮整建，加盖房舍，敦请宿儒讲学，一时宜兰地区文风大盛。

通判这个官职在大清朝又称为分府，顾名思义，即知其位阶是在府县之间。其实多设于偏远边陲，也就是知府够不着的地方，是比七品县令高一级的六品厅官。姚莹自嘉庆十九年任官至今，“闽吏第一”终于升官，却升到这边陲之极的噶玛兰厅来，可见他的方正是多么不识时务，多么令人讨厌。这噶玛兰厅位于台湾岛东岸，多山，面洋，地幅狭窄。被贯穿全岛的中央山脉阻拦，与相对富庶的西岸平原如同两个不相往来的世界，政令从台南到噶玛兰得乘船绕过半个台湾。当地屯垦的汉人与原住民每多纷争，成为历任通判最头疼的问题，而噶玛兰这个地名其实就是台湾原住民十一大族之一。

狗头军师抬起头来，眼前站着一位中年文士，正在看着自己，想必是方才上课那夫子的友朋。眼看敌军已经隐藏于田野之间，他着急地说道：

“大叔，我们正在打仗呢！”

“哦，我教你法术打胜仗可好？”

文士随手掂起军师布阵的筷子，一根一根甩向空中，先慢后快，竟是在半空中一根顶着一根，连成一条长线越过房顶不见了。

小军师眯眼看了一会，小嘴一撇说道：

“这有什么稀奇？我们衙门里那个周捕头的飞刀可比你快多了。告诉你喔，我可是练过功夫的，嘿！伏虎拳，呵喝！罗汉腿，啊哈！大力金刚掌，怎么样！厉害吧？”

说时迟，那时快，小小军师连说带比，当场亮了无敌三招。大力金刚掌一收势，中年文士却忽然不见了踪影。军师左顾右盼，唉呀妈呀，这怪人贴在自己屁股后面。当场吓得连甩带拍，几个转身。没用，怪人仍然粘在他后面，小孩倒也机灵，忽然定住不动，张嘴喊道：

“大叔你下来吧，我比不过你。您这是轻功么？”

“荒唐，张口就乱叫，什么大叔？恒儿，过来见过陈伯伯。”

姚通判在衙门里忙了一整天，才刚退堂过来，就见到了陈道芗和胡恒之斗法。此时胡恒之已有八岁，被姚莹盯着念书之余，也少不了跟着三班捕快舞刀弄棍。汉人移民台湾西岸已久，存有少许武风，以西螺七崁和彰化杨家八卦掌略有薄名。至于面向大洋的东岸，只有扎根未久的移民从事农渔屯垦，所谓奇幻玄功飞檐走壁，就只能存于七侠五义之类的说本里。陈道芗说道：

“此子根骨比我还佳，只是没人调教，少不得糟蹋了。不如我多待几日，给他启个蒙吧。”

陈道芗在噶玛兰这一待就待了两个多月，姚莹做主，正式收胡恒之为徒，先教培元固本的内功心法，待得入门之后，又教了一套健身养筋的拳脚。至于外门功夫和陈道芗拿手的轻功，那就得等身子骨定实了以后再学。时已入秋，陈道芗告辞离去，转道澎湖，再见张保和龙嫂一面，然后返回大陆去也。

陈道芗自澎湖乘海船赴闽候，此时已有另外一艘海船出大沽，自天津直放南下，也是奔往闽侯。船上有一名大腹便便的女子郑淑卿，竟是在船中临盆，产下一女林普晴。陈道芗与林普晴这两叶扁舟都驶向闽侯，却未曾在人生的旅途中交会。这个女婴长大以后，将会嫁给大清总理各国事务大臣，大清工业现代化始倡者，台湾建设奠基人，福州船政局和南洋海军创办人，沈葆桢。

有人星夜赶科场，有人辞官归故里，林普晴的母亲此行是随夫返乡。郑淑卿的丈夫时任江南道监察御史，厌于官场腐败，愤而辞官。这对夫妻是福州侯官人，丈夫名叫林则徐。

第42章
从此再无六旗帮

这一天九月十二，广州城的市井中人纷纷涌出南城，城门外的天字码头挤了两三千人。三十几辆囚车在衙差押解下陆续入场，前天是霜降，霜降之后两日秋决，广州府的大牢中提出三十四名判了斩监候的死囚。日正当中，已入午时，法场周边围满了指指点点的民众。可是行刑台只容得下十八名囚犯，连老带新的算上，广州府也只有不到二十名可以一刀利落的刽子手。社稷不祥，死囚一年多过一年，刽子手竟是不够用了。

时到三刻，分两批行刑，当监斩的广州知府钟英朱圈之后掷下令签，三通鼓响，十八颗人头飞起，十八颗血馒头压住了十八具喷血的颈腔，十八条人命魂断法场。收拾了一刻钟才又推上来第二拨十六名死囚压好，钟英提起朱笔又开始勾圈。这时法场上空却传来连续怪啸之声，众人四处张望，是三支鸦舌响箭射到监斩台前，人群之中不知谁在呼喊：

“劫法场，闲杂人等让开，天地会杀狗官，劫法场。”

那钟英惊得扶着官帽，左顾右盼，四周警戒的巡防营也纷纷拔刀。今天总捕头鲍起静没来，他已经近五十岁了，前几天忽然说是偶感风寒，在家休养。可带班捕头也是个老油条，深知劫法场的关键，立刻调齐六十几名捕快围住行刑台，只要看好了死囚，让巡防营对付劫匪即可。谁知过了一会，什么都没发生，整个法场静悄悄，只有那十六名刽子手放下了手中的大刀。

刽子手夺人性命，是个特殊行当，真正的最高老板并不是知府大人，而是老天爷。此时情况未明，自没必要和传说中的天地会好汉过不去。钟英大喝道：

“胆敢搅乱法场者大刑伺候，就地正法。继续行刑。”

就在这时又来了三支响箭，那捕头看得清楚，箭来自南边，正待大喊，靠在码头边的两艘乌船掀起舱帘，冲出来四十几名持刀大汉奔进法场。

“天地会劫法场，闲杂人等让开，杀狗官，劫法场。”

几十年来没听说过天地会在大庭广众之下公开闹事的，看热闹的老百姓反而更不肯走了。站在前面的人群中忽然伸出两把窄剑，两名挡着百姓的士兵中剑倒地。场上有二百多名士兵，立刻围了过来。眼看有了死伤，前排的百姓这才惊惶起来，纷纷往前挤想逃出法场，天字码头旁边的广场登时就乱了起来。这时北面忽然传来马队奔腾的蹄声，钟英和官兵听得惊疑不定，才一会就见一彪官军六十余骑从北面冲进法场。

“什么人竟敢劫法场，不想活了么？”

钟英这才松了口气，连忙下令驱散百姓，捉拿逆匪。可那捕头站在行刑台上，却是越看越不对劲。这批官军穿的都是水师服色，水师怎么会管起地方官府秋决的闲事？而且，水师怎么会有整队的骑兵？不待在黄埔，却跑来这广州城边？这帮骑兵看来都有三四十岁了，不像是一般兵勇，却像是兵哥兵爸。当下命令手下的捕快，什么都不要管，只管守好行刑台。

这时二百多巡防兵倒有一大半挤在南边，与那几十名劫匪中还隔着左推右挤的百姓，只见骑兵冲到行刑台前，竟是挥刀就向捕快砍来。

台上的老刽子手都知道规矩，除了往死囚第十一节脊骨劈的那一刀以外不管别事，此时签决未下，当下各自收刀后退，冷眼旁观。

巡防营带班的三个百夫长这才发现有人冒充水师官军，连忙分兵，一百余名防兵加上六十名捕快，登时把那六十几人围了起来。另一边百姓大多已经逃开，近百名防兵开始和那四十几名劫匪短兵相接，没多久这两路就已有双方十几人倒地。

这时西面拾翠洲方向忽然升起一缕灰烟，快速飘来，场中相斗的防兵和捕快纷纷倒地乱滚，没一会就倒下来四十几名。余人大骇，纷纷收刀退后，只见行刑台上站着一个蒙面灰袍客。地上那四十几名兵勇被扶起来一摸索，都是被铁莲子暗器打中穴位，自是无人能解。灰袍客一脚把捕头踢下刑台，转过身来检查那十六名囚犯，挑出一名蓬头散发遍体鳞伤的犯人，大喊道：

“走吧，你们先带他上船，我随后就来。”

那帮劫匪和水兵连忙救死扶伤，往岸边撤离，却被捕头和百夫长带兵挡住去路。钟英在几名防兵护卫下大喊：

“目无王法，大逆必诛，把他们拿下，敢抵抗者杀无赦。”

灰袍客微一哂道：

“天下尽多你这种狗官，才是目无王法。”

那监斩席与行刑台相距七八十步，灰袍客话音将落，人却忽然出现在钟英身边。三两下踹翻了旁边的衙差，提溜着钟英重回行刑台上喝道：

“知府大人在我手上，你等还不让开？”

那钟英正是府营和三班捕快的顶头上司，如何能不让路？当下劫囚众人上了乌船，径往上游而去，灰袍客轻轻一掌推翻钟英，一溜烟上了船。等广州府砍完另十五颗死囚的脑袋，派差役到黄埔查问，已是两个时辰之后。

灰袍客揭下面巾，劫匪中的几名老人和那名囚犯惊呼起来，此人当然就是陈道芗。虽然陈道芗位居天地会堂主，劫匪中也有天地会的兄弟，不过，这一回天地会还真的是背了黑锅，广州分舵对这次劫法场一无所知。官府到水师查问是否知道冒充水师劫囚之事，却发现水师并非冒充，那六十几人货真价实，就是水师官兵。被劫的死囚是原任大屿山船厂监造王进兴。今年广州这场秋决竟然惹来两拨劫囚人马，一拨是老红旗帮，一拨是陈道芗，匹马单枪。

红旗帮投降的第一年，大屿山还完工了几条新船，可是水师陆续收缴和原先自备的战船超过八百艘，过去十年竟是一艘新船也没造，维修的活倒也不少。可是，领回来的维修材料越来越次，只能将就着使，战船的状态自是越来越差。从第四年开始，管物料的官吏开始要王进兴按优品签收这些物料。开始的时候王进兴不干，可是不签就没得材料，后来也只好签了。

去年关天培死缠活要，好不容易要来了新建四艘福船两艘草撇船的预算，预定今年底以前完工。这几艘船连汰旧换新都不够，可是批是批了，建船材料却一直没发，后来才知道，是那帮管采购的狗官讨价还价索要回扣，拖延了时间。要知道，造船的大木料并不是买来就能用，得先上架干燥至少半年以上，才能够与空气中的湿度相适应，否则造出来一定扭曲变形。好不容易等木料拨下来王进兴一看，根本就不能用。造海船最好有柏木，否则至少也得是云杉，可拨来的杂木除了次等杉木还夹着更廉价的松木。松木油性大密度低，树梢又多强度不佳。这种玩意根本就不能用来造船，寿命极差也就算了，真正打仗时如果碰上张保仔那样的指挥官，玩起扳反桨原地调头的高强度战术时，一旦船散了架岂不是害兄弟的性命？

当时已是六月初，立刻开工都来不及，就别说还要干燥了。王进兴坚持不肯签收这批废料，结果来了个小官，说是如果不签后果自负。那家伙是按察使司的一个同知书记，跟造船业务根本扯不上关系，王进兴也就没放在心上。没想到隔了几天，按察使派大批人马前来查账，翻出前几年的维修账目，说他是以次充好，盗卖军品。案子移送到广州府，钟英速审速决，判了他个连续贪污军品，影响战力，斩监候。

水师里的红旗帮老兄弟那能让王进兴就这样丢了性命，可大部分老人已随张保调往澎湖协，十年安乐茶饭吃下来，黄埔港里真正还有血性敢造反又还造得动的也就纠集了这么百来号兄弟，豁出去身家性命不要，为了人渣情义也得拼死劫一回法场。如果不是陈道芗出手揽过这桩冤案，只怕此时的天字码头应是遗尸百具。

两艘乌船沿珠江北上，一路来到一处叫作西南涌的地方。这里与广州相距近百里，天色已暗，两船进入湾汊，众人商议。有的兄弟当年来自外地，打算归乡。可家在附近的却是不敢回，深怕给家人带来祸端，竟是打算进山为匪，或是下水为寇干老本行。王进兴叹了口气说道：

“当年散伙之时，我两个结拜兄弟都去了南洋，在当地娶妻生子，落地生根。这些年通过几次信，我打算下南洋去找他们。”

王进兴至今未娶，可其他人多已成家，以他们现在的年纪下南洋，抛妻弃子，重新开始，十有八九将是客死异乡。众人听了多不做声，只有几个光棍立刻附议。一直没开口的陈道芗轻咳一声说道：

“其实也不是很难办，有家可回的自是回家，有家难回的干脆，咱们搬家下南洋。船你们不必担心，我帮你们找夷船。”

众人原本就是海盗出身，对这海上漂泊自是不惧，大家议论起来，归结出几点：第一，老人是不能带的，只能由兄弟姐妹奉养。第二，只带老婆孩子，人数精简。第三，官府肯定是即将通缉，大伙各自潜回家得小心，约期十日，在九龙集合等船。这可是一次集体大偷渡，没人能有身份文牒，大家各自小心。

当场除了那些家在外地试图返乡的以外，多数人决定下南洋。官府通缉总还得等个几天，事不宜迟，大家互道珍重，连夜潜返。

陈道芗第二天回到拾翠洲，即刻去其昌洋行找顾盛强要船。这一回人多，应有两百人以上，飞剪号是载不下的，得找艘大船。而且没有文牒，纯属偷渡，船出港后还得先绕到九龙，弯靠载人。走澳门当然近得多，可是这时的澳门已是夷船云集，管理的各路衙门也多，九龙却只有个破烂渔村，便于隐藏形迹。

又要大船，又要违规载偷渡客，又要绕路弯靠，这种事也只有找顾盛强了。可是顾盛强翻查船班，飞剪号不适用，另几艘大船不是在欧洲东来的路上就是才离开半个月，根本不赶趟。那就只能找其他夷商的船，英吉利船是不敢找的，只敢找花旗船。原来前几年英吉利跟花旗国又干了一架，还不只是干架，是狠狠打了一仗。

当年七洲洋一战之后，东印度舰队被张保干成了残花败柳，狼狈返国，大清海疆安静至今。可是为了争夺亚美利加大陆西岸的广大土地，英吉利和那个加拿大联兵。不过，是花旗国先宣战的，当时拿破仑复辟，东山再起，花旗国以为可以检便宜，没想到英吉利还联合了花旗国境内的印地安人。

花旗人恩将仇报，在新大陆生根之后，大肆屠杀当初帮助他们的印地安人，所以印地安人志愿当英军向导，供应情报。英军则是提供军火，鼓动印地安人狙击花旗国后方。这一仗打了三年，连花旗国的京城都被英军给干了，还烧了他们的紫禁城，一个叫作白宫的地方。直到拿破仑战败被俘，英美才在巴黎签署《根特条约》休兵。可是英美两国臣民之间积恨已深，虽然同文同种，却是彼此横眉冷对。而红旗帮和英吉利海军之间更有着血海深仇，现在要干这种违法偷渡之事，顾盛强哪敢用他们的船？不被卖了才怪。

顾盛强到街面上打听船班，直到下午才回来，船是找到了一条，叫作艾米莉号(Emily)。八百多吨绝对够大，进港已经五六天了，货已卖完，预订四天后开始装回程货，估计时间正好。可是，有一桩麻烦事，那船东不好讲话，顾盛强还没敢说，先回来找陈道芗商量。

“是这几年新来的吗？老花旗人我应该都认识啊。”

“你是认识，就是那个锡安会的奥利坊。”

“那不正好嘛，咱们跟他可是有一起流血的交情。”

“不是，你不知道，陈大哥，这几年我做一些鸦片生意。你别怪我，不只是我，现在拾翠洲所有的花旗商都做。没有办法，生意上的事情是不进则退，不做就难以维持。”

陈道芗叹了口气说道：

“我知道，鸦片这祸害是朝廷越禁越泛滥，贪官污吏上下其手地发财。现在市面上价格还是六七百文一两吧。”

“差不多，做的人多了，价格没法再涨。可就这也够了，你知道印度那儿生产成本才多少？不到十文一两，就算是交一百文一两的协饷，剩下也够摊分的了。”

“哼！当初为了筹军费大征协饷，这么多钱现在都不知道流到哪些贪官的狗肚子里了？唉，就不该出这个主意。”

“说到这个，陈大哥，当初你辛辛苦苦建的炮台，那可是你们大清南疆镇国之宝，可现在是长满了杂草。一百多个炮位只摆了几十门小炮，也没人管，恐怕早就不能用了。”

“国之将亡，必有妖孽，而今已是妖孽满天，这就不说了。你陪我去找奥利坊吧！”

“我陪还不如不陪，不如你自己去找他，更别说是我告诉你的。奥利坊是整个拾翠洲唯一不做鸦片的夷商，早就跟我们划清界线。在他眼里，我们都是魔鬼的门徒。”

面对夷方出名的奥利坊，陈道芗根本没有闪躲的余地。可是他知道一件事，奥利坊就算不同意帮忙，以他的硬脾气也绝不会出卖自己，当下干脆实说，把贪官污吏造成的冤案和官逼民反说了个清楚。

奥利坊听罢之后，只是呼叭呼叭地吸着雪茄，烟头明灭之间不言不语。陈道芗心中暗呼不好，看来只怕要糟，正想再言语，却听奥利坊沉声说道：

“你那些铁莲子为什么不取了那狗官和他爪牙的性命？蜜司脱陈，真理从来就不廉价，不流血是得不到的。你帮马礼逊翻译过《圣经》，应该知道我们基督教卫道的历史。”

“知道是知道，不过，奥利坊先生，你们新教特别讲究忏悔与原谅，这份forgiving是不是也可以扩展到异教徒身上呢？毕竟生命本身是没有教派之分的。我个人相信，人之所以为人，所谓自尊尊人，是不应该以任何理由夺走别人的生命。人与人渣一字之差，于生命之义差之何止千里？”

“嗯，是也有人如此说这个理，生命唯上帝可取予，任何假借委托都是伪名。蜜司脱陈，看来有机会我们可以讨论一下经义。你说的事情我明白了，扶老携幼一大帮人要偷渡，否则就会被你们的官府追杀。三千年前摩西带领信徒过芦苇海[①]，出埃及。当时所罗门王眼中的子民，不也正是埃及法老王眼中的不法之徒么？我新教徒当年从英吉利乘桴浮于海，亡命天涯，不也是因为受官府迫害吗！这件事我当然帮你。艾米莉号的船长叫作考普蓝(Capt. Cowpland)，我今晚就通知他，把两个大舱都留给你。我会交代他保密，完全配合你，你明天去找他吧。”

陈道芗往来西域，身上文牒齐备，第二天见过考普蓝船长，干脆就搬上船居住，倒也畅快。想着这锡安会虽然教义奇怪，奥利坊方得令人敬而远之，却

---

① 芦苇海是《圣经》原文，指今之红海。

也是敢爱敢恨恩怨分明。

刚卸完货的艾米莉号已是空船，岸边仓库还在备货，所以必须拉到河面上，腾出泊位来让别船装卸。此时刚过中午，一般人正是用完午饭休息时间，一片懒洋洋的宁静。陈道芗自在舱内休息，却听得外面喧哗起来，声音越来越大。陈道芗出舱走到舷边一看，船下集了三条舢舨，其中一艘舱面上躺着一个湿漉漉的妇人，动也不动，额头似有一点血迹。

这种舢舨一看就知道是贩卖瓜果零食的小贩，只见舢舨上有几名男女正比手画脚指着艾米莉号吵嚷不休，其中竟有一名差人。陈道芗不欲惹事，退后几步转身，只见旁边几名水手也在对着船下指指点点，说的却不是英语，其中有一名水手神情慌张地跑下甲板。

陈道芗心中纳闷地走回船舱，他这些年来三访穆斯坦绥里耶书院，曾经研读过武加大译本①的《圣经》，所以听得出来，方才那几名水手说的是拉丁语。原来当时远东贸易快速成长，各国水手供不应求，跳槽挖角成为常事，这艘艾米莉号竟是雇了一批意大利籍的水手。过了一个时辰，忽然有官差登船搜查，叫来考普蓝船长。陈道芗这才知道，艾米莉号摊上事了。

中午时分有艾米莉号的水手跟小贩买水果，不知为何起了争执。那名水手一怒扔了个瓦坛下来，没想到那坛子正好砸中小贩右额，女贩翻身落水。这女子名叫郭梁氏，当时她女儿郭亚斗也在船上，旁边还有另一条舢舨，是相熟的船妇陈黎氏，而陈道芗当时看见的那名差人是海关查察的衙差叶秀。这几人连忙把郭梁氏救上来，人竟然死了。郭梁氏的丈夫郭苏弟就在附近，赶来一看老婆被人打死了，当即向官府报案。郭苏弟家在番禺，此时登船搜查的正是番禺县令汪云任带领的捕快。

那个瓦坛还在小舢舨上，仵作验尸的结果是伤口入骨，郭梁氏入水之际即已晕厥，呛水而死。可是艾米莉号上有八十几名水手，一半以上蓄须长发，叶秀和那个陈黎氏一时之间竟也分辨不出来。汪云任叫来船长，责令交人，可哪里有人肯认。当下汪云任下令将船拉回岸边，派兵看守，封船封舱。

这一下子陈道芗可麻烦了，番禺县带走了从船长到水手和他这个无聊乘客

① Vulgate版本，成于四世纪末，教士圣杰若(St. Jerome)受教皇达马萨斯一世委派，修订原有的古拉丁语版，圣杰若根据希伯来文版与古希腊七十译士版重新翻译，成为普及的拉丁版本。

的身份牒文，当场他也走不成，如果不告而别，他岂不也成了干系人。就算是溜下船逛街吃好吃的，终归还是得回到船上来。想起那名慌张下舱的水手，十有八九就是此人扔的瓦坛，可是匆匆一瞥，却也记不清他的相貌。想来也只是吵架中掷下，并非有意杀人。此时考普蓝已召集所有水手开始自查，陈道芗无所事事，只能干着急。

第二天一早，一大堆人涌上船来，带头的竟然就是前几天劫法场时吓湿一裤子的广州知府钟英。鲍起静也来了，汪云任也来了，连船东奥利坊也来了，还拉上两年不理不睬的顾盛强。原来，昨天担任翻译的通事蔡懋是丽泉行伙计，而丽泉行正是为艾米莉号担保的代理行商。蔡懋和丽泉行的经理一起被番禺县扣了起来，责令交凶，奥利坊没办法，只好求顾盛强前来帮忙翻译。

鲍起静见多年未遇的陈道芗也在船上，自是大吃一惊，忙拉到旁边相问，可陈道芗也只能就自己所知相告。这时又有一人登上船来，是花旗国领事。卡林顿已经退休返国，新任领事陈道芗倒也认识，是拾翠洲另一位花旗商人卫恪士(Wilcocks)。此时那叶秀、陈黎氏和苦主郭苏弟父女都由衙役带到船下候命，知府钟英当场开堂查案。可是才问了两句，他就瞪着翻译的顾盛强说道：

“你是何人？地方上准备的通译呢？”

汪云任连忙禀道：

“回大人，昨日通译之人属担保洋行，已经收押了。”

“荒唐，官府问案，怎能用夷人通译？快找人来。”

这临时上哪找人去？陈道芗前几日才修理过钟英，此时连忙低头，只想着如何溜出舱去。可该来的终究是躲不掉，鲍起静蹭到钟英身边说道：

“大人，现场就有一名老通译，还是十几年前巡抚大人孙玉庭的女婿。”

“怎不早说？还不快请？”

那钟英前日被吓破了胆子，陈道芗当时又蒙着面，还真没认出来。可陈道芗仍是心中打鼓，忙上前说道：

“禀大人，草民才疏学浅，怕误了大人查案，本地凤来商号的管事宋先生是总督衙门常用的通译，何不传他前来？”

钟英仓促之间，更不知眼前这位旧日的巡抚大人之婿竟无功名，只是客气说道：

“今日仓促之间，还请先生代劳，其他的改日再说吧。”

当下考普蓝禀报说已查获嫌疑一人，目前锁拿在底舱。可是当钟英命将嫌犯提堂时，船长却提出抗议。原来考普蓝认为案发地点虽是在大清领土之内，可是艾米莉号是花旗国籍，该船应视为花旗国国土的延伸，所以应由花旗国司法单位审理此案。

此话一说出来，当场钟英、汪云任等中方官员捕快就和夷人吵了起来。卫恪士和奥利坊等人大表赞同，认为应由夷侨夷官行商和船长船东组成五人委员会会审，大清官员旁听。陈道芗只得一张嘴，面对十七嘴十八舌，传译得汗流浃背。钟英喝道：

“胡说八道，岂有此理？尔等在我大清治下犯案，残害大清良民，如何轮得到由夷人审理？简直荒唐至极。立刻将犯人提上来交付有司。”

卫恪士拿着国土延伸之说不放，跟钟英死缠烂打，陈道芗翻到后来越听越恼，翻完之后忍不住加上几句说道：

“禀大人，这夷酋是在歪缠，草民十几年前曾和英吉利人探讨过这种情况，称之为领事裁判权。可是指得是当两国正式缔交，在缔交国政府财产范围内发生案件的司法审理。此船艾米莉号乃私人民船，并非花旗国衙门所有，我朝又未曾与花旗国签署领事裁判互惠协定。此事有伤国体，万万不可应允。”

钟英一听之下大为明白，那边顾盛强却是越听越不妙，连忙小声对卫恪士说了。这时钟英说道：

“本案人证物证尸证俱全，无可抵赖，你们交不交人？”

卫恪士与奥利坊和考普蓝商议了一下，大声说道：

“知府大人，本人代表花旗国严谨声明，我国认为应由委员会在本船上开庭审理。现在艾米莉号停在贵国水域，贵国以封船封舱停止贸易来威胁我们，我们无法抗拒。本人在此再度声明我国朝廷的立场，考普蓝船长已经找到疑犯，并且锁拿拘禁，这就说明我们将会秉公审理。如果知府大人用武力抢夺人犯，我们无法抵抗，但是我们会报告我国大统领，向大清皇帝提出严重抗议。”

搞了半天这名疑犯并非花旗国籍，而是意大利人，而且是个连自己名字都不会写的文盲大老粗，花名弗朗西斯·泰伦诺瓦。那钟英并非躁急之人，考虑了一下卫恪士的抗议，当下宣布，必须上禀总督衙门定夺，本船暂时封锁，除了粮水以外不准人员物资出入。

钟英前脚一走，顾盛强后脚就赶过来抓着陈道芗问道：

“你们那个狗知府又没问你领事裁判权，你跟他说那么多干嘛？”

“这和他狗不狗没关系，跟国与国之间的公平有关系。其实我还真不想说，你们明知得用汉人通译，怎么不把宋振岐带来？”

李三朱两年前告老还乡，正当盛年的宋振崎不但接班凤来商号大掌柜，而且成为督抚二衙常用轿子请去的王牌通译。可是顾盛强两手一摊说道：

“怎么带？上个月他和老马一家去伦敦了，还得三四个月才能回来。”

“怎么？他们回英吉利了？”

“别急，还会回来。老马送他那个宝贝儿子回去学两年英语。”

“什么？这是什么话？老马夫妻俩不会教吗？”

“嗨，你别说，他俩还真不会，只会教大清人说英语，碰到自己儿子就不灵了。你没瞧见那小鬼，跟市井里的小孩学了一口菜场广东话，骂人的占一半。一肚子坏水，简直比清人还清，将来长大了肯定是个贪官污吏。”

九月十七日，两广总督衙门贴出告示，全面暂停与花旗国贸易，所有花旗国船只禁止进入广州湾，已进入者封舱。

九月十九日，大清官员与本案一干人等重新登船，此次钟英只是陪审，主审换作广东按察使费丙章[①]，可见大清官方对本案的重视。两广总督阮元等于是退让一步，不再要求先把疑犯带回，此前钟英上船开的是现场调查庭，现在同意在艾米莉号上正式开审判庭，准许众夷人旁听，卫恪士也只有同意。[②]

此案在广州引起了空前的重视，广州府准备得自是充分，首先提讯证人叶秀和陈黎氏，以及证人与苦主双重身份的郭苏弟和郭亚斗父女。然后是验看证物瓦坛和盛水果的吊篮，还有死者郭梁氏当时穿着的衣物。最后由鲍起静呈上尸格，验明死者前额偏右伤口，弧形伤口一寸四分，宽三分，深抵骨，骨损，系受伤晕后落水，无法自主呼吸溺毙。比对凶器瓦坛和伤口，以及死者当时被打落的笠帽破口，完全吻合。

接着提讯夷方证人考普蓝船长，考普蓝也承认那瓦坛确系艾米莉号船上之物。至此人证物证尸证俱全，等提审嫌犯泰伦诺瓦时，他竟是毫不抵赖，痛痛快快地立马就认了。

原来当日这位老兄嘴馋，向郭梁氏买橙子和香蕉，在吊篮里放了五十文

---

① 正史中的费丙章乃学者出身，任广东按察使前参与编修全唐文，从隋末涵盖到五代十国。

② 史载泰伦诺瓦案在艾米莉号上正式开庭审理，乃是总督衙门与美领事卫恪士沟通的结果，中方背后是各该管衙门的协调，美领背后有船东美商和行商。司法案件如此处理，笔者认为透露一个信息，当吾人认为封建专制王朝颟顸无能一无是处时，中国传统文明下的政府职能部门其实已被锤炼得颇为细致。

钱，等水果吊上来之后又嫌少，对着船下直喊“摸耳！摸耳”。这郭梁氏老来拾翠洲，竟是学了几句买卖夷语，当场也对船上喊起来“摸尔妈你！摸尔妈你”！这摸耳朵和摸你妈在英语里的意思是一个喊多来点水果，另一个喊多付点钱。要知道当时向无牌小贩私购是违律的，必须由行商统筹供应，以绝私弊。泰伦诺瓦又气又怕被罚，砸下一个瓦坛，谁知无巧不巧正好击中郭梁氏脑袋，闹出人命。

泰伦诺瓦的拉丁英语说起来好像是含着泡口水，翻得陈道芗好不费劲。此时真相大白，花旗人也不得不承认事实清楚，审讯合理。泰伦诺瓦在口供上画押之后，费丙章宣布休庭，与钟英和汪云任商议量刑。那泰伦诺瓦和盘托出，反倒觉得轻松，和旁听的意大利水手猛扮鬼脸。

过了约莫两盏茶的时间，费丙章开庭宣布判决，陈道芗听得微微一愣，还是照实翻译。夷人一听之下群情大哗，那泰伦诺瓦竟是呆了。费丙章此来早有防备，三班捕快个个拔刀向前，当场退庭，押着泰伦诺瓦下船而去。

此案已完全审明，是争闹中过失伤人致死，按花旗夷律是赔偿加轻度刑期，顶多附加劳役。可是费丙章判的是绞监候，留个全尸，比斩监候轻一级。

费丙章下了船，众夷商却是群情激愤。陈道芗事不关己，却硬被拉来当翻译，心中自是惴惴不安，深怕影响王进兴等人的远行。奥利坊走到陈道芗身边，看着舱外缓缓说道：

“陈先生，这两天我通过这个案子才发现，你这人很不一般，很撕块耳(square)。”

“很撕块耳？”

“是啊！你表面温和，其实骨子里和我一样，不会弯的，方得可以。那个知府你前几天才修理过，居然敢站他面前翻译。你明明看那个狗官不顺眼，又有求于我，居然敢提醒他领事裁判权的不公平。你不怕我不给你船，甚至检举你么？”

“怕！我怎么能不怕？可是奥利坊先生，人间有些事再可怕也得去做，有些事再喜欢也不能做。”

“是啊，原是这么个道理。其实，如果大清有人到我国犯了案杀了人，也断没有道理按你大清的律法来审理。只是没想到会判死刑，所以我们很多人心里过不去。”

“是，我原是不赞同取人性命，可是法不患严而患不公，恶法亦法，我只能说遗憾和惋惜。”

按当时的大清律，“斗殴杀人者，不问手足、他物、金刃，并绞监候”。意思就是说，凡是因争闹临时起意杀人的，不管是用拳脚、杂物或是兵刃凶器，一律处以绞监候之刑。泰伦诺瓦掷瓦坛杀人，费丙章判得一点都没错。

可是，总督阮元却做了另一件意想不到之事。因为当时暂停与花旗国贸易，冲击了太多人的利益，本来泰伦诺瓦可以活将近一年，等待来年秋决。却被阮元改成绞立决，第二天就行刑，然后把泰伦诺瓦的尸首发还艾米莉号，同步贴出新的告示，开舱开港，恢复与花旗国贸易。

这阮元是个半吊子腐儒，又没有姚莹和陈道芗这一类智囊帮场，这种死抱着孔夫子断章取义的瘟生，以帝为天子以百姓为羔羊，哪懂得什么尊惜人命？阮元速结此案，自以为做了件有益于花旗国关系的好事，拨云见日，却是引来了一大片乌云。

因为泰伦诺瓦案的延迟，艾米莉号装货晚了两天，九月二十四号深夜才悄悄来到九龙湾。吓！什么一二百人，连老带小，足有四百多人，还好都带足了粮水。艾米莉号载上这批难民，又悄悄离开，在暗夜中滑入南海大洋。

三天之后，艾米莉号来到七洲洋。当年陈道芗并没有亲身参与瓮中捉鳖，红旗帮的老兵讲起当年大战，晋卿门水道和浪花礁还有当年残骸的痕迹。陈道芗与这些老兵聊天，原来当年散伙时已有几千人不甘侍奉大清，远下南洋，居于婆罗州和马来亚一带。今日王进兴他们也是前往这些地方，重建人生。这些老兵的籍贯多属广东新会，开平，台山，恩平。

艾米莉号先后经停苏门答腊和爪哇，众人纷纷与陈道芗道别，各奔前程，今生难再相逢。这几千名先后移民南洋的红旗帮亲眷史称四邑人，是自中国有史以来最大的一股汉人组织性海外移民，直到几十年后，才被奔赴花旗国的契约华工所超过。陈道芗开始他的第四次西域之行，从嘉庆十二年的平潭之战开始，六旗风云风流云散至今，终于彻底告别中土历史的记忆。

后 记

泰伦诺瓦案是中美交往历史中第一宗牵涉刑事纠纷与司法主权的案子，正史中的本案在调查时搜出艾米莉号载有鸦片，使得案件处理更为复杂。不仅载于正史档案，而且引起中国士大夫与美国学者媒体的百年辩论，影响深远。包括肯尼与佩里两支舰队来华，以及1844年的《中美望厦条约》，都可以看到该案对领事裁判权的影响。

史载费丙章审理该案时，美方安排了马礼逊担任译员，但是老马并非大清子民，中方当然不予认可。至于费丙章是不是用得陈道芗？只能说，陈道芗是小说人物，天下事应不至于如此凑巧。

清朝在五口通商以前的对外贸易集中于广东，许多官方文书记载的涉外交往也都是由广东官吏做出第一手报告。基层衙差可没念过四书五经，念过就会说半生不熟的官话了，所以有很多关于夷务的音译都是用方言发音。那位误伤人命遭到绞刑的泰伦诺瓦，在总督阮元上奏道光的折子里称之为“佛兰西士爹刺那非了”，船长考普蓝在奏折中被译为急庇伦。这些可都是大清档案中的正名，今日对照原文观之，未免让人摸不着头脑。

风帆时代西夷海军仅概分为轻重型战列舰与大小炮船，十九世纪晚期才出现巡洋舰这一类护卫战列舰的舰型。至于驱逐舰则是十九世纪末为了驱赶鱼雷快艇而出现的舰种。本书关于西夷海军的描述部分采用现代词语，以免为了解释而纠缠不清。通俗小说哗众取宠，其实那个时代的炮弹多为实心铁弹，不稳定的开花弹用得少，动不动就火光冲天只不过是电影经验，链弹倒是有的。

从1819年到鸦片战争前，其实还有三艘美舰几度来华，分别是宪法号、国会号和星座号。星座号来华时已有船龄四十二年，爷爷的爷爷级的老舰，居然也能在广州湾耀武扬威。国会号更曾闯过黄埔，被勒令退出。因为花旗国“谦卑恭顺识大体”，当时的夷务官员包括阮元和林则徐在内，都曾上奏幻想着联美制英，所以闯港之事在美人笑脸之下不了了之。殊不知白眼狼更阴，趁火打劫，搭鸦片战争的便车，威迫清廷签下了《中美望厦条约》。

张保英年早逝，在泰伦诺瓦案后第二年(道光二年)就死了，享年三十六岁。笔者未能从正史上中找到他的死因，编个铅弹之毒的小故事。

张保和龙嫂是广东近代史上的传奇人物，香港岛留有不少遗迹。当年招降时为了跪与不跪小夫妻俩没少和百龄纠缠，至于龙嫂闯广州、百龄闯水寨、嘉庆赐婚这些情节也都是载于史册，倒非笔者瞎编，只能说，那个旧时代的传奇，令人悠然向往。

张保的儿子张桂皮命也不长，倒是龙嫂，鸦片战争前夕还曾经为林则徐出谋划策，真巾帼奇女子也。至于是不是姚莹推荐的笔者也未能考证出来。

林则徐是嘉庆七年进士，姚莹则是嘉庆十三年金榜题名，论年秩差不过六年。姚莹的学问文章卓负盛名，是清朝中期文坛的领军人物，可是论近代史的名气姚莹不如林则徐，不过两人确实相交。后来姚莹第三度赴台湾任官，已是兵备道大员，就是受林的保举，也是他一生宦途的转折点。

姚莹和林则徐是如何相识的暂时也没查到确切记载，不过笔者认为可能跟宣南诗社有关系。姚莹也有几年因龙溪知县任上的旧案而罢官，滞留北京期间可能到这个诗社鬼混过。诗社里有一位跟两人都熟的朋友，就是编写《海国图志》的魏源。此书尽为夷人的民主法治和奇技淫巧吹嘘，是连书带人遭到清廷庸官打压。却有东夷人拿来当宝，促成了明治维新。

马礼逊结婚查到两处记载，一说1809年，一说1814年。不过，那个宝贝儿子马儒翰是1814年出生的。如果结婚生子都是1814年，那只能说明洋和尚挺能干。马礼逊也不是很长寿，1834年病逝于澳门，在港澳地区留有不少遗迹。